孙昌武文集

26

唐代文学与佛教

中华书局

图书在版编目(CIP)数据

唐代文学与佛教/孙昌武著. —北京:中华书局,2020.7
(孙昌武文集)
ISBN 978-7-101-14604-2

Ⅰ.唐… Ⅱ.孙… Ⅲ.中国文学–古典文学–关系–佛教–研究–唐代 Ⅳ.①I206.2②B948

中国版本图书馆 CIP 数据核字(2020)第 102977 号

书 名	唐代文学与佛教
著 者	孙昌武
丛 书 名	孙昌武文集
责任编辑	陈 乔
出版发行	中华书局
	(北京市丰台区太平桥西里 38 号 100073)
	http://www.zhbc.com.cn
	E-mail:zhbc@ zhbc.com.cn
印 刷	北京市白帆印务有限公司
版 次	2020 年 7 月北京第 1 版
	2020 年 7 月北京第 1 次印刷
规 格	开本/920×1250 毫米 1/32
	印张 16 插页 2 字数 380 千字
印 数	1-1500 册
国际书号	ISBN 978-7-101-14604-2
定 价	98.00 元

孙昌武文集

出版说明

孙昌武先生,一九三七年生,辽宁省营口市人。南开大学教授,曾在亚欧和中国港台地区多所大学担任教职和从事研究工作。

孙先生治学集中在两个领域:中国古典文学和中国宗教文化。孙先生学术视野广阔,熟谙传统典籍和佛、道二藏,勤于著述,多有建树,形成鲜明的学术特色。所著《柳宗元传论》(人民文学出版社,1982)、《佛教与中国文学》(上海人民出版社,1988)、《道教与唐代文学》(人民文学出版社,2001)、《中国佛教文化史》(中华书局,2010)、《禅宗十五讲》(中华书局,2017)等推进了相关学术领域研究,在国内外广有影响;作为近几十年来中国传统文化研究成果,世所公认,垂范学林。

孙先生已年逾八秩。为总结并集中呈现孙先生学术成就,兹编辑出版《孙昌武文集》。文集收录孙先生已出版专著、论文集;另增加未曾出版的专著《文苑杂谈》、《解说观音》、《僧诗与诗僧》三种;孙先生在国内外学术刊物发表的论文未曾辑入论文集的,另编为若干集收入。孙先生整理的古籍、翻译的外国学者著作,不包括在本文集内。中华书局编辑部对文字重新进行了审核、校订,庶作为孙先生著作定本呈献给读者。

北京横山书院热心襄助文化公益事业,文集出版得其资助,谨致谢忱。

中华书局编辑部
二〇一九年五月

目　录

前　言

恩格斯在谈到基督教时曾精辟地指出过，"对于一种征服罗马世界帝国、统治文明人类的绝大多数达一千八百年之久的宗教，简单地说它是骗子手凑集而成的无稽之谈，是不能解决问题的"①。作为世界三大宗教之一的佛教，其历史的绵长、传播的广远和影响的巨大，完全可以与基督教相比；批判它，也不是简单地否定可以了事的。佛教的产生与发展，如一切宗教一样，有它的经济基础与社会历史条件；它建立自己的宗教理论体系，曾借助于其他思想资料，主要是古代印度哲学长期发展所取得的成果；传播它的教义，又借助了其他意识形态的形式，例如利用文学艺术。由于这样的种种原因，在庞大的佛教文化遗产中，就包含着极为复杂的内容，表现出佛教教义与哲学、伦理、文学等意识形态的相互影响、相互渗透。不对这庞杂矛盾的现象进行分析，也就达不到彻底批判的目的。

研究佛教与古典文学的关系，有这样几个界限应加以区别。

一是佛教迷信与佛教义学应加以区别。宗教建立在盲目信仰的基础上，神秘主义、蒙昧主义是其认识上的基本特征。佛教也是如此。它宣传一套关于佛陀，关于"三宝"（佛、法、僧）、"四法印"

---

①恩格斯《布鲁诺·鲍威尔和早期基督教》，《马克思恩格斯全集》第19卷第328页。

（诸行无常、诸法无我、涅槃寂静称"三法印"，加一切诸行苦为"四法印"），关于灵魂不死、因果报应、六道轮回、上界西方的迷信，这纯粹是一派毒害群众心灵的谎言。但它还建立起一套庞大复杂的宗教义学体系。宗教义学是为论证宗教信仰服务的，这决定了它的基本性质和功能。然而它又有独立的理论内容。释迦牟尼在"悟道"之前，曾遍访印度许多学者；他创建佛教，在教义理论上汲取了古代印度的许多思想资料。释迦生前主要是作为人生哲理的说教者出现于世人面前的；他所创立的新宗教的重要特征，就是注重以理论思辨为信仰提供依据。佛教在长期发展中，唯心主义的宗教义学也随之发展。它在总体上、主流上看是错误的、荒谬的，但吸收了古代印度的思想发展成果，又不无真理的"颗粒"。例如原始佛教讲"四谛"、"十二缘生"。"四谛"——苦、集、灭、道，曲折地反映出当时现世的苦难和没有出路；"十二缘生"——"无明"缘"行"，"行"缘"识"……直到"生"缘"老死"，则是人生现象中因果关系的夸大和形而上学化。后来大乘中观学派提出二谛——俗谛和真谛，以论证诸法从俗谛看假有、从真谛看性空的道理，有一定的辩证色彩。青目注解龙树《中论》，用谷种发育说明事物"不生亦不灭，不常亦不断，不一亦不异，不来亦不出"①的缘起理论，反对事物自生、它生、无因生，就是表现出辩证思维的例子。到了大乘瑜伽行派，建立了"三自性"说以解决对于"境"即"客体"的认识问题。第一遍计所执自性意为周遍计度妄计诸法为实有，第二依它起自性即指诸法因缘而生，第三圆成实自性即在依它起的前提下证得我、法两空的绝对真实。这实际上也接触到思维与存在的关系问题。恩格斯曾指出："辩证的思维——正因为它是以概念本性的研究为前提——只对于人才是可能的，并且只对于较高发展阶段上

---

① 龙树著，鸠摩罗什译《中论》。

的人（佛教徒和希腊人）才是可能的……"①佛教传入中国以后，适应中国的经济基础和社会实际，历代义学大师们又对印度传译来的宗教理论加以消化、改造和发挥，创造了中国的佛学，形成了众多的学派和宗派，在理论上又有不少新的创获。它们往往吸收了中国传统的思想材料，对中国思想界又反过来发生影响。如在六朝，般若学曾与玄学合流；隋唐以后的三论宗、天台宗发挥了中观学派的辩证因素；华严宗的法界缘起、理事圆融的理论论述本体与现象的关系，直接启发了宋代理学；禅宗的极端主观唯心主义宗教哲学，给中国思想界注入了一股反传统、反权威的潮流。佛教义学这种在理论上的复杂内容和它的影响，是不能简单化地一概否定的。

　　二是佛教与佛教文化应加以区别。佛教确立终极为真理的体系，就要竭力把整个文化包容在自身之中；另一方面，在佛教势力强大的情况下，整个社会的思想文化也会受到它的影响和毒害。但是，我们批判佛教，却不能一笔抹杀佛教文化的历史价值。因为在佛教的文化遗产中，凝结着许多历代佛教信仰者和非信仰者所创造的精神财富。古代佛教教学有所谓"五明"，即：声明——声韵语文之学；工巧明——工艺术算之学；医方明——医药学；因明——佛家逻辑；内明——佛学。可见当时的僧团并不排斥"外学"。在古印度佛教普及到思想文化领域的情况下，其许多文化遗产成果，是与佛教结合在一起的。在中国，虽然佛教一直没能占据政治的和思想的统治地位，但自它传入以来影响却是不小的。它影响于政治、经济，更影响到文化。在哲学、文学、伦理学、语言学、美术、建筑、书法、舞乐等等许多方面留下了不少有一定价值或值得珍视的东西，应作为人类文化成果的一部分加以珍视、研究和借鉴。从文学的角度讲，佛陀和他的弟子中的不少人可说是很富于

————————————

① 恩格斯《自然辩证法》，《马克思恩格斯全集》第 20 卷第 565 页。

文学才能的人,佛典的构成中包含着丰富的文学成分,它们很有文学性。例如证述释迦悟道成佛前历世轮回修行的"本生"经①,就可视为古代印度寓言的宝库。像《华严经》、《法华经》、《维摩诘经》等大部经典,也以其想象的恢宏、描述的生动而富于文学色彩。而佛教作为一种宗教意识形态,在表现形式上与文学艺术本来就具有相通之处。恩格斯在分析费尔巴哈对基督教的批判时指出:"神所反映的人也不是一个现实的人,而同样是许多现实的人的精华,是抽象的人,因而本身又是一个想象的形象。"②列宁在《黑格尔〈哲学史讲演录〉一书摘要》中引述黑格尔的话:"部分的说来,他们(神)**是完美的人的形象**,它的产生是由于各形象的相似,由于类似的形象不断地溶合为同一个形象。"批注说:"**注意神——完美的人的形象,参看费尔巴哈。**"③这就说明,宗教也要利用想象和形象来表达自己的观念,只是这种反映是幻想的、歪曲的而已。所以,许多佛典大量利用譬喻、故事来说法,对佛陀及其世界做出形象的描绘。其中有些出自佛教文学家的手笔。另外,佛教为了传教需要,也要利用或创造一些文学形式,例如中国的俗讲和变文。这样,在三藏十二部经中,有不少属于文学的成分,爬梳剔抉,会发现许多有价值的东西。

三是佛教思想与具体历史人物对它的接受、理解和发挥应加以区别。中国历史上有许多文人接受佛教,但领会往往各有角度,理解也很不相同。所以,对他们所信仰、接受或宣扬的佛教思想应作具体分析。例如明代的李贽,借鉴禅宗来阐扬一种反道学、反迷

①完整的《本生经》保存在南传巴利文《小部》佛典中,计五百四十七个故事。汉译"本生"故事散见《六度集经》、《生经》等典籍中。
②恩格斯《路德维希·费尔巴哈和德国古典哲学的终结》,《马克思恩格斯选集》第4卷第232页。
③列宁《哲学笔记·黑格尔〈哲学史讲演录〉一书摘要》,《列宁全集》第38卷第331页。

信、追求个人自由的观念与生活作风；谭嗣同在《仁学》中，利用唯识理论建立其平等、博爱的理想。特别应该注意到，在长期封建社会中、在经学的统治之下，有些人在学问或态度上对"圣人"表示怀疑、不敬以至进行批评，往往借用佛学为武器。所以，唐代以后的许多在历史上起过积极作用的杰出人物，如柳宗元、刘禹锡、苏轼、王安石、李贽、方以智、龚自珍、魏源、谭嗣同、康有为、梁启超、章太炎等，都有不同程度地倾心佛学的表现。至于借用佛学义理在哲学上以至文学理论上另做发挥的更大有人在。这些发挥，不同程度地表现出宗教唯心主义的影响和限制，但又往往有独立的理论内容。

　　在分清这些界限之下，对于宗教迷信要坚决揭穿，对于宗教唯心主义要彻底批判，对于宗教文化中有价值的遗产要有分析、有批判地清理、继承，其中包括佛教文学和佛典中有文学价值的部分。采取这种科学的、批判的、实事求是的态度，才能对佛教在历史上的活动和影响正确地加以认识，也才能彻底肃清其影响而挽救包含于其中的一切有价值的东西。

　　唐代是中国佛教大发展的时期，也是中国文学受佛教影响较严重的时期。这种影响的广泛和深入，与佛教发展的形势有直接关系。

　　在唐代，佛教得到统治者的大力提倡，势力迅速扩张。唐代历朝帝王，除毁佛的武宗外，都礼敬佛法。当然动机与情况很不一致。唐太宗李世民并不迷信佛教，在他的统治下曾屡次检校佛法、沙汰僧尼，他给佞佛的萧瑀手诏，有"至于佛教，非意所遵，虽有国之常经，固弊俗之虚术"①的话，但他又对佛教表示礼重，特别是支持了玄奘的译经事业，对以后佛教的发展起了巨大作用。武则天大力提倡佛教，倚为篡夺统治权的助力。"安史之乱"后，代、德、宪

————————

① 《旧唐书》卷六三《萧瑀传》。

三朝都佞佛。特别是代宗时,大臣王缙、元载等惑于佛说,在朝廷盛陈果报;代宗则一心回向,使得僧侣出入宫禁,官为监卿,势倾王公;每当吐蕃内侵,则在内道场令僧诵《护国仁王经》以祈福佑。穆、敬、文三朝也循例礼佛做法事。朝廷这样提倡、支持佛教,是寺院经济发展、僧侣地主阶层势力扩张的结果,也是出于思想统治的需要。特别是在"安史之乱"以后,唐王朝已急剧地走下坡路,矛盾重重,危机四伏,统治阶级乞灵于佛教为精神安慰与支持,也利用佛教来欺骗和麻痹群众。在这种情势下,可以说是实现了释道安借助人王之力以弘扬佛法的理想。佛教得到以帝王为代表的整个统治阶级的保护和支持,在政治、经济、思想、文化等各个领域迅速扩展了势力。从文学领域看,虽然六朝时也有不少文人如谢灵运、颜延之等人结交僧徒,研习佛说,但绝不如唐代那样普及与深入。在唐代,文人们普遍地熟悉佛典,礼敬佛法,不少人甚至登坛受戒为佛弟子。例如"古文"家的梁肃就是天台宗的义学大师,白居易晚年则居香山寺为居士。德宗朝的韦渠牟初为道士,又为僧,后入仕,被权德舆称扬为"洞澈三教"、"周流三教"①。而权德舆本人作为朝廷耆宿、文坛领袖,也尊礼佛徒。许多文人在思想上出入儒释,甚至在行动上也周流儒、释。中、晚唐的许多诗僧,实际是披上袈裟的文人,例如灵澈,雅好篇章,与包佶、李纾、严维、刘长卿、皇甫曾等交游;道标,与之交游者有李吉甫、吕渭、卢群、孟简、白居易、刘长卿等人;皎然则受到颜真卿、李纾等人的礼重。这些现象,表明佛教势力侵入文学领域的严重。在阶级社会中,统治阶级的思想就是统治思想。唐代统治阶级好佛,对佛教在社会上的发展起了重大作用。

　　唐代佛教宗派林立,义学发达。在六朝大量译经的基础上,经

----

① 见《唐故太常卿赠刑部尚书韦公墓志铭》,《权载之文集》卷二三;权德舆《左谏议大夫韦公诗集序》,《权载之文集》卷三五。

玄奘系统传译瑜伽行派经典,整理、重译般若类经典,佛典翻译已相当完备。加上佛学经魏、晋以来几百年的理解、消化,形成了具有自己独特内容的中国佛学。这样,在六朝义学各学派的基础上,到隋、唐形成了佛教各宗派。各宗派都有自己的立宗典据、传承系统和理论体系。佛教宗派的建立与相互斗争,以及佛学与其他学说、宗教的相互斗争,又进一步促进了佛学理论的发展。如天台、慈恩、华严、禅宗等各宗派,都建立起严密系统的学说体系,在理论上有很大的发挥。而当时统治思想领域的儒家章句经学,已经僵化,正在寻求出路。这样,佛典的精妙的义理、庞大的理论体系,就更吸引了苦于儒经章句束缚的文化人。在佛教传入中国的前期,被人们接受的主要是禅数与般若。而禅数杂以方术,般若与玄学合流,给文学造成影响的主要是小乘经宣扬的鬼神灵异、六道轮回之类的故事。佛学的精深的义理被文人所接受要经过一个过程。到了唐代,宗派林立的佛学理论才真正深入到文人的意识之中。他们接受佛教影响,已不是表面地掇拾故事,玩赏概念,而能在宇宙观、人生观、认识论等根本方面理解和发挥佛说。以至像韩愈、李翱这样严格辟佛的人,也受到佛教思想的浸染。

在唐代佛教大发展的情况下,出现了调和儒、佛、道三教的思潮。传统儒学是代表世俗权力的,是为维护封建统治的权威服务的。而佛教开始以外来宗教的面目出现,教徒自视为"方外之人",在教义上和实际上都与封建统治阶级存在一定矛盾。佛教要在中国生存和发展,就必须解决这个矛盾。佛教逐渐中国化的过程,也是儒、释调和的过程。早在东晋时孙绰就说过:"周孔即佛,佛即周孔……佛者梵语,晋训觉也,觉之为义,悟物之谓,犹孟轲以圣人为先觉,其旨一也。"①刘宋释慧琳说:"知六度与五教并行,信顺与慈

①孙绰《喻道论》,《弘明集》卷三。

悲齐立耳。殊途而同归者,不得守其发轮之辙也。"①到了唐代,统治阶级更实行兼容三教的思想统治政策,使儒、佛、道各适其用。而佛教也努力使自己适应世俗统治,甚至大力宣扬儒家伦理思想的忠(如《仁王护国般若波罗蜜多经》)孝(如《盂兰盆经》)等等。朝廷上进行三教讲论,"初若矛盾相向,后类江海同归"②。在社会上,儒与佛的教义可以并行不悖;在文人中,外服儒风,内宗梵行成为风气。如鲁迅所说:"其实是中国自南北朝以来,凡有文人学士,道士和尚,大抵以'无特操'为特色的。晋以来的名流,每一个人总有三种小玩意,一是《论语》和《孝经》,二是《老子》,三是《维摩诘经》,不但采作谈资,并且常常做一点注解。唐有三教辩论,后来变成大家打诨;所谓名儒,做几篇伽蓝碑文也不算什么大事。"③当时有些反佛的人,也不否定佛教的教义,如姚崇谏造佛寺,却说:"但发心慈悲,行事利益,使苍生安乐,即是佛身。"④而一些佛教徒也并不反对世俗伦理,如中唐时的神清说:"释宗以因果,老氏以虚无,仲尼以礼乐……各适当时之器,相资为美。"⑤这样,儒、释相调和,有助于扩大佛教宣传的阵地,同时也使文人得以更自由地接受它,理解它。从思想史上看,这更是融铸为统合儒、释的宋明理学的一个发展过程。

　　在唐代,佛教影响文学之广泛与深刻,非其他朝代可比。大致表现在下列方面。

　　文人的世界观与人生观。唐代文人接受佛教义学,理解更为深入。许多人已不只是愚妄地迷信,而更注重教义的探求。像王维,在禅宗思想影响下,形成了忍辱无诤、随遇而安的人生哲学;柳

---

① 慧琳《黑白论》,《宋书》卷九七。
② 钱易《南部新书》卷乙。
③ 鲁迅《准风月谈·吃教》。
④ 姚崇《谏造寺度僧奏》,《全唐文》卷二〇六。
⑤ 《北山录》卷一《圣人生第二》。

宗元则努力于对天台教义的理解。反佛的韩愈、李翱则接受了佛家的心性学说。这种理解的深入，表明影响的深重，批判起来也就更加困难。

认识论。这也直接关联到文学理论。如唐代佛教的许多宗派都注重对"境"的研究，这里包含着不少哲学上认识论的问题，如认识中"主体"与"客体"的关系；认识的可靠性和相对性；名言在认识中的作用；形象在认识中的地位等等。这都给文人们以启发。唐代文学理论特别是诗论的发展，借鉴和汲取了佛学在这方面的成果。

创作题材和主题。鲁迅先生曾指出："中国本信巫，秦汉以来，神仙之说盛行，汉末又大畅巫风，而鬼道愈炽；会小乘佛教亦入中土，渐见流传。凡此，皆张皇鬼神，称道灵异，故自晋讫隋，特多鬼神志怪之书。"①这里说的就是佛教对创作题材、主题的影响。在这一方面，到唐代继续发展，如沈既济《枕中记》的梦游题材与《杂宝藏经》卷二《波罗那比丘为恶生王所苦恼缘》相似，李朝威《柳毅传》的情节显然受到《贤愚经》卷八《大施抒海品》的影响。在诗歌方面，以禅理入诗也已相当普遍。

文学体裁。在佛教的影响下，出现了像变文这样新的文学体裁。唐代寓言文学的发展，也受到佛典譬喻的影响。此外，还有一些潜移默化的方面，如唐代的议论文字，对六朝时弘法论辩文字有所借鉴；而佛典的偈颂则促进了诗歌的通俗化和议论化。

语言与修辞方法。佛典翻译丰富了汉语的词汇和语法，进而影响到文学语言。佛典文字的恢宏的想象、巧妙的譬喻、大胆的夸张以及排比、重复等修辞方法，对中国文人也有很大的吸引力。

总之，佛教对唐代文学发展的影响，远较一般设想的广泛、深刻得多。但这方面的问题，近年来学术界研究很少。除了受到前

---

① 鲁迅《中国小说史略》第五篇《六朝之鬼神志怪书》（上）。

一段"左"的路线的干扰之外,治宗教史者无暇顾及、治文学史者多无力顾及也是造成这种局面的重要原因。佛典卷帙浩大、名相繁复、经义精微,掌握很难,研究更不易。但是,佛教的影响是评价一些重要作家、研究一些重要文学现象的关键问题,非认真探讨不可。

笔者佛学知识甚少,古典文学水平有限,思想认识与学力实无以解决这样繁难的课题。但是自觉到这一工作的重要,仍愿意以自己这样浅薄的作品来"抛砖引玉"。本书所收文章集中在学术界一直注意较少的佛教影响于诗文创作和文学理论方面。第一组三篇(《唐代"古文运动"与佛教》、《韩愈与佛教》、《试论柳宗元的"统合儒释"思想》)讨论佛教与唐代散文的关系;第二组三篇(《王维的佛教信仰与诗歌创作》、《白居易的佛教信仰与生活态度》、《唐五代的诗僧》)讨论佛教与唐代诗歌的关系;第三组一篇(《论皎然〈诗式〉》)是关于文学理论的;附录的一组《读藏杂识》,是笔者的读书笔记,也大都是关系到诗、文与文学批评的。全书谈不到系统,各篇没有什么内在联系,也没有一定格式。主要想通过典型事例分析,提出些问题,借以使人得窥唐代文学受佛教影响的概貌。笔者的学力也只允许这样做。其中一部分文章在刊物上发表过,此次收入本书作了某些修订。

笔者对佛教的理解难免错误,对如何看待与解释文学与佛教关系的诸问题殊无把握。谨以惶恐心情敬乞专家、读者与同行教正。

唐代"古文运动"与佛教

　　论及唐代"古文运动",一般认为它与中唐的儒学复古运动相为表里,特别强调它的辟佛内容与作用。但考之历史实际,就会发现,这种看法是片面的。事实上,唐代的文体革新与散文创作的繁荣,和反佛斗争没有必然的联系。韩愈倡"古文",明"古道",以"古文"反佛,这是"古文运动"发展到一定阶段的事情,是他和他那一派人的主张。而在他以前或以后的许多"古文"家并不反佛。就是韩愈本人,在思想上、文学上也受到佛教的影响。本文拟提出一些材料,对上述浅见略作阐述。

一

　　佛教在唐代对于整个思想、文化包括对文学的重大影响,现代的研究者们往往是估计不足的。揭示这种影响,就会看到,当时的广大文人与佛教有着千丝万缕的联系,许多"古文"家也不例外。

　　首先,从政治上看。自从释道安倡弘法必依王者之论,佛教僧侣更自觉地借"人王之力"以扩张自己的势力。唐王朝统治者又采取了儒、佛、道三教并重的思想统治政策,从而使皇族地主、世俗地主和僧侣地主结成了更为牢固的(当然也是充满矛盾的)联盟。佛教僧侣的代表人物不仅被作为宗教领袖受礼重，他们还掌握着一定政治权势，直接参与政治斗争。早在唐太宗打天下围攻王世充时，就曾得到少林寺和尚的援助（《告柏谷坞少林寺上座书》，《全唐文》卷一〇）。他即位后即颁发《佛遗教经》，说"如来灭后，以末代浇浮，付嘱国王、大臣，护持佛法"（《佛遗教经施行敕》，《全唐文》卷九）。武则天拟篡唐称帝，沙门怀义、法明等撰《大云经疏》，盛言受命之事，结果"释教开革命之阶"（《资治通鉴》卷二〇四，《唐纪》二〇）。中宗朝，华严宗的创始人法藏参与镇压张易之之乱，以功授鸿胪卿，被称赞为"内弘法力，外赞皇猷，妖孽既歼，策勋斯及"（崔致远《唐大荐福寺故寺主翻经大德法藏和尚传》）①。"安史之乱"时，荷泽神会立坛度僧，所获金帛，以支军用（《宋高僧传》卷八《神会传》）；肃宗在灵武，密宗不空奉表问起居，陈克服之策（《宋高僧传》卷一《不空传》）。唐顺宗李诵为太子时，结交华严宗名僧澄观，频加礼接（《宋高僧传》卷五《澄观传》）；与沙门端甫"亲之若昆弟，相与卧起，恩礼特隆"（《宋高僧传》卷六《端甫传》）；在继位后，"诏尸利禅师入内殿，咨问禅理"（《佛祖统纪》卷四一）。李诵是王叔文、柳宗元、刘禹锡等人的政治革新集团的后台，他结交僧徒拉拢宗教势力，也给柳宗元等人以一定影响。唐文宗时发动"甘露之变"的李训，结交华严五祖宗密，事败后去终南山往投之，"宗密欲剃其发而匿之，其徒不可"，后宗密因此被大阉仇士良逮捕（《资治通鉴》卷二四五《唐纪》六一，《宋高僧传》卷六）。这些事例，充分表明了唐代僧侣地主的权势和地位。许多大和尚如华严宗的法藏，禅宗的神秀、普寂、义福，开创密宗的"开元三大士"善无畏、金刚智、不空等，都出入禁闼，平交王侯，封爵赐号，势移权贵，真是"窃人主之权，擅造化之力"（《旧唐书》卷七九载傅奕语）。这种权势所

———————

① "张易之"或作"张柬之"，与史实不符。此据《五祖略记》。又本文所引佛典，均据《大正藏》。

集之处,自然成了官僚、文人奔竞、攀附的对象。史载陈岵因供奉僧进《注维摩经》,得濠州刺史,被谏官论奏,唐敬宗李湛反而发怒说:"陈岵不因僧得郡,谏官安得此言!"(《旧唐书》卷一五三《刘乃传附刘宽夫传》)韦贯之为右丞,僧广宣造门曰:"窃知阁下不久拜相。"(《唐语林》卷三)晚唐时韦昭度由沙门僧澈荐之中禁,一二时相皆因之大拜,僧澈之师即悟达国师,诸相对之皆申跪拜之礼(《唐语林》卷七)。从这些例子,可见大和尚们怎样决定着官僚、文人的命运。鲁迅先生指出过,唐人文集多留下几篇释教碑文,实际那正是他们趋附佛教势力的表证。许多文人都对名僧执弟子礼,甚至受菩萨戒,主要目的也是要借助他们的政治势力以谋求自己的出路。

其次,从经济上看。唐代僧侣地主通过赏赐、施舍、买卖等形式,大量兼并土地。"国家大寺,如似长安西明、慈恩等寺,除口分地外,别有敕赐田庄,所有供给,并是国家供养"(《法苑珠林》卷六二《祭祠篇》第六九)。许多寺院都有土地千百顷。和尚圆观竟得到"空门猗顿"的绰号(《宋高僧传》卷二〇《圆观传》)。睿宗时,左拾遗辛替否上疏,说"十分天下之财,而佛有七八"(《旧唐书》卷一〇一《辛替否传》)。晚唐时,"自淮而右,户三丁男,必一男剃发"(《新唐书》卷一八〇《李德裕传》),也就是说,寺院夺取了占总劳动力三分之一的劳动人手。佛教具有如此巨大的经济势力,必然要影响到文化、文学。唐代寺院供养了一大批学问僧:一些义学大师是宗教学者;灵澈、皎然、道标、贯休等诗僧是披着袈裟的诗人;一些翻经大师多是精通华梵、学有素养的文化人;还有像一行那样的科学家。当时的寺院,还为知识分子提供了习业、寄居的场所。参与科举考试的举子,"自六月以后,落第者不出京,谓之'过夏';多借静坊庙院及闲宅居住,作新文章,谓之'夏课'"(《南部新书》卷乙）。不少文人借僧寺寄居、读书①。文人们在经济上依靠佛教，必然受到其影响或制约。明显的例子是柳宗元，他贬官永州寄住在龙兴寺，结交天台僧人重巽，得到他的资助，这对滋长其佛教意识是起了作用的。

再次，从思想意识上看。唐王朝的三教调和政策，鼓励了佛教与儒、道的融和；佛教徒为了扩大自己的思想阵地，也极力依照中国传统伦理、政治观念改造其教义，这都有助于佛教思想在文人中的扩张。另一方面，唐代统治阶级的内部矛盾，特别是天宝以后政治的黑暗和腐败，促使许多人包括知识分子到宗教中去寻求精神解脱的遁逃薮。王维所谓"一生几许伤心事，不向空门何处销"（《叹白发》，《王右丞集》卷一四），代表了相当一部分失意文人的思想倾向；白居易所谓"外服儒风，内修梵行"，形成为文人中的一种潮流；研习释典，结交僧徒，也就成了文人日常的功课。

这样，唐代整个文学，处在佛教的重大影响之下，"古文"家们也是不例外的。

二

从历史发展的实际情形看，反佛不自韩愈始，也不自唐代始。就唐代说，自高祖时傅奕反佛，代有其人。武后朝有狄仁杰、李峤、张廷珪、苏瓌，中宗朝有韦凑、韦嗣立、桓彦范、辛替否、宋务光、袁楚客、吕元泰、成珏，睿宗朝有裴漼、宁原悌，玄宗朝有姚崇，肃宗朝

---

① 颜真卿好居佛寺（《泛爱寺重修记》，《全唐文》卷三三七）；李泌尝读书衡岳寺（《太平广记》卷三八《李泌》）；李端少居庐山，依皎然读书（《唐才子传》卷四）；裴垍读书灵山寺（元稹《感梦》，《元氏长庆集》卷七）；柳宗元居于永州龙兴寺；（见文集）杜牧曾住扬州禅智寺（见文集），等等。

有张镐,代宗朝有高郢、常衮、李叔明、韩滉,等等,都有反佛主张。还有道士反佛,如唐初的李仲卿、刘进喜支持傅奕;玄宗时吴筠深诋佛教;武宗朝赵归真协助策动毁佛等。所有这些人,几乎与"古文"都没什么关系。

傅奕辟佛有一段话:"佛在西域,言妖路远,汉译胡书,恣其假托。使不忠不孝,削发而揖君亲;游手游食,易服以逃租赋……乃追既往之罪,虚规将来之福。"(《资治通鉴》卷一九一《唐纪》七)这大体上概括了唐人反佛的内容,即一、不忠不孝,违背传统伦理道德;二、不服赋役,与朝廷争利;三、来自西域,以夷乱华;四、讲究福报,于事无验。关键还在于经济利益和伦理纲常问题:佛教的发展,直接影响到朝廷的财赋收入和纳税人口,危害建立在"三纲五常"上的等级专制制度。因此,唐前期的反佛,主要反映了中央集权的朝廷与僧侣地主的矛盾,反佛的人多从经济利益和伦理道德的角度立论。这个斗争,基本上与文学无关。

而"古文"的兴起和发展,有着另外的原因。"古文"的倡导有个长期发展过程;对这个过程的认识现在人们还不尽一致,例如"古文运动"从何时算起,就有各种说法。独孤及说:"帝唐以文德勇祐于下,民被王风,俗稍丕变。至则天太后时,陈子昂以雅易郑,学者浸而向方。天宝中,公与兰陵萧茂挺、长乐贾幼几,勃焉复起,振中古之风,以宏文德。"(《检校尚书吏部员外郎赵郡李公中集序》,《全唐文》卷三八八)梁肃则说:"唐有天下几二百载,而文章三变:初则广汉陈子昂以风雅革浮侈;次则燕国张公说以宏茂广波澜;天宝已还,则李员外、萧功曹、贾常侍、独孤常州比肩而出,故其道炽。"(《补阙李君前集序》,《全唐文》卷五一八)这是唐代当时人的看法,是比较合乎实际的。如像这里所说从陈子昂算起,"古文运动"到韩愈已发展了一个世纪。在这一个世纪中,出现了不少提倡革正文体、致力"古文"创作的人物,他们大都不反佛,有些还是虔诚的佛教徒。

可以举几个著名人物做例子。

陈子昂《感遇》诗有批评佛教的内容:"吾观昆仑化"一首攻驳佛教缘业之说,"圣人不利己"一首揭露建筑寺院的繁费。但同时他又说"吾闻西方化,清静道弥敦",表明他并没有从根本上否定佛教,批判还限于形迹。他早年在蜀中,从晖上人游,过从甚密。入京后,还写过《为僧谢讲表》等释教文字。当时武则天佞佛正深,陈子昂论事书疏,议论时政,言无忌讳,唯不触及佛教,可见他的态度。

卢藏用是陈子昂的友人,也是他从事诗文改革的支持者。唐代第一个肯定子昂转变文坛风气并为之大肆张扬的就是卢藏用。他的《陈伯玉文集序》、《陈子昂别传》、《析滞论》等,也是文体改革的具体实践。但他信佛教,结交沙门怀仁等,"于(龙兴寺经律)院内置经藏,严以香灯,天地无疆,象法常在"(李华《扬州龙兴寺经律院和尚碑》,《全唐文》卷三二〇)。

张说在改革文体和文风上是有贡献的。特别是他的碑状记序文字,行文比较典雅浑朴。他与苏颋并称"燕、许大手笔",在当时很有影响。他是佛教信徒,并对神秀"问法执弟子礼",神秀死后,亲服师丧,为撰《唐玉泉寺大通禅师碑》(《宋高僧传》卷八《神秀传》)。他还参与过义净、菩提志流的译经工作。在他的文集中,多有如《般若心经赞》、《唐陈州龙兴寺碑》、《书香能和尚塔》等释氏文字。

李华与萧颖士、贾至为友,是最早有意识地写"古文"并取得突出成就的人。但他说:"五帝三王之道,皆如来六度之余也。"(《台州乾元国清寺碑》,《全唐文》卷三一八)这就把佛抬高到儒之上。他又写道:"儒墨者,般若之笙簧;词赋者,伽陀之鼓吹。"(《杭州余姚县龙泉寺故大律师碑》,《全唐文》卷三一九)这又把文学当成佛教的工具。当然,他又提倡尊儒重道,二者在他的思想中是并存的。他与当时佛教的几个宗派都有关系。他的《东都圣善寺无畏三藏碑》,碑主是密宗创始人之一的善无畏,颂扬其"解邪缚于心门,舍迷津于觉路,法雨大小而均泽,定水方圆而满器"(《全唐文》卷三一九)的功德,《润州天乡寺故大德云禅师碑》,碑主法云,是大照禅师普寂门弟子。而其《故左溪大师碑》,碑主是天台八祖玄朗;李华曾在九祖荆溪湛然门下受业,被视为天台宗人(志磐《佛祖统纪》卷七《东土九祖第三之二》)。他还与灵一、朗然等结交。"传佛教心要"是他的创作的重要内容。

另一位较早提倡"古文"的人独孤及,"体黄老之清净,包大雅之明哲"(梁肃《朝散大夫使持节常州诸军事守常州刺史赐紫金鱼袋独孤公行状》,《全唐文》卷五二二),同时又并容佛教。晚年任舒州刺史,曾赞助湛然等为禅宗三祖僧粲建塔,并亲书《舒州山谷寺觉寂塔隋故镜智禅师碑铭》,对这位禅宗祖师大加推扬,说"其教大略以寂照妙用摄群品,流注生灭观四维上下,不见法,不见身,不见心,乃至心离名字,身等空界,法同梦幻,亦无得无证,然后谓之解脱"(《全唐文》卷三九〇)。这表达了他自己对禅宗教义的理解。他与诗僧灵一也有交谊,在《唐故扬州庆云寺律师一公塔铭》中称灵一为"善友",赞扬其"吻合词林,与儒墨同其波流"。他也写过《金刚经报应述》、《佛顶尊胜陀罗尼幢赞》等宣扬佛法的文章。

梁肃在"古文运动"中是承前启后的人物。他就学于独孤及,韩愈、李翱等都曾及门授业。他又是地地道道的佛教信徒。他学天台之道于荆溪湛然,又是湛然弟子元始的门弟子。他对天台教义理解甚深,曾以天台止观学说文义弘博,览者费日,著《止观统例》六卷,是为阐扬天台止观学说的重要文献。他的《天台法门议》、《台州隋故智者大师修禅道场碑铭》、《常州建安寺止观院记》、《维摩经略疏序》等,都是阐述天台教的文献。后来天台宗人著僧史,把他纳入天台传法世系之中。

权德舆是韩、柳前辈,是贞元年间文坛上有影响的人物之一。他提出"尚理、尚气、有简、有通"的文章论,对"古文运动"的发展很

有影响。他写了许多文集序,品评文章,推进了文体改革。他曾游
于著名禅师马祖道一门下,著《唐故洪州开元寺石门道一禅师塔
铭》。他还为不空写过《唐大兴善寺故大宏教大辩正三藏和尚影堂
碣铭》。他曾称赞百岩禅师说:"尝试言之,以《中庸》之自诚而明以
尽万物之性,以《大易》之寂然不动感而遂通,则方袍、褒衣其极致
一也。向使师与孔圣同时,其颜生、闵损之列欤?释尊在代,其大
慧、纲明之伦欤?"(《唐故章敬寺百岩禅师碑铭》,《权载之文集》卷
一八)这是明显的调和儒释思想。他又结交道士吴善经,推崇吴
筠,写过《唐故中岳宗元先生吴尊师集序》。他周流三教,可说是代
表了当时文人的一种典型倾向。

　　从韩愈提倡"古道"与"古文"的统一,使辟佛成了"古文运动"
的重要内容以后,"古文"家中才出现了反佛的一派,但也远不是每
一个写"古文"的人都反佛。柳宗元与韩愈并称,是"古文运动"的
主要领袖,就并不反佛,为此还与韩愈进行过长期争论。他与天台
宗关系甚密,《佛祖统纪》把他列入"荆溪旁出世家";他的文章《圣
安寺无姓和尚碑》等也收入《名文光教志》。他的友人,也是"古文
运动"的重要参加者刘禹锡也信佛。元稹、白居易对"古文"创作也
很有贡献:元稹用散体写制诰,从而使"古文"扩大应用于朝廷典
章,白居易的抒情散文很有特色,他们都与佛教有瓜葛。

　　由此可见,韩愈以前的"古文家"不反佛,韩愈以后的"古文家"
也不是人人都反佛。这其中的原因是值得探究的。

　　首先,要看到文体改革的特殊的社会基础。唐代实行文体改
革的,主要是那些依靠政能文才登上社会舞台、政治上富有积极变
革意识的"文章之士"。这类人的势力到武则天统治时期大为增
强。后来沈既济奏称"太后君临天下二十余年,当时公卿百辟,无
不以文章达"(《词科论》,《文苑英华》卷七五九《杂论中》)。据梁肃
说,到"开元中……海内和平,士有不由文学而进,谈者所耻"(《侍
御史摄御史中丞赠尚书户部侍郎李公墓志铭》,《全唐文》卷五

二〇）。这些"文章之士",比较接近社会下层,更多地了解社会实际,因此思想也较为活跃,有一定的变革现实的要求。而唐王朝自高宗统治后期,土地兼并加剧,赋役日重,北边连年动乱,朝廷内部政争也很激烈,各种社会矛盾逐渐尖锐化、表面化了。这样,那些"文章之士"就急需一种有实效的文章形式来表达改革的呼声。第一个在文坛上"横制颓波"的陈子昂,就立志在"王霸大略,君臣之际"(卢藏用《陈子昂别传》,《全唐文》卷二三八)。他写作诗文,立言措意,多在时事。接着,苏安恒、狄仁杰等以他们直言无隐、文风凌厉的奏疏,开唐文创作的新局面。到开、天年间,萧颖士、李华、独孤及、元结等人继起,这也是一批志在经世济时、勇于参与现实斗争的人物。在他们的手下,"古文"写作逐渐造成了声势。

正如前面指出过的,前期"古文家"之不反佛,根本原因在于他们还没有和佛教发生根本的利益冲突。当时受佛教及其寺院经济损害和威胁的主要是朝廷,还不是一般的知识分子。对那些"文章之士"来说,他们既没有门第身份可以依恃,又没有家学传统可以夸耀,僧侣的势力反而可以作为攀登仕途的助力。所以当时不少出身"微贱"的文人,都去结交僧徒①。再者,佛教在确定人的身份品级上又提出了一套不同于门阀等级制度的理论。所谓"是法平等,无有高下",以至主张僧徒可以不拜王者,这都打击了世俗的门第品级。华严宗倡"一阐提人皆可成佛"的理论,后期天台宗主张"无情有性"之说,都认为一切有情以至无情物均有佛性,这也有着否定人有所谓先天品级的意义。禅宗主张"明心见性",以为人人皆有的净心就是佛性,这个宗派比较接近下层,禅宗的许多大和尚都出身低微。佛教的这套观念,也适宜于那些社会地位较低的"文章之士"反对门阀特权的斗争。所以在当时,"文章之士"与僧侣可

①只要查阅一下《宋高僧传》就会发现,许多与名僧结交的官僚、文人是出身于所谓"近代新门"的人物,如许敬宗、李义府、张说、张九龄、李逢吉、钱徽等。

以结成一定形式的联盟。

这些"文章之士"在思想上一般是信守儒家学说的。就是信佛的张说、李华、梁肃等，也都讲圣人之道、六经之志。但在他们那里，儒、佛又可以并存不悖。因为传统的儒学，主要是一种伦理、政治思想；在哲学的本体论、认识论上，虽然也提出了"天人之际"的理论，但却是很粗糙，也很软弱的。而唐代佛教在大量翻译佛教经典的基础上，建立起众多的宗派，发展了系统的、精致的宗教哲学，提出了完整细密的本体论、认识论、方法论。例如法相宗的"阿赖耶缘起"理论，对人的感觉、意识做了细致的分析；华严宗提出"一真法界"变现出"事理圆融"的现实世界，对所谓"事"与"理"、"本体"与现象的关系进行了研究；禅宗主张直指心性，顿悟成佛，提出一种主观唯心主义的人性论、认识论。如此等等，这类哲学虽然是颠倒的、繁琐的，是为宗教神学服务的，但它们所探讨的正是中国儒家学说研究得非常不够的问题。这种哲学以其奇妙的思辨、细密的分析、神秘的语言被中国知识分子所叹服；特别是从这种哲学中引申出来的人生哲学、人生理想更引起那些在现实苦难面前痛苦彷徨的人的共鸣。所以在唐代论及儒、佛二教，许多人认为它们约义立宗，并无差别，同出异名，殊途同归。就是那些反佛的人，也往往肯定佛教辅助王化，诱掖人心的作用，肯定其以清净为宗，无为为本的一面。因此他们在政治伦理上讲儒道，在人生观、人生态度上却可以用佛说。结果在唐代出现了一些很矛盾的现象，有些政治上很积极的人物却信佛教，有些人有显明的唯物主义观点又赞赏佛理。最典型的可举出柳宗元和刘禹锡。另外如卢藏用写《析滞论》、李华写《卜论》，都有力地反对迷信思想，而二人又都信佛教。还有些人在辟佛与礼佛二者间急剧转变。白居易早年写《策林》，作《两朱阁》诗，大力抨击佛教；但后来却转向严重地佞佛。前面提到的苏瓌，一方面著论反佛，另一方面又礼敬佛徒。这在当时并不被认为多么矛盾。因为当时人是从不同角度来看待儒、佛二者的。

由此可见,早期"古文家"之受佛教影响,是有一定社会原因和思想条件,可以说是有一定必然性的。

三

宋人论韩愈,说他是"文起八代之衰,而道济天下之溺"。由上述事实可以证明,这个估计是过高了。"起八代之衰"不自他始,在文体改革上,他只是继承自陈子昂以来百年间许多人努力探索的未竟之业;"济天下之溺"也不是他一人之功,反佛的早就大有人在,他的观点并没有多少超出前人的范围。但他的劳迹是不可磨灭的。其中重要一点,正是在他的手下,把文体改革与反佛斗争结合起来了。这一方面,使"古文运动"确定了更明确的指导思想,为它增添了一个具有重大社会意义的现实内容,从而提高了"古文运动"的思想性和现实性,扩大了"古文"的影响;另一方面,他为辟佛斗争树立了一个明确的理论纲领和历史依据,提出了一种有力的文字工具,这也就使辟佛斗争的理论水平和战斗力提高了。再加上他的杰出的文才和卓越的创作实践,他对自己从事的事业又有极高的热忱、极大的魄力和坚强意志、牺牲精神,使他在"古文运动"和辟佛斗争中都取得了突出成绩。这种功劳还是很巨大的。

但也应当指出,文体改革与反佛斗争结合起来,这不单单决定于某个人的动机,仍然是有一定社会原因的。从政治上看,唐王朝自"安史之乱"后,陷于藩镇割据、宦官专权、朋党相争、少数民族连年内侵的内外交困局面。朝廷暗弱,政出多门,极需要整顿颓败中的统治秩序,强化社会纪纲。为了复兴中央集权的王朝统治,就要有一个统一的思想,因此就出现了重新确立儒家一家之道在思想领域中的统治地位的要求，从而掀起了儒学复古的高潮。另一方面，从经济上看，由于藩镇割据地区不输赋税，回纥、吐蕃内侵使得边鄙日蹙，国家财源紧张；土地兼并过程加剧，农民大量流亡；在这种情况下，寺院经济恶性发展，许多农民投身寺院以逃避赋役，不但给朝廷造成了严重问题，而且损害了世俗地主各阶层的利益。这样，佛教猖獗日甚，统治阶级某些人佞佛日深，社会上辟佛的呼声也日高。韩愈就以一代文宗身份，作为反佛的强有力的代表出现了。

前人曾指出过，韩愈反佛反的是"擅施供养之佛"，议论多在粗浅的形迹之间。这是有一定道理的。就以代表其辟佛主张的《论佛骨表》为例，其攻击佛教的着眼点主要在"老少奔波，弃其业次"、"伤风败俗，传笑四方"、"不知君臣之义，父子之情"、"事佛求福，乃更得祸"几点，都不出傅奕等人驳议的范围。所以柳宗元指责他"退之所罪者，其迹也"（《送僧浩初序》，《柳河东集》卷二五）。柳宗元是从为佛说辩护的立场提出批评的，但却是颇中韩愈的要害的。韩愈主要是从伦理道德上、从经济利益上辟佛的。但韩愈也给辟佛斗争提供了新依据，那就是他虚构的"道统"论。中国儒学在孔子之后，"儒分为八"，孟、荀对立，发展为汉儒严分家法的注疏章句之学，又糅之以名、法、佛、道，内容颇为庞杂无统。韩愈提出从尧、舜到孔、孟的"道统"来与百家杂说相对立，在一种唯心的、神秘的形式上力图保卫中国传统思想文化的独立性，为辟佛找依据，这在历史上是起了一定积极作用的。对他的"道统论"可以另作评价，但不论如何却应肯定他提倡"道统"以对抗佛教的意义。

然而仔细分析起来，韩愈辟佛虽然立志甚高，出言颇壮，实际上不仅在理论上是软弱的，在一些重要方面还受到佛教的影响，以至偷运了佛教的唯心主义宗教哲学内容。

他的"道统"论在形式上就是模拟了佛教祖师传法的神秘形式。佛教传宗传法，重在对佛说的领悟；而韩愈虚构的"尧以是传之舜,舜以是传之禹,禹以是传之汤,汤以是传之文、武、周公,文、武、周公传之孔子,孔子传之孟轲,轲之死不得其传焉"(《原道》,《韩昌黎全集》卷一一),就等着他本人来复兴的圣人之道,传继更为神秘。而他把"道统"作为世界的本体,也显然受到佛教,主要是华严宗的影响。先秦儒学论"道"主要是指政治、道德、伦理的准则规范,而没有从本体论上加以发挥。从孟子到董仲舒,逐步把"道"与"天命"结合,确立了神秘的、先验的"天道"观念,但这种粗糙的唯心主义"天命"观早经王充等人给以批驳了。佛教各宗派兴起,分别建立了各自的本体论,有"阿赖耶缘起"、"真如缘起"、"法界缘起"等说。华严宗的"法界缘起"说,认为"法界"是宇宙万有的总相,举天下万物都是"一真法界"的变现,而"法界之相……总具四种:一、事法界;二、理法界;三、理事无碍法界;四、事事无碍法界"(澄观《华严法界玄镜》上)。这里所谓"事法界",概指客观存在,被认为是"依心而现"的假象,即所谓"俗谛";"理法界",即所谓"真空"之理,这是"真谛"。理、事二者的关系是理为本,事为末。华严宗的这种本体论是宋人建立理学的重要理论渊源。而韩愈在对"道"的理解上,正借鉴了华严宗的这种理论。韩愈把"道"抽象化,神秘化,哲理化。他也讲"天道",曾被刘、柳驳得体无完肤,那是他拙劣地抄袭前人的语言。属于他自己的独特心得的是那种哲理化的"道"。他不再把"道"当做一种行为准则,而把它与表明具体道德属性的"仁"与"义"分开,又把"道"与"教"分开。他说"道"是"虚位",是高度抽象哲理化的。论及"道"与客观现实的关系,他说"其文《诗》、《书》、《易》、《春秋》,其法礼、乐、刑、政,其民士、农、工、贾,其位君臣、父子、师友、宾主、昆弟、夫妇,其服麻丝,其居宫室,其食粟、米、果、蔬、鱼、肉",这样,"圣人之道"是本体,而整个现实中的万事万物,从社会生产到上层建筑都是它的体现。这就与华严宗讲"四法界"相通了。在韩愈的时代,华严宗比较发达,他显然是受到其影响的。这样,韩愈就为宋儒理学借鉴华严宗的本体论而发展出"理一分殊"的理论开了先路。

在哲学另一个重大问题即人性论上,韩愈受佛教影响更深。传统儒学中孟子有"性善"论,荀子有"性恶"论,董仲舒有"性三品说",都不能很好地解决人性问题,特别是不能根据统治阶级的要求解决人性改造的问题。佛教讲成佛做祖,"人性"问题就是佛教哲学讨论的最重要的问题之一。佛教讲的是"佛性",实际上是"人性"。唐代佛教的有些宗派,竭力论证佛性的普遍性。典型的如荆溪湛然在《金刚錍》中提出"无情有性"说,认为砖甓瓦石都有佛性。这一方面是廉价地向群众推销佛国的入门券,同时也企图按宗教要求改造现实的人性。禅宗也宣扬人人普遍具有佛性。传为五祖弘忍所作《最上乘论》说:"一切众生迷于真性,不识心本,种种妄缘,不修正念,故即憎爱心起。以憎爱故,则心器破漏;心器破漏故,即有生死;有生死故,则诸苦自现。"南宗慧能强调万法尽在自心,只是被俗情沉迷了,一切尘劳妄想都是真性迷惑的表现,因此"故知不悟即佛是众生,一念悟即众生是佛"(法海本《坛经》),所谓成佛就是通过顿悟而"顿现真如本性"。这种肯定佛性的普遍性而视七情六欲为一切罪孽根源的见解,实际上否定了人们求生存求解放的要求,用虚构的"真如本性"来束缚人的意志,又把一切现世苦难归结为自身的幻觉。这种人性论看似合情合理,实是以虚假的诡辩施行欺骗。韩愈在人性论上,一方面,继承了董仲舒的性三品说,另一方面又偷贩佛说。他论人性,区分"性"与"情",说"性也者,与生俱生也;情也者,接于物而生也"(《原性》,《韩昌黎全集》卷一〇)。他把仁、义、礼、智、信看作是人的先天品性,而喜、怒、哀、惧、爱、恶、欲是后天的七情。由此,他一方面发挥了《中庸》"正心诚意"之说,另一方面又是与禅宗讲佛性与"明心见性"相通的。后来李翱著《去佛斋》文,排佛主张与韩愈同,又写《复性书》三篇,继续容纳佛说以发挥韩愈的人性论。他主张性善而情恶,普通人的性为情欲所浸染,"情即昏,性斯匿"(《复性书》上,《李习之文集》卷三），因此要通过"斋戒其心"达于"至诚"，也就是"复性"。这种以神秘的领悟以求达到"圣人"境界的办法，正是禅宗理论的变种，李翱早年曾执文谒梁肃，受其称赏，在接受佛说上可能也受到其影响。僧史记载他又曾谒见惟俨禅师问道，并评论他"著《复性书》上、下二篇，大抵谓本性明白，为六情玷污，迷而不返，今牵复之，犹地雷之复见天地心矣。即内教之返本还源也"，又说他"明佛理，不引佛书援证，而征取《易》、《礼》而止，可谓外柔顺而内刚逆也"（《宋高僧传》卷一七《惟俨传》）。而韩愈却称赞"习之可谓究极圣人之奥矣"（《论语笔解》卷下《子路第十三》），可见韩愈是赞同他的观点的。

所以，韩愈与佛教的关系，也是很复杂的。他辟佛功绩卓著；同时又受到佛教思想的影响，在自己所明的"圣人之道"中容纳了佛教观念。他在坚定的反佛言词之下，汲取佛教的本体论与人性论，给传统的儒家学说补充了重要内容。这样，表现出由汉儒的章句之学向宋儒性理之学的转变，力图通过消融佛说以夺取佛教在理论上的某种优势。这就为宋儒反佛的成功开拓了道路。从这个角度看，正因为他融纳、消化了佛说，才使辟佛更为有力。宋儒的性理之学，讲"理一分殊"，讲"心理性命"，是一种结合了佛教宗教哲学的新型的儒学。韩愈在发展这种新儒学武器上，又是开了先路的。

四

从"古文"的表现形式方面看，更受到佛经翻译文学的相当大的影响。这也是佛教与中国古典文学关系的值得注意的方面。

按佛教自身的理论，只有佛即释迦牟尼说法的记录才叫"经"

（也有例外，如禅宗六祖慧能的传法记录叫《坛经》）。但这大量外来的佛典，在宗教宣传的形式下包含着印度文化和文学的宝贵财富。自从佛教传入中国，佛典大量被翻译过来。许多中国和外国的译师以极其虔诚的态度，认真从事翻译工作。他们本人往往是精通华、梵（胡），博涉文史的语言大师。译文要求忠实流畅，又能被群众所接受，这就要讲究表现形式和语言艺术。许多经典一译再译，不断提高水平。这样，出现了在整个世界史上也是空前的翻译事业，培养出鸠摩罗什、真谛、玄奘、不空这样卓越的翻译家，组织了世界上第一批官营译场。到了唐代，入藏佛经约二千多部，七千余卷①。近人严可均编的《全上古三代秦汉三国六朝文》七百四十六卷（当然，唐代所存远较此数为多），如从卷数看，仅及唐代所存佛典的十分之一强。从这个比较，我们可以看出翻译的成果有多么庞大。

而且，唐代文人大都熟悉佛典，如《法华经》、《华严经》、《维摩经》等，可说是文人的必读书。自从谢灵运参加《大般涅槃经》的修订，有许多文人参与佛经翻译。唐代官方组织译场，更任命一些著名的官僚、文人襄助。太宗时波颇译《宝星经》，房玄龄、杜正伦、萧璟监护勘定；高宗时，于志宁、来济、许敬宗、薛元超、李义府、杜正伦担任玄奘译场的润文使；睿宗朝菩提流志译成《大宝积经》，润文官有卢粲、徐坚、苏颋、薛璩、陆象先、郭元振、张说、魏知古，被赞为"儒释二家，构成全美"（《宋高僧传》卷三《菩提流志传》）。许多学有素养的文人参与译经，提高了译文水平；而反过来，又会影响世俗文字的写作。

首先，佛教译经提供了一种新的文体，即所谓"译经体"。这是无数华、梵（胡）译师努力创造的成果。与"俗下文字"的骈文相较，

_____

① 据道宣《大唐内典录》著录二四八七部，八四七六卷；智升《开元释教录》是二二七八部，七〇四六卷；圆照《贞元新定释教目录》是二四四七部，七三九九卷。其中包括部分中土撰述。

它的特点一是比较质朴,即僧肇评论译经大师鸠摩罗什的译文所说"陶练覆疏,务存论旨,使质而不野,简而必诣"(《百论序》);二是比较通俗,因为要面向群众做宣传;三是骈散间行,有许多是用简洁生动的散体文写的。我们讲六朝文坛,一般仅看到骈文的绝对优势;但实际上,在社会上流行的还有这一大批译经。它们许多都是华梵结合、雅俗共赏、骈散间行的优美散文。这里可以举两个例子。一是罗什译《法华经》卷二《譬喻品第三》,以火宅之喻说明拔济众生:

> 若国邑聚落有大长者,其年衰迈,财富无量,多有田宅及诸僮仆,其家广大,唯有一门,多诸人众,一百二百乃至五百人,止住其中。堂阁朽故,墙壁隤落,柱根腐败,梁栋倾危,周匝俱时欻然火起,焚烧舍宅。长者诸子,若十、二十或至三十在此宅中。长者见是大火从四面起,即大惊怖而作是念:我虽能于此所烧之门安稳得出,而诸子等于火宅内乐著嬉戏,不觉不知,不惊不怖,火来逼身,苦痛无已,心不厌患,无求出意……父知诸子先心各有所好,种种珍玩奇异之物,情必乐著,而告之言:"汝等所可玩好,希有难得……"尔时诸子闻父所说珍玩之物适其愿故,心各勇锐,互相推排,竞共驰走,争出火宅……

再一个例子是竺法护所译《修行道地经》卷三《劝意品第九》,叙述昔一国王欲选一明智之人以为辅臣,选中一人,欲试之,乃使其擎满钵油从北门走至南门去城二十里调戏园,设所执油坠一滴则杀头。此人执满钵油行走,遇全城纵观,父老兄弟妻子号哭悲哀;又遇一国无双的绝妙女子;又遇醉象驰突,城中失火,诸蜂啮人,全城混乱等种种令人惊悚情景,但他"一心擎钵,一滴不坠……所以者何?秉心专意,无他念故",因而受到国王的赞赏。佛教修证方法有所谓"精进",是达到涅槃的"六度"之一。这个故事就是讲"精进"工夫的。像这样的文章,构思的新巧,行文的生动,都在中国文人眼前开辟了新境界,写"古文"的人不能不受其影响。

其次,在表现方法上。佛经中的许多作品文学性很强。例如《维摩诘经》,写一个道行很高的居士维摩诘以疾做喻广为说法的故事。前一部分讲佛派众弟子前往问疾,一个个弟子都推托不敢出面,最后派了文殊师利。其中生动地描绘了维摩诘的形象,风趣的对话犹如紧凑的戏剧语言。众弟子每人讲一个与维摩诘交往的故事,从多方面衬托出主要人物的精神风采。佛陀跋陀罗译的六十卷本《华严经》,以优美的文笔敷衍弘妙义理,写壮丽的华严世界犹如神话小说。《佛所行赞》叙述佛一生的事迹,如去掉迷信内容,可做传记文学读,也可做叙事诗读。佛经还广设譬喻。《法华经》说:"我以无数方便、种种因缘、譬喻言辞,演说诸法。"(《法华经》卷一《方便品第二》)法藏说:"法非喻不显,喻非法不生。"(《大方广佛华严金狮子章》)他曾在武则天殿前指金狮子为喻,演说华严宗"十玄"、"六相"、"三性"、"五教"教义,是以巧譬说佛法的著名例子。佛经中的寓言远比我国诸子寓言为多,也更为丰富生动。著名的如《法华经》中的火宅、化城等喻,成为唐人习用的事典。《六度集经》中包括着更多的佛教故事。佛教律藏中有譬喻经一类,如署名吴僧康会编译的《旧杂譬喻经》、萧齐求那毗地译的《百喻经》等,就是抄摄佛经故事而成,其中大多数故事应为天竺寓言。可以举《旧杂譬喻经》卷下第三十九为例:

> 昔有鳖,遭遇枯旱,湖泽干竭,不能自致有食之地。时有大鹄,集住其边,鳖从求哀,乞相济度。鹄啄衔之,飞过都邑上。鳖不默声,问:"此何等?"如是不止。鹄便应之。应之口开,鳖乃堕地,人得屠裂食之。
>
> 夫人愚顽无虑,不谨口舌,其譬如是也。

这完全是文学寓言。唐代"古文家"写寓言文,显然受到它们的影响。季羡林先生曾指出过,柳宗元的《黔之驴》与佛经故事有相似之处。他的《蝜蝂传》则与《旧杂譬喻经》第二十一"见蛾缘壁相逢,诤斗共堕地"命意相近。柳宗元把寓言发展成形象生动、构思新颖、具有讽刺色彩和训诫意味的独立散文体裁,是对佛典有所借鉴的。此外,佛典演说教理虽很神秘、繁琐,但也有论理精密、逻辑性强的优点,讲究概念的辨析,推理的深微,这对促进唐代论理文的发展是起了积极作用的。

再次,在语言运用方面。佛经输入了许多新的词语,丰富了汉字的词汇,这是很明显的。佛经原是梵文①,在翻译过程中还保留了不少原文句式,如多用倒装句、提示句,多用长的修饰语,喜欢重复、排比等等,这则丰富了汉语的句法。佛经中还习用一些修辞手法,如比喻、夸张等等。这里可举一个例子,韩、柳散文中有所谓"博喻",如韩愈《送石处士序》中说到石洪的论辩技巧"若河决下流而东注,若驷马驾轻车就熟路而王良、造父为之先后也,若烛照数计而龟卜也"等等,向为人们所称道,而这种写法在佛经中比比皆是。从取喻的丰富、生动而多变化看,韩愈等的比喻真是小巫见大巫。例如《法华经》卷六《药王菩萨本事品第二十三》说到《法华经》的作用:

> 譬如一切川流江河诸水之中,海为第一,此《法华经》亦复如是,于诸如来所说经中,最为深大;又如土山、黑山、小铁围山、大铁围山及十宝山,众山之中,须弥山为第一,此《法华经》亦复如是,于诸经中最为其上;又如众星之中,月天子最为第一,此《法华经》亦复如是,于千万亿种诸经法中最为照明;又如日天子能除诸暗,此经亦复如是,能破一切不善之暗……此经能大绕益一切众生,充满其愿,如清凉池能满一切诸渴乏

---

① 北传佛典最初用混合梵文编纂,但一部分汉译是从中亚"胡语"(如吐火罗文)转译的。

> 者,如寒者得火,如裸者得衣,如商人得主,如子得母,如渡得
> 船,如病得医,如暗得灯,如贫得宝,如民得王,如贾客得海,如
> 炬除暗,此《法华经》亦复如是……

这种表现方法是很生动而有气魄的。此外,由于佛经许多故事本来自民间,译成汉语又要照顾普通群众的接受水平,所以用了不少俗语口语,这也丰富了汉语语文。总之,"古文"家创造新文体,从中汲取了不少滋养。

佛经翻译文学是为宗教服务的,而它在文学上是有价值的,对中国文学的发展产生了巨大、深远的影响。从"古文运动"的发展看,它是"古文"家们用资借鉴的重要历史材料之一。当然,起了积极作用的是宗教外衣掩盖下的文学,而不是宗教教义;创造这份遗产的应看作是一些卓越的译师,而不单单是宗教徒。

以上,只从几个方面,粗略分析了"古文运动"与佛教的关系。事实说明,那种认为"古文运动"与辟佛斗争相一致的看法是没有根据的。承认这个事实,就得改变"古文"的成功由于反佛、"古文"的胜利归功于韩愈的成见,而必须从其他方面探求"古文"兴起与发展的原因。另一方面,我们也会看到,佛教传入中国,译经事业大发展,影响及于我国思想文化的各个领域。"古文运动"不能不受到它的影响。宗教迷信以各种形式、通过各种途径渗透到文学之中,这是中国封建文学的特征之一;佛经翻译文学又对文学发展产生了一定积极作用。这就形成了宗教与文学的复杂关系。对这种关系加以清理,是我们应当做的工作。

(原载《文学遗产》一九八二年第三期)

韩愈与佛教

在中国古代文化史和思想史上，韩愈辟佛、老，明"道统"，是一件意义重大、影响深远的大事。特别是在反佛方面，在佛教势力膨胀，佛教唯心主义泛滥的形势下，他坚决果断，独抗逆流，以摧陷廓清的气概，树起了一面旗帜，其巨大贡献和深远影响是不可低估的。特别他是以一代文宗的身份辟佛，把他所倡导的"古文运动"与反佛斗争结合起来，这就增强了战斗力量，对于当时以及后代的文学思想、文学创作的发展也起到相当大的推动作用。但是也应当看到，由于他用以战斗的思想理论武器是体系上唯心的儒道，又由于当时的社会环境和思想环境以及个人的局限，他对佛教的斗争又有相当软弱和不彻底的方面，以至在某些问题上走上了援释以济儒的道路。历史上许多人把他看成"道济天下之溺"的大儒①，但也有人说他"深得历代祖师向上休歇一路"②。这种评价上的分歧也是他自身矛盾的一种表现。在韩愈反佛问题上，有必要就具体问题做些具体分析，承认其思想矛盾，做出较公允的评价。这无论对于研究他的思想和文学成就，还是对于研究佛教史以及中国思想史，都是很重要的。

---

① 苏轼《潮州韩文公庙碑》，《经进东坡文集事略》卷五五。
② 马永卿《懒真子》卷二。

一

　　在中唐那种佛教势力猖獗，朝野佞佛如狂的环境下，韩愈不避艰危，独挽狂澜，对佛教猛烈抨击，其胆识，其气魄，确实是值得赞叹的。特别是他就元和十四年(819)迎佛骨一事，舍得身命，在朝廷上奋力抗争，敢触逆鳞，直斥宪宗，表现出大无畏的战斗精神；得罪被贬，仍然表示："欲为圣朝除弊事，肯将衰朽惜残年！"①其斗争意志更赢得后人的敬仰。从这一点看，他不愧是在《伯夷颂》中所称赞的那种"信道笃而自知明"的"特立独行"的"豪杰之士"。

　　但是，他在对佛教的理论批判上，确实存在着较严重的弱点和缺陷。明显的有两点，前人早已指出过。一是他的言论陈旧。在中国思想史上，反佛的早就大有人在；韩愈提出的反佛理由，几乎前人都早已提出过。例如早在梁武帝时，荀济、郭祖深等就曾"上书讥佛法"②，他们抨击佛教蔑弃忠孝、倾夺朝权、病民费财并使国祚短促等，大体已提出了韩愈所涉及的那些论题。唐初傅奕反佛，屡次上书朝廷，从政治上、经济上、思想上、伦理上、风俗上全面揭露佛教的蠹害。后来人们评论说："愈之言，盖广傅奕之言也。"③"韩文公《论佛骨表》，其说始于傅奕……愈特敷衍其词耳。"④这些批评都是有一定道理的。二是他的理论很肤浅。后人评价他的儒学，说他能明圣人之功，不能明圣人之道，论及儒道时多浅末支离

---

① 《左迁至蓝关示侄孙湘》。本文引用韩愈诗文，均据《四部备要》本《韩昌黎全集》(即东雅堂本)，只注篇名，不注版本和卷次。
② 见李延寿《北史》卷八三，又李延寿《南史》卷七〇。
③ 邵博《河南邵氏闻见后录》卷八。
④ 陈善《扪虱新话》上集卷三。

语;我们看他对佛教的批判,也会发现,他能够抨击和揭露佛教的弊患,却无力驳倒佛学的义理。例如,中国佛教的一个重要观点是神不灭,早在南齐时,范缜即作《神灭论》,从形、神关系的角度,批判了佛教的轮回果报说。这已触及到佛教唯心主义本体论。但在韩愈的排佛言论中,却没有范缜的思想理论遗产的踪迹。从对佛教本体论批判的角度看,他远远没有达到范缜的理论高度。茅坤评其《论佛骨表》这篇主要的辟佛著作也指出:"……其议论亦只以福田上立说,无一字论佛宗旨。"①田北湖评《原道》说:"愈固弗习二氏之书,尤未闻君子之道,故执词发难,局蹙不宁;非惟难折二氏之心,适藉二氏以口实,欲拒而反导之。其前后援引,漫与驳诘,理不足敌,且屈且穷,矛盾自苦,迷不知归,以窘人者自窘……"②另外,佛教发展到唐代,宗派林立,义学发达,特别是慈恩、华严、天台各宗,都利用精微细密的宗教哲学来论证自己的教义,在与唯物主义和其他唯心主义理论的斗争与交流中,提出了不少新的理论课题。韩愈对这些问题基本上没有触及。比较起来,他在理论上确乎是相当粗浅的。

然而,韩愈辟佛的影响却是那样巨大。千百年来,他成为抵制宗教唯心主义的一面旗帜,他的"道统"论则成了宋代以后人们反佛的重要依据。原因何在呢?除了由于宋人讲道学给以推崇之外,也得承认,他在反佛的理论与实践上确有超乎流辈的卓异独特处,有其特殊强有力的方面。由于他在这方面的几个长处,造成了一种优势,在一定意义上说,还是以前历史上无人能够企及的。

第一,他的反佛具有强烈的政治意义。他与佛教做斗争,不只是宗教的、理论的斗争,同时也是政治斗争。他把宗教批判与政治批判紧密结合起来。这固然是由于他适逢其机,时代条件使然;但

---

① 茅坤《唐宋八大家文钞·韩文》卷一。
② 田北湖《与某生论韩文书》,《中国近代文论选》下册 618 页。

也表明了他勇于和能够提出和回答现实问题的立场和态度。

　　唐王朝在"安史之乱"后的一个重大社会问题,就是统治阶级各阶层的矛盾加深,朝廷内部政治腐败,政出多门,纷争劫夺。佛教僧团与藩镇、宦官一样,是参与斗争的一支重要力量。佛教开始传入中国,影响主要在意识形态领域。特别是起初佛教徒自视为"方外之人",也就很少参与世俗政治。以梁武帝之佞佛,四度舍身佛寺,但在他的统治下,僧侣并未广泛参与朝政。唐初,玄奘有那样的地位声望,被唐太宗所信重,也还只能劝他返初服为宰相,并不能以僧人身份干政。但到武则天统治时期,僧侣的政治地位渐高。这也是僧侣地主阶层经济势力扩大的表现。"安史之乱"以后,土地兼并加剧,寺院经济进一步发展,朝廷纲纪紊乱,僧侣在政治上的权势大为扩张。如代宗朝的不空,被尊为国师,赐号封公,帝王亲受灌顶,对于朝政有重大影响。当时的宰相王缙等都以佞佛著名。可以举几个韩愈生活时代的事例。贞元、元和年间,有僧鉴虚"结交权幸,招怀赂遗,倚中人为城社,吏不敢绳"①。这里可以看出宦官与僧侣的关系。又如华严四祖澄观被德宗迎入内庭,备加优礼,宪宗元和五年(810),加号为"大统清凉国师"。韩愈与他相识,有《送僧澄观》诗。还有许多材料证明僧侣直接参与了朝廷政治斗争。如有大安国寺僧端甫者,顺宗李诵为皇太子时曾侍东宫,"顺宗皇帝深仰其风,亲之若昆弟,相与卧起,恩礼特隆……夫将欲显大不思议之道,辅大有为之君,固必有冥符玄契欤?掌内殿法仪,录左街僧事,以标表净众者,凡一十年"②。从这段记述看,在德宗朝后期政治斗争中,他大概是王叔文一派支持顺宗的人。而"顺宗皇帝深重佛宗"③,显然与寻求其支持有关。在朝廷与藩镇的斗争中,藩镇又与僧侣相勾结。身历会昌毁佛的日本僧人圆仁说,

---

① 《旧唐书》卷一五三《薛存诚传》。
② 赞宁《宋高僧传》卷六《端甫传》。
③ 同上书,卷一〇《惟宽传》。

当时"唯黄河已北,镇、幽、魏、潞等四节度,元来敬重佛法,不拆舍,不条疏僧尼。佛法之事,一切不动之"①,因此许多僧徒逃亡河北。总之,在当时的条件下,僧侣地主阶层是个政治上相当活跃的、有一定力量的势力。朝廷有时利用它;但它又是一种离心力量,形成对于统一的集权统治的威胁。至于经济方面,僧侣地主兼并土地,广占田宅,直接争夺朝廷人丁、赋税。早在武周时期,已是公私田宅,多为僧有,"十分天下之财而佛有其七八"②。德宗时,彭偃上《删汰僧道议》,估计如令僧尼尽撤课赋,所出当不下天下租赋三分之一③,可见当时寺院夺去的劳动力占有多么大的比重。经济是一个政权存在的物质基础。当时李唐王朝在与强藩割据斗争中,财赋是维系其生存的命脉。寺院经济对国家财赋状况的侵夺,实际上也成为一个大的政治问题。

韩愈辟佛,着重点不在对佛教义学进行理论批判,而在批评当时统治者佞佛的态度,指出佛教僧侣侵犯世俗权力的危害。他痛切地揭露,佛老"二氏之所宗而事之者,下乃公卿辅相"④,也就是说,最高统治集团直到皇帝都成了佛教的俘虏。他反对宪宗迎佛骨,把矛头集中到宪宗礼佛的愚妄。礼敬佛骨也就是礼敬佛,而礼敬佛也就要礼敬人间的僧侣。韩愈在《论佛骨表》中大破对佛的崇拜,还他以俗人的面目:

> 夫佛本夷狄之人,与中国言语不通,衣服殊制。口不言先王之法言,身不服先王之法服,不知君臣之义、父子之情。假如其身至今尚在,奉其国命,来朝京师,陛下容而接之,不过宣政一见,礼宾一设,赐衣一袭,卫而出之于境,不令惑众也。况

---

① 圆仁《入唐求法巡礼行记》卷四。
② 辛替否《陈时政疏》,《全唐文》卷二七二。
③ 彭偃《删汰僧道议》,《全唐文》卷四四五。
④ 《重答张籍书》。

　　其身死已久,枯朽之骨,凶秽之余,岂宜令入宫禁? ……

这就有力地破除了对佛的神圣与崇高的信仰,坚持把他降低到世俗伦理的约束中来。佛本是凡人,对他的迷信是人为的——韩愈的这个看法是合乎历史实际的。他在《送僧澄观》诗中称赞澄观说:

　　愈昔从军大梁下,往来满屋贤豪者。

　　皆言澄观虽僧徒,公才吏用当今无。

因而"我欲收敛加冠巾"。按一般注释家意见,此诗作于贞元十六年(800),澄观已是出入宫廷的名僧。韩愈赞扬他一言不及道行如何,反而肯定其"公才吏用",欲使之还俗。他送浮屠文畅,也"告之以二帝三王之道",说人类与夷狄禽兽异者在此①。这都表明他把世俗权力置于宗教势力之上。他要求对佛徒"人其人,火其书",其办法虽然过于简单化,但也说明迷信宗教之愚妄,要求变僧侣为齐民,使之归顺到世俗统治之下。他在《与孟尚书书》中,极其愤慨地写到圣贤之道不明,造成纪纲紊乱、政治危殆的情形,而汉以后佛教大兴,正助长了这种形势,他说:

　　汉氏已来,群儒区区修补,百孔千疮,随乱随失,其危如一发引千钧,绵绵延延,浸以微灭。于是时也,而唱释、老于其间,鼓天下之众而从之。呜呼,其亦不仁甚矣!

在韩愈看来,天下之兴亡盛衰,决定于"纪纲之理乱"②;而纪纲之理乱,又决定于儒道之存废。佛教恰恰是与儒道相对立的。儒道的核心内容之一是"仁",韩愈认为提倡佛教为"不仁"。这种看法,把意识视为历史发展的决定原因,当然是不正确的;但他指陈佛教对世俗政治的危害,又是相当深刻的。

---

①《送浮屠文畅师序》。
②《杂说四首》之二。

　　这样，韩愈批判了唐代统治者维护佛教的思想、宗教政策，突出强调统治者迷信和扶助佛教在政治上的严重性。在当时条件下，他的议论具有强烈的现实针对性，也是对统治者的严正的警告。自佛法传入中国，佛教在政治上的势力一点点扩张，到了唐代造成了急遽加大的趋势。但中唐以后，这种政教合一的趋势戛然而止，以后，佛教在政治领域中的势力基本上未得再加扩展。造成这个历史状况的原因很多，韩愈从政治角度抵制佛教，不能不说是对此做出的一个大功劳。

　　第二，韩愈提倡"道统"论，用以与佛、老抗衡，从而为反佛提供了一套既有历史根据、又有现实意义的理论体系。这样，较前人反佛旗帜更加鲜明，观点更加明确，以是否承认"道统"为标准划清了反佛与护法两条对立的阵线，强调了儒道与佛道二者矛盾的不可调和。

　　唐代统治者实行儒、佛、道综合利用的思想统治政策，"三教调合"成为思想潮流。在社会上，"周流三教"、出入儒释成为风气，官僚、文人们以儒学进身，经国致君，却不妨礼佛参禅，结交僧徒，以至受戒为佛弟子。如著名政治家张说、张九龄都敬信佛道；文学家如李白、杜甫都与佛教徒有一定关系。"古文运动"前期的代表人物多是佛教信徒，这个情况笔者有另文说明。另一方面，则唐代一些反佛的人在理论上不能提出足以与之抗衡的有力的思想武器。有的人反佛教不反道教，这关系到两种宗教之争，傅奕反佛就受到道教徒的支持；有的对佛教蠹国害民的后果极言竭论，例如抨击佛寺侵吞劳力、营造塔庙劳民费财，但不能从理论上给以批判；还有不少人仅仅反对佛教的某些活动，并不反对佛教本身。例如姚崇，是傅奕以后另一位著名的反佛人物，他反对度僧造寺，糜费财物，但却又说"发心慈悲，行事利益，使苍生安乐，即是佛身"①。武后在

_____

① 姚崇《谏造寺度僧奏》，《全唐文》卷二〇六。

白马坂营造大佛像,李峤上疏谏净,其中也说:"臣以法王慈敏,菩萨护持,唯拟饶益众生,非要营修土木。"①当时张廷珪、李元泰的议论也相似。又如韦嗣立批评营造寺观,也说:

> 且玄旨秘妙,归于空寂,苟非修心定惠,诸法皆涉有为。至如土木雕刻等功,虽是殚竭人力,但学相夸壮丽,岂关降伏身心。且凡所兴工,皆须掘凿,蛰虫在土,种类实多,每日杀伤,动盈万计,连年如此,损害可知。圣人慈悲为心,岂有须行此事? 不然之理,皎在目前。②

代宗朝的常衮也是有名的反佛人物,他也说:

> 释教本以助化,道家先于强国。惩恶劝善,以齐死生,薰然慈仁,美利天下,所庇者大,所益者深。③

这是利用佛教的教义反对敬佛的活动,甚至使用的也是佛教的语言。这都突出地表现了批判的不彻底与斗争的软弱。由于佛教在政治上势力巨大,在思想阵地根深蒂固,所以许多人在抨击其祸国害民的罪恶时,又不得不退让,而没有彻底否定的勇气与魄力。

但韩愈以"道统"论彻底否定了佛教。"道统"这一概念他本人没有提出,但这种理论主张是他的。在他早年写的《重答张籍书》中就曾说:

> 己之道,乃夫子、孟轲、扬雄所传之道也。

这已隐含着"统"的观念。在《原道》中,这种观念就明确了,他说:

> 夫所谓先王之教者,何也? 博爱之谓仁,行而宜之之谓义,由是而之焉之谓道,足乎已无待于外之谓德。其文《诗》、

---

① 李峤《谏建白马坂大象疏》,《全唐文》卷二四七。
② 韦嗣立《请减滥食封邑疏》,《全唐文》卷二三六。
③ 常衮《禁天下寺观停客制》,《全唐文》卷四一〇。

《书》、《易》、《春秋》,其法礼、乐、刑、政,其民士、农、工、贾,其位君臣、父子、师友、宾主、昆弟、夫妇,其服麻丝,其居宫室,其食粟、米、果、蔬、鱼、肉,其为道易明,而其为教易行也。是故以之为己,则顺而祥;以之为人,则爱而公;以之为心,则和而平;以之为天下国家,无所处而不当。是故生则得其情,死则尽其常,郊焉而天神假,庙焉而人鬼飨。曰:斯道也,何道也?曰:斯吾所谓道也,非向所谓老与佛之道也。尧以是传之舜,舜以是传之禹,禹以是传之汤,汤以是传之文、武、周公,文、武、周公传之孔子,孔子传之孟轲,轲之死,不得其传焉。

这就是所谓"道统"。"统"有统绪的意思,即谓这种"圣人之道"是一脉相承的,这是从历史的、民族的传统上为它找根据;又有正统的意思,即自认这个统绪是圣人的真传。既有一"统",就坚决排他。韩愈用这种"天下之公言"的儒道与"一人之私言"的佛、老相对抗;而他又说孟子、扬雄之后,儒道衰微,表示"使其道由愈而粗传,虽灭死万万无恨"的志愿和决心。他要以"道统"传承人的身份坚持斗争。

这个"道统"论是唯心的,已有不少人批判过。他所提倡的"圣人之道"是先验的、神秘的"天道";他所说的传继方式更为神秘,仿佛是实现了孟子"五百年必有王者兴"的预言,又与佛教禅宗以心传心的传法相似;至于他隐然自诩为当代圣人,更有大言无实、高自标置的嫌疑。但从反佛斗争的实践讲,韩愈正是用传统儒学的"道统"与佛教的更为蒙昧的宗教唯心主义划清了界限;在他对"道统"的鼓吹中,更表现出高度的战斗意志和历史责任感。这都是具有积极意义的。

从理论内容上看,"道统"论也不无建树和贡献。

韩愈的"道"作为精神本体及其传承都是神秘的,但在其具体发挥时却有与宗教迷信相对立的内容,表现出一定的理性主义精神。他强调这种"道"是"易明""易行"之道,它载在《诗》、《书》等典册,体现于人伦日用之中。他在《进士策问》中说:"所贵乎道者,不以其便于人而得于己乎?""人之仰而生者在谷帛。谷帛既丰,无饥寒之患,然后可以行之于仕义之途,措之于安平之地。"与此相对立,他批判佛、老之道是愚妄的迷信。他在《谢自然》诗中批判白日轻举之说:

> 人生处万类,知识最为贤。
>
> ……
>
> 人生有常理,男女各有伦。
> 寒衣及饥食,在纺绩耕耘。
>
> ……

他强调的是"知"与"识"。他肯定有些僧侣、道士是"魁奇忠信材德之民",但"迷惑溺没于老、佛之学"①,因而他批评这些人是"不知",必须告之以圣人之道,加以教育②。他在《送惠师诗》中说:

> 吾非西方教,怜子狂且醇。
> 吾嫉惰游者,怜子愚且谆。

他的友人武少仪丧妻,画佛以祈福,他批评是"以妄塞悲"③。佛教大乘修习的主要内容之一就是"慧"。佛教徒自认为追求的是最高的智慧,叫做"无分别智"、"大圆镜智"等等。而韩愈一概斥之为"愚"为"妄",揭露了它的愚民的本质,这确实表现出理性的光辉。

他所谓的"道"又是使整个社会相生养的"仁道"。在《原道》一开始,他就提出:

> 博爱之谓仁,行而宜之之谓义,由是而之焉之谓道,足乎己无待于外之谓德。仁与义为定名,道与德为虚位。

---

① 《送廖道士序》。
② 《送浮屠文畅师序》。
③ 《吊武侍御所画佛文》。

他自称"生平企仁义,所学皆孔周"①,他特别强调儒家学说中的
"仁"的内容。他在《原道》中,继续阐发了"相生养之道"的内容:

> 古之时,人之害多矣。有圣人者立,然后教之以相生养之
> 道,为之君,为之师。驱其虫蛇禽兽,而处之中土。寒然后为
> 之衣;饥然后为之食;木处而颠,土处而病也,然后为之宫室;
> 为之工,以赡其器用;为之贾,以通其有无;为之医药,以济其
> 夭死;为之葬埋祭祀,以长其恩爱;为之礼,以次其先后;为之
> 乐,以宣其湮郁;为之政,以率其怠倦;为之刑,以锄其强梗;相
> 欺也,为之符玺斗斛权衡以信之;相夺也,为之城郭甲兵以守
> 之;害至而为之备,患生而为之防……是故君者,出令者也;臣
> 者,行君之令而致之民者也;民者,出粟米麻丝、作器皿、通货
> 财以事其上者也。君不出令,则失其所以为君;臣不行君之令
> 而致之民,民不出粟米麻丝、作器皿、通货财以事其上,则
> 诛……

这就是他所理想的以儒道为纪纲的现实画图。对这个画图,有人
指责为宣扬"诛民"哲学。它也确实表现了封建专制主义思想。但
是,如果客观地加以分析就会发现,韩愈在这里实际给社会各阶层
规定了权利与义务,就是说,它要求统治者也应尽到它的职责,而
人民也享有生存长养的权利。所以,这里设计的是各阶层各司其
职、互相生养的理想的社会秩序。这种思想也给统治者以一定约
束,所以还是有一定积极意义的。与此相对照,韩愈批判佛教"求
其所谓清净寂灭",是与这种"相生养"的社会秩序对立的,因此它
"不仁"之甚。从肯定人民的生存权利的"仁"的要求看,"道统"论
也是有一定积极内容的。

　　以"道统"辟佛,是用一种唯心主义批判另一种唯心主义。但

---

① 《赴江陵途中寄赠王二十补阙李十一拾遗李二十六员外翰林三学士》。

同属于唯心主义,理论价值却是不同的。

第三,韩愈反佛,使用了具有高度艺术性的"古文"。"古文运动"与反佛斗争相结合,一方面提高与充实了"古文运动"的水平;另一方面,也大大壮大了反佛队伍的阵容,加强了它的战斗力。

韩愈是思想家,又是卓越的文学家。他以明"圣人之道"为职志,但又十分重视文章。他说:"愈之志在古道,又甚好其言辞。"① "愈少驽怯,于他艺能,自度无可努力。又不通时事,而与世多龃龉。念终无以树立,遂发愤笃专于文学。"②所以他一生中用功于文学甚多,以至宋人责备他一心只在作好文章。另外,从治学企向看,他坚持信守"圣人之道","杨、墨、释、老之学,无所入于其心"③,有百世以俟圣人而不惑,质诸鬼神而无疑的决心与自信;但在文学上,又弘中肆外,广取博收,"究穷于经、传、史记、百家之说"④。他又自称"少好学问,自五经之外,百氏之书,未尝有闻而不求,得而不观者"⑤。在广泛继承前代散文优秀传统基础上,他大力改革文体与文风,提炼文学语言,提高散文创作的艺术性,熔铸出一种精粹生动的新型"古文"。这种"古文"具有巨大的艺术表现力,用它来反佛,发挥出特殊的战斗功能。他的辟佛名篇,正因为同时是散文杰作,才能在当时和后代产生那么大的影响。在韩愈以前,反佛的人大多不是文学家,使用的还多是骈体;而提倡"古文"的人又多不反佛。韩愈把二者结合起来了。从他以后,反佛成为中国文人中的一个好传统。以后的"古文运动",反佛成了重要内容。唐代的李翱、皇甫湜、孙樵、刘蜕、杜牧等都是反佛的;宋代的欧阳修等也反佛。这是文学史上的积极思想潮流,反过来又影响到思想理

①《答陈生书》。
②《答窦秀才书》。
③《上宰相书》。
④《上兵部李侍郎书》。
⑤《答侯继书》。

论战线。

以上,是韩愈反佛的强有力的方面。

二

韩愈对佛教的抨击,义正辞严,气壮声宏,但在理论批判上却是肤浅、软弱的。他对佛教的摧陷廓清之功,主要表现在愤怒的声讨上,从义理辨析上进行驳斥则做得不够。

到唐中叶,佛教大、小乘经典移译已经完备。佛经原典包含着印度宗教与哲学长期发展积累下的成果。传译到中国后,中国的一代义学大师又把这些成果加以消化、改造,适应本国的经济基础和思想状况,给以补充和创新,发展出中国佛教的各宗派。这样,中国佛学就形成了一个内容庞杂、形式繁富、很富于思辨色彩而又充满矛盾的宗教理论体系。佛教为了树立自己的教义,发展起发达的宗教哲学。宗教哲学要为宣传宗教迷信服务,但它自己又有独立的理论内容。彻底批判佛教,必须破除宗教哲学的迷障。而韩愈对佛教义学本身的理解非常粗浅,他在哲学素养上又比较空疏。他所运用的"道统"论在义理的精微、思辨的严密等方面又很不够。这样,他的辟佛,在理论分析上难以深刻和击中要害,结果往往流于"异端"而不自知。

以下,就他在辟佛中提出的几个主要问题加以剖析。

一、关于"佛之道"与圣人之道的对立。

前已指出,韩愈对佛学唯心主义本体论的批判,远远没有达到范缜的高度。他是用儒学的唯心主义反对佛教的宗教唯心主义。

佛教对宇宙的整个认识,建立在"缘起"理论的基础之上。按原始佛教的教义，人是五蕴①合和而成，并杜撰了十二有支：无明、行、识、名色、六处、触、受、爱、取、有、生、老死。这十二支相缘而生，"此有故彼有，此生故彼生"②，自无明乃至老死，造成了人生的流转相。后来大乘佛学又论证了"色空"观念，认为一切"色"③都是因缘所生，处于生住异灭之中，都是无自性的。这种缘生理论指出了现象的因果联系和事物的发展变化，是有一定辩证因素的。但它在对因果与变化的理解中流于形而上学，特别是它把所有因果与变化的最终根源归结为精神的"无明"。在原始佛教十二有支中，只有"无明"与"行"（指身、语、业三行，又称思数）是"能引支"。以后在中国大乘佛学中，讲"真如缘起"、"法界缘起"、"阿赖耶缘起"，或者讲"万法唯心"，或者讲"万法唯识"，也都肯定一种神秘的精神本身（称为真如、法界、实相等等，实即佛性）是宇宙万有的总根源。要想揭露佛教的骗局，必须批判它的"缘起"论。

但韩愈对这一点毫不触及。他只是把"佛之道"与儒道加以对立，提出"道有君子小人，而德有凶有吉"，说佛与道是"道其所道，非吾所谓道也"。在此基础上，他提出了"定名"、"虚位"之说。

汉儒董仲舒说"道之大原出于天，天不变道亦不变"④，在圣人的"天道"之外不承认有另外的道。韩愈在这方面，承认佛与道也各道其所道，这已经是个让步了。而他的虚位之说，更把"道"的内容抽空了。虚者，空也。虚位，就是一个空洞的范畴。他认为，儒道的本质是由"仁与义"来"定名"的。这样，他所说的"道"也就是没有具体内容的精神实体了。所以马叙伦批评他的《原道》"题目

---

①蕴，又译为"阴"，"积聚"义。佛学认为物质与精神世界为色、受、想、行、识五
　蕴所构成。
②求那跋陀罗译《杂阿含经》卷一〇。
③色，指一切能变坏，有质碍的事物。大体相当于"物质"概念。
④班固《汉书》卷五六《董仲舒传》。

极大",开口即误"①。这,一方面反映出唐代经学向以意说经的方向的转变,"虚位"的"道"给人们以自由发挥义理的余地;另一方面,佛教是讲离妄求真的,它说自己追求的是断灭了所知障与烦恼障的绝对真实,这个真实是"离言说相,离名字相,离心缘相"②的。佛教的建立,本与婆罗门教对梵天、毗湿奴、湿婆三大主神的迷信相对立,它不承认常恒自在的主宰。它所主张的"性空"的"真实",这不也可以说是一种"虚位"吗?

还不在此。佛教把宇宙万有归于神秘的"真实",现实中的各种现象只是这种精神本体的显现。有的派别主张万法归于一心,心生则种种法生,心灭则种种法灭;有的派别主张万法是诸识转变而成。特别是华严宗,讲"法界缘起",立"四重法界"之说,认为一切事物都是"理"的体现,在这个"理"的安排下构成了"事理无碍"、"事事无碍"的秩序井然的宇宙。实际上韩愈也讲"学所以为道,文所以为理"③,在这里"道"与"理"相对成文,意义等同。他的"道"也是"理"。他也讲"道"与现实事物的关系。如前引"其文《诗》、《书》、《易》、《春秋》,其法礼乐刑政"云云,实际上也认为事是理的体现。所以,韩愈关于"道"与现象关系的认识,又与佛学相通。后来,宋儒提出"理一分殊",借鉴了华严"四重法界"之说,韩愈已开其端倪。

为什么韩愈无力批判佛学的"缘起"论呢?因为他所主张的是唯心主义理论体系。这样,在解决哲学根本问题即物质与精神孰为第一性上,以至在认识本质与现象的关系问题上,必然要殊途同归。这一点是韩愈始料所不及的。

二、关于因果报应。

韩愈反对因果报应。他揭露了僧侣"广张罪福资诱胁"的行

---

① 马叙伦《读书小记》。
② 真谛译《大乘起信论》。
③《送陈秀才彤序》。

径。在《论佛骨表》中他特别表现出不惧祸祟的明智态度。但他有
关这方面的论述,作为愤激的诅咒或直观的揭露,是有一定力量
的,而作为理论批判,仍未能击中要害。

佛教的因果报应、六道轮回的迷信,建立在缘起理论上。根据
缘起说,一切现象非自生、非它生、非无因生,都是因缘合和而生。
那么一个人所造的"业"①作为因,总要引起一定的果;而现世的遭
遇作为果,也有往世的因。所以形成过、现、未三世业报。但在这
个问题上,也有许多矛盾。既然"人我空","无我"了,那么有没有
承受业报的主体呢?后来佛教各部派、各学派、各宗派就这个问题
展开了激烈争论,提出了许多看法。一种粗俗的看法,是承认有不
死的灵魂(称作"补特伽罗"),它作为承受业报的主体在六道中轮
回往生。但这是在实践中难以验证的,又与大乘佛教"性空"的根
本教义相矛盾。所以不少佛教学派、宗派采取了曲折隐晦的方法
来解释这个问题,例如慈恩宗建立了"阿赖耶识"含藏种子理论,认
为认识上的经验、潜能(即"种子")造成了业报轮回②。这实际也
是灵魂的代词。就是讲灵魂受报的,也不那么简单。早在慧远就
写了《三报论》,"因俗人疑善恶无现验而作",他提出有"现报"、
"生报"和"后报",后报要"二生三生,百生千生,然后乃受"③的。
而后来中国的禅宗讲"净心",讲"顿悟成佛",则根本不承认福田
利益。

韩愈对这些理论上的问题根本没有涉及。

他提出了帝王求福得祸、奉佛短祚的说法。这个说法,是对帝
王佞佛的一种警告和批评,但在理论上却无足取。因为奉佛既不

①业,造作,凡指一切身心活动,一般分身、语、意三业。
②阿赖耶识,瑜伽行派和慈恩宗所立心法"八识"中的第八识,又称藏识、种子
识、异熟识等,认为它含识一切种子(习气,潜能),构成产生一切事物的总根
源。
③见僧祐《弘明集》卷五。

能延祚,也就不能短祚。说佞佛可能乱政则可,把它直接与国祚联系起来,则不但于事实无据,而且陷入了奉佛与国运相为因果的迷信。此外,这种说法又是从郭祖深至辛替否早就提出过的。

特别是韩愈不信轮回报应,却相信天命。他继承了董仲舒的"天道"观。他所谓的圣人之道是"天之道",圣人是"天之生"。他宣扬"畏天命","知天",主张"病乎在己,而顺乎在天"。他评论"永贞革新"的失败是"天位未许庸夫干"①。早在王充已批判了这种主宰之天。与韩愈同时的柳宗元、刘禹锡都深刻批判了这种"天命"观②。这是韩愈在思想史上的倒退,也特别表明他的理论在政治上的保守性。

当然,韩愈批判了那种粗俗的简单化的因果报应理论,哲学价值甚微,但现实意义不能抹杀。因为从佛教对中国人的影响看,义理精微处主要影响于知识阶层,而那些事佛求利、卖罪买福、灵魂不死、作业受报的迷信宣传,在广大群众中特别富有迷惑力。佛教的通俗宣传也主要讲这一套。韩愈揭露其荒诞无稽,并表示不惧患祟的无畏态度,还是有现实针对性的。纪昀曾说过:

> 抑尝闻五台僧明玉之言曰:"辟佛之说,宋儒深而昌黎浅,宋儒精而昌黎粗。"然而披缁之徒,畏昌黎不畏宋儒,衔昌黎不衔宋儒也。盖昌黎所辟,檀施供养之佛也,为愚夫妇言之也。宋儒所辟,明心见性之佛也,为士大夫言之也。天下士大夫少而愚夫妇多,僧徒之所取给亦资于士大夫者少,资于愚夫愚妇者多。使昌黎之说胜,则香积无烟,祇园无地,虽有大善知识,能率恒河沙众枵腹露宿而说法哉。③

这里拿韩愈与宋儒做比,评价是否恰当,应作别论,但指出韩愈辟

---

① 《永贞行》。
② 见柳宗元《天说》,《柳河东集》卷一〇。
③ 《阅微草堂笔记》卷一八《姑妄听之》。

佛的粗浅处却恰恰打中了佛教对群众普及宣传的要害,则是有一定道理的。

三、关于与世俗伦理的关系。

韩愈批评佛教"弃而君臣,去而父子",否定了封建的伦理关系;又指责它追求"清静寂灭",否定了人生的意义与价值。在"儒释调和"的潮流之下,这些已不能算是佛教的要害,有的观念甚至是韩愈本人可接受的。

佛教讲苦、集、灭、道四谛。求出世和解脱,原来是印度古代佛教徒摆脱黑暗现实的要求的表现。以后,佛教僧团则形成为一个超越世俗王权的独立实体。所以,中国僧侣坚持沙门不致敬王者。韩愈批评佛教废弃世俗伦常,就是要求在政治上强化中央集权的皇权,在经济上限制僧侣地主的寺院经济,也是有一定现实针对性的。

但是,自佛教发展到大乘阶段,承认在家修行也是成佛途径,因而也并不完全排斥世俗伦理道德。《维摩诘经》中的维摩诘居士,就是一个过着世俗生活的在家居士的典型。六朝僧人们已经看到了不依王者,法事难行,所以佛教僧团逐渐融入为整个社会统治阶层的一部分。他们有与世俗政权相对抗、相争夺的一面,又表现出相调和、相支持的一面。有些佛典也在宣扬忠孝。从唐代的实际政治状况看,从唐太宗李世民开始,历代帝王都注意寻求僧侣的支持。武则天曾利用《大云经》女主临世预言作为夺权的依据。在"安史之乱"和"建中之乱"中,部分僧人是朝廷经济的或思想的支持力量。韩愈批评佛教不承认君臣关系,看法显得片面,也难于为僧侣和信佛的人所接受。

韩愈批评佛教"不仁",而佛教却又是很讲慈悲的。大乘佛教不但求"自度",还讲"度人",以"普度众生"相号召。欧阳修曾指出:民众相率而归佛,原因之一就是佛有为善之说。一些佛经就是以"仁"来解释慈悲。韩愈既没有辨明儒、佛二家在"仁"的观念上的原则区别,也回避了统治阶级宣扬"仁"的虚伪性。

韩愈对于佛教宣扬的超世的品德更有赞赏的言辞。他曾与柳宗元争论奉佛问题。柳宗元为自己辩护,说:

> 浮图诚有不可斥者,往往与《易》、《论语》合,诚乐之,其于性情奭然不与孔子异道。

又说:

> 且凡为其道者,不爱官,不争能,乐山水而嗜闲安者为多。吾病世之逐逐然唯印组为务以相轧也,则舍是其焉从?①

后来韩愈贬潮州,与禅僧大颠游,在《与孟尚书书》中这样解释:

> 潮州时,有一老僧号大颠,颇聪明,识道理,远地无可与语者,故自山召至州郭,留十数日,实能外形骸,以理自胜,不为事物侵乱。

这与柳宗元的态度并没有什么不同。柳宗元与丑恶的官场习俗相对立,赞赏某些佛徒能超尘脱俗;韩愈在贬谪中也有不满和苦闷,也到佛教的出世哲学中求安慰。他说的不为事物侵乱,就是佛家所谓六尘不染;他所谓外形骸,就是求净心。他有《和归工部送僧约》诗云:

> 汝既出家还扰扰,何人更得死前休。

这里语含讽刺,使我们想起灵澈诗:"相逢尽道休官好,林下何曾见一人。"②一僧一俗,都是写贪恋世间荣利,出世之志难以实行。在这些事例中,韩愈很有点佛教徒超脱的色彩。当然,这在韩愈思想性格中是偶然的,但可以看出他受到佛家消极人生观的影响。

　　四、关于批判方法。

---

①《送僧浩初序》,《柳河东集》卷二五。
②灵澈《东林寺酬韦丹刺史》,《全唐诗》卷八一〇。

　　韩愈对佛教的斗争,被称为"辟佛",主张采用强力排斥的办法,要求"人其人,火其书,庐其居"。中国佛教传承,南北有不同宗风。北方重实行,主禅定,南方尚义理,重论辩。在反佛方面情况也类似。范缜等在理论上对佛教义学做有力批驳的多南方人,北方则出现了魏太武帝、周武帝灭佛的酷烈行动。韩愈主张实行北朝的办法。但宗教信仰主要是意识形态领域中的事。一方面,消灭宗教,只有在产生宗教的阶级基础消灭后才能实现;另一方面,批判宗教,要利用批判的武器,即要通过意识形态领域的斗争来解决问题。欧阳修总结了前人反佛(包括韩愈辟佛)的历史经验,指出:

　　　　佛法为中国患千余岁,世之卓然不惑而有力者,莫不欲去之。已尝去矣而复大集,攻之暂破而愈坚,扑之未灭而愈炽,遂至于无可奈何。是果不可去耶? 盖亦未知其方也。①

他要求补阙修废,使王政明而礼义充,修其本以胜之,不必火其书而庐其居。这虽然也是书生的愚论,但想法总比韩愈高一等。韩愈的想法,不久后被会昌毁佛实践了,事实证明并不能解决问题。杨时指责韩愈"犹以一杯水救一舆薪之火,其不胜也宜矣"②,是可悲的事实。

　　包世臣也批评韩愈说:"今观《原道》,大都门面语,征引蒙庄,已非老子之旨,尤无关于释氏。以退之屏弃释氏,未见其书,故集中所力排者,皆俗僧耸动愚蒙以邀利之说。"③这也指出了韩愈反佛在理论上的矛盾和局限。用一种唯心主义去反对另一种唯心主义,虽然可能有一定意义和价值,但终归是不可能彻底解决问题的。

————————

① 欧阳修《本论》,《居士集》卷一七。
② 杨时《与陆思仲》,《杨龟山集》卷三。
③ 包世臣《艺舟双楫·论文二·书韩文后上篇》。

三

韩愈反佛不但在理论上软弱、不彻底,他还有流入"异端"而不知,阳儒而阴释的地方。

他与唐代一般文人一样,与佛教有密切接触。他经常出入寺院。在长安时有《游青龙寺赠崔大补阙》、《早赴街西行香赠卢、李二中舍人》等诗,中有"老僧情不薄,僻寺境还幽"的诗句,他的著名的《山石》诗,是贬居南方时游历山寺所作。他一生中与僧侣交往不断,见于诗文的前后有澄观、惠师、灵师、文畅、无本(贾岛)、诚盈、僧约、广宣、高闲、颖师、会纵、大颠等人。不见于文集的当还有不少。如简师,韩愈贬潮州时曾专程往访,见皇甫湜《送简师序》。他的诗中也有"空愧高僧数往来"①的句子。他结交这些僧人,有些是一般的社交应酬,如对文畅,本是出入文坛的闻人,经柳宗元介绍相识;有些是赞赏其技艺,如颖师善琴,高闲善书法;而有一些则在意识上受到影响,如对于衡山僧希操弟子诚盈,他赠诗说:

> 山僧爱山出无期,俗士牵俗来何时。

程学恂评论说:"竟不似辟佛人语,此公之广大也。"②《题秀师禅房》说:

> 桥夹水松行百步,竹林莞席到僧家。

也流露出对僧人超凡脱俗、任运自如的生活的赞赏。前述他对大颠的态度也是一个例子。再加上他的友人多与佛徒交,甚至是佛

①《广宣上人频见过》。
②程学恂《韩诗臆说》。

教信徒。除了著名的柳宗元、刘禹锡之外，与他关系甚为密切的王
仲舒、孟简等人也都信佛。这总要受到一定的思想影响。这种影
响，突出表现在他对于人性问题的看法上。陈善说：

> 韩退之谓荀、杨为未醇。以予观之，愈亦恐未免，盖有流
> 入异端而不自知者。愈之《原性》，以为喜怒哀乐，皆出乎情而
> 非性，则流入佛老矣。①

这是颇中要害的论断。人性问题是传统儒学长期争论的问题之
一。各学派往往都提出自己的看法，而且歧义甚多，对问题的辨析
却又都比较空疏。孔子提出“上智与下愚不移”、中人可导而上下
的“性三品”说。后来，孟子主性善，荀子主性恶。此后，荀子的唯
物主义路线没有发展，而是董仲舒所改造的“性三品”论占了统治
地位。董仲舒人性论的要点，一是肯定人受之于天的本性上的品
级，有“圣人之性”、“中民之性”、“斗筲之性”三类，而“民者，瞑也”，
民众的斗筲之性是恶的，“万民之性苟已善，则王者受命尚何任
也？”二是认为性与情没有先天后天的分别，“天地之所生，谓之性
情，性情相与为一……情亦性也。谓性已善，奈其情何？”②这种理
论，显然是为封建等级压迫服务的。此后，性情相一致的观点得到
了多数人的承认，例如刘向就曾说过：“性情相应，性不独善，情不
独恶。”③南北朝时，刘昼讲性善情恶：“人之禀气，必有性情。性之
所感者情也，情之所安者欲也。情出于性而情违性，欲由于情而欲
害情。情之伤性，性之妨情，犹烟冰之与水火也。”④这种观点，已受
到当时流传的佛教思想的影响。

　　佛教讲佛性，即人成佛的根据、可能的问题。佛典中所谓“性”

---

①陈善《扪虱新话》下集卷三。
②董仲舒《春秋繁露》卷一〇《深察名号第三十五》。
③见荀悦《申鉴·杂言下》引。
④刘昼《刘子新论》。

的原意同"界",有"因"的意思。讲佛性实际是讲人性,即人本性能否成佛。本来佛教各部派、各学派在这个问题上也有很多争论。有一种意见受"种姓"说影响,限制成佛的范围和等级。我国南朝名僧竺道生提出"一阐提(阐提,即信不具,断了善根)人皆可成佛",得到昙无谶所译北本《大般涅槃经》的印证。这种理论,彻底地体现了"是法平等,无有高下"的精神,也有利于欺骗更广泛阶层特别是下层群众信仰佛教,所以得到了中国大部分学派、宗派的承认。后来禅宗说人人本有的净心就是佛心,"自性迷佛即众生,自性悟众生即佛"[①];天台宗后期主张"无情有性",认为砖甓瓦石等无情物都有佛性,这就把成佛的条件普及到一切人、一切物之上。所以,佛教的人性论是与儒家"性三品"的等级人性论不同的。这种更普遍的人性(佛性)论受到挣扎在社会底层的群众的欢迎,也得到反对门阀士族特权的一般地主阶级知识分子的拥护。

佛教又把本有的性与"客尘所染"产生的情相对立。佛讲四谛,苦谛第一,主张人生本来就是苦。在十二有支的缘生中,从无明开始,引生起人的物质与精神现象。人执着有我,才产生了烦恼障;人执着有法,才产生了所知障;有了我、法二执,产生了爱欲希求,这是人坠入轮回之苦的原因。所以,佛教认为念、嗔、痴是根本烦恼,情是妄情、妄念。人们修习就是要舍染求净,实际上就是佛性的发现和复归。这种解脱之道,是对苦难灵魂的安慰,也是对社会罪恶的掩饰。

佛学的这套理论在论证人性问题上更适应统治阶级需要,也更细密、更具有思辨色彩。梁武帝《净业赋》和颜之推《颜氏家训·归心篇》等已汲取佛教这种义理来谈人性问题。到了中唐,更多的人借鉴佛教的心性理论来谈人性。这与当时思想领域发展的具体形势有关,即是说,地主阶级中较低阶层的知识分子要为他们争夺

---

① 慧能《坛经》(法海本)。

政治经济特权找理论依据,整个统治阶级也需要新的精神武器。
在学术思想领域中,这时又正处于汉学向宋学的转变之中。佛学
在这个转变中起了一定作用,突出的表现就是它的佛性说推动了
宋学性理学说的形成。例如李观说:

> 大化孕人,人有成性。动牵于妄,妄亦斯竟……妄由动
> 生,动以妄奸。能以义胜,动归乎安。①

欧阳詹说:

> 自性达物曰诚,自学达诚曰明。上圣述诚以启明,其次自
> 明以得诚……凡百君子有明也,何不急夫诚? 先师有言曰:生
> 而知之者上,所谓自性而诚者也。又曰:学而知之者次,所谓
> 自明而诚者也。②

白居易说:

> 若欲以禅定复人性,则先王有恭默无为之道在。③

皇甫湜认为,孟、荀二人言性都是一偏之见,"一则举本而推末,一
则自叶而流根","殊趋而一致,异派而同源"④,人性本善,受外物影
响流为而恶。侯冽说:

> 原夫性本皆善,诱成迁化,湍有常行,决而上下。得其道
> 则致和平,汩其流遂成奸诈……心镜之前,若光明而上下察
> 也;情田之内,同淡泊而左右流之。⑤

这些看法,多数用的是儒学的语言,但显然汲取了佛学心性本净,

---

① 李观《妄动箴》,《全唐文》卷五三四。
② 欧阳詹《自诚明论》,《全唐文》卷五九八。
③ 白居易《策林》第六七《议释教僧尼》,《白氏长庆集》卷六五。
④ 皇甫湜《孟子荀子言性论》,《全唐文》卷六八六。
⑤ 侯冽《性犹湍水赋》,《全唐文》卷七二二。

客尘所染的观念。这些人中,多数与韩愈有很深的交谊,韩愈提出他的人性论,也是适应了这一思想朝流。

韩愈《原性》说:

> 性也者,与生俱生也;情也者,接于物而生也。性之品有三,而其所以为性者五;情之品有三,而其所以为情者七。曰:何也?曰:性之品有上中下三。上焉者,善焉而已矣;中焉者,可导而上下也;下焉者,恶焉而已矣。其所以为性者五,曰仁、曰礼、曰信、曰义、曰智。上焉者之于五也,主于一而行于四;中焉者之于五焉,一不少有焉,则少反焉,其于四也混;下焉者之于五也,反于一而悖于四。性之于情视其品。情之品有上中下三。其所以为情者七,曰喜、曰怒、曰哀、曰惧、曰爱、曰恶、曰欲。上焉者之于七也,动而处其中;中焉者之于七也,有所甚,有所亡,然而求合其中者也;下焉者之于七也,亡与甚,直情而行者也。情之于性视其品……

这里,表面上承袭了孔子、董仲舒"性三品"的格式。但区分性、情,以性为善的根据,情是后天所习染,这是佛教观点。再从他对"性"的认识看,说是分为"三品",但又说所以性者是仁、礼、信、义、智,肯定的是五常之正性,这也是受佛学"是法平等"观点的影响。在这个问题上的矛盾,早有人指出过。吴可说:

> 退之既以仁、义、礼、智、信言性,则不当立三品之论。今别为三品,而以品之下者为恶,则是仁、义、礼、智、信亦可谓之恶欤?其言之自相牴牾如此。又曰上者可学,下者可制,而品则孔子谓不移也。夫孔子所谓下愚不移者,谓其自暴自弃者尔。若下者可制,则不得谓之自暴自弃,亦不得谓之不移也,无乃亦与孔子之言异乎?①

---

① 吴可《林下荆溪偶谈》卷一。

实际上韩愈观点就是"与孔子之言异"的。它的内在矛盾正是向宋学性理之说转变过程中融合佛学心性学说尚不和谐的表现。韩愈把情也分为三品,似与佛说不同。但佛学的观点也有变化,在瑜伽行派唯识学的五位百法之中,五十一个心所有法即具体心理表现和功能也有偏行、别境、善、烦恼、随烦恼、不定六类。韩愈的看法完全可以与之相调和。总之,韩愈一方面主张"不由思虑,莫匪规矩"的善心,提倡"不勉而中,不思而得,从容中道"①的精神境界;另一方面要求正心诚意,追求本性的复归,这正是融入佛学"异端"的人性论,与孔、孟、荀、董任何一家看法都不相同。

　　韩愈的这种观点,反映了一代学术潮流,启发后人心性学说继续转变。后来李翱作《复性书》,在韩愈这个方向上更前进了一步。他形式上批评"性命之书虽存,学者莫能明,是故皆入于庄、列、老、释",而提出性为"天之命",情为"性之动","情既昏,性斯匿",因此主张"复性",达到"寂然不动,广大清明,照乎天地,感而遂通天下之故,行止语默无不处于极也"②的境地,这与佛家净心说已很接近,后人评论他是"杂于二氏"、"阴释而阳儒"③。宋人讲"穷理尽性",已把儒与佛合而为一。清代有一位居士彭际清说:

　　　　夫自韩、李以降暨于杨(时)、王(守仁)诸君子,其生平自任莫不欲扶皇极、叙彝伦、正心人、逆邪说,顾其所造益微,往往欲自异于西来之恉不可得。④

"西来之恉"指达摩禅法。一生以辟佛为职志的韩愈,自入于佛法而不自知,这是一种很值得深思的事。

　　韩愈把佛学的心性学说导入儒学,从思想史发展的角度讲,为

---

①《省试颜子不贰过论》。
②李翱《复性书》上,《李文公集》卷二。
③阮元《性命古训》,《研经室文集一集》。
④彭际清《罗子遗集后叙》,《二林居集》卷六。

宋儒建立性理之学开了先河;从反佛斗争的角度讲,一方面表现出佛教对儒学的影响,另一方面,儒学汲取了佛学的"精微之语",又加强了反佛的力量,剥夺佛学的思想武器为"道统"论服务。这在治学方向上也启发了后人。

总地看来,韩愈反佛在中国思想史上是值得称颂的,贡献巨大,影响深远。但他的有力处在反宗教迷信,而在批驳宗教义理上则是软弱的。他是个坚定的无神论者,但却没有掌握足以驳倒佛教宗教哲学的理论武器。这也充分显示了反宗教斗争的艰巨性和复杂性。

试论柳宗元的"统合儒释"思想

柳宗元是唐代的著名文学家,也是具有唯物主义倾向的进步思想家。在中国文学史和思想史上,他都做出了巨大贡献,占有重要地位。但他却又崇信佛教,宣扬佛理,要求"统合儒释"①,写了许多鼓吹佛教唯心主义的诗文。

柳宗元是一位反天命、反符瑞、反封禅、反鬼神的进步思想家,却又迷信佛教;是一个立志"辅时及物",关心"生人之患",并写过许多具有高度思想性和深刻现实意义作品的优秀作家,却又企图在佛教教义中寻求"佐世"的内容。这个矛盾现象本身是由他所处的时代条件和阶级地位决定的。研究这个问题,对于正确地认识和评价柳宗元,批判地继承他的宝贵遗产是很必要的。

一

从基本的思想倾向看,柳宗元是尊儒的。他生活在儒家思想居于正统统治地位的时代里,自幼受的是传统儒家教育,后来又由

---

① 《送文畅上人登五台遂游河朔序》,《柳河东集》卷二五,上海人民出版社1974年版。以下凡引此书,只注篇名。

科举踏入仕途,一生信守儒家的伦理道德。他曾一再明白表示,自己"讲尧、舜、孔子之道亦熟"①。他学古道,为古辞,讲求"孔氏大趣"②,"其归在不出孔子"③。他痛惜让那些如土木偶像一样的庸腐官僚当道,使得"圣人之道,不尽益于世用"④。他主张:"幸而好求尧、舜、孔子之志,唯恐不得;幸而遇行尧、舜、孔子之道,唯恐不慊。若是而寿,可也。求之而得,行之而慊,虽夭其谁悲?"⑤这就是把实行"尧、舜、孔子之道"当做人生的最高理想了。当然,评价一种学说,不能依据它的旗号,主要得看它的内容。但就柳宗元的伦理政治观点,要求重视"生人之意",主张统一集权,提倡仁义道德,维护等级制度等主要内容看,都没有超出儒家学说的范畴。

在他的言论中,确实也有不少背离传统经旨甚至直斥儒经错谬之处。不过他主观上还是把这些作为"圣人之意"来阐发的。他有时甚至认为经书错传了"圣人"的本意,而对"圣人"一直采取信仰和回护态度。在古代思想史研究方面做过许多贡献的老前辈杜国庠同志曾提出这样一个十分精辟的见解:"中世纪的思想学术,决不是单纯的经学。注疏之学,不仅表现某派的宗主信仰,而且表现某派所持的哲学。"⑥用这样的观点看柳宗元的尊儒,也是尊其所尊。他不是对经传上记载的圣人之言做机械的抄袭,而往往是根据自己的政治需要对"孔氏大趣"进行独特的发挥,甚至以"圣人"名义对某些儒家传统观念进行批判。这也是古代某些人指责他"是非多谬于圣人"⑦的一个原因。

----

①《与杨诲之第二书》。
②《答元饶州论〈春秋〉书》。
③《报袁君陈秀才避师名书》。
④《与杨京兆凭书》。"尽"字据别本校补。
⑤《送娄图南秀才游淮南将入道序》。
⑥《杜国庠文集》第300页。
⑦黄震《黄氏日钞》卷六〇。

柳宗元对于"圣人之道"的态度,有两点值得注意。这两点对于他尊儒而又兼容佛说关系很大。

一是他研究经学,受唐中期啖助、赵匡、陆质一派《春秋》学的影响。这个学派解释《春秋》,标举"考核三传,舍短取长"①,以经驳传,敢于摆脱传统成说的束缚,专以己意论定"圣人"的"微言奥旨",很富于怀疑精神。后人指责他们说经流于臆断、穿凿,实际上他们的许多议论都是针对现实,有所为而发的。柳宗元年轻时就细心研读过陆质的《春秋集传纂例》、《春秋集传辨疑》、《春秋微旨》等三书,对陆质本人深表敬仰。后来陆质参与了王叔文集团的政治改革活动,柳宗元和他属于同一政治派别,又居同巷,遂拜他为师。陆对于柳宗元是谊兼师友。柳宗元的许多主张,如强调"生人之意"的历史作用,要求推行顺应时变、处事贵"当"的"大中之道",就是师承陆质的。他反对"拘儒瞽生"墨守章句,对经传敢于大胆怀疑,如《贞符》直接批判了从《诗》、《书》直到董仲舒、刘向等人宣扬的"天人感应"论;《守道论》、《六逆论》、《非〈国语〉》等则直接间接地批判了《左传》。这些也是继承了陆质一派学风。柳宗元称赞啖、赵、陆等人"能知圣人之旨,故《春秋》之言及是而光明,使庸人小童,皆可积学以入圣人之道,传圣人之教"②。可见他对陆质一派《春秋》学的评价之高。

另一点也与前一点相关联。陆质学派研究《春秋》,提倡"圣人夷旷之体"③,采取"会通"诸家的方法。柳宗元把这种态度更向前发展一步,力求对诸子百家"毕贯统"④,援诸子学说以济儒。他认为"儒、墨、名、法"都"有益于世"⑤。他承认庄、墨、申、韩是"怪僻险

①陆质《春秋集传纂例》卷一《啖氏集传注义第三》。
②《唐故给事中皇太子侍读陆文通先生墓表》。
③陆质《春秋集传纂例》卷一《三传得失议第二》。
④《送贾山人南游序》。
⑤《覃季子墓志》。

贼"的,但却又肯定它们有可取之处。他的《贞符》、《封建论》对于原始人类社会的描述,他的《断刑论》、《驳复仇议》强调赏刑的作用,明显地继承了法家韩非的社会发展观和强调法治的主张。他称赞别人"好孔氏书,旁及《庄》、《文》,莫不总统"①。他又在《天爵论》里援引"庄周言天曰自然",来反对存在有意志、能主宰的"天"。他在《晋问》、《吏商》、《种树郭橐驼传》等作品中表现的"民利民自利"观念,正是墨子"诸加费不加于民利者圣王弗为"②观点的发挥。他从诸子学说中汲取了许多有价值的思想资料,丰富了自己的思想体系。对古代思想遗产的师承,这是他在理论上取得成就、富于独创性的原因之一。

　　他一方面不迷信儒学旧说,另一方面又对诸家学说广为借鉴。他更把这种态度应用于对待佛教,就是企图"统合儒释",以佛济儒。他把佛教学说与诸子的政治、哲学思想同等看待,甚至认为它的价值高于庄、墨、申、韩。所以他认为可以使"真乘法印,与儒典并用"③,而对佛教可以"咸伸其所长,而黜其奇衺,要之与孔子同道"④。结果,他本来想从佛教中披沙拣金,用以济儒,用以佐世,实际却被宗教哲学的虚伪光彩和宗教迷信所迷惑,崇佛是他思想的消极落后方面。

二

　　唐代自"安史之乱"以后,随着政治动乱和经济凋敝的日加深重,

---

①《潭州杨中丞作东池戴氏堂记》。
②《墨子·节用中》。
③《送文畅上人登五台遂游河朔序》。
④《送元十八山人南游序》。

统治阶级思想上也更加腐朽。表现之一就是朝野上下，佞佛如狂。由于朝廷推行儒、佛、道三教调和的思想统治政策，更助长了僧侣地主势力的膨胀和佛教思想的猖獗。柳宗元生活在这样的社会环境里，自幼受到熏染，他说："吾自幼好佛，求其道，积三十年。"①他还说："余知释氏之道且久。"②在长安任职的时候，他就和文畅、灵澈等出入于达官文士圈子的名僧交结，称赞那些"服勤圣人之教，尊礼浮屠之事"③的亦儒亦释的人物。到永州后，起初寓居于龙兴寺。当时湘粤一带正是天台宗和禅宗南宗流行的地方。他与龙兴寺的长老重巽（天台宗九祖、"重兴台教"的荆溪湛然的再传弟子）结下了亲密友谊。在政治上受到挫折和打击之后，他思想上异常苦闷。每天生活在青灯梵呗之间，与名僧交游，自然会受到更深的影响。此后，他更加用心研习释典，尊敬僧徒，到宗教中寻求精神解脱。他的绝大多数宣扬佛教的诗文就是在这个时期写的。

当时，有许多和尚从远地来永州访问柳宗元。其中有一个游方僧元暠，经被贬为朗州司马的刘禹锡介绍来到这里。在离去的时候，柳宗元写了一篇《送元暠师序》，讲了一通佛教教义"与儒合"的道理。后来韩愈见了，大为不满。韩愈是主张用儒家的"道统"统制思想，排斥异端的。他责备柳宗元"不斥浮图"。柳宗元反驳他说，"忿其外而遗其中，是知石而不知韫玉也"④。从这场争论可知，柳宗元是自认为深得佛教精义的。他认为在佛教这块顽石中有着"与《易》、《论语》合"的"宝玉"。所以，他不是像王维那样愚妄地佞佛，也不像白居易那样以信佛寓独善之志，而是认为佛教中有宝贵内容，可以搜择融液，与儒道调和起来，为世所用。

佛教作为外来宗教，要在中国传播，就得适应中国的经济基

①《送巽上人赴中丞叔父召序》。
②《永州龙兴寺西轩记》。
③《送文畅上人登五台遂游河朔序》。
④《送僧浩初序》。

础,与中国传统的意识形态相调和。事实上佛教在中国传播的过程,也确实是不断与占统治地位的儒家思想相调和的过程。柳宗元的"统合儒释"思想,就是这种思想潮流的产物。他论证了儒、释二教的一致性,宣扬佛教教义并不背逆儒家"圣人之道",并为崇佛观念进行辩护。

在伦理观上,柳宗元说:"释之书有《大报恩》十篇,咸言由孝而极其业。世之荡诞慢诡者,虽为其道而好违其书,于元暠师,吾见其不违且与儒合也。"①他又说:"金仙氏之道,盖本于孝敬,而后积以众德,归于空无。"②佛教讲"轮回",主"色空",原来是不承认世俗伦常的。后来,中国的佛教徒为了使自己的教义适应儒家传统意识,宣扬《盂兰盆经》等讲孝道的佛经。柳宗元认为佛教"由孝而极其业",甚至说"孝敬"是佛教的根本,极力使佛教与儒家伦理观念"统合"起来。

佛教各宗派对于哪些人具有佛性说法不一。所谓"佛性",实际是"人性"的宗教化。按法显译《大般泥洹经》,认为一阐提(意译为"信不具",即懈怠懒惰,尸卧终日,断了善根的人)不能成佛。到了竺道生提出一阐提人皆得成佛,人人平等都有佛性。大乘佛教的一些宗派为了增加其欺骗性,竭力宣扬佛性具有普遍性。例如禅宗主张"明心见性"、"顿悟成佛",认为"众生"原自有佛性,不过在堕入"轮回"时"迷失"了。后期天台宗主张"无情有性",把佛性更普遍化到一切无情物之中。柳宗元把这种观念与儒家的"性善论"调和起来。他称赞禅宗六祖、南宗创始人慧能"其教人,始以性善,终以性善,不假耘锄,本其静矣"③,并从佛教的宗教人生观中发现了"人生而静"的理想。他认为"凡为其道者,不爱官,不争能,乐

---

①《送元暠师序》。
②《送濬上人归淮南觐省序》。
③《曹溪第六祖赐谥大鉴禅师碑》。

山水而嗜闲安者为多",可以救治"逐逐然唯印组为务以相轧"①的弊病;又认为佛教教义适应"志乎物外而耻制于世者"②的需要;由于现实世界"生物流动,趋向混乱,惟极乐正路为得其归"③,佛教还可以帮助人解脱现实的混乱和矛盾。这样,他把佛教的人生观与儒家的"性善论""统合"起来了。

儒家宣扬礼义道德,维护等级统治秩序;而佛教求"解脱",除了佛门"三宝"外,不承认世俗君臣等级关系。然而佛教寺院体制本身就是等级剥削、压迫制度的缩影,各级僧侣都处于等级统治关系之中。唐德宗初年,禅僧怀海居于江西百丈山,开创禅院,并为禅宗制定了戒律——《禅门规式》,即《百丈清规》④,柳宗元说:"儒以礼立仁义,无之则坏;佛以律持定慧,去之则丧。"⑤这种类比,实际是强调儒家礼仪和佛教戒律在维护统治秩序上的共同性。特别是柳宗元讲"大中之道",更深受天台宗影响。天台宗前驱北齐慧文说:"诸法无非因缘所生,而此因缘,有不定有,空不定空,空有不二,名为中道。"⑥这就是调和"空无"与"假有"的中道观念。柳宗元把天台宗这种哲学与儒家中庸思想调和起来。一方面,在其释教碑中,一再赞扬所谓"中道"、"大中";另一方面,又认为"立大中,去大惑"⑦,是"圣人之道"的根本。所以章士钊先生说:"大中者,为子厚说教之关目语,儒释相通,斯为奥秘。"⑧当然应当指出,柳宗元所谓"中道"或"大中之道",在不同地方有不同的内容,但它有着调和矛盾的"儒释相通"的方面则是肯定的。这样,柳宗元就把儒家的

---

①《送僧浩初序》。

②《送玄举归幽泉寺序》。

③《岳州圣安寺无姓和尚碑》。

④现通行本《百丈清规》为元德辉重辑,已非原本。

⑤《南岳大明寺律和尚碑》。

⑥《佛祖统纪》卷六。

⑦《时令论》下。

⑧章士钊《柳文旨要》上《体要之部》卷七。

礼仪与禅门戒律、儒家的"中庸"与天台宗的"中道""统合"起来了。

柳宗元对于佛教教义中完全背离于中国传统意识的部分也有所批评。例如他明白表示对佛教徒"髡而缁,无夫妇父子,不为耕农蚕桑而活乎人"①是不满的;对那些无得于佛理,"假浮屠之形以为高"的"纵诞乱杂"②者流,也是反对的;他特别对于禅宗有所批评,认为"言禅最病。拘则泥乎物,诞则离乎真,真离而诞益胜。故今之空愚失惑纵傲自我者,皆诬禅以乱其教,冒于嚚昏,放于淫荒"③。这就是他从儒家的立场上对佛教的"怪骇舛逆其尤者"所作的批判,也是他要"黜其奇邪"的地方。

由以上分析可知,柳宗元"统合儒释",是以儒家"圣人之道"为根本的。所以这叫做以佛济儒,而不叫以儒济佛。他努力从已在中国土壤上长期发展、深受传统的儒家思想影响的佛教之中寻求可以"佐世"的"精华"。他企图调和儒、释的矛盾,为解决社会矛盾、维护统治秩序发挥佛教的作用。

三

柳宗元持有元气一元论的朴素唯物主义观点,反对唯心主义天命观,怎么又相信佛教,热衷于佛教哲学呢?

这里固然有时代条件和家庭影响,但这些都是外因。探索柳宗元崇佛的原因,主要还应当从他本人世界观的矛盾中去寻找。

柳宗元是个热心于"辅时及物"、努力兴功济世的人。作为统治阶级中的一员,他提出了许多变革现实的进步政治主张,但又有

①《送僧浩初序》。
②《送方及师序》。
③《龙安海禅师碑》。

浓厚的"神道设教"思想。例如对于祭祀,他说:"圣人之于祭祀,非必神之也,盖亦附之教焉。"①对于占卜,他说:"卜者,世之余伎也,道之所无用也。圣人用之,吾未之敢非。然而圣人之用也,盖以驱陋民也。"②其至他也承认天命观的一定作用,说:"且古之所以言天者,盖以愚蚩蚩者耳,非为聪明睿智者设也。"③从他的朴素唯物主义观点出发,认为祭祀、占卜、天命的说教统统都是欺骗,但他却肯定其对于"陋民"、"蚩蚩者"的欺骗或教化作用。他也有意识地利用佛教施行教化。晚年在柳州,他看到当地人"信祥而易杀,傲化而偭人",迷信巫卜,使户口锐减,田园荒芜。他认为:"董之礼则顽,束之刑则逃。唯浮图事神而语大,可因而入焉,有以佐教化。"④为此,他积极主持修复了早已毁弃了的大云寺。这就明确表示他主张可以用佛教教义作为礼与刑的补充,发挥其统治人民的作用。这也表明,柳宗元作为统治阶级思想家,千方百计设计加强封建统治的方案,也想到了宗教的作用。

　　但他对佛教与对祭祀、占卜的态度不同。他认为祭祀、占卜等等只是"于道无所用"的"驱陋民"的工具,而对佛教他却是真诚地信仰。这是他的朴素唯物主义的不彻底性所造成的结果。他认为宇宙就是一团"冥黑晰眇,往来屯屯,庬昧革化"⑤的"元气",并用这个观点否定"天命"的存在,但他解释不了这种"元气"是怎样化生为万物的,也就是说,他解决不了宇宙的物质统一性及其多样性的矛盾。这样,他就只好乞灵于宗教了。他在《南岳弥陀和尚碑》中说:

　　　　一气回薄茫无穷,其上无初下无终。离而为合蔽而通,始

---

①《监祭使壁记》。
②《非国语·卜》。
③《断刑论》下。
④《柳州复大云寺记》。
⑤《天对》。

　　末或异今焉同。虚无混冥道乃融,圣神无迹示教功。

他形象地描绘了元气的无限性,说明了它的离合变化。但造成这"圣神无迹"的变化的依据是什么呢? 他却从宗教宣扬的神秘力量中去寻找。

　　他认为"元气"之上还有"教功"的作用。这就给唯心主义留下了一个寄身的空隙。他特别倾心于天台宗,赞赏"一其空有"的"三谛圆融"("即空即假即中")观念。他反对空、有二者执着一边,批评那种"言至虚之极,则荡而失守,辨群有之伙,则泥而皆存者"①。他批评这两个偏向,所持是天台宗"常是一边,断灭是一边,离是二边行中道,是为般若波罗蜜"②的观点。他称赞龙安海禅师的《安禅通明论》的主张:"推一而适万,则事无非真;混万而归一,则真无非事。推而未尝推,故无适;混而未尝混,故无归。块然趣定,至于旬时,是之谓施用;茫然同俗,极乎流动,是之谓真常。"③按这种说法,一方面万物是块然独立,可以施用的真实存在,另一方面它们又可纳入"无适"、"无归"的"真常"中去。"块然趣定"的是物质存在的形式,不断变化流动的"真常"才是根本。佛教所谓"真常",又叫"真如"。"真,谓真实,显非虚妄;如,谓如常,表无变易。谓此真实,于一切位,常如其性,故曰'真如'。"④"真常"或"真如"即是佛性。柳宗元混淆了"元气"和"真常"的界限,是对佛教唯心主义哲学的重大让步。

　　另一方面还应指出,柳宗元坚决反对作为客观唯心主义表现形式的"天命"观,但却没有与主观唯心主义划清界线。例如他认为人生而有"明"与"志"(《天爵论》)和"五常"(《时令论》下),礼、义

---

①《送巽上人赴中丞叔父召序》。
②龙树《大智度论》卷四三。
③《龙安海禅师碑》。
④《成唯识论》卷九。

是社会发展的"二维"(《四维论》),"生人之意"是社会发展的推动力(《贞符》)等等,都有主观唯心主义的因素。而柳宗元时代的佛教哲学,也向主观唯心主义发展。这也给他调和儒、释提供了条件。佛教在其自身发展中,一面要抵抗唯物主义阵营的批判和攻击,又要增加其欺骗性,就得不断作出新的论证,改变自己的形式。天台宗九祖湛然提出了"无情有性"说,认为一切无情物如"墙壁瓦石"都具有佛性,"故知一尘一心即一切生佛之心性"①。这就赋予佛性以无限普遍性的意义。禅宗南宗主张顿悟成佛,认为人人本有的"净心"就是"佛性",所以说"不悟即佛是众生,一念若悟即众生是佛"②。禅宗和尚甚至呵佛骂祖,否定佛门"三宝"(佛、法、僧),推翻了一切超自然的客观神圣的权威。天台宗和禅宗的这些观点,都主张"佛性"在每个人自身之中,意在更廉价地推销天国的入门券。但这样却大大削弱了佛的神圣性和神秘性,在哲学上则是极端唯心主义的表现。这种观念与柳宗元思想中的那些主观唯心主义东西是相通的。柳宗元反"天命",是反对有一个有意志的"天",但却主张"一其空有"、"人生而静",这与后期禅宗根本否认在人心之外还有作为超自然的神灵的"佛"的主张是相通的。柳宗元倾心于佛教,正是他向后期天台宗和禅宗宣扬的唯心主义宗教哲学作了让步。因而他不信天命却迷信佛教,二者在他并行不悖,也就可以理解了。由此可见,那种元气一元论的朴素唯物主义,是没有力量彻底战胜一切形式的唯心主义的。

　　另外,要彻底否定宗教迷信,不仅要推倒一切客观的精神本体,如上帝、佛、天命、天理等等,还得打倒神不灭论即灵魂不死说。元气一元论不能彻底解决形神关系问题。而只有正确解决形神关系问题,才能挖掉宗教迷信的根基。唐代的辟佛斗争,包括韩愈的

①湛然《金刚碑》。
②《坛经》(法海本)。

辟佛在内,主要从政治伦理或经济利益上立论,没有从哲学的本体论上进行批判。所以从理论上看,当时的唯物主义阵营还是软弱无力的。柳宗元反对存在"天命",却没有系统的神灭论主张,也就缺乏与宗教迷信斗争的有力武器。

总之,从柳宗元自身看,他的崇佛,是由他作为统治阶级一员的政治立场,以及他的朴素唯物主义世界观不彻底决定的,这是完全符合他的思想发展逻辑的。

四

从以上分析可以看出,柳宗元的"统合儒释",不是一时的、偶然的"失误"。他不仅相当虔诚地崇信佛教教义,而且企图利用佛教的宗教哲学和宗教人生观作为儒家"圣人之道"的补充,来解决现实矛盾,也解脱自身的精神压力。他写了许多宣扬佛教迷信的诗文,产生了很大的消极影响。

特别是到永州后,他的人生观明显表现出消极避世一面。他热心与僧侣交往,撰写宣扬佛理的作品。他的小女儿于元和五年死,年仅十岁,得病时,更名佛婢,削发为尼,号初心。死后,柳宗元专门写了《下殇女子墓砖记》以记其事。他表示要泯灭"是非荣辱"、"更乐暗默",只求"移数县之地""买土一廛为耕甿"①,欣赏那种"乐山水而嗜闲安"的境界。这种消极思想并非他的整个精神面貌,甚至不是主流,但总是他精神生活的一个侧面。后来他被任命做柳州刺史,表示:"是岂不足为政邪?"②显然已失去了早年那种变

①《与萧翰林俛书》。
②《柳子厚墓志铭》,《韩昌黎全集》卷三二。

革现实的勇气和进取、斗争的气概,努力做个好的地方官。这种态度,儒家叫做乐天安命,佛教则叫做忍辱无净。

从创作上看,《柳河东集》正集四十五卷诗文中,释教碑占整整两卷,记祠庙、赠僧侣的文章各近一卷,一百四十多首诗中与僧侣赠答或宣扬佛理的达二十多首。这是直接写佛教的。佛教思想对他的另一些创作也产生一定影响。

他的一些作品,鼓吹宗教迷信,内容是错误、荒诞的。他初到永州寓居的龙兴寺,建筑在潇水东岸的山丘上,是一座荒芜的古建筑。他住的西厢房,原来仅有北窗。后来,他加开了西窗,修了廊檐,从这里可以远眺大江连山的风光。为此,他写了《永州龙兴寺西轩记》,其中发了这样一段议论:

> 夫室,向者之室也。席与几,向者之处也。向也昧,而今也显,岂异物耶?因悟夫佛之道,可以转惑见为真智,即群迷为正觉,舍大暗为光明。夫性岂异物耶?孰能为余凿大昏之墉,辟灵照之户,广应物之轩者,吾将与为徒。

这里以开窗纳明为比拟,说明皈依佛法,可以使被尘缘掩蔽了的"佛性"得到"觉悟"。实际上,信佛不会使人觉悟真理,而是坠入迷信骗局。柳宗元所谓真智正是愚妄,正觉正是迷惑,光明正是黑暗。

佛教的某些宗派认为西方有极乐世界叫做净土,成佛的人可以往生。天台宗就是主张有净土的。有一篇传为天台宗创始人智颉写的《净土十疑论》,为净土说作辩护。龙兴寺里原有一座净土院,但"廉隅毁顿,图像崩坠"。重巽曾主持加以维修。刺史冯叙捐修了大门,柳宗元出资修了回廊。墙壁上绘了慧远和智颉的像,写了《净土十疑论》。柳宗元为此写了《永州龙兴寺修净土院记》,其中又说:

> 中州之西数万里,有国曰身毒,释迦牟尼如来示现之地。

> 彼佛言曰:西方过十万亿佛土,有世界曰极乐,佛号无量寿如
> 来。其国无有三恶八难,众宝以为饰;其人无有十缠九恼,群
> 圣以为友。有能诚心大愿归心是土者,苟念力具足,则往生彼
> 国。然后出三界之外,其于佛道无退转者。其言无所欺
> 也……有能求无生之生者,知舟筏之存乎是。

佛教所说的西方"净土"和往生净土的现世成佛法门,是毫无事实可以验证的荒唐的骗局。而柳宗元却认为宣扬它"其言无所欺",并鼓吹从中寻找"求无生之生"的"舟筏"。他在歌咏净土变相的诗中说:"流形及兹世,始误三空门……稽首愧导师,超遥谢尘昏。"①也是宣扬净土的欺人之谈。

在永州,柳宗元结交了一些"谪吏",其中有一位前睦州刺史李幼清。李的姜马淑于元和五年去世,李曾为她建一经幢乞福,柳宗元作赞说:"以佛之为尊而尊是法,严之于顶,其为最胜宜也。既尊而胜矣,其为拔济尤大。尘飞而灾去,影及而福至,睦州于是,诚焉不疑。"②李幼清是愚妄迷信的,而柳宗元也认为建一经幢尊佛乞福,就可以拔济冤魂,福至灾去,则是宣扬迷信的。

柳宗元的一些诗文还极力宣扬天台宗的宗教哲学。

除了前已引证的文字外,还可以举出《永州法华寺新作西亭记》。天台宗依《法华经》立宗,法华寺是天台宗的寺庙。元和四年,柳宗元在永州法华寺构西亭以居,原来廊庑之下有大竹数万竿,遮住了视野。柳宗元命仆人持刀斧斫除,使眼界大开,增加了远眺之趣。这个寺庙有僧法号觉照,柳宗元就他的名字发议论说:

> 余谓昔之上人者,不起宴坐,足以观于空色之实,而游乎
> 物之终始。其照也逾寂,其觉也逾有。然则向之碍之者为果
> 碍耶?今之辟之者为果辟耶?彼所谓觉而照者,吾讵知其不

---

① 《巽公院五咏·净土堂》。
② 《尊胜幢赞》。

> 由是道也？岂若吾族之挈挈于通塞有无之方以自狭耶？①

这里是用砍竹观景为喻，来说明天台宗"三谛圆融"观念。从天台宗的观点看，一切事物的存在仅是现象，是"假有"；而就本质言，一切都是"空无"；所谓"中道"就是"假有"和"空无"的统一。举"俗谛"承认万物为实有，举"真谛"坚持万物为空无，这就是智顗的"三谛圆融"观念。这种观念巧妙地把现实世界消融在空无之中，论证了佛教教义的"四大皆空"。柳宗元通过一片竹林可以遮挡住人们的眼界，"觉悟"到外物的有无依赖于人们的主观认识，因而得出否认客观世界，通塞有无不必萦之于心的结论。

他在《巽公院五咏·禅堂》中说："涉有本非取，照空不待析。万籁俱缘生，宿然喧中寂。"意思是说，在有、空二者间不执着一边，万物都是因缘和合所生，从超脱的观点看，通通归于寂灭。他在《构法华寺西亭》中又说："北望间亲爱，南瞻杂夷蛮。置之勿复道，且寄须臾间。"出于他那种超脱现实、泯灭是非的观念，他觉得被贬谪只是一时的痛苦，是不值得挂怀的。

他的一些诗文歌颂"禅悦"境界，宣扬超脱、消极的人生观。他的有名的《晨诣超师院读禅经》写道：

> 汲井漱寒齿，清心拂尘服。闲持贝叶书，步出东斋读。真源了无取，妄迹世所逐。遗言冀可冥，缮性何由熟。道人庭宇静，苔色连深竹。日出雾露余，青松如膏沐。澹然离言说，悟悦心自足。

古人评这首诗，说是"一段至诚洁清之意，参然在前"②。实际上，这里描绘的闲淡境界和超世感情，正是一种主观上极力逃避现实的精神状态的表现。他的《赠江华长老》、《构法华寺西亭》等诗，也都

---

① 《永州法华寺新作西亭记》。
② 范温《潜溪诗眼》。

抒发这种消极感情。他的山水记中反映的"清冷之状与目谋,潆潆之声与耳谋,悠然而虚者与神谋,渊然而静者与心谋"①的心境,也表现了佛教宣扬的那种识破尘缘、超然世外的心理和人生态度。

唐末司空图称赞柳诗"味其深搜之致,亦深远矣"②。苏轼说柳诗"发纤秾于简古,寄至味于澹泊"③。柳诗善于把牢骚不平之气以高妙简淡之言出之,例如著名的《南涧中题》、《溪居》等,都有一种超然世外的气象。这种所谓"味外味",也是与柳宗元肯定的那种儒释相通的"人生而静"的观念有关联的。

五

柳宗元其人其道,在历史上多受讥评。许多人对于他的政治改革活动和一些唯物的、进步的思想观点加以攻击,骂他是"小人","肆情乱道"等等。这是不公正的。但有些人从不同的角度批评他崇佛,却是有道理的。

柳宗元生前,与儒学家和古文家韩愈就"统合儒释"问题进行过长期、激烈的争论。柳宗元的《天说》等著作,以朴素唯物主义的元气一元论批驳韩愈宣扬的唯心主义天命观;但在对待佛教的问题上,却受到主张"道统"论的韩愈的严厉批判。宋代古文家尊韩抑柳,主要原因之一是柳宗元崇佛。也是据此欧阳修说韩、柳"其为道不同,犹夷夏也"④,柳宗元是"韩门之罪人"⑤。这成为历史上

①《钴鉧潭西小丘记》。
②《题柳柳州集后》,《司空表圣文集》卷二。
③《书黄子思诗集后》,《经进东坡文集事略》卷六〇。
④《唐柳宗元般舟和尚碑》,《集古录跋尾》卷八。
⑤《唐南岳弥陀和尚碑》,同上书。

具有代表性的看法。

韩愈、欧阳修等批评柳宗元崇佛,是为了维护儒道的纯洁性。我们今天批判柳宗元崇佛,与他们出发点不同,目的也不同。我们是要揭示柳宗元思想的局限,指出佛教对于一个优秀作家的思想和创作的毒害。

儒学是思想体系,佛教是宗教,二者之所以常常被统治阶级综合利用,是因为它们的具体表现"尽管形形色色、千差万别",但"总是在某种共同的形式中运动的"①,即具有维护剥削阶级利益的共同点。而且,统治阶级越是腐败没落,内外交困,失去自信,就越乞灵于佛教。柳宗元"统合儒释",其本质也是如此。

从历史作用看,柳宗元搞"统合儒释",是在为猖獗的佛教势力推波助澜。韩愈辟佛虽然没有击中要害,又是以一种唯心主义反对另一种唯心主义,但他总给佞佛狂潮以有力的冲击。他与宗教迷信作斗争的精神也留下了好的影响,历史上长期被人们当做反佛的旗帜。柳宗元则不然,他的一些文章成了宣扬佛教的工具,甚至他本人也被编入天台宗的传宗系统之中,被佛教徒攀附为信徒。考虑到当时佛教的地位和危害,更可以看出柳宗元"统合儒释"的消极作用。

从理论内容看,也应当承认佛教宗教哲学的某些辩证因素又给柳宗元以某些启发。佛家讲"缘起",因此不承认存在能主宰的人格神;讲"轮回业报",不承认"无因生"的外在的原动力,这对形成他的反天命的观点是起一定作用的。佛家讲人人都有佛性,"悉成平等如来法身",这与他的圣人亦人,人皆可以为圣贤的观念也是一致的。但在这些方面,宗教哲学只是一种启示和借鉴,柳宗元在形成其先进理论观点时已给以根本的改造。而且,从认识论上

---

① 《共产党宣言》,《马克思恩格斯选集》第1卷,人民出版社1972年版,第271页。

讲,一种思想理论观点的根源是社会的实践。柳宗元的进步的理论观点的来源主要应从他的社会实践去寻找。此外,柳宗元批判儒学章句之学,在态度上与方法上也从他所研习的佛学中有所借鉴。

全面地分析柳宗元的思想,"统合儒释"只是他的世界观的一个方面,而且并非主导的方面,这种观念,是与他的元气一元论的唯物主义观点和积极"辅时及物"的政治思想相矛盾的。这种矛盾,充分反映了他作为封建地主阶级一定阶层代表人物的时代和阶级局限。像他那样一个站在时代前列的历史人物,却陷入了佛教的陷阱,这是一个悲剧。这说明,不确立彻底的唯物主义世界观,就必然不能抵制唯心主义的侵袭;不与宗教迷信划清界限,就会成为宗教的俘虏。在这些方面,柳宗元给我们留下了宝贵的历史教训。

笔者丝毫没有否定或贬低柳宗元的思想、文学遗产的价值及其历史地位的意思,而是认为对他所留给我们的精神财富要大力发扬、加以借鉴的。清除他身上的污点,正是为了更好地借鉴。因此,对柳宗元"统合儒释"的思想不但应当批评、指出,而且应当分析、说明。这种总结历史经验的工作,对全面认识、评价一个历史人物是十分必要的。

(原载中国社科院哲学研究所等编《中国哲学史
研究集刊》第一辑,上海人民出版社,1980 年 7 月)

王维的佛教信仰与诗歌创作

王维在中国诗史上,是一位有独特风格、独特贡献的大诗人,同时又是一个虔诚的佛教信徒。早在生前,他就有"当代诗匠,又精禅理"(苑咸《酬王维序》,《全唐诗》卷一二九)的名声;死后,更得到了"诗佛"的称号。他的诗歌创作与宗教生活关系非常密切。认真研究这个问题,对于正确认识和评价王维,继承他所留下来的艺术遗产,对于探讨在文学史研究中占有重要地位的宗教与文学关系的诸问题,都是很有意义的。

笔者对于佛教所知不多。这里只就王维的佛教信仰与诗歌创作的关系,发表些粗浅看法,供讨论。

一

首先,探讨一下王维信仰佛教的社会条件和思想基础。

王维踏入仕途,正赶上所谓"开元盛世"。对于形成他的世界观的社会背景和生活环境,有两点是至关重要而为许多研究者不够重视的。

一是当时统治集团之中,特别是皇族内部的尖锐矛盾。唐王朝的统治,建立在皇族、亲贵、士族地主、庶族地主、僧侣地主和富商等阶层的品级联合基础之上,各统治阶层之间争夺政治权力和剥削利益的斗争一直非常激烈。皇族内部的纷争是这种斗争的一部分。李隆基是先后击败了以中宗的韦皇后和太平公主为首的两个集团,才夺取了帝位的。他的弟弟,后被封为岐王的李范曾是他夺权的支持者之一。这位李范"好学工书,雅爱文章之士,士无贵贱,皆尽礼接待",是颇有活动能力的人物。李隆基鉴于唐朝建国以来不断发生宫廷政变的教训,对包括李范在内的诸王防范甚严。开元八年(720),"驸马都尉裴虚己坐与范游宴,兼私挟谶纬之书,配徒岭外;万年尉刘庭琦、太祝张谔皆坐与范饮酒赋诗,黜庭琦为雅州司户,谔为山茌丞"(《旧唐书》卷九五《睿宗诸子传》)。事情涉及到"私挟谶纬",表明关联着皇位问题;而与一位亲王"饮酒赋诗"竟构成远贬的罪名,可见朝廷与诸王的关系多么紧张。

王维以官僚贵族子弟身份,才华早著,艺能杰出,开元初来到长安,正投身到诸王圈子之中。史称"凡诸王、驸马、豪右、贵势之门,无不拂席迎之;宁王、薛王,待之如师友"(《旧唐书》卷一九〇下《王维传》);《集异记》记载岐王李范为帮助他取得京兆解头设法把他引见给贵主奏《郁轮袍》一事(见《太平广记》卷一七九《贡举》二),虽出于小说,却反映了他与亲王、公主的关系。他的那些侍从岐王游宴应教的诗,也证明了他在岐王身边的地位。另外,他与在中、睿、玄三朝任宰相的韦安石一家交谊甚厚,安石之子韦斌娶薛王李业女平恩公主为妻,他对王维曾大力推挹。这些事实,证明他一入仕途就置身在受到皇帝猜忌、排斥、监视的诸王圈子里。他官太乐丞,被谪官济州司仓参军,按《集异记》说是因为演出了"非一人不舞"的《黄狮子》,则又牵涉到敏感的皇权问题。这也是他一生政治坎坷的起点。

再一点是当时佛教的猖獗。唐王朝采取儒、佛、道三教调和的思想统治政策,武则天又有意识地利用佛教作为她篡夺统治权的工具,这都助长了佛教势力的扩张。到了开元年间,随着社会矛盾的加深,僧侣地主阶层势力的扩大,更为佛教的膨胀提供了条件。在官僚士大夫中,包括王维置身的受压抑打击的诸王圈子里,"统合儒释"形成风气。开元初,天竺僧善无畏来到长安,玄宗"饰内道场,尊为教主,自宁、薛王以降,皆跪席捧器焉"(赞宁《宋高僧传》卷二)。北宗僧人神秀到长安,也是"王公已下,京邑士庶,竞至礼谒,望尘拜伏,日有万计",圆寂以后,"岐王范、燕国公张说、征士卢鸿各为碑诔。服师丧者,名士达官不可胜纪"(同上卷八)。神秀弟子义福,"开元十一年,从驾往东都,经蒲、虢二州,刺史及官吏、士女,皆赍幡花迎之。所在途路充塞,拜礼纷纷,瞻望无厌",他被"兵部侍郎张均、太尉房琯、礼部侍郎韦陟常所信重"(同上卷九)。神秀的另一个弟子普寂于都城居止,"王公大人,竞来礼谒"(同上卷九)。这里提到的诸王和房琯、韦陟等,都与王维有亲密往还。再加上其母崔氏是佛教徒,"师事大照禅师三十余岁,褐衣疏食,持戒安禅,乐住山林,志求寂静"(王维《请施庄为寺表》,赵殿成《王右丞集笺注》卷一七,以下引用王维诗文均据此本,只标篇名,不注卷次),也给他以熏染。这种环境,从早年起就培养起他对佛教的热诚。

　　根据他的《大荐福寺大德道光禅师塔铭》所说"十年座下,俯伏受教",道光坐化于开元二十七年,则他师事道光在开元十七年前后。又大照禅师普寂于开元十三年定居长安①,王母崔氏天宝九载去世,则她开始师事普寂也应在开元中期。这正是在王维被贬济州之后。"宗教是被压迫生灵的叹息,是无情世界的感情"(马克思《〈黑格尔法哲学批判〉导言》,《马克思恩格斯选集》第1卷第2页)。王维被压抑的苦闷的精神,恰好到佛教中去寻求安慰。在这个时期,他还到太白山访问了道一禅师,表达了"岂惟留暂宿,服事将穷

①此据《旧唐书》卷一九一《神秀传》和《释氏稽古略》卷三,《宋高僧传》谓时在
　开元二十三年。

年"(《投道一师兰若宿》)的志愿;又到嵩山访问了乘如禅师,这是一个"精研律部,颇善讲宣"(《宋高僧传》卷一五)的高僧,王维称赞他"深洞长松何所有,俨然天竺古先生"(《过乘如禅师萧居士嵩邱兰若》),表示无限的景仰。

　　开元二十二年张九龄入朝为相,王维受张的汲引任右拾遗。两年后张被贬为荆州长史,王维也出朝到河西节度使崔希逸处做判官。这是他在仕途上遭受的又一次挫折。崔希逸也是佛教徒,王维称赞他"出为法将,入拜台臣,身在百官之中,心超十地之上"(《赞佛文》)。他一家都信佛。他的夫人为亡父祈福作《西方变》,王维为写《西方变画赞》;女儿落发出家,又写《赞佛文》。这些文章表明,王维这时对佛典已有相当深的领会。崔希逸开元二十六年四月转河南尹,在此前后王维又入朝为官。这时朝政日非,玄宗昏愦腐败,李林甫等擅权。许多不肯依附于他的人都受到排挤、打击。如裴耀卿,王维被出济州时任济州刺史,对他多有照顾,以党同张九龄罪名被罢知政事;对王维有提携知遇之恩的韦陟、韦斌兄弟,王维的朋友房琯等,也先后被谪处。在这种情况下,在王维身上,逐渐消磨了早年的用世、上进之志,养成了消极避世、佞顺掩婀的性格。他"既寡遂性欢,恐招负时累"(《赠从弟司库员外絿》),在现实压迫下,只感到"一生几许伤心事,不向空门何处销"(《叹白发》)了。他官越做越高,成了亦官亦隐的富贵闲人;同时又隐居终南山,与"道友"裴迪等结交僧徒,读佛经,悟禅理,又是个超凡脱俗的"法侣"和"高人"(见杜甫《解闷》,《杜少陵集详注》卷一七)。后来,"安史之乱"爆发,他扈从不及,被叛军所拘,系于洛阳,迫以伪官。两京收复后,他以赋《凝碧池》诗,被从轻发落,责授太子中允。他以迟暮之年,目睹天子播越,两京丘墟,自身又倍受屈辱。而回到长安的朝廷,张后弄权,李辅国专政,毫无振作自新的气象。在这种局面之下,王维一再表示要"奉佛报恩"(《谢除太子中允表》),"苦行斋心"(《责躬荐弟表》),在统治集团的纷争中苟且求容,安荣固位；同时"在京师，日饭十数名僧，以玄谈为乐。斋中无所有，唯茶铛药臼、经案绳床而已。退朝之后，焚香独坐，以禅诵为事"（《旧唐书》卷一九〇下《王维传》），继续过亦官亦隐的生活，以至终老。

王维迷信佛教，在他所生活的时代，是有一定典型性，有深刻的社会原因的。与他同时期的杜甫也接受佛教的某些影响，李白则求仙访道，与道教有很深的瓜葛。但在李、杜思想中，宗教观念并没有占主导地位；而王维却沉溺于佛教不能自拔。这就不能不从他个人方面寻找原因了。他一生主要活动在社会上层，远离人民群众的现实斗争，不了解民间疾苦。他既缺乏那种与社会邪恶作斗争的勇气，又没有鼓舞自己兴功济世的精神力量。他在现实苦难和黑暗面前惶惑、恐惧，无所作为。这是他与李、杜相比的一个重大弱点。人的正确认识和精神力量，是在实践斗争中，在与人民的血肉联系中培养起来的，王维的这个严重的思想弱点，使他成了宗教迷信的俘虏。

二

从王维的诗文看，他对佛典是很熟悉的。作为一个官僚和诗人，不能严格断定他属于佛教哪个宗派。但从思想上看，对他影响最大的是禅宗，而且表现出由北宗渐教转向南宗顿教的发展趋向。

开元中年以前，北宗神秀的弟子义福、普寂活动在长安，倾动朝野，禅教大兴。开元十八至二十年，六祖慧能弟子神会在滑台大云寺设无遮大会，立南宗顿教宗旨，攻击北宗，荡其渐修之道，"南、北二宗，时始判焉"（《宋高僧传》卷八），南宗开始普及于北方。开元二十七年，普寂死。天宝四载，神会重回洛阳。神会是一个很有活动能力的和尚。在他的推动下，南宗很快发展成为占统治地位的宗派。

王维母崔氏师事属于北宗的普寂，当然给他以影响。后来他写《为舜阇黎谢御题大通大照和尚塔额表》。大通是神秀谥号，大照是普寂谥号。他有《谒璿上人并序》，璿上人即瓦棺寺道璿，与著名的历法家和天文家一行同出普寂门下，著有《注菩萨戒经序》。道璿的弟子元崇，在"安史之乱"后，"于辋川得右丞王公维之别业。松生石上，水流松下，王公焚香静室，与崇相遇，神交中断"（《宋高僧传》卷一七）。王维的《大唐大安国寺故大德净觉师碑铭》中的净觉，是中宗妃韦庶人之弟，曾就学于五祖弘忍的弟子玄赜。他的《过福禅师兰若》中的福禅师，即是受神秀亲传、与普寂同门的义福或惠福。这是他与北宗僧人的关系。但他后来与南宗的关系更深。他与神会有私交，曾受后者请托，撰六祖《能禅师碑》，这是最早的传述南宗创始人慧能思想的可靠文献①。与他有长期交谊的荐福寺道光禅师，也是传南宗顿教的。他的《送衡岳瑗公南归诗序》中写到"滇阳有曹溪学者，为我谢之"，曹溪是慧能传教处，曹溪学者指慧能弟子神会。此外，见于他的诗文的昙兴、操禅师、昙壁等，属于什么宗派，不可确考；乘如是律僧，曾参与不空译事，终西明、安国二寺上座。

禅宗的哲学基础，是它的主观唯心主义的心性学说。它认为体现佛性的法身遍一切境，人人具有的净心就是佛性，因而成佛不假外求，只需"净心"即得。北宗渐教主张渐修，教人静坐看心、看净、不动、不起；而南宗禅主张人的自性本自清净，顿悟可以成佛，

① 慧能所撰《坛经》，其门人慧忠已指出经后人窜改（见《景德传灯录》卷二八；唐人韦处厚《兴福寺内道场供奉大德大义禅师碑铭》，《全唐文》卷七一五）。今传《坛经》有多种异文。流行的是元代宗宝改编本。近人认为，法海集记的敦煌写本最接近原貌。郭朋以之对勘另外三种异文，成《坛经对勘》一书，齐鲁书社1981年出版。本文引用即据此本。日本驹泽大学禅宗史研究会所著《慧能研究》一书曾集印五种传本加以对照。

"即得见性，直了成佛"。"一念愚即般若绝，一念智即般若生"（《南宗顿教最上大乘摩诃般若波罗蜜经六祖慧能大师于韶州大梵寺施法坛经》）。这种更彻底的主观唯心主义宗教哲学和更简易的修证方法，适应了在社会矛盾日渐激化的形势下人们急于求得解脱的要求；它否定了佛教许多宗派支离破碎的繁琐义学和偶像迷信，由"明心见性"观念发展出一种随缘任运的人生态度，更易于被官僚士大夫所接受。王维受现实打击，无力与黑暗势力斗争，又留恋官僚的富贵闲人生活，他自然很赞赏南宗禅那种消极放达的人生哲学；那种泯没是非，追求自净其心的宗教哲学也与他完全投合。

《阿弥陀经》、《无量寿经》、《法华经》等许多佛教经典，都鼓吹净土迷信。虚构一个西方极乐净土，说功德圆满则可以往生，这是宣扬"六道轮回"、"灵魂不死"说的骗局。但禅宗却不相信什么净土。南宗禅更主张心净土净，当前无异西方，所以《坛经》说："三世诸佛，十二部经，在人性中本自具有……若识本心，即是解脱"，"随其心净，则佛土净……佛是自性作，莫向身外求"。王维的《西方变画赞》就宣扬这种观念：

> 法身无对，非东、西也；净土无所，离空、有也。若依佛慧，既洗涤于六尘；未舍法求，厌如幻于三有。故大雄以不思议力，开方便门。我心犹疑，未认宝藏；商人既倦，且息化城。究境达于无生，因地从于有相。

所谓"法身"，即体现佛性的精神本体。由于法身遍一切境，所以不存在东方、西方的问题；净土也就没有固定处所，它是超越于常识认识的空、有两边的，即实际上是不存在的。如果皈依佛的慧心，内心也就洗刷了色、声、香、味、触、法等"六尘"的干扰；只要热心追求净心，就会厌倦欲有、色有、无色有等一切物质存在。所以，王维认为是佛为了开悟众生，说法方便，像《法华经》中用沙漠中的"化城"作比喻一样，虚构出一个有形有相的净土，诱导人们达到"无生"的境界。他在《荐福寺光师房花药诗序》中说:"心舍于有、无,眼界于色、空,皆幻也;离,亦幻也。至人者,不舍幻而过于色空、有无之际。故目可尘也,而心未始同;心不世也,而身未尝物……"这样,只要凝然守心,客观外物就都是虚幻的,即使混迹于尘世之中,也可以做个超然物外的"至人"了。

　　由于认为万法尽在自心,所以就不应执着外境,这就是慧能所谓无相、无著、无住的无为无碍思想。王维也宣扬这种思想。他有《与胡居士皆病寄此诗兼示学人二首》诗,第一首说:

　　　　一兴微尘念,横有朝露身。如是睹阴、界,何方置我、人。碍有固为主,趣空宁舍宾? 洗心诣悬解,悟道正迷津。因爱果生病,从贪始觉贫。色声非彼妄,浮幻即吾真。四达竟何遣,万殊安可尘。胡生但高枕,寂寞与谁邻。战胜不谋食,理齐甘负薪。子若未始异,讵论疏与亲!

这本是慰病之作,表面上讲对身体疾患的看法,实际是抒写对人生患难、社会弊端的态度。作品演说禅理,诗味索然,但对了解王维的世界观却是很有价值的资料。诗人说:只因为存在一点点世俗之念,才产生了对于如朝露一样的人生。如果用这样的观点看"五阴"、"十八界"①,那又有什么人、我之分存在呢? 接着,诗人批评对人生的"错误"认识。他说:正因为把本是"性空"的我、法执为实有,让这种观念主宰了自心,就舍弃不了作为"宾"的尘境,这样,也就不能净洗心识,结果在悟道的途中就要迷失了。因此,他切合慰病这个主题发挥说:是由于爱恋自身才感受到疾病,正如贪欲之心使人感受到贫穷一样,因为一切现实事物本来是虚幻的。他希望

————————

① "五阴",又叫"五蕴",佛教所说构成人身的五种"集聚":色、受、想、行、识。"十八界",即"六识"(眼识、耳识、鼻识、舌识、身识、意识)、"六根"(眼、耳、鼻、舌、身、意)和前已提及的"六尘"的统称,这实际就是构成主、客观世界的因素。

胡居士战胜自心的妄念,破除人我、亲疏之见,也就不会为疾病而
痛苦了。从常识看,人患病,是由于某个机体、器官受到损伤,因而
感到痛苦;要排除病痛,就得把病治好。同样,现实社会的苦难反
映到人的头脑中,必然会引起忧思、烦恼、不满、反抗。要改变人的
这种意识,首先要改造社会。王维的认识完全是颠倒的:人是由于
认识"错误",才感受到痛苦;认识"端正"了,痛苦和引起痛苦的疾
患就不存在了。他在《能禅师碑》中概括说:"五蕴本空,六尘非有。
众生倒计,不知正受。莲花承足,杨枝生肘。苟离身、心,孰为休
咎?""莲花承足",指作佛成正果;"杨枝生肘",用《庄子》典,喻现实
疾患。诗人说:世界本来是虚幻的,只是"众生"在认识上搞颠倒
了;因而只要摆脱自身的系念求得净心,就没有什么休咎可言了。
这样,王维用"识心见性"的顿悟说否认了一切现实矛盾和社会
弊端。

寄胡居士诗的第二首在前一首的基础上,提出一种人生哲学:

> 浮空徒漫漫,泛有空悠悠。无乘及乘者,所谓智人舟。讵
> 舍贫病域,不疲生死流。无烦君喻马,任以我为牛。植福祠迦
> 叶,求仁笑孔丘。何津不鼓棹,何路不摧辀。念此闻思者,胡
> 为多阻修。空虚花聚散,烦恼树稀稠。灭想成无记,生心坐有
> 求。降吴复归蜀,不到莫相尤。

诗的大意是说:只要对现实世界空、有二端有个正确认识,那么在
贫病生死的流转中,就会得到心境的安宁。自性清净了,不必崇拜
佛、圣偶像,在什么境遇下都会鼓棹高歌;如果没有正确认识,生活
中处处都是苦难。因为世间的一切都如空花一样是虚幻的,烦恼
是心造的。他认为只有灭除内心妄想才能证得非善非恶的"无记
空",只由于有所贪求才产生妄心。按照《大乘起信论》,"心生则种
种法生,心灭则种种法灭"。产生人我、是非之心,如降吴又欲归
蜀,矛盾扞格,没有解脱的出路……实际上,这是一种随缘任运的

人生态度。他既要保持现世的享乐，超越世事的纷争，又不想苦行修养、读经参禅，所以羡慕南宗那种无原则、无是非的生活境界。

南宗禅采取了更适合中国士大夫生活习俗和传统意识的修证方法，尽量与儒家伦理相调和。王维的信佛与当时许多士大夫相似，也有调和儒、释的色彩。他不是从积极用世的角度认识儒学，而多有取它的消极方面。晚年，他写《与魏居士书》，其中不满于许由洗耳，认为"此尚不能至于旷士，岂入道者之门欤"？又批判嵇康所谓入仕则如擒兽被羁，必"顿缨狂顾，逾思长林而忆丰草"，说他"异见起而正性隐，色事碍而慧用微"；更讥讽陶潜"不肯把板屈腰见督邮，解印绶弃官去，后贫乏食"，说他是"人我攻中，忘大守小，不恤其后之累也"。总之，他反对各种形式的对现实的不满和反抗。他的人生理想是：

> 孔宣父云：我则异于是，无可无不可。可则适意，不可者不适意也。君子以布仁施义、活国济仁为适意；纵其道不行，亦无意为不适意也。苟身、心相离，理、事俱如，则何往而不适？此近于不易。愿足下思可不可之旨，以种类俱生，无行作以为大依，无守默以为绝尘，以不动为出世也。

这段话的前面似有兼济之意，但重点在强调任遇随缘、是处适意的独善之志。这种身心相离、理事俱如的人生哲学，既符合儒家安贫乐道的要求，又体现了禅宗那种生死不染、去住自由的精神。

禅宗理论中包含有反权威、反迷信、反繁琐义学的内容，成了对佛教本身的某种冲击；后来有些思想家改造了它的某些观点，提出一些激进的主张。但在王维那里，却没有发扬禅宗的这些方面。他主要汲取了它的主观唯心主义世界观和神秘的认识论，以及消极放任的人生态度。这正是它替现实黑暗做辩护、消弭人们斗争意志的消极面。王维本身则成了古代知识分子参禅悟道的一个典型，对后世产生了巨大的影响。

三

　　王维的宗教信仰,对他的诗歌创作有相当大的影响。探讨这个问题,也是认识王维作品的思想与艺术的一大关键。具体分析,有两点应加注意:一是佛教思想固然是决定王维创作倾向的重要因素,但并不是唯一因素,特别是他的早期作品,就很少反映佛教的唯心观念,后期作品也有思想意识较健康的;二是佛教思想影响于他的创作的内容与艺术形式,作用不同,不可一概而论。

　　在肯定这两个前提下,先讲佛教影响于他的创作的思想内容方面。

　　王维既主张"自性内照",强调用心灵的自我解脱来克服现世的苦难,因而提倡一个"忍"字。在《能禅师碑》里他这样概括慧能的"忍"的哲学:

　　　　……乃教人以忍,曰:忍者,无生方得,无我始成,于初发心,以为教首。至于定无所入,慧无所依,大身过于十方,本觉超于三世。根、尘不灭,非色灭空,行愿无成,即凡成圣。举足下足,长在道场,是心是情,同归性海……

这里所谓"忍",指内心坚忍不动,也就是"无念"、"无相"。他认为:只有做到了"忍",才能由"无生"而达到"无我"。这样也就定、慧双修,成就超出十方、三世的最高智慧了。所以,只有能"忍",就不受"六根"、"六尘"的干扰,而能达到"非色灭空"、"即凡成圣"的境地,个人的净心也就汇入佛法的性海之中了。

　　王维的诗歌也多有这种"忍"的教义的表现。他中年后生活在权奸当道、政出多门的黑暗时代,身受现实的打击,目睹许多贪残腐败的事实,在作品中,有时也表露软弱的不满和牢骚。但其基调总是宣扬容忍、退让、逃避。例如《送綦毋校书弃官还江东》,开头慨叹"明时久不达,弃置与君同",对朝廷遗弃贤才不无讽刺之意,但最后归结到"余亦从此去,归耕为老农",表示消极避世的志愿;《冬日游览》写都城繁华,揭露冠盖征逐的腐败情景,但最后笔锋转到"相如方老病,独归茂陵宿",徒然表现老病无能的伤悲;《送别》诗中说"既至君门远,孰云吾道非",对道不得施表示不平,但结论却是"吾谋适不用,勿谓知音稀"。这样,"忍"的说教把作品中的微弱的愤激和不满淹没了。禅宗的"忍"的教义,是要求人们屈服于现实的最为世俗化的说教;王维在诗中加以表现,就是要人安于逆境、委曲求全、消极退让、泯灭是非。

　　对黑暗现实不动于心,容忍、忍让,发展下去,就会不分善恶,甚至支持作恶。王维早年曾倾向于比较开明、颇有政能的张九龄;张被贬官,他曾写诗表示同情。但对李林甫,他又趋附谄媚。他结交了李的书记苑咸,写诗说:"仙郎有意怜同舍,丞相无私断扫门。"(《重酬苑郎中》)这里的"丞相"指李林甫。他用的是西汉魏勃扫门求见曹参的典故。以李林甫比曹参,不只是比拟不伦,而且是谄谀过分。他的《和仆射晋公扈从温汤》诗说:"上宰无为化,明时太古同。灵芝三秀紫,陈粟万箱红。王礼尊儒教,天兵小战功。谋猷归哲将,词赋属文宗。"李林甫开元二十五年封晋国公,天宝元年加尚书左仆射。只要是对李林甫在开元后期到天宝初年的活动稍有了解的人,就会知道这些谀词与事实相距多么遥远。他的《奉和圣制御春明楼临右相园亭赋乐贤诗应制》,歌颂杨国忠。杨任右相,在天宝十一载以后,其时高仙芝已大败于怛罗斯,鲜于仲通大败于南诏,正是李白写《古风·胡关饶风沙》、杜甫写《兵车行》的时候,王维诗中却说"将非富民宠,信以平戎故。从来简帝心,讵得回天步",说杨国忠有"富民"、"平戎"之功,不是谬妄已极吗?禅宗讲"忍",要求达到"内如木石,不动不摇,外如虚空,不塞不碍"(希运

《黄檗山断际禅师传心法要》），但实际在王维那里，并非"忍"到心如古木死水，而是压制一切真实、正直、善良的意念，使自己安心随着黑暗、罪恶势力浮沉。"忍"的宣传，掩护着一种卑怯、贪欲的人生态度。

《坛经》说"自性不染著"，"心但无不净"。柳宗元解释南宗顿教宗旨："其道以无为为有，以空洞为实，以广大不荡为归。其教人，始以性善，终以性善，不假耘锄，本其静矣。"（《曹溪第六祖赐谥大鉴禅师碑》，《柳河东集》卷六）以"净心"对待外境，一切外境都是宁静的。王维诗中表现的"空"、"寂"、"闲"的境界，正反映了这种"清净"的追求。例如《渭川田家》：

> 斜光照墟落，穷巷牛羊归。野老念牧童，倚杖候荆扉。雉雊麦苗秀，蚕眠桑叶稀。田夫荷锄至，相见语依依。即此羡闲逸，怅然吟《式微》。

《淇上即事田园》：

> 屏居淇水上，东野旷无山。日隐桑柘外，河明闾井间。牧童望村去，猎犬随人还。静者亦何事，荆扉乘昼关。

这样表现农家景象和田园生活，完全看不到当时农村中重赋酷役、土地兼并、民生凋敝、户口流亡的现实情景，而是一片闲逸、宁静的牧歌。诗人赞赏这种静谧、闲适的美，表现追求"净心"的渴望。玄觉禅师说："若知物我冥一，彼此无非道场，复何徇喧杂于人间，散寂寞于山谷？"他认为无论在市廛还是在山林，只要"识道"，都会得到内心清静（见《禅宗永嘉集·劝友人书第九》）。王维就是极力以这种观念来歪曲地表现农村以至整个社会生活的。

这种"空"、寂、"闲"发展而为"禅悦"，即由于悟解禅理而得到的怡悦心情，在王维诗中也多有表现。如《终南别业》：

> 中岁颇好道，晚家南山陲。兴来每独往，胜事空自知。行

到水穷处,坐看云起时。偶然值林叟,谈笑无还期。

《饭覆釜山僧》:

> 晚知清净理,日与人群疏。将候远山僧,先期扫敝庐。果
> 从云峰里,顾我蓬蒿居。藉草饭松屑,焚香看道书。燃灯昼欲
> 尽,鸣磬夜方初。已悟寂为乐,此生闲有余。思归何必深,身
> 世犹空虚。

这都是着力渲染远离尘嚣的"道心"。他歌颂远离世事,隔绝人我,努力在自心的宁静中寻求安宁的乐土,把心造的"空"、"寂"、"闲"的幻觉当做逃避现实的精神寄托。

王维早年写《济上四贤咏》,歌颂"遁世"、"安丘樊"的人物,鼓吹的是传统的隐逸思想。后来他佞佛日深,这种羡慕隐逸的观念就与佛教"浮生若梦"、"看破红尘"的出世思想结合起来了。歌颂超世绝俗是他的诗歌接受禅宗思想的又一个主题。像他的《送别》诗:

> 下马饮君酒,问君何所之? 君言不得意,归卧南山陲。但
> 去莫复问,白云无尽时。

这是从厌世观念出发,表现对隐逸生活的倾慕。在天空中自由舒卷的白云,正是随遇而安、自由自在的生活的象征。这首诗在内容上表现了"禅心",在形式上也采用了禅师对问的暗示、含蓄的表现方法。

禅宗的宗教思想表现在王维诗中,形成一种消极避世、追求空寂的思想倾向。王维被这种宗教观念麻醉了,他又用诗去散布这种观念。在当时那种严重的社会危机和尖锐的阶级矛盾局面下,他的诗中所表现的这些内容是消极的。当然,他也有一些思想倾向比较积极的作品;而且,终其一生,那种用世之志也并没有完全消失。例如乾元二年七月,他的老朋友韦陟以礼部尚书充东都留

守,他写诗送别说:"人外遗世虑,空端结遐心。曾是巢、许浅,始知尧、舜深……穷人业已宁,逆虏遗之擒。然后解金组,拂衣东山岑。"(《送韦大夫东京留守》)表达的是"功成身退"思想。在他去世前的上元二年十月,元载代刘晏为户部侍郎充勾当度支铸钱盐铁兼江淮转运等使,他又写诗表示"薄税归天府,轻徭赖使臣"(《送元中丞转运江淮》)的希望。但是,他思想中的这个方面,在中年以后一直没起主导作用;有时只是一点积极上进的冲动或不安于寂寞的牢骚,立即被宗教的唯心观念冲淡了。宗教是一种颠倒的世界观,它扼杀诗歌的思想性和现实性。这在王维身上有确切的证明。

四

　　但是,从艺术上看,禅宗思想对于形成王维山水田园诗那种"澄澹精致"(司空图《与李生论诗书》,《司空表圣文集》卷二)、"浑厚闲雅"(蔡绦《西清诗话》)的独特风格,却起了积极作用;进而对于丰富整个唐诗的艺术风格和表现方法是有意义的。

　　从本质上看,宗教与艺术是两种截然不同的意识形态。黑格尔曾指出:"宗教的意识形式是观念,因为绝对离开艺术的客观性相而转到主体的内心生活,以主观方式呈现于观念,所以心胸和情绪,即内在的主观性相,就成为基本要素了。"(《美学》第一卷第一二八页)他是根据他所构造的绝对观念演化的图式来区别艺术和宗教的。但他指出了艺术要表现"客观性相",即它是客观现实的反映;而宗教则要表现"内在的主观性相",即颠倒的、远离现实的唯心的、虔诚的观念。值得注意的是,他又指出,宗教是"最接近艺术"的,因为"意识的感性形式对于人类是最早的,所以较早阶段的宗教是一种艺术及其感性表现的宗教"(同上一二九页)。从佛教的情况看,不但宣传佛教要用绘画、雕塑、诗歌、讲唱文学(俗讲、变文等)等文学、艺术形式,而且佛教的那套幻想、夸张、形容等形象化的表现方法也是与艺术相通的。所以,佛教给文学艺术以巨大影响,能够对发展和丰富它的表现形式和表现方法起积极作用。在王维的创作中突出地表现了这两个方面。

禅宗影响于王维的诗歌艺术,可从三个方面分析:以禅语入诗,以禅趣入诗,以禅法入诗。三方面是相联系的,但又有区别,对诗歌艺术形式的作用很不相同,需要分别加以讨论。

以禅语入诗。这就是把表现禅学的理论、概念的词语应用于诗中,典型的如《与胡居士皆病寄此诗兼示学人二首》那样的作品。这种办法违背了诗歌重主观抒情和形象描绘的原则,像晋代的玄言诗和宋代理学家以诗谈性理一样,使诗成了文饰观念的躯壳。后来有很多人反对以偈、颂入诗,批评的正是这种倾向。如纪昀曾指出:"诗宜参禅味,不宜作禅语。"(《瀛奎律髓》卷四十七评语)。王维的某些诗,颇有真情实感或生动意境,但一掺入禅语,不但损害了它们的内容,也破坏了它们艺术上的完整。如著名的《过香积寺》:

> 不知香积寺,数里入云峰。古木无人径,深山何处钟。泉声咽危石,日色冷青松。薄暮空潭曲,安禅制毒龙。

这首诗描写古寺风光,专用烘托,手法很别致。不通人径的古木丛林,不知来处的历历钟声,加上危石间泉声幽咽,青松上日光闪烁,绘出了一幅苍郁、肃穆的山色,给人以静谧、清幽的美感。但最后以禅语作"警策",用《涅槃经》"毒龙"典,比喻在禅寂山光中平息内心的妄念,思想是消极的,表达上也是概念化的。一个完整的诗情境界被空洞的禅语破坏了。

以禅趣入诗。这与搬弄禅语不同。"禅趣",又叫"禅悦"、"禅味",是指进入禅定时体验到的那种轻安寂静、闲淡自然的意味。

这种意味体现了禅宗追求"净心"的宗旨,在内容上往往是消极的,但用来表现山水田园的自然美,却有助于突出自然界清幽、静谧、肃穆的诗情。

在诗中表现自然,除了表现什么和用什么手段表现之外,还有一个重要因素,就是用什么态度来表现。六朝山水诗的发达与进步,是与当时的士大夫在游历、隐逸生活中形成对待自然的自觉的审美态度相关联的。在当时的山水诗中,自然已不是作为环境、背景或象征、衬托出现,而是独立的审美对象。佛教要求人们志慕世外,一些和尚也乐住山林而过禅寂生活。南宗开始形成于民间,比较接近群众;它主张法身遍一切境,也就要求从对"万物色相,日月星辰,山河大地,泉源溪涧,草木丛林"等自然现象的观照中悟解禅理,即在自然界中体会到内心宁静的理趣。这就有助于形成一种观赏、体察自然美的态度。正因此黄宗羲说:"……诗为至清之物,僧中之诗,人境俱夺,能得其至清者;故可与言诗,多在僧也。"(《平阳铁夫诗题辞》,《南雷文约》卷四)王维在山水田园中追求"空"、"寂"、"闲"的"禅趣",也就有助于形成他的诗的高简闲淡、凝神静虑的境界。这些诗在思想感情上多是消极的、低沉的,但有对自然美的感受,有意境,有较高的表现技巧。它们表现的是静谧的、清幽的自然,不如奇峰峻岭、狂涛激浪、大漠飞沙之壮观豪迈,但却是自然美的一方面。例如《积雨辋川庄作》:

> 积雨空林烟火迟,蒸藜炊黍饷东菑。漠漠水田飞白鹭,阴阴夏木转黄鹂。山中习静观朝槿,松下清斋折露葵。野老与人争席罢,海鸥何事更相疑?

这首诗写的是田园,表现了在自然美景和萧散生活中解脱尘世烦嚣的怡悦心情。"习静"、"清斋"涉及到佛教徒生活,"海鸥"典出《列子·黄帝篇》,但如不求甚解,只看字面意思,无碍了解诗意。"漠漠"一联,是王维名句,用新鲜的形容叠语修饰两个声、色、动、静相配合的、形象浑成的画面。全诗写山庄雨景,意态如画,自然而生动。那种任运自然、物我两忘的"禅趣",就是在这种自然美景的描绘中表现的。又如《归辋川作》:

> 谷口疏钟动,渔樵稍欲稀。悠然远山暮,独向白云归。菱蔓弱难定,杨花轻易飞。东皋春草色,惆怅掩柴扉。

这里不但形象鲜明生动,而且那白云、远山、菱蔓、杨花、春草,都似与人心相感应,又都包蕴着深长的情趣。正由于诗人从中看到了这种情趣,才写出了如此生动的景物。就以其中写的山中"白云"来说,那也是他的"但去莫复问,白云无尽时"(《送别》)、"羡君栖隐处,遥望白云端"(《酬比部杨员外暮宿琴台朝跻书阁率尔见赠之作》)、"湖上一回首,山青卷白云"(《辋川集·欹湖》)等等诗句中写的"白云",是他的诗中常见的自然形象;它既是山中实景,也是舒卷自如、无所窒碍的禅趣的象征。至于"菱蔓弱难定,杨花轻易飞",是模写物态呢?还是对人生如幻的暗示呢?已不可区分。禅宗讲"青青翠竹,尽是法身,郁郁黄花,无非般若"(《景德传灯录》卷二八),他们从一机一境、万物色相中悟解到的禅趣,往往包含某种诗意,因此古人曾说,禅宗"诸祖作有韵之文,定当为世外绝唱"(李邺嗣《慰弘禅师集天竺语诗序》,《杲堂文钞》卷二)。王维也正是以这种禅趣,丰富了自己诗的意境。他的名句如"松风吹解带,山月照弹琴"(《酬张少府》)、"行到水穷处,坐看云起时"(《终南别业》)等等,都富于禅意,但又是形象鲜明、韵味无穷的好诗。

以禅法入诗。在这个方面,王维对抒情诗的创作多有开拓,更值得重视。

禅宗宣扬极端主观唯心主义的宗教哲学,用了一套神秘的、非理性的修证方法。南宗禅自诩是"不立文字"、"教外别传"的"心法",讲"顿悟",讲单刀直入地"识心见性",特别强调内心的直觉、暗示、联想、感应在悟解禅理中的作用。它主张的这套方法,从认识论上看是唯心的,但就其一些侧面讲,如强调主观的"心"的作用,强调直觉、暗示等等,又是与艺术创作的思维规律相通的。宋人以禅喻诗,主要讲的是这个方面。在王维创作中,以禅法入诗,大大丰富了诗歌的构思方法和表现方法。

这里主要讲两点。

一是意境的创造方面,禅宗主张"观境",即在观照自然中求得净心。它所认识的境界有三个特征。第一,既然认为法身遍一切境,那么一机一境都是法身的具体体现,而整个自然则是互相联系的整体;第二,它不是枯寂僵死的,而是体现了活泼的禅趣的;第三,人们观照外境不能执着,因为本性自净自定,"缘迷人于境上有念,念上便起邪见,一切尘劳妄念,从此而生"(《坛经》)。但又要"忘心不除境"(《五灯会元》卷一七),也不能与外境完全相隔绝。这种若即若离的态度,就是要求做到以客观欣赏态度去体察境界,又在自然境界中求得内心的感悟。王维正是把禅宗这种认识自然的态度和方法应用于山水诗的写作之中。他的诗的境界是浑然一体的,是充满生机的,是在客观中体现了主观,做到情景交融的。这样,他不在一丘一壑、一溪一泉上刻意描摹,而是善于以内心的诗情体会景物的精神,他所描写的每一个细节都为创造完整的境界服务。最突出的如《辋川集》和《皇甫岳云谿杂题五首》那些五言绝句,如:

> 空山不见人,但闻人语响。返景入深林,复照青苔上。
> ——《鹿柴》
> 木末芙蓉花,山中发红萼。涧户寂无人,纷纷开且落。
> ——《辛夷坞》
> 人闲桂花落,夜静春山空。月出惊山鸟,时鸣春涧中。
> ——《鸟鸣涧》

这些诗并不刻意雕琢,借用一句禅语说,就是不"著境"。在每一幅小小的画面中,都洋溢着强烈的感情。这些感情是诗人的主观感受,又好像是自然提供给诗人的。它的美就在那种完整浑成的境界中。这种描写景物的方法,比起六朝人那种模山范水、雕绣藻绘、在一联一句上见工巧来,是一个巨大的进步。在创作出真正富于情景交融的意境的山水诗方面,王维的贡献是巨大的。而意境的创造,正是中国抒情诗高度成熟的标帜,是唐诗艺术的一大特征。宋人严羽称赞盛唐诗"惟在兴趣,羚羊挂角,无迹可求。故其妙处,透彻玲珑,不可凑泊,如空中之音,相中之色,水中之月,镜中之象,言有尽而意无穷"(《沧浪诗话·诗辩》),指的主要是包括王维在内的一些诗人的这种艺术特色。司空图也指出王维诗"趣味澄夐,若清沇之贯达"(《与王驾评诗》,《司空表圣文集》卷一)的特殊风格。总之,王维创造出这种不重迹象而重传神的、主客观浑融的意境,是与他把禅法入诗有关的。

　　二是意蕴的表现方面。禅宗本来是主张"诸佛妙理,非关文字"的,但玄觉禅师又说"至理无言,假文言以明其旨"(《禅宗永嘉集·优毕叉颂第六》),赞宁则解释说:"'不立文字'者,经云:'不著文字,不离文字',非无文字。能如是修,不见修相也。"(《宋高僧传》卷一三)语言是思维的表现形式。禅宗否定人的正常的思维逻辑,因此也否定语言以及记录语言的文字表现思维的正常规律。但在实际上,任何思想交流都离不开语言。禅宗师弟子间斗机锋,常常不说话,做出一些奇怪的动作,以求"心心相印",但到底离不开语言文字。南宗禅反对繁琐义学甚为彻底,甚至呵佛骂祖,不读经书,可是禅宗也得有那么一两部经书做立宗依据,六祖慧能还留下了中国和尚作的一部"经"——《坛经》。然而禅宗对语言的含意又往往不作常识的理解。希运禅师说:"莫离见闻觉知觅心,亦莫舍见闻觉知取法,不即不离,不住不著,纵横自在,无非道场。"(《黄檗山断际禅师传心法要》)这种对待"见闻觉知"的总的态度,也决定了对语言文字的态度。禅师谈禅,禅理在文字之中,亦在文字之

外。如果离开了文字，自然毫无所得；但如果作常识的理解，就是
"钝根人""参死句"了，是迷失心性的表现。例如传说中惟俨禅师
告诉李翱的"云在青天水在瓶"，如果仅止于理解到云水的存在，那
就根本没体会其中的禅意。这里需要领会、联想，要从比喻、象征
的角度来体察内在寓意，即在言语深处的意蕴。王维的诗歌也化
用了这种方法。他把自己内心世界的丰富感受凝缩到一个小小的
自然画面中，仅仅用二十个或较多的字表现出来。他把诗意压缩
到意境中，让读者去生发、体会，达到"言有尽而意无穷"的效果。
他的一些优秀诗作，语言朴素，明白如话，但意蕴非常深远，留给读
者再创造的广阔的天地。人们读了余味无穷，感受到强烈的艺术
效果。这也受到禅法的影响。

　　当然应当指出，诗的源泉是现实生活。诗歌的艺术水平，首先
取决于对生活现象的认识和概括。但作用于诗歌艺术水平的因
素，又是复杂的。佛教禅宗思想确实对形成王维诗的艺术成就起
了一定作用。这是因为佛教本身也是复杂的；禅宗的认识论与艺
术的思维规律有着某些相通的方面。

　　总的说来，宗教唯心主义对诗歌创作的影响是巨大的，要作具
体分析。特别是在艺术上，情况更比较复杂。王维的诗歌艺术，得
力于禅宗的影响不小。而王维的风格独特的诗作，又是唐诗百花
园中的花朵。当然，这样说并不是为宗教歌功颂德，而是力求在批
判中作具体分析，揭示艺术发展的内在规律，把古人留下的艺术遗
产更好地继承下来。

（原载《文学遗产》一九八一年第二期）

白居易的佛教信仰与生活态度

　　唐代伟大的现实主义诗人白居易,同时又是一位佛教信徒。他从青年时期起,即礼佛、敬僧、读经、参禅。到了晚年,更"除却青衫在,其余便是僧"①,"唯是名衔人不会,毗耶长者白尚书"②,竟栖心佛门为居士。但如果仔细考察他与佛教的关系,一方面可以看到佛教对于他的世界观与创作的严重影响;另一方面也会发现他对佛学的态度与理解有不少矛盾之处,促使他形成一种独特的思想生活作风,进而影响到他的创作。他对佛教的这种态度,在此后的中国文人中有相当大的典型性。这是个很值得探讨研究的课题。

一

　　学术界论及白居易与佛教的关系,一般认为在他的早年佛道思想仅"偶一浮现",影响严重是到贬江州以后的生活后期,并认为

---

①《山居》。本文引用白居易诗文,一般据文学古籍刊行社 1955 年影宋本《白氏长庆集》,不另注版本、卷次。

②《刑部尚书致仕》。毗耶长者,指《维摩诘所说经》中的维摩诘,他是毗耶离(吠舍离)城的一个富有的居士。

这是他的人生态度由兼济转向独善,由积极转向消极的表现。这种看法看起来合乎情理,但并不合乎历史实际。

居易有《八渐偈》,作于贞元二十年(804),纪念于前一年去世的洛阳圣善寺凝公,其中说:

> 居易初求心要于师,师赐我八言焉,曰观、曰觉、曰定、曰慧、曰明、曰通、曰济、曰舍。由是入于耳,贯于心,达于性,于兹三四年矣。

按这里的叙述,他师事凝公当在贞元十五年二十八岁由宣城北归洛阳以后。元和年间,他前后任校书郎、翰林学士、赞善大夫,正是他少年气盛、积极从事政治斗争的时候,但同时又结交佛徒,倾心佛说。他的《答崔侍郎钱舍人书问因继以诗》中有"吾有二道友,蔼蔼崔与钱"的句子,崔指崔群,钱指钱徽,"道友"是求佛同道,所指为元和初年事。据他在元和十一年写给崔群的《答户部崔侍郎书》:

> 顷与阁下在禁中日,每视草之暇,匡床接枕,言不及他,常以南宗心要互相诱导……

崔群与他同在元和二年入翰林院,"在禁中"指在翰林院旧事。又据元和十五年作的《钱虢州以三堂绝句见寄因以本韵和之》诗:

> 同事空王岁月深,相思远寄定中吟。
> 遥知清净中和化,只用金刚三昧心。

下有自注:"予早岁与钱君同习读《金刚三昧经》,故云。"钱指钱徽,于元和三年自祠部员外郎充翰林学士[1]。这也是指当时二人同在翰林时倾心佛教的情形。在这个时期,他还曾师事马祖道一法嗣惟宽。在他任赞善大夫时所写的《传法堂碑》中,记载自己曾向居于兴善寺传法堂的惟宽四次问道,得无修无念之说。在贬江州前,

---

[1]据丁居晦《重修承旨学士壁记》。

他的诗中已常常表示：

> 近岁将心地，回向南宗禅。①
>
> 身委《逍遥篇》，心付《头陀经》。②
>
> 禅僧与诗客，次第来相看。③

事实证明，他确实是"早栖心释梵"④，而不是在贬江州后才倾心佛教的。早年佛教思想在他的身上并非"偶有浮现"。

明确这一点对于了解他整个世界观的转变是很必要的。这可以解释为什么他一贬江州思想立即转向消沉，就因为他早已受到佛教的浸染。正如苏辙所说：

> 乐天少年知读佛书，习禅定，既涉世，履忧患，胸中了然照诸幻之空也。故其还朝为从官，小不合，即舍去，分司东洛，优游终老。盖唐世士大夫达者如乐天寡矣。⑤

这里指出了居易思想上所受佛教影响的一贯性，是合乎实情的。

另一方面，这可以促使我们更深入地探求像白居易这样天才人物信奉佛教的原因。中国历史上有相当数量的才智卓异人物信仰佛教，并不完全是个人原因。对于白居易来说，他个人的身世遭遇确实是滋长意识中的消极方面的一个因素，但他很早就热衷于习佛，更重要的是时代潮流使然。这一方面表现出中唐佛教思想泛滥的影响；另一方面则是现实矛盾酿成了人们意识中的普遍的悲观主义，促使他们到宗教中去寻求解决现世苦难的答案。

白居易自幼即遭丧乱，骨肉流离，田园寥落。他成长在一个危机四伏、矛盾重重的时代。青年时期就树立起兼济天下之志，但在

---

① 《赠杓直》。
② 《和答诗十首·和思归乐》。
③ 《朝归书寄元八》。
④ 《病中诗十五首序》。
⑤ 苏辙《书白乐天集后二首》，《栾城后集》卷二一。

腐败混乱的政局中难以施展。在出仕以前，他遇到宣武、武宁军乱，写《哀二良文》悼念死难的陆长源等人，已发出过"吾知夫天难忱而命靡常"的慨叹。入仕以后，济世理想屡受挫抑。他在政治上是支持二王、刘、柳的"永贞革新"的，革新派当政时，他曾写《为人上宰相书》给革新派的执政者韦执谊。革新派失败，对他也是一个打击。据陈寅恪先生考证，他的《新乐府》中《太行路》一篇，"或竟为近慨崖州（韦执谊）之沉沦，追刺德宗之猜刻"，而《园陵妾》则"喻随永贞内禅，窜逐远州，永不量移之朝臣"①。《寄隐者》一诗可能也是有感于革新失败后韦的贬官。元和三年牛僧孺等对策科场案，从性质上看可视为"永贞革新"的继续。白居易作为复试官之一，又站在牛僧孺等人一边。后来，牛等被斥，"牛僧孺戒"②成了他在仕途中的一大教训。以后又有知交元稹的贬官。直到元和十年他自己贬到江州，这样的世路艰危，宦海风波，滋长了他对世事的悲观失望心理。他在服母丧退居下邽所写的《渭川退居寄礼部崔侍郎翰林钱舍人诗一百韵》诗中说：

> 朝野分伦序，贤愚定否臧。
> 重文疏卜式，尚少弃冯唐。

正因为有才难施，贤能不用，才使他

> 渐闲亲道友，同病事医王。
> 息乱归禅定，存神入坐忘。

这里显然表露着对现实的激愤。同时期写的《效陶潜体诗十六首》中的第一首说：

> 尧舜与周孔，古来称圣贤。
> 借问今何在，一去亦不还。

----

① 陈寅恪《元白诗笺证稿》第178、269页，上海古籍出版社1978年版。
② 《和答诗十首序》。

> 我无不死药,万万随化迁。
>
> 所未定知者,修短迟速间。

最后一首说:

> 谓天不爱民,胡为生稻粱。
>
> 谓天果爱民,胡为生豺狼。
>
> 谓神福善人,孔圣竟栖遑。
>
> 谓神祸淫人,暴秦终霸王。
>
> 颜回与黄宪,何辜早夭亡。
>
> 蝮蛇与鸩鸟,何得寿延长。
>
> 物理不可测,神道亦难量。

这是对现实中是非颠倒、祸福难知发出的疑问,这种命运难以把握之感很容易引向宗教神秘主义。《和梦游春诗一百韵》的结尾说:

> 入仕欲荣身,须臾成黜辱。
>
> 合者离之始,乐兮忧所伏。
>
> 愁恨僧祇长,欢荣刹那促。
>
> ......
>
> 《法句》与《心王》,期君日三复。

这样,一种人生变幻莫测、世事难知的空虚感,引导他到佛教中去求解脱。在他后来的诗作中,经常写到现实压迫逼使他遁入释门的苦衷。如《郡斋暇日忆庐山草堂兼寄二林僧社三十韵多叙贬官已来出处之意》:

> 谏诤知无补,迁移分所当。
>
> 不堪匡圣主,只合事空王。

《不二门》:

> 亦曾登玉陛,举措多纰缪。

……

行藏事两失,忧恼心交斗。

……

坐看老病逼,须得医王救。

唯有不二门,其间无夭寿。

特别是长庆以后,唐王朝内部党争加剧,白居易看到在颓败和纷争中,世路倚伏,危机四起,更使他感到愤慨但又无力。而朝廷中酷烈的党争,亲眼见到友人们朝黜暮辱,使他也产生了避祸保身的消极心理。所以,把他的奉佛,仅看作是出于利己的动机是不够的,也不能仅归结为个人的愚妄。他终于到空门中寄托独善之志,也是时代矛盾的一种表现,是思想矛盾斗争的结果。正因此,才造成了他对佛教态度上的一系列矛盾。

二

第一个明显的矛盾是他也曾反佛。

在他早年礼佛参禅的同时,又有不少的反佛言论。这种矛盾,表明他对佛教的态度上的一个重要的原则,即世教的利益高于宗教的权威,为维护封建道德教化,佛教是必须加以限制的。

他的反佛文字,有《策林》第六十七《议释教》等文和《新乐府》中的《两朱阁》和其他一些诗。他的批判同样也没有超出唐人反佛的一般议论。他的主张主要有两方面:

一是指出佛教势力的扩展妨碍朝廷政令的统一。《议释教》说:"臣闻天子者奉天之教令,兆人者奉天子之教令。令一则理,二则乱,若参以外教二三,孰甚焉。"这是反对佛教僧侣弄权乱政,造成政出多门、统治秩序紊乱。

二是认为佛教寺院经济的发展有害于利民厚生。他在《议释教》中又说：

> 僧徒月益，佛寺日崇，劳人力于土木之功，耗人利于金宝之饰，移君亲于师资之际，旷夫妇于戒律之间。古人云：一夫不田，有受其馁者；一妇不织，有受其寒者。今天下僧尼，不可胜数，皆待农而食，待蚕而衣。臣窃思之，晋宋齐梁以来，天下凋耗，来必不由此矣。

他在《为人上宰相书》中指出"托足于军籍释流者不知反"的时弊；在《策林》一九《息游堕》中提出应使"托迹于军籍释流者可返躬于东作"。他的《两朱阁》诗，是为"刺佛寺浸多也"而作。它以德宗追封贞穆、庄穆二公主并为她们立庙为题材，揭露兴建佛寺使得"尼院佛庭宽有余"，"比屋疲人无处居"，慨叹"忆昨平阳宅初置，吞并平人几家地。仙去双双作梵宫，渐恐人间尽为寺"。他的《貘屏赞》写道："三代以降，王法不一，铄铁为兵，范铜为佛。佛像日益，兵刃日滋，何山不划，何谷不隳"，批评兴建佛寺，表现对三代淳朴之世的向往。

白居易的这种批判，所言皆唐人反佛之常言，也并不触及佛教教义的要害。但是：

第一，他的言论很切实，实实在在地揭露和批评了当时佛教势力发展所造成的问题及恶劣后果。

第二，他不把佛教看成是治世之道。他自称"外服儒风，内宗梵行"，即在治国平天下的外在的事功方面，他信守儒家的训条；而梵行只用于治"内"，即人格的修养上。所以他反对佛教干预时政，终其一生儒家入世的人生态度和佛家出世的消极观念在意识中矛盾消长，但二者并存。直到晚年，兴功济世之志未泯，也正由于他坚持着儒、佛二者外、内相分的原则。在这一点上，他与那些宣扬佛说为治世良方的人们不同。

　　第三,他对佛学没有从教理上、从哲学高度上去批判,然而也没有从哲学思想上去接受。他把佛教主要作为人生方式、人生态度来接受。一切宗教教义不论如何繁复,都以出售未来天国的入门券相诱骗。但白居易对天命、来生、灵魂不死等等都没有信心。他的《效陶潜体十六首》说:

> 神仙但闻说,灵药不可求。
> 长生无得者,举世如蜉蝣。

这是反对道教神仙思想的,实际也是反对佛教神不灭说。他不相信佛教能从外部给人以拯济救拔的力量。例如《劝酒寄元九》:

> 蕣叶有朝露,槿枝无宿花。
> 君今亦如此,促促生有涯。
> 既不逐禅僧,林下学《楞伽》
> 又不随道士,山中炼丹砂。
> 百年夜分半,一岁春无多。
> 何不饮美酒,胡然自悲嗟。

《移家入新宅》:

> 取兴不过酒,放情或作诗。
> 何必苦修道,此即是无为。

《卯时酒》:

> 佛法赞醍醐,仙方夸沆瀣。
> 未如卯时酒,神速功力倍。

他还写了《醉吟二首》这样的诗:

> 空王百法学未得,姹女丹砂烧即飞。
> 事事无成身老也,醉乡不去欲何归。

由这些诗看,他对佛教的信仰,很难说是坚定、认真的。当然还有不少诗专门抒写他奉佛的诚恳。但就是那些讲禅理的作品,也多写得浮泛,对佛教教义没有什么更深的领会。

这样,揭露佛教的弊端,对佛说表示怀疑、失望,这也是白居易世界观的一个方面。认识这一点,对探讨他对佛教的态度也是很重要的。

三

第二个明显矛盾表现在他对佛教教义的理解中。他所理解的佛教教义往往与真正的佛说相距甚远。

从居易的佛教观念和人生态度看,他主要宗奉的是南宗禅。在洛阳时他向之问道的惟宽,是马祖道一法嗣。在江州结交的智常,也出于道一门下,“白乐天贬江州司马,最加钦重”①。晚年结交的智如、如满都是南宗弟子。他在《醉吟先生传》中自称“与嵩山僧如满为空门友”。他有不少诗说到自己是倾心“南宗禅”的。但是他常常提出学《楞伽经》,《楞伽》乃是北宗所宗经典。更有趣的是他在《重修香山寺毕题二十二韵以纪之》诗中说:

> 南祖心应学,西方社可投。
>
> 生宜知止足,次要悟浮休。

“西方社”,指传说东晋慧远与十八高贤立白莲社②,立誓往生西方净土。然而南宗禅主张即身成佛,心净土净,不相信有什么西方净

---

① 赞宁《宋高僧传》卷一七《智常传》。

② 据汤用彤《汉魏两晋南北朝佛教史》,此传说起于中唐以后。据《高僧传》,东晋元兴元年(402),慧远与弟子刘遗民等一百二十三人在无量寿佛像前建斋立誓,无莲社之说。

土。他甚至对禅僧神照也讲净土,说什么"曾向众中先礼拜,西方去日莫相遗"(《神照上人》)。可是,他的净土信仰也有矛盾。他官太子少傅时作《画西方帧记》,愿为"一切众生"修弥陀净土业,说:

> 极乐世界清净土,无诸恶道及众苦。
> 愿如我身病苦者,同生无量寿佛所。

这个弥陀净土即西方极乐世界,是慧远等开始大力提倡的,唐代的净土宗就相信这种净土。而他的《画弥勒上生帧赞》又自称"弥勒弟子乐天"。弥勒净土指上界兜率天,与西方净土是两码事。可见,居易所向往的灵魂超升之地并没有固定的处所。他在杭州听灵隐寺道峰讲《华严经》,作《华严经社石记》,称道峰劝十万人转《华严经》一部,十万人又劝千人诵《华严经》一卷,"予即十万中人一人也"。他结交圭峰宗密,有《赠草堂宗密上人》诗,宗密是华严五祖。这是白居易与华严宗的关系。华严宗事理无碍、真妄交彻的观念在他的思想中确也有明显的反映。他又很注意律学。他写抚州景云寺上弘和尚石塔碑铭,上弘从南岳希操受戒,精于律学,"南山《事钞》,讲贯尤精"。"南山"指道宣,他创南山律宗,著《四分律删繁补阙行事钞》等。晚年结交的智如也是"法供无虚日,律讲无虚月","以居易辱为是院门徒者有年矣,又十年以还,蒙师授八关斋戒"①。居易晚年持戒、吃斋,过着一定的宗教戒律生活。总之,居易在佛教各宗派间没有固定的皈依,在理论认识上没有明确的统绪,奉佛的态度是相当自由的。

他对佛理的理解,更多任意之处。

佛教的根本要求是舍妄求真。无论是讲"四谛",讲"二谛",还是讲"真如"、"实相",都是要证得绝对真实。大乘佛学讲"无分别智",要用这种先验的"现观"洞见诸法实相。它要求对这种真实的

---

① 《东都十律大德长圣善寺钵塔陀主智如和尚荼毗幢记》。

绝对信仰,即信理决定,信业用不亡,信三宝不坏①。这可谓之宗教迷信。迷信与怀疑论本是相对立的,而居易却表现出对人生、对社会、对来世的深刻的怀疑。他说:

> 荣枯事过都成梦,忧喜心忘便是禅。②

佛家讲"如梦",喻诸法无自性,但并不否定"诸法实相"的绝对真实。而白居易这种齐荣辱、等生死、泯是非、追求"坐忘"的观念是道家的相对主义。更有意思的是,居易把禅悟与醉酒等同起来,如《强酒》:

> 若不坐禅销妄想,即须行醉放狂歌。

《和微之诗二十三首·和知非》:

> 因君知非问,诠较天下事。第一莫若禅,第二无如醉。禅能泯人我,醉可忘荣悴……劝君虽老大,逢酒莫回避。不然即学禅,两途同一致。

《拜表回闲游》:

> 达磨传心令息念,玄元留语遣同尘。
>
> 八关净戒斋销日,一曲狂歌醉送春。
>
> 酒肆法堂方丈室,其间岂是两般身。

他这种醉酒,是一种佯狂傲世、遗世独立的表现,反映出精神极度苦闷、追求冥然忘世的悲哀。这绝不能等同于得到解脱的大彻大悟。在佛家看来,这仍是一种妄念。

佛家修证的途径是舍染求净。佛家的"境"即"尘",它污染人的意识而产生妄情。人们有了虚妄分别,产生了我、法二执,从而堕入轮回。佛家要求断灭俗情。唯识立阿赖耶识种子染净理论,认为作

---

①见法藏《大乘起信论义记》。
②《寄李相公崔侍郎钱舍人》。

为认识根源的种子(习气、潜能)有染、净两种,经过熏习作用,转染为净,也就转识成智,最后证得涅槃。禅宗主张"世人性自本净",只不过被俗情玷污,因而要做到"于六尘中,不离不染,来去自由"①。但白居易并未断凡情,且以多情自诩。他能写出诗来,就是诗情充溢的表现。他自评《长恨歌》,说是"一篇《长恨》有风情"。友人陈鸿说"乐天深于诗,多于情者也"②。宋人夏公仪评他的《琵琶行》:

> 年光过眼如车毂,职事羁人似马衔。
> 若遇琵琶应大笑,何须涕泣满青衫。③

这也是指出他世情难断。他一生功业之心未泯,晚年常表白自己情怀放旷,与世事无芥蒂,但《题旧写真图》说:

> 羲和鞭日走,不为我少停。
> 形骸属日月,老去何足惊。
> 所恨凌烟阁,不得画功名。

可见他对世间荣利始终热衷,大志难成的恨恨之情见于言表。他屡次自编文集,寄存佛寺,拟传不朽,说是要以今生文字业结来世因缘,实际上这是犯了"绮语戒"。他写《不能忘情吟》说:

> 噫,予非圣达,不能忘情,又不至于不及情者。事来搅情,情动不可枏。

他更有《与牛家妓乐雨夜合宴》诗:

> 歌脸有情凝睇久,舞腰无力转裙迟。
> 人间欢乐无过此,上界西方即不知。

这虽然是游戏文字,可也表现出他对净土的不敬:女乐的价值高于

①慧能《坛经》(法海本)。
②陈鸿《长恨歌传》,《太平广记》卷四八六。
③《文庄集》卷三六。

西方极乐世界。他晚年视琴、酒、诗为"三友",以"足适"、"身适"、"心适"为"三适"。他又流连妓舞。苏辙有诗说：

> 乐天得法老凝师，后院犹存杨柳枝。
> 春尽絮飞余一念，我今无累百无思。①

"杨柳枝"指歌妓。宋人记载韩愈有妾名绛桃、柳枝者，白居易蓄妓，有陈结之、小蛮、樊素等。居易的许多诗写到对她们的眷恋。白居易如此眷恋人生，善感多情，毫无佛家舍妄断惑的意趣。

佛家修证的目标是离苦求寂。它所追求的涅槃是不生不灭、永恒清净的解脱，就是韩愈批评的清静寂灭。在佛家看来，人生是苦，视苦为乐本是妄念。但白居易却提出"离苦得乐"②。佛家虽然也讲"极乐世界"，但那不是世间的快乐，而是涅槃之乐。所以"厌苦求乐，而非本善"③。白居易却以全身远害，除忧解患为解脱道。所以他说："心泰身宁是归处。"④"惹愁谙世网，治苦赖空门。"⑤"不学空门法，老病何由了。"⑥甚至他晚年的宗教生活，也是一种享乐行为。如《龙门下坐》：

> 龙门涧下濯尘缨，拟作闲人过此生。
> 筋力不将诸处用，登山临水咏诗行。

《香山寺二绝》之一：

> 空门寂静老夫闲，伴鸟随云往复还。
> 家醖满瓶书满架，半移生计入香山。

---

① 苏辙《读乐天集戏作五绝》之三，《栾城三集》卷三。
② 《画弥勒上生帧记》。
③ 竺道生《大般涅槃经集解》卷五《纯陀品之第二》。
④ 《重题》。
⑤ 《晚岁》。
⑥ 《早梳头》。

这种"居士"生活充满了世间的安乐情味。他还写过《题灵隐寺红辛夷花戏酬光上人》这样戏谑情调的诗：

> 紫粉笔含尖火焰，红燕脂染小莲花。
> 芳情香思知多少，恼得山僧悔出家。

晚年他居于龙门香山寺，作文说洛阳四郊山水之盛龙门为首，龙门游观之盛香山为首，自己得之以为"山水主"。这种赏玩人生的意趣，与佛家人生观相距太远了。

由此可见，白居易并没有从佛教的本来义理上来理解佛学，更没有按佛教要求严格进行修持。他只是任意以自己的主观欲念来认识佛教，以此来创造一种独特的人生态度和生活方式。

四

第三个明显的矛盾是他往往把儒家、道家的理论牵合到佛教教义中来。

唐代三教调和成为风气，而调和的态度和方式因人各异。有的人如李翱，表面上是辟佛的，实际上融释入儒，以佛家心性学说改造了儒学。而白居易则与之相反，表面上十分崇佛，实际上往往把佛教教义纳入儒家的轨道。

他认为儒与佛二者异出同归，其作用是一致的。这与韩愈严于二家之辨绝不相同。他在《三教论衡》中说：

> 儒门释教，虽名教则有异同，约义立宗，彼此亦无差别。所谓同出而异名，殊途而同归者也。

这里所谓"同归"，就是同归于善。他把佛教主要看做是一种人生哲学，同时又认为佛教的道理，"根本枝叶，王教备焉"。他在《议释教》中说：

> 彼（佛教）茫欲以禅定复人性，则先王有恭默无为之道在；
> 若欲以慈忍厚人德，则先王有忠恕恻隐之训在；若欲以报应禁
> 人僻，则先王有惩恶劝善之刑在；若欲以斋戒抑人淫，则先王
> 有防欲闲邪之礼在。虽臻其极则同归，或有助于王化；然于异
> 名则殊俗，足以贰乎人心。

这是从批评角度讲佛教不需另搞一套，实际是把佛教教义等同于
儒家道德教化之说了。他说自己的作品"根源五常，枝派六义，恢
王教而弘佛道者多则多矣"①，也把"王教"与"佛道"等同并列。他
表明自己"外顺世间法，内脱区中缘"②，在人生态度上儒家世间法
与佛家"出世间法"也被他等同起来。

　　白居易有相当一段时间又热衷道教。他曾"烧丹于庐山草
堂"③，在草堂中置儒、道、佛书各二三卷。陈寅恪先生曾指出，在他
皈依佛教以前，与道教关系尤为密切④。他确实曾烧丹、服药，与道
士结交，但他过的是朝服药而夜坐禅的矛盾生活。他佛、道并重，
而又与世间法相调和。

　　他常常佛与道并称。在他看来，奉佛与学道在生活中是可以
并行不悖的。例如他说：

> 身着居士衣，手把《南华》篇。⑤
> 八戒夜持香火印，三元朝念《蕊珠》篇。⑥

---

① 《苏州南禅院白氏文集记》。
② 《赠杓直》。
③ 冯贽《云仙杂记》。
④ 见陈寅恪《元白诗笺证稿》附录（乙）《白乐天之思想行为与佛道关系》。
⑤ 《游悟真寺诗》。
⑥ 《白发》。

> 七篇《真诰》论仙事，一卷《坛经》说佛心。①

他的《新昌新居书事四十韵因寄元郎中张博士》一诗说：

> 大抵宗庄叟，私心事竺乾。浮荣水划字，真谛火生莲。梵
> 部经十二，玄书字五千。是非都付梦，语默不妨禅。

晁迥评论说："'是非都付梦'，南华真人指归也；'语默不妨禅'，竺
乾先生指归也。"②实际上，道教求神仙飞升，佛家求涅槃寂灭；道家
讲齐生死、等物我，佛学讲禅悟净心，其追求是很不相同的。但居
易却把二者理解为一致的东西。他的《睡起晏坐》诗有注说："道书
云'无何有之乡'，禅经云'不用处'，二者殊名而同归。""无何有之
乡"是所谓"坐忘"，是遁入对"本无"的默然契合；"不用处"是悟得
清净心时言语道断、心行灭处的境界，在他看来，二者完全一致。
而这种一致，又与儒家那种知足保和、安贫乐道、独善其身的人生
态度相通。他的《读〈道德经〉》一诗说：

> 世间尽不关吾事，天下无亲于我身。
> 只有一身宜爱护，少教冰炭逼心神。

这完全不是追求宗教的解脱，而是肯定世俗生活。所以，在白居易
的意识中，佛、道往往都成为知识分子明哲保身、随遇而安的生活
规范而已。

　　总之，白居易调和互相矛盾的儒、佛、道三教，形成为一种人生
理想和生活态度。他在严酷的社会矛盾面前，力求做个"闲人"、
"幸人"、"了事人"、无往而自得的"达人"。他把儒、佛、道的理论都
拿来为自己的这种观念辩护。这表现出他作为士大夫的消极和软
弱，但也可以看出他对宗教的自由圆通的态度。他的宗教思想，与
晚唐禅宗临济宗有相似处，临济宗就是追求做"平常无事，屙屎送

---

① 《味道》。
② 晁迥《法藏碎金》卷五。

尿，着衣吃饭、困来即卧"的"闲人"①的。

五

　　白居易的佛教信仰，是他整个世界观的一个消极方面。他在政治斗争中渐趋消极，人生态度渐趋颓唐，创作中滋长着越来越强烈的脱离现实、追求闲适的倾向，都与越来深越重的佛教的浸染有很大关系。

　　白居易把儒、佛、道三教调合起来，使之不与封建教化伦理相背离，又使宗教生活与闲适放达的世俗生活相统一，从而形成了一种自由放达、知足保和的消极的生活方式和精神境界。这对后代士大夫的精神与生活都产生了相当的影响。

　　但是，正如前面分析的，白居易对佛教的理解与态度是矛盾重重的，经过他的消化和理解的佛教意识表现在其创作中也很复杂，有些方面还是不能一概否定的。

　　在创作的思想内容上，那种宗教的超世解脱意识往往转变为对仕宦利禄的否定，对封建价值观念的怀疑和冲击。他对名利的态度是矛盾的。朱熹批评说：

　　　　乐天人多说其清高，其实爱官职。诗中凡及富贵处，皆说得口津津地涎出。②

但另一方面，在现实压迫之下，他确又常常表现出对世俗富贵名利的鄙弃。这是与佛教的人生观有关系的。宋祁《新唐书》指出居易不附丽权贵为进取计，能完节自高。从他一生交游行事看，虽然没能在政治斗争中始终坚持原则，坚持进步立场，但他也并未苟求荣

---

① 慧然集《镇州临济慧照禅师语录》。
② 《朱子语类》卷一四〇。

利,随波逐流。他与牛僧孺、杨虞卿善,但不入牛党;为裴度所亲重,亦不因裴度以进;知友元稹为执政,是因为依附大阉而得用,自己也不倚为亲援。在长庆以后复杂的政局中,他积极建树不多,但也没有苟言自污。他不为外物所累,也可以说是解脱了佛家所说"二障"(所知障、烦恼障)的缘故。他在《香炉峰下新置草堂即事咏怀题于石上》诗中说:

> 倦鸟得茂树,涸鱼反清源。
> 舍此欲焉往,人间多险艰。

《郡中即事》:

> 遥思九城陌,扰扰趋名利。
> 今朝是双日,朝谒多轩骑。
> 宠者防悔尤,权者怀忧畏。
> 为报高车盖,恐非真富贵。

这样的诗,情调是消极的,但却有着一定的批判现实的内容。又如《对酒五首》之二:

> 蜗牛角上争何事,石火光中寄此身。
> 随富随贫且欢乐,不开口笑是痴人。

《快活》:

> 饱食安眠消日月,闲谈冷笑接交亲。
> 谁知将相王侯外,别有优游快活人。

这里表现的是追求闲适逸乐,但有玩世不恭的情调,也有对现实的讥讽。

他的诗中还表达了一种任运随缘、悠优自得的生活态度。"已共身心要约定,穷通生死不鲠于心"①。这种时情物态不鲠于心的气度,在险恶世态中也是难得的。皮日休《七爱诗》称白居易"处世似孤鹤,遣荣同脱蝉"②。他的《池上闲吟二首》之二说:

> 非庄非宅非兰若,竹树池亭十亩余。
> 非道非僧非俗吏,褐裘乌帽闲门居。

这种外适内和、心恬体静、荣辱不惊、悠游闲放的境界,是消极的,但也体现一种孤傲洁身、不为物累的人格。这是一种士大夫的"清高"。具体情况具体分析,对它恐怕也是不能一概否定的。

白居易的很大一部分诗在表达上有一种闲淡自如、优游不迫的风格,这与他的整个精神境界有关。楼钥评他的这类诗:

> 其间安时处顺,造理齐物,履忧患,婴疾苦,而其词意愈益平淡旷达,有古人所不易到,后来不可及者。③

王若虚评论它们是"情致曲尽","顺适惬当"④。这与禅宗那种轻安娱悦、旷淡自如的态度很有关系。他的早年讽喻诗,多气急情竭,语近言直;而他的那些表现闲适高逸的作品,或抒情,或写景,则写得平顺浅易,在详缓和度中自有一种委婉含蓄的情致。如晚年写的《岁暮》、《达哉乐天行》等作品,都平淡浅俗,按情境体验一步步叙写,自有一定的深意。而他的写景名作,如《钱塘湖春行》、《杭州春望》等,也善于从日常平凡场景中摄取一个个画面,依个人见闻加以联缀,情在景中而意在言外。在元和及以后诗坛上,笼罩着一种"尚奇"的风气,许多诗人力求在盛唐极盛的局面之后另辟新路。而白居易却以平易为新奇,以浅俗为高雅。他的办法是成功的。

---

① 《遣怀》。
② 皮日休《七爱诗》,《皮子文薮》卷一〇,萧涤非校点本。
③ 楼钥《跋白乐天集目录》,《攻媿集》卷七六。
④ 王若虚《滹南诗话》卷上,霍松林等校点本。

陈善《扪虱新话》记述说：

> 山谷尝曰：白乐天、柳子厚，俱效陶渊明作诗，而推子厚诗为
> 近。然以予观之，子厚语近而气不近，乐天气近而语不近。子厚
> 气凄怆，乐天语散缓，各得其一。要于渊明诗未能尽似也。

　　白居易"闲适"、"感伤"类作品在整体成就上远远达不到陶诗
的高度，但语言的"散缓"确与陶相似。这当然也与他的受佛家影
响的整个品格相关。白居易这种平易诗风，对宋人有一定影响。

　　在具体表现方法上，白诗不凿句，少用典，不押险韵，不务艰
深。这与他的为人也很有关系。当年刘禹锡称赞他：

> 郢人斤斫无痕迹，仙人衣裳弃刀尺。①

后来张镃也说：

> 诗到香山老，方无斧凿痕。
> 目前能转物，笔下尽逢源。
> 学博才兼裕，心平气自温。
> 随人称白俗，真是小儿言。②

白居易的艺术追求自然与他的心境直接相关。他的闲放的性情不
会喜欢雕章凿句，镂金错采。白居易诗的浅俗平易的表现方法与
内容相适应，也反映了他的精神境界。

　　总之，在白居易身上，佛教信仰形成了特殊的人生态度和情趣，
这种态度与情趣又影响到创作的内容、风格与艺术表现。这三个方
面相联系但不能等同。白居易对佛教又有特殊的理解，在生活与创
作中对佛理有独特的运用。要批判他奉佛的愚妄和消极，但具体分
析，佛教对于他未始不可发现一些起某种积极作用的东西。

---

①刘禹锡《翰林白二十二学士见寄诗一百篇因以答贶》，《刘宾客外集》卷一。
②张镃《读乐天诗》，《南湖集》卷四。

唐五代的诗僧

一

诗僧,是我国佛教和诗歌发展到一定历史阶段产生的一种特殊人物。刘宋以后,随着佛教更广泛深入地渗透到文化界,僧侣中已出现不少善诗文的人。例如支遁,写了许多诗,开以禅入诗的风气,对后代造成一定影响。一些僧人还留下了诗文别集。但这些人都不能算作诗僧。诗僧可以说是以写诗为"专业"的僧人,也可以说是披着袈裟的诗人。他们产生在特定的历史时期。刘禹锡称皎然为"长老诗僧",又说:

> 世之言诗僧,多出江左。灵一导其源,护国袭之,清江扬其波,法振沿之。①

这可能是现存文献中最早记载"诗僧"一语。按刘禹锡的意见,应从灵一算起有了诗僧。灵一,生于开元十五年(727),卒于宝应元

①刘禹锡《澈上人文集纪》,《刘宾客文集》卷一九。

年(762)，跨在"安史"肇乱前后①。到中、晚唐和五代，这类人物大量出现。"诗僧"似乎是一种职业专称了。

　　这里涉及到著名的诗僧寒山、拾得的时代问题。以往一般认为他们是初唐时人。《全唐文》卷一六二载有一篇台州刺史闾丘胤的《寒山子诗集序》。据小传，闾丘胤是初唐"贞观时"人。又见《续高僧传》卷二五《智俨传》，其中记载他曾为丽州刺史，智俨为隋末唐初人。《四库总目》卷一四九《寒山子诗集》提要谓寒山子为"贞观天台广兴县僧"。但闾丘所述本多无稽之言，后世关于寒山、拾得事迹也传说不一。如《宋高僧传》说：

　　　　按封干，先天中游遨京室，知闾丘、寒山、拾得俱睿宗朝人也……又大沩祐公于宪宗朝遇寒山子……②

《太平广记》卷五五录杜光庭《仙传拾遗》：

　　　　寒山子者，不知其名氏。大历中，隐居天台翠屏山。

接着还说咸通十二年毗陵道士李褐曾见过他。关于他们的诗集的编集，说法也不一。一说为道翘所辑，一说"桐柏征君徐灵府集之"，又有的说是好事者得之树间石上。近人余嘉锡先生曾对寒山年代加以考辨；王运熙先生又作了补充③，他们都肯定杜光庭"大历中"的记载。余先生主要从人事关系上论证，王先生又从诗的格律的时代特征上加以证明，考辨是相当有力的。这里可以作为内证给以补充的是，寒山、拾得一些作品的观念是南宗禅的。如"一念了自心，开佛之知见"，"回心即是佛，莫向外头看"，"可贵天然无价宝，埋在五阴溺身躯"等等，纯是南宗"明心见性，顿悟成佛"的思

---

① 据陈垣《释氏疑年录》卷四。陈先生据独孤及所撰灵一塔铭推算；文载《毗陵集》卷九。
② 道宣《续高僧传》卷一九《寒山传》。大沩祐公，指沩山灵祐(771—853)。
③ 见余嘉锡《四库提要辨证》卷二〇；王运熙等《寒山子诗歌的创作年代》，收入《汉魏六朝唐代文学论集》，上海古籍出版社1981年版。

想；寒山诗又说"不念《金刚经》，却令菩萨病"，禅宗弘扬《金刚经》到六祖慧能大行，在此以前修禅观是遵依《楞伽经》的；拾得诗说"言与祖师齐"，也是南、北二宗分立传宗传法系统明确起来以后的话头。所以，寒山、拾得诗一定创作于南宗禅大兴之后，不可能在唐初。论定在"安史之乱"后的大历中是合理的。

僧侣本是宗教职业者，大乘佛教讲究自度度人。"自度"靠个人修证，参禅悟道；"度人"则可以诵经著论。但不应当作诗。禅宗讲"不立文字"、"以心传心"，连名言文句都否定了，当然就没有诗了。佛教戒律中有"绮语"一戒，《容斋随笔》卷一转引《大集经》六十四种恶口，连赞叹语都视为恶业。僧人而写诗，这本身就是一种矛盾现象。出现了"诗僧"这类畸形人物，更是整个社会和佛教发展的具体情况造成的。

追寻诗僧大批出现的原因，主要的一条还是由于唐代僧侣地主阶层经济、政治势力扩大，它本身培养出一批文化人，在诗坛上的代表则是诗僧。特别是到了中、晚唐，社会矛盾加深，统治阶级内部纷争劫夺加剧，造成仕途遏塞，有些知识分子或投身佛门求出路，或遁迹佛寺以避世，也有"周流三教"以为干进之资的，像德宗朝的韦渠牟那样①。因此，僧团的组织成分起了很大变化，其中加入了不少知识分子。如名诗人贾岛初为僧，法号无本；其从弟无可是诗僧；与无可齐名的清塞还俗了，即诗人周贺……所以像皎然、贯休、齐己等人，不过是在特殊社会条件下寄居空门的文化人而已。

其次，由于南宗禅的发展，佛教本身进一步发生变化，即僧侣的世俗化。宗教教团都有一定戒律，限定其成员度过不同于世俗的宗教生活。但南宗禅讲明心见性、心外无佛，佛向自心求，因此也就不必读经、礼佛、守戒，而专在内心悟解上用功夫。这样，禅僧就能在很大程度上摆脱了佛教戒律的羁束，成为过着任运随缘、逍遥自在生活

①见权德舆《唐故太常卿赠刑部尚书韦公墓志铭》，《权载之文集》卷二三。

的闲人，即如寒山说的："无为无事人，逍遥实快乐。"一些不得意的知识分子也就可以出家为僧而仍去度雕章凿句的诗人生涯。

再则，唐朝中叶以后，儒、佛、道三教调和的思潮大盛。这就容许僧侣参与到社会生活的各个领域中来。士大夫可以外为君子儒，内修菩萨行；僧侣也可以出入文坛，而不再被视为"方外之人"。赞宁记述说：

> 故人谚云："霅之昼，能清秀；越之澈，洞冰雪；杭之标，摩云霄。"每飞章寓韵，竹夕华时，彼三上人当四面之敌，所以辞林乐府，常采其声诗。①

这里提到的清昼即皎然，他和灵澈、道标都广泛结交士人，蜚声文坛。赞宁《僧史略》下《赐师号》条记载大中大安国寺释修会能诗，尝应制，才思清拔，一日向帝请赐紫②。这是要求因善诗得奖励。社会上僧俗交结攀附，不以为讳：

> 唐名缁大抵附青云士始有闻，后或赐紫，参讲禁近，阶缘可凭；青云士亦复借以自梯，如陆希声、韦昭度以澈、峕两师登庸，尤其可骇异者。③

士人们周流内外：

> 唐缙绅自浮屠易业者颇多。刘禹锡《答廖参谋》："初服已惊白发长，高情犹向碧云深。"李义山《呈令狐相公》诗曰："白足禅僧思败道，青袍御史欲休官。"以指其座中人，皆显言之。盖当时自不以为讳。近世言还俗，虽里民且耻之也。④

---

① 赞宁《宋高僧传》卷一五《道标传》。
② 又王谠《唐语林》卷七："僧从海住安国寺，道行高洁，兼工诗，以文章应制。宣宗每择剧韵令赋，海亦多称旨。累年供奉，望方袍之赐，以耀法门……"
③ 胡震亨《唐音癸签》卷二九。
④ 胡仔《苕溪渔隐丛话》卷五七引《蔡宽夫诗话》。

这样,身为僧人而涉足诗坛,也就是被容许甚至鼓励了。

当然,涌现出众多的诗僧这类特殊人物,还要其他条件,如当时诗歌创作的普及,社会各阶层文化水平的普遍提高,以及僧团内部已有文学传统的影响和承继等等,兹不赘述。

唐代诗僧现在姓名可考的有百余人。《全唐诗》收一○九家,共四十五卷余,家数和卷数都约当留存唐诗二十分之一。但其中有初、盛唐人,他们还不能算是诗僧。日本河世宁《全唐诗逸》、王重民《补全唐诗》、童养年《全唐诗续补遗》又续有增补。但三书所辑多断句残篇,有些是传道偈语,还有些录入错误①。但可以肯定,今所存诗僧作品只是佚存的一小部分,他们作品的散佚肯定要比一般文人作品的散佚严重。现在留存有专集的只有寒山、拾得、皎然、贯休、齐己等数家。见于文献的诗僧别集名称尚有四十家左右②。但实际绝不限于此数。例如前面提及的与皎然、灵澈齐名的道标,应有诗

---

① 如《全唐诗续补遗》(收入《全唐诗外编》,中华书局 1982 年版)卷一三所收"弘秀"诗,实为可止作品;卷一五明夫、谦明应为一人,即《全唐诗》卷八二五之谦光;卷一七伏牛上人即洛京伏牛山自在,《宋高僧传》卷一一有传;远国即《补全唐诗》中的远公等。

② 据《新唐书·艺文志》、《崇文书目》、《郡斋读书志》、《直斋书录解题》、《文献通考》、《唐音癸签》以及诸家书目,诗僧曾留存专集还有(初唐慧颐、玄范、法琳、神迥四家不计在内):《灵一集》一卷、《僧灵澈诗集》十卷(又《僧灵澈酬唱集》十卷)、《僧清江诗》一卷、清塞《白莲集》、《无可集》一卷、庞蕴《诗偈》三卷、广宣《红楼集》(又《僧广宣与令狐楚唱和》一卷、《广宣倡和集》一卷)、《乘如集》三卷、虚中《碧云集》一卷、《知玄集》二十余卷、可止《三山集》、《玄泰集》、栖隐《桂峰集》、《宗亮集》、《希觉集》、《复礼集》、尚颜《供奉集》一卷、《可准集》、元愿《檀溪集》、《栖白集》一卷、修睦《东林集》一卷、《怀浦集》一卷、《子兰集》一卷、可明《玉垒集》十卷、昙域《龙华集》一卷、《昚光集》一卷、《僧自牧诗》十卷、《僧处默诗》一卷、《僧汇征诗》七卷、《僧无愿诗》一卷、《僧智暹诗》一卷、《僧康白诗》十卷、《楚峦集》一卷、《应之集》一卷、智闲《偈颂》一卷。另外,集录唐诗僧创作的诗歌总集有:慧静编《续英华诗苑》以及《诗篇》、《五僧诗集》、《十哲僧诗》(《僧中十哲诗》)、《三十四僧诗》、《弘秀集》等。以上目录肯定是不完全的,但可见唐五代诗僧创作繁荣之一斑。

集传世,但未见著录。僧史、僧传或其他资料中记述善诗的僧人还有不少。

从总的发展趋势看,中唐以后,诗僧的活动逐渐增多,到晚唐、五代大盛。而且初期的寒山、拾得尚不能确定实有其人;既实有,亦遁迹山林;皎然、灵澈等则主要活动在文人圈子里。到了晚唐、五代,不少诗僧出入宫廷,平交王侯,以至奔走藩镇之间。另外,晚唐以后,诗的创作走了下坡路,诗僧创作却大大增加,这又是文学上的畸形现象,实则也是诗坛衰败的症候。

二

辛文房曾写道:

> 至唐,累朝雅道大振,古风再作。率皆崇衷象教,驻念津梁,龙象相望,金碧交映。虽寂寥之山河,实威仪之渊薮,宠光优渥,无逾此时。故有颠顿文场之人,憔悴江海之客,往往裂冠裳,拨绳缴,杳然高迈,云集萧斋,一食自甘,方袍便足……①

这就指出了,诗僧多是一些仕路蹇塞的落拓文人。鲁迅曾经说过:"既然是超出于世,则当然连诗文也没有。诗文也是人事,既有诗,就可以知道于世事未能忘情。"②这些热衷于名利奔竞的人虽然被迫遁入"空门",但内心不能清静,所以他们才要写诗。有些人更同样热衷事务,烦恼缠心,只是以一种特殊身份为资本而已。

譬如寒山(拾得也一样,姑且认为实有其人),以民间口语写通俗诗,被看成是民间通俗诗人。但他实际上有很高的文化素养,曾

---

① 辛文房《唐才子传》卷三。
② 鲁迅《而已集·魏晋风度及文章与药及酒之关系》。

被比拟为长沮、桀溺一流人物①。宋王应麟曾指出，他的诗如"施家
两儿，事出《列子》；公羊鹤，事出《世说》；如子张、卜商，如侏儒、方
朔，涉猎广博，非但释子语也"②。还可以举些例子："人生不满百，
常怀千载忧"，出《古诗十九首》；"践草成三径，瞻云作四邻"，出陶
渊明《归去来辞》和《停云》；"白云抱幽石"，出谢灵运《过始宁
墅》；等等。这都可见他有多么深厚的文学修养。他自称是"学武
兼学文"的"书剑客"，"家中何所有，唯有一床书"的"野人"③。又
如皎然作《诗式》，评论古今诗，又协助颜真卿编撰大型韵书《韵海
镜源》，可知其外学功力非常深厚。那些诗僧大多早年研习儒典，
求举觅官，在现实挫折下才出家为僧。例如寒山诗中写道：

> 个是何措大，时来省南院。
> 年可三十余，曾经四五选。
> 囊里无青蚨，箧中有黄绢。
> 行到食店前，不敢暂回面。

> 徒劳说三史，浪自看五经。
> 泊老检黄籍，依前注白丁。
> 筮遭连蹇卦，生主虚危星。
> 不及河边树，年年一度青。

这里写仕子落魄的悲哀和穷途的激愤，显然是饱含着他个人的切
身体会的。有些人虽然出了家，但并不甘寂寞，仍表示对功业的热
衷，如灵一《送王法师之西川》：

> 计日功成后，还将辅圣朝。

---

① 见白珽《湛渊静语》卷二，朱承爵《存余堂诗话》。
② 王应麟《困学纪闻》卷一八。
③ 本文引诗，均据《全唐诗》，中华书局 1960 年版；《全唐诗外编》，中华书局
  1982 年版。只注作者或诗题，不另注卷次。

贯休《笔》：

> 何妨成五色，永愿助《风》、《骚》。

有些人则用各种方式表达被压抑的不平，如若虚《古镜》：

> 百年肝胆堪将比，只怕看频素发生。

护国《归山作》：

> 靳尚那可论，屈原亦可叹。

还有些人念念不忘仕途的荣耀，企羡之意，流于言表，如栖白《哭刘得仁》：

> 为爱诗名吟至死，风魂雪魄去难招。
> 直教桂子落坟上，生得一枝冤始销。

卿云《长安言怀寄沈彬侍郎》：

> 生作长安草，胜为边地花。

如此等等，都表现了这些人的身份、地位，说明他们被迫进入佛门是有着苦衷的。

有的诗僧得以厕身统治阶级上层，但这只是极少数人的"幸运"。然而这些人也只是被"俳优畜之"的特种清客。他们往往要四处逢迎干谒，历尽艰辛；在一种腐败的政治局面之下，更常常卷入统治集团内部纷争而遭受打击。胡震亨说：

> 灵澈一游都下，飞语被贬；广宣两入红楼，得罪遣归；贯休在荆州幕，为成汭递放黔中；修睦赴伪吴之辟，与朱瑾同及于祸；齐己附明宗东宫谈诗，与官僚高辇善，东宫败，几不保首领……①

---

① 胡震亨《唐音癸签》卷二九。

就以其中著名的贯休为例,他卓有才华,不但能诗,而且善画。在晚唐动乱之中,奔走于吴越钱镠、荆南成汭、西蜀王建幕下。地位不可谓不高,但身世相当坎壈。诗僧们这样的处境,自然与统治阶级有一定的矛盾,对社会的腐败和没落也有一些感受。

更多的诗僧有机会活动在社会下层。有些人漂泊不定,云游四方,得以广泛接触普通群众,观察社会现实。特别是禅宗本身就是比较平民化的。他们主张每个人的一片净心就是佛心,也就不承认人在本性上有先天品级;他们在人生日用中求禅理,从而打通了与俗世生活的界限。有些禅师保留着乐住山林的传统;有些亲身参加体力劳动。中唐以后禅院,实行"普请"法,僧人上下均力①,有所谓"一日不作,一日不食"之说。这样,那些身份地位较低的僧人就更能对民生饥苦有所了解。

这样,诗僧们虽是"出家"人,但也是社会的人。在上述社会环境下,基于他们的独特经历和特殊生活体验,使得他们的诗作也要反映一定的社会内容,在某些方面甚至反映得相当深刻和尖锐,而不是仅做信仰的表白或禅悟的抒写。

值得注意的,首先是它们写了不少反映民生疾苦、抨击统治阶级敲剥压榨的作品。特别是到晚唐,诗坛已经分化,不少诗人的创作流于浮靡空虚,只有皮日休、杜荀鹤、聂夷中等少数人坚持了杜甫、白居易等人的现实主义传统。诗僧们的这类作品更值得宝贵。寒山诗本多述禅理,"大抵佛语菩萨语"②,但也有直接反映民生问题之作,这是他的诗"发露化机,规论人事,似近俗而有深意"③的一个重要方面,例如:

国以人为本,犹如树因地。

---

① 见道原《景德传灯录》卷六。
② 《四库全书总目》卷一四九《寒山子诗集》题要。
③ 游潜《梦蕉诗话》。

> 地厚树扶疏,地薄树憔悴。
>
> 不得露其根,枝枯子先坠。
>
> 决陂以取鱼,是取一期利。

这表现的是孟子"民为邦本"的观点,反对统治阶级"竭泽而渔"式的无限制的掠夺。这样的诗写得不够形象和充实,但考虑到它大致出现在大历年间,还是很可珍贵的。寒山诗作者经历过困顿生活,体验过"朝朝为衣食,岁岁愁租调"的境况,发出过"谁能借斗水,活取辙中鱼"的呼吁,所以诗中或隐或显地表现出对民生的关怀。

皎然论诗重"取境",又说"禅子有情非世情"①,在创作中努力追求"高"、"逸"的超然境。但他亲经"安史之乱",对社会的急剧动荡和腐败衰落不能不有所感受。其《浮云三章》说"君臣之际,败亡之兆,生于谗匿",说明他对政治还是关心的。《赠乌程李明府伯宜沈兵曹仲昌》:

> 水国苦凋瘵,东皋岂遗黍。
>
> 云阴无尽时,日出常带雨。
>
> 昨夜西溪涨,扁舟入檐庑。
>
> 野人同鸟巢,暴客若蜂聚。
>
> 岁晏无斗粟,寄身欲何所。
>
> 空羡鸾鹤姿,翩翩自轻举。

这首诗写到大水之后,民不聊生,聚集反抗,在当时还是不常见的主题。最后写人民托身无所,至羡鸾鹤轻举而不可得,更非常沉痛。这样的诗,与同时顾况、韦应物写民间饥苦的诗在精神上是一致的。

到了中、晚唐,在诗坛上现实主义潮流的推动下,诗僧们也写

---

① 皎然《送顾处士歌》。

了不少反映社会贫富对立、民生凋敝，统治阶级奢侈腐化、不恤民情的作品。如僧鸾，为人颠率少局检，出家后曾入京为文章供奉，今存诗仅《苦热行》、《赠李粲秀才》二首。《苦热行》写旱灾，后半说：

> 旱苗原上枯成焰，岳灵徒祝神无验。
> 豪家帘外唤清风，水纹明角铺长簟。
> 玉扇画堂凝夜秋，歌艳绕梁催莫愁。
> 阳乌落尽酒不醒，扶上西园当月楼。
> 废田暍死非吾属，库有黄金仓有粟。

劳动人民在荒旱中的困苦，和豪家荒淫靡费的情景成了鲜明对比，诗人的咒诅与愤慨自在其中。最后一结，作"豪家"自慰语，冷峻而又深刻，突显出统治阶级的残忍面目。

昭宗朝为文章供奉的子兰存诗仅一卷，但其中反映现实较深刻的篇章比例较大。其《长安早秋》：

> 风舞槐花落御沟，终南山色入城秋。
> 门门走马征兵急，公子笙歌醉玉楼。

《悲长安》：

> 何事天时祸未回，生灵愁悴苦寒灰。
> 岂知万顷繁华地，强半今为瓦砾堆。

《河梁晚望二首》之二：

> 雨添一夜秋涛阔，极目茫茫似接天。
> 不知龙物潜何处，鱼跃蛙鸣满槛前。

第一首从兵役角度暴露社会的阶级对立；第二首写晚唐黄巢起义和军阀混战之后长安的残破；第三首表面写大水，以比拟手法对朝廷有所讽刺：龙潜不见，暗示朝廷暗弱；鱼跃蛙鸣，则讽刺权奸当道,政出多门。

　　直述民间疾苦最多的是贯休。他的乐府体诗颇得古乐府和元、白"新乐府"意趣,表达上又能立意超拔,奇崛不群,至被称赞"所长者歌吟,讽刺微隐,存于教化,体调不下二李白、贺也"①。他在荆州高季昌处被馆待于龙兴寺,写《酷吏词》以刺时:

> 霢雨潚潚,风吼如劚。有叟有叟,暮投我宿。吁叹自语,云太守酷。如何如何,掠脂斡肉。吴姬唱一曲,等闲破红束。韩娥唱一曲,锦段鲜照屋。宁知一曲两曲歌,曾使千人万人哭。不惟哭,亦白其头,饥其族。所以祥风不来,和气不复,蝗乎螟乎,东西南北。

这里揭露和抨击酷吏掠夺榨取民脂民膏,表达的直截和尖刻如白居易的《杜陵叟》等作品。"宁知一曲两曲歌,曾使千人万人哭",歌哭对比,表现苦乐不同,指出统治者的逸乐正建筑在劳动人民的苦难之上。最后写人祸带来天灾,讽刺意味也很深长。后来贯休在王建处,被召令诵近诗,时贵戚满座,他咏《公子行》②以讽。第一首说:

> 锦衣鲜华手擎鹘,闲行气貌多轻忽。
> 稼穑艰难总不知,五帝三皇是何物。

仅仅四句,写出了贵公子骄奢、傲慢而又颟顸无知的形象。《富贵曲二首》之二说:

> 如神若仙,似兰同雪。乐戒于极,胡不知辍。只欲更缀上落花,恨不能把住明月。太山肉尽,东海酒竭。佳人醉唱,敲玉钗折。宁知耘田车水翁,日日日炙背欲裂。

---

① 赞宁《宋高僧传》卷三〇。
② 又作《少年行》。

这里用了极力夸张的描写,表现统治阶级的淫逸无度。最后"卒章显志",吐露社会的不平,正是白居易《秦中吟》等讽谕诗多用的手法。他的《偶作五首》之一是写蚕妇的:

> 谁信心火多,多能焚大国。
> 谁信鬓上丝,茎茎出蚕腹。
> 尝闻养蚕妇,未晓上桑树。
> 下树畏蚕饥,儿啼亦不顾。
> 一春膏血尽,岂止应王赋。
> 如何酷吏酷,尽为搜将去。
> 蚕娥为蝶飞,伪叶空满枝。
> 冤梭与恨机,一见一沾衣。

蚕妇劳动生活是古人常用的题材。比较起来,这首诗意想超拔,比喻奇辟,形象地摹写出蚕妇的冤愤。元稹有《织妇词》,结尾说:"羡他虫豸解缘天,能向虚空织罗网"①,设想奇特,写人不如虫,十分痛切。这里说蚕妇的白发一根根都是蚕腹中的白丝,以比拟发人联想,表现也很奇突。贯休说:"我本是蓑笠,幼知天子尊。学为毛氏诗,亦多直致言。"②他是有意模仿《诗经》的讽谏传统的。他奔走权门,特别是支持西蜀王建割据,作谀媚之词,但内心中对现实认识又颇为清醒。他为人有强梗之性,"一条直气,海内无双",被称为"僧中之一豪"③。他的著名的《山居诗二十四首》有云:

> 回贤参孝时时说,蜂虿狼贪日日新。
> 天意刚容此徒在,不堪惆怅不堪陈。

可见他对当时满口仁义而行似豺狼的现实中人物多么愤恨。

---

① 元稹《织妇词》,《元氏长庆集》卷二三。
② 贯休《古意九首》之二。
③ 辛文房《唐才子传》卷一〇。

　　齐己也曾托身戎幕,在荆州高从诲处为僧正。他有听琴诗云:"万物都寂寂,堪闻弹上声。人心尽如此,天下自和平。"意境超迈,被推许为"宰相器"①。他所写的直接反映现实的诗也相当尖锐。如《寓言》诗批判"珠玉聚侯门",指出"始作骄奢本,终为祸乱根";《读岘山碑》慨叹"那堪望黎庶,匝地是疮痍"。他的《耕叟》、《西山叟》都是写农民的。前一首:

> 春风吹蓑衣,暮雨滴箬笠。
> 夫妇耕共劳,儿孙饥对泣。
> 田园高且瘦,赋税重复急。
> 官仓鼠雀群,共待新租入。

这里写农民的破产和租赋的苛重,与杜荀鹤、聂夷中诗中所表现的相似。他又有《猛虎行》,讽刺如虎狼一样的残民害物之辈;《君子行》,讥嘲当世"君子"的苟且虚伪;《行路难》,发挥自鲍照以来以行路喻世道的传统主题;《苦热行》、《苦寒行》,则以天气寒暑暗示苍生所受熬煎。这类诗,无论在内容上还是在形式上,都可看作是"新乐府运动"的余音。

　　此外,值得注意的,还有处默的《织妇》:

> 蓬鬓蓬门积恨多,夜阑灯下不停梭。
> 成缣犹自陪钱纳,未直青楼一曲歌。

可朋的《耕田鼓》诗:

> 农舍田头鼓,王孙筵上鼓。击鼓兮皆为鼓,一何乐兮一何苦。上有烈日,下有焦土。愿我天翁,降之以雨。令桑麻熟,仓箱富。不饥不寒,上下一般。

这些诗构想都有一定特色,表达也有深度。关于后一首诗,据说"孟

---

①陈继儒《佘山诗话》卷下。

蜀欧阳迥与可朋为友,是岁酷暴中,欧阳命同僚纳凉于净众寺,依林亭列樽俎。众方欢,适寺之外皆耕者,曝背烈日种耘田,击腰鼓以适倦。可朋遂作《耘田鼓》诗以赞欧阳,众宾闷已,遽命彻饮"①。这表明,这类诗的创作是有相当针对性的。

　　像上面介绍的这些反映现实社会矛盾的作品,还完全是"世俗"主题。诗僧们是作为社会的人来创作的。那么,他们既然是"僧",就要把宗教观念带入诗中,要以"僧侣"身份来抒写特有的思想感情。这类作品消极意识比较浓厚,艺术上也多取说教的方式,但其中也有些或隐或显地表现出一定的社会内容,不可一概抹煞或否定。

　　佛教宣扬"人生无常",解释"四圣谛"之一的"苦谛"有四行相——无常相、苦相、空相、无我相。修佛教观行的人,很重要的一条就是要知人生无常是苦。这样否定人生的意义与价值,当然是错误的、消极的。然而,在有些诗僧的作品中,把这种观念转变为对统治阶级荣华富贵的否定,对统治秩序长治久安的怀疑,不承认现实社会中被统治阶级视为永恒的一切价值,这就有一定批判意义了。在佛学宣扬"苦谛"中有非有相、坏灭相、变异相、别离相、刹那相、资产兴衰相、器世成坏相等否定常住不变的观念,包含着认识上合理的因素。中国传统儒家的人生观,以经世立功为目的,视德、行、言"三不朽"为目标,肯定封建道德理想及实现这一理想的人生有永恒价值。这种人生观是积极的、乐观的,但这是一种封建观念。佛家的"人生无常"是消极的、悲观的,客观上则成了对这种观念的批判和冲击。

　　寒山就写了不少慨叹人生无常的诗。它们往往表现出对传统价值观念的大胆怀疑,对统治阶级的乐观主义浇下一瓢瓢冷水。如他的这样一些诗:

　　　　富儿多鞅掌,触事难祗承。

————————————

① 计有功《唐诗纪事》卷七四。

　　　　　仓米已赫赤，不贷人斗升。
　　　　　转怀钩距意，买绢先拣绫。
　　　　　若至临终日，吊客有苍蝇。

　　　　　贤士不贪婪，痴人好炉冶。
　　　　　麦地占他家，竹园皆我者。
　　　　　努膊觅钱财，切齿驱奴马。
　　　　　须看郭门外，垒垒松柏下。

　　　　　自古诸哲人，不见有长存。
　　　　　生而还复死，尽变作灰尘。
　　　　　积骨如毗富，别泪成海津。
　　　　　唯有空名在，岂免生死轮。

此外，还有《我见凡愚人》、《常闻国大臣》等，诗的结论主要表明生、老、病、死，人生没有意义，但其中针对的主要是富贵人的贪欲。佛教把贪、嗔、痴视为根本烦恼。认为由于有了贪求，才对五蕴爱著执取，因而在六道中生死流转。这三首寒山诗则另有发挥。这里的第一首抨击财主悭吝，第二首揭露豪强兼并，第三首写"贤哲"的徒有其名，都触及到统治阶级的贪婪本质，而且其中揭露世态，规讽人情，也有相当典型性。

　　写类似主题的还有子兰《长安伤春》：

　　　　　霜陨中春花半无，狂游忿饮尽凶徒。
　　　　　年年赏玩公卿辈，今委沟塍骨渐枯。

贯休《山居诗二十四首》中的两首：

　　　　　掣电浮云真好喻，如龙似凤不须夸。
　　　　　君看江上英雄冢，只有松根与柏槎。

> 筇帚扫花惊睡鹿,地炉烧树带枯苔。
>
> 不行朝市多时也,许、史、金、张安在哉。

这里表现的思想是消极的,软弱的,但写出了统治阶级必然没落的悲哀,发出了对权势和财富的咒诅。当然,用佛教观点是发现不了人生的真正价值的。这则是这类作品的局限了。

在中、晚唐,诗坛上咏史题材盛行。这也是诗人们企图用诗歌艺术总结历史经验的一股潮流。佛教徒用我、法两空的观念看待历史,只能流于虚无主义和悲观主义。但有些作品否定和批判历史上统治阶级的罪恶生活,则有一定的讽刺意义。这些诗就史事表议论,在表达上也不无可取之处。如皎然《七言青阳上人院说金陵故事》:

> 君说南朝全盛日,秣陵才子更多人。
>
> 千年秋色古池馆,谁见齐王西邸春。

这是批判南朝荒淫误国的,也是后来杜牧、李商隐等人常常表现的主题。归仁有《题楚庙》一诗:

> 羞容难更返江东,谁问从来百战功。
>
> 天地有心归道德,山河无力为英雄。
>
> ……

这是论楚、汉相争事。从道德着眼,指出山河险固不足依恃,有一定见解。栖一的《垓下怀古》主题也相似。贯休的《比干传》、《经吴宫》,齐己的《秋日钱塘作》、《看金陵图》,虚中的《石城金谷》,立意也都有一定深度。齐己的两首诗实际又是借古以刺世的:

> ……
>
> 英雄贵黎庶,封土绝精灵。
>
> 勾践魂如在,应惭战血腥。

六朝图画战争多，最是陈宫计数讹。

若爱苍生似歌舞，隋皇自合耻干戈。

像这样的诗，在表达方法上，以诗为史论，对宋人也有一定影响。

　　诗僧们还有些感叹个人身世的诗，有的也可一读。他们这些人从一定意义上说是社会上的受排斥者，在出家前或出家后对世情冷暖会有一些感受。他们在诗中摹画世态人情，往往有尖刻透辟之处。写到这种题材，他们有的表现得意愤言激，有的洒脱豪爽，但都流露出这些本应心净神安的人内心并不平静。所以，他们的这类诗，又表现出对于世事的一定的热情。例如寒山有一首著名的骚体诗：

有人兮山楹，云卷兮霞缨。

秉芳兮欲寄，路漫漫兮难征。

心惆怅兮狐疑，年老已无成。

众喔咿斯，蹇独立兮忠贞。

游潜《梦蕉诗话》记载陆游曾手录此诗；王应麟说此诗"超出笔墨畦径"[1]；许顗甚至称赞"虽使屈、宋复生，不能过也"[2]。这首诗表现美人迟暮的孤高情怀，写出了那种怅惘矛盾而又坚贞自恃的性格，确实仿佛屈原辞赋的神韵。他又写了不少这样描写世态的诗：

大有好笑事，略陈三五个。

张公富奢华，孟子贫辘轲。

只取侏儒饱，不怜方朔饿。

巴歌唱者多，白雪无人和。

富贵疏亲聚，只为多钱米。

---

[1] 王应麟《困学纪闻》卷一八。
[2] 许顗《彦周诗话》。

贫贱骨肉离，非关少兄弟。

急须归去来，招贤阁未启。

浪行朱雀街，踏破皮鞋底。

这样的诗，写的是社会上常见的现象，也包含着诗人自己的痛切体验在内。他把常见的现象加以集中，作出带一定典型性的刻画，笔力给人以入骨三分之感。

护国有声于大历年间，他写贤才被压抑的主题与寒山相同，但另有一种态度。他的《别盛安》一诗说：

……

欲除豺虎论三略，莫对云山咏四愁。

亲故相逢且借问，古来无种是王侯。

这里，颇有不甘人下、兴功济世的气概。但是"欲问皇天天更远，有才无命说应难"，现实给他以压抑，使他不得不消沉。但消沉之中，他冷眼观世界，又对世俗权威表示蔑视。《题王班水亭》诗说：

……

待月归山寺，弹琴坐暝斋。

布衣闲自贵，何用谒天阶。

他认为自己作为"布衣"度着超然绝俗的生活，比朝廷上的卿相臣僚高贵得多。他以傲岸不群的姿态来对待自己的落寞。

灵澈活动在贞元、元和间，名震都下，刘长卿、权德舆、柳宗元、刘禹锡等当世名人皆与之交游。他曾被缁流嫉恨，造飞语激中贵，得罪徙汀州。《归湖南作》说：

山边水边待月明，暂向人间借路行。

如今还向山边去，只有湖水无行路。

用通俗真切的笔触，以托喻的方法写出世途的艰难。后来他寄居庐山，韦丹为江州刺史，寄诗表出世之态，他写了著名的《东林寺酬韦丹刺史》：

> 年老心闲无外事，麻衣草座亦容身。
> 相逢尽道休官好，林下何曾见一人。

这首诗揭露世俗名利的溺人和达官贵人们"出世"的虚伪，相当深刻，当时"世俗相传以为俚谚"。北宋庆历中发现石刻，受到欧阳修的称赏①。后两句的讽刺与"终南捷径"典故有异曲同工之妙。

无可是贾岛从弟，在当时文坛很有名声。他写的《吊从兄岛》：

> 尽日叹沉沦，孤高碣石人。
> 诗名从盖代，谪宦竟终身。
> ……

《哭张司业籍》：

> 先生抱衰疾，不起茂陵间。
> 夕临诸孤少，荒居吊客还。
> ……
> 神理今难问，予将叫帝关。

这是对才人没世发表的激愤的抗议，颇能表现出下层士人的悲剧身世和落拓命运。这里附带说明一点，唐中期以后诗人多"薄命"，这是时代使然。诗僧们写了不少涉及这个题材的作品，由于包含着自身感受，往往真切感人。例如可止《哭贾岛》：

> 燕生松雪地，蜀死葬山根。
> 诗僻降今古，官卑误子孙。
> 冢栏寒月色，人哭苦吟魂。
> 暮雨滴碑字，年年添藓痕。

---

① 见欧阳修《集古录跋尾》卷九。

贯休《读孟郊集》：

> 东野子何之，诗人始见诗。
> 清刓霜雪髓，吟动鬼神司。
> 举世言多媚，无人师此师。
> 因知吾道后，冷淡亦如斯。

齐己《经贾岛旧居》：

> 先生居处所，野烧几成灰。
> 若有吟魂在，应随夜魄回。
> 地宁销志气，天忍罪清才。
> 古木霜风晚，江禽共宿来。

这些诗句，都对前辈诗人的命途多蹇表示同情，同时也流露出同病相怜的悲哀。对人物描摹用笔不多，却往往能得其神似。齐己还有一首《谢炭》诗：

> 正拥寒灰次，何当惠寂寥。
> 且留连夜向，未敢满炉烧。
> 必恐吞难尽，唯愁拨易俏。
> 豪家捏为兽，红迸锦茵焦。

这首诗，刻画的琐细与逼真，是学贾岛；立意也与贾岛《谢人送炭》相似。一结的对比，更提高了诗的现实意义，表现出对权豪的愤慨。

诗僧是一定社会条件下的产物，他们也是社会的人。他们作为宗教徒，诗中不能不做宗教教义的宣传，不少诗类似表现宗教唯心观念的偈语；有些诗僧发扬南宗禅游戏三昧、放狂自在的作风，在作品中表现佯狂、颓唐的思想感情。所以，诗僧创作的消极色彩是浓厚的。但他们又生活于现实社会中，所以作品中对现实的真实又不能不作出或隐或显、或直接或曲折地反映。从这个角度看，我们又应当把他们降低为凡人——平凡的诗人来加以研究。

三

　　诗僧们的特殊身份,决定他们的世界观是宗教唯心主义的。而他们特殊的思想意识和生活经历,又决定了他们创作上独特的艺术特征和艺术风格。尽管他们每个人的创作个性各有差异,这种思想与艺术上的共同性还是表现得很清楚的。

　　诗僧们创作上的最明显的特点是表达上的浅俗。这也可以说是他们对于中国诗歌发展史的贡献,对中、晚唐诗坛的通俗诗风的形成以及后来宋诗走向平顺坦易一途都起了一定作用。

　　诗僧们追求通俗化的程度不同。例如寒山、拾得等,是真正的白话诗人,而皎然、齐己则十分讲究格律。但通俗化的倾向则是共有的。这个现象与他们的身份有关。一方面,许多诗僧身份地位较低,宗教宣传又要面向群众,因此语言上的浅俗就是他们表达上的习惯;另一方面,禅宗注重在人伦日用中明禅理,表达禅意的诗也就要直抒本心,不必在形式上雕饰。黄宗羲曾指出:

> 夫寒山、拾得村墅屋壁所抄之物,岂可与皎然、灵澈絜其笙簧? 然而皎、灵一生学问,不堪向天台炙手,则知饰声成文,雕音作蔚者,非禅家本色也。①

这是说,寒山、拾得的通俗诗才是禅家本色。因为在禅家看来,一片净心就是佛心,表显真心就是好诗。而且,如果让内心专著于文字雕饰,正是净心被迷误的表现。

---

① 黄宗羲《定林禅师诗序》,《南雷文约》卷四。

　　诗僧们的通俗化倾向还受到六朝以来通俗诗、民间俗曲、俗赋的影响。从敦煌发现的文献中大量出现这类作品,说明它们在唐代僧俗间是很流行的。约活动于唐初的王梵志,就是一位很有影响的民间通俗诗人①。他的思想有浓厚的佛教色彩,南泉普愿评论"其言虽鄙,其理归真"②,因而在僧侣中也广为流传。不少诗僧写诗有意用民歌体。例如自在有名的《三伤歌》中这样的句子:

> 世人世人不要贪,此言是药思量取。
> 饶你平生男女多,谁能伴尔归泉路。

这纯是释氏劝世之言,是面向民众的,完全用民间口语,取民歌形式。另外如常达著《青山履道歌》,"播人唇吻","追用元和之体"③。"元和体"即指俗体。玄泰"尝以衡山之阳,多被山民莫徭辈斩木烧山,损害滋甚,泰作《畲山谣》,远迩传播,达于九重"④。他写的是一首环境保护的诗,对象是"山民莫徭"。僧怀濬能草书,"歌诗鄙俚之词,靡不集其笔端"⑤。少康"所述偈赞,皆附会郑、卫之声,变体而作,非哀非乐,不怨不怒,得处中曲韵。譬犹善医,以饧蜜涂逆口之药,诱婴儿之入口耳"⑥,则他不仅在形式上用民歌体,并多利用世俗题材。又些些"善歌《河满子》,纵肆所为,故无定检。尝遇醉伍伯,伯于途中辱之,抑令唱歌,些便扬音揭调,词中皆讦伍伯从前阴私恶迹人所未闻事"⑦,他是利用固定曲调即兴填词。总之,许多诗僧都

---

①王梵志,或以为是诗僧。但从作品看虽有浓厚佛教观念,又多世俗题材,可能是信徒之流。又其活动在初唐,不入本文所述"诗僧"活动时代,故本文未加论述。
②范摅《云谿友议》卷下。
③赞宁《宋高僧传》卷一六。
④同上书,卷一七。
⑤赞宁《宋高僧传》卷二二。
⑥同上书,卷二五。
⑦同上书,卷二〇。

有意借用民歌体来写作。这也表明了唐代民间文学影响的广泛。

佛典翻译对于推动诗僧创作的通俗化也起一定作用。佛藏十二部经中的祇夜(重颂、应颂)和伽陀(讽颂、孤起颂)都是韵文。前者与经文中的"长行"即散体部分相配合,用韵散结合的方式重宣教义;后者则是单独的有一定格律的韵语。译为汉语,取四、五、六、七言形式。多数是五言四句为一个单位,称为"偈"或"颂"。佛典中的有些偈颂本身就很富艺术性,翻为汉文又使用了中国诗歌的表达方式。所以这些偈颂就像一些特殊体制的诗。诗僧们不少人就是以偈为诗的。拾得说:

> 我诗也是诗,有人唤作偈。
> 诗偈总一般,读时须仔细。

尚颜说"诗为儒者禅"①。有些诗僧写诗,就是作为宗教宣传品来对待,因此诗就是偈颂。庞蕴、智闲的诗集就是偈集。偈颂翻译作为整个佛典的一部分,表达上也要雅俗共赏。而早期译师多是天竺人或"胡人",中国人也多是下层知识分子,他们都难于掌握中国诗的格律或表现方法。再加上译外国语文,表达上总要受一些限制。诗僧们在写作时受到偈颂这样的影响,也有助于形成浅白、自由的表达风格。寒山诗中说:

> 有个王秀才,笑我诗多失。
> 云不识蜂腰,仍不会鹤膝。
> 平侧不解押,凡言取次出。
> 我笑你作诗,如盲徒咏日。

又说:

> 有人笑我诗,我诗合典雅。

---

① 尚颜《读齐己上人集》。

> 不烦郑氏笺,岂用毛公解。
>
> 不恨会人稀,只为知者寡。
>
> 若遣趁宫商,余病莫能罢。
>
> 忽遇明眼人,即自流天下。

这样的观点,很可以代表当时诗僧们对于形式格律的态度。

诗僧们创作的浅俗,主要表现在语言方面。他们大量以俗语入诗。杜甫数物以"个",噉物曰"喫",很引起后来评论家的激赏;白居易诗"老妪能解",成了文坛佳话。但在通俗化方面,寒山、拾得更为彻底。请看寒山诗:

> 东家一老婆,富来三五年。
>
> 昔日贫于我,今笑我无钱。
>
> 渠笑我在后,我笑渠在前。
>
> 相笑傥不止,东边复西边。

> 我有六兄弟,就中一个恶。
>
> 打伊又不得,骂伊又不著。
>
> 处处无奈何,耽财好淫杀。
>
> ……

> 老翁娶少妇,发白妇不耐。
>
> 老婆嫁少夫,面黄夫不爱。
>
> 老翁娶老婆,一一无背弃。
>
> 少妇嫁少夫,两两相怜态。

这完全是用口头语写世俗情,自有一种"超俗"的表现力,有人读了他的诗,体会到"诗文一事,只是直写胸臆"①。像这样的诗,后来的

---

① 彭际清《跋荆川先生诗卷》,《二林居集》卷八。

文人们往往以鄙俚目之,不承认它们有什么艺术价值,谈起诗僧,
仅承认皎然等二三人。但皎然诗虽比较讲究形式、格律,也是宽于
用律,疏于事典的。他的不少作品也相当浅白。例如有名的《题湖
上草堂》:

> 山居不买剡中山,湖上千峰处处闲。
> 芳草白云留我住,世人何事得相关。

《戏呈吴冯》:

> 世人不知心是道,只言道在他方妙。
> 还如瞽者望长安,长安在西向东笑。

这基本上是直抒胸臆,不加雕饰,所用的比喻也是口语中常用的。
诗僧们这样以俗语入诗,对于表现内容起了积极作用。俗语的浅
显、直截有助于表达的真切。例如澹交以俗体知名,今存诗仅三
首,其《效古》诗:

> 荣辱又荣辱,一何翻与覆。
> 人生百岁中,孰肯死前足。
> 玄鬓忽如丝,青丛不再绿。
> 自古争名徒,黄金是谁禄。

这首诗讽刺世人的贪恋名利,以佛家消极人生观为出发点。但他
却道出了一定的“实情”。又有怀濬,乾宁初在归州,据说是知来识
往,皆有神验,被于姓刺史系结,曾以诗代答:

> 家在闽山西复西,其中岁岁有莺啼。
> 如今不在莺啼处,莺在旧时啼处啼。

> 家在闽山东复东,其中岁岁有花红。
> 而今不在花红处,花在旧时红处红。

如果不顾及传说故事原委,把这些作品看作是思乡诗,音韵和谐,表达委婉,特别是利用民歌的重叠手法,造成了回环往复,一唱三叹的效果。苏轼在岭南所作《被酒独行遍至子云、威、徽、先觉四黎之舍》三首之一:"半醒半醉问诸黎,竹刺藤梢步步迷。但寻牛矢觅归路,家在牛栏西复西",笔法、格调显然都学怀濬。栖蟾有一首《牧童》诗:

> 牛得自由骑,春风细雨飞。
> 青山青草里,一笛一蓑衣。
> 日出唱歌去,月明抚掌归。
> 何人得似尔,无是亦无非。

只是用简单的白描手法,就写出了牧童任运自如的生活。"青山"一联用的是衬托,使人物风神宛然。另外,贯休自称作品是"风调野俗","概山讴之例"①。他诗中有一个特点:多用口语词。这是有意模拟禅师间对答的语气,例如:

> 蝉喘雷干冰井融,些子清风有何益。(《苦热寄赤松道者》)
> 今朝乡思浑堆积,琴上闻师大蟹行。(《听僧弹琴》)
> 近知山果熟,还拟寄来么?(《寄赤松舒道士二首》)
> 眼作么是眼,僧谁识此僧。(《送僧游天台》)
> 白石峰之半,先生好在么。(《怀匡山山长二首》)

齐己也有同样写法:

> 谩为楚客蹉跎过,却是边鸿的当来。(《寄南岳诸道友》)
> 叮咛与访春山寺,白乐天真也在么。(《送僧归洛中》)
> 殷勤避罗网,乍可遇雕鹗。(《黄雀行》)

---

① 贯休《山居诗二十四首序》。

这类例子很多。唐代诗人多有用口语的,但用得这样普遍,还数贯休等人。这对丰富诗的语汇是有积极意义的,也给后代诗歌以至小说、戏曲语言以一定影响。

诗僧们还习惯使用民间文学喜用的比喻、象征以及歇后语、谐音等表现技巧。在这一方面,寒山诗最为突出。例如:

> 我见瞒人汉,如篮盛水走。
> 一气将归家,篮里何曾有。
> 我见被人瞒,一似园中韭。
> 日日被刀伤,天生还自有。
>
> 无衣自访觅,莫共狐谋裘。
> 无食自采取,莫共羊谋羞。
> ……

这些比喻,都很新鲜、生动,因为它们多取自生活实际。用它们来比附一定的社会内容,是很贴切而有表现力的。寒山诗还大量运用谚语、歇后语,如:"黄蘗作驴鞭,始知苦在后。""盲儿射雀目,偶中亦非难。""似聚砂一处,成团也大难。""蚊子叮铁牛,无渠下咀处。""土牛耕石田,未有得稻日。""秤锤落东海,到底始知休。""狗咬枯骨头,虚自舐唇齿。"等等。这样的语言用在诗中,特别显得富有生活气息。皎然、贯休等人的诗中虽然较少利用俗谚之类的口头语言,但仍常常使用民歌那些富于表现力的手法。如贯休《古离别》:

> 离恨如旨酒,古今饮皆醉。
> 只恐长江水,尽是儿女泪。
> ……

这样的诗句想象奇妙,表达得更是清新不俗。

诗僧们的创作在音律上也有突破,就是采用了比较自由的节奏。这与偈颂翻译有关。有些偈颂要讲义理,要容纳外来语音译,都不得不改变中国古代韵文以两个音节为一音步的节奏。中唐的韩孟诗派，以改变诗的音节为造成奇崛诗风的手段之一。有些诗僧创作在这一点上与他们有相一致处。下面举贯休、齐己诗为例。先看贯休：

藏—千寻瀑布，出—十八高僧。

（《怀南岳隐士二首》）

寻—班超传—空垂泪，读—李陵书—更断肠。

（《灞陵战叟》）

田地—更无—尘一点，是何人—合住—其中。

（《再游东林寺作五首》）

腾腾—又入—仙山去，只恐是—青城丈人。

（《道士》）

劚药童—穿—溪罅去，采花蜂—冒—烧烟归。

（《山居诗二十四首》）

扶—尧社稷—常忧老，到—郭汾阳—亦未迟。

（《贺郑使君》）

鹦鹉—才须—归紫禁，真珠履—不称—清贫。武夷山—夹—仙霞薄，螺女潭—通—海树春。

（《送郑阁赴闽辟》）

再看齐己：

茶影中—残月，松声里—落泉。

（《寄江西幕中孙鲂员外》）

青草湖—云阔，黄陵庙—木深。

（《酬洞庭陈秀才》）

鬓—全无—旧黑，诗—别有—新清。

（《喜𦓖公自武陵至》）

欲飞—薝蔔花—无尽，须待—陀罗尼—有功。

（《赠智满三藏》）

> 陶靖节—居—彭泽畔,贺知章—在—镜池边。
>
> (《塘上闲作》)
>
> 岸草短长边—过客,日影红霞里—梦思。
>
> (《荆门寄沈彬》)
>
> 欲倾—琥珀杯—浮尔,好把—茱萸朵—配伊。
>
> (《对菊》)

像这样的诗句,都打破了中国诗一般的音律、节奏,"破坏"了声韵的和谐。但另一方面,则更口语化、散文化了。运用得当,对扩大诗的表现力是有作用的。

应当指出,诗僧们创作风格的浅俗,又有超俗的一面。他们往往是有意摆脱世俗诗作陈陈相因的格调,不仅在内容上要表现宗教徒对生活的特殊理解,在表达上也要标新立异。他们是以浅俗来表矜创、出新风的。他们往往使用一般诗人不屑用、不敢用的词语或句法,作为对日求精严的诗律的一种反动。元、白"新乐府"和他们的其他一些诗,也是以浅俗来创新,与诗僧们的艺术追求有相似之处。而在诗中用"俗",要字句虽俗而内容不俗、风神不俗。这样,内容与形式的矛盾特别给人以强烈的感染。杜甫、白居易之用俗语、口语,就多是如此。可是诗僧中有些人的诗,不仅文字俗,而且内容也是因袭的说教,这就不足取了。叶梦德说:

> 近世僧学诗者极多,皆无超然自得之气,往往反拾掇摹效士大夫所残弃。又自作一种僧体,格律尤凡俗,世谓之"酸馅气"。①

唐代诗僧有些不善用俚俗,只是用未经提炼的俗语表达粗浅庸俗的说教,正是这种"酸馅气"的表现。

在中、晚唐诗坛上,通俗化成为一时风气。除元、白而外,如方

---

① 叶梦得《石林诗话》卷中。

干、郑谷、罗隐等许多人都写了不少通俗诗。而这些人与诗僧往往有较密切的往还。诗僧的创作对他们是有影响的。而从长远角度来看,诗僧在诗的通俗化方面的努力,应说是对中国诗歌史的一个贡献。

四

诗僧在诗歌艺术上的另一个特征,是对诗境的重视。他们努力创造能表现其世界观和人生理想的高度主观的境界。而他们所创造的这种境界在格调上则往往是寒俭偏枯的。

他们对诗境的追求,出于他们的宗教世界观,同时又包含着在这方面的特殊理解。佛教义学的一个中心问题就是对"境"的看法。他们努力论证"外境"是空的,"境"是心造的。佛教原始教义就有所谓"三法印"——诸行无常、诸法无我、涅槃寂静,因而认为世间万物都在生灭流转之中,是变动无居、没有质的规定性的。后来大乘佛教更进一步主张"诸法性空"。禅宗则认为日月星辰、山河大地,万法皆空,皆在自性中。所以,外境是心识的变现,它要随心识的生灭而生灭。佛家的修证,就要达到这样的理解,这叫做我、法双亡,二障(所知障、烦恼障)断灭。那么,写诗,也就要遵循这样的观念:境由心造,外境依于自心,表现自心;要拒斥世俗境界的染污,努力追求更高的"真实",对客观现实取超脱姿态。所以皎然论诗重"取境",又主"造境"。如后来彭际清论绘画说:"夫《楞伽》、《辋川》,同一造意。以意造名,以名召境。了境不住,仅有其名;了名非真,唯有其意;了意无作,忽契本空。"[1]这就论证了由佛

---

① 彭际清《题张君度秋山卷》,《二林居集》卷九。

性本"空"到"意"到"名"到"境"的完全唯心的艺术理论。唐五代诗僧正是努力贯彻这样的认识路线的。于頔称赞皎然是"妙言说于文字,了心境于定慧"①;贯休、齐己都提倡性灵,贯休说:"敢信文章有性灵。"②齐己说:"远忆诸峰顶,曾栖此性灵。月华澄有象,诗思在无形。"③他们重"性灵",也是强调诗思是内心的主观流露。

诗僧们在艺术上追摹两派诗人,一是二李,二是孟、贾。贯休称赞"高适歌行李白诗"④,说"常思李太白,仙笔驱造化"⑤。他自诩"吟狂岳似动,笔落无琼瑰……有时鬼笑两三声,疑是大谢、小谢、李白来。"⑥齐己《读李白集》说:"锵金铿玉千余篇,脍吞炙嚼人口传。须知一一丈夫气,不是绮罗儿女言。"他又说:"长吉才狂李白颠,二公文阵势横前。谁言后代无高手,夺得秦皇鞭鬼鞭。"⑦他的《读李贺集》说:"赤水无精华,荆山亦枯槁。玄珠与虹玉,璨璨李贺抱。"他们称赞孟、贾的诗前已见引述,兹不赘。对于二李,诗僧们在精神上与之本相距甚远,只有少数人如贯休学得些豪放形迹。他们之所以推重,主要是基于二人创作具有强烈主观性,这也是浪漫主义诗人的特色。至于推重孟、贾,则是由于创作内容与表达上都有相通之处。

诗僧们写境,往往不是写实,而是写心。外境只是主观世界的依托,是它的譬喻和象征。如皎然《舟行怀阎士和》:

　　　　二月湖南春草遍,横山渡口花如霰。

　　　　相思一日在孤舟,空见归云两三片。

————————

①于頔《释皎然杼山集序》,《全唐文》卷五四四。

②贯休《寄匡山大愿和尚》。

③齐己《夜坐》。

④贯休《睿光大师草书歌》。

⑤贯休《古意九首》。

⑥贯休《山中作》。

⑦齐己《谢荆幕孙郎中见示乐府歌集二十八字》。

这首诗情景交融,以景托情。飘荡的孤舟实际象征身世不定的诗人自身,而两三片随意舒卷的归云,则是任运自然的人生的譬喻。杜牧说"闲爱孤云静爱僧",僧与白云关系特别密切。僧诗如皎然作品多写到白云,主要是一种主观情志的喻托而已。再如《寻陆鸿渐不遇》:

> 移家虽带郭,野径入桑麻。
> 近种篱边菊,秋来未着花。
> 扣门无犬吠,欲去问西家。
> 报道山中去,归时每日斜。

这里写陆鸿渐,完全使用烘托。诗中的意象主要出自陶诗。但陆鸿渐虽是隐士,是否种桑、爱菊,住处是否有就荒的三径,很值得怀疑。诗人只是把几个表现自己情意的片断拼凑起来,给他称赞的人物制造了一个意想的环境。用诗人自己的话说:"如何万象自心出,而心淡然无所营。""盼睐方知造境难,象忘神遇我笔端。"①他是要凭主观来"造境"的。

诗僧灵一的诗"思入无间,兴含飞动"②,善于创造人境具夺之境。高仲武评论他说:

> 自齐、梁以来,道人工文多矣,罕有入其流者。一公乃能刻意精妙,与士大夫更唱迭和,不其伟欤?如"泉涌阶前地,云生户外峰",则道猷、宝月曾何及此。③

这里举他的《宿灵洞观》④为例,全诗是:

> 石室因投宿,仙翁幸见容。
> 花源隔水见,洞府过山逢。

---

① 皎然《奉应颜尚书真卿观玄真子置酒张乐舞破阵画洞庭三山歌》。
② 独孤及《唐故扬州庆云寺律师一公塔铭》,《毗陵集》卷九。
③ 高仲武《中兴间气集》卷下。
④ 一题《宿天柱观》。

> 泉涌阶前地，云生户外峰。
> 中宵自入定，非是欲降龙。

这样的景象多出于联想，花、洞、泉、云等未必全为实有，只是按主观意念掇合在一起，构成一个情境而已。同样，如《酬陈明府舟中见赠》：

> 长溪通夜静，素舸与人闲。
> 月影沉秋水，风声落暮山。
> 稻花千顷外，莲叶两河间。
> 陶令多真意，相思一解颜。

这首诗所写时间、景物，显然是拼凑的，并非全是实境，可是意境是生动的。

吕温戏灵澈诗说：

> 僧家亦有芳春兴，自是心源无滞境。
> 君看池水湛然时，何曾不受花枝影。①

这说明诗僧们也是人，对外境也会有亲切的感受。他们用主观的"造境"的方法来表现，也写出了不少情真意切、形象生动的作品。如子兰《蝉二首》之一：

> 独蝉初唱古槐枝，委曲悲凉断续时。
> 雨后忽闻谁最苦，异乡孤馆忆家时。

可止《小雪》：

> 落雪临风不厌看，更多还恐蔽林峦。
> 愁人正在书窗下，一片飞来一片寒。

这些咏物诗，其用意都不在刻画物态，而颇能写出感于物的人的心境。"独蝉"与"古槐"相映衬，雪片一片片飞来，是"造境"的妙笔。

---

① 吕温《戏赠灵澈上人》，《吕衡州集》卷一。

贯休写过一些农村田园题材的诗,《春野作五首》之一:

> 山花雨打尽,满地如烂锦。
>
> 远寻鹧鸪雏,拾得一团蕈。

《怀邻叟》:

> 桔槔打水声嘎嘎,紫芋白薤肥蒙蒙。
>
> 鸥鸭静游深竹里,儿孙多在好花中。

这写的是安乐和平、生机盎然的田园生活。这种场景是主观的,甚至可以说是对现实情形的歪曲,但诗人正是运用这种主观的境界来表达自己的人生理想和洒脱心情的。

诗僧们对境界的这种主观态度,不能不带来一些比较严重的局限。第一,如范晞文说过:

> 唐诗僧除皎然、灵澈三两辈外,余者率皆衰落不可救,盖器宇不宏而见闻不广也。①

这里肯定皎然、灵澈,实际上就见闻不广一点来说,皎然、灵澈也不例外。僧侣的生活条件到底给他们一些限制。闻见不广也是他们创作态度流于主观的主要原因之一。诗歌境界的深广程度不够,是诗僧艺术上的致命伤。第二,他们创作态度主观,就必然流于单调。刘禹锡说过:

> 自近古而降,释子以诗名闻于世者相踵焉。因定而得境,故翛然以清;由惠而遣辞,故粹然以丽。②

黄宗羲则说:

> 诗为至清之物。僧中之诗,人境俱夺,能得其至清者。故

————————————

① 范晞文《对床夜话》卷五。

② 刘禹锡《秋日过鸿举法师院便送归江陵》诗序,《刘宾客文集》卷二九。

　　可与言诗,多在僧也。齐己云:"五七字中苦,百千年后清。"此
之谓也。①

这是从肯定角度讲的。诗僧们努力创造超脱的"高"、"逸"、"闲"、
"静"的境界,结果不可避免地导致单调、空疏,没有唐代诗坛上那
种恢宏高昂、气象万千的风貌。第三,由于创作态度主观,又缺乏
生活,因此多用象征、比喻手法,而用以比喻的往往是白云、野鹤、
青松、翠竹等几种固定的物象。盛唐时任华说到僧人诗:"镜湖秋
月,当见色空,稽山片云,能引诗兴。"②诗僧们往往取相似的态度。
这样创造出的境界,也多难于达到浑成完整,以至是片断的主观任
意的拼凑。第四,诗僧作为宗教徒,也要用诗来宣传教义。他们用
诗来谈禅,结果坠入理障。有时形象化的景物不过是禅理的图解;
又有时在境象之外加上一些说教,使得诗味索然。

　　诗僧们学孟郊、贾岛以及姚合,与他们所追求境界的狭隘寒
俭相关联。尚颜表示自己是"矻矻被吟牵,因师贾浪仙"③;欧阳
修说:

　　　　唐之诗人,类多穷士。孟郊、贾岛之徒,尤能刻篆穷苦之
　　言以自喜。④

张文潜也说:

　　　　唐之晚年,诗人类多穷士,如孟东野、贾浪仙之徒,皆以刻
　　琢穷苦之言为工。⑤

孟、贾等人生活面都较窄,气宇又不宏阔,因此在写诗上流于寒瘦。

————————

①黄宗羲《平阳铁夫诗题辞》,《南雷文约》卷四。
②任华《送虔上人归会稽觐省便游天台山序》,《全唐文》卷三七六。
③尚颜《言兴》。
④欧阳修《试笔·郊岛诗穷》。
⑤见胡仔《苕溪渔隐丛话》前集卷一九。

他们特别在一些琐细景物上用功夫，写出一些卑微渺小的体验。在这一点上，诗僧们与他们相似。这里仍举贯休、齐己诗为例。贯休：

侵云收谷粟，引蚁上柑橙。（《秋末怀旧山》）
穿霞逢黑鸩，乞食得红姜。（《春送禅师归闽中》）
乳鼠穿荒壁，溪龟上净盆。（《桐江闲居作十二首》）
老猨寒披衲，孤云静入厨。（《离乱后寄九峰和尚二首》）
朔云含寒雨，枯骨放妖光。（《古塞上曲七首》）
石罅青蛇湿，风榧白菌干。（《秋怀赤松道士》）
印缺香崩火，窗疏蝎吃风。（《寄怀楚和尚二首》）

齐己：

乱蛩鸣白草，残菊藉苍苔。（《期友人》）
篱声新蟋蟀，草影老蜻蜓。（《新秋雨后》）
艳冶翻丛蝶，腥膻地聚蝇。（《酬元员外见寄八韵》）
草媚终难死，花飞卒未蔫。（《夏日林下作》）
汀蝉含老韵，岸荻簇枯声。（《浙江晚潮》）
好鸟亲香火，狂泉喷穴寥。（《怀天台华顶僧》）
瓦滴残松雨，香炉匝印文。（《题明公房》）

如此等等，他们不只写蝉、蝶、蜂、蝇，而且写蛇、虱、蚁、蝎；所写环境有荒壁、青藓、断堑，更有狂鱼、老猨、乳鼠……诗人极力苦思冥搜，创造出奇僻的境界。其中不乏细密的观察、新奇的想象，但所表现的景象太细碎卑微，不仅难以体现社会意义，而且在审美上也不能给人以美的感受。他们“力争一字新”①，结果走入了邪路。其他人也有相似情形，如处默《萤》诗：

①齐己《赠孙生》。

> 熠熠与娟娟，池塘竹树边。
>
> 乱飞如拽火，成聚却无烟。
>
> 微雨洒不灭，轻风吹欲燃。
>
> 昔时书案上，频把作囊悬。

这首诗描写得很细致，但犹如一篇诗谜。澹交《病后作》：

> 病肠犹可洗，瘦骨不禁寒。
>
> 乐少心神饵，经无气力看。

黄彻引用过欧阳修诗："堪笑区区郊与岛，萤飞露湿吟秋草。"①诗僧诗的偏枯更加严重。

前面提到诗僧通俗诗有格律自由的特点，另一方面有些人又颇能炼字造句。他们是一些"有闲"人，所以也有可能在推敲字句上下功夫。"诗格"一类作品多出于僧人之手，也是这个道理。例如寒山诗：

> 城中娥眉女，珠珮何珊珊。
>
> 鹦鹉花前弄，琵琶月下弹。
>
> 长歌三月响，短舞万人看。
>
> 未必长如此，芙蓉不耐寒。

这首诗立意、造语都精工新颖。据说朱熹曾录写此诗，游潜认为"鹦鹉"一联"虽诗人或未能易"②。

另外，灵澈《芙蓉园新寺》诗有句云："经来白马寺，僧到赤乌年。"《滴汀州》云："青蝇为吊客，黄耳寄家书。"刘禹锡以为"可谓入作者阃域，岂独雄于诗僧间邪？"③无可《秋寄从兄贾岛》中有"听雨

---

① 黄彻《䂬溪诗话》卷四。

② 游潜《梦蕉诗话》。

③ 刘禹锡《澈上人文集记》。

寒更尽，开门落叶深"一联，被称为"象外句"①。可朋《赋洞庭》中有"水涵天影阔，山拔地形高"之句，欧阳炯以为可比孟郊、贾岛②，实际可追孟浩然、杜甫咏洞庭名句。贯休《怀武昌故楼》诗说："风清江上寺，霜洗月中砧。"《闲居诗话》以为"清新彻骨可传"③。齐己《早梅》诗："万木冻欲折，孤根暖独回。前林深雪里，昨夜一枝开。"更是传诵古今的善于炼字的名句。诗僧们在这方面的艺术经验，是有可取之处的。

　　诗僧是中国文学史上的一个不可忽视的现象。他们是畸形的人物，因而在艺术上也带有畸形的特征。我们研究唐诗，应给这些人以一定的位置。经过分析、批判，他们的某些艺术经验应当给以总结、承认。当然，宗教唯心主义的影响还是要加以认真批判的。

------

①蔡居厚《诗话》，转引郭绍虞《宋诗话辑佚》。
②计有功《唐诗纪事》卷七四。
③阮阅《诗话总龟》前集卷一一。

论皎然《诗式》

研究唐诗史和唐代文学批评史，皎然《诗式》是一部值得重视的著作。胡震亨在论及唐代诗格、诗论一体作品时说：

> ……惟皎师《诗式》、《诗议》二撰，时有妙解。余如李峤、王昌龄、白乐天、贾岛……诸撰，所论并声病对偶浅法，伪托无疑……①

今天看来，《诗式》中不仅那些关于诗歌创作、风格以及历代创作评论的"妙解"，值得探究、分析，而且它把佛家的宇宙观和认识论较系统地引用来论诗，对后代的诗歌理论与实践产生了深远影响，更是值得注意的。以下仅就这后一方面，略做分析。

一

皎然，盛、中唐之际人，主要活动在大历、贞元时期。他有《效古》诗，题下注明写于"天宝十四年"；又有《答李侍御问》诗，有句

---

① 《唐音癸签》卷三二《集录》三。

云:"入道曾经离乱前,长千古寺住多年。"①"离乱"指"安史之乱"。又据于頔《释皎然杼山集序》,贞元八年壬申(792)集贤殿御书院征其诗集,他仍然在世②;而福琳《唐湖州杼山皎然传》,记载元和四年(809)范传正、灵澈曾过其旧院哀悼③。这些材料,可以大致确定他的年代④。

　　记载皎然生平的资料除福琳《传》外,还有赞宁的《宋高僧传》。但后者系抄摄前者。福琳,元和年间人,距皎然时代不远,所述可信。皎然名清昼,姓谢氏,长城(今浙江长兴县)人,出身东晋巨族谢氏,早年登坛受戒于杭州灵隐寺,曾游历京师、诸郡。大历以后,长期居住在湖州,晚年居于乌程县杼山妙喜寺。曾与李华、颜真卿、严维、韦应物、皇甫曾、梁肃以及诗僧灵澈等人交游,一时有盛名于文坛,被时流所推重。他淹通经教,精于禅观,传承不详。从文字看,当属禅宗⑤。著有《儒释交游传》和《内典类聚》等四十卷,可见其佛学素养。他同时又深通外典,福琳《传》称其"子史经书,各臻其极"。颜真卿为湖州刺史⑥,集诸文士撰《韵海镜源》⑦,他是参与者之一。他形容颜所主持编纂的这部书是"外史刊新韵,中郎定古文。菁华兼百氏,缣素备三坟"⑧,他能参与这一工作,可见其

---

①以下引用皎然诗文,诗出《全唐诗》卷八一五——八二一,中华书局 1960 年排印本;文据《全唐文》卷九一七——九一八,原刊本。《诗式》据陆心源皕宋楼《十万卷楼丛书》五卷本。只注篇目,不另注版本、卷次。

②见《全唐文》卷五四四。

③同上书,卷九一九。

④《灵隐寺志》记载皎然终于永贞初,永贞仅一年(805);福琳《传》载"贞元年终山寺"。陈垣《释氏疑年录》卷四定卒于贞元初,时间偏早。

⑤《景德传灯录》卷一八有雪峰门下皎然,别是一人。

⑥据留元则《颜鲁公年谱》(《颜鲁公文集》附录),其为湖州刺史在大历八年(773)到大历十二年(777)间。

⑦《新唐书》卷五七《艺文志》甲部经录小学类:"颜真卿《韵海镜源》三百六十卷。"

⑧《奉陪颜使君修〈韵海〉毕东溪泛舟饯诸文士》。

外学素养之广博。今存《杼山集》十卷(《全唐诗》编为七卷)。其诗
在唐代大家辈出的诗坛上,虽难以与诸名家齐驱并驾,但其闲淡自
如处,亦别具一格。《全唐文》中存文二卷。再就是理论著作《诗
式》和《诗议》等。

　　福琳《传》曾评述其《诗式》写作经过,并言及贞元五年李洪为湖
守,见其草本,"一览而叹曰:'早年曾见沈约《品藻》、慧休《翰林》、庾
信《诗箴》,三子所论,殊不及此。'"《新唐书》卷六〇《艺文志》著录"昼
公《诗式》五卷,《诗评》三卷";《直斋书录解题》卷二二著录"《诗式》五
卷,《诗议》一卷";《文献通考》卷二四九、《唐音癸签》卷三二所载与
《直斋书录解题》同。现存《诗式》有一卷本和五卷本。一卷本原附
《杼山集》后,后录出别行。对这个本子,清四库馆臣评论说:

　　　　考陈振孙《书录解题》载"《诗式》五卷、《诗议》一卷,唐僧
　　皎然撰,以十九字括诗之体"。此本既非五卷,又一十九体乃
　　末一条,陈氏不应举以概全书。陈氏又载"正字王元《拟皎然
　　十九字》一卷",使仅如今本一条,则不能拟为一卷矣。殊参差
　　可疑……疑原书散佚,而好事者摭拾补之也。①

这个判断是有道理的。后出五卷本亦应非原编。全书组织驳杂无
统序,根据其总序,原书是以"名篇丽句"示诗式,而现存本第一卷
基本是议论,以下各卷也间杂以议论和评论,而这些议论的安排又
没有规律;第一卷后半插入《中序》,第三卷前面的《论卢藏用陈子
昂集序》,更不合体例。再者,第五卷末尾录杨凌、徐凝诗,时代都
过于靠后。杨凌约卒于贞元四年②,皎然引他的诗还有可能;徐凝
是元和诗人,已与皎然不相及。又《四库总目》所说《书录解题》记
载的"以十九字括诗之体"那句话,本在《诗式》、《诗议》两书题目之
下,很可能原是《诗议》的内容。近人论定今存《诗议》一卷是抄摄

_____

①《四库全书总目》卷一九七《集部·诗文评类存目》。
②见拙作《柳宗元传论》第85页,人民文学出版社1982年版。

辑佚之作①，又怀疑《诗议》、《诗评》原本一书。从今存《诗式》五卷本的内容看，恐系杂取《诗式》、《诗议》、《诗评》佚文编撰而成。而从内容和体例分析，大体应能反映皎然诗论的概貌②。

据《诗式·中序》和福琳《传》，此书是多年精思论撰的成果，后在湖州长史李洪鼓励下由同邑词人吴德秀编录。皎然自诩此书可"使无天机者坐致天机"，他在这里指点了写诗的要义与门径。所以，皎然的论述重点不在枝枝节节的技法，也不是一般地评古论今。他试图提出一套系统的理论主张。了解这一点才能够正确认识《诗式》。下面，就根据今存五卷本《诗式》粗略勾稽皎然诗论的几个要点。

二

皎然论诗，重"取境"。意境说是他的理论的一个核心。《诗式·辨体有一十九字》条一开头就说：

> 夫诗人之思初发，取境偏高，则一首举体便高；取境偏逸，则一首举体便逸……

可见他把诗人的"取境"视为创作成败的关键。他又专立"取境"一条，以说明其要领。在他的诗中，也常常写到"意"、"境"，许多处关联到诗境理论的阐发。

作为佛教徒的皎然，是有意识地运用佛家的唯心主义世界观和认识论来阐明诗歌理论、指导诗歌创作的。他评论其先祖谢灵运，认为他"性颖神彻，及通内典，心地更精，故所作诗，发皆造极，

---

① 见罗根泽《中国文学批评史》第 2 册第 39 页，古典文学出版社 1957 年版。
② 今存《诗议》一卷，见敦本堂《诗学指南》卷三。同书又有《评论》一卷。

得非空王之道助耶?"①他关于"取境"的观点,正有取于佛说,主要取自法相唯识一派的认识论。

许多研究者已经指出,在六朝人文章中已出现了"境"这一概念,并追索它出于佛典②。但是,从佛学思想发展史及其影响的角度看,虽然"境"、"界"、"境界"都是原始佛教即有的概念,并早已传译到我国,然而直到世亲、无著、陈那、法称等一派大乘唯识学者出来,才系统地发展出"万法唯识"的观点,论证了"外境"空的理论。这一派的重要理论著作如弥勒的《瑜伽师地论》、无著的《显扬圣教论》、世亲的《唯识三十论》、护法等的《成唯识论》等主要是玄奘传译的。正是依据这些典籍,才成立了中国的慈恩宗即唯识宗(法相宗)。皎然的"取境"说在这样的理论基础上建立起来,具有它独特的理论内容。因此可以说,第一个在中国文学批评史上提出并发挥了"意境"说的是皎然③。

佛家把色、声、香、味、触、法这些认识对象叫"六境",由于认为它们能像尘埃那样沾污人的意识又叫"六尘";又把眼、耳、鼻、舌、身、意这些认识器官或认识功能叫"六根";运用"六根"缘虑"六尘"就是"六识"——眼识、耳识、鼻识、舌识、身识、意识。以上统称"十八界"。这就是"境"、"界"或"境界"的本来的含义。关于外境的空有,是佛家各派争论的主要问题,这里不容细叙。按照苏联著名佛学家舍尔巴茨科伊的分析,佛学理论大致经由论证"我空"(原始佛教)到"法空"(大乘空宗,以龙树为代表)到"外境空"(瑜伽行派,以

---

① 《诗式·文章宗旨》。

② 例如敏泽《中国文学理论批评史》上册第 136—137 页,人民文学出版社 1981 年版。

③ 在六朝时,"境"的概念已输入画论和书论。在皎然以前,以"境"评诗的,已有殷璠《河岳英灵集》("〔王〕维诗词秀调雅,意新理惬,在泉为珠,着壁成绘,一句一字,皆出常境")和高仲武《中兴间气集》("袁州自振藻天朝,大收芳誉……又'禅心超忍辱,梵语问多罗',设使许询复出,孙绰复生,穷极笔力,未到此境")等。但他们是在"境地"、"境况"的含义上使用这个词的。

无著、世亲等为代表)三个阶段。"糅译"了护法等印度十大唯识论师注释世亲《唯识三十论》的《成唯识论》认为：

> 外境随情而施设故非有如识，内识必依因缘生故非无如境。
> 境依内识而假立故唯世俗有，识是假境所依事故亦胜义有。①

这就是说，外境是变动不居、无自性的，是依识"假立"的，虽然从"俗谛"即从世俗观点看它"有"，实际上只是"施设"，从"胜义谛"即佛的智慧看来，唯有识才是真实的。这样，在法相唯识学说看来，一方面，是"内识转似外境"②；另一方面，识托根依境而生，"了别境名，转识还生"③。外境只能依存于识而显现，而它既经产生又会转变为新的"识"。古印度著名佛教哲学家创立"见分"、"相分"之说，如眼识等每一个识体都有"能缘"即能知的一面，这叫做"见分"；又有"所缘"即被知的一面，这叫做"相分"。人的认识就是以自己的"见分"去缘虑自己的"相分"。到了陈那，把这种理论加以发展，又提出识体还有一个"自证分"，它统摄见、相二分，证知"见分"与"相分"的存在。这样，"境"不过是"相分色"，是意识的功能和产物。所以世亲说：

> 是诸识转变，分别、所分别，
> 由此、彼皆无，故一切唯识。④

这里，分别指"见分"、所分别指"相分"、"无"指它们无自性，都依识而存在。又说：

> 由一切种识，如是如是变。

①护法等著、玄奘译《成唯识论》卷一。
②《成唯识论》卷一。
③世亲著、玄奘译《大乘五蕴论》。
④世亲著、玄奘译《唯识三十论》。

> 以展转力故,彼彼分、分别。①

这就是说,由于"识"的变现,才分出了"分别"和"所分别"。由此可见,法相唯识之学中所谓"境"是依识而存在的,属于意识的一部分。这种"境"无自性、无实体,所以得出"外境空"的结论。了解这一点,才能正确认识皎然"取境"说的含义和实质。

有些研究者一看到古人讲"境",就以为指的是包含着深厚意蕴的客观景物。这是一种"现代化"的理解。如果用这种解释来认识皎然所谓"取境",更是谬之千里。皎然讲"取境",指的是人在创作过程中的主观认识活动;他所谓的"境",从根本讲,不是客观实在的反映,而是主观缘虑的产物。

皎然在《诗式》中说:

> 彼天地、日月,元化之渊奥,鬼神之微冥,精思一搜,万象不能藏其巧。②

这里强调的是精神的"精思",但还没有明确说出这种"精思"与"万象"孰为第一性。然而他又说:

> 诗人意立变化,无有倚傍,得之者悬解其间。③

"悬解"一语出《庄子》内篇《养生主》:"适来夫子时也,适去夫子顺也。安时而处顺,哀乐不能入也,古者谓是帝之县解。""县"与"悬"通。郭注:"冥情任运,是天之县解也。"④皎然在这里提出诗人立意无有依傍,得之悬解,则完全肯定它是主观精神的产物。皎然诗中经常写到境,有些如"胜境"、"幽境"以至"月境"等等,是一般的常识的用法,说的是一种境况;但另一些时候,则涉及到对意识与外

---

① 世亲著、玄奘译《唯识三十论》。
② 《诗式·总序》。
③ 《诗式·立意总评》。
④ 王先谦《庄子集解》卷一。

境关系的认识,就与他的"取境"说有关了。在这些地方,他运用的是唯识的外境理论。例如他写道:

积疑一念破,澄息万缘静。
世事花上尘,惠心空中境。①

这里的"万缘"指所缘虑的万物。他的意思是:一动正念破除了积久存在的惑心,那么天地万物都排斥在意识之外,惠心中就会体验到一种空寂澄明的境界。他又说:

如何万象自心出,而心淡然无所营。②

这是谈绘画艺术的。"营"是攀缘意,"无所营"即指内心对外物无所缘虑。他断定"万象"得自心中。同样的例子还有。例如也是谈绘画的:

吾知真象非本色,此中妙用君心得。
苟能下笔合神造,误点一点亦为道。③

这里的"色"指"事物","非本色"即不是事物的本来面目。他强调绘画中表现的"象"不是物象本身,应是一种"真象",是画家得之于心的。不仅在创作中如此,人们认识客观景物亦是如此。如他说:

石语花愁徒自诧,吾心见境尽为非。④

逸民对云效高致,禅子逢云增道意。
白云遇物无偏颇,自是人心见同异。⑤

---

①《白云上人精舍寻杼山禅师兼示崔子向何山道上人》。
②《奉应颜尚书真卿观玄真子置酒张乐舞破阵画洞庭三山歌》。
③《周长史昉画毗沙门天王歌》。
④《酬秦系山人题赠》。
⑤《白云歌寄陆中丞使君长源》。

这样,人们所赏的花,所看的云,并不是客观的花与云的主观反映,而是人们心造的幻象。由此可见,皎然所说的"境"是心造的,是法相唯识之学中的那个"相分色",或叫做"所缘缘"①。

皎然又说:"性起之法,万象皆真。"②他所取的"境",所要表现的"万象",又与佛家的"法性"、"真如"、"佛性"等等即体现了永恒不变的"绝对真实"相通。他常常说到"灵境"、"真界"、"真性"等等,都不过是佛家那种精神的体现。在他看来什么是最好的"境"呢?他有诗句说:

> 境净万象真,寄目皆有益。
> 原上无情花,山中听经石。

自注云:"圣教意:草木等器世间,虽无情而理性通。又云,郁郁黄花,无非般若,是其义。"③这里说草木等无情物都有佛性,用的是天台宗和禅宗的理论④。皎然认为真正澄净的"境"应在花、石等万象中体现出"真"来。这个"真"实际是"真如"、"法性"的代词。他在同一首诗的下面又说:

> 伊余战苦胜,览境情不溺。
> 智以动念昏,功由无心积。

他认为要战胜俗情,揽取真境,一动俗念则会使智慧昏迷,只有"无心"即"净心"才能积累起获取正智的功能。他把人们对客观事物的正常感受和认识叫做"幻情"、"俗情"。他认为现实的"万象"只

---

① "缘",指缘生的条件;"所缘",指所缘虑的对象。"所缘缘"是"四缘"之一,指所缘虑的对象又作为缘生的条件而存在。
② 《诗式·复古通变体》。
③ 《苕溪草堂自大历三年夏新营泊秋及春弥觉境胜因纪其事简潘丞述汤评事衡四十三韵》。
④ 湛然倡"无情有性",见《金刚錍》。"郁郁黄花"句为慧海禅师语,见《景德传灯录》卷二八。

能扰乱人们的意识,要"离幻求真",就要"不动念"。他说:

> 幻情有去住,真性无离别。①

> 万法出无门,纷纷使智昏。
> ……
> 须知不动念,照出万重源。②

所以,他所说的"境"不过是那种冥心静虑,轻安愉悦的"禅境"。这也就决定了他那种"独鹤天边俱得性,浮云万世共无情"③,"从遣鸟喧心不动,任教香醉境常冥"④的人生态度和创作态度。

皎然讲诗歌创作要"四不"、"四深"⑤等等,对诗歌的意境和技巧确实有所发明。但正如前人已指出的,"皎然所最推崇者,则是'高'与'逸'两种"⑥,他有诗述志说:

> 山居不买剡中山,湖上千峰处处闲。
> 芳草白云留我住,世人何事得相关?⑦

这就道出了他作为佛教徒离尘超俗的人生哲学。用这种态度来写诗,他常常描写的是孤鹤、青松、行云、流水,极力表现远离人间烟火的超脱心境(这并不是说他没有反映某些现实内容的作品)。由此,也可以看出他"取境"说的唯心主义本质。

---

① 《答道素上人别》。
② 《禅诗》。
③ 《寻天目徐君》。
④ 《同李著作纵题尘外上人院》。
⑤ "诗有四不:气高而不怒,怒则失于风流;力劲而不露,露则伤于斤斧;情多而不暗,暗则伤于拙钝;才赡而不疏,疏则损于筋脉。诗有四深:气象氤氲,由深于体势;意度盘礴,由深于作用;用律不滞,由深于声对;用事不直,由深于义类。"
⑥ 罗根泽《中国文学批评史》第 2 册第 42 页。
⑦ 《题湖上草堂》。

三

皎然在具体创作心理的分析上，又强调内识的"作用"，对于创作活动的主观方面相当重视，有所发挥。

他把佛教认识论中的"量"的概念引入诗歌理论，提出：

> 彼清景当中，天地秋色，诗之量也；庆云从风，舒卷万状，诗之变也。①

量，在古印度哲学中是标准、尺度的意思。认识事物的标准叫做"量"。辩论中立一个论题也叫做立"量"。皎然说"诗之量"是清景当中，天地秋色，用这种比喻生动地说明了诗的形象性的特征；而诗的表现又如浮云变幻，没有常规。

他又把佛家"作用"的概念用来论诗。立"诗之量"要"作用"。按佛家对事物的分析，"因缘造作名'为'，色、心等法从因缘生。有彼'为'故，名为'有为'"②。一切有为法的生、住、异、灭就称为"作用"，又分"从此世往他世作用，种子任持作用，结生相续作用等"③。唯识是很重视这个"作用"的，"谤作用"是一种妄见。"量"是心理活动，也是"有为法"之一，也体现作用。"量"分为"现量"和"比量"。现量即知觉，是感觉器官对"自相"（个别、特殊）的直接反映，按《因明正理门论》说：

> 此中现量，除分别者，谓若有智于色等境，远离一切种类

---

① 《诗式·文章宗旨》。
② 普光《俱舍论记》卷五。
③ 安慧著、地婆诃罗译《大乘广五蕴论》。种子，即习气、潜能，"阿赖耶识"中储藏的形成各种现象的精神因素。

名言,假立无异诸门分别,由不共缘现现别转,故名现量。①

产生"现量"时"智"对于外境不用概念(名言)、判断(分别)等逻辑思维,这是一种直觉意识的活动。比量是在现量基础上的推理论证,这是对共相、一般的认识,按《因明正理门论本》说,比量是"因生"的。

> 余所说"因生"者,谓智是前智,余从如所说,能立生因,是缘彼义。②

即是说在已有的认识(前智)的基础上,由一定的论据(因)、通过思虑(缘)得出的认识,叫比量。现量和比量产生,就体现在"作用"。所以《因明入正理论》说:

> 于二量中,即智名果,是证相故。如有作用,而显现故,亦名为量。③

这段话过于简括艰深,玄奘弟子窥基给予解释说:

> 彼之境相于心上现,名而有显现。假说心之一分名为能量。云如有作用,既于一心以义分能、所故。量果又名为量。或彼所量,即于心现,不离心故,亦名为量。以境亦心,依二分解。④

这段话大意是说:外境在心上显现,心中有一分"见分"是"能量",它有了"作用",才能分出"所量"即"见分"。这样才得出了"量果",也叫"做量"。这"所量"也就是心上显现的"境",也是"心"的一部分。所以他后面又说:

> 今者大乘依自证分,起此见分取境功能,及彼相分为境生

①② 陈那著、玄奘译《因明正理门论本》。
③商羯罗主著、玄奘译《因明入正理论》。
④窥基《因明入正理论疏》卷下。

　　识，是和缘、假如有作用，自证能起，故言而显现。

这又明确指出，由于有了见、相二分才和合了因缘、假有，由识取境，由境生识，这都有自证分的"作用"。所以，内识中的"见分"缘虑"相分"，显现出外境；作为"相分色"的外境又成为"所缘缘"而产生新的意识，这都要"自证分"起作用来显现。皎然既讲"诗之量"，也要强调这种"作用"。这是指创作中缘虑取境的心理活动，或可用现代语言称之为艺术构思。

　　皎然在《诗式·总序》中说：

　　　　……精思一搜，万象不能藏其巧。其作用也，放意须险，定句须难，虽取由我衷，而得若神表。

他讲"诗有四深"其一是：

　　　　意度盘礴，由深于作用。

他在《池塘生春草明月照积雪》条中说：

　　　　夫诗人作用，势有通塞，意有盘礴。

他有诗句说：

　　　　诗情聊作用，空性惟寂静。①

他这样重视"作用"，表明他虽追求寂静高逸的境界，要求内心的澄净，并不废积极的思维。佛家讲禅定，求清静，但并不赞成"灭尽定"，而把昏沉无心视为随烦恼②。皎然强调"作用"，与这种精神也是相一致的。

　　皎然用这种观点，确定了评价诗的五格。他的《辨体有一十九字》提出了诗的标准，达到这个标准的程度则体现在五格之中。五

————————

①《答俞校书冬夜》。
②随根本烦恼而起的放逸、懈怠等称随烦恼，包括昏沉。详世亲著、玄奘译《大乘五蕴论》。

格的核心就看有无"作用"。

第一格是"未有作用"的"不用事",这是"格情并高"的"上格"、"逸品"。他说:

> ……五言周时已见滥觞,及乎成篇,则始于李陵、苏武。二子天予真性,发言自高,未有作用。《十九首》辞义精炳,婉而成章,始见作用之功。①

他推崇传为李、武诗是一片天真,未见作用,把它们看作天性的流露,超出一切名言分别之外。"未见作用"不是没有作用,而是作用在浑融一体中未见显现出来。从"量论"的观点看,"现量"是超离名言概念的。"现量"不必借助语言。"不用事"可以说是以"现量"作诗。后来王夫之也提倡过"现量"作诗:

> "僧敲月下门",只是妄想揣摩,如说他人梦,纵令形容酷似,何尝毫发关心?知然者,以其沉吟"推"、"敲"二字,就作他想也。若即景会心,则或推或敲,必居其一,因景因情,自然灵妙,何劳拟议哉?"长河落日圆",初无定景;"隔水问樵夫",初非想得,则禅家所谓"现量"也。②

他要求"即景会心"、"自然灵妙",与皎然"不用事"的精神相一致。从皎然的整个论述看,他把这看作是创作的理想境地,在当时的现实中已不可能达到了。不过这里有一个矛盾,既然未见作用,也就离开了名言分别,也就不应有诗。皎然解决不了这个矛盾。这正如自诩"教外别传"、"不立文字"的南宗禅也要著书说法斗机锋一样。

第二格是"作用事",这是皎然对创作的实际要求。他非常赞扬先世谢灵运:

---

① 《诗式·李少卿并古诗十九首》。
② 《姜斋诗话》卷二。

> 尝与诸公论康乐为文，真于情性，尚于作用，不顾词采而风流自然。①

他所谓"作用事"，意为以"作用"用事。他对"用事"有特殊的理解。他说："以征古为用事，不必尽然也。"②虽然用了事典，"借此成我诗意，非用事也"③。可以这样理解，他不把利用名言事典，借助比拟和推理来作诗叫"用事"。以"作用"用事就是要发挥主观思维的缘虑功能。从另一角度看，这也是要求诗人的主观意识与诗的材料统一起来。

第三格是"直用事"，就是缺乏情致的用事。第四格是"有事无事"，意为用事如不用事，完全是搬弄典故概念，没有实际内容。第五格是"有事无事情格俱下"。这三格等而下之，其缺陷就在没有"作用"。

用这种有无"作用"的观点来观察诗歌发展史，评价诗人及其作品，皎然得出了与当时流行的观念完全不同的认识。例如，对于六朝诗，自从陈子昂大倡诗歌"复古"，提出"文章道弊五百年矣，汉、魏风骨，晋、宋莫传……齐、梁间诗，彩丽竞繁，而兴寄都绝"④。此后文坛上对六朝诗大抵持否定态度。例如贾至说：

> 三代文章，炳然可观。自骚人怨靡，扬、马诡丽，班、张、崔、蔡、曹、王、潘、陆，扬波扇飙，大变风格，宋、齐、梁、隋，荡而不返……⑤

独孤及说：

> 自典、谟缺，雅、颂寝，世道陵夷，文亦下衰，故作者往往先

---

①《诗式·文章宗旨》。
②《诗式·用事》。
③《诗式·语似用事义非用事》。
④陈子昂《修竹篇序》，《陈子昂集》卷一，中华书局 1960 年徐鹏校点本。
⑤贾至《工部侍郎李公集序》，《全唐文》卷三六八。

文字,后比兴。其风流荡而不返,乃至有饰其词而遗其意者。则润色愈工,其实愈丧。及其大坏也,俪偶章句,使枝对叶比,以八病四声为梏拲,拳拳守之,如奉法令……①

李白也认为"自从建安来,绮丽不足珍"②。皎然以后的白居易、元稹、韩愈等人大体上看法也相似。这些人政治思想倾向和文学观点并不相同,但在评价汉魏以后诗歌时基本上是以儒家褒贬讽谕、道德教化的"诗教"为标准。这种观点从总的倾向看是积极的,在唐代诗坛上富有革新意义。但也有忽视诗歌发展的特殊规律和艺术成就的一面。因为六朝诗即使除了陶渊明等公认的名家外,也不可一概视为颓废、藻绘的形式主义。就是在形式主义的潮流中,也取得了艺术形式的一些重大进步;在空虚、颓废的潮流中,也有某些积极的美学内容。皎然不同于那种文以代衰的看法,提出齐、梁的某些诗"可言体变,不可言道丧"③。他以"作用"论诗,高度评价了谢灵运、谢朓、鲍照等诗人。在他肯定的第二格"作用事"中,举了不少齐、梁诗的例子。

在《论卢藏用〈陈子昂集序〉》一条中,他专门批判了卢藏用对陈子昂的高度评价。卢说:

> ……道丧五百年而得陈君……崛起江汉,虎视函夏,卓立千古,横制颓波,天下翕然,质文一变。④

这种看法,不仅是对陈子昂在文学史上的地位的高度评价,而且也肯定了他的文学主张和他所代表的艺术方向。以后唐人大体承袭了这种认识。皎然的看法则不然,他说:

---

① 独孤及《检校尚书吏部员外郎赵郡李公中集序》,《全唐文》卷三八八。
② 李白《古风五十九首》之一,《李太白全集》卷二。
③ 《诗式·齐梁诗》。
④ 卢藏用《右拾遗陈子昂文集序》,《全唐文》卷二三八。

> 迩来年代既遥,作者无限。若论笔语,则东汉有班、张、
> 崔、蔡;若但论诗,则魏有曹、刘、三傅,晋有潘岳、陆机、阮籍、
> 卢谌,宋有谢灵运、陶渊明、鲍明远,齐有谢吏部,梁有柳文畅、
> 吴叔庠。作者纷纭,继在青史,如何五百之数,独归于陈君乎?
> 藏用欲为子昂张一尺之罗,盖弥天之宇,上掩曹、刘,下遗康
> 乐,安可得耶?①

这也是离开传统的风雅兴寄的标准,对诗歌发展的一种新认识。
不过皎然对他做出评价的理论依据并没有更具体地发挥。

皎然"尚于作用"的观点,从创作活动的主观方面强调了对诗
的构思的要求。有人指责他讲的只是"划地为牢"的"死法"②,还有
人认为他的诗论讲究诗式,以"名篇丽句"为创作楷模,是形式主义
的。实则他是相当重视内容的。在这一点上他与中唐以后流行的那
些专讲技巧的"诗格"作品不同。他肯定《诗经》,《楚辞》,传为苏、李
的送别诗,《古诗十九首》和建安诗,他也有分析地肯定魏、晋以下诗。
不过他不是用道德教化、讽喻兴寄的标准,而是以心理活动的"作
用"、"取境"为标准。他忽视创作的社会内容,而强调创作的心理活
动,十分重视艺术构思。这种看法是独特的,也是有一定价值的。

四

皎然发挥了大乘佛学提倡"现观"、"亲证"、排斥名言概念为认
识中介、要求"心"与"境"契合为一的观念,进一步发展了六朝文论
中早已提出的"言不尽意"、"言外之旨"的理论,对诗歌创作的表现

---

①《诗式·论卢藏用〈陈子昂集序〉》。
②王夫之《夕堂永日绪论内编》。

规律提出了一些有价值的看法。他说：

> 夫诗人造极之旨，必在神诣。得之者妙无二门，失之者邈若千里，岂名言之所知乎？①

《维摩诘经》有"入不二法门品"，谈了一系列"入不二法门"，其中也谈到了离名言，说："于一切法无言无说"，"乃至无有文字语言，是真入不二法门"。《弟子品》又说："法无名字，言语道断。"②提出离文字相、离言说相才能真解脱。到了法相唯识之学分出见、相二分和现、比二量，认为现量是脱离名言概念的，比量分"为自比量"和"为他比量"，"为自比量"也不需要名言概念。到了禅宗，讲"不立文字"、"以心传心"，也否定名言概念的作用。这些，都是皎然所谓"必在神诣"、不需名言的"妙无二门"的依据。他认为"神诣"可以摆脱名言，而写诗又正要利用名言。为了调和这个不可解的矛盾，他提出了"文外之旨"，也就是利用诗的语言来反映言语之外的"真意"。所以读好的诗，就能如他称赞的谢灵运那样，"但见情性，不睹文字，盖诣道之极也"。

妄情与真意的矛盾，也决定了诗歌必须有言外深致。他有诗说：

> 诗情缘境发。③

《诗式·辨体有一十九字》释"情"字，说"缘景不尽曰情"。缘是缘知，识的功能就是能缘。《广论》说：

> 云何识蕴？谓于所缘了别为性。亦名心，能采集故。亦名意，意所摄故。④

---

① 《诗式》卷五《总评》。
② 鸠摩罗什译《维摩诘所说经》卷中。
③ 《诗式·重意诗例》。
④ 安慧著、地婆诃罗译《大乘广五蕴论》。

但是识体被俗情污染,所缘知的只是"世情"、"妄情",而真正的好诗应在这些之外表现真性。他在诗中说:

　　　　禅子有情非世情。①

又说:

　　　　更取何缘了妄情。②

所以诗歌应在所写的感情之外,表现不尽的真意,这也就是所谓"假象见意"③。从佛家唯识之学看来,诗中表现的外境是虚妄分别的产物,只有法性、真如才是永恒真实的。

　　基于这种对"言外之旨"的要求,他提出了诗歌创作表现艺术的一些主张。

　　一是他赞扬"情多兴远语丽为上"④,提倡有"两重"以上的意,做到"虽取由我衷,而得若神表。至如天真挺拔之句,与造化争衡,可以意冥,难以言状,非作者不能知也"⑤。

　　二是他重含蓄,主张诗要深厚蕴藉。他所谓"气高而不怒"、"力劲而不露"、"情多而不暗"、"才赡而不疏"⑥,核心还是要含蓄。他反对深僻或浮薄。他称赞谢灵运的"池塘生春草"诗句是"情在言外,故其辞似淡而无味,常手览之,何异文侯听古乐哉"⑦。他又批评有些"宫阙之句,或壮观可嘉,虽有功而情少,无含蓄之情也"⑧。

　　三是他强调自然。他提倡"精思",也不反对"苦思",但反对

---

①《送顾处士歌》。
②《送清励上人游福建》。
③《诗式·团扇诗二篇》。
④《诗式·律诗》。
⑤《诗式·总序》。
⑥《诗式·诗有四不》。
⑦《诗式·池塘生春草明月照积雪》。
⑧《诗式·作用事第二格评语》。

"斤斧迹存,不合自然"①。他提出的"诗有六至",其三是"至丽而自然"。他在"诗中二要"中讲的"不苦涩"、"不怒张"等,也都是要求表达上的自然顺适。这也涉及到他对声韵、对偶等诗歌特殊表现形式的看法。他说声律"不妨作用"②。从历史上追溯周颙等使四声畅于诗体,"未损文格",但"沈休文酷裁八病,碎用四声,故风雅殆尽。后之才子,天机不高,为沈生弊法所媚,懵然随流,溺而不返"③。他对沈约倡"四声八病"的功过的评论当否姑且不论,但他反对牵合声律而损伤内容则是可以肯定的。对于对偶也是一样。他认为对偶是天地自然之数,但如不合自然,则非作者之意。从这些观点看,他的理论不仅不是形式主义的,反而是反形式主义的。

不过他的这些观点的出发点是佛家唯心主义认识论。核心是要求诗歌表达对神秘精神本体的领悟。所以,把他的"言外之旨"单纯看作是技巧问题,认为他只是要以有限的语言表达无限的情意,恐怕还没有看到其真谛所在。但我们肯定其体系是唯心主义的,又并不妨碍我们珍视他对艺术特征和规律的探索有合理的东西。他的重情兴、重含蓄、重自然的要求,都有着积极的审美内容,代表一定艺术风格的表达方式,是值得借鉴的。

五

任何一种理论观点的提出,都有一定的实践为基础,同时又要借鉴前人提供的思想资料。文学理论中的"境界"说,首先是本源

①《诗式·对句不对句》。
②《诗式·明作用》。
③《诗式·明四声》。

于实践的。由于有了唐代及以前诗人们在创作实践中创造诗的意境的经验,才能出现关于"意境"、"境界"、"意象"的理论。皎然在《诗式》中提出的理论主张,当然也在一定程度上总结了创作实践的经验,主要是陶、谢、王、孟一派诗人的经验。所以,并不是他的所有观点都是宗教唯心主义的,就是那些浸透着宗教观念的文艺观点也不无合理内容。正因为与实践有一定联系,才保证了它有一定客观价值。这也是《诗式》生命力之所在。

但是,理论本身又有一定的独立性和继承性,一定的思想体系对于具体文艺观点的影响与制约也不可否定。对于诗歌中的"境",可以从不同的角度、用不同的理论来总结、来阐发。皎然是用佛学的观点、特别是法相唯识之学的心境学说来总结、阐发的。法相唯识之学是宗教哲学,它从佛家观点对人的认识活动作了相当细密的探讨和说明。它本身当然是唯心主义的,但在对人的认识活动的分析上又有某些辩证的、合理的因素。因此,用以论诗,得出的结论也就包含两个方面:唯心主义的观念体系与这个体系中的一定的符合艺术规律的内容。这种理论一经产生,又反过来给实践以影响。影响当然也有积极、消极两个方面。这就是皎然《诗式》的内容及其作用的复杂性以及对它的评价分歧的由来。

皎然的诗论的主要价值,在于他脱离了中国传统上占主导地位的儒家诗论体系而另有发挥。中国传统儒家诗论重视文学与现实、文学与政治的关系,提倡诗思来源是感物而动,诗的内容要言志缘情,它在社会上要起到道德教化、褒贬讽喻的作用;而对创作的主观思维活动注意较少。皎然把法相唯识之学的高度精致、细密的唯心主义认识论导入诗论,用之于剖析诗人创作的心理活动方面,强调内心的积极缘虑功能,探讨这种功能的外在作用的发挥,从而在对诗歌创作规律的认识上有新的开拓。他的观点是唯心主义的,唯心主义在认识论上是头脚倒置的。但在他的唯心主义观念中却不无合理的因素。

皎然的诗论又是针对当时创作实际的。李、杜极盛之后的大历诗坛,创作上正走向低潮。如四库馆臣所说,"大历以还,诗格初变。开、宝深厚之气,渐远渐漓,风调相高,稍趋浮响"①。当时的创作不但内容上比较空虚浮薄,表现上更寒俭少意蕴,盛唐浑厚气象没有被继承、发扬。皎然对这一点是不满的。他说:

> 大历中,词人多在江外。皇甫冉、严维、张继、刘长卿、李嘉祐、朱放,窃占青山白云,春风芳草,以为己有。吾知诗道初丧,正在于此。②

他的理论就是要抢救诗坛的这股颓风。在中唐,元、白提倡"新乐府运动",提倡为时为事、讽时刺世的诗论,要求发扬现实主义传统,也是要改变大历以来的诗坛衰弊的。然而,元、白与皎然走的是两条路,使用的是两套理论,追求的也是两个目标。

在哲学认识论上,唯心主义往往特别发展了朴素唯物主义所忽视的认识的主观能动方面。例如佛家唯识理论在对人的心理活动的分析上就较我国古代唯物主义哲学家精致、细密得多。在文艺理论上也是如此。诗歌创作本身就是带有高度主观性的精神活动,皎然特别从主观心理上强调诗歌创作特征,就能够触及到诗歌创作规律的一些客观内容。当然,这是在他的唯心主义体系的笼罩之下。不过,这在文艺思想史上的贡献是不容抹煞的。另外,他对诗的风格、诗的技巧的一些论述,也是很有借鉴价值的。

皎然《诗式》作为第一部较系统地阐发"意境"说的诗论,开此后境界、兴象、神韵一派诗歌理论的先河。在中唐出现的托名王昌龄的《诗格》中讲到三境:物境、情境、意境,就借鉴了皎然"取境"说。所谓"神之于心,处身于境,视境于心,莹然掌中","久用精思,

①《四库全书总目》卷一五〇《集部、别集类三·钱仲文集十卷》。
②《诗式·齐梁诗》。

未契意象,力疲智竭,放安神思,心偶照境,率然而生"①等,也把诗境视为主观心神的作用。刘禹锡也很重视诗境。他在《秋日过鸿举法师寺院便送归江陵》诗引中说:

> 能离欲则方寸地虚,虚而万景入,入必有所泄,乃形乎词……因定而得境,故翛然以清;由慧而遣词,故粹然以丽。②

他追求的是"虑静境亦随"③。所以,他也是主张以那种超尘离俗的"禅心"创造外境。这与皎然观点一致。白居易诗说:

> 凡此十五载,有诗千余章。
> 境兴周万象,土风备四方。④
> 暖有低檐日,春多贴幕风。
> 平生闲境思,尽在五言中。⑤
>
> 尽在前轩卧,神闲境亦空。
> 有山当枕上,无事到心中。⑥

白居易平生好佛,他的不少诗涉及到诗"境",与佛学有一定联系。陆龟蒙评张祜诗:

> 善题目佳境,言不可移置别处,此为才子之最也。⑦

---

① 王昌龄《诗格》,《诗学指南》本。
② 《刘宾客文集》卷二九。
③ 《和河南裴尹侍郎宿斋太平寺诣九龙祠祈雨二十韵》,《刘宾客文集》卷二三。
④ 《洛中偶作》,《白氏长庆集》卷八。
⑤ 《偶题阁下厅》,《白氏长庆集》卷一九。
⑥ 《闲卧》,《白氏长庆集》卷二三。
⑦ 《和过张祜处士丹阳故居》,《唐甫里先生文集》卷一〇。

司空图提倡"象外之象，景外之景"①，"韵外之致"②，要求"思与境偕"③，更是直接发展了皎然"文外之旨"的观点。他的《二十四诗品》则是继承了皎然的《辨体有一十九字》，不过说明得更明晰、细致、生动。他在第一品《雄浑》的开头，首先提出"大用外腓，真体内充"，利用玄学讲的体、用关系，说明诗境应是一种"真实"本体的体现。以下，一再讲要追求"真"、"真宰"、"真迹"④等等，与皎然要求的"万象皆真"完全相通。宋代严羽的提倡"意兴"、"气象"⑤和以禅喻诗，明代李贽的"童心"说，清代王士禛的"神韵"说，直到王国维的提倡"境界"，与皎然的诗论都有一脉相承的关系。这一派诗论对中国诗歌批评与创作都产生了深远影响，其中是包含着有价值的内容的。剖析皎然《诗式》，有助于清理这一派诗歌理论的来龙去脉，进而对其本质和表现的各个方面给以实事求是的评价。

---

①《与极浦论诗书》，《司空表圣文集》卷三。
②《与李生论诗书》，同上书，卷二。
③《与王驾评诗》，同上书，卷一。
④ 如《纤秾》："乘之愈往，识之愈真"；《洗炼》："体素储洁，乘月返真"；《劲健》："饮真茹强，蓄素守中"；《缜密》："是有真迹，如不可知"；《含蓄》："是有真宰，与之沉浮"等。
⑤《沧浪诗话·诗评》。

读藏杂识

笔者素不习内典。近年为研究工作所需,翻阅了部分藏经,发现其中多有与文学史相关的材料。关于佛典翻译对古典小说、戏曲、讲唱文学等方面的影响,前辈如陈寅恪诸先生已多所发明。这里就其中一些有关诗文和文学批评的材料,提出几点不成熟的看法,就教于关心这方面研究的前辈和同好,并希望引起对这些问题的注意。

六朝译经重"古文"

在文学史上,倡导"古文",形成"古文运动",是唐代的事。作为一种散文文体的"古文"概念,也是唐人提出的。追溯文体改革的源流,最早可上推至西魏末年的宇文泰、苏绰、柳庆诸人的提倡文体复古,史称"时人论文体者,有古今之异"①,其时约当六世纪中叶。但是,从佛典翻译史考查,在佛典翻译中早已有意识地运用"古文"文体,并在理论上明确辨析了古、今(即当时流行的骈文)文体的差异与利弊。就历史发展看到底应如何看待骈文的价值与地

---

① 令狐德棻等撰《周书》卷三八《柳蚪传》。

位？提倡"古文"的作用及影响又如何？这都是可以从长讨论的问题。但佛典翻译中的这方面资料，却是值得研究散文史与文学批评史的人加以注意的。

中国最早对佛典翻译作出理论总结的是著名佛教哲学家道安（314—385）。他生活在宇文泰等人约二百年前的东晋时期，正是骈体文兴盛起来的时候。他已经有了明确的文体复古观念。他在为东汉末僧人安世高所译《人本欲生经》写的序言中说："斯经似安世高译为晋言也。言古文悉，义妙理婉。睹其幽堂之美、阙庭之富或寡矣。"①这里的"言古文悉"，"言"、"文"对举，"言古"指的就是使用"古文"。道安是拿它与讲究"幽堂之美、阙庭之富"的流行文体相对比而加以肯定的。他曾提出过有名的"五失本"、"三不易"之说，反对译经讲究"斫凿之巧"，因为"惧窍成而混沌终矣"。他认为："若夫以《诗》为烦重，以《尚书》为质朴，而删令合今，则马、郑所深恨者也。"②他在《大十二门经序》中还说过"世高出经，贵本不饰，天竺古文，文通尚质"③的话。从强调《诗》、《书》的古朴文风到提出"天竺古文"这个概念，表明他在译经中是看到了古、今文体之不同的。

这种对古代文体的重视，并非是道安一个人的看法。在佛典翻译史上，虽有好质、尚文两派，但总的倾向却是要求以朴质文风来忠实传达佛教义旨的。从客观原因上讲，这是因为前期译师多是"胡"人或天竺人，就是参与翻译的汉人也往往是文化水平不高的僧人或居士，他们都难于熟练掌握骈文那种精致地组织语言和表达上的技巧。这样，当时的译经"弃文存质，深得经意"④就是一种普遍的倾向。因而也就要从中国的比较质朴无华的"古文"中求

---

①僧祐《出三藏记集》卷六。
②《摩诃钵罗若波罗密经钞序》，《出三藏记集》卷八。
③《出三藏记集》卷六。
④慧皎《高僧传》卷一。

得借鉴。三国时吴僧支谦等译《法句经》,有人"嫌其辞不雅",但未详作者的《法句经序》记载,"维祇难曰:'佛言依其义不用饰,取其法不以严。其传经者当令易晓,勿失厥义,是则为善。'座中咸曰:'老氏称美言不信,信言不美;仲尼亦云书不尽言,言不尽意。明圣人意深邃无极。今传胡义,实宜经达。'是以自竭受译人口,因循本旨,不加文饰"①。在翻译史上真正做到辞兼文质、达到高水平的是"四大译师"的第一位鸠摩罗什,他的译文僧肇评为"陶练覆疏,务存论旨,使质而不野,简而必诣"②,赞宁称赞"童寿(鸠摩罗什的汉译名)译《法华》,可谓折衷,有天然西域之语趣"③,这都指出他的译文以质朴文笔传达原文精神的优点。约与他同时的另一位僧人慧常说:"此土《尚书》及与《河》、《洛》,其文朴质无敢措手,明祇先王之法言而慎神命也。何至佛戒,圣贤所贵,而可改之以从方言乎?恐失四依不严之教也。与其巧便,宁守雅正。译胡为秦,东教之士犹或非之,愿不刊削以从饰也。"④如此等等,当时译经的普遍要求是崇尚质朴,以达经旨为目标,并援引儒家古典为例。这是与讲求词藻事典、偶对声韵的骈俪文风正相反对的。

　　佛典翻译的前期,为了使那些对中国人来说很感生疏隔碍的佛教义理得以传布并被了解,使用了"以教中事数,拟配外书以生解之例"⑤的所谓"格义"的方法,如以"本无"来译"真如"之类。魏、晋时期佛教的传播,在一定程度上是借助于老、庄和玄学的。后来译经渐多,译笔渐精,佛教教义越来越精确地被人们所理会,"格义"的方法受到了批判,但是又滋长起佛、道、儒三教调和的观念,

①《出三藏记集》卷七。
②《百论序》,《出三藏记集》卷一一。
③赞宁《宋高僧传》卷一一。
④道安《比丘大戒序》,《出三藏记集》卷一一。
⑤《高僧传》卷四《竺法雅传》。

即所谓"佛之与道,逗极无二"①,"内圣外圣,义均理一"②的观念。这样,许多名僧和译师都熟悉外典、利用外典。著名的译师康僧会是外籍僧人,他在对吴主孙皓问时说:"《易》称'积善余庆',《诗》咏'求福不回',虽儒典之格言,即佛教之明训。"③可见他对儒典是很熟悉的。晋代的竺法雅"少善外学",教育门徒时"外典佛经,递互讲说"④。竺道潜"优游讲席三十余载,或畅方等,或释老、庄,投身北面者莫不内外兼恰"⑤。著名的支遁是东晋"清谈"中的重要人物,《世说新语》中保留着他参与士大夫"清谈"的材料,又曾注《庄子·逍遥游》,使得群儒旧学,莫不叹优。名僧慧远"博综六经,尤善老、庄",在他师事道安时,道安以为先旧"格义",与理多违,努力建设纯正的佛学体系,而慧远讲实相义,"乃引《庄子》义为连类,于是惑者晓然,是后安公特听慧远不废俗书"⑥。著名的佛学理论家僧肇年轻时"历观经史,备尽坟籍,志好玄微,每以《老》《庄》为心要"⑦,庐山刘遗民看到他写的《般若无知论》说:"不意方袍,复有平叔!"把他比为著名的玄学家何晏。如果翻检一下僧史僧传,就会看到六朝时不少僧人熟悉儒典和老、庄。这样,佛教的传布借助于中国传统的老、庄思想和魏晋玄学,佛、儒、道三教调合思想的滋长,使得僧徒中外典流行,因而他们在译经中也就自然而然地更多借鉴六经、诸子的"古文"文体了。

大家知道,魏、晋时期,文学的自觉观念正在形成,文集立,四部分,文学摆脱经学而独立。这反映在文体上,就出现了文、笔之

①周顗《难张长史门论》,《弘明集》卷六。
②沈约《均圣论》,《广弘明集》卷五。
③《高僧传》卷一《康僧会传》。
④《高僧传》卷四《竺法雅传》。
⑤《高僧传》卷四《竺道潜传》。
⑥《高僧传》卷六《慧远传》。
⑦《高僧传》卷六《僧肇传》。

分,骈、散的对立。而当时在佛典翻译中却存在着与文坛流行的观念全然不同的文体观。当时的僧人自己写的文章用骈体,但在译经时却用了接近中国古体散文的"译经体"。这对中国文学的发展不能不产生影响。至于影响到底表现在哪些方面?应如何给以评价?这是应当细致研究的课题。这里只提出一些现象,可以看出佛典翻译在中国文体史上确占有特殊地位。

取　境

　　唐诗僧皎然是在中国古代文学批评中最早以"境"论诗者之一。他的《诗式》中有《辨体有一十九字》一条,其中说:

　　　　夫诗人之诗思初发,取境偏高,则一首举体便高;取境偏逸,则一首举体便逸……①

这就把"取境"视为决定创作风格以至通体成败的关键。又有"取境"一条,具体论述了对它的要求:

　　　　……取境之时,须至难至险,始见奇句。成篇之后,观其气貌,有似等闲不思而得,此高手也。有时意静神王,佳句纵横,若不可遏,宛如神助。不然,盖由先积精思,用神王而得乎?②

由此可见,所谓"取境",是属于艺术构思范畴的问题。

　　大乘佛教的瑜伽行派和中国的慈恩宗也论及"取境",皎然的上述理论显然与之有关联。

---

① 《诗式》卷一,《十万卷楼丛书本》。
② 《诗式》卷一,《十万卷楼丛书本》。

世亲《大乘五蕴论》解释"想蕴"①：

> 云何想蕴？谓于境界取种种相。

安慧《大乘广五蕴论》说：

> 云何想蕴？谓能增胜取诸境相。增胜取者，谓胜力能
> 取，——如大力者，说名胜力。

瑜伽行派和慈恩宗的唯识学讲缘生有所谓"增上缘"，指一种有助于或无碍于现象发生的条件。想蕴就有增上的胜力。玄奘"糅译"的护法等造《成唯识论》卷三解释"想"与"思"两个偏行心所（心所省法，心理活动或心理现象）：

> 想：谓于境取像为性，施设种种名言为业。谓要安立境分齐相，方能随起种种名言。
> 思：谓令心造作为性，于善品等役心为业。谓能取境正因等相，驱役自心令造善等。②

窥基《百法明门论解》说法全同。《百法明门论》普光疏说：

> 领纳外尘，觉苦知乐，如是取境，名之为"取"。

由此可见，在唯识学中，"取境"是一种重要的、普遍的、能动的心理功能。

在佛学中，对境（亦称为"尘"）的认识是个重要的理论课题。唯识学论证"万法唯识"的观点，建立"八识"理论，认为第八识即阿赖耶识又称藏识含藏一切种子（习气、潜能），变现出一切物质、精

---

① 蕴，积聚、类别之意。五蕴是佛家对物质世界和精神世界所作的分类，即色蕴、受蕴、想蕴、行蕴、识蕴。想蕴，指认识直接反映的影相，以及据以所能形成的种种名言概念，大致相当于现代心理学上的感觉、知觉、表象等。
② 唯识学认为"八识"为精神作用的主体，故称"心王"；与之相应而起的心理活动与精神现象称"心有所法"，简称"心所"。"偏行"指与一切识俱起。

神现象,从而产生宇宙万有、生灭轮回。世亲《唯识三十论》中有一颂说:

> 是诸识转变,分别、所分别,由此彼皆无,故一切唯识。

按照唯识的"四分"说,每一识体,都有能缘虑的"见分"即上引偈颂中的"分别",又有所缘虑的"相分"即上引偈颂中的"所分别",认识过程就是识体的"见分"去缘虑自己的"相分"而已。所以《成唯识论》解释说:"是诸识者,谓前所说三能变识及彼心所,皆能变似见、相二分,立转变名。所变'见分',说名'分别',能取相故;所变'相分',名'所分别',见所取故",而"由此分别,变似外境,假我、法相"①。这样,所谓外境就是"空"的;我、法都是虚妄的。因而"想"、"思"、"受"等心所之"取境",只是内心的自我缘虑作用而已。

根据这种"万法唯识"教理,根本不存在人们意识之外的、有质的规定性的、客观的外境。所以,主张以"空王之道"为创作之助的皎然所说的"取境",也就没有要求客观地反映社会生活和自然景物的意思。他强调的是作者的主观缘虑——"至难至险"的"精思"。

但是,唯识讲"万法唯识",并不是说一切空无。它并不否认"境"在认识过程中的意义。在它看来,外境作为"相分",又是产生新的认识的一种"缘"即外因条件,叫做"所缘缘"。即所缘的对象又成为缘生的动因。这个"所缘缘"又分为"亲所缘缘"——认识直接对象和"疏所缘缘"——根身器界(即物质世界),它们又会产生新的认识。这就是所说的识要依根(认识器官)托境(外境)而生。所以,识所转变的境一经产生,在认识上就会产生积极作用。在文学创作中谈"取境",当然也要承认这种"所缘缘"的作用。

按照唯物主义的认识论,没有被反映者,就不能有意识对它的

---

① 《成唯识论》卷七。这里"三能变识"指第八阿赖耶识、第七末那识和前六意识——眼、耳、鼻、舌、身、意等六识。

反映。意识只能是被意识到的客观存在的主观映象。在文学创作中，文思、灵感等等只能来源于现实生活。对照之下，佛家这种"取境"说，无论在宗教哲学上还是文学理论上，显然是颠倒的、唯心的。

但是，这种"取境"说在说明文学创作的规律上却又不无一定合理的内容。

印度佛教的瑜伽行派的唯识学和以之为立宗依据的中国的慈恩宗，在哲学上的一个贡献，就是对人的意识活动做了非常细密的分析，突出强调了（歪曲的、唯心的）意识的主观能动的方面。它的理论体系是荒谬的、倒置的，但在分析具体问题时却往往有"真理的颗粒"。例如它强调在人们认识客观世界的过程中认识主体的能动作用，就有着合理的内容。人们确实可以凭主观把来自客观的映象加以改造、曲解、重新组合以至形成"心造的幻影"。而文学创作，正是一种具有高度主观性的意识过程。在对现实的典型化的过程中，作家的主观意识起着巨大的能动作用。特别是抒情诗这种文学形式，就正是通过诗人的主观抒发来反映客观现实的。诗人可以反映现实境象，也可以表现心造的幻境。他在这里有着驰骋想象的广阔天地。皎然所说的"取境"的"精思"，正总结了诗歌创作心理活动的这方面的特征。

另外，既然谈"取境"，就包含着能取、所取两个方面。唯识说"万法唯识"，意思是万法不离识，并不是说除了"识"之外什么也没有。"境"是识所变现的，因此也是一种存在，而且还成为一种"所缘缘"。所以，在创作中，"境"就是反映的对象。中国的玄学讲本无，在无之外就空洞无物了。所以玄言诗"平典似《道德论》"[1]。因为以诗谈玄，忽视外境，难免淡乎寡味。而佛家反对"恶取空"。在皎然的"取境"说中，除了突出创作中的主观缘虑作用之外，也没有

---

[1] 钟嵘《诗品》。

忽略"外境"的意义。这样,以"取境"论诗,尽管在理论上是唯心的,在注意到心与境的关系上又是合理的。

在中国传统诗论中,有的讲"言志",有的讲"缘情",有的讲"感物而动"。到中唐,白居易提出"为时""为事"而作,主要强调诗歌与现实的关系和政治教化功能,而对创作的主观活动的规律探讨较少。皎然把佛家"取境"的观念导入诗歌理论,对于总结、说明诗歌创作中心理活动的规律以及后来文学理论的发展都有积极意义。

重　意

皎然在"取境"之下,又讲诗有"重意",提出"两重意以上,皆文外之旨……但见情性,不睹文字"。他还批评"有功而情少,无含蓄之情"①的创作偏向。他在重视诗境的基础上,发展了中国传统的"言外之意"的理论,提出了"重意",这是他的诗歌创作理论的又一个有价值的新内容。

言与意的关系是个重大的哲学问题,也是一个重大文学理论问题。语言是思维的外壳。二者是辩证统一的。但文学语言是一种特殊的语言,它具有独特的表现规律。另外,在文学创作中,语言并不直接表达内容。语言创造形象、意境,思想内容要通过形象、意境的中介来表现。这就形成了语言自身的本来含意和在特定作品中实际表达的意义之间的矛盾。从孟子讲"以意逆志"②、儒家解《诗》讲"比兴",以后许多论诗的人讲到"言外之意",实际就触

---

① 《诗式》卷一,卷二。
② 《孟子·万章上》。

及到这种矛盾。而六朝以来佛学上对名言、境界的讨论,对以后文学理论中言、意关系问题的理解和处理也产生了很大影响。皎然的"重意"说正是在这种影响下提出的。

皎然所谓"重意",是指诗歌之中内含的深厚意蕴,是借助诗的语言表达真"情性"。名为"文外之旨",实际是"旨"在"文"中的。这触及到文学语言和诗的构思的根本规律:形象化的文学语言创造客观意义无穷的形象。所以"意"才能有"两重"以上。

这种理论与儒家传统上讲的"言外之意"不同。孟子讲"不以文害辞,不以文害志"①,他举的例子是诗的夸张。《诗经》中的"比兴",用朱熹的话说是"以彼物比此物","先言他物以引起所咏之辞"②。屈原的美人香草,则历来被看作是讽喻寄托。这些讲的都是修辞方法和表现手法范畴的事。强调的是言在此而意在彼,而不是言中的"重意"。

这种理论与玄学家讲的"言不尽意"也不同。何晏等玄学家主张唯心主义本体论,以"无"为本体。"无"是深微不可得闻,非理智所能认识的。他注《论语》"吾有知乎哉?无知也"一章说:"知者,知意之知也;言知也,言未必尽也,今我诚尽。"③在这里,语言是没有能力认识真理的。王弼注《易》,则提出著名的"得意在忘象,得象在忘言"的论断。而皎然讲"重意",却不是否定语言的作用;从他的整篇文字看,反倒是非常重视文学语言的创造的。

佛家在对语言的看法上,本是有辩证成分的。皎然汲取了这种成分。

佛教作为宗教,必然宣传神秘主义、蒙昧主义。它否定正常的思维规律,也要否定语言的常识的功能,说什么"佛不可思议,法不

①《孟子·万章上》。
②朱熹注《诗经集传》卷一。
③《论语注疏》卷九。

可思议,众生佛性不可思议"①。"不可思议"当然也就无法表达,所以"乃至无有文字语言,是真入不二法门"②。但是,发展到大乘中观学派,在这个问题上认识的辩证色彩就比较浓厚了。它讲二谛,立俗谛以承认假有,立真谛以论证真空,正确的认识则应不执着一偏,称为"中道"。世俗执着为"我""法"的现实世界本是因缘所生,是"性空"的;但既有所生,那就不是绝对的空无,而是假有。这假有就要用名言概念来表达。僧肇在著名的《不真空论》中说:

> 欲言其有,有非真生;欲言其无,事象既形。象形不即无,非真非实有。然则不真空义,显于兹矣。③

世间万物"不真"故"空",由此立起了"假名"说。既然"内生妄想","外有诸法"④,那就得用名言概念来表达。名言概念表达的是非真非实,只是假象。但从中观学派看来,一切都非有非无,假象也是事物的一种性质的表现。后来竺道生说:"象以尽意,得意则象忘;言以诠理,入理则言息。"⑤与王弼的说法看似相仿,实则肯定了"言以诠理"的作用。

瑜伽行派讲"境",一方面提倡一种神秘的"无分别智"的一心见道的"现观",同时也承认名言之作为"假名"的意义。这一派所奉持的《深密解脱经》记载佛说:

> 善男子! 言有为法者,惟是如来名字说法。所言如来名字说法者,惟分别言语名为说法。善男子! 若惟名字分别言语名说法者,常不如是。但种种名字聚集言语成,是故言非有为……名字说法者,是分别相,分别相者,即言语相。善男子!

---

① 昙无忏等译《大般涅槃经》卷八《如来性品第四之五》。
② 鸠摩罗什译《维摩诘所说经》卷中《入不二法门品第九》。
③ 石峻等编《中国佛教思想资料选编》第 1 卷第 143 页,中华书局 1981 年版。
④ 僧肇《维摩经注》。
⑤ 慧皎《高僧传》卷七《竺道生传》。

> 言语相者,即是名字之所集法。名字集者,是虚妄法。虚妄法
> 者,常无如是体。种种分别名字不成即言语相。是故我说非
> 无为……①

这就是说,由于人们对外境产生了"虚妄分别",所以才产生了言语。言语所表达的只能是"非有为"又"非无为"的"虚妄法"。

但是,语言的作用又是不可忽视的。名言概念本身反映的"我"、"法"固然是虚妄的,它不能直接表达"性空"的"真实",但这个道理又只有用语言来说明,所以弥勒说:

> 问:若如是者,何因缘故于一切法离言自性而起言说?
>
> 答:若不起言语则不能为他说一切法离言自性,他亦不能闻如是义;若无有闻则不能知此一切法离言自性。为欲令他闻知诸法离言自性,是故于此离言自性而起言说。②

这就是所谓"以言遣言"。禅宗声称"不立文字",却又著经典,立禅堂说法,集语录。他们为自己说教辩护,说"不立文字"而非"不用文字",也是用的这个逻辑。

唯识讲三自性。第一遍计所执自性,是说人们的认识周遍计度执为实有我、法。这种虚妄的外境正是要用名言表达的。第二依它起自性,是说一切现象依众缘而起。第三圆成实自性,是指在认识依缘而起的基础上体认我、法二空,圆满成就了绝对真实,这是"诸法实性"。为了认识这绝对真实,也要用语言。而且,这三性是认识的三个方面,是不可分割的。所以唯识讲四种真实,"世间极成真实"也列为一种③。因为世俗人们认识的虚妄真实到底是真实的一个存在形式。这样,语言一方面只能表诠世俗的真实,即虚妄的我、法;另一方面要借助它揭示虚妄的我、法背后的绝对真实。

---

① 菩提流支译《深密解脱经》卷一《圣者善问菩萨问品第二》。
② 弥勒著、玄奘译《瑜伽师地论》卷三六《真实义品》。
③《瑜伽师地论》卷三六《真实义品》。

　　所以，无论是大乘空宗的中观学派，还是大乘有宗的唯识学派，在名言与法的关系上，都承认名言"能诠自性"①，即能准确地表达客观事物；但另一方面，又认为名言所表达的是"虚妄法"，应当揭示更高的真实，借可思议的语言体认不可思议的佛理。

　　皎然讲"两重意以上"、"文外之旨"正是受到这种理论的启发。他提出的"境"，成了表达的中介。诗歌创作要从"文"到"境"再到"情性"。要以"文""取境"，而这个"境"应包含着更深的意蕴。就像在"虚妄法"中也有着绝对真实一样。他的这种对语言的功能和形象的内含的认识是相当深刻的。

　　从皎然起，中国诗论中"言外之意"的理论走上了新方向——除了讲"意在言表"，更求诗境中的深意。

临济与曹洞高下

　　严羽《沧浪诗话》以禅喻诗，有这样一段话：

　　　……论诗如论禅。汉、魏、晋与盛唐之诗，则第一义也；大历以还之诗，则小乘禅也，已落第二义矣；晚唐之诗，则声闻、辟支果也。学汉、魏、晋与盛唐诗者，临济下也；学大历以还之诗者，曹洞下也。大抵禅道惟在妙悟，诗道亦在妙悟……②

对这段话，后人多有非议。冯班《严氏纠谬》说严羽未曾参究南、北二宗，大、小三乘，是"倒谬"，"不知参禅"。更有人批评严羽在临济宗与曹洞宗之间分高下。如陈继儒说："此老以禅论诗，瞠门霄外，不知临济、曹洞有何高下，而乃剿其门庭影响之语，抑勒诗法？真

----

① 窥基《百法明门论解》。
② 郭绍虞《沧浪诗话校释》，人民出版社1961年版。标点有改动。

可谓杜撰禅。"①

宋人以禅喻诗,有各种角度、各种领会。有的是以学禅喻学诗,有的是以参禅喻解诗,有的是以禅品喻诗品,有的是以禅意入诗意。而沧浪独拈出"妙悟",以禅来比拟诗歌创作构思,确实能触及成功的诗歌创作的思维活动规律,在以禅喻诗上开出一新局面。说他在这个问题上错谬杜撰,恐怕正反映了批评者禅学知识上的欠缺。例如,严羽在临济与曹洞间分高下,不但有禅学的依据,而且正表现了他整个观点的特殊内容。弄清这个问题,对于认识他的理论体系,也是很重要的。

关于佛学所主张的禅悟,这是个与对佛性的认识有关联的问题。自安世高传译小乘禅法,就有各种主张。在南北朝时,就有人讲"顿悟",而且有支道林、慧远等人的"小顿悟"与竺道生的"大顿悟"之分。但是,就是当时所谓"大顿悟",也要以渐修做基础。必须修行到"十住"②中的第七位即"不退住"时才能以"金刚道心"一时把妄惑断尽,获得正觉。到了中国的南宗禅,发展无相无念的心性学说,提倡自性清净,一心见道,见性成佛。一方面,佛性即在凡夫心中,"故知不悟,即是佛是众生;一念悟,即众生是佛。故知一切万法,尽在自身中,何不从于自心顿现真如本姓(性)"③;另一方面,外境也包含在自心中,"(虚空)能含日月星辰,大地山何(河),一切草木、善人、恶人,善法、恶法、天堂、地狱,尽在空中。世人性空,亦复如是"④。这样,禅悟就是悟自性清净心,是自我本性的复归,是真心的自然发露,因此是不落言筌,不涉理路的;由于真心是玄妙一体,不可分割的,所以这种悟也就不分阶次,豁然贯通。这

---

① 《偃曝谈余》卷下。
② "十住",即"十地",大乘菩萨修行的十个次第:发心住、治地住、修行住、生贵住、方便具足住、正心住、不退住、童真住、法王子住、灌顶住。
③ 慧能《坛经》(法海本),郭鹏《坛经对勘》。
④ 慧能《坛经》(法海本)。

种自然顿发、灵心一动之悟,比竺道生的顿悟更简易、更快速,也更神秘。这是一种更为彻底的顿悟,所以又可称为"妙悟"。

　　禅悟的对象是外境,它首先要解决心与境的关系问题。而创作中也有一个主观与客观的关系问题。写诗,要把客观主观化,主观要渗入到所要表现的客观内容中去。这也是一种心境的契合。当然,禅宗顿悟是要悟解"性空",创作则首先要肯定外境的实有,二者在哲学上是正相反对的。但在对待主观的心与客观的境的关系上,又有相通之处。而严羽以禅喻诗时讲"顿门"、"单刀直入",倡"第一义"、"向上一路"的"妙悟",以形容诗思发生时那种灵心顿开、天机俊利,"精骛八极,心游万仞"①的状态,确实是"莫此亲切"②的。

　　虽然临济宗与曹洞宗都是由南宗禅所分立,但二者对顿悟的认识有异,宗风也不相同。严羽正是利用二者的不同处作比,进一步说明了他的诗要"妙悟"的主张。

　　关于唐代禅宗内部派别的分歧,中唐时的宗密早有分析。他分禅宗为三派。一是息妄修心宗,"说众生虽本有佛性,而无始无明覆之不见,故轮回生死。诸佛已断妄想,故见性了了,出离生死,神通自在"。这一派要求背境观心,息灭妄念,如镜尘昏,勤勤拂拭。这是智侁、神秀等渐修的主张。二是泯绝无寄宗,"说凡圣等法,皆如梦幻,都无所有,本来空寂,非今始无。即此达无之智,亦不可得"。这一派主张无法可拘,无佛可做,凡有所作皆是迷妄,如此了达本来无事,心无所寄,方免颠倒,始名解脱。这是希迁、法融、道钦一派见解。三是直显心性宗,"说一切诸法,若有若空,皆唯真性。真性无相无为,体非一切,谓非凡非圣、非因非果、非善非恶等。然即体之用,而能造作种种,谓能凡能圣、现色现象等,于中指示心性"③。这是神会的荷泽禅、道一的洪州禅的见解。在宗密

---

① 陆机《文赋》,《文选》卷一七,《四部丛刊》本。
② 严羽《答出继叔临安吴景仙书》,见郭绍虞《沧浪诗话校释》附录。
③ 宗密《禅源诸诠集都序》卷上之二。

的排列和解说中,明显地可以看出抑扬的层次。他最赞扬的显然是直显心性宗。而从禅宗发展史上看,荷泽禅和洪州禅在认识心性的统一、心境的契合上,观点更为直截和彻底,确乎是继承和发展了慧能所创南宗禅"顿悟"的根本精神的。

开创临济宗的镇州义玄,近师黄檗希运,远师马祖道一,继承了洪州禅"即心即佛"、"触目皆是"的观点。他说自己二十年间在希运处,三度问佛法大意,遭三顿棒打。因为佛法本在自心中,不假外求,这样的发问就是愚蒙不悟的表现。有人曾问他:"如何是佛、魔?"他答称:"尔一念心疑处是魔。尔若达得万法无生,心如幻化,无有一尘一念,处处清净是佛。"①这即是所谓"立处皆真"。他提出"四宾主"的教学方法,要求做到人、境俱夺,我、法双亡,以至认为"看经看教亦是造业",只求做个"无事人"、"不受人惑底人"。临济宗师弟子间谈禅,继承洪州禅的办法,应变无方,机锋甚锐,常用拳打、棒喝等奇特动作,以求截断常人情解,触发对方契悟本心。这就形成了注重内心自我感悟、拒斥逻辑思维的独特的宗风。

曹洞宗的开创者是洞山良价和曹山本寂。他们上承石头希迁一系思想。希迁属宗密所说的第二泯绝无寄宗,其主张在南宗禅中独树一格,有浓厚的哲理化倾向。其所著《参同契》一文,论述事与理、体与用的关系,说明事理不二、体用无碍的道理。其中说:

> 灵源明皎洁,支派暗流注。
>
> 执事原是迷,契理亦非悟。
>
> ……
>
> 本末须归宗,尊卑用其语。
>
> ……

---

① 慧然集《镇州临济慧照禅师语录》。

明暗各相对，比如前后步。

……①

这就指出：心是明澈的，是本源；事是派生的，是支末，必须在认识上使二者契合，才能体会到"即事而真"的道理。他虽然也主张心即是佛，但把理、事相区分、相对待。这就不仅给客观尘境的存在留下了地位，而且为了论证事理契合就要借助于哲理与思索。良价继承了他的观点，其《玄中铭》主张"事理双明，体用无滞"②，立"五位君臣"之说。按本寂的解释，君是正位，臣是偏位，"正位即空界，本来无物"，即真如本体；"偏位即色界，有万象形"，即万有事象。在说教中，要根据不同的对象，使用"正位"、"偏位"、"偏中正"、"正中来"、"兼带"等五种教学方法③。这种办法很有思辨色彩，可以说是未脱理路。在具体说教上，曹洞宗注重敲唱，旁敲侧击，启发对方思考与理解。例如良价从云岩昙成受心印，他曾问昙成：和尚百年后，忽有人问，还能见到您的真形否？应如何答对？云岩说：但告诉他，"只这是"。后来他"过水睹影，大悟前旨"④，因为人死了，影像在，佛性是常住不变的。又有人怀璞玉投本寂，请他雕琢，他说："不雕琢。"问："为什么不雕琢？"答："须知曹山好手。"⑤因为佛性在自心中，不须外加雕琢，不去雕琢正是最高的技艺。如此的悟解，都表现出曹洞宗偏向哲理、注重思索的宗风。

临济与曹洞是南宗禅五家七宗中流传较盛的两个宗派，到严羽的时代仍传承甚盛。严羽对两派不同的主张与宗风是有认识的。临济宗在心、境二者的契合无间的关系上，理解更为彻底，更强调超乎一般情解的内心感悟；而对比之下，曹洞宗分别事理，就

①见《景德传灯录》卷三〇。
②慧印校订《筠州洞山悟本禅师语录》。
③此据智昭集《人天眼目》卷三。
④慧印校订《筠州洞山悟本禅师语录》。
⑤《抚州曹山元证禅师语录》卷上。

难免落入"理路"与"言筌"了。严羽在二者之间分高下,以标举"妙悟"之旨,推尊盛唐而鄙薄大历以下,完全与他的整个理论相一致。

另外,有人还批评严羽即称大历以下是小乘禅,又说它是曹洞下,不知曹洞本属大乘禅宗,这是不辨大、小乘之分。实际上,我们现在把禅宗列入大乘空宗,是后人的分类。禅宗是自认为"教外另传"的。严羽在以禅喻诗中把禅、教分开,先从教上分小乘渐悟和大乘顿悟,再从禅宗上讲"妙悟",这样两套比喻,是完全可以讲得通的。

"空中之音"等喻

《沧浪诗话》中还有这样一段话:

> 诗者,吟咏情性也。盛唐诗人惟在兴趣,羚羊挂角,无迹可求。故其妙处,透彻玲珑,不可凑泊,如空中之音、相中之色、水中之月、镜中之象,言有尽而意无穷……

这一段讲重"情性",提倡"言有尽而意无穷",与皎然《诗式》中"但见情性,不睹文字"的"文外之旨"主张相同。这里用了"空中之音"等喻,把诗的表现特点说得更生动,对我们也更有启发。

"空中之音"等,未见释家指明其本来出处。而了解其本来出处与义解,对于正确理解严羽的主张很有关系。这些比喻出自《大品般若》。龙树《大智度论》是解释《大品般若》的,其中引举十喻经文并作了详细解释。经文是:

> 解了诸法,如幻、如焰、如水中月、如虚空、如响、如犍闼婆

城、如梦、如影、如镜中象、如化。①

后来,这被称为"大乘十喻",在佛学中很有名。严羽所谓"空中之音"就是"如响","相中之色"就是"如幻",还是水月、镜象,用了十喻中的四个。

这十喻是用来说明大乘"性空"的观点的。大乘空宗不但主张"人我空",而且进而主张"法我空"。这些比喻就是要说明一切有为法②都是虚妄、无自性、变动不居的。因为它们本是因缘和合而成,必然以生、住、异、灭即"四有为相"为特征。这十喻正表现了这"四有为相"。这些比喻,佛典中常常引用。《金刚般若波罗蜜经》是般若经类的一个提要,其最后有一总结性的偈,鸠摩罗什的译文是:

> 一切有为法,如梦、幻、泡、影,如露、亦如电,应作如是观。

这是六喻。后来菩提流支和玄奘的异译文都是九喻,与上述十喻大体相同。据认为是中国人伪造的署名马鸣的《大乘起信论》说:

> 是故一切法如镜中像,无体可得,唯心、虚妄。从心生则种种法生,心灭则种种法灭。

《成唯识论》说:

> 众缘所引自心、心所虚妄变现,犹如幻事、阳焰、梦境、镜象、光影、谷响、水月,变化所成,非有似有。

在佛典中使用十喻的例子触目皆是。

佛家之所以喜用这些比喻,不仅是因为它们形象生动,还由于它们最能体现俗假真空、非有似有的"性空"教理。虽然它在一个根本出发点上错了:即把有质的规定性的宇宙万物与虚幻的水月

---

①《大智度论》卷六。
②有为法,指一切处于相互联系、生灭变化中的现象。与"无为法"相对。

镜象等等同起来。但根据这种"性空"观点,宇宙万物也不是绝对的空无,也有"事相",也可"言说",只不过这是一种"虚妄分别"的产物。修证的任务,就是要离言说相,离文字相,超离事相造成的惑情,去证得"性空"的绝对存在。而从中观学派的二谛理论看来,假有与真空并不绝对排斥,假有是一种幻相,破除这种幻相也就体认到真空了。

用水月镜象等喻来比喻一切有为法当然是荒谬的,但严羽用来说诗又有相当"亲切"的一面。水月镜象是可感知的、具体的形象;同时,它又是虚构的;而这种虚构又以现实为依据:水与月、镜与象都是客观存在的,月映在水中,象照在镜中则成了幻象。而这些正表明了文学形象的特点。文学形象(包括诗境)也是可感知的、具体的形象,同样是经过作家头脑的虚构,而且也以现实为基础。不过佛家用水月镜象为喻要导致否定客观世界的结论;而文学刚把现实作为源泉,艺术真实正是客观现实的艺术概括。

佛家认为,人们把如水月镜象的宇宙万物执为实在是错谬的,它要探讨这种"妄念"之后的"性空"真实。而文学也不满足于创造形象,还要追求形象之中的更深厚的蕴含。因此,严羽用水月镜象等比喻"言有尽而意无穷"的道理,实际上说的是有限的形象和无限的蕴含的关系,这比一般讲"文外之旨"又深入了一步。

客观的外境经过作家的头脑变现为主观虚构的形象,这虚构的形象又反映出比所写外境的具体事相更深的含义——严羽借用大乘十喻说明了这个道理。这是用宗教唯心主义哲学说明艺术创作客观规律的一个例子。当然,任何比喻都是跛足的,严羽用的比喻也有谬误的一面。

白居易论孟浩然诗,说"秀气结成象,孟氏之文章"①,触及了孟

① 《游襄阳怀孟浩然》,《白氏长庆集》卷九,文学古籍刊行社 1955 年影宋本。

诗以及盛唐诗的特征,即意象的丰富与深厚。把"境"结成"象",在"象"中使心、境契合如一,是诗到唐代的一大成就。严羽看到了并努力说明的就是这个历史现象。

《法句经》与《贞符》

吴竺将炎和支谦译《法句经·吉祥品》有两节文字说:

> 若不从天人,希望求侥幸,亦不祷祠神,是为最吉祥。

> 一切为天下,建立大慈意,修仁安众生,是为最吉祥。

"天人",亦称"天",是佛教所说"六道轮回"中最优越的一类有情。这两节文字反对乞求天神佑护,认为对众生行仁慈是最为吉祥的。这个观点让人们联想到柳宗元的《贞符》,其中一个重要看法是:"……受命不于天,于其人;休符不于祥,于其仁。唯人之仁,匪祥于天。匪祥于天,兹惟贞符哉!"《贞符》反对对于"天命"的迷信,认为对人实行仁道政治是真正的符端。这在理论内容与表达方式上都与《法句经》的两个偈颂相似。柳宗元是否读过《法句经》,已难考查,但二者思想相通是很显然的。笔者在拙著《柳宗元传论》和《试论柳宗元的"统合儒释"思想》①一文里,曾试图对柳宗元这样的具有唯物主义倾向的进步思想家为什么会倾心佛教作出解释,这里又提出了一个很有意思的材料。

金克木先生曾以上述《法句经》译文对校巴利文原典,发现上举两节文字为原典所无。经中的这些思想确乎可能是译者的发

---

① 见中国社会科学院哲学研究所《哲学研究》编辑部等编《中国哲学史研究集刊》第 1 集,上海人民出版社 1980 年版。

挥,但其发挥并没有离开佛教教义的总的精神。佛教的唯心主义宗教哲学在本体论和认识论上远较中国儒家传统的"天命"论、"天人感应"论精致得多,因而更有欺骗性。佛教在产生时,就否定了婆罗门教对梵天、毗湿奴、湿婆三大主神的信仰。佛教不承认有主宰世界的"天主"或"天命"。它的哲学建筑在"缘起"理论上。"此有故彼有,此起故彼起"①,所以是因缘和合产生了宇宙万物、人生以及一切精神现象;支配人的命运的不是天意,而是业报轮回。"业"意为造作;身、口、意三业即人自身行为作为因缘决定他在生死流转中的处境。按佛教教义,佛的意思是"觉者"。他能觉悟到永恒的真理即"真如"、"法界"、"实相"、"法身"等等。这是一种神秘的,体现永恒,绝对真实的"诸法实相"。后来中国佛教各宗派对成佛的条件、范围认识不同,但佛性遍及一切有情的观点是被大多数人所承认的。所以佛教教义与中国传统的"天命"观是不同的,佛教的业报轮回与儒家的福善祸淫在基本理论上也是不同的。因此,柳宗元批判"天命",却又接受佛教教义,二者可以是并存不悖的。

另外,佛教以普度众生为号召。《道行般若经·贡高品》里载有菩萨大誓:"我当为十方人作桥,令悉蹈我上度去。"《大智度论》卷二七《释初品大慈大悲义》有句云:"大慈与一切众生乐,大悲拔一切众生苦。"慈悲观念、牺牲精神是佛教所鼓吹的品格,是菩萨应有的精神境界。佛教要做众生的慈航,要使人们渡过生死轮回的苦海,这当然是一种骗局。但佛教鼓吹的一视平等的慈爱,对普天下"众生"慈悲为怀,却与儒学中的仁爱思想相通。这样,柳宗元《贞符》中宣扬的"仁"与《法句经》中所说的"慈意"也就相通了。

从这个例子我们可以看出,柳宗元《贞符》中对"天命"的批判和对"仁政"的宣扬,都还是佛教唯心主义所可以包容的内容。从

---

① 《杂阿含经》卷一二。

另一方面说,就是他虽然反对唯心主义"天命"观,但可以不反对佛教唯心主义。因为他批判"天命"观还限于经验的论证,还不能彻底批判唯心主义本体论从而挖掘一切形式的唯心主义的基础。有人认为,柳宗元反"天命",就意味着他反对佛教神不灭论,这是一种曲意辩解,且不合于事实;还有人认为柳宗元之信仰佛教,是由于他政治失意而寻求精神安慰,这种看法也过于肤浅。柳宗元的信佛有着深刻的世界观与认识论的根源。他虽然反对唯心主义的比较粗俗的形式——"天命"论,却无力与佛教唯心主义斗争。

从举出的这一事例也给我们一点启发,就是应当估计到佛教思想在历史上的作用的复杂性。佛教这种外来宗教,打破了经学统治的一统天下而传播于思想界,虽然它作为宗教迷信和宗教唯心主义造成很大毒害,但唯心主义阵营的内部斗争也会带给思想领域一些新的刺激和有价值的内容。佛教教义对"天命"的否定就是一例。历史上许多进步思想家如柳宗元、刘禹锡、李贽、龚自珍、康有为、梁启超、章太炎,在一定条件下都有皈依佛教的表现,除了这些人本身的局限之外,也应当看到佛教在历史上作用复杂性的一面。

《佛所行赞》的诗歌艺术

《大藏经》所收《佛所行赞》是一首描写佛一生行事,从其家世、出生到出家、悟道、说法直至涅槃的长篇五言叙事诗。作者马鸣,是印度一世纪到二世纪时的著名佛教哲学家,也是著名文学家。《佛所行赞》是宗教文学作品,它的内容是写佛教教主的,但它又是文学创作。这部作品在五世纪初由东印度僧人昙无谶译为汉文。由于它在佛藏中流传,因而很少为文坛所重视,这实在是十分可惜的事。

从篇幅上看,这首五言长诗的汉译文分为五卷二十八品(章),近九千行。中国古代最长的叙事诗是《孔雀东南飞》,共三百五十七行一千七百八十五字,《佛所行赞》的篇幅竟有它的近三十倍。这篇作品从内容到表现形式上也有很多特色。它写佛的一生,当然有神化和夸饰之处,但基本上是把他作为一个"人"来写的,大体上符合佛的一生历史的本来面目。隋代阇那崛多等译六十卷本《佛本行集经》是汇集五部佛传而成,其中包括佛的前生即"本生"神话故事。《佛所行赞》中没有这部分内容。至于表现形式,仅从汉译文看,虽然语言上有生涩格碍之处,但整个表达上是非常生动鲜明的。昙无谶经西域来到西凉,学习汉语三年,曾传译北本《涅槃经》,在译场中临机释滞,清辩若流,兼富于文藻,辞制华密。他译《佛所行赞》,也表现了语言上与艺术上的较高素养。对这部译品作出详细分析,可以成为研究上的专题。这里只谈一点,即在这部作品的翻译中,早已表现出后来所说的诗歌的"散文化"倾向。

在中国诗史上,韩愈创奇崛诗风,大量以散文句法入诗;宋人写诗走平易一途,又以学问书卷为诗,"散文化"成了一个表现上的特点。诗歌走入"散文化",除了出于一定艺术趣味的追求之外,主要原因一是要用诗讲道理、发议论,要铺叙形容;二是语言发展变化,如双音词增多、诗句中用虚词等,这都要打破传统的表现手法与节奏。而《佛所行赞》的翻译,一方面,它本身就以铺叙、描写为主要手段;另一方面,翻译外文,必然带来一些外来语词和新的语法形式,这样,就必然改变中国固有的五言诗的表现方式。

《佛所行赞》中有不少段落,描写场面,铺叙相当细致、生动,为中国诗歌中所未见。这里引出《离欲品》中宫中彩女以色相诱惑太子一段:

……

尔时彩女众,庆闻优陀说,

增其踊悦心,如鞭策良马。
往到太子前,各进种种术,
歌舞或言笑,扬眉露白齿。
美目相眄睐,轻衣现素身,
妖摇而徐步,诈亲渐习近。
情欲实其心,兼奉大王旨,
慢形媟隐陋,忘其惭愧情。
太子心坚固,傲然不改容,
犹如大龙象,群象众围绕,
不能乱其心,处众若闲居;
犹如天帝释,诸天女围绕,
太子在园林,围绕亦如是。
或为整衣服,或为洗手足,
或以香涂身,或以华严饰,
或为贯璎珞,或有扶抱身,
或为安枕席,或倾身密语,
或世俗调戏,或说众欲事,
或作诸欲形,规以动其心,
菩萨心清净,坚固难可转。
……

这里对诸彩女的言动姿态极尽形容,用以衬托太子离世弃欲的坚强意志,虽然在写法上与中国叙事诗的映衬方法相同,但叙写铺衍却繁复细密多了。特别是用了十一个“或”字组成排比句写彩女动作。韩愈《南山》诗写南山风光用了五十一个“或”字句,是古诗用排比形容的著例,实则他的这种句法在近三百年前的《佛所行赞》译文中已经用过了。《破魔品》中还有一处连用三十一个“或”字句。另外如写太子出城游观,太子观宫中彩女睡态,太子离家求道后宫中悲痛等片段,写得都很细腻、鲜明、生动。

从格律上看,这首诗的译文用了五言体,但与中国五言古诗又不同。基本不押韵,但注意到声调的和谐流畅;句式上不限于五字成句,也有十字、十五字连贯成句的;句内的节奏不只采取 2、3 或 2、2、1 的传统格式,而变化以多种节奏。例如《合宫优悲品》中太子母悲悼太子离家入道一段细致描写,在中国诗中是少见的。它的格律,每一句基本是三个音步,多数是两字成一节奏,有不少句子以 2、2、1 的汉诗传统句式组合成句。但也有些句子打破了这个格式,有的句子虚词构成音节,如"生长—于—深宫","沐浴—以—香汤";有的句子两句贯通,如"犹如—狂风—摧,—金色—芭蕉树"。这都是散文句法。此外诗中有些外来语音译,也就不能按照中文诗的节奏读。如说到大臣到苦行林中劝说太子:

> 国奉天神师,执正法大臣,
> 舍除俗威仪,下乘而步进。
> 犹王婆摩叠,仙人婆私吒,
> 往诣山林中,见王子罗摩,
> 各随其本仪,恭敬礼问讯。
> 犹如儵迦罗,及与央耆罗,
> 尽心加恭敬,奉事天帝释,
> 王子亦随敬,王师及大臣。
> ……

这里用了不少音译人名,必然打破传统的节奏。

这样看来,《佛所行赞》译文中的这些"散文化"的表现方法,确实给中国诗歌的表现艺术注入了新的因素。它是否影响到以后的诗坛? 又是如何发生影响的? 这也是值得探究的课题。附带说一句,佛典翻译中的偈颂,有些也可以看做是相当不错的译诗。它们直接影响到唐、宋诗僧的创作,也影响到一般的诗歌创作。

偈颂与诗的通俗化

　　佛典有所谓"十二分教"，又叫"十二部经"，是体例划分上的十二类。其中有两类是韵文，即"祇夜"和"伽陀"。祇夜又称重颂、应颂，在韵散结合的经文中是重宣长行（修多罗）散文的内容的；伽陀又称讽颂、孤起，是宣扬佛理的独立韵文。这二者统称为偈、颂或偈颂，是佛典中很有文学色彩的组成部分。

　　偈颂在佛经原典中有一定的韵律格式，译成汉语，也采用了诗的形式，多是五言，也有四、六、七言的。但从形式看，早期佛典译语本来粗糙，翻译韵文要照顾到内容表达与严格的格律两个方面更为困难，所以译文虽保持五（或四、六、七）言的整齐划一的格式，在音节、韵律上并不能讲究。另外，有些偈颂是讲理论的，理论自有它意义上的内在逻辑，就不能勉强装到固定的形式之中。玄奘是伟大的翻译家，译笔之准确精美是公认的，但他译商羯罗主《因明入正理论》开头的一颂：

> 能立与能破　　及似唯悟他
> 现量与比量　　及似唯自悟

形式上是五言诗，但如果加上现代的标点则应当是：

> 能立与能破及似，唯悟他；
> 现量与比量及似，唯自悟。

上一个"似"代表"似能立"、"似能破"，下一个"似"代表"似现量"、"似比量"。"似"是"错误的"的意思。颂的大致意思是：立论与反驳和错误的立论与反驳是用来教化他人的；知觉与推理和错误的知觉与推理是自我认识的手段。从这样的偈颂也可以看出，这些宣扬佛教教义的东西并不能算真正的诗,正如鲁迅先生所说的汤头歌诀并不算诗一样。中国的禅僧写了许多谈禅的偈颂,有些相当有文采,人们历来也多不把它们当做诗歌看待。

虽然多数偈颂不是真正的诗,并不意味着它的某些部分没有一定的诗意,更不是说它们没有对诗歌发展产生一定影响。谈佛经的文学价值,偈颂与诗歌的关系是很值得注意的。可以设想,佛典的创作者们在制作偈颂时,曾有意地运用了诗的写作方法,有时或者就是模仿或借用民歌形式。这也是佛教的宗教宣传借用民众智慧的一个表现。而当这些作品翻译为汉语,由于不少译师长期活动于社会下层,而译经的主要对象又是文化水平较低的广大群众,所以就要在通俗化上作出努力,以至借鉴汉语民歌的表现手法。

例如西晋竺法护所译《生经》,本属于本生故事,很多内容来源于民间口头文学,所译韵文也很富民歌风。其中的《佛说野鸡经》写一野猫见树上野鸡端正殊好,心怀毒害,欲危其命,但又以柔辞相诱,诵偈说:

> 意寂相异殊,食鱼若好服。
> 从树来下地,当为汝作妻。

野鸡报以偈说:

> 仁者有四脚,我身有两足。
> 计鸟与野猫,不宜为夫妻。

如此往复对答,很像山歌对唱,而语言和表现方法上的清新、生动,又很有南朝民歌风味。现在收在《乐府诗集》中的南朝民歌,是宋、齐以后的作品。而这些译文出自西晋,译经的地点又在北方,由此也可以看出当时北方民歌的发展情形。这也是诗歌发展史上值得注意的有趣现象。

佛典中的不少说理的偈颂,在表现方法上也多借鉴民歌。例如早期佛典之一的《杂阿含经》有一"天子"（即六道中的"天"，有情的一类）赞佛说：

> 广无过于地，深无逾于海，
> 高无过须弥，大士无毗纽。

"毗纽"，是印度教三大主神之一。佛答：

> 广无过于爱，深无逾于腹，
> 高莫过㤭慢，大士无胜佛。①

又有这样的对问：

> 何物重于地？ 何物高于空？
> 何物疾于风？ 何物多于草？

佛以偈答：

> 戒德重于地，慢高于虚空，
> 忆念疾于风，思想多于草。②

这类偈颂，或赞美，或说理，都用了对问、排比、比喻、衬托等民歌常用手法，把抽象的佛理表达得很形象。

　　还有不少偈颂表现训诫的内容，针砭世俗，好像是一些格言诗。如《杂阿含经》卷四四有佛说颂：

> 汝莫问所生，但当问所行。
> 刻木为钻燧，亦能生于火。
> 下贱种姓中，生坚固牟尼。

"牟尼"即牟尼珠，夜明珠。这首诗是讲业报思想的。强调自身为善，教育人奋发自强，还是有意义的。至于肯定下贱种姓，表现了

---

① 《杂阿含经》卷四八。
② 《杂阿含经》卷四九。

早期佛教反婆罗门教种姓观念的精神,在历史上有一定理论价值。《杂宝藏经》中有不少民间故事,从中总结人生教训,用偈颂来表达,如其中的《婆罗门妇欲害姑缘》:

> 夫人于尊所,不应生恶意。
> 如妇欲害姑,反自焚灭身。

《婢羊共斗缘》:

> 瞋恚斗诤间,不应于中止。
> 羝羊共婢斗,村人猕猴死。①

这里讲的是人事关系、处世之道,已完全是世俗说教。又如《出曜经》的《爱品》第三有偈:

> 无欲无所畏,恬淡无忧患。
> 欲除使结解,是为长出渊。②

《无游逸品》第四下:

> 专意莫放逸,习意能仁戒。
> 终无愁忧苦,乱念得休息。③

这讲的则是修身哲学。这些偈颂表达上不但浅显、通俗,而且也相当生动,往往以纯朴古拙的形式表现出有一定深意的内容。

中国诗歌在通俗化上值得重视的是中唐诗人的创作,特别是以元、白为代表的“元和体”被看做是浅俗的代表,但在此以前已有王梵志诗、寒山诗等真正的通俗诗,都受到偈颂的影响。研究中国古代诗歌的通俗化,不可不看到偈颂翻译的作用。

---

①《杂宝藏经》卷一〇。
②《出曜经》卷五。
③《出曜经》卷六。

偈颂与铭、箴、赞、颂

偈颂还影响到铭、箴、赞、颂一类文体的创作。可以举一个例子,《出曜经》卷三《无常品》下:

> 有子有财,愚惟汲汲。命非我有,何有子财。愚蒙愚极,自谓我智。愚而称智,是谓极愚。

再看看柳宗元的《敌诚》:

> 敌存而惧,敌去而舞,废备自盈,祗益为愈。敌存灭祸,敌去召过,有能知此,道名大播。惩病克寿,矜壮死暴,纵欲不戒,匪愚伊耄。

二者相较,形式是相似的、语言结构是相似的,甚至文思的内在逻辑也是相似的。《出曜经》出于后秦,竺佛念所译,在柳宗元以前约四百年。

中国古代的铭,"其体不过有二:一曰警戒,二曰祝颂"①。上古的金文题铭,是一种简古的记事文字,是记录事功、赏赐、讼断的,兼有歌赞与符信的意义。刘勰说:"铭者,名也,观器必也正名,审用贵乎盛德。"②后来的铭不只是铭器物,如著名的秦始皇峄山刻石等,铭之于碑;也不只是歌功颂德,如张载《剑阁铭》等是著劝诫的。与铭相似的还有箴。铭主要是颂,箴则是刺;铭题于器,箴诵于官。但到后来同是一种短小的韵文体裁。还有颂、赞,形式也相似,也是从铭发展而来。

---

① 徐师曾《文体明辨序说》。
② 《文心雕龙·铭箴》。

　　到了唐代,铭、箴、颂、赞等文体有了很大的发展。一是内容大为扩充了;二是表现手法上大为丰富了。韩愈的《五箴》是著劝诫的,但也可以看作是充满哲理的小议论文;他的《子产不毁乡校颂》,就是一篇很有见解的历史评论。柳宗元除了《敌诫》外,还写过《忧箴》、《诫惧箴》、《师友箴》、《伊尹五就桀赞》等。著名的《贞符》,《际民诗》也取铭赞形式。这些作品思想深刻、表现方法多样,是很好的杂文。还有刘禹锡《陋室铭》那样的作品,精粹迥永,有如散文诗。唐人铭的内容与表达,都大大超过了前代。箴等其他体裁的发展变化也是一样的。

　　这个变化产生的原因很多,其中之一应是受到佛典中偈颂译文的影响。佛典中的许多讽颂是讲义理的;重颂则重宣长行经文,内容很复杂,有叙事,也有论理。译师们往往取中国传统的四言铭箴体来翻译它们,创造出一种颇见新变的文章表现形式。还举《出曜经》为例,其中有些论理的偈颂,利用了具体形象,颇为生动,如:

　　　　生子欢豫,爱染不离。醉遇暴河,溺没形命。

　　　　暑当止此,寒雪止此。愚多豫虑,莫知来变。

有些讲处世之道,机智迥永,意味深长,直到今天仍有一定意义:

　　　　多结怨仇,祸患流溢。实无过咎,怨者何望。

　　　　莫轻小恶,以为无殃。水谛虽微,渐盈大器。凡罪充满,从小积成。

这种论理方法,是后来写铭赞体的人所常用的,如李翱《行己铭》、张载《西铭》等。

　　中国开始传译佛典,主要是禅教与般若两派,禅教多杂方术,般若融入玄谈。夹入神仙方术的佛教,给中国文学增加了不少新题材，神变、报应之类故事，一直传承到后世的戏曲、小说。而与玄谈相结合的般若之学，则发展了论辩的技巧。六朝佛教义学，名相分析之细密、理论辨析之精微，超过了中国诸子百家的文字。佛典本身又是以宣扬佛理为目的的，各类经典都要论理。这样，佛典翻译对中国散文与诗歌中的论说成分的发展是影响甚大的。中国的铭箴等文体的变化，也是这种影响的一个方面。

佛典"譬喻"与寓言

佛典中大量运用譬喻。《法华经·序品》记载佛说：

> 我以无数方便，种种因缘、譬喻言辞，演说诸法。

《出曜经·无常品》说：

> 智者以譬喻得解。

我国唐代僧人、华严宗的法藏在武则天殿庭前指金狮子为喻演说无尽缘起之义，成《华严金狮子章》，其中也说：

> 法非喻不显，喻非法不生。

可见中外佛教徒们多么重视譬喻。

佛典中的所谓"譬喻"，义界非常宽泛。从修辞上的比喻、比拟方法，论辩中借事明理的技巧，直到完整的寓言故事，都包括在内。佛典作为宗教文学的价值，重要方面就是这种"譬喻"艺术。特别是其中那些完美的寓言故事，堪称是优秀的寓言文学作品。

早期佛典四《阿含》肯定包含有释迦生前说法的真实记录成分。释迦可说是一位讲寓言故事的大师。他很接近群众，也很了解生活实际，为了说法方便，利用或编造了不少生动的故事。其中

如以作田、调马、冶金等来做比喻,都取材于生产劳动的实际经验。又如尊者难陀以屠牛比喻人身本五蕴和合而成:

> ……听我说譬,夫智者因譬得解。譬如善屠牛师、屠牛弟子,手执利刀解剥其牛,乘间而剥,不伤内肉,不伤外皮,解其肢节、筋骨,然后还以皮覆其上。若有人言:"此牛皮肉全而不离,为等说不?"答言:"不也,尊者难陀。所以者何?彼善屠牛师、屠牛弟子,手执利刀乘间而剥,不伤皮肉,肢节、筋骨,悉皆断截,还以皮覆上,皮肉已离,非不离也。"……①

由此比喻人身外表是完整的,实际可以用智慧刀截断一切结缚而分析为五蕴,从而破了人我实有。这个譬喻来自屠牛的贱业。很有趣的是,这个故事与《庄子》中的庖丁解牛寓言很相像,是研究比较传说学的一个很好的例子。

佛典中的寓言是为了"方便说法"的,往往由简单的比喻发展而来。例如《杂阿含经》中就有"如沫、如泡、如芭蕉、如幻"的比喻,《金刚经》中又有"一切有为法,如梦、幻、泡、影"的说法,但后来为表现这"如梦"的观念却创造出不少完整的故事。这里仅举前宋西域沙门吉迦夜所译《杂宝藏经》卷二《娑罗那比丘为恶生王所苦恼缘》为例。故事说的是有优填王子娑罗那,"心乐佛法,出家学道",在山林中坐禅,遇恶生王带领众彩女到林中游观,娑罗那乘机为诸彩女说法,恶生王大怒,"即捉挝打,遍体伤坏"。

> ……(娑罗那)受打已竟,举体疼痛,转转增剧,不堪其苦。复作是念:我若在俗是国王子,当绍王位,兵众势力不减彼王;今日以我出家单独,便见欺打。深生懊恼,便欲罢道还归于家。即向和上迦游延所,辞欲还俗。和尚答言:"汝今身体新打疼痛,且待明日,小住止息,然后乃去。"时娑罗那受教即宿。

---

① 《杂阿含经》卷一一。

于其夜半,尊者迦旃延便为现梦,使娑罗那自见已身罢道归
家,父王已崩,即绍王位,大集四兵,伐恶生王。既至彼国,列
阵共战,为彼所败,兵众破丧,身被囚执。时恶生王得娑罗那
已,遣人执刀,将欲杀去。时娑罗那极大怖畏……心中惊怖,
失声而觉……

后来他见到和尚,听其说法,从而又坚定了信心。像这样的故事,
有完整的情节,有人物的矛盾纠葛,又用了一系列形象化的表现
手法,它已经不是空洞的"如梦"的说教,而是寓言文学作品了。

这种具有一定独立性的故事,由于概括了某些社会现象,在
佛教的宗教教义之外,还包含一定客观现实内容。例如娑罗那与
恶生王的斗争,客观上反映了统治者之间尔虞我诈、纷争劫夺、个
人命运不能自保的现实情形。后来的中国小说、戏曲也有不少与
它主题相似、构思相似的,例如唐李公佐《南柯太守传》、沈既济
《枕中记》直到汤显祖《临川四梦》等。后面这些作品很可能受到
佛典这类故事的影响。正由于佛典寓言有着独立的客观内容,
因而就可以作为艺术欣赏对象被人们所接受。这样,佛典许多
"譬喻"作为寓言故事,直接或曲折地反映了古代印度社会以至
一般阶级社会共同的社会现实内容,同时在艺术上也有一定的
价值。

黑格尔曾说过:宗教"往往利用艺术,来使我们更好地感到宗
教的真理,或是用图像说明宗教真理以便于想象"①。这是从宗教
徒的主观目的来说明宗教与艺术的关系。另一方面,更值得我们
注意的是,宗教本身要借助幻想,要利用形象,在思维形式上与艺
术就有相通之处;宗教虽然采取神学的、超现实的形式,但它探究
的终究是世俗的、现实的内容,这样在内容上也与艺术相通。从而
宗教可以把文学包容在自身中,文学可以依附宗教而存在。佛典

①《美学》第 1 卷第 126 页,人民文学出版社 1958 年版。

中的寓言文学就是一个例子。

在世界三大宗教——佛教、基督教、伊斯兰教的教典中都包含有丰富的文学成分。宗教利用文学,这一点容易看到;但我们往往忽视了文学还利用了宗教。在文学史研究中,宗教文学应当充分加以研究。

佛典"譬喻"与民间文学

佛典"譬喻"形式多样,十分丰富。有四《阿含》中那些短小的譬喻故事,也有大部经典就是出于譬喻,例如著名的《维摩诘经》,写毗耶离城的一个富有居士深通佛理,示疾说法,佛派众弟子前去问讯,许多人都自惭不如不敢前往,最后文殊师利前去探问,并与之共论佛法。整部经有完整的故事情节,人物鲜明,语言生动。特别是维摩诘这个形象,堪称是一个典型性格,对于中国文学和文人生活产生了重大影响。又如竺法护译《佛说奈女耆婆经》,写"医王"故事,描绘了一个神医形象,实际上是印度古代无数名医事迹的概括。

佛典中这数目庞大的譬喻故事非一人一时一地所作。按佛教的说法,经本是佛生前所说。但实际上,它们出于不同时代、不同地点,是无数无名信徒的集体创作。拿譬喻故事来说,有些可以考定是出于佛教作家的手笔,如所传《大庄严论经》出自马鸣;多数则不知作者。但无论是何人写定,许多素材肯定是来自民间的。正如陈寅恪先生所指出的:

> 天竺佛藏,其论藏别为一类外,如譬喻之经,诸宗之律,虽

　　广引圣凡行事,以证释佛说,然其文大抵为神话物语。①

佛典数量庞大,譬喻成分占比重多,可以毫不夸张地说,这是现在存世的最为巨大的民间神话传说宝库,亟待开发。

　　研究这些"譬喻"经典,很重要的一点就是要剔除其宗教成分,恢复其民间文学的本来面目。过去的佛教信徒们是不能做这个工作的;如今很多文学研究者对佛典所知不多,对其文学价值往往也估计不足。

　　实际上,佛典中的不少故事显然就是具有独立思想意义的文学作品,被佛教徒附会以佛理作为宣教的材料。实际上原来的故事与佛教教义没有什么关系。例如《百喻经》卷一中的《三重楼喻》:

　　　　往昔之世,有富愚人痴无所知,到余富家见三重楼,高广严丽,轩敞疏朗。心生渴仰,即作是念:我有财钱,不减于彼,云何顷来而不造作如是之楼? 即唤木匠而问言曰:"解作彼家端正舍不?"木匠答言:"是我所作。"即便语言:"今可为我造楼如彼。"

　　　　是时木匠即便经地垒基作楼。愚人见其垒基作舍,犹怀疑惑,不能了知,而问之言:"欲作何等?"木匠答言:"作三重屋。"愚人复言:"我不欲下二重之屋,先可为我作最上屋。"木匠答言:"无有是事。何有不作最下重屋而得造彼第二之屋? 不造第二,云何得造第三重屋?"愚人固言:"我今不用下二重屋,必可为我作最上者。"

　　　　时人闻已,便生怪笑,咸作此言:"何有不造下第一屋而得上者?"

　　　　譬如世尊四辈弟子,不能精勤修敬三宝,懒惰懈怠,欲求

①《杨树达〈论语疏证〉序》,《金明馆丛稿二编》第 232 页,上海古籍出版社 1980 年版。

道果，而作是言：我今不用余下三果，唯求得彼阿罗汉果，亦为时人之所嗤笑，如彼愚人等无有异。

这个三重楼喻，是佛教徒用来说明小乘修行的次第的。大乘修证的最高果位是菩萨，小乘则是阿罗汉。达到阿罗汉果，须经过须陀洹、斯陀含、阿那含果。这正如修楼一样，要一层层渐次修证，是不能不经渐修、一蹴而就的。但读这段经文一眼就可以看出，前面的故事与后面的说教并没有什么必然联系，佛徒的修证过程与建筑楼房根本没有关系。这个寓言自有它所包含的深刻的哲理内容。它嘲笑了富人，赞扬了工匠，更可以看出它的倾向性。鲁迅当年曾利用这个寓言，批驳反动派对苏联建设成就的攻击，说："就如印度的《譬喻经》所说，要造高楼，而反对在地上立柱，据说是因为他要造的，是离地的高楼一样。"①这就是利用了它的客观哲理来说明自己所要阐述的另外的主题。看《百喻经》的故事，所写的多是民众的生活与经验，主人公有农民、贫民、工匠、奴隶、伎女、山羌、盗贼、商贩，当然也有婆罗门和国王，这可以证明它们本来自民间，出于无名的民间作者之口。佛以及他的一代代门徒的创造，正是充分继承了民间神话传说的成果。

佛教徒的修行分戒、定、慧三个方面、扩大为三十七道品②，大乘又概括为六波罗蜜即六度：布施、持戒、忍、精进、定、智慧。佛教本身有着一定的伦理内容，在它的理论中，"真"与"善"被看成是一致的。所以，有不少讲修行方法的寓言，实际上讲的是一般道德修养的故事。例如布施，讲施舍财物，往往与济难扶困相通。本生中

---

①《林克多〈苏联闻见录〉序》，《南腔北调集》。

②指四念处（观身不净、观受有苦、观心生灭、观法无我）、四正勤（大意是未生、已生恶应努力断除，未生、已生善应努力扶植）、四如意足（四种得到神通的禅定）、五根（信根、精进根、念根、定根、慧根）、五力（信力、精进力、念力、定力、慧力）、七觉支（念觉支、择法觉支、精进觉支、喜觉支、猗觉支、定觉支、舍觉支）、八正道（正见、正思维、正语、正业、正命、正精进、正念、正定）。

的舍身救鸽、舍身饲虎等故事,赞美佛的牺牲精神,如果剔除其宗
教宣传的含意,确实表现了一种伟大的人格,因而有一定的教育意
义。其他如精进、持戒等等也是一样。所以,不少佛典譬喻,又是
古代印度人民伦理道德的结晶,这种伦理道德的教育成分也是应
当承认的。

佛典中有不少纯属宣扬宗教迷信的故事,例如:

> 昔舍卫国有罗汉比丘,入城乞食,次到压甘蔗家。其家儿
> 妇以一粗大甘蔗著比丘钵中。姑见瞋之,便捉杖打,遇着腰
> 脉,即时命终,得生忉利天而作女身,所处宫殿纯是甘蔗。诸
> 天之众,集善法堂。时彼天女亦集此堂。帝释以偈而问言:

> 汝昔作何业,而得妙色身?
> 光明色无比,犹如熔金聚。

天女以偈答言:

> 我昔在人中,以少甘蔗施。
> 今得大果报,于诸天众中,
> 光明甚晖赫。①

像这样的故事,虽然有人物、有情节,又用了韵散结合的形式,但宣
扬的纯是布施得报的迷信教条。《杂宝藏经》、《百缘经》中有不少
诸如礼佛生天、作斋生天、造浮图生天以及以香涂佛足生天等因缘
故事,显然都是僧侣们编造用来欺骗群众的。它们也谈不到什么
艺术性,完全是图解化、公式化的,枯燥乏味。

考查佛典譬喻的创作,对寓言文学以至整个文学创作的规律
也会加深了解。特别是可以认识到:真正优秀的文学创作必定根
源于现实生活。利用形象来图解先验的、错误的观念的办法是行
不通的。就寓言文学说,它的生命力在于用来譬喻的故事概括生

---

① 《杂宝藏经》卷五《妇以甘蔗施罗汉生天缘》。

活的深度和广度；缺少对人生与社会的深刻认识，无论多么"巧妙"的构思，多么"贴切"的比喻，都是空洞而没有价值的。

佛典"譬喻"的幽默

佛说"四谛"，"苦谛"居第一。人活着有生、老、病、死之苦，死后有六道轮回之苦，因此才要到佛教中求解脱。但是，佛典中有不少譬喻故事，讽刺世事，表现出特殊的幽默情趣，充满了对人生的乐观精神。有些，实际上是对佛教本身的讽刺。这也反映了古代印度人民的精神和品格。这类作品有着独立的文学价值，值得研究和重视。这里仅举两个例子。

一个是《贤愚经》卷一一的《檀腻䩭品》。这是一篇结构独特的长篇故事，由一连串充满幽默情趣的小故事用勾锁连环的方法组成。这种结构方法在中国以前的文学中还没有出现过，对以后长篇话本的结构产生一定影响。故事讲一个名叫檀腻䩭的穷婆罗门，他为打谷向邻人借牛，还牛时没有打招呼，扬长而去，牛跑丢了，结果牛主捉住他到国王那里告状；走到半路遇见王家牧马人，马惊逸走，他帮助去捉，打折了马腿，又被马吏捉住不放；走到水边，看到一个木工，口衔斧斤渡河，他去问何处可渡，木工一开口，斧斤掉到水里，木工也捉住他不放；走路饥渴，到一沽酒家，他上床饮酒，不意被下有小儿卧，小儿被他压死，儿母找他偿命；将到王宫，他越墙逃走，从墙头跳下，又压死了一个正在墙下的老织工，织公儿又捉住他。大家来到国王面前，请国王断案。国王对牛主说："卿等二人，俱为不是。由檀腻䩭口不付，汝当截其舌；由卿见牛不自取摄，当挑汝眼。""结果彼人白王，请弃此牛，不乐剜眼、截他舌也"。对其他人也作出了类似的判决。例如让檀腻䩭去给死去孩子的母亲做丈夫，让他再帮助她生个儿子来做赔偿；又让他去给死去父亲的织公儿做父亲……结果，冤仇消解，各各离去。这篇作品的前后虽然有一些宗教说教，但故事本身并没有宗教色彩。其中所写檀腻𩭋的不幸遭遇，表现了一个善良人的意外困境；国王的断案则谐趣令人绝倒。这都表现了对普通人的同情与人的善良与睿智。

值得提及的是，这个《檀腻𩭋品》后半写国王断案，有一个情节实际是元曲李行道作《灰阑记》故事的雏形。郑振铎先生早年曾指出《灰阑记》中包公断二妇争一子案，与《旧约全书·列王纪》中所罗门王问案故事相似。赵景深先生曾就此著文加以讨论①，但他没有检出《贤愚经》中的这个故事。

> ……见二母人共争一儿，诣王相言。时王明黠，以智权计语二母言："今唯一儿，二母召之。听汝二人各挽一手，谁能得者，即是其儿。"其非母者，于儿无慈，尽力顿牵，不恐伤损。所生母者，于儿慈深，随从爱护，不忍撕挽。王鉴真伪，语出力者："实非汝子，强挽他儿。今于王前，道汝事实。"即向王首："我审虚妄，枉名他儿。大王聪圣，幸恕虚过。"儿还其母，各尔放去……

赵景深先生曾提及这个断案故事又见英译西藏故事集。但陈寅恪先生早曾指出《贤愚经》有藏译本，是从汉文转译的②。可知这个故事最早记载于汉译佛典。它影响于后来的《灰阑记》创作，是佛典启发中国文人创作构思的一个例子。

第二个例子可举出《大庄严论经》卷六中的一个故事。这个故事又见于《撰集百缘经》卷三，称《劫贼恶奴缘》，现仅录《大庄严论

---

① 见《所罗门与包拯——解答振铎兄的一个问题》，收入《中国小说丛考》，齐鲁书社1980年版。
② 见《童受〈喻鬘论〉梵文残本跋》，《金明馆丛稿二编》，上海古籍出版社1980年版。

经》的译文：

> ……有一比丘常被盗贼。一日之中，坚闭门户，贼复来至，扣门而唤。比丘答言："我见汝时极大惊怖。汝可内手于彼向中，当与汝物。"贼即内手置于向中，比丘以绳系之于柱。比丘执杖，开门打之。打一下已，语言："归依佛。"贼以畏故，即便随语："归依于佛。"复打二下，语言："归依法。"贼畏死故，复言："归依法。"第三打时，复语之言："归依僧。"贼时畏故，言："归依僧。"即自思维：今此道人有几归依？若多有者，必更不见此阎浮提，必当命终。尔时比丘，即令放去。
>
> 以被打故，身体疼痛，久而得起，即求出家。有人问言："故先做贼，造诸恶行，以何事故，出家修道？"答彼人言："我亦观察佛法之利，然后出家。我于今日遇善知识，以杖打我三下，唯有少许命在不绝。如来世尊实一切智者，若教弟子四归依者，我命即绝。佛或远见斯事，教出比丘打贼三下，使我不死。是故世尊唯说三归，不说四归。佛愍我故，说三归依，不说四归。"……

在这个故事里，那个本应讲慈悲施舍的比丘施狡计捉住一个小偷，一面杖打，一面口念"三归"[1]，这是对僧侣的尖刻讽刺；而那个小偷从三次棒打中"体会"到"三归"的好处，从而对佛的"智慧"产生了敬仰之心并发心出家学道。这就好像我国传统相声段子《歪批〈三国〉》一样，实际上是对"三归"的曲解，对佛、法、僧的信仰表现一种嘲弄的态度。

在《百喻经》、《杂宝藏经》中还有不少幽默故事。佛典中也有讽刺、幽默艺术，这也是它的民间成分之一。而讽刺和幽默表现的人生情趣与对生活的乐观态度，本是与佛教出世的悲观精神相对

---

[1]"三归"，即"三皈归"，是佛教徒入教时表示皈依佛、法、僧的信条。

立的。

佛典论艺

佛典中有不少处直接谈到艺术。这多是以艺事为譬来宣演教义的。但其中又确实透露出对艺术问题的某些看法。这可视为我国最早译介的外国艺术理论。

如晋译六十《华严》卷二八《十忍品第二十四》中有一偈云：

> 譬如工幻师，示现种种形，男女象马牛，园林华果等。
> 幻无所染著，亦无有住处，幻法无真实，所现悉虚妄。
> 佛子亦如是，观察诸世间，有无一切法，了达悉如幻。

这是讲大乘"法我空"观念，即宣扬宇宙万物如幻如化、没有自性，因而是"性空"的。用幻师技艺作譬喻，表明形象出于虚构，是内心想象的产物。

说同样道理的，还有前宋求那跋陀罗译《楞伽经》的一段，讲到境界本为转识所生，直接用绘画作譬：

> ……譬如工画师，及与画弟子，布彩图众形，我说亦如是。
> 彩色本无文，非笔亦非素。为悦众生故，绮错绩众像。
> 言说别施行，真实离名字，分别应初业，修行示真实。
> 真实自悟处，觉想所觉离。此为佛子说，愚者广分别。
> 种种皆如幻，虽现无真实，如是种种说，虽现无真实。

这里讲的是佛教大乘空宗的"真实"观。先用绘画作譬喻，指出，色彩本身并非图形（"无文"），笔与绢素也不是图画，但画师"为悦众生故"却可以"绮错绩众形"，画出美丽的图画来。这样，绘画就不同于某种"实"物，而是画师凭自己头脑所造成的幻象。经文用这个事实说明:"言说"与"施行"是截然不同的两码事,"真实"与"名字"(名言、概念)也是互不相干的;在意识上呈现虚妄分别之相是作业(即身、口、意三业,泛指一切身心活动)的开始,只有按佛法修行才能悟解离开言说、名字的"真实"。这样,言说、名字以及它们所表达的事物都如幻象而非真实。这说的是宗教哲学道理,但又确实通于对艺术创作的认识,即绘画中的艺术形象纯是艺术虚构的产物,并不同于"真实",也不反映"真实"。

以上两个例子都涉及到艺术创作中艺术家所创造的形象能否反映"真实"以及艺术真实与生活真实的关系等问题。按佛家的"真实"来看,艺术形象如幻听幻设、画师绘画是与"真实"不同的,所以佛门中有"绮语"一戒,"歌舞伎乐"除用来赞佛外也是被否定的。但这其中也说明了艺术之为虚构的道理,强调了艺术创作中人的主观意识的能动作用。这又是有一定合理内容的。至于提出了艺术形象本身与"真实"的矛盾,探讨二者的关系,在认识上也有一定的辩证因素。

把艺事与幻化等同,而与"真实"对立起来,在理论上当然十分荒唐。但这其中也有一定辩证的成分。当初释迦在菩提树下悟道,大彻大悟的是一种绝对"真实"。佛教讲"四谛"(苦、集、灭、道)、"二谛"(人我空、法我空)等等,"谛"是真谛、真理的意思。佛教作为宗教,必然有非现实、非理性的特征,但它又主张领悟"真实"。这是超绝言相、脱离现实的"真实"。理性的追求从而转化为非理性的迷信。然而这里却暗示出宇宙事相与本质真实的差异,在人们所能感受到的现实的"真实"之外有着更本质的"真实"。这种理论也就与艺术有关了。上引两段佛典是用幻术、绘画说佛法,正显示了某些艺术创作的道理。

在中国哲学中,讲"本体"之"真"的,首见于老、庄。在魏、晋玄学中,"本体论"大发展。在物质世界之外肯定存在着一个更根本的宇宙本源,这是唯心的。但在人生日用、可感知的宇宙万有之外，探寻一种更本质的"真实"，这又是辩证思维发展的一大进步，表现出人们追求宇宙根本规律的努力。大乘佛教的"真实"观，补充了并在某些方面发展了玄学的"本体论"。如鸠摩罗什传译的中观学派提出的结合"真谛"与"俗谛"的"中道"观念，僧肇提出的"不真故空"的理论，都要解决世俗认识与佛道"真实"的矛盾，努力调和二者，表现出在探求宇宙本体之"真"方面的理论思维的进步。

艺术利用形象来反映生活，但这种反映不是机械的、被动的。形象是艺术概括，是典型化的产物。艺术家不能局限于一时一事、一人一物的"真实"，他要通过自己的创作表达对宇宙与人生的理解，要追求一种更高的、更本质的真实。艺术在其发展中，总是表现出典型化程度越来越充实、越来越高级的趋势。艺术家要对生活有更深刻的理解，从生活"真实"中升华出更高一层的"真实"，即反映生活本质的艺术"真实"。在这一点上，魏、晋以后的文艺观有个很大的变化：从"感物而动"、"歌食""歌事"到追求"此中有真意"（陶渊明《饮酒》）、"蕴真谁为传"（谢灵运《登江中孤屿》），正说明了在艺术真实问题上认识的进步。而这种进步，与佛教义学的"真实"观与艺术观是相关联的。

印度佛教义学中的"五明"之一的工巧明，其中包括工艺之学；佛典广泛利用艺事说法，又可见制作佛典的人们中不乏很有艺术修养的人。大乘佛教发展起来以后，又大兴塔像艺术，更加深了佛教与艺术的联系。这种种条件，使佛典中记录下不少有关艺术的材料。实际上这是古代印度与西域艺术思想的一部分。传译到中国，又给中国的艺术思想以一定影响。但当前研究古代艺术史、文学史、文艺思想史却不见有使用这方面材料的。这里仅举一例，供关心这方面研究的同道参考。

佛教"心性"之学与谢灵运的"赏心"

谢灵运诗中经常出现一个观念——"赏心"：

> 将穷山海迹，永绝赏心晤。(《永初三年七月十六日之郡初发都》，黄节《谢康乐诗注》卷二，以下引谢诗均据此本)
>
> 言情尚劳爱，如何离赏心。(《晚出西射堂》)
>
> 我志谁与亮，赏心惟良知。(《游南亭》)
>
> 赏心不可忘，妙善冀能同。(《田南树园激流植援》)
>
> 永绝赏心望，长怀莫与同。(《酬从弟惠连》)

与此相关联的，还有"心赏"(《入东道路诗》："满目皆古事，心赏贵所高"；《石室山诗》："灵域久韬隐，如与心赏交")、"赏"(《从斤竹涧越岭溪行》："折麻心莫展，情用赏为美")等。在《拟魏太子邺中集诗八首序》中，他又说到"天下良辰、美景、赏心、乐事，四者难并"。

笔者把"赏心"这个词语称为"观念"，是认为它确实反映出谢灵运的一种人生态度、艺术思想。"赏心"起码包含这样两方面的内容：一方面是对外物的观赏、赏爱；另一方面是主观上的感悟、领悟。即是说，"赏心"意味着对外物的赏爱中的内心感悟。诗表现这种赏心，那就不是仅满足于描摹外物的形迹，还要表现内心的特殊领悟。他的《山居赋序》，谈到古人岩栖、山居、居丘园、住城傍，"四者不同，可以理推。言心也，黄屋实不殊于汾阳；即事也，山居良有异乎市廛"(《谢灵运集》卷一，《汉魏六朝百三名家集》本)。这样，"心"与"事"是不同的，显然他认为写"心"比表"事"更重要。他的《归途赋序》也讲到作文章"兴不自已"，"用感其心"。而他的山水诗，在巧模山川景物之外，总表现出对超出某种事象之外的更深一层的意念的追求,抒写心灵的某种感受。笼统地把他的诗说成是"模山范水",只求"形似",是没有依据的。他还不能如唐人那样创造出主客观融为一体的"兴象"、"意境",但已努力在自然景物中追求对人生的理解,表现内心的感受。尽管这些主观抒写在作品中往往是"玄言"的尾巴,显得支离破碎,但他在艺术上努力的方向是清楚的,确实给诗歌发展提供了一些新东西,反映了在艺术认识与艺术表现上的进步。在这一点上,可以说谢灵运是为唐人开拓了道路的。后来唐人高度评价谢灵运,也是有缘由的。

谢灵运的这个观念,与佛教义学中关于心性的学说相关联。中国传统哲学讲"人性",讲"性善"、"性恶"等等,主要讲的是天命的人性、伦理的人性,主要探讨人性的形成(先天还是后天)和它的表现与改造等问题。而对心性本身及其活动很少论及。在佛教义学中,心性问题是一个重要问题。佛教义学中的"性"字,是"界"、"因"的意思。讲"佛性"主要是讲成佛的依据和原因;讲人性,主要是讲人有没有佛性,实际就是讨论人能不能成佛。这样,佛教就不承认什么"天命",也不强调外在的"教"、"习"。自原始佛教,就讲十二有支住于一心,"无明"是惑心的根本,极端强调"心"的作用。《华严经》有"三界所有,唯是一心"之说,其《夜摩天宫菩萨说偈品》有偈说(见佛陀跋陀罗译本卷一一):

> 心非彩画色,彩画色非心,离心无画色,离画色无心。
>
> 彼心非常住,无量难思议,显现一切色,各各不相知。
>
> 犹如工画师,不知能画心,当知一切法,其心亦如是。

这就是后来《大乘起信论》"心生则种种法生,心灭则种种法灭"的思想。中国的佛教信徒早就接受了这个观念。晋郗超《奉法要》引经说:"心作天,心作人,心作地狱,心作畜生,乃至得道者也,亦心也"(《弘明集》卷一三),认为罪福形遘,皆由于心。刘宋宗炳《明佛论》提出"心作万物,诸法本空"(《弘明集》卷二)。特别是涅槃佛性学说传入中国以后,竺道生宣扬众生悉有佛性,顿悟可以成佛。实际上是以宗教的语言,发展了穷理尽性的人性论。这样谈心性,当然是唯心主义。然而在中国思想史上,这是首次把心性的作用强调到如此重要的强度。

谢灵运是佛教信徒,而且是竺道生的涅槃佛性学说的信奉者,亲自参与过南本《涅槃经》"政治"事。他曾说过:"必求性灵真奥,岂得不以佛经为指南邪?"(《弘明集》卷一一)他著《辨宗论》,把儒家心性学说与涅槃佛性学说相调和,汤用彤先生说这是"伊川谓'学'乃以至圣人学说之先河"(《魏晋玄学论稿》,《汤用彤学术论文集》第二九四页)。而《辨宗论》也是讲"理实在心"的宗极之"晤"的。所以,谢灵运诗中的"赏心"与佛教涅槃心性学说是有联系的。

在艺术创作中,创作者是认识主体。它不是消极地反映现实,而是主观能动地反映现实。佛教心性学说在强调创作主体的能动作用方面,给中国的文艺家们以一定的启发。魏晋以后不少人讲"心"、"神"之类问题,受到佛学影响。谢灵运的讲"赏心"是一个例子。

《华严》法界与东坡文论

苏轼博取三教,结交禅师,谈禅悟道,这是大家都知道的。但他受《华严》思想影响,似未被更多的人注意。

苏辙《栾城后集》卷二二《亡兄子瞻端明墓志铭》:"既而谪居于黄,杜门深居,驰骋翰墨,其文一变……后读释氏书,深悟实相,参之孔、老,博辩无碍,浩然不见其涯也。"指出了苏轼读释氏书与其文风变化的关系。

苏轼读的释氏书之一就是华严宗的重要著作——宗密的《注

华严法界观门》。使他的文章"博辩无碍"、"不知其涯"的佛家观念，主要是华严宗的法界圆融，理事无碍的思想。他在早年所作《和子由送春》中就有"凭君借取《法界观》，一洗人间万事非"（《东坡集》卷七）的话。《法界观》就是宗密《注华严法界观门》。这部书是发挥华严宗法界缘起理论的。《华严经》提出的法界，即佛教义学所主张的绝对真实的真如、实相、性空等等，这是指一切现象的本源或本质，即佛性。《华严经》提出了法界无尽缘起的理论。它的最后一品《入法界品》讲善财童子到五十三位"善知识"处参问"云何学菩萨行、修菩萨道"，提出要"深入一切法界智海，以不坏智入一切世界，于一切世界显现自在，示现一切世界受生，知一切世界种种形色"（晋译《华严经》卷四四），这就把宇宙万有看做是一真法界在因缘和合、无尽联系的中的变现。后来的华严宗提出有"四法界"："理法界"、"事法界"、"理事无碍法界"、"事事无碍法界"（澄观《华严法界玄镜》），以说明从世俗认识到佛智认识的不同层次。到了最高的认识层次，就会体察到虽然事本相碍，但大小等殊，理有包遍，相即相入，它们互相反映，互相含摄，无穷无尽，这样就"事事无碍"了。密宗的著作主要是阐述这种观点的。

苏轼也讲到这种"法界"思想，如：

孤云抱商丘，芳草连杏山。俯仰尽法界，逍遥寄人寰。（《南都妙峰亭》，《东坡集》卷一五）

乃知法界性，一切惟心造。若人了此言，地狱自破碎。（《地狱变相偈》，《东坡集》卷四〇）

而且他还直接谈到这种"法界观"与诗书艺事的关系，他称赞一位叫思聪的僧人：

……复使聪日进而不已，自闻、思、修以至于道，则华严法界慧海尽为蘧庐，而况书、诗与琴乎！（《送钱塘僧思聪归孤山叙》，《东坡后集》卷九）

这是说如果这位思聪修道精进不止，体晤了华严法界的佛智，那么书法、诗歌、琴艺更不在话下了。而他本人的"文理自然，恣态横生"（《答谢师民书》），"如万斛泉源，不择地而出"（《文说》）的文章观，讲的是艺术的化境，文章技艺的纯熟，显然有得于华严法界圆融的理论。

华严宗关于"理事无碍"的理论，是宋代理学的思想根源之一。而宋代理学又影响于诗文。苏轼则更直接地受到这种影响。

这个问题前人已经注意到。如钱谦益说：

> 吾读子瞻《司马温公行状》、《富郑公神道碑》之类，平铺直叙，如万斛水银，随地涌出，以为古今未有此体，茫然莫得其涯涘也。晚读《华严经》，称性而谈，浩如烟海，无所不有，无所不尽，乃喟然而叹曰：子瞻之文，其有得于此乎？文而有得于《华严》，则事理法界，开遮涌现，无门庭，无墙壁，无差择，无拟议，世谛文字固已荡无纤尘，又何自而窥其浅深，议其工拙乎？（《读苏长公文》，《牧斋初学集》卷八三）

刘熙载说：

> 滔滔汩汩说去，一转便见主意，《南华》、《华严》最长于此，东坡古诗惯用其法。（《艺概》卷二《诗概》）

> 东坡诗字字华严法界。华严法界一谓清凉界，坡所谓"读我壁间诗，清凉洗烦煎"是也。（《游艺约言》）

佛典论"心"与刘勰论"心"

刘勰在论及创作过程时，对于"心"的作用的认识颇有一些新内容。在这一点上，他显然受到佛教心性学说的影响。

这突出表现在《原道》篇"心生则言立,言立而文明"这个论断上。所谓"心生"云云,不是中国传统哲学固有的观念,而是从佛教义学来的。这是对"心"的性质与功能的一种新认识。

刘勰在讲到"心生而言立"之前,还谈到人"为五行之秀,实天地之心"。这还是儒家的语言。《易》"复"卦《象》辞讲到"复其见天地之心乎",王弼把这个"心"解释为"无",为本体。他说:"天地虽大,富有万物,雷动风行,运化万变,寂然至无,是其本矣。"(《周易正义》卷三)《礼记·礼运》讲到"人者,天地之心也,五行之端也,食味、别声、被色而生者也"。郑注说:"天地以至于五行,其制作所取象也。礼义人情,其政治也;四灵者,其征报也。"孔疏说:"此一节以前文论人禀天地五行气性而生,此以下论禀气性之有效验……故人者天地之心也者,天地高远在上,下临四方,人居其中央,动静应天地,天地有人,如人腹内有心,动静应人也。"(《礼记正义》卷二二《礼运》)按王弼的解释,"心"是本体,相当于"本无"之"道";按郑、孔的解释,"心"是"核心"。此外,在古代哲学中,"心"还广泛地训为"心器"、"心识"(心智、心神)。但这都无关于"心"的生灭问题。"心"有生灭是佛教的主张。"心生则种种法生,心灭则种种法灭",这是大佛教乘义学对"心性"问题的一个基本看法。刘勰的"心生而言立,言立而文明"显然由此而来。

佛典中论"心",有所谓"讫利驮耶"即"肉团心",这就是中国传统上所说的五脏之一的"心器"之心;还有所谓"末那"即思量心或称"意识",这大体上可与中国传统上所说的"心识"相通("末那"在唯识当中有特定含义,不论)。而佛教对"心"的特殊理解还有所谓"质多"即"集起心"、"如来藏识"和"乾栗驮"即"坚实心"、"自性清净心"。这后两个概念对构成其唯心主义宗教理论体系起着十分重要的作用,也给中国人对"心"的认识上带来了新内容。

按大乘佛教的看法,我、法两空,"心"也是空的,那么"肉团心"以及作为其功能的"思量心"也是空的,所以说"过去心不可得,现在心不可得,未来心不可得"(鸠摩罗什译《金刚般若波罗蜜经》)。
在原始佛教的四《阿含》中,论述"人我空"时就指出:"人我"本是
色、受、想、行、识"五蕴"和合而成,构成人生的因缘关系的"十二有
支"中,起始的是由无始烦恼形成的"无明","无明"缘"行"、"行"缘
"识"……这样,是贪、嗔、痴根本烦恼,引生出一切精神现象和物质
现象。后来大乘佛教伽行学派发展出"如来藏"思想,"如来藏识"
含藏"清净种子"和"污染种子",种子熏习生起万法杂染现行,这就
是所谓"心生则种种法生"。后出的《大乘起信论》立"心真如门"和
"心生灭门",认为心本随缘生灭,起差别之相,真如被无明熏习而
生流转之染法。这样,"心"就不只能"思量",还有更重要的"集起"
功能。这种"集起"和"缘虑"与"思量"相区别。如果勉强用现代的
语言来解释,前者是由无到有的创造性的心理活动,而后两者则是
一般的认识与思虑活动。这就是所谓心之思以造作为性。人的
身、口、意"三业"中意业本是"心作",也就是"心生"。

　　大乘佛教中对于"心"的这种新观念,与中国固有的灵魂不死
观念相调合,形成了中国心作万物的认识。这种认识魏晋以后大
为流行。郗超《奉法要》说:"心为种本,行为其地,报为结实。"(《弘
明集》卷一三)慧远《明报应论》说:"夫事起必由于心,报应必由于
事。"(《弘明集》卷五)僧肇也主张有"齐万有于一虚,晓至虚之非
无"的"圣心"(《答刘遗民书》),并明确指出"万事万形,皆由心成",
"有由心生,心因有起,是非之域,妄想所存"(《维摩诘经注》)。佛
教徒又是艺术家的宗炳则说"心作万有,诸法本空"(《弘明集》卷
二)。刘勰所说的"心生而言立"云云,即由这种理论而来的。

　　可是,刘勰在这里又并非只借用了佛典的词句,更借鉴了佛教
义学的理论来发展自己对文学创作过程的认识。这里应当澄清一
点:在佛教哲学中,在宗教唯心主义的体系笼罩之下,也包含着一
些人类认识的合理内容。中国人译介并汲取佛典的这些内容,发
展自己的理论思维,应当认为是认识上、理论上的成就。这与宗教

迷信不可同日而语——虽然二者在实际上多是缴绕不清的。例如佛教利用其心性学说，对人生与世界作出唯心的、荒谬的解释，为其宗教信仰树立依据；但它在对人的思维活动的理解上，强调主观能动方面，突出意识的创造作用，而这种创造作用与能动方面，在人类的艺术创作中起着非常重要的作用。这又正是中国传统文艺理论在认识上非常不足的内容。

评价历史上出现的一种理论观点的价值与意义，重要的标准之一是看它有什么前人没有提出的新内容。六朝文艺思想的一个重大进展，就是发展了对于创作中主观思维的能动作用的认识。而这种认识是与受到佛教心性学说的影响相关联的。刘勰在这个方面做出了突出贡献。如《丽辞》篇所谓"心生文辞，运裁百虑"；《声律》篇讲"声萌我心"的"内听"；《比兴》篇论到"拟容取心"等等，都是"心生而言立，言立而文明"的具体发挥。而《神思》篇更对创作中的意识创造活动进行了详细探讨，所谓"寂然凝虑，思接千载，悄焉动容，视通万里"，说明思维的创造功能；而"陶钧文思，贵在虚静"，又不能不说与佛教讲"性净之心"有一定的关系。以至《体性》篇所谓"情动而言形"，《夸饰》篇所谓"心声锋起"，也与他对心性认识有关。这确实是值得深入探讨的问题。

关于佛教的形象与形象观

讨论文学的形象性以及中国文学史上形象与形象观的演进，人们常常提到佛教。下面摘出佛典中论及"形象"的一些言论，略加解释，以供参考。

梁慧皎《高僧传·义解论》中说：

> 圣人资灵妙以应物，体冥寂以通神。借微言以津道，托形

像以传真。

这里的"圣人"指的是佛陀,"微言"指金口所说经典,"形像"则指佛陀的庄严妙好的外貌。这几句话是说佛陀为教化众生,方便示现,口述成经典并呈现身像。

大文学家、也是佛教徒的刘勰在《灭惑论》中又说:

> 双树晦迹,形像代兴,固已理精无始,而道被无穷者矣。

"双树晦迹"谓佛陀涅槃,他是在末罗国拘尸那迦(今印度联合邦迦夏城)娑罗双树下去世的。刘勰说佛陀死后,就出现了佛的造像,借助于它,佛道得以传之永久。

以上慧皎、刘勰的两段话,分别表现了佛典中"形像"一语的两个含义:一是佛的肉身的外貌,一是佛的造像。至于刘勰说到佛灭后就有了形像,不是事实,下面将说到。

关于佛像的起源,《增一阿含经》卷二八《听法品》中有一个故事,说佛陀在祇树给孤独园时,"四部之众,多有懈怠,替不听法,亦不求方便使身作证",他只好往三十三天为亡母摩耶夫人说法;这时四部之众"不见如来久",优填王和波斯匿王亦"渴仰欲见","遂使若患",这样:

> 群臣白(优填)王,云何以愁忧成患。其王报曰:"由不见如来故也。设我不见如来者,便当命终。"是时群臣便作是念,当以何方便,使优填王不令命终?我等宜作如来形像。是时群臣白王言:"我等欲作形像,亦可恭敬承事作礼。"时王闻此语已,欢喜踊跃,不能自胜,告群臣曰:"善哉!卿等所说至妙。"群臣白王:"当以何宝作如来形像?"是时王即敕国界之内诸奇巧师匠而告之曰:"我今欲作形像。"巧匠对曰:"如是,大王。"是时优填王即以牛头旃檀作如来形像,高五尺……

后波斯匿王闻知,亦以紫磨金作五尺如来形像,"尔时阎浮里内始有此二如来像"。

以上所述佛陀形像产生因缘不是史实。佛陀在世时本来是反对偶像崇拜的。这在《十诵律》卷四八《增一法》中的一条记述里有所反映：

> ……尔时给孤独居士信心清净,往到佛所,头面作礼,一面坐已,白佛言:"世尊,如佛身像不应作;愿佛听我作菩萨侍像者。""善。"佛言,"听作。"又作是言:"佛本在家时,引幡在前;愿佛听作引幡在前者。""善。"佛言,"听作。"……

这正反映了早期佛教"佛身像不应作"的观念。佛教考古早已表明,在公元纪元一世纪以前,还没有佛像。在当时的雕刻中是以法轮、菩提树、佛足印、空着的座位等等来代替佛像的。当时人认为有限的形像亵渎了佛陀的尊严。关于佛像最初出现的地域,学术界有犍陀罗和马吐拉两说。犍陀罗国即今巴基斯坦西北部和阿富汗交界地方;按"犍陀罗"说,佛像的出现受到东传的希腊雕刻艺术的影响。马吐拉在亚姆那河西岸,今德里东南方一百四十公里处;"马吐拉"说则坚持佛像完全是印度本土的产物。无论是哪一种说法,从现有材料看,佛像都不会出现在公元一世纪中叶以前。

优填王作佛像的故事虽是后出传说,但它指示出有关制作佛像的一些重要观念。

首先,佛的形像是按现实的人的形象制作的。尽管后来信徒把佛陀如何神圣化,认为他是"永久本佛"以至"法身"的示现,但在现实中他终究是人。他没有出家时是"太子";出家得道成了佛,还是人的形貌。虽然由于他并非凡人,有三十二大人相(如金色相、丈光相、顶髻相等等)、八十种微妙好(如声音洪亮、鼻梁修长、耳轮阔大等等),但这些只是对人的形貌的美化。而且这些相好庄严的特征也是古代印度传说中的转轮圣王的像貌特征。后世所作佛的形象,有的作未出家的菩萨形,有的作已出家的声闻形,都取人的像貌。就是说,作为神圣教主的佛陀,是通过人的形象表现的。在这一点上,佛陀的形象与婆罗门教的奇形怪状的神祇不同(后来有些被佛教所吸收);也与基督教情况不同。基督教供奉的基督是上帝差遣降临的救世主,他是人,但非上帝本身。

其次,这个现实的、也是相对的人的形象是代表佛陀的。即它体现了佛陀的精神,代表了佛法,相对的形象表现着绝对的教义。早期佛教(部派佛教时期)反对制作佛的形像,把相对与绝对隔离开来。后来人们在观念上打破了这个界限,才开始制作佛像。这下面还将说到。

再次,正由于佛像的内含超出了形象本身,它具有宗教内容,所以具有教化上的意义。

佛教在两汉之际传入中土,很快就传来了佛的造像。这与中国固有的、十分发达的绘画与雕塑艺术传统有关。另外,东汉时期佛教自中亚传入,那里正是犍陀罗造像艺术大盛的地区。可以设想,沿丝绸之路东行的佛教徒一定会带来佛画与佛像。

据笔者检得,汉译佛典首次出现意指佛像的“形像”一语,是在东汉灵帝光和二年(179)支谶所译《道行般若经》卷一〇《昙无竭菩萨品》:

> 譬如佛般泥洹后,有人作佛形像。人见佛形像,无不跪拜供养者。其像端正姝好如佛无有异,人见莫不称叹,莫不持华香、缯彩供养者。

而传说中佛像流入中土时间更早。《四十二章经序》中说到汉明帝永平(58—75)年间遣使者至大月支国写取佛经四十二章,“起立塔寺”,还未涉及佛像。但在牟子《理惑论》中记载同一事已说到“于南宫清凉台及开阳城门上作佛像。明帝时予修造寿陵,曰‘显节’,亦于其上作佛图像”。后来东晋袁宏《后汉纪》、前宋范晔《后汉书》

都相承作类似记载。从佛教发展史实看,说明帝时佛像已传入中土,失之过早。但牟子《理惑论》据考为东汉末所作,则其中的记载正反映了当时塔寺、佛像已经出现的事实。而近年考古成果,在西到四川,东到江苏连云港、山东济南,北至内蒙古和林格尔等地发现了不少东汉时期的佛教造像、佛画和画像砖。

中国史籍上关于佛像的记载首次出现于《三国志·吴书·刘繇传》,其中记载笮融治广陵(今江苏扬州市)等三郡,"以铜为人,黄金涂身,衣以锦彩,垂铜盘九重,下为重楼阁道,可容三千余人,悉课读佛经"。可见当时佛像的庄严伟丽以及礼佛规模之盛大。佛教方面的材料,《高僧传》卷一《康僧会传》写到他于赤乌十年(247)抵达建业(今江苏南京市),"营立茅茨,设像行道",所立寺名建初,为江南有佛寺之始。从这条记载看,寺中是立了佛像的。又美术史方面的材料,中土第一位知名的佛画作者是曹不兴(《图画见闻志》卷一),他也是三国吴人,于赤乌年间有名。这些材料表明,三国时佛像艺术曾特别兴盛于吴地。

到了东晋时期,士大夫礼佛敬僧成风,北方统治者亦多崇信佛教。造寺立像作功德,南北相习成风。前宋何尚之对答宋文帝赞扬佛教说:

> 塔寺形像,所在千计,进可以系心,退足以招劝。(《弘明集》卷一一)

可见佛像流传之盛。齐沈约在《竟陵王造释迦像记》中则说:

> 夫理贯空寂,虽镕范不能传;业动因应,非形相无以感。(《全梁文》卷三〇)

当时中国士大夫已普遍认识到佛教形象的作用和意义。中土人士甚至从利用形象这一点来捕捉外来佛教的特征,称之为"象教"。

前面讲到佛教形象中的相对、绝对的关系。这实际牵涉到对形象的一般认识问题。佛教的看法在这一点上对于中土人士深入了解形象的本质是有所推动和启发的。翻译佛典介绍了有关这方面的不少外来见解,丰富了中国人的认识。

《法华经》是大乘佛教的早期经典,中土初译(太康七年,286)是西晋竺法护的《正法华经》,其中对利用形象的意义有不少说明。例如卷一有偈说(下面用通行的鸠摩罗什译本的译文):

> 又诸大圣主,知一切世间,天、人、群生类,深心之所欲,更以异方便,助显第一义。

这里的"第一义"即指佛说精义,"异方便"则包括造塔寺、画佛像等等,所以又说:

> 若人为佛故,建立诸形像,刻雕成众相,皆已成佛道。

这里强调立佛形象乃是成佛的因缘。《华严经》也是早出的大乘经,八十卷译本卷二四有偈说:

> 彼诸如来灭度已,供养舍利无厌足。悉以种种妙庄严,建立难思众塔庙。造立无等最胜形,宝藏、净金为庄严。巍巍高大如山王,其数无量百千亿。

这样,建造、庄严佛像,就可以引发人的正觉。这不单被看作是一种技艺,还关系到造像,供养者的信心与境界。因此佛像被认为可以代替佛给人以教导,赐人以福德。

还不只此。佛典中还指出,有形的形象可以表现无形的教义,这就是前面说的有限与无限的辩证关系问题。《道行般若经》中萨陀罗伦菩萨答"佛在像中耶"的问题时报言,佛"不在中",但"念佛故作像",这就意味着后世造的像与佛本身有联系。《无极宝三昧经》里有一段话说得更清楚:

> 见佛像者为作礼,佛道威神岂在像中?虽不在像中,亦不离于像。

佛道"不在像中"是显而易知的;但这里又提出"不离于像"。佛的形象虽是土石等制作或颜料绘制的,但它们既被做成之后,就有了独立的内涵与价值,它们不再是土塑石雕或绘画等造像,而是宗教偶像、佛的精神的替代物、佛法的象征。这样,佛的形象就不单纯是对于佛陀这个人的外貌摹拟,佛"不离于像",像中体现了宗教观念。

正因此,观佛形象就可以替代观佛本身,从中可以得到宗教的启示和教化。本来,按大乘佛教的说法,佛陀应化而来到这个世界上教化人、示现其色身是一个重要手段。《观佛三昧海经·序观品》说:

> 云何名为观诸佛境界? 诸佛如来出现于世,有二种法以自庄严。何等为二? 一者先说十二部经,令诸众生读诵通利,如是种种,名为法施;二者以妙色身示阎浮提及十方界,令诸众生见佛色身具足庄严、三十二相、八十种随形好,无缺减相,心生欢喜。

这样,佛的色身与经典一样,都是教化的手段。而佛灭后,形象就代替了色身,《观四无量心品》又说:

> 若有众生于佛灭后,造立形象、幡、花、众香持用供养,是人来世必得念佛清净三昧;若有众生知佛下时种种相貌,系念思惟,必自得见。

如果说佛陀的色身是永恒的真实法身的显化,那么形象就是隔一层的再显化。供养形象,追忆佛陀,就会与他的精神接近、逐步与之契合。因此《超日明三昧经》中记载佛告正见居士,"有四事常不离佛",其中的一项就是"常念如来、立佛形象"。

由于造佛形象有如此重大的教化上的意义,因此它作为功德就被特别强调起来。佛典中随处都有宣扬佛的形象的话,又出现了一批专门宣扬造佛形象的经典。例如《作佛形像经》说:

> 作佛形像,后世得福无有穷极尽时,不可复称数。四天下
> 江海水尚可斗量、枯尽,作佛形像,其得福过于四天下江、海水
> 十倍……

这些福报,有来生身体完好、生富贵家以及离恶道、生梵天等。《华手经》也说到菩萨若于四衢道中,多人观处,起佛塔庙,造立形像,即是作佛功德因缘。此外,还有《造立形像福报经》、《大乘造佛功德经》等一批专门宣传这一观念的经典传世。

在以上佛教的形象观里,讲形象的作用、果报主要是着眼于宗教偶像的教化意义,但在为什么能实现教化意义的解释上,却指明了佛的形像是以有形表无形,以相对表绝对,以具体的形象表现佛教教义的精神内容。如果我们把佛教造像当作艺术创造看待,那么这些观念也通于对艺术形象的认识。即在这些观念中,包含着对形象的形式与内容的颇具辩证内含的理解。

佛教徒由形象的联想作用做进一步的发展,提出了"观佛"观念。上节所述"形象"观是以造像的具体形象为基点,"观佛"观念则涉及主体的心灵创造作用。这后一点作为一种思维方式,与艺术创造活动也有相通之处。

东汉末的支娄迦谶译有一部《般舟三昧经》,"般舟三昧"亦译为"佛立三昧"、"佛悉在前立三昧"。所谓"三昧",又译为"三摩地",意译为"定"、"等持",是指内心专注一境而不散乱的状态。般舟三昧作为禅定的一种,就是通过观想、持念佛,从而佛悉在前立。这是精神高度集中后,想象力被激发而进入的幻想的禅定境界,由思念佛而在心中创造出佛的形象。

这种观念是以佛教的心性本净一派主张为基础的。《般舟三昧经》卷上《行品》说:

> 菩萨如是,持佛威神力,于三昧中立,在所欲见何方佛,欲

见即见。

接着问："何以故？"解释说：人心如麻油、净水、新磨镜、水精，"净洁故，自见其影耳。其影亦不从中出，亦不从外入"，这样"色清净，所有者清净，欲见佛即见，见即问，问即报"。根据佛教"集起之心"的观念，三界本是意之所为，因此"我所念即见心作佛，心自见心是佛心"。即是说，由于心性本净，心、佛一如，心进入般舟三昧境界即可见佛。

有一部相当长的《观佛三昧海经》，是系统宣扬观佛的，其卷一《六譬品》说：

> 未来世中，诸善男子、善女人等，及与一切，若能至心系念在内，端坐正受，观佛色身，当知是人心如佛心，与佛无异。

其《序观品》则说到未来世应修三种法，一为读经，二为持戒，三为"系念思索，心不散乱"。以下《观相品》则详细描述了观佛的步骤及其达到的境界。一共写了六十三观，一一观想佛顶、佛发、佛额等等的相好。在观想中，充分发挥了宗教想象力，不仅在心中浮现出佛的外貌的一个个特征，而且构想出佛的伟力功德。例如在观"降魔时白毫相光"的场合，就设想佛与魔王、地狱的斗争，地狱、恶鬼恐怖的场景；又如观想"如来成佛时大人相"，就描写了庄严美丽的化佛的世界。这样，观佛境界乃是宗教幻想的发挥。这种幻想化作具体的形象，乃是观想者心灵的创造活动。

观佛三昧在净土信仰中得到了发挥。在《般舟三昧经·行品》里就说道：

> 比丘、比丘尼、优婆塞、优婆夷，持戒完具，独一处止，心念西方阿弥陀佛……一心念，若一昼夜，若七日七夜，过七日以后，见阿弥陀佛。于觉不见，于梦中见之。

观想念佛如此就可能见佛，以后发展为人死前念佛则有化佛前来

接引去西方。在《观无量寿经》里，又集中描写了观想西方净
土，说：

> 一切众生，观于西方极乐世界。以佛力故，当得见彼清净
> 国土。如执明镜，自见面像，见彼国土极妙乐事。心欢喜故，
> 应时即得无生法忍。

其中分别写了十六观，即日想观、水想观、地想观、宝树观、八功德
水想观、总想观、花座想观，像想观、佛真身想观、观世音、观大势想
观，晋想观、杂想观、上辈生想观，中辈生想观、下辈生想观。后来
的净土宗人将这十六观加以分类，总结出本宗的观法，烦琐不赘。
总看这十六观，就是想象西方极乐世界的庄严妙丽，弥陀、观音、势
至的慈悲与济度，以及往生的前景。如其中的第七花座想观，即想
象得见"无量寿佛住立空中，观世音、大势至，是二大士侍立左右，
光明炽盛，不可具见，百千阎浮檀金色不可为比"。而"欲观彼佛
者，当起想念，于七宝池上作莲花想"，这莲花座上则有观世音的妙
容。净土思想正是建立在宗教幻想的基础之上，把观想念佛当做
修持的主要方式。这种观法既简易又直截，受到广大民众的欢迎。
我国六朝以来，绘画中出现了许多净土变相，正是这种观想活动在
艺术上的成果。它们直接显示了宗教幻想是如何转化为艺术想
象的。

东晋末的慧远是净土信仰的提倡者。他提倡念佛三昧，曾聚集
在庐山的僧人与居士们在弥陀佛像前设斋立誓，往生西方。这是一
种观像念佛，即眼观佛像来系念佛的境界。慧远等人都是知识分子，
他们通过凝思观想，体验到佛的境界。他曾集录时人所作念佛三昧
诗，并亲为制序，表明他通过观佛来契合般若正智的思路。而到后来
昙鸾、道绰、善导提倡念佛往生的"方便道"，设想有实在的化佛引导
人去到与现实世界并立的有相的净土，则把宗教幻想引向了迷信。
在中国信仰者的想象里，净土确实是有形的存在。

　　这样,对佛与佛的境界的观想,本是佛教徒的修持,是使自心接近佛的途径。然而这种宗教想象力的发挥,不但推动了现实的佛教艺术形象的创造,而且也显示出以悬想创造形象的独特的思维方式。在艺术实践中,如大量的净土变相正是这样创造出来的。

　　佛教的形象观是佛教在藉助形象传播教义的实践过程中形成的。它又进一步推动了佛教的形象创造。这种创造首先表现在佛像制作上(以及一般佛窟塔寺的建造装饰上),同时也表现在文字中。佛教经典富于形象性,特别是大乘经典更富于悬想的、形象的品格。如《法华经》、《华严经》、《维摩经》、《观无量寿经》等经典,都以想象丰富、形象生动打动人心。佛教的整个宣传十分注重形象。

　　佛教传入中土,即以其想象奇谲、形象丰富而引人注目。中国佛教艺术在创造形象上有突出的特点与长处,如譬喻繁富、富于夸饰等等;佛教的形象与形象观给整个中国艺术、文学以至文化巨大影响,再深一步,佛教的宗教幻想与想象还影响到中国人的思维内容与思维方式,这也是应当加以探讨的。

(原载《南开学报(哲学社会科学版)》
1982 年第 2 期、1984 年第 1 期,1993 年第 3
期、《辽宁大学学报》1985 年第 6 期)
《文史哲》1965 年 4 期

唐代文学与佛教、道教①

一、佛、道二教鼎盛及宗教文化的繁荣

观察唐代历史,会发现一个重要现象:唐代政治稳定、经济繁荣主要是在前期的百余年间,唐玄宗天宝以后即陷于矛盾丛生、国是日非、战乱不绝的局面之中;但迄至唐亡,文化的发展却一直波澜壮阔,高潮迭起,灿烂辉煌。在这文化的普遍繁荣之中,则以文学艺术和佛、道二教尤为突出;而这两个领域相互影响,相互促进,又成为推动各自不断演进的重要因素。

佛、道二教的发展在唐代均进入鼎盛时期。特别是外来佛教经过几百年发展、演变,形成一批汉传佛教宗派;这些宗派的形成标志着佛教"中国化"的完成。纷繁的道教教派经过提高和"清整",一方面已融入中国文化的主流,另一方面则实现了自身的统合。两大宗教都形成了庞大、严密而系统的教理、教义体系;各自的经典也都已十分完备,并经过整理而编成藏经;各自的戒律、仪

---

① 在历史上,无论是宗教还是文学,属于文人的和属于民众的显然分化为不同的"小传统"。限于篇幅,本文侧重讨论文人与佛、道二教的关系。

轨、制度都已定型。唐王朝领地之内寺院、宫观林立，僧、道众多。
中唐舒元舆说当时"十族之乡，百家之闾，必有浮图"①；晚唐五代道
士杜光庭则说："今检会从国初以来所造宫观约一千九百余所，度
道士计一万五千余人。其亲王、贵主及公卿士庶或舍宅舍庄为观，
并不计其数。"②更为重要的是，佛、道二教的社会作用和影响空前
提高，其中包括对文人思想、生活和创作的影响。而综观唐代佛、
道二教的发展状况，以下三方面特别值得重视，与文学发展的关系
也十分重大。

　　宗教的作用和影响体现在众多层面(如信仰、学理、观念、感
情、习俗等)和领域(如政治、经济、文化等)，其在具体层面和领域
里的表现是不平衡的。具体到文学领域，汤用彤指出：

　　　　溯自两晋佛教隆盛以后，士大夫与佛教之关系约有三事：
　　一为玄理之契合，一为文字之因缘，一为死生之恐惧。③

这里"死生之恐惧"属于信仰、观念层面，但被列在最后；第一位"玄
理之契合"和第二位"文字之因缘"都属于思想文化范畴。实际道
教的情形也大体同样。这种局面的形成有其深刻的历史和现实
原因。

　　就政治层面而言，到隋、唐时期，中央集权体制下的佛、道二教
一方面得到朝廷的有力支持和全面加护，另一方面所受管束则前
所未有地强化了。在中土政治体制和文化传统中，不允许宗教凌
驾于世俗统治之上或游离于现实体制之外。东晋时期的释道安
(314—385)已明确意识到"不依国主，则法事难立"④；北魏寇谦之

---

①《唐鄂州永兴县重岩寺碑铭并序》，《全唐文》卷七二七，第 7498 页，中华书局
　1983 年版。
②《历代崇道记》，《道藏》第 11 册第 7 页，文物出版社、上海书店、天津古籍出
　版社 1987 年版。
③《隋唐佛教史稿》第四章《隋唐之宗派》第 193 页，中华书局 1992 年版。
④《高僧传》卷五《道安传》第 178 页，汤用彤校注，中华书局 1992 年版。

(365—448)"清整"道教,主要是破除越科破禁、邪僻妖巫的"三张"伪法。当初佛图澄在石赵、寇谦之在北魏都曾以"王者师"自居,慧远等人更曾主张"求宗不顺化",坚持"不敬王者"①。但到唐代,一代著名大德如佛教的玄奘、道宣、法藏、神秀、神会、不空等人,道教的王远知、潘师正、叶法善、司马承祯、李含光等人,作为一代宗师,都出入宫廷,结交权要,膺受朝命,甚至受命为官,成为朝廷的臣仆。当然,唐代佛、道二教与世俗政权不是没有矛盾。但从总体看,朝廷已把佛、道二教纳入为辅助教化的手段;而佛、道二教则极力替世俗统治制造宗教幻想,起到求福消灾、礼虔报本的宗教功能,并往往直接参与政治斗争。典型的例子如少林寺僧人、楼观道士都曾直接参与李唐起义军事;王远知等道门领袖曾替李唐密传符命;后来武则天篡权,更以"释氏开革命之阶"②;"安史之乱"中密宗的不空、禅宗的神会都曾为平定叛乱出力,等等。唐朝廷更积极地把佛、道二教纳入到其统治体制之中,施行严格管理③:主要寺院、宫观由朝廷敕建;寺、观主持者"三纲"(佛寺是上座、寺主、都维那;道观是上座、观主、监斋)由朝廷任命;出家要官府批准,严禁"私入道";法律规定僧、道户籍编制和管理办法;教内职务如佛、道二教里的"大德"、佛教的"僧主"、"僧录",道教的"道门威仪"由朝廷拣选;制定专门的《道僧格》,对僧、道触犯刑律的处罚做出规定,在《唐律》里也规定对僧、道犯法的处置办法,等等。甚至纯粹的宗教内部事务,如关于戒律的论争、宗主的楷定,朝廷也往往直接干预并有决定权。这样,在朝廷对佛、道二教强有力地加以支持和保护的同时,宗教的神圣权威完全屈从于皇权之下了。

---

① 慧远《沙门不敬王者论·求宗不顺化第三》、《沙门不敬王者论·体极不兼应第四》,《弘明集》卷五,《大正藏》第52卷第30页中、30页下。
② 《资治通鉴》卷二〇四《唐纪二〇》第6473页,中华书局1992年版。
③ 唐代管理佛、道机构屡有变动。唐初,佛、道曾隶属于礼宾机关鸿胪寺,后改隶祠部,高宗朝又令道士、女冠隶宗正寺,等等。

　　就思想层面而言,南北朝是宗教信仰深入人心的时期,而唐代则已在向先秦形成的理性传统回归。当时佛、道二教虽然声势盛大,但就信仰而言却大为淡化和动摇了。特别是在知识阶层中,已经难以见到南北朝许多人怀抱的那种诚挚、坚定的信仰心。特别是当时中土传统儒家与佛、道二教之间经过长期冲突、斗争、交流而趋向融合。朝廷更继承前此南北各王朝的传统贯彻"三教齐立"方针,立国伊始,高祖即主持"三教"辩论:

　　　　高祖尝幸国学,命徐文远讲《孝经》,僧惠乘讲《金刚经》,道士刘进嘉讲《老子》。诏陆德明与之辩论。于是诘难锋起,三人皆屈。高祖曰:"儒、玄、佛义,各有宗旨,刘、徐等并当今杰才,德明一举而蔽之,可谓达学矣。"赐帛五十匹。①

如此以儒学统摄佛、道,正反映了唐朝廷在思想、文化领域的基本立场。如果说唐前期这种辩论主要集中于佛、道二教的优劣,尚有一定实质内容,到中唐则定型为"三教论衡",已进一步仪式化了。如贞元十二年(796)的一次:

　　　　德宗降诞日,内殿三教讲论,以僧鉴虚对韦渠牟,以许孟容对赵需,以僧覃延对道士郗惟素。诸人皆谈毕,鉴虚曰:"诸奏事云:玄元皇帝,天下之圣人;文宣王,古今之圣人;释迦如来,西方之圣人;今皇帝陛下,是南赡部洲之圣人。臣请讲御制《赐新罗铭》。"讲罢,德宗有喜色。②

在白居易文集里存有《三教论衡》一篇,是文宗朝一次论争记录,如陈寅恪所说:"其文乃预设问难对答之言,颇如戏词曲本之比。又其所解释之语,大抵敷衍'格义'之陈说,篇末自谓'三殿谈论,承前

---

① 刘肃《大唐新语》卷一一《褒锡》第 165 页,上海古典文学出版社 1975 年版。
　 此次论辩亦记录于《旧唐书》卷二四《礼仪四》,谓在武德七年。
② 王谠《唐语林》卷六,第 193 页,上海古典文学出版社 1957 年版。

旧例’,然则此文不过当时一种应制之公式文字耳。"①从"三教讲论"发展到仪式化的"三教论衡",显示在唐代"三教"虽然被统治者所崇重,但信仰的虔诚却在很大程度上消弭了。

再一点,在中国高度发达的文化环境下生存的佛、道二教发展出高水平的宗教文化。就宗教传播的一般规律而言,在文化程度低下的民众间信仰容易争夺人心,而在知识阶层中宗教的文化价值与内涵更容易得到重视和理解。就中国佛教而论,晋宋以来混迹于"名士"间的"名僧"、南北朝贵族沙龙里的"义学沙门",还有活跃在各文化领域的学僧,从一定意义上说乃是披着袈裟的知识分子。比起修行实践来,他们更专精于宗教学术和文化艺术。到唐代,这种情况进一步发展。例如玄奘、义净、不空等人在译经方面取得了总结性成绩;各宗派宗师如吉藏、善导、法藏、慧能、神会、宗密等人都是贡献卓著的思想家;众多僧侣活跃在文坛。道教也同样:上清派的王远知、司马承祯、吴筠、杜光庭等同样在学术上取得了多方面成就;道教宫观里的高水准的绘画、雕塑、艺术,道教写经的书法,道教仪式中的舞乐等也都达到了相当高的水平。发达的宗教文化是吸引广大知识阶层接近、接受宗教,造成他们参与宗教活动的机缘。

在唐代,以政能文才觅举求官的庶族文人是政坛上最活跃、最有潜力的阶层,也是从事文学创作的主力。现实环境制约着他们对待佛、道二教的基本态度和立场:一方面兼容、调和"三教"成为风气,另一方面主要是从学理和文化方面赞赏、接受、吸纳佛、道二教。值得注意的是,宗教的核心在信仰,而文学艺术是审美活动,二者本来有着根本区别;但文学艺术历史证明,直接替宗教做宣传的作品是难以达到更高的艺术水平的,反而是与信仰保持一定距

---

①《白乐天之思想行为与佛道关系》,《元白诗笺证稿》第331页,上海古籍出版社1978年版。

离,借鉴和利用宗教所提供的资源来从事创作,能够创作出更优秀的作品。因而,唐代文人虽然缺乏宗教信仰的真挚和坚定,但无论对于宗教的传播还是对文学的发展,这一点的作用和意义又都不全然是负面的。

二、心性的契合

汤用彤说到"玄理之契合"。到唐代,晋宋以来名士与名僧间谈玄之风已趋消泯,文人研习佛理的热情则转移到心性方面。道教的情形也同样。这样,唐代文人接受佛、道二教,主要关注并汲取的是其心性理论,人生和创作实践上则用为安顿身心的手段和寄托。

一般而言,中国先秦以来的传统思想、学术以"天人之际"问题为核心,缺乏个人救济观念。这也是后来佛、道二教得以发展和兴盛的主要原因之一。而解决个人得救问题的关键不外乎两方面:一方面是祈求、依靠"他力",比如神明施救;另一方面则靠"自力",即对自身心性的体认。正是在这个领域,佛、道二教补救了中土传统思想的不足。佛教初传,中土人士就觉察到其"以炼精神而不已,以至无为而得为佛也"[①]的意义。谢灵运(385—433)、范泰(355—428)更曾明确指出:"六经典文,本在济俗为治耳。必求性灵真奥,岂得不以佛经为指南邪?"[②]道教徒葛洪也曾大力张扬"穷理尽性"之说[③]。日本学者小南一郎分析魏晋以后思想界的变化指

---

① 袁宏《后汉纪》卷一〇。
② 何尚之《答宋文帝赞扬佛教事》,《弘明集》卷一一,《大正藏》第 52 卷第 69 页中。
③ 王明《抱朴子内篇校释》(增订本)卷二《论仙》第 16 页,中华书局 1985 年版。

出:"在大乘佛教新的大发展中,导入了任何人都得以成佛这一前所未有的看法……一种认为经过自己的努力即可得佛果的革命的思想孕育出来了……到了魏晋时期,作为一种新神仙思想,认为任何人经过努力都可以成为绝对存在的神仙……的思想成长起来了。"①这样,古代思想由探讨"天人之际"为中心向以体认个人"心性"为中心演变,实际即是由相信外在"天命"到肯定个人"心性"的转变。唐代佛、道二教教理从多方面发展心性理论,也为后来"汉学"向"宋学"转变做了理论准备。唐代文人倾心或者热衷佛、道二教,欣赏或认同其心性理论,正是这种思想发展的大势所决定的。

佛教诸宗里论宗义体系完整、理论严密,首推天台、华严二宗,其中天台对文人影响尤大。天台宗基于"一念三千"的宇宙观发展出"性具善恶"的人性论,肯定圣界和俗界相一致,"恶中有道"②,热衷官宦的士大夫带妻挟子,官方俗务皆能得道;强调修养心性的必要和可能,要求人们通过个人努力使邪僻心息,转凡成圣。这种人性论是在吸取古代传统人性论(特别是荀子一派"性恶"论)基础上对外来佛性说的发挥,又充分显示了中国传统上肯定现世、肯定人生的精神。天台大师智顗(538—597)指出,修道关键即在降服"伏结",断除惑念,"爱养心识",启发"智能",即所谓"观心"③。天台八祖左溪玄朗(673—754)"因恭禅师重研心法"④;"中兴台教"的九祖荆溪湛然(711—782)"家本儒、墨",依据依、正不二,色、心一如的道理,主张佛性遍于法界,不隔有情,提出"无情有性"新说,对心性学说做出重大发展。他行化于江南,有"缙绅先生高位崇名屈体承

---

① 《中国的神话传说与古小说》第 230 页,孙昌武译,中华书局 1993 年版。
② 智顗《摩诃止观》卷二下,《大正藏》第 46 卷,第 17 页下。
③ 智顗《修习止观坐禅法要》,《大正藏》第 46 卷,第 462 页中。
④ 李华《故左溪大师碑》,《全唐文》卷三二〇,第 3241 页。

教者又数十人"①。李华(715—766)为左溪玄朗作碑,明确推重天台"心法"。湛然弟子中有著名古文家梁肃(753—793),研习天台教观颇有心得,认为天台止观是"圣人极深研几,穷理尽性之说","《止观》之作,所以辩异同而究圣神,使群生正性而顺理者也;正性顺理,所以行觉路而至妙境也"②。柳宗元(773—819)对天台教观也颇有心得。他在永州结交湛然再传弟子重巽,天台学人把他编入天台传法体系之中。他就佛教和韩愈辩论,肯定"浮图诚有不可斥者,往往与《易》、《论语》合,诚乐之,其于性情奭然不与孔子异道……且凡为其道者,不爱官,不争能,乐山水而嗜闲安为多。吾病世之逐逐然唯印组为务以相轧也,则舍是其焉从"③,也是从心性角度接受佛教的。

　　宗派佛教在唐代最为兴盛的是禅和净土。它们当初都不以"宗"立名,都是传统修行法门,到唐初形成宗派,宗义都比较简单④。但势力迅速扩展,很快凌驾于诸宗之上。唐代净土信仰在民众间流传甚广,而文人阶层则更为倾心禅宗。这是与六朝以来的"贵族佛教"不同的"适合中国士大夫口味的佛教"⑤。禅的基本观念是所谓"明心见性",把对于佛性、净土等外在追求转变为自性修养功夫,把对"他力救济"的信仰转变为自心觉悟的努力。慧能(638—713)、神会(684—758)的南宗禅以"无念"、"顿悟"为两大理论支柱,实际也是对人的心性的绝对性和无限性的充分肯定。到了中唐时期,以马祖道一(709—788)为代表的"洪州禅"更提出"平

---

①《宋高僧传》卷六《唐台州国清寺湛然传》第118页,范祥雍点校,中华书局1987年版。
②《止观统例议》,《全唐文》卷五一七,第5257页。
③《送僧浩初序》,《柳河东集》卷二五。
④禅宗何时立宗学术界看法多歧,笔者赞同至唐初四祖道信时始形成宗派,而作为宗派的"禅宗"概念则出现在中唐。净土为宗派更经历长期发展过程,一般认为亦形成于唐初,而归纳出传法统绪则已是南宋的事。
⑤范文澜《中国通史简编》第3编第2册第601页,人民出版社1965年版。

常心是道”，把超越的佛性等同于平凡的人性，肯定佛道即在穿衣吃饭、扬眉瞬目的人生日用之中，从而把“清净心”和“平常心”等同起来，给发扬人的“自性”开辟出更广阔的门径。禅宗肯定自性圆满的思想正适合依靠政能文才进身的庶族阶层的精神需求。例如姚崇(650—721)是开元贤相，是新进士大夫的代表人物，他曾谏净造寺度僧，说“佛不在外，求之于心……但发心慈悲，行事利益，使苍生安乐，即是佛身”①。他处在北宗禅兴盛的时期。南宗禅兴起后，文人几乎没有不受到它熏染的，当然具体人情形不同。以韩愈(768—824)、李翱(774—836)为例，他们师弟子是中唐“儒学复古”的代表人物、“古文运动”的健将，但都和禅宗有密切接触。韩愈与潮州大颠、李翱与药山惟俨的交谊是被灯史大肆张扬的②。韩愈替自己结交大颠辩护，明确说“大颠颇聪明，识道理……实能外形骸，以理自胜，不为事物侵乱。与之语，虽不尽解，要自胸中无滞碍，以为难得”③。这也是从心性角度着眼，已和柳宗元的看法接近了。而李翱进一步发展出系统的“复性”论，论证“妄情灭息，本性清明”的“正性命”④之旨，则无论是语言还是观念都与禅宗相通了。陈寅恪论韩愈，特别注意到“以退之之幼年颖悟，断不能于此新禅宗学说浓厚之环境气氛中无所接受感发”，进而分析说：

> 新禅宗特提出直指人心见性成佛之旨，一扫僧徒繁琐章句之学，摧陷廓清，发聋振聩，固吾国佛教史上一大事也。退之生值其时，又居其地，睹儒家之积弊，效禅侣之先河，直指华夏之特性，扫除贾、孔之繁文，原道一篇中心旨意实在于此。⑤

---

①《旧唐书》卷九六《姚崇传》第3023页，中华书局点校本。
②参阅罗香林《大颠、惟俨与韩愈、李翱关系考》，《唐代文化史》，台湾商务印书馆1955年版。
③《昌黎先生集》卷一八。
④《复性书中篇》，《文苑英华》卷三六五。
⑤《论韩愈》，《金明馆丛稿初编》第287页，上海古籍出版社1980年版。

实际在这一点上,正显示了韩愈儒学观念的新特色,也使他在宋学的形成中起到开拓作用。大力辟佛的韩愈尚且如此,禅宗影响其他人的情况可想而知了。

唐代道教教理的发展趋向与佛教极其相似。"道教思想家们已多趋于走内在的心性路向。"①这是因为佛、道二教发展在同一思想潮流之中。到唐代,发展到极盛的外丹术在走向衰落。当时道教真正有生命力的部分,是上清派对"心性"理论的发挥,这也是后来兴起的内丹思想所继承的主要内容。隋代道士青霞子苏元朗归神丹于心炼,提倡"性命双修",被认为是内丹术的开创者。唐代的成玄英(生卒年待考)、王玄览(626—697)、司马承祯(647—735)、吴筠(? —778)等著名道士都强调心性的养炼。成玄英的《道德经义疏》提出修道不但不能有欲,也不能执着于无欲,即要求内心确立一种绝对的清净境界。王玄览则强调"众生与道不相离。当在众生时,道隐众生显;当在得道时,道显众生隐。只是隐、显异,非是有、无别"②。司马承祯提倡"安心"、"坐忘"之法,以期达到"神与道合"。他提出修道有七个层次,即信敬、断缘、收心、简事、真观、泰定、得道。他又提倡"至道无难"的简易成仙之法,明确指出"凡学神仙,先知简易";"神仙亦人也。在于修人虚气,勿为世俗所论折;遂我自然,勿为邪见所凝滞,则成功矣"③。而吴筠更批评那种认为神仙乃禀异气自然而成、非修炼可致的观点,也反对"独以嘘吸为妙,屈伸为要,药饵为事,杂术为利"的只重"形养"的一派,而要求"虚凝淡漠怡其性,吐纳屈伸和其神",守静去躁,忘情全性,形神俱超,"虽未得升腾,吾必知挥翼丹霄之上矣"④。这些看法,显然与禅宗的"安心"、"守心"、"明心见性"之说相通。晚唐五代著名道

①卿希泰主编《中国道教史》第2卷,第188页,四川人民出版社1992年版。
②《玄珠录》卷上,《道藏》第23册第621页。
③《天隐子·简易》、《神仙》,《道藏》第21册第699—701页。
④《神仙可学论》,《全唐文》卷九二六,第9651页。

士杜光庭(850—933)是新一代道教教理的组织者,他的修道论强调清心寡欲,舍恶从善。他说,成仙之道数百,非一途所限,有飞升、隐化、尸解、鬼仙等各种情况,而他特别强调的是"仙者心学,心识则成仙;道者内求,内密则道来……常能守一,去仙近矣"①。如此突出人的"心性"养炼,必然削弱对外在偶像的崇拜。相信自身的能力也就会淡化对他力救济的依赖。这样,道教的心性理论与佛教一起开启了宋代性理之学的先河。

唐代外丹术盛行,有不少文人陷溺其中,当然也有些人只是尝试为之。但多数文人好道,与其说是出自对神仙、丹药的信仰,不如说是向往一种高蹈绝尘、自由自在的人生境界,是在实践一种不随流俗、解脱世网的生活方式,或是面对现实矛盾和人生痛苦寻找精神慰藉。文人好仙无如李白(701—762),而范传正论及李白的神仙信仰,说他"好神仙非慕其轻举,将不可求之事求之,欲耗壮心、遣余年也"②。这在文人间可算是一种典型态度。唐代许多以好道知名的文人对于符箓、丹药并无兴趣。如贺知章(659—744)对李白有知遇之恩,以喜好仙道著名。他生性夷旷,垂老之年请为道士,毅然辞官归隐。但今存他的诗十余章,多抒写江湖放浪之趣,浑朴真率,至情动人,而一语不及神仙、丹药。顾况(727—816)在茅山入道,他的儿子顾非熊(? —854)也随之入道,是道士家庭;张志和(生卒年待考)甚至被传神仙飞升,但他们的人生境界也都与贺知章相似。白居易(772—846)晚年有诗说:

> 达磨传心令息念,玄元留语遣同尘。八关净戒斋销日,一曲狂歌醉送春。酒肆法堂方丈室,其间岂是两般身。③

---

①《墉城集仙录序》卷一,《道藏》第 18 册第 167 页。
②《唐左拾遗翰林学士李公新墓碑》,王琦注《李太白全集》卷三一《附录》。
③《拜表回闲游》,朱金城笺校《白居易集笺校》卷三一,上海古籍出版社 1988年版。

他兼容佛、道,二者同样是作为乐天安命的人生慰藉①。这样,就唐代文人一般状况而言,成佛、成仙已不是修道的主要目标,佛、道二教主要体现为心理的、伦理的、人生方式的价值和意义,文人们接受佛、道二教主要体现为心性观念的契合与心性修养的实践。这也可以说是宗教观念的深化,即已深浸到人们的心灵和生活之中;另一方面则是信仰大为淡化并趋于朦胧了。

而文学本是心灵的创造。对待宗教,唐代文人们能够超脱绝对的、先验的信仰,领悟其心性观念,体悟其心灵境界,这也成为开阔他们的创作视野、推进他们艺术创造的积极、有力的因素。

三、文字之因缘

柳宗元说:

> 昔之桑门上首,好与贤士大夫游。晋、宋以来,有道林、道安、远法师、休上人。其所与游,则谢安石、王逸少、习凿齿、谢灵运、鲍照之徒,皆时之选。由是真乘法印与佛典并用,而人知向方。②

这清楚表达了对于往昔儒、释交流传统的赞赏。历史上道教与士大夫交流虽不及佛教之盛,但同样是悠久和密切的。这种交流主要以文字为媒介。

至唐代,佛、道二教已积累起丰厚的文学遗产。大量翻译佛典

---

① 参阅罗联添《白居易与佛、道关系重探》,《唐代文学论集》下册,学生书局1989年版。
② 《送文畅上人登五台遂游河朔序》,《柳河东集》卷二五。

里包含一批高水平的宗教文学作品,如佛传、本生经、譬喻经等;重要大乘经《法华》、《维摩》、《华严》等具有浓厚的文学性格。晋、宋以来,教团内部培养出如支遁、慧远、汤惠休等善文事的僧人,这些人创作出一批具有相当艺术水准的诗文。僧人们更创造出一批新文体如旅行记(如法显[337—422]《佛国记》)、僧传(如慧皎[497—554]《高僧传》)、经录(如僧佑[384—414]《出三藏记集》)等。至于鲁迅所谓"释氏辅教之书"即佛教灵验、冥报之类传说则是志怪小说的特殊一类,也多有僧人参与创作。属于道教的文学创作,魏晋以来形成一批辑录神仙"传记"和传说的作品,著名的如《列仙传》(旧题刘向撰)、《汉武帝内传》(旧题班固撰)、《神仙传》(葛洪[283—363])等;而上清派教典更富于文学性,如《真诰》、《周氏冥通记》,描写仙、凡交通,记载仙真诰语,情节神异,"人物"性格鲜明,语言也富于文采;韵文方面则有游仙、步虚、仙歌等诗歌体裁作品。这大量可资借鉴的文学遗产,为唐代文人创作提供了丰富的主题、题材、"人物"、语言、典故等①。具体例子,如反对佛、道的韩愈的诗歌也受到翻译佛典和道教经典的影响②;《真诰》里的神仙故事和语汇成为僧人创作习用的典故,亦在艺术构思方面提供了借鉴③;广而言之,六朝"释氏辅教之书"和神仙传说为唐人小说提供

---

① 参阅台静农《佛教故实与中国小说》,《龙坡论学集》,第 127—177 页,辽宁教育出版社 2000 年版;蒋述卓《〈经律异相〉对梁陈隋唐小说的影响》,《在文化的关照下》,第 163—179 页,广东人民出版社 1997 年版;葛兆光《道教与唐诗》,《文学遗产》1985 年第 4 期第 42—55 页;Edward. H. Schafer: *The Divine Woman:Dragon Ladies and Rain Maidens in T'ang Literature*, University of California Press,1973.

② 参阅饶宗颐《马鸣佛所行赞与韩愈南山诗》,《中国文学报》第 19 册,日本京都大学中国文学会 1963 年版;葛兆光《青铜鼎与金错壶——道教语言在中晚唐诗歌中的使用》,《中国文学报》第 52 册,日本京都大学中国文学会 1997 年版。

③ 参阅深泽幸一《李商隐と〈真誥〉》,吉川忠夫编《六朝道教の研究》,京都大学人文科学研究所报告,春秋社 1998 年版。

了许多内容和表现方法①；而六朝释氏的议论文字和道教的歌赞更多方面地丰富了唐人诗文创作，等等。

　　唐代文人以不同形式与佛、道二教发生交涉，佛、道二教成为他们生活的重要部分。有些人亲受菩萨戒，受道箓，算是进入佛门或道门为弟子；虽然如前所说，多数人并没有真挚、坚定的信仰，但参与宗教活动，结交僧、道，游览或居停寺、观，阅览佛、道经典，已成为普遍的风气②。这些生活内容必然在作品中有所体现。而在文化的普遍繁荣中，僧团里出现更多雅善诗文的人，他们成为与文坛交流的津梁。特别是中唐以后出现的一批"诗僧"，著名者有皎然（720—？）、无可（生卒年待考）、贯休（832—912）、齐己（864—943）等。皎然活动在大历、贞元年间，游历京师和诸郡，与一时名流李华、颜真卿、韦应物、梁肃等交游，年幼的孟郊、刘禹锡都曾从之学诗。他有《杼山集》十卷传世，留下了诗学名著《诗式》。主要活动在大和年间的无可是诗人贾岛从弟，住长安居德坊先天寺，与他往来的有贾岛、姚合、戴叔伦、马戴、薛能、方干、喻凫、刘德仁、雍陶、李郢、顾非熊、李洞、刘沧、张籍、殷尧藩等人。又如元和、会昌年间的安国寺，一时"名德聚之"③，有广宣（生卒年待考）住红楼院，是专门伺候皇帝、应制赋诗的所谓"内供奉"，与他唱和的有李益、郑絪、韩愈、白居易、刘禹锡、元稹、张籍、欧阳詹、杨巨源、王涯、冯宿、王起、段文昌、雍陶、曹松、薛涛等，几乎囊括一时诗坛名流④。中唐以后以僧人为文章供奉形成朝廷定制。

---

① 参阅白化文《佛教对中国神魔小说之影响二题》，《文史知识》1986 年第 10 期。
② 参阅严耕望《唐人习业山林寺院之风尚》，《唐史研究丛稿》，新亚研究所 1969 年版。
③《南部新书》戊卷，第 50 页，中华书局 1958 年版。
④ 参阅平野显照《廣宣上人考》，《唐代文學と佛教の研究》第 100—150 页，朋友书店 1978 年版。

　　唐代道士中同样多有富于文才的。如司马承祯,武后、中、睿、玄宗朝都曾召请入都,与卢藏用、李峤、宋之问等结交。睿宗朝放还归山,"中朝词人赠诗者百余首"①,"散骑常侍徐彦伯撮其美者三十一首,为制序,名曰《白云集》,见传于代"②。他曾与刚刚出川的年轻的李白相遇,称赞李白有"仙风道骨",是文学史上的佳话。另一位著名道士吴筠少通儒经,善属文,开元中漫游江南,与名士相娱,文辞传颂京师,后来玄宗召请,待诏翰林,曾推荐李白入朝。晚唐五代著名道士杜光庭年轻时勤奋好学,博览群书,唐懿宗时应九经举,赋万言不中,乃弃儒入道。他善诗文,与诗僧贯休交好,著述等身,除了经注、科仪等道教著述外,有诗文集《广成集》十七卷,《历代崇道记》则是道教史著作,《洞天福地岳渎名山记》是山志著作,《神仙感遇传》、《墉城集仙录》是仙传,也可以看作是传奇作品。唐传奇名篇《虬髯客传》就出自《神仙感遇传》。

　　具体分析唐代文人创作接受佛、道二教影响,主要在以下几个方面。

　　由于佛、道已成为文人生活中十分重要的部分,从而大为扩展了他们的创作题材,丰富和充实了作品内容,开拓出创作的新意境。诗歌里有大量抒写游历寺观、结交僧道的体验以及描写参禅、悟道生活的作品;散文中则有许多描写寺、观的碑、记,记述僧、道的碑铭等。特别是"天宝后,诗人多为忧苦流寓之思,及寄兴于江湖僧寺"③,文人多结僧、道。典型的如张祜(792—853),"性爱山水,多游名寺,如杭之灵隐、天竺,苏之灵岩、楞伽,常之惠山、善权,润之甘露、招隐,往往题咏唱绝"④。而像姚合(781—846)、贾岛(779—843)以下所谓"武功派"诗人们,都喜欢借寺、观寂寞景色来

①李渤《王屋山贞一先生传》,《全唐文》卷七二一,第 7318 页。

②刘肃《大唐新语》卷一〇《隐逸》第 163 页,上海古典文学出版社 1957 年版。

③《新唐书》卷三五《五行二》第 921 页。

④傅璇琮主编《唐才子传笺校》卷六,第 3 册第 174 页,中华书局 1990 年版。

抒写其凄苦情怀。就是反佛的韩愈也多与僧侣往还,他的《山石》、《游青龙寺赠崔大补阙》等游历佛寺之作颇能体现其创作风格①。以至郑谷(851—?)更有"诗无僧字格还卑"②之说。小说如唐临《冥报记》,郎余令《冥报拾遗》,杜光庭《神仙感遇传》、《墉城集仙录》等是典型的宗教文学作品;而如李公佐《南柯太守传》、沈既济《枕中记》,主题显然得自佛、道观念;李朝威《柳毅传》写龙女故事,则借鉴了佛教故实;而张鷟(658—730)《游仙窟》本来是表现狭邪之游的,却利用了游仙构思。在中、晚唐传奇小说里佛、道内容得到普遍的表现。如戴孚《广异记》、牛僧孺(780—848)《玄怪录》、李复言《续玄怪录》、段成式(?—863)《酉阳杂俎》、张读《宣室志》、皇甫枚《三水小牍》等集子里都有许多佛、道故事或体现佛、道观念的篇章。

　　唐人更多的作品并不直接表现佛、道内容,但其观念、情感深浸其中。如上所说,这也正表明佛、道二教影响的普遍和深入。例如李白"五岳寻仙不辞远",他有大量山水诗与求仙访道生活相关;而更多的作品抒写超逸高迈的情怀,对污浊现世表示厌恶,加以抨击,则与他的道教修养有密切关系。李贺(790—816)、李商隐(813—858)的情形也与之类似。而如王维(701—761)的山水田园诗,描绘大自然明净、和谐、活泼的风光,所创造的恬静、闲适、空灵的精神境界,则与禅宗的影响有密切关联③。唐代诗歌创作的成就得到禅宗多方面的滋养④。如李郢嗣曾指出:

----

① 参阅陈允吉《唐音佛教辨思录》,上海古籍出版社 1988 年版。
② 《自贻》,《全唐诗》卷六七六,第 7747 页。
③ 参阅袁行霈《王维诗歌的禅意与画意》,《社会科学战线》1980 年第 2 期。
④ 参阅顾随《揣月录》,《顾随说禅》,上海古籍出版社 1998 年版;杜松柏《禅学与唐宋诗学》,黎明文化事业公司 1976 年版;入矢义高《求道と悦樂—中國の禅と詩》,岩波书店 1983 年版;Paul Demiéville: *Le Tch'an et la poésie chinoise*, Hermés vol. 7, Paris, 1970;张中行《禅外说禅》,黑龙江人民出版社 1991 年版;周裕锴《中国禅宗与诗歌》,上海人民出版社 1992 年版;孙昌武《禅思与诗情》,中华书局 1997 年版。

　　　　唐人妙诗若《游明禅师西山兰若》诗,此亦孟襄阳之禅也,
而不得专谓之诗;《白龙窟泛舟寄天台学道者》诗,此亦常征君
之禅也,而不得专谓之诗;《听嘉陵江水声寄深上人》诗,此亦
韦苏州之禅也,而不得专谓之诗。使召诸公而与默契禅宗,岂
不能得此中奇妙?①

如此诗情与禅意相交融,往往不见禅语而现禅趣。名句如王维的
"行到水穷处,坐看云起时"②、杜甫的"水流心不竞,云在意俱迟"③
等,后来甚至被直接用作参禅"话头"④。而如李颀诗"发调即清,修
辞亦秀,杂歌咸善,玄理为长,多为放浪之语,足可震荡心神"⑤,张
志和诗"曲尽天真"、"兴趣高远"⑥等,则与他们的修道生活体验有
直接关系。对于当时许多人来说,习佛、修道已成为人生教养的一
部分。柳宗元说:"佛之道,大而多容,凡有志乎物外而耻制于世
者,则思入焉。"⑦指出当时许多人为了逃避现实压抑而归入佛、道。
白居易则有诗说:

　　　　大抵宗庄叟,私心事竺干。浮荣水划字,真谛火中莲。梵
部经十二,玄书字五千。事非都付梦,语默不妨禅。⑧

　　　　达磨传心令息念,玄元留语遣同尘。八关净戒斋销日,一
曲狂歌醉送春。酒肆法堂方丈室,其间岂无两般身。⑨

他对禅与道兼容等观,更与诗酒放浪的生活相合一,都被当作安顿

①《慰弘禅师集天竺语诗序》,《杲堂文抄》卷二,《四明丛书》本。
②《终南别业》,《王右丞集笺注》卷三。
③《江亭》,《杜少陵集详注》卷一〇。
④参阅葛兆光《禅意的"云"》,《文学遗产》1990年第3期。
⑤《唐才子传笺校》卷二,第1册第357页。
⑥《唐才子传笺校》卷三,第2册第695页。
⑦《送玄举归幽泉寺序》,《柳河东集》卷二五。
⑧《新昌新居书事四十韵因寄元郎中张博士》,《白氏长庆集》卷一九。
⑨《拜表回闲游》,《白氏长庆集》卷三一。

身心的依托。这些例子正典型地显示了佛、道的心性观念在创作实践中的作用。

在更深层次上，佛、道二教更影响到唐人创作的思维方式和构思方式。吉川幸次郎说过："重视非虚构素材和特别重视语言表现技巧可以说是中国文学史的两大特长。"而"戏曲和小说都是虚构的文学"①。鲁迅则说唐人"始有意为小说"②。特别是对于唐人小说和后来戏曲的发展，佛、道二教的影响起了重要作用。而从诗歌创作看，六朝诗表现佛、道内容，往往是夹述义理。功力深厚如谢灵运，作品也多附带一个玄理尾巴。他的作品模山范水，名章迥句迭出，但意境终欠浑融。唐诗的一个重大优长，也是它超越前人的重要成就，在善于把感受、意念和激情化为情景浑融的兴象、意境。这就是严羽所谓"唐人尚意兴而理在其中"③，也即是他所说的诗、禅相通的"妙悟"④。这正是借鉴宗教玄想的思维方式的结果。如李白、李贺诗的幻想世界，乃是心灵的自由创造；就是号称"诗史"的杜甫也明确要求"陶冶性灵"⑤。诗僧皎然论诗说："但见性情，不睹文字，盖诗道之极也。向使此道尊之于儒，则冠六经之首；贵之于道，则居众妙之门；崇之于释，则彻空王之奥。"⑥署名王昌龄的《诗格》上提出诗有三境，物境之外还有情境、心境，要求作诗时"文用精思，未契意象，力疲神竭；安放神

---

① 《中国文学史之我见》，《我的留学记》第 168、176 页，钱婉约译，光明日报出版社 1999 年版。
② 《中国小说史》第八篇《唐之传奇文（上）》，《鲁迅全集》第 9 册第 70 页，人民文学出版社 1981 年版。
③ 郭绍虞《沧浪诗话校释》第 137 页，人民文学出版社 1961 年版。
④ 同上书，第 10 页。
⑤ 《解闷十二首》之七，《杜少陵集详注》卷一七。
⑥ 《诗式》卷一《重意诗例》。

思,心偶照境,率然而生","神之于思,处身于境,视境于心,莹然掌中"①。如此注重心性的张扬和表达,也都通于宗教的思维方式。刘禹锡说:

> 梵言沙门,犹华言去欲也。能离欲则方寸地虚,虚而万景入;入必有所泄,乃形乎词。词妙而深者,必依于声律。故自近古而降,释子以诗名闻于世者相踵焉。因定而得静,故脩然以清;由慧而遣词,故粹然以丽。信禅林之花萼而诚河之珠玑耳。②

王、孟、韦、柳一派特别突出体现了这种境界。甚至杜甫、韩愈也一样。吉川幸次郎说:"杜甫首次给唐诗注入如此丰富的想象力,也正是得到了从印度传入的佛教经典的无意识的影响。"③实际佛教给予杜甫影响的,不只是经典,还有流行的禅宗。当然,佛、道二教的根本立场是超世、出世的,必然追求恬静无为的境界,体现在艺术构思上则追求娴雅、寂静、空灵之美,这就难免造成风格上的偏枯和冷寂。

在文体、意象、语言、典故、修辞等诸多具体艺术表现方式、方法方面,佛、道二教对唐代文人的影响同样十分显著。例如佛典并用散体长行和韵文偈颂,直接影响到传奇小说如《游仙窟》等使用韵、散交错的文体;中唐传奇小说配合以叙事诗的创作风气也受其影响。而如陈寅恪指出:佛经里的"'长行'乃以诗为文,而偈颂亦可视为以文为诗也"④,韩愈"以文为诗"正与之有一定关系。胡适曾指出:禅宗"大和尚的人格、思想,在当时都是了不得的。他有胆

---

① 署名王昌龄的《诗格》是否确为王所作,学术界尚有争论,但其出于中唐以前,反映了当时的文学思想则是没有疑问的。
② 《秋日过鸿举法师寺院便送归江陵并引》,《刘宾客文集》卷二九。
③ 《中国文学与外国文学》,《我的留学记》第212页。
④ 《论韩愈》,《金明馆丛稿初编》第295页。

量把他的革命思想——守旧的人认为危险的思想说出来，做出来，为当时许多人所佩服。他的徒弟们把他所做的记下来。如果用古文记，就记不到那样的亲切，那样的不失说话时的神气。所以不知不觉便替白话文学、白话散文开了一个新天地。"①这是说禅宗语录对文体的贡献。沈曾植在《海日楼札丛》里则指出中唐兴盛的密教直接影响到绘画、诗歌和传奇小说创作。唐人熟悉佛、道典籍，语言、修辞方面从中借鉴更是十分普遍的事。

本文没有讨论唐代佛、道二教对民间文学的影响。应当指出，由于民众间的信仰体现为更真挚的形态，在民间文学作品里佛、道的表现与文人作品不同，但同样十分丰富和突出。这从王梵志诗、寒山诗、敦煌变文、曲子词等作品里看得很清楚②。各类民间文学创作与文人创作更相互影响。本文限于篇幅，不能讨论了。

四、"三教调和"思潮与"周流三教"③风气

上面讨论唐代文人与佛、道二教关系，"心性之契合"主要属于思想层面，"文字之因缘"则主要属于创作层面。还有一个重要方面，就是文人观念上"三教调和"，生活上"周流三教"，对于一代文学的发展也起着关键性的作用。

在六朝时期，文人有不少虔诚地信佛或修道的；也有坚决反对

①《传记文学》，《胡适精品集》第 15 卷第 208 页，光明日报出版社 1998 年版。
②参阅胡适《白话文学史》，上海古籍出版社 1999 年；周绍良《谈唐代民间文学》，《绍良丛稿》，齐鲁书社 1984 年版；项楚《王梵志诗校注》，上海古籍出版社 1991 年版；项楚《寒山诗注》，中华书局 2000 年版。
③权德舆《左谏议大夫韦公诗集序》，《权载之文集》卷三五。

（如范缜）或抵制（如陶渊明）佛、道的；当然还有佛、道双修（如沈约）的。这表明，虽然当时"三教调和"的趋势已很明显，但三者的交流与融合仍在激烈冲突、斗争的形式下进行。但到唐代，三教间的矛盾、对立已渐趋消泯，融合已经形成潮流，从而"周流三教"也就可能成文人间的普遍风尚。当然，对"三教"的具体认识不同，"周流三教"的表现也有所不同。有些人倾心佛教，另一些人则更热衷道教，更有反对佛、道的。但对待三者关系则已形成大体一致的基本思路，即在认定"同归于善"的基础上，以中土固有的儒家传统为主来统合三者。而从一定意义说，"三教调和"乃是中土固有思想、文化传统与外来思想、文化的融合，是世俗思想、文化与宗教思想、文化的融合。唐人相当完满地实现了这种融合，使得一代思想境界空前地自由、开阔，对学理的探讨亦空前地丰富、精深，审美意识也随之高度发达。这对推动文学艺术繁荣发挥的作用是十分重大的。

隋末唐初的东皋子王绩（590—644）是扭转六朝以来诗坛颓风的先驱人物，一般把他看做隐逸诗人，但他本质上是热心世事的。他有诗说："人生讵能几，岁岁常不舒。赖有北山僧，教我以真如。使我视听遣，自觉尘累祛。"[1]他又喜读道书，"床头系素书数帙，《庄》、《老》及《易》而已，过此以往，罕尝或披"[2]。实际上他既不信神仙丹砂之术（《赠学仙者》："相逢宁可醉，定不学丹砂。"《田家三首》之一："回头寻仙事，并是一空虚。"），也不信轮回报应（《山中叙志》："直置百年内，谁论千载后。"）。他说：

　　且欲明吾之心，一为足下陈之：孔子曰"无可无不可"，而欲居九夷；老子曰"同谓之玄"，而乘关西出；释迦曰"色即是空"，而建立大法，此皆圣人通方之玄致，宏济之秘藏，实寄冲

①《范记室收过庄见寻率题古意以赠》，《王无功集》卷中，《丛书集成》本。
②《答冯子华处士书》，《王无功集》卷下。

鉴。君子相期于事外，岂可以言行诘之哉！故仲尼曰："善人
之道不践迹。"老子曰："夫无为者无不为也。"释迦曰："三灾弥
纶，行业湛然。"夫一气常凝，事吹成万，万殊虽异，道通为一。
故各宁其分，则何异而不通；苟违其适，则何为而不阂。故夫
圣人者非他也，顺适无阂之名，即分皆通之谓……①

这样，他认为"道通为一"，把儒、释、道等同起来，统谓之"通方之玄
教"。他的观点受到后人批评，说是"以释迦厕于孔子之后，可谓拟
人不伦"②。但实际上这正是他思想观念的弘通、杰特之处。在这
一点上，他也开了唐代文人的先河。

"初唐四杰"如闻一多所说"是唐诗开创期中负起了时代使命
的四位作家"③。他们都是积极入世的庶族文人，又都兼容佛、道。
比较起来，卢照邻(634—686)的信仰更为诚挚，王勃(650—676)次
之，杨炯(650—693)、骆宾王(627—684)则较为淡漠。卢照邻中年
起倾心道术，和当时著名道士李荣、黎元兴等有密切交往，作有《赠
李荣道士》诗和《益州至真观主黎君碑》等不少有关道教的作品。
他在长安还结交著名道士、也是一代医学泰斗孙思邈(581—682)，
称赞孙"道恰今古，学有数术。高谈正一，则古之蒙庄子；深入不
二，则今之维摩诘"④，把后者看做是释、道合一的人物。他去官后
隐居太白山，长期服方士药。他自述又说"晚更笃信佛法，于山下
间营建，所费尤广"⑤。他同样写过许多佛教文字。晚年所作《五悲
文》，更拿儒、道二家和佛作比较：

①《答陈道士书》，《王无功集》卷下。
②孙星衍《东皋子集序》，《王无功集》卷首。
③闻一多《四杰》，《闻一多全集》第 3 卷第 23 页，生活、读书、新知三联书店
　1982 年版。
④《病梨树赋》，任国绪《卢照邻集编年笺注》卷一，第 36—37 页，黑龙江人民出
　版社 1989 年版。
⑤《寄裴舍人遗衣药直书》，《卢照邻集编年笺注》卷七，第 442 页。

　　若夫正君臣，定名色，威仪俎豆，郊庙社稷，适足夸耀时俗，奔竞功名，使六义相乱，四海相争，我者遗其无我，生者哀其无生；孰与乎身肉手足，济生人之涂炭，国城府库，恤贫者之经营，舍其有爱以至于无爱，舍其有行以至于无行。

　　若夫呼吸吐纳，全身养精，反于太素，飞腾上清，与乾坤合其寿，与日月齐其明，适足增长诸见，未能永证无生；孰与夫离常离断，不始不终，恒在三昧，常游六通，不生不住无所处，不去不灭无所穷，放毫光而普照，尽法界与虚空，苦者代其劳苦，蒙者导其愚蒙。施语行事，未尝称倦，根力觉道，不以为功……①

这样，他又是把佛、道当做人生的归宿了②。

　　王勃生命短暂，但才华杰特，经历波折，心态上对于宗教十分敏感。他是王绩侄孙，举"幽素科"及第，对道家的偏爱有家学渊源。他写过不少游历宫观（如《寻道观》、《观内怀仙》等）和神仙题材的诗（如《八仙径》、《忽梦游仙》等），对神仙境界表示向往。但他出身的太原王氏又有着悠久的信佛传统。他于总章二年（669）入蜀，自述说："我辞秦、陇，来游巴蜀，圣地归心，名都憩足。"③在蜀地他写过一批释教碑和佛教题材的诗文。他与著名的律师怀素（624—697）有交谊，曾为其所著《四分律宗记》作序④。他还写过《释迦如来成道记》那样的普及佛说的作品⑤。

　　陈子昂（661—702）是唐代文学发展史上的关键人物。他自幼

---

①《五悲文·悲人生》，《卢照邻集编年笺注》卷四，第284—285页。

②参阅兴膳宏《唐初の詩人と宗教——盧照鄰の場合》，吉川忠夫编《中国古道教史研究》第417—470页，同朋舍1992年版。

③《梓州栖县兜率寺浮图碑》，《初唐四杰文集》卷八。

④《四分律宗记序》说该书为"西京太原寺索律师"所作，"索"为"素"之讹，其时怀素正住西京太原寺弘扬《四分律》。

⑤参阅荒井健《初唐の文學者こ宗教——王勃な中心とくて》，福永光司编《中國中世の宗教と文化》，第575—588页，京都大学人文科学研究所1982年版。

好道,自说"林岭吾栖,学神仙而未毕"①。他和上清派宗师司马承祯交好,作有《续唐故中岳体玄先生潘宗师(师正)碑颂》。但他在长安又和晖上人结下密切交谊,在《夏日晖上人房别李参军崇嗣序》里说:

> 讨论儒、墨,探览真玄,觉周、孔之犹述,知老、庄之未悟。遂欲高攀宝座,伏奏金仙。开不二之法门,观大千之世界……色为何色,悲乐忽而因生;谁去谁来,离会纷而妄作。俗之迷也,不亦烦乎?……②

陈子昂对后世文坛产生巨大影响,这种思想观念在唐代文人中同样具有代表性。

与陈子昂大体同时的沈佺期(?—713)、宋之问(656—712)在创作倾向上和陈不同,但在兼容释、道上却与之相一致。张说(667—731)、张九龄(678—740)都是一代名相,诗文创作卓有成就,三教调和观念同样鲜明地体现在其思想和创作之中。

这样,"三教调和"已成为唐人的思想传统。即以盛唐三大诗人为例:王维被称为"诗佛",喜佛好禅是著名的。但也写了不少颂扬神仙和道教题材的诗,如《桃源行》、《鱼山神女祠歌》等;更多有描写与道士交往、颂扬养炼焚修之作。如《和尹谏议史馆山池》,是与开元年间被朝廷礼重的著名道士尹愔唱和的作品;《赠李颀》、《李居士山居》写炼丹;《送高道弟耽归临淮作》、《送张道士归山》写修炼。如此等等,他所谓"好道",实际是佛、道相通的。"诗仙"李白崇道好仙众所周知,但如龚自珍说:"庄、屈实二,不可以并,并之以为心,自白始;儒、仙、侠实三,不可以合,合之以为气,又自白始也。"③他的思想十分驳杂,对佛教也相当热衷。他曾自比为大乘佛

---

① 《晖上人房饯齐少府使入京府序》,《陈子昂集》卷七。
② 《夏日晖上人房别李参军崇嗣并序》,《陈子昂集》卷二。
③ 《最录李白集》,《龚自珍全集》第 255 页,上海人民出版社 1975 年版。

教的著名居士维摩诘①。宋人葛立方指出：

> 李白跌荡不羁，钟情于花酒风月则有矣，而肯自缚于枯禅，则知淡泊之味贤于啖炙远矣。白始学于白眉空，得"大地了镜彻，回旋寄轮风"之旨；中谒太山君，得"冥机发天光，独照谢世氛"之旨；晚见道崖，则此心豁然，更无疑滞矣。所谓"启开七窗牖，托宿掣电形"是也。后又有谈玄之作云："茫茫大梦中，惟我独先觉。腾转风火来，假合作容貌。问语前后际，始知金仙妙。"则所得于佛氏者益邃矣。②

在李白的作品里，看不出道与佛有任何矛盾。杜甫不论其自视，还是古今评论，都以为是以"儒术"立身的典范。但他同样既信佛，又崇道③。他曾自述"余亦师粲、可，心犹缚禅寂"④，"身许双峰寺，门求七祖禅"⑤；晚年对净土信仰又表示浓厚兴趣⑥。而他对道教也相当地热衷。他年轻时的作品已有些关系道教的，如《题张氏隐居二首》、《巳上人茅斋》；后来和李白结交，二人曾一起到王屋山、东蒙山求仙访道；他更热衷炼丹术，直到临终写诗仍说道："葛洪尸定解，许靖力难任。家事丹砂诀，无成涕作霖。"⑦而以上三位大诗人实际都坚守儒家忠君爱国、民胞物与的传统，立志经世济民，并不是超脱、出世的宗教徒。

散文家也同样。"古文运动"的先驱萧颖士（709—760）是"儒、

---

① 《答湖州迦叶司马问白是何人》："青莲居士谪仙人，酒肆藏名三十春。湖州司马何须问，金粟如来是后身。"《李太白全集》卷一九。

② 《韵语阳秋》卷一二，《历代诗话》下册，第 576 页，中华书局 1981 年版。

③ 参阅黑川洋一《杜甫の研究》第三章《杜甫と佛教》，创文社 1984 年版。

④ 《夜听许十一诵诗爱而有作》，仇兆鳌《杜少陵集详注》卷三。

⑤ 《秋日夔府咏怀奉寄郑监审李宾客之芳一百韵》，《杜少陵集详注》卷一九。

⑥ 参阅吕澂《杜甫的佛教信仰》，《哲学研究》，1978 年第 6 期第 40—42 页；郭沫若《李白与杜甫》第 181—195 页，人民文学出版社 1971 年版。

⑦ 《风疾舟中伏枕书怀三十六韵奉呈湖南亲友》，《杜少陵集详注》卷二三。

释、道三教,无不该通"①的。李华对天台、密、律各宗都有相当深刻的了解,又赞扬严君平"默养真气"、"微妙玄通",张良"绝粒谢时,方追赤松"②之类仙道人物。独孤及(725—777)作《舒州山谷寺觉寂塔隋故镜智禅师碑铭》、《舒州山谷寺上方禅门第三祖璨大师塔铭》,表扬禅宗三祖僧璨,在禅宗构造法系的活动中起了重要作用③;又有《唐故浙江东道节度掌书记越州剡县主簿独孤丕墓志》那样宣扬黄老之道和炼丹术的作品。稍后的颜真卿(709—784)在大历年间任湖州刺史,集合一时名流共同编撰《韵海镜源》大型工具书,其中有皎然那样的名僧,也有陆羽、张志和等道门人物。而具有象征意味的是,他在任抚州刺史时既写过《抚州宝应寺律藏院戒坛记》,也写过《抚州南城县麻姑山仙坛记》,后一篇是道教史上的名文,也是书法史上的名作。后来辟佛、老的欧阳修针对他慨叹说"释、老之为斯民患也,深矣"④。

至贞元、元和年间,儒学复古思潮兴起,思想界掀起反对佛、道的浪潮。但像韩愈、李翱等人,高举批判佛、道的旗帜,实际也抵御不了其弥漫社会的影响。这在前面已说明过。

中、晚唐国势凋敝,矛盾丛生,统治者更迷信和推崇佛、道二教。文人经常处身动乱忧患之中,感受着时代的艰辛,也更容易接受佛、道二教。姚合诗里表现的态度是相当典型的,他说:

> 我师文宣王,立教垂《书》《诗》,但全仁义心,自然便慈悲。

---

① 钱易《南部新书》庚卷,第 84 页,中华书局上海编辑所 1958 年版。
② 《隐者赞七首》,《全唐文》卷三一七,第 3218 页。
③ 禅宗相传的传法统绪是达摩、惠可、僧璨、道信、弘忍,以下分为南、北二宗的慧能和神秀。学术界有一种意见认为这一"法统"是北宗一系所捏合的,在早期资料里不见道信承续僧璨的记载。参阅柳田圣山《初期禅宗史书の研究》第二章《北宗における燈史の成立》,法藏馆 1967 年版。
④ 《唐颜真卿麻姑坛记》,《集古录跋尾》卷七,《欧阳文忠公集》卷一六。

　　两教大体同,无处辨是非。莫以衣服别,到头不相知。①
　　懒读经文求作佛,愿攻诗句觅升仙。②

类似的例子不烦多举了。

　　值得注意的是,在唐代文人中,大多数人对于佛、道的弊端认识得又相当清楚。例如好道如李白也批评过求仙的虚妄;好佛如白居易也批评过佛教的蠹害。他们对待宗教的一个典型表现是,在涉及国计民生的"公"的方面,往往能够从经世济民的观念和立场出发,清醒地认识并批判佛、道二教的流弊;而在个人生活即"私"的方面,却往往对佛、道二教赞赏、倾心甚至迷恋。而这种矛盾姿态,却正有助于消弭宗教在他们生活与创作中的消极作用。而正是关系人生实际和个人心态的"私"的方面,与文学创作密切关联,使他们有可能积极地利用佛、道二教提供的思想和艺术资源,创作出优秀的艺术成果。

（原载傅璇琮、蒋寅主编《中国古代文学通论·隋唐五代卷》,辽宁人民出版社,2005年5月）

---

① 《赠卢沙弥小师》,《全唐诗》卷四九七,第5651页。
② 《送无可上人游越》《全唐诗》卷四九六,第5623页。

中晚唐的禅文学

　　禅宗的发展促成了禅文学的繁荣。禅文学是这一革新的佛教宗派的新经典，又是独特的文学作品。特别是到了中晚唐时期，随着曹溪一系洪州禅①的形成带来的禅思想的巨大变化，禅宗的偈颂和语录被大量创作出来，它们成了代替传统"三藏"的传法手段。而这些作品又以其特殊的艺术成就在文学史上占有一席地位，在当时和后来，与文人创作和民间创作发生了广泛、深刻的相互影响。

一

　　洪州禅提出"平常心是道"②，把随缘应用的"平常心"与"自性清净心"等同起来，把实现一念净心的禅转化为肯定平常心性的禅，从而对于语言表现也有了新的看法。

---

① "洪州禅"的提法出于宗密，指曹溪下南岳怀让弟子马祖道一一系的禅法。马祖把"明心见性"的禅发展为"平常心"、"非心非佛"的禅，代表了南宗禅观念上的巨大变革。马祖的禅观实际上成为统治其后一个时期整个禅宗的指导思想。
② 入矢义高编《馬祖の語録》，禅文化研究所 1984 年版。

　　禅宗自创立初期就是主张"寂然无名"、"自证道果"①而不重文字的。这不重文字一方面是强调禅要"默契"、"悟人",因为禅的绝对境界应是超出名相分别之外的;另一方面则是反对传统的经论义疏,因为注重心性的实践就不应拘守任何现成的文字义理。但洪州禅主张行住坐卧,扬眉瞬目,立处皆真,尽同无漏,因而随时言说,尽是菩提道果。马祖道一(709—788)就明确提出了"心地随时说"的观念:

　　　　凡所见色,皆是见心。心不自心,因色故有。汝但随时言说,即事即理,都无所碍。菩提道果,亦复如是。于心所生,即名为色。知色空故,生即不生。若了此意,乃可随时著衣吃饭,长养圣胎,任运过时,更有何事? 汝受吾教,听吾偈曰:

　　　　　　心地随时说,菩提亦只宁。
　　　　　　事理俱无碍,当生即不生。②

与马祖同时的青原一系的石头希迁(700—791)也有同样看法:

　　　　……若入三昧门,无不是三昧;若入无相门,总是无相。随立之处,尽得宗门;语言啼笑,屈伸俯仰,各从性海所发。③

这样,此后南宗禅所说的"不立文字",就主要侧重在强调不同于传统经论文字的"心法"。而与此同时,为传播这新教义,又非常重视文字的表达,并努力去创造自己的言句、经典。后来德山宣鉴法嗣岩头全奯(828—887)提出:"若欲得播扬大教去,一一个个从自己胸襟间流将出来,与它盖天盖地去摩"④,更明确提出张扬教义靠自心的发明。在这样的观念的指引下,中晚唐禅宗创造出大量语录

<hr />

①净觉《楞伽师资记》,柳田圣山编《禅の語録2・初期の禅史Ⅰ》,筑摩书房1971年版。
②入矢义高编《馬祖の語録》,禅文化研究所1984年版。
③《宗镜录》卷九七,《大正藏》第48卷第940页中栏。
④《祖堂集》卷七。

与偈颂。由于这些作品要突出表现个人心性的体验,也就易于采取个性化的文学形式。

　　当时禅宗发展的另一些特点也进一步促进了这些作品的文学性质。

　　一是洪州禅突出发展了禅的重实践的特点。禅的实践,不是特定含义的社会实践,而是指个人实际践履。从一般佛教的禅到禅宗的禅,都重默契,重体悟,反对脱离实际的义解与思辨。而发展到洪州禅,强调"平常心是道",就更重视从人生践履中来悟得禅的真义。所谓"神通与妙用,运水与搬柴"①,所谓"如鱼饮水,冷暖自知"②,就是把禅落实到人生日用之中。当时的禅宗僧团已建立起独立的禅院,确定了禅僧参加劳动的制度。"一日不作,一日不食"的口号反映了佛教观念的巨大转变:僧侣由受众人供养的"僧宝"变成了自力谋生的凡人。从当时的记录看,禅门师弟子一起除草、摘菜、拾柴等,往往是这些劳动实践提供了他们悟道或传法机缘,劳动生活则是悟道场所。百丈怀海(720—814)法嗣大慈寰中上堂示法说:"说取一丈,不如行取一尺;说取一尺,不如行取一寸。"③这显然是更重视"行"的。有一个著名的"赵州茶"公案,说赵州从谂(778—897)对于前来参学的人,无论是新来的还是旧识的,一律命以"吃茶去"④。这"吃茶去"可作各种解会,但含义之一就是告诉人们禅即在吃茶这日常的行为之中。因此,当时丛林间对于读经看教、默守言句大肆抨击,有"承言者丧,滞句者迷"、"一句合头意,千载系驴橛"之类说法。洪州禅提倡的践履最终归结为任运随缘,无所作为,使社会的人变成"无为无事"的闲人。但它却彻底改变了佛教在传统上追求超越、出世,把彼岸世界与现实人生对立

---

①入矢义高编《禅の語録 7・龐居士語録》,筑摩书房 1973 年版。
②宗密《禅源诸诠集都序》卷一,《大正藏》第 48 卷第 504 页中。
③《祖堂集》卷一七。
④《祖堂集》卷一八。

起来、隔绝开来的根本性质,强调在此岸人生中契合绝对真实。这种对人生实践的观念的改变,有力地促进了禅与文学的接近与交流。

另一点是洪州禅表现出强烈的独创性特征。南宗禅的创始人慧能和神会还用传统形式开坛说法,《坛经》和《坛语》就是这种说法的记录。但到了马祖与石头时代,禅门兴起了云游请益的风气。按后来灯录所记录的师资传授与开悟因缘,师弟子传承关系是有固定的统绪的,但实际上学人往来各丛林间,这种关系并不那么固定。主持丛林的禅宿虽也上堂示法,但一般已不采用传教讲学的形式。师弟子间相互问答辩难,互斗机锋,完全是一种平等的关系。禅门中更鼓励学人创新,超越师说,有所谓"智慧过师,方传师教;智慧若与师齐,他后恐减师德"①的说法。中唐以后的禅宗立"祖师禅"来与"如来禅"对立,就是割断与传统经论与禅法的承继关系,表明其自身创新的特质。中唐以后,禅门宗风自由活泼,新态奇出;禅师中出现许多卓越人物,他们各有独特的解悟,各经独特的机缘,观念与方法都极富个性与创新,形成了"诸家"竞胜的局面②。禅宗的独创性是它自身发展的推动力,也是它运用文学形式来表现自身的内在依据。

再一点是禅门学人与文人的广泛交流。由于宗风的转变,许多文人走入禅门,禅宗学人也与文人更广泛地交流。胡应麟说:

　　世知诗律盛于开元,而不知禅教之盛,实自南岳、青原兆

---

① 《祖堂集》卷七岩头全豁引古德语。《景德传灯录》卷一六作"智过于师,方堪传授;智与师齐,减师半德"。《五灯会元》卷三引百丈怀海语:"见过于师,方堪传授;见与师齐,减师半德。"

② "五家七宗"即由南岳一系分立的沩仰、临济二家,青原一系分立的曹洞、云门、法眼三家;北宋初由临济又分出黄龙、杨岐二派。"五家七宗"是后人的概括。分"家"的观念是法眼文益(在《宗门十规论》中)明确起来的,而"五家七宗"提法初出于十二世纪初的《建中靖国续灯录》。

基。考之二大士,正与李、杜二公并世。嗣是列为五宗,千支万委,莫不由之。韩、柳二公,亦与大寂、石头同时。大颠即石头高足也。世但知文章盛于元和,而不知尔时江西、湖南二教,周遍寰宇……①

禅门的隆盛给文坛以重大影响,而禅与文学的交流也提高了禅门的文学水平,促进了禅文学的创作。这是值得专门研究的课题,此不赘。②

以上这些条件综合着发生作用,都促成禅的表现与文学创作相沟通。结果标榜"不立文字"的禅却创造出新的文学业绩,其主要形式是偈颂和语录。

二

佛典中广泛利用偈颂。六朝僧人中亦有善诗文的传统。禅宗自创立伊始也广用偈颂为宣教手段。如敦煌卷子中的神会和尚《五更转》是利用民间演唱形式③;《达摩和尚绝观论》则把偈颂插在问答中。④ 这些偈颂从体制看虽然不同,但表达方式则是相同的,即都是以明禅理的。这还是传统偈颂的一般表达方式。到了中唐,大量出现归属到个人名下或由个人创造的偈颂。它们以抒写自身体悟的形式出现,从而脱离传统经论中的偈颂形式而表现为

①《少室山房笔丛》卷四八癸部《双树幻钞》。
②参阅拙作《唐代文人的习禅风气》,《禅文化研究所纪要》第十五号《入矢義高教授喜壽紀念論集》,禅文化研究所1988年版。
③参阅胡适《神会和尚语录的第三个敦煌写本:〈南阳和尚问答杂证义:刘澄集〉》,《神会和尚遗集》,胡适纪念馆1982年版。
④参阅《禅文化研究所研究报告·絕觀論》,1976年,京都。

文学形式。

首先是出现了归属到傅大士、宝志、王梵志、寒山等名下的作品。齐梁时的宝志、傅大士到唐代已是传说人物。现存二人偈颂作品从内容看显系禅门中人改编或附会的。宗密在《禅源诸诠集都序》里讲到禅人"或降其迹而适性,一时间警策群迷",注中就举出"志公、傅大士、王梵志之类",已暗示出这些人的作品与禅宗的关系。禅籍中《楞伽师资记》最初提到"傅大师(士)",只举出他"守一不移,先当修心审观,以身为本"①的主张。史料记载佛窟遗则(751—830)曾集序融祖师(牛头法融)文三卷并为宝志《释题二十四章》、《南游傅大士遗风》作序②。宝志、傅大士作品大体应在此时流行起来。荆溪湛然(711—782)在其所著《止观义例》卷上、《止观辅行传弘决》二之三里都曾引用傅大士《独自诗》。宗密(780—841)《圆觉经大疏钞》等作品亦屡屡引及傅大士作品③。宝志的作品也被宗密多次引用④;并见于怀海(720—814)的《百丈广录》。而怀海语录的编成是有门弟子记录的"语本"为据的⑤。文献中最早提及王梵志的是成书于大历末年的保唐宗禅史《历代法宝记》,其中保唐无住说法引到王梵志诗:"惠眼近空心,非开髑髅孔。对面说不识,饶你母姓董。"⑥皎然《诗式》在《跌宕格,骇俗》条中又引到王梵志《道情诗》一首。这首诗中的"还我未生时"的观念与南宗禅"父母未生时本来面目"的观念相通。寒山诗应是在德宗建中年间

①《楞伽师资记》神秀说法中有"桥流水不流"一句,见今传《善慧大师语录》;但很难确定他是引傅大士诗,相反更可能傅大士诗是袭用了神会的语句。
②《宋高僧传》卷一〇《佛窟遗则传》。该传据刘义碑文作,应有事实依据。
③如《圆觉经大疏钞》卷一之上、卷七之上,《圆觉经大疏》卷中之二等处。
④如《圆觉经大疏钞》卷二之上、卷一二之上、卷一二之下、卷一三之上,《圆觉经大疏》卷中之二等处。
⑤陈诩《唐洪州百丈山故怀海禅师塔铭》:"门人神行、梵云,结集微言,纂成《语本》。"《全唐文》卷四四六。
⑥柳田圣山编《禅の語録3·初期の禅史Ⅱ》,筑摩书房1976年版。

前后即八世纪末叶出现的,笔者已另有论述①。以上这些人名下的作品形成时间较长,又曾广泛流传,思想内容颇为驳杂,表现禅宗思想的仅是其中的一部分。但仅就其抒写禅解这一部分作品来看,由于是以个人体悟的形式出现的,比起单纯说理的禅宗早期偈颂来,具有更富个性的、形象化的色彩。

禅门中请益勘辩的风气兴盛起来之后,丛林间广泛利用偈颂作为表达禅解的手段,出现一批善偈颂的禅僧。南岳系下有伏牛自在、居士庞蕴(740?—808)、芙蓉灵训(?—851)、香岩智闲(?—898)等。青原一系的禅风富思辨色彩,重山居乐道,出现了丹霞天然(738—824)、雪峰义存(822—908)、龙牙居遁(835—923)、南岳玄泰、镜清道怤(868?—937)等一系列著名作者。特别是药山惟俨(751—834)门下,普遍地喜用如歌如颂的诗偈表达禅解,其以下几代弟子如船子德诚、夹山善会(805—881)、洛浦元安(834—898)等都以善偈颂闻名。当时偈颂有多种形式,如:

传法偈:形成于唐德宗建中年间的《宝林传》系统记载了西天二十八祖及东土六祖(实佚存至东土二祖)的祖统说,每一祖都有传法偈,取五言二十字的五绝形式,用法、境、心地、因缘、无生等观念加以组织,又用了花、种、果的比喻。如释迦传迦叶偈:"法本法无法,无法法亦法。今付无法时,法法何曾法",等等。这当然是南宗的伪托。但值得注意的是,在这里传法的方式不是"以心传心",而是利用诗偈。这反映了当时重视以文字发明心地的观念。而伪托古德名义作传法偈又与传诵禅师遗偈的风气形成有关。这些遗偈按情理不一定是禅师临终之作,或许是弟子后来制作以美化先师的。其中颇有精彩的说理、明志的作品,如归宗法常法嗣五台智:

---

① 参阅拙作《寒山传说与寒山诗》,《南开文学研究·一九八七》,天津古籍出版社 1988 年版。

通遗偈:

> 举手攀南斗,回身倚北辰。出头天地外,谁似我般人。
> (《景德传灯录》卷一〇)

作为抒情小诗看,这篇作品颇有遗世独立的浪漫气概。传法偈后来发展为"宗纲偈",即阐明一家一派纲领的偈,那已是宋代的事了。

示法偈:这里所指不是广义的示法,而是指用于问话中表明禅解的偈颂。它们有许多是含义深刻、表达生动的。如南泉普愿(748—834)弟子长沙景岑有示法偈说:

> 百尺竿头不动人,虽然得入未为真。百尺竿头须进步,十方世界是全身。(《祖堂集》卷一七)

这首偈构想形象而奇妙,鼓励人树立破除一切执着、勇往无前的勇气,去追求物我一如的境界。又赵州从谂游五台山,有大德作偈曰:

> 何处青山不道场,何须杖策礼清凉。云中纵有金毛现,正眼观时非吉祥。(《景德传灯录》卷一〇)

清凉山即五台山,传说是文殊师利的道场,文殊的坐骑是金毛狮子。这里批评礼佛祈福,说即使真的见到文殊也非吉祥之事,从而说明"立处即真"、"触目皆道"的道理。

开悟偈:禅宗学人讲究开悟要逢时节因缘。因缘际会,大彻大悟,这是一刹那间,心灵境界发生巨变。这与诗人创作中灵感激发的心理状态是相似的。特别由于这种悟解又是属于内心的事,就更易于用诗的形式来表达。有些开悟的机缘本身就富于诗情,如洞山良价(708—869)过水睹影悟道,香岩智闲击瓦砾悟道,灵云志勤见桃花悟道,他们都写出了意境深刻的开悟偈。如灵云志勤偈:

> 三十年来寻剑客,叶落几回再抽枝。自从一见桃花后,直

至如今更不疑。(《祖堂集》卷一〇)

禅门把禅法比做"神剑",以喻可以斩断凡情。这首偈是说在苦苦
追求禅悟之后,一见桃花,顿悟花开花落,宇宙规律如如不变,真正
的"道"就在这变而不变的现象之中,向外驰求是没有意义的。

劝学偈:对禅宗学人来说,道要不要修,学与不学都是世俗知
见;但又要寻访善知识,追求悟道因缘,所以又要学。然而这是一
种特殊的学习。因此禅宿对学人指示习禅门径,写了不少劝学偈。
雪峰义存初出家时,有儒假大德送诗三首:

> 光阴轮谢又逢春,池柳亭梅几度新。汝别家乡须努力,莫
> 将辜负丈夫身。

> 鹿群相受岂能成,鸾凤终须万里征。何况故园贫与贱,苏
> 秦花锦事分明。

> 原宪守贫志不移,颜回安命更谁知。嘉禾未必春前熟,若
> 子从来用有时。(《祖堂集》卷七)

这几首偈用了世典,鼓励学人在求道途中奋进努力,取得成就。雪
峰弟子翠微会参的劝学偈则与前引几首风格迥异:

> 苦哉甚苦哉,波里觅寒灰。劝君收取手,正与摩时徕。
> (《祖堂集》卷一〇)

这首偈用口语,构思奇崛,比喻新颖,讽刺一味向外驰求如波里觅
灰,指出当住手不再驰求之日,即是得道之时。

乐道歌:这是表现禅居生活的歌赞,歌颂任运随缘的生活,抒
写任运随缘的心境。如著名的石头希迁《草庵歌》:

> 吾结草庵无宝贝,饭了从容图睡快。成时初见茅草新,破
> 后还将茅草盖。住庵人,镇常在,不属中间与内外。世人住处

我不住,世人爱处我不爱。庵虽小,含法界,方丈老人相体解。上乘菩萨信无疑,中下闻之必生怪。问此庵,坏不坏,坏与不坏主元在。不居南北与东西,基上坚牢以为最。青松下,明窗内,玉殿朱楼未为对。纳帔蒙头万事休,此时山僧都不会。住此庵,休作解,谁夸铺席图人买。回光返照便归来,廓达灵根非向背。遇祖师,亲训诲,结草为庵莫生退。百年抛却任纵横,摆手便行且无罪。千种言,万般解,只要交君长不昧。欲识庵中不死人,岂离而今遮皮袋。(《景德传灯录》卷三〇)

这首诗描写在草庵中逍遥自得的生活,而坚牢不坏的草庵正是灵明不昧的清净自性的象征,典型代表了石头系的风格。敦煌 S. 5692 卷子《山僧歌》也是这类作品:

> 闲日居山何似好,起时日常睡时早。山中软草以为衣,斋餐松柏随时饱。卧岩龛,石枕脑,一抱乱草为衣袄。面前若有狼藉生,一阵清风自扫了。独隐山,实畅通,更无诸事乱相挠。①

明道歌赞:这是一些明禅的歌吟,多用比喻、象征手法来表现。如丹霞天然《玩珠吟》、《弄珠吟》、《骊龙珠吟》,石巩慧藏《弄珠吟》,关南道常《获珠吟》(《景德传灯录》卷三〇题作《乐道歌》),韶山寰普《心珠歌》,落普元安(834—898)《浮沤歌》、《神剑歌》等等。这些作品大体写得形象生动,音调流畅,含义深微。这里只举出短篇一首为例。丹霞天然《玩珠吟》:

> 丹霞有一宝,藏之岁月久。从来人不识,余自独防守。山河无隔碍,光明处处透。体寂常湛然,莹彻无尘垢。世间采取人,颠狂逐路走。余则为渠说,抚掌笑破口。忽遇解空人,放旷在林薮。相逢不擎出,举意便知有。(《祖堂集》卷四)

---

① 据任二北《敦煌歌辞总编》二《杂曲·只曲》,上海古籍出版社 1987 年版。

佛典中常用摩尼珠、如意珠、骊龙颔下珠等比喻佛性的圆净光明或法宝难以求得,丹霞天然则发展了这一比喻,说明每个人的清净自心光明莹澈、无染无垢如宝珠一样。

此外还有赞颂古德(后来发展为“颂古”)与当代禅宿的;也有所谓“投机偈”即针对机锋语句作答的。诗偈更广泛运用到请益问答之中,如有僧问夹山善会“如何是夹山境”,答曰“猿抱子归青嶂里,鸟衔花落碧岩前”(《祖堂集》卷七),就是著名的例子。中唐以后诗僧的创作活动亦与禅宗的发展直接相关联,这也是须另加探讨的问题。

就晚唐时禅门偈颂的繁荣情形,法眼文益(885—958)总结说:

> 宗门歌颂,格式多般,或短或长,或今或古。假声色而显用,或托事以伸机,或顺理以谈真,或逆事而矫俗。虽则趣向有异,其奈发兴有(不)殊。总扬一大事之因缘,共赞诸佛之三昧,激昂后学,讽刺先贤……

这里也说明虽然偈颂形式与表现方法是各种各样的,但其“发兴不殊”,都是为表现禅解创作的。这是它们区别于一般诗作的根本特征。法眼文益接着又批评当时风气说:

> 稍睹诸方宗匠,参学上流,以歌颂为等闲,将制作为末事。任情直吐,多类于野谈;率意便成,绝肖于俗语。自谓不拘粗犷,匪择秽屙。拟他出俗之辞,标举第一之义,识者览之嗤笑,愚者信之流传。(《宗门十规论》)

这种风气“败坏”的情形,又正表明当时偈颂的创作多有脱离宗门轨范的,即与流俗的诗歌很为接近了。

偈颂的创作,当然受到当时诗歌发展的影响,大体上时代越往后,在形式上与一般诗作越接近。它们的发达又反过来给当代及以后诗坛提供了借鉴。明杨慎说:

> 禅僧颂古唐僧《古梅》诗云:"雪虐风饕水浸根,石边尚有古苔痕。天公未肯随寒暑,又蘖清香与返魂。"东坡《梅花》诗:"蕙死兰枯菊已摧,返魂香入陇头梅。"正用此事,而注者亦不之知也。(《升庵诗话》卷六)

这个例子不只涉及典故的运用问题。原诗的意境与精神都相当高妙,有足资后人借鉴的地方。至于钱锺书指出禅宗公案、偈语在表达上"句不停意,用不停机,口角灵活"[1]的优点,作为一种特殊的艺术成就,更是被人们广泛欣赏并汲取的。

三

关于语录对于中国学术文化的巨大影响,清人钱大昕有一段出自否定角度的论述,给我们以启发:

> 佛书初入中国,曰经曰律曰论,无所谓语录也。达磨西来,自称教外别传,直指心印。数传以后,其徒日众,而语录兴焉。支离鄙俚之言,奉为鸿宝,并佛所说之经典亦束之高阁矣。甚者呵佛骂祖,略无忌惮,而世之言佛者反尊尚之,以为胜于经律论,甚矣,人之好怪也! 释子之语录始于唐,儒家之语录始于宋。儒其行而释其言,非所以垂教也。君子之出辞气必远鄙倍,语录行而儒家有鄙倍之词矣;有德者必有言,语录行则有德而不必有言者也。(《十驾斋养新录》卷一八《语录》)

钱大昕对语录及其影响取否定态度,但他的这一段文字却清楚表

---

①《谈艺录》(增订本)第226页,中华书局1984年版。

明：语录是禅宗的独特的创造；它在写作体制、思想内容、语言表现诸方面都造成了巨大影响。但钱大昕只论及一般学术领域，而没有涉及文学。实际上语录的文学成就及其影响也是应当充分予以估计的。

中国先秦诸子有语录，禅宗语录对它们有所继承。但后者在观念与表现上又都与前者迥然有异，所以钱大昕强调"释子之语录始于唐"。禅宗讲"明心见性"，认为每个人通过"默契"，都可"悟入"清净自性，达到这一境界的条件与程度人人都是平等的。正是基于这种观念，形成了禅宗师弟子间个人与个人勘辩问答的传教形式，把它们记录下来就是语录。

禅宗语录作为宗教文献出现，是在丛林间口耳相传中形成的，记录下来要经过一个过程，因而表现出流动的形态。① 目前所见最早的完整语录总集是在韩国发现的《祖堂集》，编成于南唐保大十年（952），比《景德录》早半个世纪。今存唐禅僧个人的语录最早的多编成于北宋初期。② 但从有关材料可以知道，重要语录的基本内容在中晚唐时期已经形成。例如白居易所作《传法堂碑》（《白氏长庆集》卷四一）所记兴善惟宽（755—817）的"法要"，与后出灯录所记载他的言教基本一致。

语录名称是后起的。《祖堂集》卷一五《东寺和尚》条讲到"自大寂禅师去世，常病好事者录其语本"；陈诩的《百丈塔铭》也说其弟子"结集征言，纂成语本"（《洪州百丈山故怀海禅师塔铭》，《全唐文》卷四六六）。可知弟子记录先师言句而为"语本"当时已是丛林习俗。"语本"即是后来的语录。香岩智闲曾请沩山灵祐（771—

---

① 关于语录的形成，参阅柳田圣山《語録の歷史——禅文献の成立史的研究》，《东方学报　京都》第五十七册，1985 年。
② 宋尤延之《遂初堂书目》著录《马祖四家录》，是早期形成的语录之一。今存日本庆安戊子（1648）复刻本有杨杰于元丰八年（1085）所写序文，谓黄龙慧南（1002—1069）曾加校阅。

853)说法,沩山说:"吾说得是吾之见解,于汝眼目何有益乎?"香岩归堂"遍检所集诸方语句"(《景德传灯录》卷一一),可见"诸方语句"已广泛流传于禅门学人之间。《祖堂集》经常提到记载禅宿言行的"言教"或"别录";《景德录》卷二八集录了南阳忠国师(? —775)等十二家"诸方广语",这些也都是语录。虽然名称仍未确定,但在中晚唐,语录这种新的著述形式已在丛林广泛流行起来。这种形式又反过来进一步推动了机锋言句与公案的发达。

语录虽只是著述形式,对后来学术文化以及学风演变的影响却是巨大而深远的。这不属于本文的论述范围,以下只从文学创作角度略述其价值。

语录可以看作是禅宗的宗教、历史与文学的综合体。把它们作为散文来读,无论在形式、内容和表现方法上都别具一格,有其独特的成就。

从形式看,语录以记录言句为主,事件的叙述只起辅助作用。这实际上可看作是一种新的创作体裁。语录作者用这种方式创造出一大批禅匠的鲜明生动的形象,他们成为丛林间求道的楷模;同时作为具有典型意义的人物又有着艺术审美价值,并在思想上与艺术上对文坛发生影响。这些形象大体都表现出桀特不群、睿智机敏的共同特征,在中国文学人物典型的画廊中形成特殊的群体;同时许多人又有鲜明的个性,如机锋峻峭、变化无方、杀活自如的马祖道一,聪辩机敏、亲切绵密、圆转无碍的石头希迁,放旷不拘的丹霞天然,迥然独脱的临济(? —866)等,都给人留下深刻的印象。这里举丹霞天然为例。他本为儒生,在入京求选途中逢行脚僧,吃茶时僧问:"秀才去何处?"答曰:"求选官去。"僧云:"可惜许功夫!何不选佛去?"并指示他马祖正在江西开法,因而他到了马祖处。在马祖指点下又去南岳参石头希迁:

> ……到石头,参和尚。和尚问:"从什么处来?"对曰:"某处来。"石头曰:"来做什么?"秀才如前对。石头便点头曰:"着

槽厂去。"乃执爨役。经一二载余,石头大师明晨欲与落发,今
夜童行参时,大师曰:"佛殿前一搭草,明晨粥后划却。"来晨诸
童行竟执锹钁,唯有师独持刀、水,于大师前跪拜揩洗。大师
笑而剃发。师有顶峰突然而起,大师按之曰:"天然矣。"落发
即毕,师礼谢度,兼谢名。大师曰:"吾赐汝何名?"师曰:"和尚
岂不曰天然耶?"石头甚奇之,乃为略说法要。师便掩耳云:
"太多也!"和尚云:"汝诚作用看!"师遂骑圣僧头。大师云:
"这阿师!他后打破泥龛塑像去。"……以元和初上龙门香山,
与伏牛禅师为莫逆侣。后于惠林寺遇天寒,焚木佛以御次,主
人或讥。师曰:"吾茶毗觅舍利。"主人曰:"木头有何也?"师
曰:"若然者,何责我乎?"……(《祖堂集》卷四)

这里是石头希迁与丹霞天然师弟子间对答以及后者活动的几个情
节,语言间机关巧妙,含义深微。石头指天然头上突出的骨峰"天
然"而成,实暗示他禅法天然自在,不假外求;因而当石头说法时,
天然不听,说"太多也"。后来他骑圣僧(即禅堂所供文殊师利等菩
萨像)头、烧木佛,行为狂放,都表明对形迹上求佛的否定。这些描
写的表现技巧与语言艺术是很见水平的。

利用出场人物的平等对话来构成故事,表达思想,这是禅语录
的艺术特征。与文学史研究直接有关联的如韩愈与潮州大颠的交
谊、李翱访问药山惟俨的故事,都情节生动,把人物及其相互关系
写得栩栩如生。这些故事虽在历史真实上尚多疑问,但其中表现
的深刻内含却合乎禅宗历史思想发展的逻辑,也显示对描写对象
所作艺术概括已达到相当高的典型化程度。

禅悟是靠内心领悟而不靠言说的。一落言诠,就成执着,所谓
"承言者丧,滞句者迷"就是这个意思。但"心地随时说",禅又要借
语言来表达。这样,所用的表现方法和语言就必须脱离凡情,因而
语录多用暗示、联想、象征、比喻等表现方法,多用遮诠即否定的、
反面的语言。禅忌讳直接的说教,认为那是"死句"。一落死句,就

成了钝根，就无法可救了。这就造成语录机锋俊语连绵不断，巧喻奇譬层出不穷的特征，形成了非常有特色的表现风格。例如百丈怀海启发沩山灵祐开悟故事：

> 师见沩山，因夜深来参次，师云："你与我拨开火。"沩山云："无火。"师云："我适来见有。"自起来拨开，见一星火，夹起来云："这个不是火，是什么？"沩山便悟。（《祖堂集》卷一四）

这里以死灰中一星火象征深藏在人心中的灵知不昧的种子，它遇到一定的时节因缘就会被发现。马祖道一法嗣百丈惟政开悟的故事是这样：

> 有一日，大师领大众出西墙下游行次，忽然野鸭子飞过去。大师问："身边什么物？"政上座云："野鸭子。"大师云："什么处去？"对云："飞过去。"大师把政上座耳拽。上座作忍痛声。大师云："犹在这里，何曾飞过？"政上座豁然大悟。（《祖堂集》卷一五）

这里的譬喻是说清净自性如如不动，是绝对，对一切外在现象都应解粘去缚，这正如具有知觉的"我"是不变的一样。许多这种故事意味迥永，机趣横生，给人的启发远在宗教意义之外。

由于禅宗强调"默契"、暗示，所以语录的语言是简洁的。以至后来云门文偃以一字对答，称"一字禅"。禅解要超脱世俗常识的情解，所以语言又往往追求奇僻骇俗，办法之一就是用俗语。用俗语不只是为了通俗化，还是为了创造一种不同于正规经典用语或典雅书面语言的特别表现风格，同时也借以表明日常声咳言句正与绝对真理契合如一。而时代越往后，丛林中炫耀言句技巧的倾向也越严重。北宋黄龙派创始人慧南（1002—1069）指出：

> ……洎后石头、马祖，马驹踏杀天下人；临济、德山，棒喝疾如雷电。后来儿孙不肖，虽举其令而不能行，但逞华丽言句

而已。(《黄龙慧南禅师语录》)

发展起这种热衷"华丽言句"的风气,对"不立文字"的禅门是违背宗义的颓风,对禅文学的发展却并非毫无益处。

禅宗语录直接启发宋儒大量使用语录体,在中国文体发展史上开了新局面。而且如苏轼所说:"台阁山林本无异,故应文字不离禅。"①宋代以后的文学创作广受禅录影响。苏辙说过:

> 自达磨西来,诸祖相承,皆因言以晓人。心地既明,出语皆法。譬如古木,生气条达,花叶无数,颠倒向背,秾纤长短,无一不可;譬如大海,湿性融溢,随风舒卷,波涛流转,充遍洲浦,无一不可。观者眩曜,莫测其故。然至于循流返源,识其终始,可以拊手而笑……②

从这番议论可见苏辙对语录的赏爱,也可知道语录那种放旷奇诡的表现给当时文坛的印象。黄庭坚说:

> 余旧不喜曹洞言句,常怀泾渭不同流之意。今日偶吟此文(指洞山良价《新丰吟》),皆吾家日用事,乃知此老人作百衲被,岁久天寒,方知用处。③

黄庭坚非常熟悉语录,但他是黄龙派弟子,因此不喜曹洞言句,但读了洞山文章,看法有了改变。宋代以后文人大都喜读语录,在创作中从思想内容到语言、用典多受其影响。黄宗羲评价被视为明初文宗的宋濂说:

> 明初以文章作佛事者,无过宋景濂。其为高僧塔铭,多入机锋问答,雅俗相乱。试观六朝至于南宋,碑释氏者皆无

---

① 《次韵参寥寄少游》,《东坡续集》卷二。
② 《洞山文长老语录序》,《栾城集》卷二五。
③ 《书洞山价禅师〈新丰吟〉后》,《豫章黄先生文集》卷二六。

此法。①

这里只论及一个作家一种文体的创作,实际上从语言到表现方法,宋代以后文人创作直接、间接受到语录影响很广泛,尤其是明清小品如公安三袁的小品文、李贽等人的杂文,其成就显然多借鉴语录的表现艺术。

语录还是宋话本中"说经"一家的滥觞。宋人灌圃耐得翁介绍说话家数说:

> 说经,谓演说佛书;说参请,谓宾主参禅悟道等事。②

张正烺对"说参请"具体说明云:

> 按"参请"禅林之语,即参禅请话之谓。说参请者乃讲此类故事以娱听众之耳。参禅之道有类游戏,机锋四出,应变无穷,有舌弁犀利之词,有愚骏可笑之事,与宋代杂剧中之打浑颇相似。说话人故借用为题目,加以渲染,以作糊口之道。③

话本中如《清平山堂话本》里的《五戒禅师私红莲记》、《古今小说》里的《明悟禅师赶五戒》、《醒世恒言》里的《佛印师四调琴娘》等就是从"说参请"演变来的。

以上,简单介绍了禅宗偈颂与语录的成就及其在文学史上的地位。禅文学与一般文学发展上的联系,是值得重视的研究课题。

(原载唐代文学研究会编《唐代文学研究》第 3 辑,陕西人民出版社 1992 年)

---

① 《山翁禅师文集序》,《南雷文定后集》卷一。
② 《都城纪胜》。
③ 《〈答问录〉与"说参请"》,《历史语言研究所集刊》第十七集。

唐代文人的"统合"三教思潮

　　中国历史上,自佛、道二教兴行,士大夫出入道、释,"周流三教"即成为潮流。发展到唐代,在文人的观念与行动中,儒、释、道三者更进一步被"统合"。这一状况,给当时文人的思想、生活和创作造成巨大影响。本文讨论儒、释、道在唐人观念和生活中进一步被"统合"的社会和伦理基础,说明在封建专制制度进一步完善的形势下,兴旺强盛的唐王朝崇重佛、道,把它们纳入到统治体制之中,使之成为辅助皇权进行"教化"的力量;佛、道二教在伦理上更向儒家传统靠拢,从而使以儒术立身的士大夫阶层可以融通无碍地加以接受。而高度发展的唐代佛、道二教,在教理上均注重"性理"问题的探讨。这适应了当时学术转变的大势,为思想意识领域增添了新内容,因而也引起文人们普遍的兴趣和重视。在此基础上,唐代文人在观念与生活践履中"统合"三教,这对于开阔他们的思想认识境界,丰富其创作的内容和艺术表现都起了积极作用。

一、"三教调和"的社会、伦理基础

　　创造了一代辉煌文学成就的唐代文人,基本属于统治阶级中没有等级名分、依靠政能文才而进身的士大夫阶层。一般地说,这也是当时社会上比较了解社会实际,具有积极变革意识,在政治、文化生活中发挥巨大作用的阶层。这些人基本是以"儒术"立身,其人生准则和思想观念遵循的是儒家经典。但唐代又是中国佛、道二教发展的极盛时期。当时的文人们普遍地对二者(具体表现或畸轻畸重)保持着热情,以不同形式接受二者的影响。这样,在他们身上,就具体体现、发扬着中国思想史上"三教调和"的潮流。这也形成为一代文人思想观念和行为上的特征。

　　"三教"相互间在斗争中相交流、相"调和",本是佛、道二教在中土兴行以来即逐渐形成的传统。这也是在古代中国这样的专制制度下,任何宗教"不依国主,则法事难立"①的局势所决定的。但到唐代,情况又有进一步的变化。借用柳宗元使用的词语,到这一时期,三者间可以说是被"统合"②了。就是说,三者的矛盾、对抗渐趋消泯,相沟通、相统一已是相互关系的主导方面。而且这种沟通、统一的形成,主要是宗教神权、信仰、教义向世俗政权、观念靠拢。

　　唐王朝对待佛、道二教,继承前代"三教齐立"政策,在态度和措施上都更为主动和积极。其宗教政策表现出两个基本原则:一是宗教神权绝对地隶属于皇权;二是宗教要辅助皇权起到社会教化作用。唐帝国建立伊始,就复兴隋末战乱毁坏的寺、观,度僧、尼、道士;礼敬僧、道,接引高僧、高道到朝廷中;正式规定佛、道在宫廷礼仪中的地位,并大兴"内道场";帝王亲自受菩萨戒、受道箓,这在形式上就算是入佛门或道门为弟子;在均田法中规定僧、尼、道士授田,从法律上保障其生存条件;相应地制定僧、道籍管理制度和处理僧、道过失、罪行的《道僧格》等等。这样,一方面,对佛、

----

① 慧皎《高僧传》卷五《释道安传》,金陵刻经处本。
②《送文畅上人登五台遂游河朔序》有"统合儒、释"语,《柳河东集》卷二五,上海人民出版社1974年排印本。

道二教的管理实现了此前未有的法制化和规范化；另一方面，把佛、道二教完全纳入现存政治体制之中，形成"统合"三教的总趋势。当时宫廷中盛行的所谓"三教讲论"或"三教论衡"是具有典型、象征意义的。这一活动自晋、宋以来即曾不间断地举行过。唐代建国，高祖即主持这样的辩论：

> 高祖尝幸国学，命徐文远讲《孝经》，僧惠乘讲《金刚经》，道士刘进嘉讲《老子》。诏陆德明与之辩论。于是诘难蜂起，三人皆屈。高祖曰："儒、玄、佛义，各有宗旨，刘、徐等并当今杰才，德明一举而蔽之，可谓达学矣。"赐帛五十匹。①

显然，这次讲论的结论是以儒学统摄佛、道，正体现了唐统治者在思想、文化领域的基本立场。同样，张九龄的《贺论三教状》，反映的是玄宗朝的情况：

> 右伏奉今日墨制，召诸学士及道、僧讲论三教同异。臣闻好尚之论，事踬于偏方；至极之宗，理归于一贯。非夫上圣，孰探要旨。伏惟陛下道契无为，思该玄妙，考六经之同异，论三教之幽赜，将以降照群疑，敷化率土。屏浮词于玉殿，辑精义于金门，一变儒风，再扬道要。凡百士庶，罔不知归。臣等幸侍轩墀，亲承至训，忭跃之极，实倍常情。望宣付史馆，谨奉状陈贺以闻。谨奏。②

这同样是讲论三教而归于儒道，以达到朝廷教化的目的。到中唐，这一活动定型为"三教论衡"，更进一步被仪式化了，贞元十二年四月，"庚辰，上降诞日，命沙门、道士加文儒官讨论三教，上大悦"③。当时的具体情况是：

---

① 刘肃《大唐新语》卷一一《褒锡》，第 165 页，古典文学出版社 1957 年版。此次论辩亦记录于《旧唐书》卷二四《礼仪志》，谓在武德七年。
② 《全唐文》卷二八九，第 2934—2935 页，中华书局 1982 年版。
③ 《旧唐书》卷一三《德宗纪下》，中华书局排印本。

德宗降诞日,内殿三教讲论,以僧鉴虚对韦渠牟,以许孟容对赵需,以僧覃延对道士郗惟素。诸人皆谈毕,鉴虚曰:"诸奏事云:玄元皇帝,天下之圣人;文宣王,古今之圣人;释迦如来,西方之圣人;今皇帝陛下,是南瞻部州之圣人。臣请讲御制《赐新罗铭》。"讲罢、德宗有喜色。①

后人形容当时的论辩是"初若矛盾相向,后类江海同归"②。在白居易文集里存留有《三教论衡》一篇③,是文宗朝一次论争的记录。如陈寅恪所说:"其文乃预设问难对答之言,颇如戏词曲本之比。又其所解释之语,大抵敷衍'格义'之陈说,篇末自谓'三殿谈论,承前旧例。'然则此文不过当时一种应制之公式文字耳。"④到晚唐时,"每年至皇帝降诞日,请两街供奉讲论大德及道士于内里设斋行香,请僧谈经,对释教、道教对论义"⑤。这种"应制"的"谈论"已不具备宗教的神圣性质。以至到懿宗咸通年间,优人李可及可以摹仿"三教论衡"来进行讥嘲了⑥。

本来,宗教以实现个人现世或来世的救济为目的,其教理和行法本是与儒家的伦理道德相矛盾的。例如佛教有出家制度,到唐代道教也形成了出家制度,这显然是有悖于君亲大义的,一向被坚持名教的人当做攻驳的口实。但佛、道二教在发展中都极力把儒家的伦理观念纳入到自己的教义之中。早期信佛的中土人士如晋孙绰已说:"周、孔即佛,佛即周、孔,盖外、内名耳。"⑦刘宋宗炳则

①王谠《唐语林》卷六,第193页,古典文学出版社1957年版。
②钱易《南部新书》卷乙,第12页,中华书局上海编辑所1958年版。
③朱金城《白居易集笺校》卷五九,上海古籍出版社1988年版。
④《白乐天之思想行为与佛道关系》,《元白诗笺证稿》,第331页,上海古籍出版社1978年版。
⑤圆仁《入唐求法巡礼行记》卷四,第176页,顾承甫、何泉达点校,上海古籍出版社1986年版。
⑥参阅《太平广记》卷二五二《俳优人》条,《笔记小说大观》本。
⑦《喻道论》,《广弘明集》卷三,《四部丛刊》本。

说:"孔、老、如来,虽三训殊路,而习善其辙。"①颜之推更认为:"内、外两教,本为一体,渐积为异,深浅不同。"②在当时的佛典翻译中,更相当普遍地把儒家的伦理内容掺入其中③。而这一时期所创作出来数量巨大的伪经,更充斥着中土传统伦理的说教④。这时期佛、道二教在为自己辩护的时候,普遍的思路是儒以治外,佛、道治心;儒家是世间法,佛、道是出世间或超世间法。而发展到唐代,三者则更进一步相互交融、相互包摄了。以唐代佛教新流行起来的三部经典为例:一部是《仁王般若经》,这是宣扬护国思想,即以维护封建王朝为目的而制作的经典;一部是《梵纲经》,这是一部大乘戒经,一般认为是出于六朝的中土伪经,所讲的十重戒、四十八轻戒均纳入了止恶修养、防过止非的中土伦理内容;再一部是《盂兰盆经》,也被认为是中土伪经,其中把佛教的救济和儒家的孝道相结合,典型地表现了两大伦理体系的交融。而自北魏即已流行的伪经《提谓波利经》,已明确比拟五戒为五常,到唐代更已是普遍的认识。中唐时的宗密可作为代表。他说:"……孔、老、释迦,皆是至圣,随时应物,设教殊途,内外相资,共利群庶。"他更指出:

> 天竺世教,仪式虽殊,惩恶劝善无别,亦不离仁义等五常,
> 而有德行可修……不杀是仁,不盗是义,不邪淫是礼,不妄语
> 是信,不饮酒啖肉,神气清洁,益于智也。⑤

---

① 《明佛论》,同上书,卷二。
② 王利器《颜氏家训集解》卷五《归心》,第339页,上海古籍出版社1980年版。
③ 早期如僧会译《六度集经》,已把仁德之类的言词、观念掺入到译文里,后来如鸠摩罗什这样的大译家,也为适应中土伦理而增删译文,参阅中村元《基于现实生活的思考——鸠摩罗什译本的特征》,《世界宗教研究》1994年第2期第6—16页。
④ 参阅牧田谛亮《疑经研究》第一章第五节《疑經撰述の意义》,第40—84页,京都大学人文科学研究所1976年版。
⑤ 《华严原人论·序》、《斥偏浅》,金陵刻经处本。

他在《圆觉经大疏钞》卷七里更具体解释了这五者相合的理由。宗密一身兼祧荷泽禅和华严,他的观点代表了当时佛教的发展倾向。而道教史上被认为是从民间道教向教会道教转变的关键人物抱朴子葛洪①,也早已努力把儒家伦理纳入道教教理。他在《抱朴子内篇》里引《玉钤经》说:"欲求仙者,要当以忠孝、和顺、仁信为本。若德行不修,而但务方术,皆不得长生也。"②道教在和佛教的辩论中,更是努力强调其伦理上的优越性。唐代是道教经诫的总结时期,出现了系统阐述道戒的《三洞众戒文》(原书二卷,《道藏》本一卷,张万福撰,武后、玄宗时期人)、《传授三洞经戒法箓略说》(二卷,张万福撰)、《要修科仪戒律抄》(十六卷,朱法满撰,玉清观道士,年代不详)等。这些戒律的世俗伦理色彩都十分明显。早在北周时的《无上秘要》卷四六和《三洞众戒文》卷下所录"洞神八戒"里,已讲"五行"、"五德"、"八正"、"五纪"、"皇极"、"三德"等,这些概念均出自《洪范》"九畴",其内容更是把道教养炼和儒家修养糅和在一起了。敦煌文书里有《十戒经》,据考证相当于《三洞众戒文序》里所说的"清信弟子十戒十四持身品"③,更把君亲大义当做修道的主要内容。

这样,佛、道二教在伦理上向中土儒家传统靠拢,在观念上泯合与中国传统意识和行为规范的矛盾,唐代文人从而可能在坚持儒家大义的前提下接受它们。

---

① 关于葛洪在道教史上的地位,参阅胡孚琛《魏晋神仙道教——〈抱朴子内篇〉研究》第三章《葛洪和〈抱朴子内篇〉》,第77—122页,人民出版社1991年版。

② 王明《抱朴子内篇校释》(增订本)卷之三,第58页,中华书局1985年版。

③ 参阅敦煌文书S.6454号《十戒经》,《敦煌宝藏》本。

二、"统合"三教的新契合点——性理的探求

思想学术史上,唐代是"汉学"向"宋学"转变的过渡时期。宋代"新儒学"所集中探讨的"性理"问题,从这一时期起开始得到重视。而唐代的佛教和道教,正开创了这一思想潮流的先河,从而给儒学的发展提供了内容上的借鉴和方法上的启示。文人们对佛、道二教的兴趣,客观上正是被这一新的潮流所吸引。

唐代佛教宗派在士大夫间影响巨大的是天台宗、禅宗和净土宗。天台宗和禅宗都对"心性"问题作了新的阐述;净土宗是追求所谓"来生之计"的,也是一种简易的、通俗意义上的心灵哲学。这是三个宗派在士大夫间特别受到欢迎的根本原因。天台宗基于"一念三千"的宇宙观发展出"性具善恶"的人性论。认为"四圣"(声闻、缘觉、菩萨、佛)、"六道"(天、人、阿修罗、畜生、饿鬼、地狱)"十界"互具,因此佛、魔不二,五逆即是菩提,贪欲即是道。这样,一方面肯定俗界和圣界相一致,"恶中有道"[1],热衷官宦的士大夫"带妻挟子,官方俗务皆能得道"[2];另一方面则强调转迷成悟,邪僻心息。这是吸取了中土传统的人性论对外来佛性说加以发挥,并在此基础上把心性修养当做转凡成圣的关键。天台智顗及其继承者大力阐发所谓"止观法门",他有一段话作了特别精粹的表述:

> 若夫泥洹之法,入乃多途。论其急要,不出止观二法。所以然者,止是伏结之初门,观是断惑之正要;止则爱养心识之善资,观则策发神解之妙术;止是禅定之胜因,观是智慧之由

---

① 智顗《摩诃止观》卷二下,《大正藏》第四六卷第 17 页。
② 智顗《法华玄义》卷四上,《大正藏》第三三卷第 17 页。

藉。若人成就定、慧二法,斯乃自利利人,法皆具足。①

这样,修道的关键即在降服结习,断除惑念,爱养心识,启发"智慧",即所谓"观心"。到"九祖"荆溪湛然"中兴台教",更对心性理论作进一步发展。他依据依、正不二,色、心一如之理,主张佛性遍于法界,不隔有情,提出"无情有性"说,即草木、砖甓、瓦石等无情物皆有佛性。他行化于江南,声望甚大,有"缙绅先生高位崇名、屈体承教者又数十人"②。唐代文人中颇有对天台宗义领会深入者。如唐代"古文运动"先驱者之一李华写过湛然师玄朗的碑文。他并举禅宗的南北各系和天台法门,指出玄朗"因恭禅师重研心法";提到湛然,则肯定他"见如来性,专左溪之法门"③。湛然的弟子中有著名古文家梁肃。他研习天台教观,以智颛的《摩诃止观》文义弘博,加以删定,成《删定止观》(又名《天台法门论》)六卷(今本三卷);又述《止观统例》一卷。这是天台教理的重要入门书。而他认为天台止观本是"圣人极深研几、穷理尽性之说"④。他也是出入儒、释,重点发挥了天台的心性学说。对天台教观深有体会的还有著名思想家、文学家柳宗元。因为他贬柳州时曾住在龙兴寺,结交那里的住持僧、天台宗人重巽(其师为元浩,元浩则得湛然嫡传),以至被编在天台法系中⑤。而他与韩愈就对待佛教的态度展开争论,正是强调佛理"与《易》、《论语》合"、"不违且与儒合"⑥的事实。唐代佛教宗派中最受知识阶层欢迎的还有禅宗。这是一个具有鲜明反传统性格的宗派。作为其宗义的核心是所谓"顿悟"、"见性",

①智颛《修习止观坐禅法要》,《大正藏》第四六卷第 462 页。
②《宋高僧传》卷六《湛然传》,金陵刻经处本。
③《故左溪大师碑》,《全唐文》卷三二〇,第 3241—3242 页。
④《天台法门议》,《全唐文》卷五一七,第 5257 页。
⑤参阅拙著《柳宗元传论》第九章《崇信佛教□"统合儒释"》,第 283—309 页,
　人民文学出版社 1982 年版。
⑥《送僧浩初序》、《送元嵩师序》,《柳河东集》卷二五。

就是把佛、道、儒的心性理论加以融合所创造出的具有鲜明现实性和实践性的心性说。其理论和行法一方面和儒家的"良知"、"良能"、"致诚返本"之说相通,另一方面和道家的"绝圣弃智"、"心斋"、"坐忘"①,道教的"存想"、"守一"相合。禅法在唐代之所以受到广泛欢迎,主要是由于其心性理论适应时代的需要。至于净土信仰,教理本来十分简单。它被容纳和接受,主要由于具有安慰心灵的作用。如王维习禅,对禅有精解,他并不相信"有相净土"实际存在,却也写出了《赞佛文》等宣扬净土的文字。同样,白居易也是西方净土热烈的宣扬者和净土法门的实践者。

道教在唐代的发展,情况较为复杂。特别是炼丹术流行,从王公贵族到普通士大夫热衷此道者非常之多。但对道教教理作出具有重大价值和意义的发展的,主要是提倡存神服气、修真养性而不重符箓、斋醮和丹药的一派。唐代一批受朝廷礼重的道士,从王远知、潘师正到司马承祯、李含光等,多属于这一派。自东汉时期的原始道教,到晋、宋以后的贵族道教,早已提倡存神内养之功,这是后来所谓"内丹"术的萌芽。唐代道教更加发挥了这一方面。如唐初道士成玄英,贞观五年被召入都,加号"西华法师"。他解释老子论道所谓"玄之又玄"之义说:

> 有欲之人唯滞于有,无欲之人又滞于无,故说一玄,以遣双执。又恐行者滞于此玄,今说又玄,更袪后病。既而非但不滞于滞,亦乃不滞于不滞,此则遣之又遣,故曰玄之又玄。②

这种有、无双遣的思辨方法,显然对佛教有所借鉴。他认为体道不但不能"有欲",也不能执着于"无欲",正是一种绝对清净的精神境界,是和佛教的"性净"论相通的。王玄览曾遍研释、道,中年后始出家为道士。他特别发挥了修道论,一方面认为:"众生与道不相

---

① 《庄子·人间世》、《大宗师》。
② 顾欢述《道德真经注疏》卷一。

离。当在众生时,道隐众生显;当在得道时,道显众生隐。只是隐、显异,非是有、无别。"①这显然也借鉴了佛教的"心性本净"说;另一方面又提出"形养"和"坐忘养"两种修道方式:"形养将成仙",这是较低级的;而"坐忘养舍形入真"②,这才是真正得道。他指出:"识体是常是清净,识用是变是众生。众生修变求不变,修用以归体。自是变用识相死,非是清净真体死。"③这则是借鉴了唯识的"转识成智"说,把修仙得道的根本归结到意识的转变了。司马承祯活动在武后到玄宗朝。他本习外丹,却特别提倡"安心"、"坐忘"之法。在《坐忘论》里,他总结修道有七个层次:信敬、断缘、收心、简事、真观、泰定、得道。他更提出了"至道无难"的简易成仙之道:"凡学神仙,先知简易。""神仙亦人也。在于修人虚气,勿为世俗所论折;遂我自然,勿为邪见所凝滞,则成功矣。"他又把学仙过程分为五个阶段:斋戒、安处、存想、坐忘、神解;到了"神解",则"信、定、闲、慧,四渐通神","在人谓之仙矣"④。吴筠师事潘师正,他的《神仙可学论》批评神仙乃禀受异气自然而成、非修炼可致的观点,也反对"独以嘘吸为妙,屈伸为要,药饵为事,杂术为利"的只重"养形"一派的做法,提出人性里有"远于仙道"和"近于仙道"各七个方面,而修仙就是要"取此七近,放彼七远,谓之拔陷区,出溺途,碎祸车,登福辇,始可与涉神仙之津矣"。其具体方法则要"虚凝淡漠怡其性,吐纳屈伸和其神",守静去躁,忘情全性,形神俱超,那么"虽未得升腾,吾心知挥翼丹霄之上矣"⑤。唐代这些著名道士所提出的修仙方法,是和禅宗的"明心见性"说相通的。到唐末五代,流行了数百年

---

① 《玄珠录》卷上,《道藏》第 23 册第 621 页,文物出版社、天津书店、上海古籍出版社 1984 年版。

② 同上书卷下,《道藏》第 23 册第 628 页。

③ 《玄珠录》卷上,《道藏》第 23 册第 625 页。

④ 《天隐子·简易》、《神仙》,《道藏》第 21 册第 699—701 页。

⑤ 《神仙可学论》,《全唐文》卷九二六,第 9651 页。

的外丹术终于衰微,内丹术更加盛行起来。杜光庭是新一代道教教理的组织者,他的修道论也是强调清心寡欲,舍恶从善。他说,成仙之道数百,非一途所限,有飞升、隐化、尸解、鬼仙等,而他特别主张"仙者心学,心识则成仙;道得内求,内密则道来……常能守一,去仙近矣"①。这样的"内功",三教调和的色彩是很明显的。

　　总之,唐代的佛教和道教对"性理"的探讨都给予充分重视并有所建树。这适应了当时思想、学术发展的大势,并大体上比当时的儒学先行一步。这种探讨,一方面淡化了宗教信仰的蒙昧性和超越性,同时又给思想、学术的发展增添了有价值的内容。对于站在时代意识领域前列的文人们来说,被它们所吸引、把它们纳入自己的思想和人生践履之中,也就是很自然的了。

三、唐代文人中"周流三教"的潮流

　　在六朝时期,文人中有坚决反对(如范缜)或抵制(如陶渊明)佛、道的;还有佛、道双修(如沈约)的,但更多的是信佛则毁道(如太原王氏、兰陵萧氏等)或崇道则辟佛(琅琊王氏)的。这是其时总的思想发展趋势所决定的:虽然当时"三教调和"的倾向已经出现,但三者关系中矛盾、斗争还是主要方面,交流与融合仍在激烈的冲突、斗争形式下进行着。但到了唐代,三教的交流、融合已是主要的趋势,其间的矛盾、对立已渐趋消泯。这样文人们也就有可能依据各自的需要和理解来综合地汲取和利用三教,"周流三教"②遂成为风气。

---

①《墉城集仙录序》卷一,《道藏》18 册,第 167 页。
②计有功《唐诗纪事》卷四八《韦渠牟》,《四部丛刊》本。

隋末唐初的东皋子王绩是开创诗坛新风的先驱人物,一般被认为是隐逸诗人。但四库馆臣已指出他"身事两朝,皆以仕途不达,乃退而放浪于山林,《新唐书》列之《隐逸传》,所未喻也"①。从作品看,他是相当热心于世事的。但他好佛,又好道。他有诗说:"人生讵能几,岁岁常不舒。赖有北山僧,教我以真如。使我视听遗,自觉尘累祛。"②他又喜读道书,"床头系素书数帙,《庄》《老》及《易》而已,过此以往,罕尝或披"。③ 而实际上他并不信神仙丹砂之术(《赠学仙者》:"相逢宁可醉,定不学丹砂。"《田家三首》之一:"回头寻仙事,并是一空虚"),也不信轮回报应(《山中叙志》:"直置百年内,谁论千载后")。他等观、并用儒、佛、道,以求度过任心委运的生活。他给友人信中说:

> ……且欲明吾之心,一为足下陈之:昔孔子曰"无可无不可",而欲居九夷;老子曰"同谓之玄",而乘关西出;释迦曰"色即是空",而建立大法。此皆圣人通方之玄致,宏济之秘藏,实寄冲鉴。君子相期于事外,岂可以言行诘之哉!故仲尼曰:"善人之道不践迹。"老子曰:"夫无为者无不为也。"释迦曰:"三灾弥纶,行业湛然。"夫一气常凝,事吹成万,万殊虽异,道通为一。故各宁其分,则何异而不通;苟违其适,则何为而不阂。故夫圣人者非他也,顺适无阂之名,即分皆通之谓……④

这样,他明确地认为"道通为一",而等同的核心则是万物"顺适无阂"的自然观和由此推演出的人生态度。后来有人指责他"以释迦厕于孔子之后,可谓拟人不伦"⑤。但这正是他思想的杰特之处。

---

① 《四库全书总目提要》卷一四九《集部·别集类·东皋子集三卷》,中华书局1987年版,下册第1277页。
② 《薛记室收过庄见寻率题古意以赠》,《王无功集》卷中,《丛书集成》本。
③ 《冯子华处士书》,同上书卷下。
④ 《陈道士书》,同上书卷下。
⑤ 孙星衍《东皋子集序》,同上书卷首。

这一观念,也开启了唐代文人统合三教的先河。

　　"初唐四杰"如闻一多所说,"是唐诗开创期中负起了时代使命的四位作家"①。他们是积极入世的庶族文人,又都是兼容佛、道的。卢照邻倾心道术,和当时著名道士李荣、黎元兴等有密切交往。所作《赠李荣道士》诗和《益州至真观主黎君碑》等作品,表现了他对道教的热烈信仰。他在长安还结交了著名道士、一代医学泰斗孙思邈。他去官后隐居于太白山,曾长期服方士药。他悲悼自己"当高宗时尚吏,己独儒;武后尚法,己独黄、老;后封嵩山,屡聘贤士,己已废"②。晚唐时杜光庭曾说到"披文则刘美才、卢照邻,金玉相宣;阐教则黎元兴、蔡守冲,英奇间出"③,把他视为写作道教文章的代表。但他自述又说"晚更笃信佛法,于山下间营建,所费尤广"④。他写过许多佛教文字,如《石镜寺》、《游昌化山精舍》、《益州长史胡树礼为亡女造画赞》、《相乐夫人檀龛赞》等。晚年所作《五悲》文的最后,更比较佛与儒、道二家,而表示归心于佛:

　　　　若夫呼吸吐纳,全身养精,反于太素,飞腾上清,与乾坤合
　　其寿,与日月齐其明,适足增长诸见,未能永证无生;孰与夫离
　　常离断,不始不终,恒在三昧,常游六通,不生不住无所处,不
　　去不灭无所穷,放毫光而普照,尽法界与虚空,苦者代其劳苦,
　　蒙者导其愚蒙,施语行事,未尝称倦,根力觉道,不以为
　　功……⑤

----

①闻一多《四杰》,《闻一多全集》第3卷第23页,生活·读书·新知三联书店
　1982年版。
②《新唐书》卷二〇一《文艺上·卢照邻传》。
③《威仪道众玉华殿谢土地醮词》,《广成集》卷一四,《四部丛刊》本。
④《寄裴舍人诸公遗衣药直书》,任国绪《卢照邻集编年笺注》,第442页,黑龙
　江人民出版社1989年版。
⑤《五悲文·悲人生》,同上,第285页。

这样,他又是把佛当做归宿了①。王勃生命短暂,但才华杰特,经历波折,心态上对于宗教十分敏感。他是王绩侄孙,举"幽素科"及第,对道家的偏重有家学渊源。他写过游历宫观(如《寻道观》、《观内怀仙》等)和神仙题材的诗(如《八仙径》、《忽梦游仙》等),对离世绝俗的神仙境界表示热烈的向往。但他出身的太原王氏又有悠久的信佛传统。他于总章二年入蜀,自述说:"我辞秦、陇,来游巴蜀,圣地归心,名都憩足。"②在蜀地他写过一批释教碑和其他佛教题材的诗文。他与著名学僧道宣有交谊,曾为其所著《四分律宗记》作序③。当时道宣已是年高德劭的佛门耆宿、律宗的领袖,王勃则只是二十岁左右的青年人。能作这篇序,亦可见其声望。他还写过《释迦如来成道记》那样普及佛说的作品。杨炯和骆宾王对待宗教的态度虽相对地淡漠,但也同样有倾心佛、道的表现,此不具述。

陈子昂是唐代诗文全面革新的先驱。他自幼好道,"居家园以求其志,饵地骨、炼云膏四十余年"④。他又说"余家世好服食,昔尝饵之"⑤,"林岭吾栖,学神仙而未毕"⑥。他作有《续唐故中岳体玄先生潘宗师碑颂》,是上清派著名道士潘师正的碑铭。他并和潘的弟子司马承祯交好。但他又和僧人晖上人结下密切的交谊,留下不少表现这一交谊的诗篇。他在《夏日晖上人房别李参军崇嗣序》里说:

> 讨论儒、墨,探览真玄,觉周、孔之犹迷(原为"述",《全唐诗》本下注一作"迷",据改——作者),知老、庄之未悟。遂欲

---

① 参阅兴膳宏《唐初の詩人と宗教——盧照鄰の場合》,吉川忠夫编《中国古道教史研究》,第 417—470 页,京都同朋舍 1992 年版。

② 《梓州郪县兜率寺浮图碑》,《初唐四杰文集》卷八。

③ 《四分律宗记序》说该书为"西京太原寺索律师"所作,"索"为"素"之讹,其时怀素正住西京太原寺弘扬《四分律》。

④ 卢藏用《陈子昂别传》,《全唐文》卷二三八,第 2412 页。

⑤ 《观荆玉篇序》,徐鹏校《陈子昂集》卷一,第 13 页,中华书局 1960 年版。

⑥ 《晖上人房饯齐少府使入京府序》,同上书卷七,第 162 页。

> 高攀宝座,伏奏金仙。开不二之法门,观大千之世界……色为
> 何色,悲乐忽而因生;谁去谁来,离会纷而妄作。俗之迷也,不
> 亦烦乎?……①

这是在极力颂扬佛教。顺便说一句,卢藏用是陈子昂的知交,为陈
子昂作传,为其文集作序,和陈子昂的思想倾向大体相同。他"初
举进士选,不调……隐居终南山,学辟谷练气之术"②。他的朋友毛
杰说他"饵芝术以养闲,坐烟篁而收思"③。流传有司马承祯对他说
隐居乃"终南捷径"的掌故。但他同样也倾心佛教。他搜集慧思等
曾活动在南岳的十八高僧的资料,作《衡岳十八高僧传》,在序文里
说,"藏用早游斯道,颇涉艺文,承日真之恩奖,闻众公之故事。心
存目想,若见其人。倘兹理或存,亦旦暮之斯也"④。

　沈佺期和宋之问在创作倾向上和陈不同,但在兼容释、道上却
和他有一致处。在这一点上,思想潮流显然比为人品格、文学风气
具有更大的约束力。沈佺期有诗说"吾从释迦久,无上得涅槃。探
道三十载,得道天南端"⑤;但他同时和道士交往,写有《哭道士刘无
得》诗等。宋之问热衷于新兴起的禅宗,写过《为洛下诸僧请法事
迎秀禅师表》;但又和司马承祯交好,写过《寄天台司马道士》诗。

　张说、张九龄都是一代名相,诗文也卓有成就。三教调和思想
同样鲜明地表现在他们的思想和作为中。张说的《益州太清观精
思院天尊赞》一文说:

> 蜀山刘尊师,上清品人也。兄学儒,弟奉佛,乃画三圣,同
> 在此堂。焕乎有意哉,达观之一致也。张说闻其风而乐之,作

---

①《夏日晖上人房别李参军崇嗣并序》,同上书卷二,第37页。
②《旧唐书》卷九四《卢藏用传》。
③毛杰《与卢藏用书》,《全唐文》卷二三九,第2423页。
④衡岳十八高僧序》,《全唐文》卷二三八,第2403页。
⑤《绍隆寺》,《全唐诗》卷九五,第1024页。

《天尊赞》:正气生神,结虚为实,上清尊帝,中黄首出。华彩衣裳,虚无宫室,紫气乘斗,赤炉锻日。十天从化,万灵受律,莲花释门,麟角儒术。法共不二,心同得一,道心惟微,守而勿失。①

这段文字明确表述了他平等地对待三教的姿态。武后朝修《三教珠英》,他和徐坚构意撰录,以功得以升迁。他写了众多的释氏文字(如《龙门西龛苏合宫等身观世音菩萨像颂》、《卢舍那像赞》、《大唐西域记序》等)。神秀入都,他"尝问道,执弟子之体"②。神秀死后,他写了《唐玉泉寺大通禅师碑铭》。这是在禅宗史上具有重大价值的文章。他也和司马承祯有交往,写过《寄天台司马道士》诗。上面已引述过张九龄的《贺论三教状》;在其所作《贺御注金刚经状》里有"陛下至德法天,平分儒术,道已广度其宗,僧又不违其愿,三教并列,万姓知归"③之语,更直接表述了他兼容三教的观念。

　　李白、王维、杜甫三个人在三教中虽各畸重一方,但包容三教则是一致的。这方面人所共知,不烦详述。和他们同一时代的文人大体也同样。如李颀、孟浩然、王昌龄等显然更加倾向道教。王维有《赠李颀》诗,说到"闻君饵丹砂,甚有好颜色。不知从今去,几时生羽翼"④等等;辛文房说他"慕神仙,服饵丹砂,期轻举之道"⑤。他写的作品也多谈玄理。孟浩然多结交道士,其隐逸生活正实践了道家的人生理想。王昌龄则用心于道典,这从他的诗作和《就道士问〈周易参同契〉》、《武陵龙兴观黄道士房问〈易〉因题》可以知

---

①《全唐文》卷二二六,第2280页。

②《旧唐书》卷一九一《神秀传》。

③《全唐文》卷二八九,第2935页。

④赵殿成《王右丞集笺注》卷二,《四部备要》本。

⑤傅璇琮主编《唐才子传校笺》,第一册卷二,第356页,人民文学出版社1987年版。

道。但他们又都和佛教僧侣多有联系，写过不少宣扬佛理的作品。盛唐文人们大体是三教并重的。

　　散文创作领域也是同样。"古文运动"的先驱萧颖士是"儒、释、道三教，无不该通"①。李华的作品表明他对天台、密、律各宗有相当深刻的了解。独孤及作《舒州山谷寺觉寂塔隋故镜智禅师碑铭》、《舒州山谷寺上方禅门三祖璨大师塔铭》，表扬禅宗三祖僧粲，在禅宗构造法系的活动中起了重要作用②。但他也写过《唐故浙江东道节度掌书记越州剡县主簿独孤丕墓志》那样的宣扬黄老之道和炼丹的作品；李华则写过《隐者赞》，其中表扬严君平"默养真气"、"微妙玄通"，张良"绝粒谢时，方追赤松"③之类神仙人物。而稍后的颜真卿大历年间任湖州刺史，结交一时名流，其中有皎然这样的著名诗僧，也有陆羽、张志和等道门人物。他集中儒、道、释有才华的人物，从事《韵海镜源》的编辑工作。后来欧阳修指责他"不免惑于神仙之说"，并因而慨叹"释、老之为斯民患也，深矣"④。

　　到了贞元、元和年间，儒学复古思潮兴起。韩愈、李翱等人都高举批判佛、道的旗帜，可他们实际上都抵制不了佛、道二教的侵袭，只不过影响表现在潜移默化之中。陈寅恪论韩愈，特别注意到"以退之幼年颖悟，断不能于此新禅宗学说浓厚之环境气氛中无所接受感发"，并进而分析说：

　　　　南北朝后期及隋唐之僧徒亦渐染儒生之习，诠释内典，袭用儒家正义义疏之体裁，与天竺诂解佛经之方法殊异（见拙著《杨

① 钱易《南部新书》卷庚，第 84 页，中华书局上海编辑所 1958 年版。
② 目前学术界的普遍看法以为今传禅宗"祖统"是北宗一系所捏合的，在早期资料里不见关于僧粲的记载。参阅柳田圣山《初期禅宗史书の研究》第二章《北宗における燈史の成立》，京都法藏馆 1967 年版。
③《隐者赞七首》，《全唐文》卷三一七，第 3218 页。
④《唐颜真卿麻姑坛记》，《集古录跋尾》卷七，《欧阳文忠公集》卷一六，《国学基本丛书》本。

树达论语义证序》),如禅学及禅宗最有关之三论宗大师吉藏天
台宗大师智𫖮等之著述及贾公彦、孔颖达诸儒之书其体制适与
冥会,新禅宗特提出直指人心见性成佛之旨,一扫僧徒繁琐章
句之学,摧陷廓清,发聋振聩,固吾国佛教史上一大事也。退
之生值其时,又居其地,睹儒家之积弊,效禅侣之先河,直指华
夏之特性,扫除贾、孔之繁文,原道一篇中心旨意实在于
此……①

这是说,韩愈儒学复古从精神到方法都对禅宗有所汲取。李翱更
发展出系统的"复性"论,认为"人之所以为圣人者,性也;人之所以
惑其性者,情也……情既昏,性斯匿矣",因而提出"妄情灭息,本性
清明"的"正性命"之旨,要求达到"无思无虑"的"正思"、"动静皆
离,寂然不动"的"至诚"②境界。这发挥了思孟学派正心诚意、致诚
返本之说,更明显地表现出禅与道的影响。如果说宋代新儒学是
"三教调和"的产物,那么韩、李已开拓了先路。道教对于他们没有
佛教禅宗那样大的影响,但在他们身上也不是绝无痕迹的。韩愈
就是服丹药致毙的。

　　唐代许多文人对于佛、道的流弊已经认识得相当清楚。例如
白居易早年为应制举练习作《策林》,其中《议释教》一篇,即曾尖锐
地批评佛教的危害。杜牧在武宗灭佛后、宣宗恢复佛教时写了《杭
州新造南亭子记》,尖锐地揭露"今权归于佛,买福卖罪,如持左契,
交手相付","佛炽害中国六百岁"③。但他们二人都不同程度地倾
心佛、道。白居易兼容三教是相当典型的。而杜牧也写了不少充
满了禅趣或道意的作品。他还一再表示:"清时有味是无能,闲爱

---

①《论韩愈》,《金明馆丛稿初编》,第286—287页,上海古籍出版社1980年版。
②《复性书》上、中,郝润华点校《李翱集》卷二,第6、10—13页,甘肃人民出版
　社1992年版。
③《全唐文》卷七五三,第7810页。

孤云静爱僧"①,"谢却从前受恩地,归来依止扣禅关"②。他给道士的诗也对修道生活表示无限向往:"刘根丹篆三千字,郭璞青囊两卷书。牛渚矶南谢山北,白云深处有岩居。"③白居易、杜牧的情况表明:某些士大夫从经世角度可能会明确地反对佛、道,但在生活中和思想感情上,却不可能割断与它们的联系、摆脱它们的影响。

　　柳宗元、刘禹锡都是卓越的、具有唯物主义倾向的思想家。柳宗元广泛研习诸子之学,他认为"扬子(雄)之书于《庄》、《墨》、《申》、《韩》皆有取焉"④;更推崇"《老子》亦孔氏之异流"⑤。所以他和道士交往,写了些歌颂隐遁生活或道教题材的作品,如《送娄图南秀才游淮南将入道序》、《送元十八山人南游序》等。而他又自幼习佛,热衷于佛说。特别是流放永州后,更系统地发挥了"统合儒、释"的理论,并就此和反佛的韩愈进行了争论。他亲近天台宗,因而被台教列入传法体系之中⑥。刘禹锡的情形和他也大体相同。

　　晚唐另一位诗坛领袖李商隐,对道教神仙观念保持着浓厚的兴趣,曾说过"嵩山松雪有心期"⑦之类的话。但他后来又倾心佛教。他自述妻子王氏去世后,"三年以来,丧失家道,平居忽忽不乐,始刻意事佛,方愿打钟扫地,为清凉山行者"⑧。他曾向当时著名的高僧悟达国师参学;他所作的《梓州慧义精舍南禅院四证堂碑铭》是禅宗史上的重要文献。

　　以上情况,足可说明唐代文人是如何兼容、并用儒家与佛、道二教的。唐时有虔州刺史李丹致书给他妹妹说:"释迦生中国,设教如

---

①《将赴吴兴登乐游原一绝》,《全唐诗》卷五二一,第5962页。
②《将赴京留赠僧院》,《全唐诗》卷五二六,第6028页。
③《赠朱道灵》,同上书,卷五二二,第5975页。
④《送僧浩初序》,《柳河东集》卷二五。
⑤《送元十八山人南游序》,同上。
⑥参阅志磐《佛祖统纪》。
⑦《七月二十九日崇让宅宴作》,冯浩编订《玉溪生诗笺注》卷二,《四部备要》本。
⑧《樊南乙集序》,冯浩编订《樊南文集详注》卷七,《四部备要》本。

周、孔;周、孔生西方,设教如释迦。天堂无则已,有则君子生;地狱无则已,有则小人入。"据说当时"闻者以为知言"①。即是说,这已是一时人们普遍的看法。在这一时期,佛、道二教已普遍成为生活方式、处世态度、社会教养、人生伦理等等平凡生活实践的一个组成部分,更加深刻地作用于文人的日常生活和意识的深层,分歧的教义则显得并不重要了。这样,出世的或超世的宗教,对人们已变成人生的宗教、伦理的宗教、美学的宗教了。这在宗教发展史上也是重要的倾向。

四、"统合"三教思潮对文学的影响

儒、佛、道三教被"统合"、兼容,对唐代文人思想、生活的影响是全面和巨大的。这种影响也广泛而深刻地反映在他们的创作中。例如作品或隐或显地表现佛、道二教的思想观念;大量有关佛、道的题材、人物、风习等被作家所使用;佛、道二教推动了新的文学体裁的形成和固有文学体裁的发展;佛、道二典中的语言、文体和表现技巧等被作家们广泛借鉴等等。这些人所共知的方面,这里不烦赘述。

更重要的是,佛、道思想广泛、深入地渗透到文人意识之中,大大地开阔了他们的人生境界和视野,扩大了他们思维和表现的空间。中国儒家传统的人生理想是以"学而优则仕"的"官本位"为支柱的,因而文人所追求的出路是相当狭窄的。一般文人是"达则兼济天下,穷则独善其身",仕途不顺利,可能隐居以求道;但"身在江湖",却又要"心存魏阙"。到了唐代,在文人的生活里,儒家的经世之道和佛、道二教的"出世"之道不只能够并立,更可以交融地并

————————————
① 李肇《唐国史补》卷上,第24页,古典文学出版社1957年版。

用。他们在坚持经国济民、"致君尧舜"的大事业的同时,又用佛、道的超越追求和心性养炼来指导和安慰人生。这就使得他们的生活和精神境界更为广阔。唐代文人中有些当然是在困顿或衰老时归心宗教的,但也有不少人宗教信仰的建立和个人遭遇无关。像陈子昂、李白、李商隐等人都是早年学道,对他们来说,求仙、访道、炼丹等等并不是悲剧人生的精神寄托,而是超越儒家传统的另一种人生追求。杜甫、白居易也都不是到了老年沦落时才习佛、学道的。王维、柳宗元更都是家世习佛,从幼小时已接触佛说。这样,佛、道对这一代文人来说,不再是和入世的理想对立的观念和行为。他们可以一方面热衷于世事,求举作官,奔竞于仕途;同时习佛、修道,甚至把这些当做人生教养的一部分。他们从中或者寻求对于人生意义不同于传统的理解;或者求得面对现实矛盾的出路;或者寻求苦难心灵的安慰;甚或是用之为批判现实的武器。宗教观念和行为当然可能使人悲观、厌世,引人走向颓唐、逃避现实,但在儒家思想占统治地位的环境下,也会给人以冲破传统的激励,开拓出另一番生活或精神境界。柳宗元说过:"佛之道,大而多容,凡有志乎物外而耻制于世者,则思入焉。"①所谓"耻制于世",即不愿被当代的统治体制和思想观念所束缚。他表示正是为了逃避这种限制,所以要入于佛。这是对宗教意义一种相当积极的理解。在他看来,佛、道一方面和百家之说一样,有着"有以佐世"而不与儒道相矛盾的成分;另一方面他又指出,"浮图诚有不可斥者,往往与《易》《论语》合,诚乐之,其于性情奭然不与孔子异道……凡为其道者,不爱官,不争能,乐山水而嗜闲安者为多。吾病世之逐逐然唯引组为务以相轧也,则舍是其焉从?"②他在这里特别提出了佛教的观念会起到批判和抵制名缰利索的作用,体现了与儒家传统不

①《送玄举归幽泉寺序》,《柳河东集》卷二五。
②《送僧浩初序》,同上。

同的人生追求。"不爱官,不争能",对利禄表示蔑视,这是摆脱统治体制、取得精神自由的重要一步。在这个意义上,佛、道思想及其修道生活为文人留出了更加广阔的思想、生活和表现的空间,起到了某种思想解放的作用,使得他们的人生与创作更为开阔和丰富。

　　佛、道被纳入为文人生活重要部分,在思维方式和表达方法上也会给他们以深刻影响,从而促使他们开拓出创作的新水平。即以诗歌创作而论,从游历寺、观,与僧、道唱和这类主要是取自日常生活的题材,到谈禅、论道这种包含有宗教体验的内容,多层次的、各种各样的涉及宗教内容的作品,在唐代诗人创作里占有相当大的比重。许多这类作品不仅具有题材、表现上的特色和新意,更重要的是作者们普遍地把宗教体验和宗教追求有机地融入所描摹的境界之中,从而在艺术构思和表现上作出了新的尝试。如李白,"五岳寻仙不辞远",他的山水诗不仅表现求仙访道生活,其中更能把这种生活体验转化为洋溢的热情和超迈的胸怀,创造出飘逸豪放的意境。李邺嗣曾指出:

> 　　唐人妙诗若《游明禅师西山兰若》诗,此亦孟襄阳之禅也,而不得尚谓之诗;《白龙窟泛舟寄天台学道者》诗,此亦常征君之禅也,而不得尚谓之诗;《听嘉陵江水声寄深上人》诗,此亦韦苏州之禅也,而不得尚谓之诗。使招诸公而与默契禅宗,岂不能得此中奇妙?①

这里举出作为例子的诗,都是把禅意融入到诗情之中,所谓不用禅语而得禅趣的佳作。这体现了一种新的创作观念和思维方法。唐人的有些诗句如王维的"行到水穷处,坐看云起时"②、杜甫的"水流心不竞,云在意俱迟"③等,后来被禅门直接用于参禅,成为公案,也

---

①《慰弘禅师集天竺语诗序》,《皋堂文抄》卷二。
②《终南别业》,《王右丞集笺注》卷三。
③《江亭》,《杜少陵集详注》卷一〇。

正因为它们是寄义遥深、情趣盎然的好诗。而这类诗中体现的思维方式正和禅悟有关。如李颀的诗"发调既清,修辞亦秀,杂歌咸善,玄理为长,多为放浪之语,足可震荡心神"①,张志和的诗"曲尽天真"、"兴趣高远"②等等,也是因为他们善于把修道的生活和体验,用鲜明、生动的意境表现出来。六朝时期的文人们受到佛、道的影响,即如艺术功力深厚、表现相当杰出的谢灵运,在其诗里玄理、禅思也还没有融会到所描写的景物形象之中,往往是附在作品后面的说理的尾巴。因此他的作品模山范水,"名章迥句"迭出,但意境终欠浑融。当时一般作者所写的佛、道作品,更多的是直接宣扬义理,还不能创造出浑融的意境。这也和当时知识阶层对宗教的接受和理解程度直接相关。只有当宗教的义理,对于表现佛、道的作品来说,则是宗教的思想、观念、情感等等被深刻地领会,融入作者的内心之中,成为他们的血肉,他们才能"举足下足,皆在道场",才能把禅思、道意转化为真正的诗情而创造出具有新意的作品。唐代文学的一个重大优长,也是它超越前人的重要成就,在于作品中充实着饱满的感情,并善于把这感情表现为情景浑融的兴象、意境。又如著名的传奇小说《枕中记》、《南柯太守传》、《长恨传》、《秦梦记》等题材、内容不同的篇章,不仅思想内容体现了佛、道二教的观念,构思方式和表现方法也明显受到它们的影响。这样,作者的宗教生活、宗教体验对于唐代文学艺术风格、表现方面的新进展是起了作用的。

在促进文学创作内容的充实和丰富方面,应特别注意宗教体验加深了心性抒发这一重要方面。在人们认定三教可以并存、各适其用的理由中,有一种说法是儒以治国,道以治身,佛以治心。这也表明人们看到了宗教对于解决人生问题的特殊作用。佛经说

---

① 《唐才子传》第一册卷二,第 357 页。
② 同上书卷三,第 695 页。

"佛以一大事因缘而示现于世",就是要把人们从轮回苦海里解救出来,解决人的生死问题;道教的神仙飞升是很渺茫的,"长生久视"也只是幻想,人们更为热衷的直接效验主要是消灾祛病,再就是求得"安身立命"的方法。宗教本来就是"心灵的安慰",唐代又正是佛、道二教对心性理论大加发挥的时代。文人们倾心宗教,欣赏或赞同其心性观念,从而促进了作品中心性的表现。李白称赞"逸兴壮思"①;杜甫要求"陶冶性灵"②;诗僧皎然论诗说:"但见性情,不睹文字,盖诗道之极也。向使此道尊之于儒,则冠六经之首;贵之于道,则居众妙之门;崇之于释,则彻空王之奥。"③王昌龄的《诗格》上提出诗有三境,物境之外还有情境、心境,作诗时"文用精思,未契意象,力疲神竭;安放神思,心偶照境,率然而生","神之于思,处身于境,视境于心,莹然掌中"④。唐人的文学观,一方面强调创作的政治性和现实性,另一方面却又如此普遍地注重心性的表达,这是和当时佛、道二教对心性的探讨直接相关的。在创作实践上,这方面的内容不只表现在那些涉及佛、道题材的作品里,同样潜移默化地反映在一般作品中。像杜诗中被誉为"诗史"的那些诗,如《奉先咏怀》《北征》等,其中内心矛盾刻画之细腻、深刻,也正是注重心性体验的成果;他流落到四川时写的那些描摹心曲的抒情诗就更不用说了。苏辙评论白居易说:

> 乐天少年知读佛书,习禅定;既涉世,履忧患,胸中了然,照诸幻之空也。故其还朝为从官,小不合,即舍去;分司东洛,

---

① 《宣州谢朓楼饯别校书叔云》,《李太白全集》卷一八。
② 《解闷十二首》之七,《杜少陵集详注》卷一七。
③ 《诗式》卷一《重意诗例》,《十万卷楼丛书》本。
④ 署名王昌龄的《诗格》是否确为王所作,学术界尚有争论,但其出于中唐以前,反映了当时的文学思想则是没有疑问的。

优游终老。盖唐世士大夫达者如乐天寡矣。①

白居易的整个创作风格显然和宗教指引下的心性修养有重要关系。

总地说来,唐代文学创作中题材、体裁的拓展,艺术技巧、表现手法方面的发展,多种风格、流派的形成等等,这多方面的成就,与创作者的"统合"三教意识,与他们受到佛、道的影响有很大关系。当然,宗教意识和实践也带给作家一些消极影响,这已是另外的课题了。

(原载《哈尔滨工业大学学报》(社会科学版),2004 年 12 月 30 日)

---

① 《书白乐天集后二首》,《栾城后集》卷二一,下册第 1407 页,曾枣庄、马长富校点,上海古籍出版社 1987 年版。

陆质的《春秋》学与柳宗元的"大中之道"

研究唐代著名的思想家、文学家柳宗元的思想和创作,不能不注意与他关系甚为密切的另一个人——陆质。陆质作为一个《春秋》学者,现在许多研究唐史的人也很少提及了,但在当时确是一个在政治、哲学、文学等领域中发挥过巨大作用的人物。柳宗元的哲学思想和政治思想,都承受了他的很大影响;柳宗元所主张的"大中之道",就继承了陆质《春秋》学的一些观点。探讨柳宗元的思想与陆质《春秋》学的关系,对于研究柳宗元的思想发展以及他的政治活动和文学创作,对于了解柳宗元的历史地位和影响,进而对于研究中唐的思想史和文学史,都是很有意义的。作者刚刚接触到这个问题,这里只提供一些线索和一点粗浅的理解,供深入研究做参考。

一

经学史一般认为:"惟唐不重经术。"(皮锡瑞《经学历史》卷七)在唐代,专门从事阐释经义的"鸿儒"很少,经学著作也不多。由于唐王朝采取调合儒、佛、道三教的思想统治政策,当时儒学的地位也不如两汉或宋、明那样崇高。但是,如果从经学思想的发展看,正是唐人批判了两汉以来墨守训诂、严分家法的章句之学,开创了空言说经、缘词生训的夷旷通达的新学风。唐代经学作为"汉学"向"宋学"的过渡,有着重大而独特的创获和发挥。

两汉以来墨守师说、宗派林立的儒学章句之学,是门阀氏族统治在学术上的表现。到了唐代,庶族地主阶层势力上升,统治集团的结构变化了,统一的封建王朝赖以统治的基础扩大了,反映门阀氏族意识的章句之学必然遭到否定。首先起来批判章句之学、提倡一家独断之学的是唐初的一批历史家,如刘知几、徐坚、朱敬则、吴兢、元行冲等人。他们出身于统治阶级较低阶层,由于研究历史而对社会变革、王朝兴替的情形多有了解。他们不满于旧经学的拘泥、保守、繁琐、空洞,对它提出了猛烈的批评。例如刘知几的《史通》,既是杰出的史学理论著作,又是批判传统经学思想的战斗檄文,其中的《疑古》篇全面推翻了《尚书》等经典记述的二帝三王禅让征伐的旧说,《惑经》篇则猛烈抨击了《春秋》,说"世人以夫子固天攸纵,将圣多能,便谓所著《春秋》,善无不备。而审形者少,随声者多,相与雷同,莫之指实"。这就把批判的锋芒指向了孔子,并揭露了那种迷信圣人和经书的愚妄态度。长安三年,四门博士王元感表上《尚书纠谬》十卷,《春秋振滞》二十卷,《礼记绳愆》三十卷,并所注《孝经》、《史记》、《汉书》稿,当时有弘文馆博士祝钦明等专守先儒章句,对这些著作离叛先儒旧义加以批驳,刘知几、徐坚等人曾为之答辩。这就是章句之学和一家独断之学相斗争的具体事例。开元十四年,元行冲献上与范行恭、施敬本合注的《礼记义疏》五十卷,其中多有新解,遭到张说的批评,元著《释疑》一文反驳,其中说:"章句之士,坚持昔言,特嫌知新,欲仍旧贯",也是这种斗争的继续。这种反对旧儒学的斗争,体现了从章句之学的藩篱中解放思想的要求。武后圣历年间韦嗣立上疏曾指出:"国家自永淳以来,二十余载,国学废散,胄子衰缺,时轻儒学之官,莫存章句之选。"(《旧唐书》卷八十八)这说的正是章句之学衰落的情形。正是在这种思想潮流影响下,文学上才出现了敢于"凤歌笑孔丘"的李白、慨叹"儒冠多误身"的杜甫、"不师孔氏"的元结等等不受传统意识束缚的人物。

"安史之乱"以后,社会阶级矛盾日趋激化,唐王朝陷于藩镇割据、回纥吐蕃内侵、宦官干政、朝官朋党相争所造成的重重危机之中,思想上则是佛、道横流,儒学废弛,弥漫着一片腐朽、没落的空气。在这种情况下,统治集团中出现一些不满现状、要求改革的人士,力图在经济、政治、思想上采取一些变革措施。其中有些人提倡儒学复古,企图用儒学来整顿统治阶级意识,抵制佛、道宗教唯心主义侵袭,在传统思想中寻求变革现实、强化专制集权统治的理论武器,从而形成了儒学复古思潮。在经学研究方面,"大历以后,专学者有蔡广成《周易》,强象《论语》,啖助、赵匡、陆质《春秋》,施土丐《毛诗》,刁彝、仲子陵、韦彤、裴茞讲《礼》,章庭珪、薛伯高、徐润并通经"(《唐国史补》卷下)。这样,经学得到了普遍重视。在当时影响最大的,一个是这里提到的啖助、赵匡、陆质的《春秋》学,再一个就是稍后的韩愈、李翱的"道统"论和"复性"说。

这种适应严重社会危机的形势、反映变革现实要求的儒学复古思潮,不会是对章句之学的抄袭,而是刘知几一家独断之学的继续。但韩、李的学说与啖、赵、陆的《春秋》学在思想渊源、内容和倾向上却有很大不同。韩、李主要继承了思、孟学派的主观唯心主义哲学,吸收了佛教禅宗的心性学说,企图用正心诚意的主观修养方法和修、齐、治、平的人生践履,来整顿社会意识,维护统治纪纲。韩愈杜撰了一个先验的、神秘的、以儒家仁义观念为核心内容的"道统",想通过发扬"道统"以达到救时济世的目的。因而这个学派在哲学上是唯心的,在政治上是保守的,注重于思辨而较少有实际的变革主张。啖、赵、陆的《春秋》学派则不同。他们研究《春秋》有强烈的现实针对性。他们通过阐释《春秋》,发挥大一统、正名分、尊天子、制陵僭的思想,这是完全着眼于解决现实矛盾的。因而，这个学派在哲学上具有唯物精神，在政治上具有鲜明的批判性和变革要求，为中唐时期政治改革派别提供了理论根据。在中唐儒学中，啖、赵、陆学派起着非常巨大而积极的现实政治作用，远非韩、李所能企及。只是由于韩、李的理论开宋明理学心性学说的先声，韩愈又身负传递"道统"兼"文统"的荣名，因而后来成为声势赫赫的"贤人之至"。而富于唯物精神和变革意识的啖、赵、陆《春秋》学派，则不适宜于思想日趋僵化和没落的统治阶级的需要，后来就很少有人提及了。宋代的二程称赞陆质的著作，也只是肯定其空言说经的方法，而并没有继承他的内容。

在啖、赵、陆《春秋》学派中，陆质是集大成者。成于其手的《春秋集传纂例》十卷（以下简称《纂例》）、《春秋集传辨疑》十卷（以下简称《辨疑》）、《春秋集传微旨》三卷（以下简称《微旨》），实际上是三人的集体著作。啖助，字叔佐，赵州人。他博通深识，精于《春秋》，以文学入仕，做过台州临海尉和润州丹阳主簿等低级官职。他亲经"安史之乱"，对动乱之中的现实矛盾多有体察，这决定了他在治学方面关心现实的方向。晚年罢职家居后，他用了十年时间，著成《春秋统例》六卷，这就是陆质《纂例》的雏形。赵匡，字伯循，河东人。他曾在淮南节度使陈少游处做幕僚，累随镇迁，拜殿中侍御史。在治学上，是啖助的后辈，与啖助"深话经意，事多响合"（《纂例》卷一《修传终始记第八》）。陆质，原名淳，吴郡人，因避宪宗讳改名。他是啖助弟子，随侍啖助十一年。啖助死后，他教授师说，与助子啖异共同整理遗著，请赵匡加以损益，于大历十二年，首先写成《纂例》一书。其中除发明《春秋》要旨、考订经文脱误及人名、地名外，主要内容是阐发笔削义例。此后，他又归纳啖、赵对于《春秋》三传的意见未入于《纂例》者，缕引得失，多所辨析，成《辨疑》一书。此外，他又根据《春秋》之作，圣人所以明微"（《微旨》卷中）的观念，胪列啖、赵及本人对《春秋》"微言大义"的理解，会通三传，加以批评，成《微旨》一书。

　　陆质不只是具有独特创获的经学家,又是积极的政治活动家。他由于赵匡的推荐,参与陈少游幕府,又经陈的荐举,授太常寺协律郎,转国子博士。贞元年间,王叔文在太子李诵支持下结纳英俊,组成一个积极改革的政治派别,他是这个集团的骨干。他的著作为改革派提供了理论依据,他本人更为王叔文以及同一派的人所器重。后来,随着王叔文一派势力扩张,他被擢为给事中。顺宗朝,王叔文集团柄政,太子李纯站在改革派对立面,陆质被安排为太子侍读,"使潜伺太子意,且解之"(《资治通鉴》卷二三六)。陆质在永贞元年九月去世,其时王叔文集团的改革已经失败,但作为这个集团骨干的"八司马"尚未遭贬逐,他也就逃脱了被黜罚的命运。

　　柳宗元与陆质关系很密切,对他的为人和著作非常推重。在长安时期,他就从友人韩泰处得到《微旨》一书,又从吕温处得到《纂例》一书。他曾同友人一起热心研究这些著作,在思想上深受教益。顺宗朝,王叔文集团执政,他与陆质同被擢升。他们居处近邻,柳宗元拜陆质为师,"时闻要论,尝以易教诲见宠"(柳宗元《答元饶州论〈春秋〉书》,《柳河东集》卷三十一。下引柳文只注篇名)。陆质故去,柳宗元写了《唐故给事中皇太子侍读陆文通先生墓表》,对陆的为人和思想给以很高评价。此后,在贬所永州,他又从凌准处求得陆质的三部著作,认真研读。柳宗元认为:"《春秋》之道久隐,而近乃出焉。"(同上)又说陆质"能知圣人之旨,故《春秋》之言及是而光明,使庸人小童,皆可积学以入圣人之道,专圣人之教。是其德岂不侈大矣哉!"(《唐故给事中皇太子侍读陆文通先生墓表》)他高度肯定陆质阐扬圣人之道的功绩,从中也可以看出他赞同和信仰陆质学说的态度。

　　以上从思想史的角度介绍了陆质《春秋》学派的轮廓,以及柳宗元与陆质的关系。下面,具体探讨一下陆质学派的思想内容以及柳宗元从它所接受的影响。

二

　　经学中不同学派的分歧和对立，往往表现在对"圣人"以及"圣人之道"的看法上。儒学唯心主义一般总是极力神化圣人（主要指孔子），把"圣人之道"说成是先验的精神实体、神秘的"天意"的表现。而多数儒学的"异端"则总在一定程度上剥夺圣人头上的神圣灵光，通过阐发儒经教义来回答现实课题，从而表现出一定的唯物主义精神。陆质的《春秋》学就具有这样的性质。他把《春秋》看成是以史为经的政治之书，"圣人"通过这部书表达的是切合现实的政治改革主张。这种观点，是与传统儒学奠基于"天人感应"论的绝对地宗圣尊经的看法相矛盾的。

　　《春秋》一书，由于它所包含的特殊社会历史内容，被历代儒学家摆到十分重要的位置。早自孟子就说过："世衰道微，邪说暴行有作，臣弑其君者有之，子弑其父者有之。孔子惧，作《春秋》。《春秋》，天子之事也。"他又说："昔者禹抑洪水而天下平，周公兼夷狄、驱猛兽而百姓宁，孔子成《春秋》而乱臣贼子惧。"（《孟子·滕文公下》）他强调《春秋》是治世的大经大法，而孔丘修《春秋》则是功继群圣、拨乱反正的大事业。西汉董仲舒罢黜百家，独尊儒术，他把孔、孟的伦理政治学说与法家专制主义政治思想以及阴阳五行迷信结合起来，建立起一种神学化、宗教化的新儒学。他精《春秋》，主公羊（《公羊传》）学，代表作《春秋繁露》和著名的"天人三策"就是以阐释《春秋》为主要内容、以《春秋》大义为论事依据的。他笔下的圣人，不仅上膺天命，至善至明，而且感应天意，先知先觉。圣人不是"人"，而是具有神秘悟性的神明；孔子修《春秋》，是代后王立法，说："《春秋》之道，奉天而法古。"（《春秋繁露·楚庄王第一》）

"仲尼之作《春秋》也,上探正天,端王公之位,万民之所欲;下明得失,起圣才以待后圣……苟能述《春秋》之法,致行其道,岂徒除祸哉!乃尧、舜之德也。"(同上《俞序第十七》)在他看来,《春秋》是体现了"天志"的治世良规,也为后代统治者预先规定了最完善的政治纲领。司马迁说《春秋》是"垂空文以断礼义,当一王之法"(《史记·太史公自序》),正是这种《春秋》公羊学派的观点。后来,刘歆重新整理《春秋左氏传》,开创了《春秋》古文学派。这个学派认为《春秋》是经孔子笔削的史书,圣人利用"褒贬善恶"来表达自己的主张,因而研究孔丘在书中表现的经义,就要在发明义例、章句训诂上下功夫。西汉以来,《春秋》今、古文不同学派长期争执,但不论它们的具体观点、方法有什么不同,在宣扬唯心主义天命观上则是共同的。它们都讲天命,讲灾异,都表现出对圣人和圣人之道的迷信。

　　啖、赵、陆的《春秋》学标举"考核三传,舍短取长"(《纂例》卷一《啖氏集传集注义第三》),表面上对三传采取兼容并蓄态度。这与唐朝经学思想为适应政治上的统一而统一今古文的潮流是一致的。他们肯定《公》、《谷》"二传传经,密于左氏"(同上《三传得失议第二》),在强调阐发"微言大义"上似畸重于今文学;但在发明义例时,又注重褒贬,"彰善瘅恶,不失纤芥"(同上《赵氏损益义第五》),这种态度又似同于古文学。然而实际上,他们对《春秋》的理解,多出以己意,冲破了三传唯心主义天命观的藩篱,很具有唯物精神。他们曾批判《公》、《谷》二传"随文解释,往往钩深……踳驳不伦,或至矛盾"(同上《三传得失议第二》),又曾批判《左传》"以一言一行定其祸福,皆验若符契。如此之类,继踵比肩,纵不悉妄,妄必多矣"(同上《啖赵取舍三传义例第六》)。他们努力摆脱传统《春秋》学宣扬唯心主义天命观的"十指"或"三科九旨"之类的谬说,恢复《春秋》作为历史文献的面目,在对经文的疏解上则从现实实际情况出发。这都是具有唯物色彩的。

陆质学派认为《春秋》是"史"，所以他们说"《春秋》因史制经，以明王道。其指大要，二端而已，兴常典也，著权制也"。又说："《春秋》者，亦世之针药也，相助救世，理当如此……问者曰：然则《春秋》救世之宗指安在？答曰：在尊王宝，正陵僭，举三纲，提五常，彰善瘅恶，不失纤芥，如斯而已。"（同上《赵氏损益义》第五）这都是从现实政治意义上肯定《春秋》的价值。自幼就教于陆质门下的吕温在论及《春秋》宗旨时也说："《春秋》者，非战争攻伐之事，聘享盟会之仪也。必可以尊天子、讨诸侯，正华夷、绳贼乱者，温愿学焉。"（《与族兄皋请学〈春秋〉书》，《吕衡州集》卷三）这种看法当然是得自他的老师的。很显然，以上提到的陆质学派主张的《春秋》宗旨，主要着眼于反映现实，服务于现实政治。这样，他们对圣人之言取通经致用的态度，既不把它看成是圣人为后王立法的神秘产物，也不承认有什么体现"天地神明之心"的神秘内容，这就表现出一定的唯物精神。

陆质学派从历史发展眼光来认识《春秋》，因而在阐发它的意义时很有变革观念，而不坚持"奉天而法古"的儒道教条。董仲舒讲《春秋》，也承认事物的矛盾变化，也谈到有"经"有"权"，但他的结论却是"天之常道，相反之物也，不得两起，故谓之一。一而不二者，天之行也……常一而不灭，天之道"（《春秋繁露·天道无二第五十一》）。这个定于"一"的道就是"天不变道亦不变"的道。而陆质学派却承认"反经合道"、"通其变以示不失其正"（《微旨》卷中），把"变而得中"（同上卷上）看做是事物发展的常规。他们赞同政治上的变革："法者，以保邦也，中才守之，久而有弊，况淫君邪臣，从而坏之哉？故革而上者比于治，革而下者比于乱。察其所革，而兴亡兆矣。"（《纂例》卷六《改革例第二十三》）这是一种积极的"变法"理论。由承认经学上的"反经合道"到政治上主张革故更新，表明这个学派的一定的辩证观点和理论上的进步性。

陆质的《春秋》学派，代表了当时地主阶级改革派的理论要求，反映了维护中央集权、整顿统治秩序、改革朝廷政治、调整阶级关系的思想,在当时产生了很大的影响。王叔文改革集团的许多人都受到陆质著作的教益,这个集团的改革主张就是以陆质的学说为理论基础的。文宗大和二年作出倾动朝野的著名对策的刘蕡,也是一名《春秋》学者。他受到牛僧孺的重视,牛僧孺又曾得到王叔文集团的赏识,他们在学术思想上的递相影响是必然存在的。刘蕡援引《春秋》大义针砭时政,抨击宦官,痛陈危机,与陆质学派的观点和方法是一致的。大和九年曾试图一举倾灭宦官势力的李训,也是一名《春秋》学者。他曾引用《春秋》"吴人伐越,获俘以为阍,杀吴子余祭"的记载,为文宗李昂提供宦官干政的历史教训(《唐语林》卷六)。曾被韩愈称赏过的陈商,向朝廷上《立〈左氏〉学议》,其中说:"孔子修经,褒贬善恶,类例分明,法家流也。左丘明为鲁史,载述时政,惜忠贤之泯灭,恐善恶之失坠,以日系月,修其职官,本非扶助圣言,缘饰经旨,盖太史氏之流也。"(《说郛》卷四十九引令狐澄《大中遗事》)这种对于《春秋》经、传的理解,接近陆质的看法。晚唐,"吴郡陆龟蒙亦引啖助、赵匡为证,正与商议同"(《唐语林》卷二)。可见陆质学派在唐代的影响是相当巨大的。

柳宗元对待"圣人"以及儒学经典的态度,正是继承和发挥了陆质学派的观点。他不承认那种广大教化主似的被神化的圣人,而认为"伏羲氏、女蜗氏、孔子氏,是亦人而已矣"(《观八骏图说》)。在批评孟子的《天爵论》中,他指出"道德忠信"不是天赋的,人"受于天"的只有"明"与"志"的不同,"敏以求之,明之谓也;为之不厌,志之谓也",而"使仲尼之志之明,可得而夺,则庸夫矣;授之于庸夫,则仲尼矣"。这就大大缩小了圣贤与"愚氓"的界限。在《与杨海之第二书》中,他又指出:"然则自尧舜以下,与子果异类耶?乐放弛而愁检局,虽圣人与子同。圣人能求诸中以厉乎己,久则安乐之矣。子则肆之。其所以异乎圣者,在是决矣。若果以圣与我异类,则自尧、舜以下,皆宜纵目印鼻,四手八足,鳞毛羽鬣,飞走变

化,然后乃可。苟不为是,则亦人耳。"这也明确地肯定了圣人是
"人",而不是"异类"的"神"。

圣人既是"人",他的"作言语,立道理,千百年天下传道之"的
经典,就是有益于世的"辅时及物"之言,而不存在什么代天立言的
问题;经传也就不是神圣的教条。因而柳宗元猛烈抨击章句之学。
他说:"仲尼之说,岂易耶? 仲尼可学不可为也。学之至,斯则仲尼
矣;未至而欲行仲尼之事,若宋襄公好霸而败国,卒中矢而死。仲
尼岂易言耶? 马融、郑玄者,二子独章句师耳。今世固不少章句
师,仆幸非其人。"(《答严厚舆秀才论为师道书》)他要求学"仲尼之
说",是要把握"孔氏大趣"。他对拘守章句的"腐儒"、"拘儒"、"陋
儒"迷信教条是非常不满的。在谈到自己治学的体会时他又说:
"始仆之志学也,甚自尊大,颇慕古之大有为者。汩没至今,自视缺
然,知其不盈素望久矣。上之不能交诚明,达德行,延孔子之光烛
于后来;次之未能励材能,兴功力,致大康于民,垂不灭之声。退乃
怅怅于下列,呫呫于末位,偃仰骄矜,道人短长,不亦冒先圣之诛
乎?"(《答贡士元公瑾论仕进书》)这段检讨自己求学道路的话,表
明他注重应用圣人之道于"大有为"的事业之中,并且是把"延孔子
之光"与"致大康于民"联系在一起的。这样,他强调通经致用,要
求把圣人之道"施之事实"(《答吴武陵论非国语书》),也就是利用
阐释圣人之道来表达自己的主张,把圣人的经典当作某种历史经
验来运用。

柳宗元的这种对圣人和圣人之道的看法,使他能够打破对圣
人的迷信,对一些不可动摇的传统教条敢于大胆反驳,独创新义。
他的许多议论是借阐发儒经立论的,却往往能自由发挥富有现实
针对性和批判性的见解。这也正是陆质学派治《春秋》的精神。

三

　　柳宗元认为："羲、文、周、孔之奥，诋冒混乱，人罕由而通焉。"
（《送易师杨君序》）而陆质就是把"久隐"了的"圣人之道"加以发明
的人。柳宗元又称赞陆质的《春秋》学著作是"明章大中，发露公
器"（《唐故给事中皇太子侍读陆文通先生墓表》），还说精于陆质
《春秋》学的吕温是"时中之奥，希圣为徒"（《唐故衡州刺史东平吕
君诔》），说另一位熟悉陆质学说的友人元□"通《春秋》，取圣人大
中之法以为理"（《答元饶州论政理书》）。可见在柳宗元看来，陆质
在经学上的贡献就在阐扬"大中之道"，而"大中之道"就是"圣人之
道"的同义语。

　　"中"、"中和"、"中庸"，这些儒家思想体系中的传统概念的精
神实质，在于泯灭矛盾、调和矛盾。它们在哲学上是形而上学的，
在政治上是保守的。"大中"一语首出于《易经》"大有"卦的《象
辞》："大有：柔得尊位大中，而上下应之，曰'大有'。"是说柔弱的东
西处在大中的位置上，也可以得到"大有"的吉利结果。后来，董仲
舒发展了"中"的观念，他把"中和"说成是体现神秘天道的道德的
极致、治世的准则："中者，天下之所终始也；而和者，天地之所生成
也。夫德莫大于和，而道莫正于中。中者，天地之美达理也，圣人
之所保守也。""中者，天地之太极也，日月之所至而却也。长短之
隆，不得过中，天地之制也……中者，天之用也；和者，天之功也。"
（《春秋繁露·循天之道第七十七》）他的这种说教，实际是给维护
封建制度的阶级调和思想披上宗教化的哲学外衣。后来，儒家讲
"大中之道"，往往循着这种观点，如西汉谷永上疏说："明王即位，
正五事，建大中，以承天心……大中之道不立，则咎征降而六极

至。"(《汉书》卷八十五《谷永传》)就是把"大中之道"当作先验的天道对待的。

利用传统思想材料,给以改造加工,是古代进步思想家阐发自己理论时一种常用的方法。陆质讲"中"或"大中"正是这样。本来在儒家"执两用中"、"允执厥中"的观念中包含着一定合理的内容。矛盾双方的暂时的相对平衡,对立面斗争处在缓慢的量变形式中以非对抗的形式发展,这是维持事物质的稳定性的必要条件。因此,强调调和矛盾的"中"的哲学在封建社会的现实意义,就是当生产关系所包含的生产力尚未全部发挥出来的时候,统治阶级采取"宽猛适中"、"庶乎中道"的措施来主动调节社会矛盾,对于发展生产力是有积极意义的。荀况作为新兴地主阶级思想家十分强调"中"的思想,要求做到"礼义之中'(《荀子·不苟》),正具有这种意义。陆质学派也同样。他们研究《春秋》的目的,是"择其辞深理正者存之,浮浅者去之,庶乎中道也"(《纂例》卷一《啖赵取舍三传义例第六》)。什么是他们所谓的"中道"呢? 用他们的话说,就是"当机发断,以定厥中"(《纂例》卷一《赵氏损益议第五》)、"变而得中"(《微旨》卷上),而这种"权"、"变"的依据则是"生人之意"。

这样,陆质学派讲"大中之道"的时候,不讲天道、天心、太极,而着眼于"以生人为主"。也就是说,他们强调处理好统治者与人民之间的关系,以调节社会矛盾。啖助说:"夫子之志,冀行道以拯生灵也。"(《纂例》卷一《春秋宗指议第一》)这实际上也是他们对"大中之道"的一种理解。吕温记载老师陆质对自己的期望是:"良时未来,吾老子少,异日河图出,凤鸟至,天子咸临泰阶,清问理本,其能以生人为重、社稷次之之义发吾君聪明,跻盛唐于雍熙者,子若不死,吾有望焉。"(《祭陆给事文》,《吕衡州集》卷八)这可看作是陆质的志愿。《纂例》一再发挥这种重视生人的思想,如卷六《军旅例第十九》:

　　观民以定赋,量赋以制用,于是经之以文,董之以武,使文

足以经纶,武足以御寇。故静以自保,则为礼乐之邦;动而救
乱,则为仁义之师……今政弛民困而增虚名以奉私欲,危亡之
道也。

《赋税例第二十一》:

赋税者,国之所以治乱也,故志之。民,国之本也,取之甚
则流亡,国必危矣。故君子慎之。

《兴作例第二十二》:

凡土功皆当以农隙之时,若有难亦有非时。城者,非得礼
也……凡兴作必书,重民力也。观其时而是非昭矣。

像这样发明《春秋》义例,突出了以生人为重的内容,其现实针对性
是很明显的。

从这种以"生人为主"的观点出发,陆质提出一种强调"生人之
意"的决定作用的历史发展观。柳宗元在《答元饶州论〈春秋〉书》
里提出的他对《春秋》"纪侯大去其国"的解释,就是这种历史观的
具体运用。《春秋》这条经文记叙的具体史实是:鲁庄公三年,纪侯
之弟纪季以酅邑入于齐,为附庸,次年,纪侯让位与纪季,逃离纪
国。对于这件春秋时代常见的诸侯征伐兼并的史实,三传的解释
各不相同。《左传》说:"纪侯不能下齐,以与纪季。夏,季侯大去其
国,违齐难也。"(《春秋左氏传》卷八)这仅是史实的叙述。《公羊
传》解释说:"大去者何?灭也。孰灭之?齐灭之。曷为不言齐灭
之?为襄公讳也。《春秋》为贤者讳。何贤乎襄公?复仇也。"(《春
秋公羊传》卷六)公羊高进一步把纪国的这次事变与九世前齐哀公
享于周被纪侯所谮联系起来,借此阐发百世可以复仇之义。这种
解释是非常主观的。《谷梁传》说:"大去者,不遗一人之辞也。言
民之从者四年而后毕也。纪侯贤而齐侯灭之,不言灭而曰大去其
国者,不使小人加乎君子。"(《春秋谷梁传》卷五)这又是借历史题

目阐发君子小人之辩。这个解释与公羊家同样臆断牵强。陆质完全不同于旧说,提出一种新见解:

> 淳闻于师曰:国君死社稷,先王之制也。纪侯进不能死难,退不能事齐,失为邦之道矣。《春秋》不罪,其意何也?曰:天生民而树之君,所以司牧之。故尧禅舜,舜禅禹,非贤非德,莫敢居之。若捐躯以守位,残民以守国,斯皆三代以降家天下之意也。故语曰"唯天为大,唯尧则之。《韶》尽美矣,又尽善也;《武》尽美矣,未尽善也。禹,吾无间然矣"。达斯语者,其知《春秋》之旨乎?

他通过纪侯弃位流亡的事实,说明"君"是为"民"而设的,统治者"残民以守国"以维护自己的"家天下",这不是尧、舜圣人之意。尧、舜禅让,是让位于贤德。只有贤德的人才有统治人民的权利。这就是柳宗元肯定的"发露公器",也是所谓"以尧、舜为的"。陆质又说过:"诸侯去国之美者莫过于纪侯。"(《纂例》卷八《名位例第三十二》)他通过表扬纪侯,批判了残民守国的暴虐政治,提倡关心民生的贤德政治,否定了封建专制万世一系家天下的永存,强调民心向背在历史上的作用。他的"天生民而树之君"的观点,在当时是富有民主性的石破天惊之论,后来柳宗元在《封建论》、《贞符》等作品中曾加以发挥。

由此可见,陆质学派的"大中之道",是具有肯定"以生人为主"的积极内容的。但也应当指出,他们所关怀的"生人",是封建制度下被统治的农民,他们是力图维护剥削农民的封建制度的。他们的观点,不过反映了地主阶级改革派保护劳动力以维护封建统治的要求。

封建生产关系的两端,一方是农民,一方是地主阶级,地主阶级的总代表则是皇帝。陆质讲"中道",也是一方面讲"以生人为主",另一方面讲"正王纲之义"(《辨疑》卷一)。在他看来,安定民生是与尊君位、正名分、大一统、制陵僭相关联的。所以,"正王纲"
也就成了陆质"大中之道"的另一个内容。

柳宗元在给元颖的信中,又称赞《微旨》"于'夫人姜氏会齐侯
于禚(鄗)',见圣人立《孝经》之大端,所以明其分也"。这条经文的
史实是:晋桓公在齐国被齐襄公所杀,其夫人文姜却与襄公私通,
相会于禚。《左传》认为这段经文是"书奸也"。《谷梁传》说:"妇人
既嫁不逾竟。逾竟,非正也。妇人不言会。言会,非正也。"(此据
《微旨》)这都是从伦常角度来评论史实的。《微旨》则记录了赵匡
的不同看法:

> 姜氏、齐侯之恶著矣,亦所以病公也。曰:子可得制母乎?
> 夫死从子,通乎其下,况国君乎? 君者,人神之主也,风教之本
> 也。不能正家如正国,何若庄公者? 哀痛以思父,诚敬以事
> 母,威刑以督下,车马仆从莫不俟命,夫人徒往乎? 夫人之往
> 也,则公威命之不行而哀戚不至尔。

他在分析史实时,是从正君位、行君命的角度来对晋庄公加以批评
的。他对待一国的母后与杀死亲夫的诸侯私通的罪过,不从一般
的针对淫乱的批评立论,而看到其根源是国君威命不行,王纲失
坠。也就是要求统治者从自身做起整顿纪纲,以加强王权集权的
权威。

陆质学派的"尊天子",与董仲舒等人宣扬对于承受"天命"的
"王者"的迷信不同。依董仲舒的"君权神授"说,王是"天之子",代
行"天志",天不可违,所以要尊君。而陆质学派的"尊天子"则更有
现实针对性。啖助说《春秋》的宗旨是"伤主威不行,下同列国。首
王正以大一统,先王人以黜诸侯,不书战以示莫敌,称天王以表无
二,尊'唯王为大',邈矣崇高"(《纂例》卷一《春秋宗指议第一》)。
这显然是着眼于中唐以后皇权衰落、强藩逆乱、政出多门的现实立
论的。赵匡在讲到《盟会例》时说:"盟者,刑牲而征严于神明者也。

王纲坏则诸侯恣而仇党行,故干戈以敌仇,盟誓以固党,天下行之,
遂为常焉。若王政举则诸侯莫敢相害,盟何为焉?贤君立则信著
而义达,盟可息焉。"(《纂例》卷四《盟会例第十六》)这实际是对"安
史之乱"以后藩镇勾朋结党、盘根错节的现状的批判。陆质在讲到
《郊庙雩社例》时说:"国之所以树者,法制也。法制所以限尊卑。
诸侯而行天子之礼,非周公之意也。"(《纂例》卷二《郊庙雩社例第
十二》)他这样强调法制,也是明显地不满于现实中法度的僭乱的。
他这一派还强调褒贬,更有批判现实的意义。赵匡说:"《春秋》之
作,以为经国大训,故一字之义,劝戒存焉。"(《辨疑》卷七)"《春秋》
之作,所以辨邪正,明是非也。"(《辨疑》卷八)这种对《春秋》的理
解,表明了他们的那种批判现实的政治态度。陆质在解说《春秋》
宣公十一年"楚人杀夏征舒"一条时说:"《春秋》之义,彰善瘅恶,纤
芥无遗,指事原情,瑕瑜不掩。"也明确表示了正视现实、批判现实
的观点。

　　以上,摘引啖、赵、陆的主要见解,可以看出他们的"当权发
断"、"变而得中"的"中道"的主要内容。这种"中道"运用了儒学
"中庸"思想的形式,补充以关心民生、批判现实的内容,而有强烈
的现实性。

　　柳宗元明确地把大中之道与圣人之道等同起来:"立大中,去
大惑,舍是而曰圣人之道,吾未信也。"(《时令论下》)他还表示:"苟
守先圣之道,由大中以出,虽万受摒弃,不更乎其内。"(《答周君巢
饵药久寿书》)另一方面则把"大中之道"与天命对立起来,说"配大
中以为偶兮,谅天命之谓何?"(《惩咎赋》)"立大中者不尚异"(《与
吕恭论墓中石书书》),认为相信大中之道就不能迷信天命。他又
把"圣人之道"与"利安元元"联系起来,认为它是治国安民的"理
道",而实行圣人之道就要"心乎生民"、"无忘生人之患",要"厚人
之生"、"人之欲"。他还肯定"穷理以定赏罚,本情以正褒贬"的"圣
人之制"(《驳复雠议》),认为"大中之道"就是处事求"当","当斯尽

之"(《断刑论下》)。从这样的基点出发,对统治阶级的倒行逆施提出批评。如此等等,这些对于圣人之道的理解,都与陆质学派的观点相一致。柳宗元儒学的思想内容,显然是承受了陆质《春秋》学的影响。

四

陆质《春秋》学派,在治学上还运用了新的方法,对于柳宗元的影响也是很显著的。

第一,这个学派以经驳传,不守旧说,对传统儒学表现出大胆怀疑的态度。本来,自董仲舒罢黜百家,儒学定于一尊,伴随着儒学的神学化,则是治学方法的教条化。这种教条化的结果,一方面是绝对地尊经,把经传上的一言一语都看作是不可动摇的定论;另一方面则使儒家学说完全失去了通经致用的效用。结果,经传成了仕子的"敲门砖"。在唐代科举中,"进士以声律为学,多昧古今;明经以帖诵为功,罕穷旨趣"(《唐会要》卷七十五《帖经条例》)。元稹曾深有感慨地说:"今国家之所谓兴儒术者,岂不以有通经文字之科乎?其所谓通经者,又不过于覆射数字;明义者,才至于辨析章条。是以中第者岁盈百数,而通经之士蔑然。"(《才识兼茂明于体用策》,《元氏长庆集》卷二十八)陆质学派所采取的态度则完全不同。他们攻驳三传,不循旧说,从一章一句到通篇大义,条分缕析,大胆驳难。他们不仅攻击汉以后的整个经学"悖礼诬圣,反经毁传,训人以逆"(《纂例》卷一《春秋宗指议第一》),而且直斥三传文字踳驳,叙事乖剌。例如对《左传》"郑伯克段于鄢"一条,啖助谓郑伯不必因母,指左氏为虚撰,实则《水经注》上记录有囚母大隧的遗迹,历史上可能确有其事。啖助的说法,表明他所开创的学派的怀疑精神。对经传的这种怀疑学风,实际上是从旧经学桎梏下的解放。柳宗元自负精于儒术,但他在阐发圣人之意时,论辩大胆,多出新义,敢于打破成说,颇有"非圣无法"的气概。后来许多愚腐的儒学家常常指柳宗元的论述剌谬经旨,悖理害道,正由于他具有这种怀疑精神。他本人研究过《春秋》,精于《春秋》一经,但他的许多文章如《守道论》、《六逆论》、《断刑论下》等等都以攻驳《左传》的形式立论;而他的《非〈国语〉》,批驳的虽然是作为"《春秋》之外传"的《国语》,实际上也批判了在内容和思想上与之有密切联系的《春秋》;陆质就是把《国语》与《春秋》并列的。又如他的《贞符》,批驳天人感应论,就直接批判了《诗》、《书》以及董仲舒等人关于这方面的谬论。对于韩愈极力推崇的孟子,他也多方面地做过批判。这样,他继承了陆质学派的疑经学风,思想比较解放。这是他在理论上多有创获的一个重要原因。

第二,陆质学派空言说经,专以己意解释圣人之意,实际是以圣人的名义宣扬自己的主张。柳宗元说,陆质著作"以尧、舜为的"。啖助说:"《春秋》参用二帝、三王之法,以夏为本,不全守周典礼,必然矣。"(《纂例》卷一《春秋宗指议第一》)陆质学派不像韩愈、李翱那样从孔丘讲到孟、荀、扬雄,而是上指尧、舜。尧、舜时代的情形,在经书上只有简略、模糊、理想化的记载,这样就便于假托圣人之意来发抒己意。他们使用这种方法,不像公羊今文学那样的神秘牵强,也不同于左氏古文学那样"据旧例以发义,指行事以正褒贬"(杜预《左传序》)的拘泥。例如他们对"纪侯大去其国"一条经文的解释,就通过解释尧、舜禅让来发挥重视生人之意的思想。实际上这种认识,既不符合传说中原始公社解体时期的尧、舜时代历史的本来面目,距离"圣人"的真意也非常遥远。柳宗元对待圣人,也是采取这种态度。他所谓"圣人之道",是"尧、舜、文、武、周公、孔子之道",而不是韩愈讲的孔、孟之道。他对于经传上记载的圣人之言,往往随意加以反驳,或简单地论断为"非圣人之意"。而这样做，又往往是架空虚说，没有什么真凭实据。例如他的《封建论》，明确断言"封建，非圣人意也，势也"，一语推翻了圣人实行封建的传统看法；又如《守道论》，对《春秋》记载孔子所说"守道不如守官"，也简单断定是后人误传，而非圣人之言。他做出这些论断的时候，是根据自己的主张做推理的。这样，他往往以阐述"圣人之意"的形式，批驳传统儒学的观点。有时候，他在做出批判的时候，对"圣人"取回护态度，例如说是"拘儒瞽生"错传了圣人之意，借此对传统成说加以否定。这样，他借用古代圣人的服装和口号，紧密针对现实表达了自己的主张。结果他往往阐述一些"是非多谬于圣人"（黄震《黄氏日钞》卷六十）的"圣人之意"；而他笔下的圣人已经是根据自己的需要改造过的体现现实政治要求的理想人物。

　　第三，陆质学派提倡治学上不主一家，兼收并蓄，追求"圣人夷旷之体"（《纂例》卷一《三传得失议第二》），采取会通的方法。柳宗元发展了这种方法。他对宗派林立的旧儒学的纷争很不满意。他说："孔子作《春秋》千五百年，以名为传者五家，今用其三焉。秉觚牍，焦思虑，以为论注疏说者百千人矣。攻讦很怒，以辞气相击排冒没者，其为书，处则充栋宇，出则汗牛马，或合而隐，或乖而显。后之学者，穷老尽气，左视右顾，莫得而本。则专其所学以訾其所异，党枯竹，护朽骨，以至于父子伤夷，君臣诋悖者，前世多有之。甚矣，圣人之难知也。"（《唐故给事中皇太子侍读陆文通先生墓表》）他反对旧儒学专守章句训诂所造成的学派攻讦，要求对儒经会通其意，力求把握孔氏之大趣。不仅如此，他把这种态度扩展而及于百家，对诸子百家以及佛、道也要求统合兼收，舍短取长。他认为"儒、墨、名、法"都具有"有益于世"（《覃季子墓铭》）的内容。又说"杨、墨、申、商、刑、名、纵横之说……皆有以佐世"（《送元十八山人南游序》）。在长安时期，他就注意寻访诸子书。在唐代前期，社会上对于诸子除了道家之外很少有人重视。诸子在唐代中期以后被普遍重视，韩、柳的提倡起了很大作用，特别是柳宗元其功为多。柳宗元被贬南方后，继续访求诸子著作。他写的关于诸子的考证文字，不但辨析真伪，论定名代，多有卓见，而且注意阐发其具有现实意义的成分。例如对于《列子》，他说"虽不概于孔子道，然其虚泊寥阔，居乱世，远于利，祸不得逮乎身，而其心不穷。《易》之'遁世无闷'者，其近是欤！"（《辨〈列子〉》）对于《文子》，他认为"其辞时有若可取"，"往往有可立者"（《辨〈文子〉》），等等。他的文章，在内容上对百家学说多有借鉴。例如《时令论上、下》、《断刑论下》等作品，明显汲取了荀况"天人相分"的思想；《褚说》中主张辨"名实"，则受到墨经方法论的影响；《天爵论》中主张自然天道观，言明得之于庄周。这样，他没有韩愈那种"统"的观念，论学不拘守儒家一家，思想要开阔得多。至于对待佛教，也采取兼容态度，要求"统合儒释"，则表现出很大的局限性了。

　　陆质学派作为经学中的一个派别，可看作是传统儒学的"异端"。《旧唐书》作者刘昫就把他们叫做"异儒"（《旧唐书》卷一八九下《陆质传》）。他们在发明《春秋》本身的理论价值上，收获甚微；他们对文字史事的考辨，多流于臆断；而罗列不同见解，又受"书橱"之讥。但作为一种思想潮流的表现，却冲破旧儒学观念的束缚，起了某种解放作用。后来宋代道学家说陆质有辟邪说、开正途之功，就是欣赏他的主观臆断的方法，但对他积极的思想内容则忽略了。

　　以上，介绍了陆质《春秋》学的大致情形以及柳宗元与它的关系。可以看到：啖、赵、陆《春秋》学派是中唐时期适应时代要求而产生的儒学派别之一，它在哲学上具有唯物倾向，在政治上反映了地主阶级改革派的主张，具有民主性内涵。这个学派的理论和方法对当时以及后代都产生了很大的影响。而柳宗元就是承受了这一学派的教益，在许多方面又发挥了这一学派的观点的一个人。因而，深入研究这个学派，对于中唐及其以后的思想史、文学史的研究都是很有意义的。

一九七九年六月十一日修改于营口

(《中国哲学史论文集》第二辑,山东人民出版社 1980 年)

试论柳宗元"生人之意"的社会思想

　　唐代思想家和文学家柳宗元强调"生人之意"的社会政治思想,是他的整个进步思想体系中的一个重要组成部分。在这种思想基础上,形成了他的积极变革现实的政治态度,推动他写出许多揭露统治阶级罪恶、痛陈民间疾苦的优秀文学作品。因此,在柳宗元研究中,批判地分析一下他的"生人之意"思想是很有必要的。

一

　　柳宗元把"生人之意"作为历史发展的根本动力,这是与"天命观"和"圣人之意"的历史观相对立的。

　　柳宗元认为宇宙本是"冥黑晰眇,往来屯屯"的无边无际的"元气"①,而"天"则是"无异果蓏痈痔草木"的"物"(《天说》)。在他看来,"天"没有意志,不能赏功罚祸,"务言天而不言人"是错误的。他不仅尖锐批判了韩愈的天有意志说,而且一再指出:"圣人之道,不穷异以为神,不引天以为高。"②按他的理解,迷信"天命"是完全

---

① 《天对》,见《柳河东集》。
② 《时令论》上。

背逆于"辅时及物"的"圣人之道"的。因而,他反对"天人感应"、"君权神授"的欺人之谈,在《贞符》《封建论》等作品中系统地论述了他的以"生人之意"为根本动力的社会发展观。

《贞符》是柳宗元费时多年,精心结构的重要著作。他从在长安任礼部员外郎时开始写作这篇作品,到流贬永州后,在极其艰巨的条件下奋力完成。他在序言中表示,"苟一明大道,施于人世,死无所憾",可见他对这篇作品的重视。有人讥评它为颂美当朝而作,比之如扬雄的《剧秦美新》,这完全曲解了文章的主题;也有人只称扬它反封禅,肯定作者是有唐一代具有反封禅卓识的唯一的一个人,也是低估了它的意义。实际上,这篇作品凝聚着作者丰富的历史知识和政治斗争经验,提出了一种深刻的历史发展观念,论证了"生人之意"在社会发展中起决定作用的主张。

文章首先坚决地否定了宣扬"天命"的"天人感应"论。柳宗元对董仲舒以来宣扬符瑞的谬说和《诗》《书》《春秋》等儒家经典和后出纬书上记载的玄鸟、巨迹、流火之乌等"受命之符"一概斥之为"诡谲阔诞","诳乱后代"。与那"推古瑞物以配受命"的"天命"观相对立,他描绘了人类自原始状态直到唐代社会进化的过程。他指出,自"人之初"的野蛮状态,就是生物生而俱有的"饥渴牝牡之欲"推动人们相互斗争。起初,是由"强有力者"建立起自己的统治,以后,"德绍者嗣,道怠者夺",从黄帝到尧、舜、禹、汤,都"非德不树"。从历史的考察中他得出结论说:

> 是故受命不于天于其人,休符不于祥于其仁。惟人之仁,匪祥于天;匪祥于天,兹惟贞符哉!未有丧仁而久者也,未有恃祥而寿者也。

这是柳宗元提出的与传统儒家"天命"观相对立的极其光辉的命题。柳宗元发展了荀子、王充的反"天命"思想,明确地以"人意"取代了"天命"。他肯定帝王的统治权不是上天赐予的,而是"人"给予的。因此认为"符瑞"是虚伪的，封禅是无益的，统治者只有"黜休祥之奏，究贞符之奥，思德之所未大，求仁之所未备，以极于邦治，以敬于人事"，才能巩固自己的统治。

《封建论》是柳宗元在永州写成的另一篇系统表达自己政治主张的理论著作。它论述的是历史上长期争论的分封制和郡县制孰优孰劣的问题，提出了反对藩镇割据、加强统一集权的要求。这篇作品与《贞符》一样，表现出深刻的历史观念。

就柳宗元的具体情况，他不可能认识社会发展的客观规律。他既不是看到了分封制转化到郡县制是不以人的意志为转移的"客观趋势"（如任继愈主编的《中国哲学史》第三册第一一八页所说），也不是主张"时势创造历史说"（如白寿彝在《学步集》第一三六页所说），而只是强调人所共有的"饥渴牝牡"的欲望在历史上起决定作用。他用"生人"代替了"圣人"，实际上仍然认为决定历史的是人的主观因素。而能否满足那个"生人之意"，决定的关键在于统治者是否"仁德"、"明智"。因而，满足"生人之意"归根结底还得依靠统治阶级。在他看来，专制体制的郡县制之所以能够"百代"长存，是由于这种制度"使贤者居上，不肖者居下"，因而国家也就得以长治久安。这样，他所主张的仍然是一种道德史观、英雄史观，表现的是统治阶层改革派的愿望。但他否定了"天命"的存在，也否定了"圣人"可以随意安排历史，强调"人心向背"在政治上的重要性，肯定人民的生存权利。这就不只批判了唯心主义的"天命"论，而且给自从董仲舒以来作为专制统治理论基础的法天、崇圣、尊经"三位一体"的真理观以有力的冲击。

总结上面分析的两篇主要著作，联系柳宗元的其他作品，可知他所谓"生人之意"有以下几个内容。

第一，柳宗元认为人生而俱有"饥渴牝牡之欲"，为了求生存，都要"自奉自卫"，都要"假物以为用"，也就是都要谋求衣食温饱。他曾一再把人民比之为草木，草木的生长要有一定的适应其本性的自然条件。要使它们繁茂,既不能"凌挫折挽"①,也不能"爱之太恩,忧之太勤"②,而要顺应它的自然本性。这样,柳宗元就肯定了每个人的生存权利。

第二,在此基础上,他肯定了正是人们为了求得生存温饱的斗争,推动了君臣刑政制度的建立,决定了分封制向郡县制的转化。能满足人们的生存要求的制度,就是优越的制度;能够实行"仁德"政治的统治者,就是"贤良"、"明智"的统治者。如果统治者对人民掠夺压榨,倒行逆施,人民就可能对他们"肆其怒与黜罚"③,直到"杀守劫令而并起"④,把统治者推翻。这样,在柳宗元看来,不是圣人为天下立法,教人以相生养之道,给人创造出刑政道德规范,而是人们为求生存的斗争推动了历史前进,这就在认识上大大提高了人民在历史上的地位和作用。

第三,他认为统治阶级的统治权不是天赋的,而是人民给予的。在原始社会,统治者是人民推选出来的,后,是那些"其德在人者"得到人民拥护取得了世袭统治权力。他在《舜禹之事》中指出,无论是尧、舜禅让,还是曹魏篡汉,虽然"其道不同",但都是由于后者"系于人者多",也就是取得了民心。秦朝由于失民心而被"负锄梃谪戍之徒"推翻了,汉、唐由于解民于倒悬、救民于水火而取得了统治地位。这样,他就充分认识到民心向背在历史发展中的重要性。

总之,柳宗元所谓"生人之意",就是人为维护自己生存权利的愿望。在孔子的"仁"的学说中,已包含着肯定人的生存权利的内容。孟子的"民贵君轻"说,更向统治者提出了调整与被统治的人民群众的关系的重要性。荀子作为新兴封建制度的代言人,在其

---

① 《憎王孙文》。
② 《种树郭橐驼传》。
③ 《送薛存义序》。
④ 《封建论》。

著作中以社会普遍利益的代表者出现,更着重阐述了重视"生民"的主张。他说:"凡节奏欲陵,而生民欲宽;节奏凌而文,生民宽而安。"①而不能如桀、纣那样,使"生民怨之",自取灭亡②。后来董仲舒也说"天地之精所以生物者,莫贵于人"③。他认为上天是为人民而立皇帝,害民的皇帝,就要被天所废弃。这样,传统儒家思想的"重民"内容,总与"天命"论或"圣人创世"说结合着,总假托"天"或"圣人"本来就是重民的。这虽然有一定同情人民的因素,但也给"上符天心"的"圣人之道"以仁爱的伪装。柳宗元在强调"生人之意"时,挣脱了"天命"的束缚,彻底否定了"圣人之意"的决定作用,因而在理论上做出了巨大贡献。

二

历史上每一种思想观念的产生和发展,都有它的现实基础,都是客观社会矛盾在人们头脑中的反映。柳宗元的"生人之意"思想,是"安史之乱"后的社会动荡、民生日困的现实在这位统治阶级改革派意识中的表现。而且,当时并非他一个人有这种要求,只是由于他成长在政治斗争漩涡之中,对现实矛盾多所体察,因而他的思想也更明确、更激进而已。

"安史之乱"标志着唐代各种社会矛盾的激化。大乱以前,由于豪强兼并,赋役繁重,加以朝政黑暗,穷兵黩武,已经使得民生十分艰窘,户口大量逃亡。以后,就是连年不断的割据战争,不仅使人民饱经战祸,而且经济负担也更加沉重。这样,社会阶级矛盾急

---

① 《荀子·致士》。
② 《荀子·正论》。
③ 《春秋繁露·人副天数》。

遽激化了。当时对于唐朝统治者来说,在阶级关系方面面临着两个严重问题。

一是户口大量流失。流失的原因,一是战争的消耗,二是农民破产逃亡,托庇于豪强、寺院,三是被"不申户口"的强藩所分割,四是农民不堪压迫逃往荒山僻地,挣脱了官府户籍的控制。唐代户口,从户数和人口数看,从天宝到安史之乱以后大幅度减少。如柳宗元曾任职的京兆府从三十六万余户下降到二十四万余户。而他贬居的永州,据《旧唐书·地理志》天宝年间有户二万七千四百九十四,口十七万六千一百二十,到乾元年间,户只剩六千,口则仅有二万七千余,《元和郡县图志》记载元和初只有户八百九十四。户口的流失,使朝廷失去了很大一部分赖以生存的赋役来源,也反映了朝廷力量的削弱。

二是各地人民不堪统治阶级的压迫掠夺,掀起风起云涌的武装反抗。早自广德年间,袁晁在浙东,方清、陈庄在江西就发动了声势浩大的起义。王叔文集团的骨干、"八司马"之一的陈谏曾说:"至德后残于大兵,饥疫相仍,十耗其九……上元、宝应间,如袁晁、陈庄、方清、许钦等,乱江淮十余年乃定……"①此后,从京畿直到岭南边疆,普遍发生了各种形式的农民武装斗争,大股的起义队伍聚众数万人,占地十数州,朝廷往往需调遣几万人征讨,连年不能平定。这种地方性的小规模的农民起义,预兆着全国性的农民革命风暴即将到来。

这样两方面的情况,给唐王朝统治者提出了如何调整阶级关系、巩固自己统治的尖锐课题。当时,统治阶级中的某些人对这些问题已感受到了,并提出了一些解决办法,包括要求统治者注意民生问题。例如陆贽,他在德宗朝的前期先后任翰林学士和宰相,对平定"建中之乱"起过重要作用,他在奏议中就明确提出要"以人为

---

①《刘晏论》,见《全唐文》卷 684。

本，以财为末，人安则财赡，本固则邦宁"①，主张"立国之本，在乎得众；得众之要，在乎见情"②。又如杜佑，是著名史学家，与王叔文集团有密切联系，王叔文曾援引他做宰相。他的名著《通典》以《食货》为第一，非常重视赋税、户口等问题。他明确提出"理道之先在乎行教化，教化之本在乎足衣食"，他写《通典》则要"实采群言，征诸人事，将施有政"③。而自从贞元年间，在文学上也酝酿出一个强大的现实主义思潮，在诗歌方面产生了以元、白为首的"新乐府运动"，在散文方面则有以韩、柳为代表的"古文运动"。它们不同程度上体现了重视民生的呼声。

　　柳宗元在这个潮流中成为佼佼者，也决定于他的特殊经历。他出身于没落的官僚地主家庭，父亲柳镇长期任职于州、县，是一个比较关心和了解现实的人。他在少年时期，亲经"建中之乱"，后来随在南方做官的父亲，到过夏口、南昌、九江、长沙。在这社会大动乱时期，他饱受了战乱的冲击。中进士第以后，在服父丧期间，又到在邠州任职的叔父柳缜处游历，走访了长安西北部广大地区，直到今甘肃庆阳的马岭。在这次游历中，他深入到老校退卒之中，对士卒疾苦、民族危机、藩镇跋扈、骄兵动乱等情形做了细致的调查研究。这些实际阅历，使他对人民生活状况以及阶级矛盾更加深了理解。以后被贬官到永州，他更有机会生活在人民群众之间，对民生疾苦就有了更进一步的切身体验。这样，他对解决统治阶级与人民之间的尖锐冲突的必要性感受得特别痛切，对民心的动向、人民的力量认识得也比较清楚。正是在此基础上，他才能提出"生人之意"的主张，把传统儒学"仁"的思想中的重视民生的内容发挥到一个新的高度。他的这种思想，在历史上是有重大进步意

①《均节赋税恤百姓》，见《陆宣公集》卷 22。
②《奉天论前所答奏未施行状》。
③《通典·自序》。

义的,在理论上也是有价值的。

但是,柳宗元所说的"生人之意",却不等于是人民群众的意志;他在一定范围内肯定人民的历史作用,却不认为人民是创造历史的主人。他认为代表人民意志的只能是统治阶级中那些"智而明者"、"其德在人者",因而维护"生人之意"的斗争就是"仁德"、"明智"的贤人与残暴、昏愦的权奸之间的斗争,而专制体制的仁德政治,就是最符合人民的利益和愿望的政治。结果,能否做到"用人唯贤"实际就成了决定能否满足"生人之意"的主要条件。他的《封建论》的结论部分,突出讲了这个问题,用世卿世禄还是用人唯贤论定了分封制和郡县制的优劣。他的《六逆论》以经典批判的形式猛烈抨击了"用人唯亲"路线,用大量历史事实为"贤人政治"做辩护。他的《永州铁炉步志》批判没落氏族尸禄固位,《梁丘据赞》等抨击宦官干政专权……这些作品也都讲了"用人唯贤"的重要性。因此,柳宗元的以普遍性的形式出现的"生人之意",既不是人人共有的意志,更不是劳动人民的意志,而是统治阶级改革派的意志。只能说它曲折地反映了人民的意志和愿望,不能忽略它的阶级性质。

其次,柳宗元根据丰富的历史材料,看到一个个剥削阶级建立的王朝如何在人民反抗的怒潮下被粉碎。但从他的地主阶级立场出发,只能把人民看成推翻残暴政权的令人"恐而畏"①的力量,却把推动历史前进的主角留给了统治阶级改革派。他在《天对》中说:"位庸庇民,仁克莅之。纣淫以害,师殛圮之。"意思是说:帝王的权位是用以庇护人民的,只有仁德的人才能占有它。殷纣王荒淫无道,残害人民,因而众人起来推翻了它。他又指出:"违虐立辟,实罪德之由。师凭怒以割,癸挑以仇。"意思是说:夏纣立法不公正,残害人民,这是他得罪于有德者的缘由;众人凭着暴怒杀掉

①《送薛存义序》。

他，仇恨是他自己挑起来的。他还认为汤伐桀是"民用溃厥疣"，武王伐纣是"寒民于烹"……他在《贞符》、《封建论》中总结汉、唐的历史经验，指出秦王朝的暴政被人民推翻了，"大度"的汉朝统治者建立起自己的统治；隋朝的暴政也被人民推翻了，在群雄逐鹿中，又是仁德的唐朝统治者建立起自己的统治。因而，在柳宗元看来，人民群众是旧王朝的埋葬者，但新王朝仍然需要那些"仁德"的"心乎生民"的统治者来建立，这样，历史的发展也就成了仁政和暴政的交替、循环。归根结底，这仍然是一种英雄创造历史的唯心史观。

<h1 style="text-align:center">三</h1>

　　正如前面指出的，柳宗元的"生人之意"，代表了统治阶级改革派的思想。从强调"生人之意"出发，他在政治上提出了一系列具有民主性光彩的进步主张。由于他一生中多次受到当权的保守派的压抑、打击和迫害，由于他在与人民的长期交往中对他们的苦难生活和思想感情有着相当深刻的了解，也由于他广泛汲取思想史上的一些优秀遗产、研究过历朝统治的历史经验，因而他的这些主张特别富于战斗色彩和改革内容，在表述上也特别鲜明和大胆：

　　顺人之性[1]，"厚人之生"[2]。他的《种树郭橐驼传》本是"幻设为文"，"以寓言为本"[3]的作品，它用种树人"顺木之天，以致其性"的故事来说明如何统治人民的道理。值得注意的是，它揭露的不是虐人害物的暴政，而是那种对人民"若甚怜焉"的"仁政"；它批判的不是贪残横暴的酷吏，而是那种"好烦其令"的"循吏"。柳宗元

---

①《种树郭橐驼传》。
②《骂尸虫文》。
③鲁迅：《中国小说史略》。

用某些人种树"爱之太恩,忧之太勤",实际是"虽曰爱之,其实害之,虽曰忧之,其实仇之",比拟那些"好烦其令"的"长人者",揭露了当时的官僚统治使得人民不能"蕃吾生而安吾性"的现实情形。他要求顺人之性,就是要求统治阶级放松那种繁苛严重的专制统治,给人民更多自由生存、休养生息的机会。他在《憎王孙文》中把"居异山,德异性"的猨和王孙加以对比,"德静以恒"的猨"类仁让孝慈",它们爱护草木,使得所住的山上嘉花美木繁茂昌盛,而"王孙之德躁以嚣",对草木肆意蹂躏,因而所住的山林也就荒毁枯槁。这个故事也表明了统治阶级采取不同的统治方法会得到不同的后果。他在《晬民诗》中表示希望创造一个"士实荡荡,农实董董,工实蒙蒙,贾实融融。左右惟一,出入惟同,摄仪以引,以遵以肆"的各行各业都得其所的和谐安定的社会秩序。因为在他看来,创造这样的局面,也就能保证统治阶级的长远利益。

"民利,民自利"(《晋问》)。柳宗元要求统治者的行事要"兴功济物"、"辅时及物",对人民要切实有好处。例如顺宗朝,严砺为山南西道节度使,曾疏导嘉陵江二百余里以便水运,柳宗元写《兴州江运记》加以表扬,说这个工程"安利于人",比之为"西门遗利,史起兴叹,白圭壑邻,孟子不与,公能夷险休劳,以惠万代";在永州时,长期与柳宗元一起生活的表弟卢遵做过一段全义县令,那里县城的北门由于当地人相信巫祝已封闭百余年,卢遵上任后重新打开城门,"邑人便焉",并说"贤者之作,思利乎人",这也是作者赞同的见解。后来柳宗元到柳州任刺史,虽然是再次被斥,远在南荒,但却表示"是岂不足为政邪"①? 他在《种柳戏题》一诗中又以戏谑的口吻表达了利民的志愿:

> 柳州柳刺史,种柳柳江边。谈笑为故事,推移成昔年。垂荫当覆地,耸干会参天。好作思人树,惭无惠化传。

----

① 《柳子厚墓志铭》,见《韩昌黎全集》卷32。

他想的是给人民留下恩惠。在实践中他也确实给人民做了些修屋
筑路、植树开畦、发展生产等好事。值得提出的是,他并不满足于
"利民",而且要做到"民利"。在他的"七体"辞赋《晋问》之中,设为
与友人吴武陵的对问,历言晋之山河险固、甲坚利刃、名马、美材、
河鱼、池盐,晋文公的霸业,然后:

> ……吴子曰:"魏绛之言曰:'近宝则公室乃贫。'岂谓是
> 耶? 虽然,此可以利民矣,而未为民利也。"
>
> 先生曰:"愿闻民利。"
>
> 吴子曰:"安其常而得所欲,服其教而便于己,百货通行而
> 不知所自来,老幼亲戚相保而无德之者,不苦兵刑,不疾赋力,
> 所谓民利,民自利者也。"

达到"民利,民自利",也就是做到了"遂人之欲",这是柳宗元的理
想。而实现这种理想,在柳宗元看来,就是发扬"尧之遗风",统治
者做到俭、让、谋、和、戒,使人民保持"恬以愉"的安定生活。柳宗
元强调"利民"、"民利",是对儒家"义利之辩"的批判地发挥。在思
想史上,墨家强调"利民",在墨子的判断是非的"三表"中,"观其中
国家百姓人民之利"①算作一"表",他主张"诸加费不加民利者,圣
王弗为"②。而孔子是"罕言利"的,孟子以至董仲舒更反对言利。
柳宗元批判孟子,说他"好道而无情,其功缓以疏,未若孔子之急民
也"③,就是指他严于"义利之辩"的态度说的。他说孔子"急民",当
然是出于他的理解。这样,柳宗元就给儒学中抽象的"爱人"的
"仁"加进了"利民"的具体内容。这是对孔子以来作为儒学核心内
容的"仁"的重大发展。不过也应当指出,柳宗元所说的"利民",目
的还是要谋求统治者的长远之利。

①《墨子·非命》。
②《墨子·节用中》。
③《吏商》。

"官为民役"。这是柳宗元思想中非常富于民主性和独创性的观点。传统儒学讲"爱人",至多讲要有什么"民胞物与"的心怀,要"爱民如子,视民如伤",这就不但把统治者摆在恩施者的地位,而且内容也很玄虚。柳宗元提出官为民役,把人民看作是主人,而官吏则是仆人,这就在官与民,统治者与被统治者的关系上提出了一种全新的看法,完全颠倒了传统认识。贞元二十年,他任监察御史里行,同僚范传正之兄范传真出任宣州宁国令,当时重京官轻外官,范传真出为外州县令,实际是被贬黜了。但柳宗元在《送宁国范明府诗序》里记述了传真的这样一段话:

> 夫仕之为美,利乎人之谓也。与其给于供备,孰若安于化导。故求发吾所学者,施于物而已矣。夫为吏者,人役也,役于人而食其力,可无报耶?今吾将致其慈爱礼节,而去其欺伪凌暴,以惠斯人,而后有其禄。庶可平吾心而不愧于色,苟获是焉,足矣。

后来到永州,同乡友人薛存义代理零陵县令,他写了《送薛存义序》,进一步发挥了这个思想:

> 凡吏于土者,若知其职乎?盖民之役,非以役民而已也。凡民之食于土者,出其十一佣乎吏,使司平于我也。今我受其直、怠其事者,天下皆然。岂惟怠之,又从而盗之。向使佣一夫于家,受若直,怠若事,又盗若货器,则必甚怒而黜罚之矣。以今天下多类此,而民莫敢肆其怒与黜罚,何哉?势不同也。势不同而理同,如吾民何?有达于理者,得不恐而畏乎?

在前一篇文章里,柳宗元明确指出官吏是"役于人而食其力",受人民的雇佣,被人民养活。这在当时已是石破天惊之论。在后一篇文章里,他更把"役民"与"民之役"对立起来,明确指出,官吏是人民的仆人,不是奴役人民的,而现实中的官吏却是"受其直,怠其事者,天下皆然。岂惟怠之,又从而盗之",只是由于他们握有权势,才使人民不能对他们加以黜罚。这就对吏治的黑暗腐败做了有力的抨击。他的《牛赋》,以寓言的形式表现自己的人生理想,实际也写出了他所理想的官吏的形象。耕牛活着勤劳耕作,而劳动所获却"输入官仓,己不适口。富穷饱饥,功用不有",死后更"皮角见用,肩尻莫保"。柳宗元更把"利满天下"的耕牛与曲意随势、不耕不驾的赢驴做对比,对那些贪权嗜禄的庸腐官僚给以辛辣的讽刺。《牛赋》表现的实际就是柳宗元提倡的那种为人民谋利益、不畏个人牺牲的精神。他自己在政治斗争中也正是发扬了这种为实现理想而不顾颠蹭、死而未悔的精神。但也应当指出,他所谓做"民之役",最高的奋斗目标是"讼者平,赋者均,老弱无怀诈暴憎","去其欺伪凌暴",使之"安于化导",也就是维持那种使人民得以休养生息的安定的统治秩序。所以这个口号也是有一定阶级内容的。

柳宗元早年就以"利安元元"为己任,称赞那些"能知生人艰饥羸寒、蒙难抵暴、捽抑无告、以吁而怜者",提倡"怜天下之穷氓"①的人生态度。他本人十分关心民间疾苦,在文章中对老农老圃、猎夫渔父、老校退卒表现出充分的同情。在他从政期间,努力为解除民困做些好事。就是在他被贬黜的艰苦生活条件下,他仍然感到"下愧农夫,上惭王官",觉得自己无所作为,愧对劳苦的人民群众。虽然他还看不到专制制度造成罪恶的根本症结所在,他的所做所为也只限于点点滴滴的改良,但他对人民的同情是真挚的,在当时是进步的,今天也是值得我们赞佩的。固然,他还不可能看到地主阶级与农民阶级之间的根本矛盾,他认为二者的利益是一致的,他只是在这种认识基础上,要为人民做些好事。但他那种"心乎生民"、甘为"民役"的精神却是一种值得称许的品德。正是在这种同情人民的思想指导下,形成了柳宗元积极变革现实的政治立场,使

①《送表弟吕让将仕进序》。

他提出了许多改革政治主张。

四

文学是运用形象思维反映现实的。而能否和如何反映人民群众这个历史活动的主体,乃是涉及文艺反映现实的深度及其思想价值的根本问题。因此,作家对人民的态度如何,对他的作品的成败是至关重要的。柳宗元重视"生人之意",使他写出了许多富有民主性精华的优秀文学作品。

在古代专制政治体制下,赋役是地主阶级剥削农民的主要手段。"安史之乱"以后,阶级矛盾日趋尖锐,人民的赋役负担也更为苛重。柳宗元的一些作品,尖锐而深刻地揭露了苛赋重役下人民遭受的苦难。

《捕蛇者说》在整个唐代文学控诉赋役之害的散文作品中,就其概括性的高度和表达的鲜明生动来说都是最为杰出的一篇。它取材新颖,含意深刻,有人曾正确地指出它是"出以寓言"①的文章。它描写的背景是永州,在唐代这里人口稀少,尚未开发,并不是朝廷赋税的主要来源地。但柳宗元通过这里的一个服特殊劳役的人——捕蛇者蒋氏之口,惊心动魄地叙述了广大农民在天宝以后六十年间在严重赋役下走死逃亡的情形,描绘了具有典型意义的苛吏逼赋的画面。文章运用了对比方法加以组织,用蛇之毒来比赋役之毒,用捕蛇之险来衬托赋役之害,深刻地说明了"苛政猛于虎"的道理。柳宗元以自己的笔代一个普通劳动者做出血泪控诉,从中也流露出他对人民的同情和解除他们困苦的愿望。

---

① 林纾:《春觉斋论文·流别论》。

《田家三首》是一组叙事朴实的五言古诗。作者以白描手法写出自己在农村中的见闻，意境真切，情感诚挚。第一首写农民起早睡晚，终年劳动，耗尽了精力，但结果是"尽输助徭役，聊就空自眠。子孙日以长，世世还复然"，这就把普通农民世世代代受压迫的事实揭露得极其朴实而又沉痛。第二首写一个胥吏催租的画面，农民被劫掠一空以后仍然遇到胥吏催租的威压，诗中描述胥吏吃着农民备办的宴席，对农民百般威吓，把催租场面刻划得极其鲜明。第三首写农民留客的朴实深厚的感情，"丰年"的馈粥和道路的不安，透露出阶级压迫造成社会动荡的后果。《田家三首》相当真实地反映了当时农村生活的面貌。

柳宗元有些作品从各个方面直接或间接地反映了与民生攸关的社会问题。例如贩卖奴婢是唐代的一个严重社会问题。当时宫廷、贵族、官僚、富豪大量蓄养奴婢，连柳宗元也有"僮"、"役夫"、"女隶"。奴婢来源主要在南方福建、黔中一带。朝廷虽然曾屡次明令禁止掠卖奴婢，但由于搞这些罪恶行径的是地方豪强，又得到地方官支持，所以朝廷诏令徒为具文。柳宗元根据一位曾在桂管观察使府中任职的友人杜周士[1]的叙述，写了《童区寄传》。其中不只生动地描绘和歌颂了一个小牧童区寄与两个掠卖奴隶的豪贼英勇机智斗争的故事，而且揭露了地方官借贩卖奴隶"因以为己利"，造成"户口滋耗"的严重后果。后来他到柳州任刺史，目睹掠卖奴隶"缚壮杀老啼且号"[2]的情形，深表忧虑。在自己的职务上，柳宗元为解放奴婢采取了一些措施。柳宗元《山水记》也从侧面反映了农民破产逃亡问题。在《钴鉧潭西小丘记》里，他记载了潭上居民

---

① 吴武陵有《送杜周士诗》，吕温《湖南都团练副使厅壁记》中有"京兆杜士"，当即为"杜周士"之讹。杜周士与他们的交游，当在元和初年柳宗元在永州时期，陈景云认为《童区寄传》中的"郴州"应改为"柳州"，并论定为柳州时期所作，根据不足。

② 《寄韦珩》。

"不胜官租私券之委积,既芟山而更居,愿以潭上田贸财以缓祸"。在《钴鉧潭记》里,他写到小丘上有唐氏的不到一亩的弃地,价止四百钱,多年不得售。这就反映了破产农民贱价卖田的情形。唐朝廷征收赋税,除粮帛等常供外,还要各地供方物。柳宗元的《连山郡复乳穴记》①写了为朝廷采石钟乳的"穴人"的艰苦生活和他们与官府的斗争。唐代服食风气很流行,石钟乳是制金石药的主要材料。柳宗元写朝廷命连州贡石钟乳,而"乳穴必在深山穷林,冰雪之所储,豺虎之所庐,由而入者,触昏雾,扞龙蛇,束火以知其物,縻绳以志其返,其勤若是,出又不得吾直",因而"穴人"只好罢工,欺骗官府说石钟乳已尽。柳宗元的这番叙述,揭示了唐朝供献方物制度的一个侧面。唐代的柳州是少数民族聚居地区,这里的民族矛盾很尖锐。柳宗元在任刺史时,值桂管观察使裴行立挑起对西原蛮黄氏部落的战争。柳宗元为此写了许多文书,表现出他思想上大汉族主义的局限性一面。但他在这个时期还写了一些生动描绘当地风俗民情的作品。如《柳州峒氓》,不但写出了山区少数民族居民的生活和习惯,而且表示自己"愁向公庭问重译,欲投章甫作文身",愿意成为少数民族的一员生活在他们之中。在中国文学史上,柳宗元第一个留下了以同情态度反映西南少数民族生活的记录。柳宗元的作品确实从多方面以同情的态度反映了当时人民的生活。

柳宗元的寓言文和"九赋"、"十骚"是艺术上很有特色的作品,其中有些是很有思想意义的篇章。例如《囚山赋》,描写楚越之交万山环抱的景象,发出了"侧耕危获苟以食兮,哀斯民之增劳"的呼声,使我们联想起屈原《离骚》"长太息以掩涕兮,哀生民之多艰"的慨叹。他的永州《三戒》中的《永某氏之鼠》,发挥了《诗经·硕鼠》主题,刻划了老鼠猖狂施虐的情景,给不劳而食、虐人害物的剥削

---

① 集题目为《零陵郡复乳穴记》,据世绿堂本注解校改。

者以辛辣的讽刺。《蝜蝂传》描写了一种想象出的喜负重登高的小虫,它们贪不知止,直到摔死了事,以比喻那些追求高官厚禄的人,预言了他们失败的命运。前面已提到的《憎王孙文》,不但猛烈抨击了王孙蹂躏草木,毁坏山林,隐寓统治者对人民的无限制的劫掠,而且在文章中还提出质问:"王孙兮甚可憎,噫,山之灵兮,胡独不闻?""王孙兮甚可憎,噫,山之灵兮,胡逸而居?"这就把批判矛头指向了皇帝。《骂尸虫文》、《宥蝮蛇文》等,也都从一定方面概括了统治阶级的罪恶,给以揭露和讽刺。

　　以上只举出一部分直接陈述人民饥苦、控诉统治阶级罪恶的作品。从中可以看出,柳宗元确实能以对人民的同情态度,比较真实地反映出当时人民生活的某些本质方面。而做到这一点,正是由于他具有重视"生人之意"的进步思想。这也给我们提供了一条历史教训,只有关怀人民,深入现实,才能开拓文学创作的新天地。

(《文学评论丛刊》第五辑,中国社会科学出版社 1980 年)

试论柳宗元的散文艺术

柳宗元的文学散文,特别是他的杂文、游记、寓言,有着独特的艺术成就,值得认真研究。本文拟就此做初步探讨。

"吾文宜叙事"

这是柳宗元在《送班孝廉擢第归东川觐省序》中引述过的别人对他的文章给予"宜叙事"的评价(本文所引柳文,均据上海人民出版社一九七四年排印本《柳河东集》,以下只标篇目)。他还曾称赞杨凌"遍悟文体,尤邃叙述"(《杨评事文集后序》)。可见他很重视叙事技巧。刘禹锡读了他的《筝郭师墓志》,也称赞其叙事"曲尽",使人"如闻善音,如见其师。寻文喭事,神骛心得"(《与柳子厚书》,《刘宾客文集》卷十)。这也指出了他的散文长于叙事的特点。

生动委曲的叙事,是散文写作的基本手法之一。从散文的历史看,这种艺术技巧,主要是在《左》、《国》、《史》、《汉》的历史散文和屈、宋、贾、马的辞赋中发展起来的。但是,唐代古文运动的先驱者倡导文体复古,却大都鄙薄屈、宋和两汉以下文章。例如,萧颖士说:"有汉之兴,旧章顿革。马迁唱其始,班固扬其风,纪传平分,表志区别,其文复而杂,其体漫而疏。事同举措,言殊卷帙,首末不足以振纲维,支条适足以助繁乱。于是圣明之笔削,褒贬之文废矣。"(《赠韦司业书》,《全唐文》卷三二三)贾至、元结、独孤及、柳冕等人也有相似的看法。这些人在理论上树立了一个追踪经典的堂皇却又迂阔的目标,没有看到古代史传文学和辞赋文学在艺术表现手段上的丰富与进步,包括对于叙事技巧的发展。直到韩、柳出来,才对古典散文长期积累起来的遗产采取了"含英咀华"、"旁推交通"的态度,也才充分继承和发扬了前人的叙事艺术。柳宗元非常景仰屈原和司马迁的文章,他写的散文,也很少空疏肤阔地去讲道理,善于通过条理清晰、委曲生动的叙事表达主题。

例如他的《种树郭橐驼传》等传记体文章,顾炎武认为是"稗官之属"(《日知录》卷十九),鲁迅指出是"幻设为文"(《中国小说史略》),这是综合了政论、寓言、史传文体的独特的传奇文。它们"以寓言为本",每一篇都讲一个道理,但却是通过生动的故事来表现的。《种树郭橐驼传》一开头用简单的笔墨写了一个残废人种树"硕茂早实以蕃"的高超技巧,然后又借用他的口,说出善于顺木之性的决窍,并批判了那种"虽曰忧之,其实雠之"的错误作法,从而得出治理天下要遂人之欲的结论。又如《宋清传》,先简洁地叙述了"自山泽来者"、"长安医工"、"疾病疕疡者"、"不持钱者"到宋清处求医的反应,然后着重写了他焚弃债券、不谋近利的情节,从而表现了待人处事"取利远,远故大"的主题。

柳宗元的许多说理的或论战的杂文也善于因事立题,借事明理,而不是空讲义理。如《连山郡复乳穴记》("连山",原题作"零陵",据世绦堂刻本注解校改),写的是反对暴役暴赋的主题。但作者选取了一个开采石钟乳的故事,写连州上贡的石钟乳怎样停产告罄,新刺史上任后怎样又恢复了生产,人们怎样认为这是祥瑞,"穴人"又怎样揭露了真相:原来是由于官府"贪戾嗜利",奴役"穴人"不给报酬,所以他们谎报石钟乳采光了。通过这样一个颇有"喜剧"意味的故事,不但深刻揭露了暴敛害民的现实,肯定了"穴人"与官府的斗争,而且具体表现了作者那种"休符不于祥于其仁"（《贞符》）的观点。又如《序棋》,写了堂弟宗直、宗一与友人房直温弹棋的一段故事,通过制作棋子,比拟升迁变化如棋局,贤不肖混杂不分的社会现实。柳宗元就是这样通过生动的叙事,表达了哲学的、政治的或其他方面的重大主题。这种写法,使文章内容切实,饶有情趣,意味深长。

生动的叙事依赖于对现实的体察。柳宗元和韩愈一样讲"文以明道",但他所说的"道",是"辅时及物"、"思利乎人"的"大中之道"。因而,明道之文也就不能盗窃陈篇或空谈义理,而必须惠及生物,反映现实。他早年是一位立志改革的进步政治家。被贬官以后,身为流囚,与农夫渔父、谪吏流人为伍,更能深察社会积弊,了解民间疾苦。现实生活给了他大量素材,当他写作的时候,就有无数生动的故事供他叙说、铺衍。他的散文中所"叙"之"事",是他提炼生活的结晶。

"漱涤万物,牢笼百态"

柳宗元又自称他善于"漱涤万物,牢笼百态"（《愚溪诗序》）。他具有高超的形象描绘的技巧,特别是在摹写自然景物方面,博览物象,穷态极研,创造出富于诗情的山水画面。这成为他对散文艺术的一大贡献。

柳宗元描写自然景物,特点是细腻而优美。但细腻不伤于雕琢,优美不流于华靡。他善于以清词丽句生动刻划出一山一水、一树一石的细微之处;同时又能以简洁的笔触,勾勒出整体的印象。例如仅二百余字的《钴鉧潭记》,不只清清楚楚地写出潭水的位置、成因、形状、购置的经过,而且抓住特征,生动地描绘出"颠委势峻,荡击益暴"的溪流，"流沫成轮"的潭水，以及"有树环焉，有泉悬焉"
的钴鉧潭全貌，把一幅充满诗意的风景画呈现于读者之前。又如
《至小丘西小石潭记》：

> 从小丘西行百二十步，隔篁竹，闻水声，如鸣佩环，心乐
> 之。伐竹取道，下见小潭，水尤清冽。全石以为底，近岸卷石
> 底以出，为坻为屿，为嵁为岩。青树翠蔓，蒙络摇缀，参差披
> 拂。潭中鱼可百许头，皆若空游无所依。日光下澈，影布石
> 上，怡然不动，俶尔远逝，往来翕忽，似与游者相乐。潭西南而
> 望，斗折蛇行，明灭可见。其岸势犬牙差互，不可知其源……

这里未写潭水，先闻水声，而水声如佩环叮当；既写潭水，又见水
色，这水不仅给人以视觉上的"清"，还给人以触觉上的"冽"。水底
的怪石，水上的绿树，有形有色地烘托出优美的背景。然后着力写
水中游鱼：鱼群在石底上的投影衬托出水的清，鱼群怡然不动表现
了环境的静，而游鱼"与游者相乐"更把人带向一个物我无间的境
界。前面由潭外写到潭上，接着由潭上以见潭外：流入潭中的溪水
"斗折蛇行，明灭可见"，鲜明准确地再现了阳光照耀下的溪流给人
的视觉印象。

柳宗元笔下的自然山水，生动活泼，充满生机。他善于以动写
静。他写的那如奔突怪兽的巨石，如弹琴奏乐的溪水，似乎都在有
意向人"回巧献技"。请看《袁家渴记》的一段：

> 舟行若穷，忽又无际。有小山出水中，山皆美石，上生青
> 丛，冬夏常蔚然。其旁多岩洞，其下多白砾，其树多枫、柟、石
> 南、楩、楮、樟、柚，草则兰芷。又有异卉，类合欢而蔓生，轇轕
> 水石。每风自四山而下，振动大木，掩苒众草，纷红骇绿，蓊葧
> 香气，冲涛旋濑，退贮溪谷，摇飏葳蕤，与时推移。其大都
> 如此。

这个荒僻的溪谷，被他写得如许景色迷人。描述山风的一段只用

二十几个字,写得风声、树色、花香、水啸,纷至沓来,气象万千。

柳宗元描绘的山水景物是有个性的。写山,永州的与柳州的不同;写水,黄溪深潭与小石潭不同,石涧与冉溪各异。

柳宗元写人,也善于刻画形容。他在写种树老人、梓工(《梓人传》)、牧童(《童区寄传》)时,都能通过简洁的外貌、行动、语言的描绘,突现出具有个性的人物面貌。还可举一例。《鞭贾》中这样描写一个奸商:"市之鬻鞭者,人问之,其贾直五十,必曰五万。复之以五十,则伏而笑。以五百,则小怒;五千,则大怒。必以五万而后可。"寥寥几笔,就把他欺诈奸狡的丑态揭露得淋漓尽致。至于柳宗元那些因物肖形的寓言,也正因为生动地刻划出黔之驴、蝜蝂、永某氏之鼠等生动的形象,才有力地表现了寓意,获得强大的艺术力量。

"感激愤悱……形于文字"

柳宗元当年描写的零陵西山、冉溪等处,在南国风光中本算不得什么胜境,但在他的山水记里,却都成了四方胜地。柳宗元在游历山水时,常常心情也并不愉快,可是写在山水记里,每一处平凡景致却都千娇百媚,以至使他"乐居夷而忘故土"。他所描绘的自然,已不是客观景物的机械复制,而是充满了他的爱憎和理想的艺术创造。他谈到写诗,曾主张"感激愤悱……形于文字"(《娄二十四秀才花下对酒唱和诗序》),后来人也常常说他"文有诗境"。他写景,则情景交融;写物,则物我无间;写人和事,无不表现出热烈的爱憎。

柳宗元在诗中说:"投迹山水地,放情咏《离骚》。"(《游南亭夜还叙志七十韵》)他的山水记,实际是他的抒情诗。他极力写山水

的秀美,来寄托自己的情操,抒发对丑恶现实的愤懑。他曾在《钴鉧潭西小丘记》中直抒感慨说:

> 噫!以兹丘之胜,致之澧、镐、鄠、杜,则贵游之士争买者,日增千金而愈不可得。今弃是州也,农夫渔父过而陋之,贾四百,连岁不能售。而我与深源、克己独喜得之,是其果有遭乎!书于石,所以贺兹丘之遭也。

在《小石城山记》的最后,他更借山水的被弃置,引发出关于“造物者”有无的议论。这都表明,他写山水,实际是在写自己,写自己对现实的看法和感慨。

正因此,柳宗元表现自然,从不是呆板地刻镂描摹,他总是描绘人的主观感受中的自然。例如他在《始得西山宴游记》里,就不仅是去细写西山的山势或山上风物,而侧重于抒发自己登山时眼界为之一开,心神为之一振的胸怀。接下来写日落以后,“苍然暮色,自远而至”,真切地再现了黄昏时人的视野逐步缩小的主观印象,而用拟人的手法写“暮色”的来临,表达上也十分别致。他在《钴鉧潭西小丘记》中写到小丘修整后,“嘉木立,美竹露,奇石显。由其中以望,则山之高,云之浮,溪之流,鸟兽之遨游,举熙熙然回巧献技,以效兹丘之下。枕席而卧,则清冷之状与目谋,瀯瀯之声与耳谋,悠然而虚者与神谋,渊然而静者与心谋”,这就不只描绘了自然景物的美,而且突出了自己努力创造和欣赏自然美的美好心情。这种情景交融的写法,使他的作品形象鲜明,充满诗情画意。

柳宗元的其他散文作品,也往往表现出强烈的主观感情。著名的《捕蛇者说》,描写一个在死亡线上挣扎的捕蛇人的悲惨遭遇,不但主人公在叙说身世时涕泪交流,作为叙述主体的“我”也悲愤不已,而利用蒋氏之口说出的人民在暴赋酷役之下走死逃亡的情景,更是字字血泪。柳宗元寓言文中的寓言形象,也都是对现实社会中某种人或某种现象的尖锐讽刺,表现出强烈的主观爱憎。

唐人论文,一般是"尚理、尚气"(权德舆《醉说》,《全唐文》卷四九五),而不尚"情"。柳宗元是一位对现实感应十分热烈、具有诗人气质的人,特别由于长期受压抑,内心矛盾郁积无可发泄,借文以抒愤懑,形成其散文的强烈抒情性特点。

"俳又非圣人之所弃"

文不废俳是柳宗元在散文理论上的一个创见,也是他散文创作的又一特色。

"俳",俳谐、戏谑的意思。西汉以来,散文中出现了扬雄的《逐贫赋》,王褒《僮约》等以调谑、讥嘲笔法写的俳谐文。这种文体,丰富了散文的表现手段,增加了作品的情趣,在文学史上是有一定价值的。但后来一般古文家都强调诗文"雅正",对俳谐文以至"俳语"表示蔑视。韩愈由于写过这类文章,被张籍指责为"多尚驳杂无实之说"(《上韩昌黎书》,《全唐文》卷六八四),裴度也批评他"不以文立制,而以文为戏"(《答李翱书》,《全唐文》卷五三八)。对他的《毛颖传》,社会上的反映是"大笑以为怪"。柳宗元在永州贬所,读到过访的杨诲之从长安带来的《毛颖传》,听说对它的批评,郑重地写下了《读韩愈所著〈毛颖传〉后题》一文。

柳宗元首先赞扬《毛颖传》给人以"若捕龙蛇,搏虎豹,急与之角而力不敢暇"的奇特不凡的印象。接着批评那些嘲笑韩文的人是"模拟窜窃,取青媲白,肥皮厚肉,柔筋脆骨,而以为辞者"流,并正面提出"俳"是有益于世的。他联系《毛颖传》的创作实际设问道:"将弛焉而不为虐欤? 息焉游焉而有所纵欤? 尽六艺之奇味以足其口欤?"意思是说,写文章不应把弦拉得太紧,应当起到娱乐作用,满足人们多样的艺术趣味。这篇文章不只是对《毛颖传》的精彩评论,而且提出了关于散文风格与表现方面的重要看法。

　　柳宗元写了许多俳谐体的文章。他巧于利用嘲谑、讽刺、反语、夸张等手法,有时故做翻案文章,文思机智,言词幽默。如《乞巧文》、《愚溪对》、《起废答》、《鞭贾》等作品,都以嘻笑怒骂的形式表达了严肃的思想内容。《乞巧文》设七夕乞巧对天神的一番祷告,极力形容我之"拙"和人之"巧",实际是对社会上那些谄谀佞媚之徒进行了淋漓尽致的揭露。最后青袖朱裳的仙人给了"坚汝之心,密汝所持"的答复,自己也表示要安于"抱拙终身",倾吐了坚持操守的决心。《愚溪对》则假托自己与冉溪溪神的对问,解释改溪名为愚溪的理由,其中处处说我之"愚",实则是表白自己性不谐俗、众醉我醒的高洁品格。作者那段高度夸张而又富于幽默感的"愚说",塑造了一个被压抑的有志之士执着理想、不避艰危的形象,抒写了作者身世坎坷、不为世容的激愤。柳宗元说过:"嘻笑之怒,甚乎裂眦,长歌之哀,过乎恸哭!"(《对贺者》)这些以俳谐之语出之的散文,往往更深刻沉痛地表现了严肃的具有社会意义的主题。

"文益奇"

　　柳宗元反对贪常嗜琐、鱼馁而肉败的陈腐文风,提倡文章"猖狂恣睢"(《答韦珩示韩愈相推以文墨事书》),强调一个"奇"字。他曾批评当时文坛:"为文之士亦多渔猎前作,戕贼文史,抉其意,抽其华,置齿牙间。遇事蜂起,金声玉耀,诳聋瞽之人,徼一时之声。"(《与友人论为文书》)他的散文创作,正如韩愈所说,"为词章,泛滥停蓄,为深博无涯涘"(《柳子厚墓志铭》,《韩昌黎全集》卷三十二),

多有新的立意,新的构思,新的语言,艺术表现上多奇变,避平庸,很富独创性。

　　这里主要谈谈他在构思方面的技巧。散文的构思要"散",要随意抒写,最忌呆板。但又不能松松垮垮、杂乱无章,要把"散"化为经过巧妙安排的艺术整体。柳宗元在这方面表现出非凡的匠心。例如他的《捕蛇者说》,庞杂的内容在短短的一篇文章中写出,很容易流于松散和空泛;而当时揭露赋役苛暴的诗文又相当多,如没有新的构思,也很难取胜。柳宗元正是以独特的构思取胜。他集中写一个服特殊劳役的人——捕蛇者,先写蛇之毒,用毒蛇之害来衬托赋敛之害,然后又借蒋氏的叙述,把捕蛇的劳役与一般的赋役做了对比,从而展现了天宝以后六十年间广大农民破产流亡的悲惨画面。层层对比,产生了惊心动魄的艺术效果,使这篇散文成为古典文学同类作品中最有艺术力量的篇章之一。

　　再譬如,科场腐败也是中唐时期政治上的严重问题。当时反映这方面情形的文章也不少。但柳宗元的《贺进士王参元失火书》却有独特的构思。文章开头说:

　　　得杨八书,知足下遇火灾,家无余储。仆始闻而骇,中而疑,终乃大喜。盖将吊而更以贺也。道远言略,犹未能究知其状。若果荡焉泯焉而悉无有,乃吾所以尤贺者也……

失火而贺,立题就很奇特。开头这一段,写自己听到朋友家失火由骇而喜,转吊为贺的心情,可谓语语出奇。但接下去,作者解释心情如此变化的道理,却表明以上所说并非戏言。他一方面指出王参元是豪富子弟,虽然能文章,善小学,但由于家饶于财,为好廉名者所避忌,因而以积货而累真才;另一方面表明自己虽曾为之延誉,但由于王的豪富,终恐扬其善而受谤。这次一把大火,把家产烧光了,反倒给了他显扬才名的机会。这样,就以奇特的构思,曲折地反映了当时以财论交的腐败世风和科场上权豪弄权、贿赂公行的积弊,以及自己对这些的鄙弃。

柳宗元构思时喜用比喻、夸张、联想、类比的手法,从平凡的现实或历史材料中出人意表地引发有意义的主题思想。例如《观八骏图说》,从对于一幅流传很广的图画的评论,引申到对人才的发现和选拔,说出了求圣人于凡人之中这样一个很有理论价值的思想;《复吴子松说》,则通过讨论松树奇异纹理的形成,以比附人的气质,说明人性善恶是"气之寓"而不是天定的;《设渔者对智伯》则借用历史传说,选择春秋时晋国智伯兼地夺城一段历史插曲做寓言,寓言中又套了一个渔父讲的群鱼争食的寓言,对拥兵割据、贪得无厌的强藩做了尖刻的讽刺……这样的构思奇趣横生,不落俗套,很有表现力。

至于柳宗元在用语方面"善造语"(《东坡题跋》卷二)也是很突出的。只要看看柳宗元山水记描摹山水,用语多么新颖生动,就可以认识柳宗元在语言创新上的功力。写水声"如鸣佩环","响若操琴"、"类毂雷鸣",写流水的形象"来若白虹"、"流若织文"、"斗折蛇行",都发前人之所未发,表现得极其鲜明贴切。而柳宗元"造语"的奇,并不是有意追求怪僻,而是寻求最能表现客观实际的新颖的语言,因而行文的"奇"也就不悖于意义的明白晓畅。这是与只在雕琢字句上下功夫的形式主义做法全然不同的。

"意尽便止"

柳宗元论创作,要求"参之太史公以著其洁"(《答韦中立论师道书》),他还称赞"毂梁子、太史公甚峻洁"(《报袁君陈秀才避师名书》)。行文尚洁,是柳宗元散文创作的又一特点。

怎样叫做"洁"?柳宗元自己有一段话可作为注解:"吾虽少为

文,不能自雕斫,引笔行墨,快意累累,意尽便止,亦何所师法? 立言状物,未尝求过人。"(《复杜温夫书》)"意尽便止",即要没有冗词赘语,妥帖真切。"洁"的对立面是"雕琢"。刻意形容,追求藻绘,形式超过了内容,也就谈不到"洁"。他的散文清新明快,峻洁廉悍,绝没有含混、拖沓、雕琢之弊。以《送薛存义序》为例,全文仅二百四十一字。写赠序这类文字,本来有一套程式,要叙说缘由、夸赞人物、祝福前途、表示友谊等等,但柳宗元摆脱了这个老套子,他一开头就说:

> 河东薛存义将行,柳子载肉于俎,崇酒于觞,追而送之江浒,饮食之,且告曰……

接下来就极其精辟地提出了"官为民役"的主张,并据以批判吏治腐败的现实,警告官逼民反的危机,而在谆谆告诫之中,对友人的深情和期望溢于言表。清洗了一切客套浮词,在简洁的形式里表现出极丰富的内容。

又如《永州龙兴寺息壤记》,仅一百九十五字。为了辨明所谓"息壤"的真象,作者先说明了当地有关息壤的传说,然后杂引经典,以见息壤之说的恍惚不经,又提出了自己的"劳者先死"的解释,做出了"土乌能神"的论断。短短的篇幅里,有考证,有批驳,有正面立论。通过辨析一事,从几个侧面批判了迷信观念。

柳宗元的散文特别讲究开头和结尾,做到忽然而来,戛然而止。开头不故做姿态,明快显豁;结尾不拖沓累赘,又余味无穷。刘禹锡曾回忆柳宗元批评韩愈的《平淮西碑》:"韩碑兼有帽子,使我为之,便说用兵讨叛矣。"(王谠《唐语林》卷二)柳宗元的许多散文都是这样别无假借、即事写起,而文章结尾"必有一句最有力量、最透辟者镇之"(林纾《韩柳文研究法》),收束得斩钉截铁,而又富有深意。

特别应当指出的是,柳宗元反对雕章琢句,并不是安于平庸浅陋。他激烈抨击"骈四俪六,锦心绣口"(《乞巧文》)的华艳文风,后来从他这两句话里概括出的"骈俪文"、"四六文"的称呼,几乎成了形式主义文风的恶谥。但他并不一般地反对对偶和词藻。从散文发展说,对偶、声韵、词藻都是汉语文学形式美的重要因素。懂得"言而不文则泥"(《答吴武陵论〈非国语〉书》)的柳宗元,并不一味地追求单行和古朴。他写作骈文有很好的素养。后来转而写"古文",也不废偶对之言,瑰丽之词,且很重视语言的节奏感和声韵美。他的文章散体单行中杂以骈语,明丽而又流畅。特别是他的山水记,更骈散间行,语言优美,乃是一首首散文诗。

(《南开学报》[哲学社会科学版],1980 年第 3 期)

论韩愈散文的艺术成就

对于韩愈的评价,历来分歧较多。但他的散文具有高度的艺术性,并对后代散文发展产生了重大影响,则是不容否认的历史事实。本文仅就韩愈散文创作的艺术方面,略做分析。做好这件工作,对我们继承韩愈的散文遗产,总结古典散文的艺术规律,提高当前散文创作的艺术水平,是会有一定益处的。

一

唐人赵璘《因话录》说,"元和中,后进师匠韩公,文体大变"。革新文体,是韩愈所倡导的"古文运动"的一个主要内容,也是他在散文史上的一大贡献。讲韩愈的文体革新,一般都强调他大力改革了东汉以后发展起来的骈文,在恢复三代、秦、汉散体单行的行文体制的基础上,创造出一种新型"古文"文体。这种评价单纯从以"散"代"骈"上来肯定韩愈的文体改革,是很不够的。韩愈改革"绣绘雕琢"的"俗下文字",不仅在行文上打破了骈文偶体双行的束缚,更彻底破除了骈文在体裁、结构、表现技巧等方面的凝固程式,实现了文体的全面大解放。六朝骈文的要害不只是骈俪化,还在于当时的各类文章形成了一套程式。这套人为的、凝固的程式掩饰着空洞、虚伪、含混的内容，成为表达内容的障碍。这种形式脱离内容、形式束缚内容的现象，使骈文表现出严重的形式主义倾向。韩愈在以"散"代"骈"的同时，以宏大的气魄和创造力，大胆、全面地冲绝了这套形式。这是他实行文体改革的彻底之处，也是他的"古文"得以成功的原因之一。就以碑志文体来说，六朝到初唐的碑志在内容和形式上都形成了僵死的格式。内容上不外是铺叙阀阅，记述历官，歌功颂德，虚伪不实；表现形式上讲究铺排事典，溢美夸饰。这是一些华而不实、含混模糊的官样文章。韩愈在历史上曾受到"谀墓"的苛评，他也确实写了些溢美隐恶的文章，但他更写了许多具有一定积极内容的碑志作品。而在写作方法上，更完全打破了固有的碑志格式，达到高度的艺术水平，因而后来有"韩碑杜律"的赞词。他的墓志，善于使用艺术概括的方法，巧于摹写，注意剪裁，把精辟的议论、真挚的抒情运用于其中，注重刻划人物，突出中心，使这些作品成为"一人一样"的生动的传记文。如曾被王安石称赞的《试大理评事王君墓志铭》，写的是一个无资地的"奇男子"王适。前一半，选取他"缘道歌吟"、趋直言试；蹐门见金吾李将军、自称"天下奇男子"；不应强藩卢从史之召、斥为"狂子"等几个情节，描绘了一个深明大义而又玩世不恭，身世坎壈而又乐观豪放的下层知识分子形象。后一半，写了他伪造告身骗娶侯氏女的喜剧性的故事：

> 初，处士将嫁其女，惩曰："吾以龃龉穷瘁，一女，怜之，必嫁官人，不以与凡子。"君曰："吾求妇氏久矣，惟此公可人意，且闻其女贤，不可以失。"即谩谓媒妪："吾明经及第，且选，即官人。侯翁女幸嫁，若能令翁许我，请进百金为妪谢。"诺，许白翁。翁曰："诚官人耶？取文书来！"君计穷吐实。妪曰："无苦，翁大人，不疑人欺我，得一卷书粗若告身者，我袖以往，翁见，未必取视，幸而听我，行其谋。"翁望见文书衔袖，果信不疑，曰："足矣。"以女与王氏……

这里用了传奇小说笔法，描摹人物语言、情态颇为生动活泼。像这样的墓志，完全改变了六朝"铺排郡望，藻饰官阶，殆于以人为赋，更无质实之意"（章学诚《文史通义》外篇卷二《墓铭辨例》）的写法。

裴度评论韩愈，说他"恃其绝足，往往奔放，不以文立制，而以文为戏"（《寄李翱书》），也正指出了他在文体上超然于程式束缚之外的特点。像壁记一体文章，一般是记述官秩创置和迁授始末的。但韩愈《蓝田县丞厅壁记》开头一段，却描绘了一个县丞签署文书的场面，对当时吏治的腐败、官场的因循给以微妙的讽刺。送序一体文章，一般是记叙事由、祝福前程、表示友谊的，但韩愈《送李愿归盘谷序》，却以主要篇幅对比着描绘了自由放达、傲世绝俗的隐逸生活和官场中投机钻营、蝇营狗苟的腐败风气。又如传记体文章《毛颖传》可算做传奇，柳宗元曾以此论定韩愈"怪于文"（《柳河东集》卷二十一）；《圬者王承福传》则有明显的政论和寓言成分。我国古典散文脱离了著论立说的著述体制，形成各种具有一定格式和表现特点的"篇什"文体，是在东汉到魏、晋时期。这也是鲁迅所谓的"文学的自觉时代"。从陆机《文赋》和挚虞《文章流别论》开始，六朝的文体论大为发展，正是文学形式进步的标志。但在这个过程中，形式主义也发展起来，在骈俪体制下，各类文章形成了固定的格式，使文章脱离了社会实际，成了"绣绘雕琢"的"无益之文"。在韩愈以前，曾有许多人试图改革文体，有的只是追踪经典、摹拟古人，有的仅仅着眼于语言的古朴无华，但都没有在创造新文体上表现出韩愈这样的气魄和创造力。韩愈不仅打破了各类骈文的程式，也打破了各种体裁的界限。他几乎可以用各种体裁、在各种题目下，自由地记叙、描写、议论、抒情，他利用"古文"写人、记事、议政、论学、反映时事、评论历史、抒写心迹、发抒感慨，为古文开拓了广阔的表现天地。

柳宗元评论韩愈文章"猖狂恣睢"（《柳河东集》卷三十四），皇甫湜说它们"茹古涵今，无有端涯，浑浑灏灏，不可窥校"（《皇甫持正集》卷六），苏洵则说它们"如长江大河，浑浩流转，鱼鼋蛟龙，万怪惶惑"（《嘉祐集》卷十一），实际上这都指出了韩愈在文体上冲破陈规、大胆创新的特点。但韩愈对旧传统的突破，却是基于表达内容的需要，又汲取了散文长期发展的艺术成果，并不是磔裂文理、扰乱旧章，也不单纯追求"怪怪奇奇"，而是在尊重艺术规律的基础上对散文文体的一次大解放、大发展。在我国文学发展史上，从韩愈的"古文"开始，形成了一种既不同于三代、秦、汉辨理论事质朴无华的著述之文，又不同于六朝讲究偶对声韵、使典用事、华词丽藻的"篇什"之文的新型散文。韩愈不仅自己利用这种文体写了许多艺术上的杰作，而且为以后散文发展开拓了道路。

二

　　韩愈是语言大师。他的散文成就，很重要的一方面表现在语言的创造上。对于散文创作来说，语言艺术的成就是标志其整个艺术水平的重要因素。我国古代散文从来就有富于提炼和推敲语言的传统。韩愈在散文语言上的成就，是他对文学的一大贡献。韩愈认识到"辞不足不可以为成文"（《答尉迟生书》）。他说自己自幼以来，即"念终无以树立，遂发愤笃专于文学"（《答窦存亮秀才书》）。他所谓"文学"，是指"古文"之学。他十分重视"文辞"在创作中的作用。他说："昔者圣人之作《春秋》也，既深其文辞矣。"（《重答张籍书》）他称赞友人"悦《孟子》而屡赞其文辞"（《送王秀才序》）。他还说"近怜李、杜无检束，烂漫长醉多文辞"（《感春四首》）。他自己的创作也努力做到"丰而不余一言，约而不失一辞，其事信，其理切"（《至邓州北寄上襄阳于頔相公书》），"沉潜乎训义，反复乎句读"（《上兵部李侍郎书》），在学习、提炼、创造语言上下了很大工夫。

具体讲,韩愈"古文"的语言艺术成就表现在以下几个方面:

(一)口语化。韩愈对于"言"、"文"关系有一个颇为辩证的看法:"人声之精者为言,文辞之于言,又其精也。"(《送孟东野序》)就是说,"文辞"是精炼的口头语言。他主张"文从字顺各识职"(《樊绍述墓志铭》),所谓"文从字顺"就包含着合乎口语习惯的要求;他又主张"词必己出"(同上),所谓"己出"也有来自当代口语的意思。骈文雕琢藻饰,言、文严重脱离。韩愈写"古文",在改造这一状态上下了很大力气。同样的道理,他也不字模句拟地效仿古人的语言。他评孟郊诗说:"横空盘硬语,妥帖力排奡。"(《荐士》)评贾岛诗说:"奸穷怪变得,往往造平淡。"(《送无本师归范阳》)他要求经过艰苦锻炼、反复推敲而使语言达到"妥帖"、"平淡"的境地。他提倡的这种言文比较一致、文从字顺的语言,以保证文笔的流利畅达、字稳句妥。这种语言,适宜于鲜明活泼地描写、议论、抒情,在行文中把生动细腻的文情语调表达出来。

(二)形象性。韩愈要求文章"引物连类,穷情尽变,宫商相宣,金石谐合"(《送权秀才序》),他十分注意语言本身的形象性。对散文创作来说,形象化的语言是其艺术性的重要方面。韩愈的语言,从一个词语,一个句子,到一段议论,一段叙述,用语形象生动。例如《与孟尚书书》中形容儒道危机:"汉氏以来,群儒区区修补,百孔千疮,随乱随失,其危如一发引千钧,绵绵延延,寝以微灭。"又如《进学解》写到自己刻苦攻读:

> 口不绝吟于六艺之文,手不停披于百家之编,记事者必提其要,纂言者必钩其玄,贪多务得,细大不捐,焚膏油以继晷,恒兀兀以穷年。

这种透辟的议论、生动的描述,得力于形象化的语言。韩愈还以"善造语"著称。就以有名的《画记》来说,连用六十二个"者"字,生动地形容人物、马匹的动态,例如写人的"偃寝休者二人,甲胄坐睡者一人,方涉者一人,坐而脱足者一人",写马的"痒磨树者,嘘者,嗅者,喜而相戏者,怒相踶啮者"等,都用几个字描摹出物态神情。在韩文中,像"伏首帖耳"、"剥肤椎髓"、"万目睽睽"、"冥顽不灵"、"杂乱无章"、"垂头丧气"等等极其形象的新鲜词语,比比皆是。这些词语的运用,大大增强了文章的感染力量。

(三)形式美。骈文用一种呆板、僵死的句式、音律限制了文章的表达,形式淹没了内容。韩愈打破了骈文语言形式上的桎梏,但却注意发挥音节短长、语气缓急、音调抑扬、句式组织等形式美的表达作用。他说过:"气,水也;言,浮物也。水大而物之浮者大小毕浮,气之与言犹是也。气盛则言之短长与声之高下者皆宜。"(《答李翊书》)他讲"文气",和"言之短长与声之高下"联系起来,看到文章语言的声调节奏在形成文章气势上的作用。他解放了骈体,但却善于根据表达内容的需要运用排比对偶、声调节奏,力避散缓、艰涩,使文章音调优美、节奏铿锵,句式整齐、和谐而多变化。就以有名的《原道》为例,这篇文章的内容正如许多人指出的,其辟佛的基本论点傅奕等人早已讲过了,攻击佛教唯心主义也未中要害,但它确有一种义正辞严、气壮声宏的雄辩力量,这主要是由于它语言组织和声韵节奏的运用,造成一种高屋建瓴、势如破竹的气势。如说:

> 周道衰,孔子没,火于秦,黄、老于汉,佛于晋、魏、梁、隋之间,其言道德仁义者,不入于杨,则入于墨,不入于老,则入于佛。入于彼,必出于此。入者主之,出者奴之;入者附之,出者污之。噫,后之人其欲闻仁义道德之说,孰从而听之?

这里灵活地运用了排比对偶、音节整齐的短句,于变化中见整饬;把"火"、"黄"、"老"、"佛"等名词做动词用,表达简劲生动;短促重叠的句式又传达出为复兴儒道而斗争的迫切感。又如《柳子厚墓志铭》，感叹友人遭际，揭露世风浮薄，用了八十多字的长句：

> 士穷乃见节义。今夫平居里巷相慕悦，酒食游戏相征逐，
> 诩诩强笑语以相取下，握手出肺肝相示，指天日涕泣，誓生死
> 不相背负，真若可信；一旦临小利害，仅如毛发比，反眼若不相
> 识，落陷阱不一引手救，而反挤之又下石焉者，皆是也。

这个一气贯注、极尽形容的长句子，利用它的语气，表达了郁积内心的深沉不平之气；句式很长，但组织上曲折婉转却又畅达整齐；用五个“相”字构成的排比句式，极力刻划世人虚伪狡诈的鄙陋面目。由此可见，韩愈在批判骈文时，并没有抛弃骈偶、声韵、词藻等构成文章形式美的因素，而是把它们“消化”到“古文”之中了。

（四）提炼词语。韩愈说：“愈之志在古道，又甚好其言辞。”（《答陈生书》）他又自诩“奇辞奥旨，靡不通达”（《上兵部李侍郎书》）。他善于从口语中提炼语言，也善于学习古人有生命的语言。在他的文章里，口语、古语、僻语、奇语，“瑰怪之言，时俗之好”，“荒唐之言，悠谬之词”，都被吸取、运用。他不是把这形形色色的语汇胡乱杂陈，而是精心推敲，自铸伟辞。这样，他的语言形成了五彩缤纷、汪洋恣肆的洋洋大观。他的许多用语极其精炼准确，鲜明生动，富于表现力量，已成为汉语中的成语。一篇《进学解》就留下了几十个成语。前面引用的《柳子厚墓志铭》，只是韩文中普通的一段话，就包含着“酒食征逐”、“诩诩笑语”、“誓不相负”、“临小利害”、“如毛发比”、“落阱下石”等生动语汇。他善于把排比偶对紧缩到词语之中，用比拟、形容、夸张的方法构成富于表现力的短语，如“刃迎缕解”、“间见层出”、“出类拔粹”、“虚张声势”、“伤风败俗”、“愤世嫉邪”、“闲居独处”、“闻道有先后，术业有专攻”、“事修而谤兴，德高而毁来”、“足将进而趑趄，口将言而嗫嚅”、“业精于勤而荒于嬉，行成于思而毁于随”等等。创造出这种语汇本身就是艺术上的杰作。

（五）善用虚词。大量运用虚词，是唐、宋以来文体变化的一个标志。骈文在虚词的运用上也是程式化的。而后来的有些"古文"家认为多用虚词会使文气卑弱散缓，结果造成行文涩滞。而韩愈善用虚词以壮文势，以广文义，不但使音节语气灵活多变而又真切动人，而且有助于传达文章情意。著名的例子如前举《画记》中用"者"字。同样，如《送浮屠文畅师序》的结尾，谈到告佛徒以儒者之说：

> 夫不知者，非其人之罪也；知而不为者，惑也；悦乎故不能即乎新者，弱也；知而不以告人者，不仁也；告而不以实者，不信也。

这是五个表判断的排比句，都用"也"字结尾，判断语气斩钉截铁，而贯穿起来，气势"如破竹一段"（盛如梓《庶斋老学丛谈》）。又如名作《杂说》（四）仅一百五十一个字，虚字就用了四十多个，其中说到"是马也，虽有千里之能……"，用"也"表示提顿，把对"马"的同情和赞叹突显了出来；下面"……且欲与常马等不可得，安求其能千里也……"用表让步的"且"字领起，加深了"不可得"的感慨，句末不用"乎"而用偏重肯定的疑问语气词"也"表反诘，更有论辩力量；全文结尾的"其真无马邪？其真不识马也！"重复使用语气词"其"，但二者又有表反诘或推量作用的不同，使用整齐句式一问一答，加重了感叹色彩。这种虚词的运用，使韩愈文章更加文情摇曳，丰腴而多姿。

三

韩愈在继承古代散文（这里指作为文学样式的"散文"，包括骈文)的艺术技巧的基础上,发展了"古文"的表现手法。他对于师法古人,也有颇为辩证的见解:"或问为文宜何师?必谨对曰:宜师古圣贤人。曰:古圣贤人所为书具存,辞皆不同,宜何师?必谨对曰:师其意,不师其辞。又问曰:文宜易宜难?必谨对曰:无难易,惟其是尔。"(《答刘正夫书》)看起来,这里的"师古圣贤人"只是门面之语,实际的主张是为文求"是"。什么是为文的"是"?韩愈又说过要"志深而喻切","因事以陈辞"(《答胡生书》),"文章言语,与事相侔"(《上阳于相公书》),这些可以做为"惟其是尔"的脚注。也就是说,文章的语言形式,应当适应其所表现的内容,为表达内容服务。

"惟其是尔"的文章,在表现手法上必然要有创造性。因为古今事物在变化,"因事陈辞"的文章也就要不断创新。所以韩愈又提出"去陈言","能自树立,不因循"(《答刘正夫书》)的主张。什么是"陈言"?不只是指陈旧的语汇。黄宗羲说:"所谓'陈言'者,每一题必有庸人思路共集之处,缠绕笔端,剥去一层,方有至理可言。"(《金石要例》)又说:"……昌黎之所谓'陈言'者,庸俗之议论也,岂在字句哉!"(《答张尔公论茅鹿门批评八家书》,《南雷文约》)这种理解是比较确切的。"陈言"就是一种陈词滥调。所以,"绣绘雕琢"的"俗下文字"是"陈言",追踪经典的假"古董"同样是"陈言"。韩愈要求废弃一切陈词滥调,在艺术上深探力取,勇于创造,不断开拓散文艺术表现的新天地,从而真正提高散文的艺术水平。

这里仅举他的散文的几种表现技巧做例子。

对偶和排比的运用。韩愈否定骈体文,但对"八代"文章并不完全否定。他曾说过,"魏、晋氏鸣者不及于古,然亦未尝绝也。"(《送孟东野序》)初唐"四杰"之一的王勃是承徐、庾华靡之风的,他的《滕王阁序》是骈体名作,而韩愈在《新修滕王阁记》里却表示"壮其文辞",并说自己的文章"词列三王(王勃是其中之一)之次,有荣耀焉"。韩愈在学习前人的艺术成果时,并不废骈文所取得的成就,所以后人曾指出:"浅儒但震其起八代之衰,而不知其吸六朝之髓也。"(蒋湘南《与田叔子论古文第二书》,《七经楼文钞》卷四)就拿六朝骈文中高度发展的骈偶来说,运用得适当在议论中可以从正反面或反复论说,在描写时可以多方面形容刻划,在抒情时则可造成一唱三叹的效果,而整齐的句式和节奏又会增加文章的表现力。骈文使用骈俪手法的要害是它的滥用和公式化,而不在骈偶本身。韩愈吸取包括骈文在内使用骈偶和排比的经验,发展出一种自由灵活、大体整齐的亦骈亦散的行文体制,例如,《送李愿归盘谷序》转述李愿的话:

> 人之称大丈夫者,我知之矣,利泽施于人,名声昭于时。坐于庙朝,进退百官,而佐天子出令。其在外,则树旗旄,罗弓矢。武夫前呵,从者塞途。供给之人,各执其物,夹道而疾驰。喜有赏,怒有刑。才畯满前,道古今而誉盛德,入耳而不烦。曲眉丰颊,清声而便体,秀外而惠中。飘轻裾,翳长袖,粉白黛绿者,列屋而闲居,妒宠而负恃,争妍而取怜。大丈夫之遇知于天子,用力于当世者之所为也。吾非恶此而逃之,是有命焉,不可幸而致也。穷居而野处,升高而远望。坐茂树以终日,濯清泉以自洁。采于山,美可茹;钓于水,鲜可食。起居无时,惟适之安。与其誉于前,孰若无毁于其后;与其乐于身,孰若无忧于其心。车服不维,刀锯不加,理乱不知,黜陟不闻。大丈夫不遇于时者之所为也,我则行之。伺候于公卿之门,奔走于形势之途。足将进而趑趄,口将言而嗫嚅。处秽污而不羞,触刑辟而诛戮,侥幸于万一,老死而后止者,其于为人,贤不肖何如也?

这段文字基本结构是散体,但同时用了许多骈句和排比句。然而这些骈句和排比句打破了骈文基本上是四六的呆板格式,根据内容的需要使句式有所变化,在运用骈偶上真算是达到了"出新意于法度之中,寄妙理于豪放之外","游刃余地,运斤成风"(苏轼《东坡题跋》卷五)的艺术境界。苏轼说这篇文章是唐文中第一篇文章，这种技巧是它取得如此崇高评价的原因之一。韩愈有名的文章如《师说》、《杂说》(四)、《答李翊书》等等，都有这种骈散间行的表现特点。而《进学解》、《送穷文》、《子产不毁乡校颂》等，更基本上是用的骈体。骈偶和排比，是语言艺术的纯形式方面，也是汉语文学语言形式上的特点之一。骈文中把它们程式化，从而使它们僵死了。韩愈的改革给了它们以活力。韩愈创造的这种骈散间行的写法，增加了散文语言、形式的完美程度。

描写与抒情。三代、秦、汉散文包括在著述之文当中，其主要手段是辨理叙事，所用的表现方法主要是议论和叙述。到辞赋体文学兴起，才发展了描写和抒情的技巧。但两汉以下辞赋总体倾向却走上了"雕虫篆刻"的道路，因而被韩愈以前提倡"古文"的许多人所鄙弃。韩愈则注意继承、发展前人包括辞赋作家使用描写、抒情方法的成就。特别是唐代传奇文学和诗歌发达，古文家中许多人善写传奇和诗歌，韩愈把他们的写作方法用于"古文"，更加提高了散文描写和抒情的水平。如《国子助教薛君墓志铭》写了一个军府会射的场面：

> 后九月九日大会射，设标的，高出百数十尺，令曰："中，酬锦与金若干。"一军尽射，莫能中。君执弓，腰二矢，指(一本作"挟")一矢以兴，揖其帅曰："请以为公欢。"遂适射所。一座皆起，随之。射三发，连三中，的坏不可复射。中，辄一军大呼以笑，连三大呼笑。帅益不喜。

这里仅有不到一百字，但把人物的行动、语言、神态和一个群众场面的动态、气氛描摹得活灵活现。又例如《祭十二郎文》是抒情方面的著名例子：

> ……去年孟东野往，吾书与汝曰："吾年未四十，而视茫茫，而发苍苍，而齿牙动摇。念诸父与诸兄，皆康强而早世，如

> 吾之衰者，其能久存乎？吾不可去，汝不肯来，恐旦暮死，而汝
> 抱无涯之戚也。"孰谓少者殁而长者存，强者夭而病者全乎？
> 呜呼，其信然邪？其梦邪？其传之非其真也？

这里在叙事中抒情，回忆往事，琐琐道来，言辞哀恸，情意恳切，把
听到晚辈亲人不幸夭折的悲伤心情委曲细腻地表现出来。其他如
《送孟东野序》、《柳子厚墓志铭》，都把个人的感慨发抒于夹叙夹议
之中。韩愈写的许多散文，都能充分表现出激情的力量。

　　比拟和比喻。这也是先秦以来散文的传统手法，但韩愈运用
得更加纯熟，更为生动。《杂说》(四)用著名的伯乐与千里马的故
事，比拟人才的识别和任用；《答刘正夫书》用家中百物所珍爱者必
非常物，比拟为文不能因循旧辙，都赋予文章立意以新的意境。如
《送石处士序》说主人公的议论：

> 若河决下流而东注，若驷马驾轻车就熟路，而王良、造父
> 为之先后也，若烛照数计而龟卜也。

《韦侍讲盛山十二诗序》写对患难的态度：

> 夫儒者之于患难，苟非其自取之，其拒而不受于怀也，若
> 筑河堤以障屋霤；其容而消之也，若水之于海，冰之于夏日；其
> 玩而忘之以文辞也，若奏金石以破蟋蟀之鸣，虫飞之声；况一
> 不快于考功、盛山一出入息之间哉！

《送孟东野序》说到"不平则鸣"：

> 草木之无声，风挠之鸣；水之无声，风荡之鸣。其跃也或
> 激之，其趋也或梗之，其沸也或炙之；金石之无声，或击之鸣。

这种重复连贯使用比喻的方法，后来被称之为"博喻"。它们不是
比喻的堆垛，而是从各方面对事物做反复、具体的描绘，使所表现
的内容更加形象、生动。

　　韩愈反对"绣绘雕琢"，搞形式主义，但却努力使文章形式更加

完美。结果他的"古文"具有比专门追求形式的骈文更高的艺术性，更精致、更完美的形式。它不仅在内容的充实上压倒了骈文，在艺术形式上也高于骈文。这也是它取骈文而代之，争得了风靡文坛的地位的一个重要原因。

韩愈"古文"创作的主要艺术成就有如上述。可以看出，他在艺术上的贡献主要在革新文体、提炼和创造文学语言、丰富散文的表现手法等方面。不过不可否认他的散文在艺术上也有比较突出的弱点和缺陷。这些弱点和缺陷在他的一些后继者那里被发展到相当严重的程度。

如韩愈文学思想的核心是"文以明道"，他还明确肯定这"道"是儒家一家"圣人之道"。如果从文章内容与形式的关系讲，把"道"放在第一位，"文"为"明道"服务，这是一种反形式主义的观点。韩愈正是用这个观点批判了骈文的形式主义。但从文学形象思维的规律看，提出"文以明道"，实际是让文学做宣传一种先验理念的工具，给"圣人"的教条穿上形象的外衣，而忽视、削弱了文学的形象思维的特征。表现在韩愈的创作上，一方面反映现实的深度、广度受到了限制，他写了一些空疏肤阔的"明道"之作，甚至写了些歪曲现实的作品；另一方面，他所使用的体裁主要是碑志、书信、送序等应用文体和议论杂著等适于"明道"的体裁，他对记人、写景、抒情的艺术散文不够重视。这种倾向影响到后代散文的发展，使以后的许多散文家在内容上打不开"明道"、"载道"的框子，形式上主要是写作应用和议论文章。

本文开头就指出，研究韩愈创作的艺术特点，是有现实意义的。这是因为当前的实际情况是，人们往往对于韩愈散文的成功的艺术经验，没有很好汲取；对于它们的缺点，反倒是继承了，甚至发展了。这就像黄山谷说的："即圣人之过处而学之，故蔽于一曲。"（《山谷题跋》卷四）例如韩愈散文的一大优点是打破了僵死的格式，破除"陈言"，而对比之下我们的文章和文学创作中有多少陈规旧套,有多少庸俗议论,有多少新旧"八股"呵!韩愈散文的另一优点是重视语言提炼,但在我们的创作中,普遍地不够重视语言,语言松散、拖沓、呆板、枯燥、贫乏是较普遍的现象。相反地,韩愈的"文以明道"作为理论概括有很大片面性、局限性,虽然在韩愈当时这个提法有其反形式主义的积极意义,然而我们却往往继承了它的消极面。在写作中,表面上是强调明马列主义之"道",实际上,只是重复马列的套语,用这些套语为空洞、庸俗的内容打掩护;在文学创作上,则流于公式化、概念化,热衷于给理论教条套上形象外衣,以"文"做"道"的图解。这些缺陷现已引起人们重视,并正在克服之中。在这种情况下,看看一个封建时代的文人韩愈的艺术经验,是非常富于启发意义的。

这种现状也告诉我们,对古典文学艺术规律的探讨,是十分迫切的工作。

一九八〇年八月十六日

《辽宁师院学报》[社会科学版]1981年第2期)

柳宗元对"圣人之意"的批判

柳宗元对"圣人之意"的批判,是他的历史观和认识论的一个重要内容,也是他对思想史的一个重大贡献。否定了"圣人之意"的神圣性和历史决定作用,有助于他冲绝教条的儒学章句的藩篱,对历史、社会以及现实问题得出许多新的认识;在文学上,则使他的"明道"之作大大超越了"明"儒家一家之"道"的限制,赋予"文以明道"的口号以"辅时及物"、"利安元元"的现实精神。所以,批判了"圣人之意",对他自身,对他的时代,都具有某种思想解放的意义。

一

柳宗元否认"圣人之意"的历史决定作用,这是他考察人类历史发展得出的深刻结论。也就是说,他从历史观的角度否定了"圣人"能够主宰历史。他在著名的《封建论》一文里,提出了"封建……非圣人意也,势也"这个光辉命题;在另一篇名著《贞符》里,又提出"生人之意"来与"圣人之意"相对立。这样,在他的深刻的历史发展观念里,"圣人"的地位与作用大大被限制了。

自从汉儒董仲舒把儒学神学化以来,儒家的"圣人"也被偶象化了。"圣人""法天而行道"(《贤良策三》,《汉魏六朝百三名家集·董胶西集》),他成了"天"在人世的代表。"圣人之意"就是"天命"、"天志",它是历史发展的动力,决定着历史前进的方向。唐代的韩愈鼓吹"道统",曾大力树立这种"天人合一"的圣人的形象,极力夸大"圣人"的历史作用。他在著名的《原道》一文中指出,在原始人类的野蛮生活中,由于"有圣人者立,然后教之以相生养之道","如古之无圣人,人之类灭久矣"(《韩昌黎全集》卷十一)。在他的笔下,"圣人之意"不仅是决定历史发展的理论体系,指导人们行动的道德规范,而且以神秘的方式传承而形成"道统",具有宗教"天启"的性质。但柳宗元与这些观点不同。他在批判唯心主义"天命观"和"天人感应论"的基础上,大破这种对"圣人之意"的迷信。他的《封建论》,不仅讨论了历史上分封制与郡县制孰优孰劣的问题,也不仅是通过研究历史表达了自己对现实问题的看法,更提出一种历史观。他这样描述了人类自原始野蛮状态向分封制的阶级社会的演化过程(本文引用柳文,均据上海人民出版社一九七四年版《柳河东集》,只标篇名,不列卷次):

> 彼其初与万物皆生,草木榛榛,鹿豕狉狉,人不能搏噬,而且无毛羽,莫克自奉自卫。荀卿有言,必将假物以为用者也。夫假物者必争,争而不已,必就其能断曲直者而听命焉。其智而明者,所伏必众。告之以直而不改,必痛之而后畏,由是君长刑政生焉……是故有里胥而后有县大夫,有县大夫而后有诸侯,有诸侯而后有方伯、连帅,有方伯、连帅而后有天子。自天子至于里胥,其德在人者,死必求其嗣而奉之。故封建非圣人意也,势也。

这里值得注意的,一是柳宗元肯定了人的求生欲望和人群之间的内部矛盾造成了产生刑政道德以及各级统治者的客观情势;二是他认为封建世袭制度是适应一定时期民众要求而确立的。如果按照历史唯物主义观点看,他对阶级、国家形成历史的这种理解是很幼稚的、错误的。他不是从社会生产的发展,而是从人的意识中寻求历史演变的根本原因,他还把统治者美化为人民拥戴的"明而智"者,所以,这仍然是唯心史观。但他坚决否定了"圣人之意"能主宰历史,排除了"圣人"背后的"天命"对人类社会的干预,这是在认识历史上的一个重大进步。他从人类自身寻求社会发展的原因,肯定人民群众的意志在历史上的作用,这又是具有唯物因素的、包含着正确认识历史发展的合理内容。

在柳宗元以前,有些唯物主义思想家,如荀子、韩非子,都批判过"天命论",但都没有否定过"圣人之意"。例如荀子说:"人生而有欲,欲而不得,则不能无求。求而无度量分界,则不能不争。争则乱,乱则穷。先王恶其乱也,故制礼义以分之,以养人之欲,给人之求。"(《荀子·礼论》)韩非子说:"上古之世,人民少而禽兽众。人民不胜禽兽虫蛇。有圣人作,构木为巢,以避群害,而民悦之,使王天下,号之曰有巢氏……"(《韩非子·五蠹》)这虽然都是具有丰富的理论内容的观点,在对历史发展过程的认识上,柳宗元对它们显然也是有所借鉴的,但柳宗元与他们有一个重大的原则差异,就是荀、韩把"圣人"描绘为救世主,它的意志决定着社会发展的方向,而柳则坚定地反对这一点。

柳宗元在《贞符》里阐述了"生人之意"的理论。这篇作品是他在贞元末任礼部员外郎时开始写作、贬官永州后勉力完成的。他自认为这是阐扬"圣人立极之本"的重要作品,通过它"苟一明大道,施于人代,死无所憾"。《贞符》对于人类历史的描述与《封建论》相似。它指出,人类由于有"饥渴牝牡之欲",所以形成野蛮时期"力大者搏,齿利者啮"的局面;以后,社会向前发展了,"德绍者嗣,道怠者夺",产生了统治与被统治的关系。在柳宗元的笔下,尧、舜、禹等"圣人"只是建"大公之道"的有德者。他们得以统治天下,不是出于"天意",也没有什么"符命",而是"德实受命之符,以奠永祀"。他认为汉之代秦,是由于"用大度,克怀于有氓,登能庸贤,濯痍煦寒,以瘳以熙";唐之代隋,是由于"人乃并受休嘉",因而他得出结论说:

> 受命不于天于其人,休符不于祥于其仁。惟人之仁,匪祥于天;匪祥于天,兹惟贞符哉!

他这样就认定统治者得天下不是承受"天命",而是得自"民命",由此他要求"思德之所未大,求仁之所未备,以极于邦理,以敬于人事"。他要统治者看到人民的力量,重视民心的向背,这其中的政治革新意义和现实批判内容是很明显的。更重要的是,他的"生人之意"恰恰与"圣人之意"相对立,用"生人之意"否定了"圣人之意"的历史作用,提出了与传统儒学根本不同的历史发展观。有些研究者仅从反符瑞、反天命的角度来肯定《贞符》的价值,显然是很不够的;还有人认为它与扬雄《剧秦美新》一样是颂美当朝之作,则是一种曲解了。

柳宗元用这种"生人之意"的观点来总结历史经验,解决时代问题,引申出许多具有积极意义的理论主张。例如他的《舜禹之事》从评论曹丕把篡汉自立比拟为"舜禹之事"展开论题,指出,舜、禹以禅让得位和曹丕以篡逆代汉,"易姓授位,公与私,仁与强,其道不同",也即是说,舜、禹是为"公"依"仁",曹丕是谋"私"恃"力";但从事情本身看,二者之能够得到天下,都是由于其"功系于人者多",即给人民做了好事,得到了人民的拥护。他分析汉、魏之际的情形说,"汉之失德久矣","宦、董、袁、陶之贼生人盈矣",在连年战乱、生民涂炭的情况下,曹氏"攘祸以立强,积三十余年,天下之主,曹氏而已,无汉之思也。丕嗣而禅,天下得之以为晚,何以异夫舜禹之事耶"? 这段议论,作为历史评论,当然有许多不科学的地方,但它表现了柳宗元对人民群众历史作用的深刻认识,是有超越于具体历史评价的理论内容的。又如他的《种树郭橐驼传》,是一篇包含着政论、寓言因素的独特的传奇文,其中也有丰富的哲学内容。它用种树来比拟"养人之术",从郭橐驼种树"硕茂蚤实以蕃"的诀窍在"能顺木之天,以致其性",引申出"官理"之本在顺人之性,遵人之欲。这篇作品不但批判了统治者扰民生事,"好烦其令"的残暴和"虽曰爱之,其实害之;虽曰忧之,其实仇之"的虚伪,而且从理论上提出了尊重人民求生愿望、顺应人民生存本性的要求。其中表现的无为而治的思想,与传统的"圣人"理民治国的要求也是相对立的。柳宗元的《天对》对答屈原的《天问》,是中国哲学史和文学史上的一篇奇文。前一半谈宇宙、自然以及神话、传说的问题,着重在阐发元气一元论的自然观;后一半涉及上古社会历史,则突出表现了作者的历史观点,例如其中说:"位庸庇民,仁克苴之,纣淫以害,师殛圮之。"意思是:帝王的权位是用来保护人民的,只有仁德的人才能占有它;殷纣王荒淫害民,所以众人就起来推翻了他。又说:"违虐立辟,实罪德之由。师凭怒以割,癸挑而仇。"这是说夏桀立法不公而又残暴,得罪于有德者的原因就在于此;众人愤而起来杀掉了他,仇恨是他自己挑起来的。这样,在柳宗元看来,汤伐桀是"民用溃厥疣",武王伐纣是"寒民于烹"……他着眼于"民"的利益,看到"师"的作用,而不承认"天命"在决定一切。

在柳宗元关于"生人之意"的理论中,包含着他对历史的深刻理解和对现实问题的思索。他比前人更清晰地看到了人民的历史作用和巨大力量,看到了顺应人民求生意志的重要。他用"生人之意"否定"圣人之意",认为决定历史大"势"的是"生人"而不是"圣人",这在历史观上是个极其光彩的论断,是个巨大的进步。这个观点,不但在理论上是有重大价值的,而且表现了这位优秀历史人物关怀人民、尊重人民的崇高品格。而有了这种理论认识和精神品格,在文学创作上就能够开拓广阔的反映现实生活的道路。柳宗元认识到"生人之意"的历史作用,还没能(也不可能)更前进一步看到物质生产对社会发展的决定作用。他的"生人之意"的理论,仍然是把人的主观意志(尽管不是"圣人"的而是"生人"的)看成是历史发展的动力。这是道德史观,而不是唯物史观。而且,归根结底,他的"生人之意",不过是地主阶级改革派同情人民的观念的表现。这也就决定了它从总的倾向看在哲学上是唯心的,在政治上是空想的。但即使有这些局限,却无损于这种观点在理论上的光辉和在实践上的巨大积极作用。

二

　　联系到前一个问题,还有对于"圣人"本质的看法。本来,在先秦文献中,"圣人"只是有德有能、勤劳民事的"人",而不是超现实的"神"。孔子自己从没有自负有什么神圣的品格。汉代以后,还有人释"圣"为"通"(许慎《说文解字》),是"才之善"(王弼《老子》注),就是保存了先秦古义。到汉代董仲舒以后,孔门的"圣人"才逐步被神秘化、偶象化了,孔子似乎成了通天教主。"圣人"带上了超现实的、天赋神圣的品格,成了迷信崇拜的对象。"圣人"地位的提高,是人世间那些利用"圣人"的物质力量强化的表现。这样,"圣人"就可以为后代"立制",他们代承"天命",为人世统治制定大经大法。在长期古代社会中,"圣人"的绝对权威成为桎梏人们思想的精神枷锁。因此,抹掉"圣人"头上的灵光,揭穿对他们的迷信,就成了思想发展和社会进步的重大课题。在当时的情况下,"非圣无法"是大罪,否定"圣人"是不可能的。许多进步思想家只能或者采取"托古改制"之类的办法,利用"圣人"的旗号表达自己的观点,或者在一定程度上动摇"圣人"的权威。柳宗元就是这样做的。

　　先从柳宗元的《天爵论》谈起。在这篇文字里,他提出了关于认识论的基本看法。"天爵"这个概念出于孟子,指每个人在"仁义忠信,乐善不倦"上的先天的道德品级。孟子批评"今之人修其天爵以要人爵,既得人爵而弃其天爵"(《孟子·告子章句上》),是不满于人们追逐利禄而忽视主观上的道德修养。这种观点,是一种唯心主义的先验论。天降"圣""贤"的理论也就是从它引发出来的。柳宗元反对这种看法,他说:"善言天爵者,不必在道德忠信,明与志而已矣。"就是说,人并没有接受什么天赋的道德忠信,与生俱有的只是"明"与"志"而已。什么是他所谓的"明"与"志"呢?"明",就是"盹盹于独见,渊渊于默识"的认识能力;"志"就是"拳拳于得善,孜孜于嗜学"的认识上的能动性。他认为,有了这种"明"与"志",只要"好学不倦""照物无遗",谁都可以成为"圣人"。进而他得出了一个十分大胆的结论:"使仲尼之志之明,可得而夺,则庸夫矣;授之于庸夫,则仲尼矣。"这样,"圣人"与"庸夫"只有"明"与"志"上的差别,而没有先天道德本性的不同。"圣人"只是聪明一些,他也得经过主观上的努力才能超"凡"入"圣"。在这篇文章的最后,柳宗元还指出,人之得到不同的"明"与"志",也不取决于天意,而是"各合乎气",即依据每一个人的自然气质。这又堵塞了"天命论"侵袭的一个孔隙。这样一来,柳宗元就从认识论的角度,否定"圣人"具有天赋的超现实的、先验的道德本性,把它与"凡人"的界线大大缩短了。不过柳宗元在认识论上还不是彻底唯物主义的,他没有看到,作为人的认识能力的"明"与作为认识能动性的表现的"志"也不是先天"自然"产生的,而是每个人的具体社会实践的成果。当然这种局限,同样也掩盖不了他的理论认识的价值。

柳宗元不承认"圣人"先知先觉。董仲舒说:"天地神明之心,与人事成败之真,固莫之能见也。唯圣人能见之。"(《春秋繁露·郊语》)而"圣人"的这种至高无上的认识能力是通过"视于冥冥,听于无声"(《春秋繁露·王道》)的神秘方式发挥出来的。柳宗元的看法完全不同。他认为"圣人"认识事物也要接触实践,来自感性知识。他在《非国语·羵羊》条中，批判"圣人"全知全能之说，指出："君子于所不知，盖阙如也。孔氏乌能穷物怪之性也？是必诬圣人矣。"他认为，如果像《国语》记载的那样，孔子凭先知先觉就能知道季桓子穿井得羵羊，那就是诬蔑了"圣人"。在《国语·骨节专车·楛矢》条中，他更引用孔子"丘少也贱，故多能鄙事"的话，认为《国语》所记载孔子"取辩大骨、石砮以为异，其知圣人也亦外矣，言固圣人之耻也"。总之，"圣人"要认识事物也要接触实际，也要学习，这也就是《天爵论》中"好学不倦"、"照物无遗"的观点。

柳宗元不承认"圣人"有先天的最高的道德。董仲舒说"圣人""同诸天地，荡诸四海，变习易俗"（《春秋繁露·基义》），他是效天所为、博爱无私的。圣人的本性决定于天，必然是至高无上的。而柳宗元却主张"圣人"的品德也要靠修养。他相信孔子所说的"狂之为圣"，认为"众人"应该而且能够向"圣人"看齐。就这个问题，他曾与内弟杨诲之进行过一场辩论。他曾写过一篇《说车》赠给杨诲之，向他讲了一套做人处事要"外圆内方"的道理。杨诲之不同意他的看法，以为"外圆"是教人"既佞且伪"，"内方"则是让人"翦翦拘拘"。柳宗元在《与杨诲之第二书》中批驳杨诲之的看法，进一步阐明自己的见解，他特别举出"圣人"为例，说明主观修养之重要：

> ……然则自尧、舜以下，与子果异类耶？乐放弛而愁检局，虽圣人与子同。圣人能求诸中以厉乎己，久则安乐之矣。子则肆之，其所以异乎圣者在是，决也。若果以圣与我异类，则自尧、舜以下，皆宜纵目卬鼻、四手八足、鳞毛羽鬣、飞走变化，然后乃可。苟不为是，则亦人耳。而子举将外之耶？若然者，圣自圣，贤自贤，众人自众人，咸任其意，又何以作言语，立道理，千百年天下传道之？是皆无益于世，独遗好事者藻绘文字，以矜世取誉，圣人不足重也。

对于柳宗元信中讲的那种"柔内刚中"的人生处世哲学,这里不做评论。他论及"圣人"的这一段话,有几点值得注意:一是"圣人"也是"人",而不是"异类",他们与一般人一样,也"乐放弛而愁检局";二是"圣人"之异于"凡人",根本原因在于他们能"厉乎己",即进行严格的自我修养;三是"圣人"之所以作言语、立道理,其意义就在于让众人去学习,而不是去树立高不可攀的权威,那样的话,"圣人"的经书就无益于世,"圣人"的存在也就不足重了。这样,柳宗元又从道德修养的角度,大大缩小了圣、贤与众人的距离。

柳宗元努力打破"圣"、凡之间的界限,降低"圣人"的权威,在政治上反映了他所代表的那部分特权较少、等级较低的一般官僚士大夫的要求。例如他的《六逆论》批判《左传》记载的"贱妨贵、少陵长、远间亲、新间旧、小加大、淫破义"为"六逆"之说,主张在择嗣、用人上不应根据是否嫡出以及族系远近、门第新旧,而应取决于所选择的人是否"圣且贤"。只要贱者、远者、新者"圣且贤","虽为理之本可也,何必曰乱?"这里,认为"圣贤"可出于贱者、远者、新者之中,已经是一种十分大胆的见解;而他所说的"圣"与"贤"的内容,显然也是从后天的才德着眼的。他的《封建论》,讲分封与郡县的优劣,最后归结到用人路线上的比较。他认为郡县制之优,就在于它可以使"贤者居上,不肖者居下",从而使得天下"理平"。柳宗元还有一篇寓意深刻的论说文《观八骏图说》。《八骏图》是六朝以来流传的名画,在中唐,白居易、元稹、李观等许多人作过题咏。一般者都赞美所画的周穆王八骏多么娇矫神奇。但柳宗元看法完全不同。他认为骏马也是马,不应"以异形求之",图画中的那种画法并不合道理。由此他引申开来:

……推是而至于圣,亦类也。然则伏羲氏、女娲氏、孔子氏,是亦人而已矣。骅骝、白义、山子之类若果有之,是亦马而已矣。又乌得为牛、为蛇、为媟头,为龙、凤、麒麟、螳螂然也哉!然而世之慕骏者,不求之马,而必图之似,故终不能有

得于骏也。慕圣人者，不求之人，而必若牛、若蛇、若倛头之
间，故终不能有得于圣人也。诚使天下有是图者举而焚之，则
骏马与圣人出矣。

柳宗元从八骏图讲到"圣人"，认为骏马与"圣人"一样，都不应以形
迹神异求之，从而推论出应求"圣人"于"众人"之中。这就再一次
表明了他否定"圣人"神圣品格的现实政治意义。

柳宗元否定作为"神"的"圣人"的存在，但并不否认作为"人"
的"圣人"。"圣人"仍然是他的一面旗帜。而且，他虽然否认"圣
人"承受天命，先知先觉，但却不否认存在着"上智"与"下愚"的界
限。在《梓人传》等作品中，他还大力宣扬过"能者用而智者谋"的
理论。但他的这种"圣人"亦"人"的理论，却把千百年来对"圣人"
的神化揭穿了，把"圣人"的地位大大降低了。而"圣人"的地位降
低一级，相对地"众人"地位则升高了一级；"圣人"的权威减少了一
点，"凡人"的力量就增强了一点。柳宗元的这种观点，也表明了他
作为一个进步的政治改革家对自己力量的信心，对"人"的力量的
信仰和对社会实际的现实态度。对"圣人"的崇拜，归根到底是对
"圣人"所代表的统治秩序和统治权威的崇拜。动摇了"圣人"的权
威，不仅是理论上的贡献，更有着实际的政治意义。

三

柳宗元自叙早年"唯以中正信义为志，以兴尧、舜、孔子之道、
利安元元为务"（《寄许京兆孟容书》）。到永州后，更"讲尧、舜、孔
子之道亦熟"（《与杨诲之第二书》）。尽管他的思想中有着"统合儒
释"（《送文畅上人登五台遂游河朔序》）的倾向，他却终生坚持儒家
积极用世之志，并以儒学的政治伦理观念作为自己言行的准则和

理想。在文学上他讲"文以明道",从基本倾向看也是要明儒道。但他反对把"圣人"偶像化,从而也反对把"圣人之道"教条化,而是按照自己的要求与理解给"圣人之道"补充以现实内容。

柳宗元认为"圣人之道"不是一成不变的教条。他不满意马融、郑玄那样的"章句师",批评那些墨守教条的人是"拘儒"、"陋儒";他讥讽春秋时宋襄公墨守教条,不达时务,"好霸而败国"(《答严厚舆秀才论为师道书》),要求把握"孔氏大趣"(《答元饶州论〈春秋〉书》)。他赞赏中唐时期很有影响的啖助、赵匡、陆质的《春秋》学,这个学派空言说经,以经驳传,离叛先儒章句,专以己意解释"圣人"之意,被称为"异儒"①。他对当时的学风进行了尖锐的批评,在《与吕道州温论〈非国语〉书》中说:

> 近世之言理道者众矣,率由大中而出者咸无焉。其言本儒术,则迂迥茫洋,而不知其适;其或切于事,则苛峭刻核,不能从容,卒泥乎大道;甚者好怪而妄言,推天引神,以为灵奇,恍惚若化,而终不可逐。故道不明于天下,而学者之至少也。

他认为当世言"理道"的,没有真能阐扬儒家"大中之道"的。他把当时的学风存在的问题分为三种情况:一是死守教条,不切实际;二是拘泥于个别实事,不通大趣;三是推天引神,宣扬迷信。他说这也就是"圣人之道"不明于天下的原因。

按柳宗元的理解,"圣人之道"是"辅时及物之道",应"利于人,备于事"。"辅时"就是"辅助时政","及物"就是"惠及生物","辅时及物"就是"救世济民"。这种"辅时及物之道"不是"藻绘文字"以"矜世取誉"的,也不应是脱离现实的。他在给他的岳父的《与杨京兆凭书》中尖锐地指出:

---

① 参见拙作《陆质的〈春秋〉学与柳宗元的"大中之道"》,《哲学研究》编辑部编《中国哲学史论文集》第二辑。

今之言曰：某子长者，可以为大官，类非古之所谓长者也，
则必土木而已矣。夫捧土揭木而致之岩廊之上，蒙以绂冕，翼
以徒隶，而趋走其左右，岂有补于万民之劳苦哉？圣人之道，
不尽益于世用，凡以此也。①

他这就把那些居官尸禄的官僚比为土偶木像，他们以"圣人之道"
为装潢，自然是无益于实际的。而柳宗元自己，则十分着重研究现
实问题。在他的作品中，举凡时代的重大矛盾如强藩割据、宦官专
权、吏治腐败、赋役苛重以至奴隶问题、民族问题等等，都有所反
映。他还提出了"凡王者之德，在行之何若，设未得其当，虽十易之
不为病"（《桐叶封弟辩》）的主张，为政治改革活动提出理论根据。
这样，他所主张的"圣人之道"，是紧密结合现实，与现实斗争相联
系的。

另一方面，他又强调把握"圣人之道"要"谋之人心"（《断刑论》
下）。他发展了传统儒学中"仁"的内容，重视民生问题。他一再提
出"贤者之作，思利乎人"（《全义县复北门记》），"无忘生人之患"
（《答周君巢饵药久寿书》），"致大康于民"（《答贡士元公瑾论仕进
书》）之类主张。他表扬陆质，特别强调"其道以生人为主"（《唐故
给事中皇太子侍读陆文通先生墓表》）。这样，有利于民生就成了
他所讲的"圣人之道"的一个核心内容，也是他检验这个"道"的标
准。正因此，他要求所写的"明道"之作，就不是空洞肤阔地敷衍
义理，也不满足于抒写个人的牢骚不平，而着重反映民间疾苦，表
达人民呼声。他的《捕蛇者说》，发挥了"苛政猛于虎"的观点，真
实地反映了天宝以后六十年间广大农村破产流亡的情景；他的
《送宁国范明府诗序》、《送薛存义序》则提出了官为民役的主张，
这比历史上那些比较关心民生的"养民"、"理民"之说来都激进得
多；他的《种树郭橐驼传》提出了顺民之性的观点；他还有许多作

————————————

①此"尽"字按世绿堂本夹注所引"别本"校补。

品生动地描述了现实中民生的苦难。在他的思想中,"生人"占有着十分突出和重要的位置。他的"圣人之道""以生人为主",表现出显明的民主性,并使他在反映现实问题上具有了相当的深度和广度。

一是要关心现实,一是要重视民生,这两个特点使柳宗元的"圣人之道"具有了积极进步的内容。这种内容正是对传统儒学进行的大幅度的改造,与经学章句是截然不同的。

按董仲舒的说法,"正朝夕者视北辰,正嫌疑者视圣人"(《春秋繁露·深察名号》),"圣人"树立了判断真理的绝对标准。"圣人之道"是"天不变,道亦不变"的万古长存的教条,阐明"圣人之道"的"圣人"经典之言也就是不可动摇的,不可怀疑的。但柳宗元却提出了"辅时及物"、"利于人,备于事"的标准,提出了"以生人为主"的要求。他用这些标准和要求,对"圣人"之言进行检验,做了极其广泛、极其大胆的批判。当然在具体论述中,他常采取回护"圣人"的态度,如说经典所传非"圣人"本意等等,但这并不改变他的批判的实质。例如他的《贞符》,批判天命、符瑞之说,涉及到《诗》、《书》、《春秋》等经典和从董仲舒到扬雄等许多"大会"。他的许多文章,如《六逆论》、《守道论》、《断刑论》、《晋文公问守原议》等,都批判到当时作为"九经"之一的《春秋左氏传》。他直指孟子的"义利之辨"为"好道而无情"(《吏商》),他的《天爵论》也是直接批判《孟子》的。他写了专著《非国语》来批判"至比六经"的《国语》。《时令论》批判《礼记·月令》说:"圣人之道,不穷异以为神,不引天以为高,利于人,备于事,如斯而已矣。"在《褅说》中,他批评"天人感应论",指出:"夫圣人之为心也,必有道而已矣,非于神也,盖于人也。"如此等等,表明柳宗元冲破了对"圣人"及其经典的迷信。这也显示他在理论上的战斗品格。

从另一方面看,柳宗元的"圣人之道"又容纳了法家、墨家、道家以至佛学的内容。他在吸取思想遗产上取"旁推交通"的态度。

所以,他的"圣人之道"又是杂糅百家的。这只要看他的作品就可以证明,这里不做详细论述了。

总之,柳宗元虽然也讲"圣人之道",但已经过他带根本性的改造。而在检验这个"圣人之道"的标准上,则离开了"圣人"之言,而另立了"利于人,备于事"的标准。他虽然还打着"圣人"的旗号,但更重视现实问题。这对于在理论上冲破传统思想的桎梏,对于在实践中解决现实问题,都是有重大积极意义的。

四

鲁迅先生早就指出过:孔子的偶像"是权势者们捧起来的"(《且介亭杂文二集·在现代中国的孔夫子》)。我们也可以这样说:全部关于"圣人"的谬说也都是统治阶级制造出来的,但它们却并不是随心所欲地制造的。"圣人"的形象,也是一定"经济范畴的人格化","一定的阶级关系和利益的承担者"(马克思《〈资本论〉第一版序言》,《马克思恩格斯全集》第二十三卷第十二页)。在我国,它是古代社会生产力不够发达、中央集权制形成时期的产物。而"圣人"的偶像一经创造出来,就成了统治阶级阻挡社会变革、压制人民反抗的手段。在中国历史上,那种敬天法古、尊圣宗经的观点所起的作用特别恶劣,明显证明了马克思所说的死人拖住活人的规律。对"圣人"的迷信加强了"圣人之道"的思想统治,让人们的意识局束在古老的教条里,成了中国古代社会长期停滞不前的原因之一。历史上有许多人探论这个问题,对"圣人"的神圣性和权威性表示怀疑,进行批判,从而改变着人们的意识,推动着某种形式、某种程度的思想解放。柳宗元在这方面正是卓有成就的人。后来一些卫道士们指责他"是非多谬于圣人,凡皆不根于道故也"

（黄震《黄氏日钞》卷六十），说他"悖理害道"，恰恰证明了他在这方面所取得的巨大成绩。

柳宗元否定"圣人之意"的历史决定作用，动摇了"圣人"的绝对权威，改造了"圣人之道"，在政治上反映了改造社会的要求，为他的实际活动提供了理论武器。

在哲学上，柳宗元的观点是在历史观和认识论方面的重大发展。他用一般的"生人之意"代替"圣人之意"，仍然承认"圣人"具有高于"凡人"的"明"与"志"，这还不是唯物论。但是它们却是包含着具有唯物因素的科学内容的。他在认识历史上，确乎比前辈提供了新的东西。评价柳宗元在这方面的贡献，我们不必硬给他贴"唯物主义"的标签，也不能因为他"唯心"而否定其价值。对哲学上的唯心主义，它的具体内容和意义，应做具体分析。

在文学上，柳宗元是主张"文以明道"的。按传统看法，他提倡"古文"得以成功的关键就在"明"儒家之"道"。但从以上分析可以看出，"明道"对他来说是一个口号。从具体内容看，他在许多方面倒是冲破了"圣人之道"的束缚而面对现实与人生的。冲破了对"圣人"及其教条的迷信，才开阔了他的思想，开拓了他的创作的广阔天地，提高了他的作品的思想性与现实性。所以从本质看，保证他创作成就的不是什么"圣人之道"，而恰恰是对它的束缚的突破。

宣扬对于"圣人"的迷信，是思想专制的手段，也是思想停滞的表现。一千二百年前，柳宗元对这种观念大胆挑战，表现出一个思想家的真知卓识和政治改革家的胆略。他自身从这种迷信中挣脱出来，是他一生在文学上、思想上、政治上取得光辉业绩的重要条件。他的许多观点直到今天仍具有一定的现实意义；他的斗争经验和斗争精神也是值得我们借鉴的。

（南开大学中文系《语言文学研究辑》第二辑，1981 年 12 月）

论韩愈的儒学与文学

韩愈是有影响的儒学家,又是卓越的文学家。他的儒学作为自汉儒"章句之学"向宋儒"性理之学"过渡期的产物,开统治中国思想界近千年的道学的先河;他在文学上是有独特成就的诗人,又是"古文运动"的倡导者和优秀的散文作家。对他的儒学和文学以及它们之间的相互关系,历来在评价上多有分歧。他是曾被推尊为"文起八代之衰,道济天下之溺"的"贤人之至"的。可是早在刘昫修《唐书》时,就论定他的文章水平在柳宗元、刘禹锡之下;而道学家朱熹则指责他"裂道与文以为两物"(《读唐志》,《朱文公文集》卷七〇),"只是要作好文章,令人称赏而已"(《沧州精舍谕学者》,《朱文公文集》卷七十四)。到晚清,桐城派古文家学行尊程、朱,文章学韩、欧,把韩文看作"义法"的楷模。但在同时,又有人攻击"韩鬼欧台",矛头及于韩愈本人,说他"事理不辨,学理不精,发为文章,已弗能达,况根柢浅薄,有文无质哉"!(田北湖《与某生论韩文书》,《国粹学报》第一年一期)

新中国成立以来,韩愈一直是哲学史研究和古典文学研究中争论较多的历史人物。但在哲学史研究领域,对他的世界观的唯心主义性质及其思想倾向的保守,认识上还是比较一致的;然而涉及到对他的文学的评价,就歧义纷出、莫衷一是了。新中国成立初期,陈寅恪先生发表了著名的《论韩愈》(《历史研究》一九五四年第二期)一文,认为韩愈"古文"成功的关键,在其崇儒反佛认识明晰,主张彻底。其论点在学术界很有影响。后来,黄云眉先生批驳陈先生的看法,肯定韩愈的文学而否定其儒学(见《韩愈柳宗元文学评价》,山东人民出版社一九五七年版)。更有人不但否定韩愈的学术和为人,对他的文章也多加贬抑,如已故章士钊先生的《柳文指要》和吴世昌先生的论文《重新评价历史人物——试论韩愈其人》(《文学评论》一九七九年第五期),就都坚持这样的立场。从韩愈的理论主张和创作实践看,他是把"文"与"道"二者努力统一起来的。立言行事"务使合于孔子之道"(《与少室李拾遗书》,本文引用韩文均据东雅堂本全集,不另注明卷次),这是他一生的企向和理想。所以,把他的儒学和文学割裂开来,做出对立的评价,恐难于使人信服。而他在文学上创造了光辉业绩,他的"古文"更风靡一代文坛,影响深远,这是历史上的事实。很难设想,羁束于一个唯心的、教条的理论体系中的人,创作出那么多影响了千余年中国文坛的优秀作品。

任何一个作家的创作都是在其世界观的指导下进行的。明确提倡"文以明道"的韩愈,在写作时更有强烈的自觉性。要认识和评价他的文学,必须研究他的世界观的内在矛盾。也就是说,他的文学创作的思想基础,还得到他的儒学中去寻找。

一

韩愈在哲学的基本倾向上是唯心的,在政治上是保守的,这也是历史事实。他信"天命",讲符瑞,劝封禅,明"道统",宣扬正心诚义,推崇先知先觉的"圣人",肯定"圣人之道"的历史决定作用,并且和宣传唯物主义元气一元论天道观的柳宗元、刘禹锡展开过长期争论。这些,都表明他的世界观的唯心主义性质。但是,这并非

韩愈"儒学"的全部;决定他在文学上的成就的,并不是他的儒学的
这些方面。他受到中唐社会重重矛盾的冲击和教育,接受了时代
思想潮流的影响,因而在他的思想中又有另一方面,即他又不甘心
接受"天命"、"天旨"、"天心"的安排,不惧怕"天刑"、"天诛"、"天
殃",也不安于做穷理尽性的思辨或复述先圣留下来的教条,而能
够通经致用、重视民生,赋予传统儒学以新鲜内容,从而使他的文
学创作具有一定的思想性和现实性。

　　韩愈讲"道统",张扬旗号,自我吹嘘,说自己所明之道是得自
尧、舜、文、武、周、孔、孟子、扬雄的真传。实际上,不只他所虚拟的
这个传道体系和传道方法是神秘、模糊的,在所传之道的具体内容
上,更与先儒章句有很大距离而多有主观臆断之处。他在一定程
度上也受到了唐代许多经学家空言说经、缘词生训的新学风的影
响,常常用主观臆断的方法解释圣人之意,从而为发挥传统儒学的
某些观点、运用它为现实斗争服务开辟了道路。

　　唐代的儒学的一个重大成绩,是对汉儒"章句之学"的批判。
这对当时的思想界,起了相当大的解放作用。汉儒讲天人感应,谶
纬迷信,严守家法,专守训诂,这种繁琐的、教条的唯心主义理论体
系是为封建门阀的等级专制做辩护的。在现实政治中,门阀士族
和经学世家相互依附、互相转化。但到了唐代,随着庶族地主阶层
的发展,他们在政治上、经济上的势力扩大了,在意识形态上也就
要求冲破汉儒经学章句的统治。隋末大儒王通已经关心现实,通
权达变,提出"通变之谓道"(《中说·周公》),"道能利生民"(《中
说·礼乐》)的主张。他写《中说》、《元经》等书,在形式、语气上模
拟经典,内容上却不守章句,多出新义,开创了新学风。唐初的一
些儒学家,如盖文达等,也是论断多出诸儒义表。后来,刘知几著
《史通》,标举一种"会通"的治学方法,提倡"一家独断"之学,甚至
对孔、孟之言也敢于猛烈抨击。与他同时的吴兢、朱敬则、王玄感、
元行冲更著书作文,对"章句之学"从多方面进行批判,形成了武后

朝以后一段时期内儒学衰微的局面。玄宗朝后期,在新的时代条件下,出于维护封建纪纲的要求,又逐渐形成了复兴儒学的潮流。但这时对儒学的提倡,是在以前批判"章句之学"的基础上进行的,继续发展了"一家独断"的传统。例如中唐以后很有影响的啖助、赵匡、陆质一派《春秋》学,标举会通三传,以经驳传,实际上是空言说经,专以己意解释"圣人"之意。他们的学说,直接影响了王叔文、柳宗元等领导的"永贞革新",对中唐以后的政治和思想斗争起着相当大的作用。在当时,一方面唐王朝危机重重,积衰积弱,陷于长期分裂和混乱,另一方面统治阶级中出现了一些力挽颓势的人物,要求改革的呼声甚高,因而在学术界,因循守旧的经学章句是没有市场的。

从唐代"古文"的发展看,也有着不重章句的传统。唐代第一个在革新文风上做出成绩的陈子昂,就慷慨有经世志,"经史百家,罔不该览"(卢藏用《陈氏别传》,《陈子昂集》附录),富有管、乐之才;接着陈子昂之后在改革文风上有所贡献的张说,也主张"博学吞九流之要"(《洛州张司马集序》,《张燕公集》卷二十二);被称为开元贤相的姚崇,批评"庸儒执文,不识通变。凡事有违经而合道者,亦有反道而适权者"(《答捕蝗奏》,《全唐文》卷二〇六),这反映了当时对传统经义的一种通达的态度。"古文运动"理论上的先驱萧颖士、李华、梁肃、独孤及等人,都是主张尊经重道的,但他们之所重也不在儒家章句,而是道德仁义、礼乐刑政、褒贬惩劝之文。萧颖士本人以"皇帝王霸之术为己任"(符载《尚书比部郎中萧府君墓志铭》,《全唐文》卷六九一);独孤及更是"遍览五经,观其大意,不为章句学"(崔佑甫《朝散大夫使持节常州诸军事常州刺使赐紫金鱼袋独孤公神道碑铭》,《昆陵集》附录)。梁肃亲承他的指教,而韩愈又是受梁肃汲引的。

韩愈讲"道统",说是自孟子以后,"大经大法,皆亡灭而不救,坏烂而不收","汉氏已来,群儒区区修补,百孔千疮,随乱随失,其危如一发引千钧,绵绵延延,浸以微灭"(《与孟尚书书》)。这里除了表现他所谓"道统"及其传递的神秘、唯心的一面以外,还包含有一举扫荡两汉以来一切儒家繁琐章句的意义。这与柳宗元批评"陋儒""党枯竹,护朽骨"(《唐故给事中皇太子侍读陆文通先生墓表》,《柳河东集》卷九)的教条主义,在精神上是一致的。他把这近千年的经学史看成是一片衰敝和混乱,才替自己重新建立儒学体系创造了条件。在孟子以后,他大力推崇的是扬雄。扬雄的"太玄"是一套唯心主义哲学体系,但在他的思想中却多有批判宗教迷信、神仙方术的内容,例如他认为"天"是"无为"的(《法言·问道》),神怪是"茫茫"的(《法言·重黎》),都包含着理性主义的光辉。他在方法上也否定了章句注疏的学风,虽然努力模拟"圣人",却是在努力建立自己的体系。这些可能是他得到韩愈推崇的重要原因。再有一个原因就是他是个文学家。韩愈在《读皇甫湜公安园池诗书其后》中说:"《春秋》书王法,不诛其人身。《尔雅》注虫鱼,定非磊落人。"明确表示不满于注疏之学。何焯说:"此类是《春秋》大义,忽自韩公发之,殷员外及啖氏三家,岂得以其专门骄公哉?"(《义门读书记·昌黎集》卷一)这是揭示了他与啖助等人的空言说经有共同之处。陈沆则评论说:"言君子学务其大,则不屑其细,苟诚知道,则衡盱古今……"(《诗比兴笺》卷四)韩愈称赞友人卢仝"《春秋》三传束高阁,独抱遗经究终始"(《寄卢仝》),指的就是那种以经驳传的一家独断的治经方法。他的另一个友人樊宗师著《魁纪公》、《樊子》、《春秋集传》等书,他称赞它们是"必出于己,不袭蹈前人一言一句"(《南阳樊绍述墓志铭》),以前人们理解这个评价,只强调其语言独创的意思,而忽略了还有主张在意义上不循章句的内容。韩愈曾就学于当时的著名儒学家施士匄,从韦绚记录的《刘宾客嘉话录》看,施士匄讲《毛诗》,纯粹是缘词生训,主观臆断,后来唐文宗评价他是"穿凿之学,徒为异同"(《新唐书》卷二〇〇《啖助传》),而韩愈写《施先生墓铭》,却说"先生之兴,公车是召；纂序前闻，于光有曜。古圣人言，其旨密微；笺注纷罗，颠倒是非"，也明确否定繁琐注疏，要求不拘章句，直探奥旨。他在《县斋有怀》中说："少小尚奇伟，平生足悲咤。犹嫌子夏儒，肯学樊迟稼？"在经学发展史上，孔子弟子"诸儒学皆不传，无从考其家法，可考者，惟卜氏子夏"（皮锡瑞《经学历史》卷二）。相传子夏作《易传》、《诗序》、《仪礼·丧服》等，公羊高、谷梁赤都是他的门人，所以后人说"《诗》、《书》、《礼》、《乐》，定自孔子，发明章句，始于子夏"，那么韩愈"犹嫌子夏儒"的反章句的含意就很明显了。他在《此日足可惜一首赠张籍》一诗中又说："孔丘殁已远，仁义路久荒。纷纷百家起，诡怪相披猖。长老守所闻，后生习为常。少知诚难得，纯粹古已亡。"他要在人们习以为常的"长老"传授的教条之外探寻"纯粹"的经义，这就再一次表现了他扫荡一切繁琐章句的魄力。

韩愈重视《论语》。据张籍《祭退之》诗："《鲁论》未讫注，手迹今微茫。"（《全唐诗》卷三八三），而李汉《昌黎先生集序》记载他"注《论语》十卷"。现存《论语笔解》二卷，记载韩愈与李翱讨论《论语》某些章节的片断意见，或许就是他准备为《论语》作注的残稿。《论语》的记载重于政治伦理内容，被宋儒所推重，列为"四书"之首，开风气之先的就有韩愈。他解说《论语》，完全是臆断的方法。他解释孔子"温故而知新"一语说："先儒皆谓寻绎文翰，由故及新，此是记问之学，不足为人师也。吾谓'故'者，古之道也；'新'谓己之新意，可为新法。"（《论语笔解》卷上）反对"记问之学"的背诵教条，要求出"己之新意"，这与孔子所说的"述而不作"的精神正相对。他在具体注解时，亦时时以臆断出新说。例如在解释《雍也》篇"君子博学于文，约之以礼，亦可以弗畔矣夫"时，释"畔"为"偏"，"弗畔"就是不流于一偏，与一般解做"违畔"截然不同；又如解释《先进》篇"赐不受命而货殖焉"时，认为"货殖"是"资权"之讹，更是出以臆说。李翱很赞扬他的这种态度，说："古文阔略，多为俗儒穿凿，遂失圣人经旨，今退之发明深义，决无疑焉。"（《论语笔解》卷上）在论及一些具体问题时,韩愈更常常表现出突破章句教条的精神。他的《复雠状》,分别引述了《公羊》、《礼记》、《周官》对"复雠"的主张,得出结论说:"然则杀之与赦,不可一例,宜定其制曰:凡有复父雠者,事发,具其事申尚书省,尚书省集议奏闻,酌其宜而处之,则经、律无失其指矣。"这显然是把经与律区分为二,与董仲舒以《春秋》断狱的态度全然不同。唐代"三礼"之学比较发达,但韩愈却认为"《仪礼》难读",并把它等同于百氏杂家之列(《读〈仪礼〉》);他的《子产不毁乡校颂》,谈到"以礼相国,人未安其教",也对儒家礼治表示不满;他的《与李秘书论小功不税书》,对《礼记·檀弓》记载曾子说的"小功不税"表示怀疑,并说"礼文残缺,师道不传"。他的《石鼓歌》讲到《诗经》,说"陋儒编诗不收入,二雅褊迫无委蛇。孔子西行不到秦,掎摭星宿遗羲娥",对孔子所删定的经书并不那么恭敬。他曾表示过"曾经圣人手,议论安敢到"的恭慎态度,实则只是门面语。

　　章学诚曾指出过:"后代辞章之家,多疏阔于经训。韩昌黎文起八代之衰,乃云'凡为文辞,宜略识字','略识'云者,不求甚解,仅取供文辞用也;又云'《尔雅》注虫鱼,定非磊落人';又苦《仪礼》难读,盖于经学不专家也。"(《文史通义》外篇卷三)实际上,他指出的正是韩愈的一个优点。考察唐诗繁荣的原因,很重要一条是当时的诗人们摆脱了经学或玄学的思想桎梏,从而能空前深广地反映现实和人生。韩愈提倡"古文",是标榜尊儒"明道"的,但他并不相信儒家章句教条,他的头脑并没有被繁琐的、脱离实际的注疏束缚住,因而,也就有可能去考虑某些现实问题,并给予传统经义以独特的发挥,提出一些有现实针对性和历史进步意义的主张。这是他的唯心、保守的哲学体系得以包容一定积极方面的一个原因。

二

　　韩愈讲"道统",表面上尊孔宗经态度非常纯正,辟百家之说非常坚决,但在实际上,他却恕于百家,多取诸子之所长来丰富自己的儒学。这是他的儒学表现出一定积极意义的另一个原因。

　　唐代统治阶级采取儒、道、佛三教调和的思想统制政策,在思想界诸子学说又得到了普遍的重视,因此,学术上经学也就没能建立起一统独尊的地位;在儒学内部,也没有形成严守家法的师弟子传授关系。当时的人们眼界比较开阔,没有狭隘门户之见。啖助等人的《春秋》学,柳宗元评之为"合古今,散同异"(《唐故给事中皇太子侍读陆文通先生墓表》,《柳河东集》卷九),顾炎武说他们"会通三传,独究遗经"(《答俞右吉书》,《亭林文集》卷三),正是当时经学的特点。唐初有一个叫孙嘉之的,在天册万岁元年对策说:诸子之文"或激扬仁义,或囊括政刑,或富国成家,或惩恶劝善,进既资于助国,退亦取于理身,实翰墨之泉源,信文章之隆数"(《对书史百家策》,《全唐文》卷二五九),也反映了唐人对百家学说的态度。韩愈自诩"生平企仁义,所学皆孔周"(《赴江陵途中寄三学士》),"所读皆圣人之书,杨、墨、释、老之学,无所入于其心"(《上宰相书》),但又是自我标榜的门面语。他又说过,年轻时"非三代、两汉之书不敢观"(《答李翊书》),这三代、两汉之书就不只是儒书;他还说"仆少好学问,自五经之外,百氏之书,未有闻而不求,得而不观者"(《答侯继书》),"性本好文学,因困厄悲愁,无所告语,遂得究穷于经传史记百家之说"(《上兵部李侍郎书》),这些供述是合乎实际的。历史上任何一点思想上的突破,除了要有实践基础之外,还要借鉴前人思想成果。因循教条,抄袭成说,把自己局限在一家一派的框子里,是不能有所发现,有所前进的。

墨家在春秋战国之际是与儒家对立的显学。韩愈文章中一再言及孟子距杨、墨之功。但他在《读墨子》一文中却说:"孔子必用墨子,墨子必用孔子,不相用不足为孔、墨。"严有翼曾指出这一矛盾,说:"《墨子》之书,孟子疾其兼爱无父,力排而禽兽之。其言曰:'杨、墨之道不息,孔子之道不著,能言诋杨、墨者,圣人之徒也。'今退之谓'孔子必用墨子,墨子必用孔子',抑何乖刺如是耶?"(转引韩集《读墨子》篇注)韩愈在文章中更颇借用墨家一些理论,改造了儒学的传统观点。例如《原人》主张"圣人一视而同仁,笃近而举远",这种普遍的仁爱观,是墨子的兼爱,而不是儒家严于名分等级的爱;他的《杂说》四以千里马比喻人才,讲的也不是世官世禄,而是重能重才的尚贤的人才观;他的《原鬼》,也受墨子《明鬼》的影响。所以陈善在《扪虱新话》里说他"多入于墨氏"。

对于道教,韩愈和对待佛教一样严加批判。他对道家哲学,却很为宽容。他讲"圣人无常师",承认孔子师老子。他的《赠别元十八协律六首》,一般认为是送隐士元克己的,其中称赞他"惟治尚和同,无俟于謇謇。或师绝学贤,不以艺自挽"。老子曾受到"槌提仁义,绝灭礼学"的批评,"绝学"即"绝灭礼学"的老子学说。按孙汝听注解,这几句诗意是"言师老子之贤,务为隐约,不以才艺自推挽也",即是对和光同尘的隐逸之道表示赞许。《庄子》的文章是韩愈很赞赏的,姚鼐、吴德旋等人都曾指出其为文善学庄子。他的《祭柳子厚文》说:"人之生世,如梦一觉。其间利害,竟亦何校。当其梦时,有乐有悲。及其既觉,岂足追惟。凡物之生,不愿为材。牺尊青黄,乃木之灾。"这不但在形象和词藻上用了庄子的,思想也是庄子的。他称赞友人郑群:"自少及老,未尝见其言色有若忧叹者,岂列御寇、庄周等所谓近于道者邪?"(《唐故朝散大夫尚书库部郎中郑君墓志铭》)这也是宣扬老庄的人生观。《鹖冠子》一书,汉、唐以来被列入道家,韩愈也说"其词杂黄老刑名",他却称赞"使其人遇其时,授其道而施于国家,功德岂少哉!"(《读鹖冠子》)柳宗元对诸子之学造诣很深,对百家杂说多所汲取,他认为《鹖冠子》尽浅鄙言,其态度反不如韩愈之多能包容。

管仲和商鞅一向被视为法家的先驱。在《进士策问》(其五)中,韩愈提出:"所贵乎道者,不以其便于人而得于己乎?当周之衰,管夷吾以其君霸,九合诸侯,一匡天下,戎狄以微,京师以尊,四海之内无不受其赐者。天下诸侯奔走其政令之不暇,而谁与为敌!此岂非便于人而得于己乎?秦用商君之法,人以富,国以强,诸侯不敢抗,及七君而天下为秦,使天下为秦者,商君也。而后代之称道者,咸羞言管、商氏,何哉?庸非求其名而不责其实欤?"后世"羞言管、商",是出于儒家贵王贱霸、重义轻利的观念;韩愈要求以名责实,强调法治,属于法家思想。荀子是儒学异端,也是法家先驱,其观念与孟子多有对立之处。韩愈认为荀子"大醇而小疵"(《读荀子》),《进学解》说"荀卿守正,大论是弘……吐辞为经,举足为法,绝类离伦,优入圣域",把他的地位抬得很高。韩愈强调纪纲、法制的思想,显然是来自荀子的。

对于佛教,他辟之甚严,但对其哲学,却有所汲取。他一生中与名僧多所交往,如文畅、澄观、广宣上人等,都有交谊;贬潮州,还与大颠和尚往还论道。他说要"人其人,火其书",要告佛徒以儒家之说,实际他接受了佛学的某些内容。特别是他离性言情,有取于禅宗"明心见性"之说,不同于传统儒家"天命之谓性"的观点。他在《送高闲上人序》里,称赞高闲师浮屠法,能一生死,解外胶,其为心必然无所起,其于世,必淡然无所嗜,讲的正是禅宗"见性成佛"思想,因而后人说"观此言语,深得历代祖师向上休歇一路"(马永卿《嫩真子》卷二)。后来从李翱到宋儒,正发展了他的这个传统,杂糅了禅宗心性学说来创建理学。

此外,他在《后汉三贤赞》里颂扬唯物主义者王充等人;在《圬者王承福传》中对扬朱之道有所肯定,说"其贤于世之患不得之而

患失之者，以济其生之欲、贪邪而亡道以丧其身者，其亦远矣"。这
都表现了他"学无不该贯"（张籍《祭退之》，《全唐诗》卷三八三）的
治学态度。

　　韩愈说过："吾常以为孔子之道，大而能博。"（《送王秀才序》）
这是他对"孔子之道"的理解。他又说："且古圣人言通者，盖百行
众艺备于身而行之者也。"（《通解》）这样，他的"道统"，就不是严格
封闭的教条体系，在一定程度上能博而至于兼容百家，通而至于兼
善众艺。古代颇有人指出他的儒学并不像他吹嘘得那么纯正，甚
至称赞他拯衰起溺的苏轼也说他"于圣人之道，盖亦知好其名矣，
而未能乐其实……论至于理而不精，支离荡佚，往往自叛其说"
（《韩愈论》，《经进东坡文集事略》卷八）。这实际上恰恰指出了他
的思想有开放自由一面的长处。他当然从百家杂说中接受了一些
消极东西，但也汲取了一些积极东西，从而补充、丰富、改造了自己
所主张的"圣人之道"的内容。

三

　　在批判章句教条、汲取"百氏杂说"的基础上，韩愈对"圣人之
道"本身做出了独特的发挥。那就是他认为"道与德为虚位"和强
调"相生养之道"，从而使他所理解的"道"具有一定的社会、民生内
容。这也指导他的创作去反映一些现实民生问题。

　　在反映他的理论纲领的文章《原道》一开始，就下了这样的定
义："博爱之谓仁，行而宜之之谓义，由是而之焉之谓道，足乎己无
待于外之谓德。仁与义为定名，道与德为虚位。"这就是他的"道"
为"虚位"之说。所谓"虚位"，就是指空洞的范畴，需要有一定的内
容去充实才有意义。从接下来的论述中我们看到，韩愈做出这个

论断,是有鉴于佛、道以及诸家各讲自己的"道"与"德",因而要明"圣人之道",就得规定具体内容。这样一来,也就使他有可能按个人理解给"道"定出界说。他所具体规定的"圣人之道"的内容就是行仁义。

他的这种看法,后人多有批评。如苏辙说:"愈之学,朝夕从事于仁义礼智、刑名度数之间,自形而上者,愈所不知也。《原道》之作,遂指道德为虚位,而斥佛、老与杨、墨同科,岂为知道哉!"对于"形而上"的绝对的、先验的"道",汉儒如董仲舒归结为"天命",宋儒归之为"天理",韩愈虽然也笼统地承认"天道",但在观察社会实际问题时,却仅仅讲"仁义",所以苏辙说他不知"道"。宋人杨时说:"韩子意曰,由仁义而之焉,斯谓之道,充仁义而足乎己,斯谓之德。所谓'道德'云者,仁义而已。故以仁义为定名,道德为虚位。《中庸》曰:'天命之谓性,率性之谓道。'仁义,性所有也。虽舍仁义而言道者,固非也;道固有仁义,而仁义不足以尽道,则以道德为虚位者,亦非也。"(转引韩集《原道》篇注)而韩元吉则批评说:"韩愈之作《原道》,可谓勇于自信者也,非有假于他人之说也,其所见于道者如此也。然愈者,能明圣人之功,而不能明圣人之道。能明其功,故曰'古之无圣人,人之类灭久矣';不能明其道,故以仁为博爱。若仁仅止于'博爱',颜子所谓非礼勿视听、勿言动者,果何事哉?……"(《韩愈论》,《南涧甲乙稿》卷十七)这都指出了韩愈对"道"的理解的主观臆断的特点,他的观点并不完全符合先儒成说。

他把"道"归结为行仁义,而仁义的核心又是"博爱",因而他"明道"、"行道"也就注意社会民生问题,这就是苏辙批评的"朝夕从事于仁义礼智、刑名度数之间"和韩元吉批评的"明圣人之功"即注重在功利。他的《原道》,讲到人民应当"出粟米麻丝,作器皿,通货财,以事其上",不这样"则诛",颇有人指斥他公然宣扬剥削专制、诛杀人民。韩愈的理论,是专制主义的理论,在这种言论中确实体现得特别明显,但不能忽略另一个更重要的方面,就是他强调社会各阶层要各守职司，各尽职责，互相依附，互相生养。这就是他所谓"相生养之道"。他说由于古代"有圣人者立，然后教之以相生养之道"，他们教给人民衣食居处，仁义刑政，使人类得以生存。他这种历史发展观点，当然美化了专制统治秩序，肯定"圣人"决定历史的作用，是地地道道的唯心史观；但其中有合理的因素，就是强调了民生问题。韩愈在这里讲"道"，不是抽象到超现实的天人、性命之间，而是归结到民生伦理之中。他承认人类生存首先要解决衣、食、住问题，而"圣人"之可贵就在于解决了这些问题，因此统治阶级也就应注意这些问题。他在《谢自然诗》中说："人生处万类，知识最为贤。奈何不自信，反欲从物迁……人生有常理，男女各有伦。寒衣及饥食，在纺绩耕耘。下以保子孙，上以奉君亲。苟异于此道，皆为弃其身。"在《进士策问十三首》中又说："人之仰而生者谷帛。谷帛丰，无饥寒之患，然后可以行之于仁义之途，措之于安平之地，此愚智所同识也。"这都明显地宣示他重视民生的思想。在《论语笔解》中，论及"卫灵公问阵于孔子。对曰：俎豆之事则尝闻之矣，军旅之事未之学也"一条，与一般注疏解释为重礼仪轻戎事、讥卫灵公本未立不可教以末事不同，提出："俎豆与军旅，皆有本有末，何独于问陈为末事也？……吾谓仲尼因灵公问陈，遂讥其俎豆之小尚未习，安能讲军旅之大乎？"这样，在他看来，"道"之大本体现在俎豆、军旅等所有礼仪日用之中，而戎事比礼仪更为重要，因为戎事牵涉到广泛的民生问题。宋人黄震评论说："自昔圣帝明王所以措生民于理，使其得自别于夷狄禽兽者，备于《原道》之书矣。"（《黄氏日钞》卷五十九《读文集·韩文》）他注意到《原道》的主旨是"措生民于理"这个核心内容。

由此可见，韩愈对"道"的理解，在哲学上虽然是唯心的，在政治上是专制主义的，但却包含着重视民生的内容。这是他对孔、孟"仁"的学说的发挥和运用。这是他在思想斗争和文学创作中取得成绩的重要理论基础。

　　例如他的辟佛斗争。在佛教猖獗、朝野佞佛如狂的形势下,他以独挽狂澜的气概,大力辟佛,甚至遭远贬也在所不惜,从而对抵制佛教的进一步发展起了一定作用。正如有些人指出的,在哲学史上,他对佛教的批判并未及于唯心主义本体论的要害;他是用一种唯心主义反对另一种唯心主义;他的一些观点,如指出祸福轮回之说的不可信等等,早经别人(如傅奕)提出过。这表明他理论上的局限。但他的辟佛确实与前人不同,除了表现在他的言行中的那种决心、气势、迫切感和正义感给人以强烈感动之外,他还特别强调了佛教对国计民生的危害。他以强烈的现实针对性,指出了佛教造成经济上"老少奔波,弃其业次",伦理上破坏了"君臣之义,父子之情"。他指出佛教的发展造成"三纲沦而九法斁,礼乐崩而夷狄横"(《与孟尚书书》)的危机,使得"齐民逃赋役,高士著幽禅。官吏不之制,纷纷听其然。耕桑日失隶,朝署时遗贤"(《送灵师》)。佛教宣扬给人民以"福田利益",韩愈把这套谎言揭穿了,沉痛地指出了佛教猖獗实际的后果。纪昀《阅微草堂笔记》里记载当时人一段议论:"辟佛之说,宋儒深而昌黎浅,宋儒精而昌黎粗。然则披缁之徒,畏昌黎而不畏宋儒,衔昌黎而不衔宋儒。盖昌黎所辟,檀施供养之佛也,为愚夫愚妇言之也。"(《姑妄听之》卷四)宋儒是否辟佛,所辟是否精深,当做别论;韩愈所辟直接涉及到"檀施供养",即僧侣地主的经济利益是确实的,从另一方面讲,就是他特别注意到佛教之危害民生,则确实是他的强有力的方面。

　　出于以"仁义"为核心的"相生养之道",韩愈对当时重大的社会问题能在作品中给以一定程度的揭露。如中唐以后的藩镇割据问题,他的《张中丞传后叙》、《唐朝散大夫赠司勋员外郎孔君墓志铭》等歌颂了与安史叛军或强藩做斗争的人物,《守戒》指出了强藩跋扈的危机,《河南少尹李公墓志铭》、《凤翔陇州节度使李公墓志铭》等揭露豪强、军阀施行土地兼并,《送董邵南序》触及到强藩网罗知识精英问题,《论淮西事宜状》则对平藩策略有所建议。又如赋役苛重、吏治混乱是中唐扰害民生的又一大问题，在他的《御史台上论天旱人饥状》、《赠崔复州序》、《送许郢州序》等作品中，也都有所表现。这样，出于"博爱之谓仁"的观点，对人民生活表示一定程度的关心，使韩愈的作品具有一定的社会内容，而不光是抽象空洞的论理明道的文章。

韩愈"念昔始读书，志欲干霸王"（《岳阳楼别窦司直》）。他富于经世之志和进取精神，这使他不能信守儒家"安贫乐道"和"独善其身"的人生哲学。他在《答李翱书》中表示自己不能学孔门第一大弟子颜回："孔子称颜回'一箪食，一瓢饮，在陋巷，人不堪其忧，回也不改其乐'。彼人者，有圣者为之依归，而又有箪食瓢饮足以不死，其不忧而乐也，岂不易哉！若仆无所依归，无箪食，无瓢饮，无所取资，则饿而死，其不亦难乎？"在《闵己赋》中又说："昔颜氏之庶几兮，在隐约而平宽。固哲人之细事兮，夫子乃嗟叹其贤。"他这就把颜回的乐天安命之道称为"哲人之细事"，显然是取不赞赏的态度。他自视甚高、立志颇大，受到现实的阻抑，怨愤不平之情不能自已。在文学上，他则主张要作"郁于中而泄于外"的不平之鸣（见《送孟东野序》），并认为"和平之音淡薄，而愁思之声要妙，欢愉之辞难工，而穷苦之言易好也，是故文章之作，恒发于羁旅草野……"（《荆潭唱和诗序》）。这种"愁思之声"、"穷苦之言"即由"不平"而来，虽然多表现为士大夫阶层的感叹身世，悲悼际遇，但总感应着一定的社会问题。例如他的《进学解》、《送穷文》等，是抒写个人怀才不遇的牢骚的，但也反映了当时对人才的压抑，这是政治腐败的一个重要表现。又如《师说》、《原毁》、《杂说》等，则从更广泛的社会现象加以抽象，从不同角度提出了贤才不得施展的问题。而《柳子厚墓志铭》、《毛颖传》等，或记叙人物，或出以寓言，描写了有才华的知识分子的坎坷遭遇。他的这种态度，在正统儒家看来是躁伎偏狭，并不符合中庸之道。实际上，正是在这里，又表现了他的作品的一定的现实精神。

晚清的汪琬,反对"文以载道"之说,提出:"夫文之所以有寄托者,意为之也;其所以有力者,才与气举之也,于道果何与哉!"(《答陈霭公论文书一》,《尧峰文钞》卷三十二)他指出了空言载道之无益于文章。但在韩愈那里,由于所主张的"圣人之道"有"博爱"与"相生养"之"意",因而在唯心的"道统"中就有一定的关心现实、同情人民的思想内容。这样,他的"明道"之文,就能反映一定的现实问题;他这种"明道"理论,也就有一定的现实针对性。他自觉地提倡这种"明道"的"古文",尽管有消极方面(这下面还将提到),但其积极内容也必须给以肯定。在文学创作中,崇高的思想是创作的生命。"古文运动"得以成功,很重要的一点也在于它具有反映一定时代要求的思想内容,而不单纯是"儒学复古"或对文体、文学语言的改革。

四

韩愈要求"文以明道",却又能够注意到文学创作本身的规律。他在写作中并不满足于阐扬经义,或在形式上追踪经典,而努力去提高散文的艺术水平。所以,他在文学上的成就,远远超过了他在儒学上的成就。

韩愈讲"道统",但不讲"文统"。在文学遗产继承方面,他取旁推交通、含英咀华的广取博收态度。他讲要尊经宗圣,以儒家圣人之言为创作的大本大原,但具体到古今的"善鸣者"时,却举出了诸子百家以及屈原、司马迁、陈子昂、元结、李白、杜甫等人。这些人绝非儒学家,其中有些人的思想倾向也不是儒家的。他在《答崔立之书》中称屈原、孟轲、司马迁、司马相如、扬雄为"古之豪杰之士",而不提董仲舒等经学家,这显然是从文章角度做出评价的。在《进学解》中，他讲到自己对于文章做到闳中肆外，也提到了"下逮《庄》《骚》，太史所录，子云相如，同工异曲"。而对比之下，他说《尚书》"佶屈聱牙"，称《左传》"浮夸"，联系到他又说"《仪礼》难读"，可知他对这些圣经贤传的文学价值很有保留。由此可见，他是从文学本身的发展规律来评价文章的。

在韩愈以前，从北朝的苏绰到中唐的柳冕、梁肃等人，提倡"古文"，一般都有两个偏向：一是缺乏文学历史发展观念，否定散文艺术形式上的进步。例如李华说："屈平、宋玉，哀而伤，靡而不返，六经之道遁矣。论及后世，力足者不能知之，知之者力或不足，则文义浸以微矣。"（《赠礼部尚书清河孝公崔沔集序》，《全唐文》卷三一五）贾至说："三代文章，炳然可观。洎骚人怨靡，扬、马诡丽，班、张、崔、蔡、曹、王、潘、陆，扬波扇飙，大变风雅，宋、齐、梁、隋，荡而不返。"（《工部侍郎李公集序》，《金唐文》卷三六八）这样，他们仅仅看到了"八代之衰"的形式主义倾向，而没有看到正是在这一时期独立于著述之外的文学形成了，文学表现手段和文学语言都大大发展了。另一些人则力求模拟经典，他们认为道胜则文薄，文胜则道消，因此写文章要尚简古，切实用，废华饰，甚至要求在口吻声气上逼肖古人。在这两种偏向的影响下，这些人提倡改革文风，也就离开了文学发展的坦途，因而也不能取得大的成就。

韩愈谈到创作，"明道"仅仅是一个总的目标。他在《师说》中曾并列"传道、授业、解惑"，并说"闻道有先后，术业有专攻"。后来有人指责他把"道"与"业"并举，分而为二。在文学上，他确是遵循着这样的逻辑。他既强调"文"与"道"相联系的一面，又注重"文"的特殊规律。这样，他高度评价屈、宋辞赋，自称"俚言绍庄、屈"（《山南郑相公樊员外酬答为诗依赋十四韵以献》）。而屈、宋是被李华、萧颖士等许多人指为文风颓靡的肇端的。他特别称赞汉代文章，说"汉朝人莫不能为文，独司马相如、太史公、刘向、扬雄为之最"（《答刘正夫书》）。柳宗元也说："退之所敬者，司马迁、扬雄。"

（《答韦珩示韩愈相推以文墨事书》，《柳河东集》卷三十四）《旧唐
书》的作者刘昫评他的文章是"经、诰之指归，迁、雄之气格"（《旧唐
书》卷一六〇），即指出其文章在内容上是宗经的，但在体格、写法
上更多地学习了司马迁、扬雄。他改革文体，矛头对着"绣绘雕琢"
的"俗下文字"，即六朝以来统治文坛的骈体文。但他说："魏、晋氏
鸣者不及于古，然亦未尝绝也。"（《送孟东野序》）可见他对六朝文
章并不一概否定。唐初王勃写《滕王阁序》，是骈体名篇，而他写
《新修滕王阁记》，却表示"壮其文辞"，并自承"词列三王（另外两篇
是王绪《滕王阁赋》和王仲舒《滕王阁记》）之次，有荣耀焉"，这又表
明他并不完全否定骈体。而从他的创作实践看，他使用的是六朝
发展起来的各种"篇什"体制，运用了六朝形成的各种各样的描写、
形容写作手法，在语言上，虽然解散骈偶，基本上散体单行，但也不
废偶对之言，华藻之文，在语气、音节上又吸取了六朝使用声韵格
律的成就。所以后来有人说："韩文起八代之衰，实集八代之成。"
（刘熙载《艺概·文概》）"浅儒但震其起八代之衰，而不知其吸六朝
之髓也。"（蒋湘南《与田叔子论古文第二书》，《七经楼文钞》卷四）
这样，韩愈基于他高度的文学素养和长期创作实践的经验，对文学发
展历史有一个较客观的认识，能够分辨出过去遗产中真正属于精华
的东西。他继承这个传统去进行创作，就能取得更高的成就。这使
他的创作与单纯追求模拟经典的那些作品达到了完全不同的效果。

在"旁推交通"、"含英咀华"的基础上，韩愈要求要有艺术上的
独创。他在《答刘正夫书》中，提出作文章必须"深探而力取之"，要
"能自树立，不因循"；在《答李翊书》中，又提出"惟陈言之务去"。
这就是说，不但不能模拟经典之言，就是对前人的优秀的艺术作
品，也不能模仿。但他却不主张单纯追求形式的华美。他要求"志
深而喻切，因事以陈辞"（《答胡生书》），"文章言语，与事相侔"（《上
襄阳于相公书》），即是要根据内容来决定语言、形式。具体实现这
个原则，他提出"为文求是"的主张："或问为文宜何师？必谨对曰：

宜师古圣贤人。曰：古圣贤人所为书具存，辞皆不同，宜何师？必谨对曰：师其意，不师其辞。又问曰：文宜易宜难？必谨对曰：无难易，惟其是尔，如是而已。"(《答刘正夫书》)按这样的要求，"师古圣贤人"只是内容问题；而在形式上、语言上，则要依据内容的需要加以创新。社会生活在变化，文章所表现的内容也在变化，形式也就要不断发展。他的关于为文不论"难""易"，而只求"惟其是尔"的看法，十分通达而精辟。在当时，文章繁简难易是个聚讼纷纭的问题，韩愈的一个"是"字，把这个问题解决了。

在强调文学创作的独创性的基础上，他为发展和完善古典散文的体裁和艺术形式，丰富它的表现方法和文学语言，做出了极大的努力；在理论上提出了许多精辟的见解，在实践上也做出许多成绩。他在文体改革方面，集前人创作经验的大成，又以自己的创造实现了散文文体的大发展，大解放。他创造出多种形式的可以自由地记人、叙事、议政、论学、反映时事、评论历史、抒写心迹、发抒感慨的"古文"，精练畅达，鲜明生动，开拓了散文表现的广阔天地。在艺术方法方面，他发展了议论、叙事、描写、抒情的技巧，善于运用比喻、夸张、形容、衬托等手段，也注意到发挥汉语语气缓急、声调高下、音节短长的作用以及排比、对偶、双声、叠韵等修辞手段的效果。在语言创新方面，他从古代和当代语言宝库中汲取大量营养。在他的文章里，巧妙地运用了口语、俗语、僻语、奇语、"瑰丽之辞，时俗之好"、"荒唐之言，悠谬之说"，而又做到"文从字顺"，形成丰缛华赡、汪洋恣肆的洋洋大观。这样，他的"古文"在散文艺术上就成了杰出的创造。朱熹说他"只是要作好文章"，是有一定的道理的，那就是他在要求"明道"的目标之下，确实致力于散文艺术的发展和提高。对他来讲，"文"不是简单的"明道"手段，还有着独立的艺术价值。

总之，在"明道"的总要求下，承认文学发展的特殊规律，努力探索这个规律，自觉地按这个规律去实践，是韩愈倡导"古文"得以成功的又一个原因。从文学发展的内因看,这个原因是关键性的。

五

上面,从"道"与"文"两个侧面,分析了韩愈倡导"古文"成功的方面。但也应当看到,他的唯心的、保守的思想体系又限制了他的成就,给他的理论与实践带来许多消极后果。他的一些弱点和缺点,在以后散文的发展中,被他的某些后继者、崇拜者发展到很严重的程度。后来"古文"发展中的问题,不能全都归咎于韩愈,但穷流溯源,也不得不承认韩愈的影响。

首先,韩愈张扬儒道,主张"道统",在思想上就确立了一套先验的、唯心的理论体系。他根据这套体系提出的"文以明道"的要求,成为批判以骈文为代表的形式主义文风的有力武器;当他赋予所谓的"圣人之道"以关心民生、辅时及物的内容时,也为他的"明道"之文提供了一定的思想内容和现实意义。但那个"道统"的框子总是束缚着他,他的"文"总与这种唯心的理论体系联系在一起。他说"约六经之旨而成文"(《上宰相书》),"行之乎仁义之途,游之乎《诗》、《书》之源"(《答李翊书》),就是把儒家经典当作创作的源泉,让人们从中去寻找作文的主题。他又要人们在写作时"无望其速成,无诱于势利,养其根而俟其实,加其膏而希其光,根之茂者其实遂,膏之沃者其光晔,仁义之人,其言蔼如也"(同上)。他这样强调创作时中充实则发扬于外者光大的道理是对的,但他却把创作的准备归结为主观道德涵养工夫,得出了能仁义则善文章的结论。这些就阻碍他进一步深入社会,反映现实。在前面讲到,由于他对儒道的独特理解和发挥,使他的创作反映了一些现实问题,有某些同情人民的内容。但这些却被他的唯心的理论体系限制着,有时甚至被错误观念淹没了。例如他的那种"臣罪当诛兮,天王圣明"的忠爱观念和严守纪纲的等级压迫道德,就使他回避了许多重大社会矛盾。他明明生活在动乱时代,感受过社会危机,却闭起眼睛说自己"幸生天下无事时,承先人之遗业,不识干戈耒耜、攻守耕获之勤"(《感二鸟赋》)。有时候,他揭露了一些社会矛盾,却又采取曲折隐晦的表现方法,对在上位者取回护态度。例如在《送崔复州序》里,写到"民就穷而敛愈急"的现实情形,立即归结到"刺史有所不闻,小民有所不宣",给统治者推卸了责任。有时候,他公然主张在下位的文人应"谄其上"(《上于襄阳书》),并写了一些虚美掩恶、浮夸不实的颂谀之文,如他颂扬大阉俱文珍、权奸李实、强藩裴均、于頔等就是例子。由于他的保守的政治立场,使他与"永贞革新"取对立地位,写了许多攻击这次进步的政治斗争的诗文,便是他政治上的局限。在这些情况下,他的"明道"的口号掩盖的是错误的内容,所谓"仁义道德"都成了堂皇的旗号。

其次,在处理"文"与"道"的关系上,当他把"道"理解为具有一定思想意义的内容,"文"作为它的表现形式,要求"文"为"明"这个"道"服务。这用来处理写一般文章时内容与形式的关系是正确的,因为写文章就是要先有论点、论据,再寻找合适的表现形式。但如果从文学形象思维的角度讲,就不应当是先有观念,再去寻找艺术形象的外衣。艺术形象在作家提炼生活的过程中形成和丰富,形象本身是内容与形式的辩证统一。而韩愈所致力的,却不是后面这种创造艺术形象的工夫,而多是探讨写一般文章的方法。他的贡献,主要在语言、文风、文体的改革方面;他写得最多的是碑志,其次是书序和杂著,按后来阮元的看法,这都是经、史、子的范围。这就形成了他的散文的一个很大的弱点,就是在艺术形象的创造上比较薄弱。这也影响了以后中国散文的发展方向。在中国古典散文中,带有自觉审美意识写人、写景的艺术散文一直没有成为散文发展的主流。而宋代以后,"载道"的文学观成了散文的桎枯,甚至出现了"道胜言文"、"因文害道"等错误观念,使"文"成为"道"的附庸以至取消了"文"的独立地位,从而影响了散文的健康发展。

第三,韩愈要求为文富于独创是对的。但他追求"词必己出",所明之道又往往空疏肤阔,结果就流入了"怪怪奇奇"。他曾写了《刘统军碑》、《贞曜先生墓志铭》等追求表现上的怪异生涩的作品;他用的词语如喁噞、瘢疵、婳娜、窔窱、噎喑以及曹诛五咢、苗薅发栉等等,真可说是佶屈聱牙,"凌纸怪发"。此外,他还写了些"翻空出奇"的文章,它们没有多少现实内容,专凭技巧和语言取胜。如有名的《祭十二郎文》,被赞为述哀文的"千古绝调",其中主要抒写哀悼亲人亡殁的悲、悔、疑、憾的复杂细腻的心情;又如《殿中少监马君墓志》,碑主马燧之孙马继祖本无事迹可述,因此只能组织以"未四十年,而哭其祖、子、孙三世"的经过,使文章绝处逢生,以构思奇巧动人。这类作品,在韩愈"大手笔"之下,成了富于艺术性的杰作。而后来学习他的人,却只见他运思置词、转折注措、回旋抑扬的工夫。到后来,皇甫湜、孙樵一派主要发展了他的注重形式新异的方面,而明、清以后的"古文",更形成了一套新的"窠臼"。

总观韩愈其人其文,在中国哲学史、中国文学史、中国文化史上,都是一位有巨大贡献、有重大影响的人物。他像一切优秀的历史人物一样,既做出了成绩,又有缺点和局限,给后代留下了宝贵遗产,也留下了一些消极的东西。像他那样千余年来影响中国人头脑的人物,是应当认真做些分析的,简单否定和全盘肯定都不合乎实际。而涉及到"文"与"道"的关系问题,就更为复杂。他的"文以明道"的观念,一直影响到今天的文坛。正确解决这个问题,不仅具有理论价值,更有实践意义,是需要我们认真探讨,从中汲取历史经验的。

(《文学评论丛刊》第十三辑,《古典文学专号》中国社会科学出版社 1982 年 5 月)

盛唐散文及其历史地位

一

　　清末民初学者沈曾植曾提出"开元文盛"之说，以为唐开元年间的诗文，百家皆有跨晋、宋而追两汉之思，后来贞元、元和之再盛，不过是成就其未竟之业而已（见《海日楼札丛》卷七）。用这个说法来评论唐代散文的发展，还是颇有见地的。

　　自从宋人大倡韩愈在文坛上的起衰、济溺之功以后，在他以前的唐人文章基本就不被人们所重视了。现在的文学史著作，一般都承认韩、柳之前有几个"古文运动"的"先驱"，但他们的成就如何？应怎样估价？往往几笔带过，并没有加以充分的探讨。实际上，在宋人大力推崇韩愈以前，人们是比较客观地肯定盛唐散文的成就的。例如早期"古文家"之一的独孤及就曾指出："帝唐以文德敷祐于下，民被王风，俗稍丕变。至则天太后时，陈子昂以雅易郑，学者浸而向方。天宝中，公（李华）与兰陵萧茂挺（颖士）、长乐贾幼几（至）勃焉复起，振中古之风，以宏文德……于时文士驰骛，飙扇波委，二十年间，学者稍厌《折杨》、《皇华》，而窥《咸池》之音者什五六。"（《检校尚书吏部员外郎赵郡李公中集序》，《全唐文》卷三八八)以后的梁肃、陆希声、崔祐甫等人,都提出过相似的看法。直到北宋欧阳修、宋祁修《新唐书》,仍明确主张"唐文三变":"高祖、太宗,大难始夷,沿江左余风,绮句绘章,揣合低卬,故王(勃)、杨(炯)为之伯;玄宗好经术,群臣稍厌雕琢,索理致,崇雅黜浮,气益雄浑,则燕(张说)、许(苏颋)擅其宗。是时,唐兴已百年,诸儒争自名家。大历、贞元间,美才辈出,搉哜道真,涵泳圣涯,于是韩愈倡之,柳宗元、李翱、皇甫湜等和之,排逐百家,法度森严,抵轹晋、魏,上轧汉、周,唐之文完然为一王法。"(《新唐书》卷二〇一《文艺传序》)这个看法应该说是比较合乎历史发展实际的。

从陈子昂到元结①这七八十年间,确乎应该说是文章粲然的时代。这个时代的散文创作,比起中唐以韩、柳为代表的"古文"的全面繁荣来,在总的成就上固然还有差距,但在某些方面却有着后人所不及的长处。而且正是盛唐散文的繁荣,为以后"古文"的发展奠定了基础,开辟了道路。只是宋代以后,一般评论家溺于对"道统"、"文统"的迷信,把韩愈的作用大大抬高,而盛唐文坛似乎是一片黄茅白苇,无可观览了。这实在是一种偏见。

促成盛唐文章发展的,有几个特殊条件。这也造成了当时创作上的突出的优点。

从社会背景看,这个时期是唐王朝诸种社会矛盾发展、激化的时期,也是统治阶级中的改革派和腐朽势力激烈斗争的时期。唐代诗文革新在武后朝开出新局面,不是偶然的。当时土地兼并、赋役繁重已发展到相当严重的程度;加上水旱相继、边衅连年,阶级关系已非常尖锐。狄仁杰上疏说:"今关东饥馑,蜀、汉逃亡,江、淮已南,征求不息。人不复业,则相率为盗,本根一摇,忧患不浅。"

---

① 诗歌史上的"盛唐",一般指开、天年间,本文根据散文发展实际,从陈子昂讲起。又元结,文学史上一般归入"中唐",但其《文编》编成于天宝十二载(753),《元子》十卷也著成于"安史之乱"前,标志着这时其创作活动已进入成熟阶段。

（《请罢百姓西戍疏勒等四镇疏》，《全唐文》一六九）朱敬则更尖锐
地指出："窃恐人心不安，别生他变，争锋于朱雀门内，问鼎于大明
殿前，陛下将何以谢之？何以御之？"（《资治通鉴》卷二〇七）这都
说出了当时局势的严重，也表明了统治阶级中部分有眼光、有远见
的人的忧虑。由此，也就产生了求治和革新的要求。在文坛上第
一个"横制颓波"的陈子昂，就"窃少好三皇五帝霸王之经，历观丘
坟，旁览代史，原其政理，察其兴亡"（《谏政理书》，《陈子昂集》卷
九）。继他之后活跃在文坛上的一些散文家如萧颖士、李华、独孤
及、元结等，多是富有进取改革意识的人物①。许多开明的或进步
的政治家如张说、张九龄、姚崇、宋璟等，也参与散文创作。这就使
得当时的文章特别富于现实性和政治性。所以，这时的文坛发生
新变，是现实斗争的一种表现，它曲折地或直接地反映了政治革新
的要求。

　　从思想基础看，这个时期正是传统的"章句之学"受到批判，
"一家独断"的学风大大发扬的时期。关于当时的思想环境，有韦
嗣立上疏说："国家自永淳以来，二十余载，国学废散，胄子衰缺，时
轻儒学之官，莫存章句之选。"（《请崇学校疏》，《全唐文》卷二三六）
这表明儒学教条的束缚大大松弛了。清人赵翼曾指出，唐代初年
研究"三礼"，是"务为有用之学"（《廿二史札记》卷二十《唐初三礼、
汉书、文选之学》）。武后时的刘宪《上东宫劝学启》说："殿下居副
君之位，有绝世之才，岂假寻章摘句哉？盖应略知大义而已。"（《全
唐文》卷二三四）姚崇也曾批评"庸儒执文，不识通变"，认为"凡事
有违经而合道者，亦有反道而适权者"（《答捕蝗奏》，《全唐文》卷
二〇六）。这样，儒学的权威降低了，造成了一种"幼能就学，皆诵

---

① 李华在安史乱中受伪职，被人们所诟病，但早年政治态度颇积极，天宝年间
　为监察御史，与权奸杨国忠相冲突。其文章亦"抒性情以托讽"、"风雅之指
　归，形政之本根，忠孝之大伦，皆见于词"（独孤及《检尚书吏部员外郎赵郡李
　公中集序》，《全唐文》卷三八八）。

当代之诗;长而博文,不越诸家之集","六经则未尝开卷,三史则皆
同挂壁"(杨绾《条奏贡举疏》,《全唐文》卷三三一)的社会风气。当
时的人们轻阀阅、重科举,轻经术、重文章,表明时代的思想比较开
放、自由,这就给文学面向生活、反映现实留下了广阔的天地。当
时的作家,不但李白能够"凤歌笑孔丘"(李白《庐山谣寄卢侍御虚
舟》,《李太白集》卷十四),元结能够"不师孔氏"(李商隐《容州经略
使元结文集后序》,《樊南文集》卷七),而且就像张说那样的官僚文
人也要求"博学吞九流之要"(《洛州张司马集序》,《张燕公集》卷十
二),就是信守儒学的杜甫也慨叹"儒冠多误身"(《奉赠韦左丞丈二
十二韵》,《杜少陵集》卷一)了。在当时的文人中,"章句之学"普遍
地受到鄙视,而追求一种重视实际、夷旷通达的学风。这既与六朝
文人间的浮靡颓废风气不同,也不像宋人往往被"道统"框子所羁
束。这是很适于散文发展的思想环境。

从文学观念看。当时虽已提出革正文体的要求,但还没有形
成严密系统、统治文坛的"古文"理论。在这个改革的探索期,对
"文"的认识已开阔、通达得多。例如,有一位叫孙嘉之的,在天册
万岁元年(695)对策,就称赞诸子之文"或激扬仁义,或囊括政刑,
或富国成家,或惩恶劝善,进既资于助国,退亦取于理身,实翰墨之
泉源,信文章之隆薮"(《对书史百家策》,《全唐文》卷二五九)。这
反映了当时人对诸子的一种新的评价,也是对于"文"的作用和意
义的一种看法。当时的人们往往是从现实斗争的需要出发,强调
文章经世济时、褒贬美刺的作用。萧颖士、李华、独孤及等人,都是
要求在创作中尊经崇儒的,但他们所讲的"六经之志"还比较的空
泛,具体强调的是"激扬雅训,彰宣事实","德行政事,非学不言;言
而无文,行之不远"(萧颖士《江有归舟三章序》,《全唐诗》卷一五
四);"立身扬名,有国有家,化人成俗,安危存亡,于是乎观之"(李
华《赠礼部尚书清河孝公崔沔集序》,《全唐文》卷三一五);"足志者
言,足言者文。情动于中而形于声,文之微也;粲于歌颂,畅于事

业，文之著也"（独孤及《唐故殿中侍御史赠考功郎中萧府君文章集录序》，《全唐文》卷三八八）等等。至于元结，更强调文章"能悉下情"（《与韦尚书书》，《元次山集》卷七），并自诩所作"多退让者，多激发者，多嗟恨者，多伤悯者"（《文编序》，《全唐文》卷三八一）。这样，一般地讲以文章表达"情"、"志"，要求发挥讽喻教化作用，这种认识确实开阔通达得多。

以上几个方面，造成了散文发展的有利条件，也形成了当时散文创作的独特面貌。盛唐时期的散文家们在这样的条件下所取得的成就，是对整个散文史的杰出贡献，其价值是不可低估的。

二

从北朝西魏的宇文泰、苏绰、柳庆，到唐初的唐太宗李世民、魏征等人，都曾反对华靡文风，提倡革正文体，往往是以增强实用效能、发挥政治作用为出发点的。魏征提出文章要"昭德塞违，劝善惩恶"，反对"竞采浮艳之词，争驰迂诞之说，骋末学之传闻，饰雕虫之小技"（《群书治要序》，《全唐文》卷一四一），集中反映了初唐统治阶级对文体改革的要求。正是在这样条件下，促使那些直接服务于现实斗争的文章体裁首先发生变革，而且这个变革从一开始就带有强烈的政治性和现实性的特色。

第一个在文体改革上做出突出成绩的陈子昂，就是一位喜言王霸大略、颇有济世之志的人。他自负"察天人之际，观祸乱之由，迹帝王之事，念先师之说"（《谏政理书》，《陈子昂集》卷九）。他在给武则天的奏疏中曾说："臣伏见太宗文武圣皇帝德冠三王，名高五，实由能容魏征愚直，获尽忠诚。国史书之，明若日月，直言之路启，从谏之道开，贞观以来，此实为美。"（《答制问事》，《陈子昂集》

卷八）他希望当代君主能如唐太宗,那么他自己就是魏征了。他以王佐自居,不安于做文学侍臣,所以他的文章,是他从事现实斗争、表达政见和志向的工具。他的友人卢藏用评论他"工为文而不好作"(《陈子昂别传》,《全唐文》卷二三八)。"不好作"也就是后来柳宗元所谓的"少为作"(《辩列子》,《柳河东集》卷四),即不刻意雕琢;因此所谓"工文"之"工",也就与当时一般地讲究绘绘偶俪不同。陈子昂支持武则天,但他是寄改革政治、挽救社会危机的希望于后者的,因而他以直言谏诤、揭露时弊来表示自己的支持。这样,他的那些开一代文坛新风尚的论事书疏,都以内容充实、见解深刻、义理刚正、言辞雄辩见长。它们不施藻绘,不尚巧辞,不用事典,并开始解散排偶,形成后人所谓"疏朴近古"的清新格调。例如有名的《谏灵驾入京书》,是他受到武则天赏识的成名之作,其突出特点,就在揭露现实的大胆和陈述时艰的痛切。例如其中说:

> ……燕代迫匈奴之侵,巴陇婴吐蕃之患。西蜀疲老,千里赢粮;北国丁男,十五乘塞。岁月奔命,其弊不堪,秦之首尾,今为阙矣。即所余者,独三辅之间尔。顷遭荒馑,人被荐饥,自河以西,无非赤地,循陇以北,罕逢青草,莫不父兄转徙,妻子流离,委家丧业,膏原润莽……

这与当时沈、宋等宫廷文人所见所写完全不同。他批评灵驾西造的拟议,明之以理,动之以情,直接指斥中宗李显"陛下不料其难,贵从先意","陛下不深察始终,独违群意","陛下不思瀍、洛之壮观,关、陇之荒芜,欲弃太山之安,履焦原之险,忘神器之大宝,循曾、闵之小节",痛陈迁梓宫的时有不可,事有不然。最后指出,如一意孤行,不惜民力,激成事变,"倘鼠窃狗盗,万一不图,西入陕州之郊,东犯武牢之镇,盗敖仓一抔之粟,陛下何以遏之"(《唐文粹》卷二六下)?像这样的文章,内容本身就是"骈四俪六"的格式和浮媚婉俊的文风所束缚不住的。表现这种思想内容的要求必然促成形式上的新变。陈子昂的其他文章,如《谏用刑书》、《谏政理书》、《上军国利害事》、《谏雅州讨生羌疏》等,也都有同样的特色。刘知几论文章,说魏、晋之下,普遍地虚美隐恶,伪谬雷同,存在所谓虚设、厚颜、假手、自戾、一概等五失(见《史通·载文》)。陈子昂这些直言无隐、尖锐犀利的作品,基本把这五失荡除了。

据卢藏用说,陈子昂一从四川来到洛阳,其文章就震惊文坛,"时洛中传写其书,市肆间巷,吟讽相属,乃至转相货鬻,飞驰远迩"(《陈子昂别传》,《全唐文》卷二三八)。中唐人李舟也曾说:"天后朝,广汉陈子昂独溯颓波,以趣清源,自兹作者,稍稍而出。"(《独孤常州集序》,《全唐文》卷四四三)陈子昂的文章产生如此巨大的影响,固然表现了他的杰出才华,但更反映了文坛风气的转变。也就是说,时代需要陈子昂那样的文字。因此,陈子昂的奏疏并不是孤立现象;在他前后,出现了不少能言敢谏的人,他们以质直刚正的文笔,写出一批凌厉深刻的政论,使文风在这个领域内产生了巨大的变革。就内容的尖锐、论辩的大胆、用语的犀利等方面说,其他时代的同类作品难与这些文章相比。

武后朝习艺馆内教苏安恒,两次上疏要求武则天退位,直斥她"微弱李氏,贪天之功,何以年在耄倦,而不能复子明辟?使忠言莫进,奸邪乘时,夷狄纷扰,屠害黎庶……"(《请复位皇太子第二疏》,《全唐文》卷二三七),质问她何以见唐家宗庙?何以见大帝故陵?最后三复自己誓死谏净之志。狄仁杰始仕于高宗朝,即以正直敢言名。武则天试举人,他回答说:"臣料陛下若求文章资历,则今之宰臣李峤、苏味道亦足为文吏矣。岂非文士龌龊,思得奇才用之,以成天下之务者乎?"(《旧唐书》卷八十九《狄仁杰传》)他显然是不满于那些"帮闲""文士"的浮华文风的。后来他做河北道安抚大使,时北人为突厥所驱逼,往往逃匿,狄仁杰在《请曲赦河北诸州疏》中痛陈患害说:

　　　近缘军机,调发伤重,家道悉破,或至逃亡。剔屋卖田,人

> 不为售,内顾生计,四壁皆空。重以官典侵渔,因事而起,取其髓
> 脑,曾无心愧。修筑城池,缮造兵甲,州县役使,十倍军机。官司
> 不矜,期之必取,枷杖之下,痛切肌肤……(《旧唐书》卷八九)

这类奏疏,都是尖锐深刻的好文章。他入朝为内史,上疏谏佛教之
害,是傅奕之后、韩愈以前反佛最为坚决彻底的人。辛替否在睿宗
朝官居左补阙,为朝廷替金仙、玉真二公主造道观,上《谏造金仙、
玉真两观疏》,文章先以"皇帝陛下之兄"中宗李显做陪衬,揭露其
一系列倒行逆施之举,接着,他把笔锋转向当朝,发出诘问:

> 惟陛下圣人也,无所不知;陛下明君也,无所不见。既知
> 且见,知仓有几年之储?库有几年之帛?知百姓之间可存活
> 乎?三边之上可转输乎?当今发一卒以御边陲,遣一兵以卫
> 社稷,多无衣食,皆带讥寒,赏赐之间,迥无所出,军旅骤败,莫
> 不由斯。而乃以百万贯钱,造无用之观,以贾六合之怨乎?以
> 违万人之心乎?

他又把睿宗与中宗、韦后的昏聩相比:

> 伏惟陛下族阿韦之家,而不改阿韦之乱政;忍弃太宗之理
> 本,不忍弃中宗之乱阶;忍弃太宗久长之谋,不忍弃中宗短促
> 之计,陛下又何以继祖宗、亲万国?(《唐文粹》卷二七二)

这里,把当时帝王的昏庸腐败揭露得淋漓尽致,笔法极其尖刻,感
情也非常充沛。

到了玄宗朝,宋务光、朱敬则、姚崇、张九龄等人,继续发扬这
种正直敢言的精神,写出不少抨击朝政、揭露时弊的章疏。而萧颖
士、李华、独孤及等,虽然论文主宗经重道,但写出的文章既没有庸
儒那种迂阔陈腐的气象,也不去空疏肤阔地演说义理,许多文章也
是非常富于现实针对性的。如萧颖士的《伐樱桃树赋》,是讥刺当
朝宰相李林甫的,其中以托喻的方法指斥李林甫"体异修直,材非

栋干"，"汩群林而非据，专庙庭之右地"，并抨击他"每俯临乎萧墙，奸回得而窥觊。谅何恶之能为？终物情之所畏！"（《全唐文》卷三二二）李华的《吊古战场文》，是批判黩武开边的古今传诵的名篇；他的《鹦执狐记》，讽刺"在位者"的"高位疾偾，厚味腊毒，遵道致盛，或罹诸殃"（《全唐文》卷三一六）。而元结的文章，更充满了"愤世嫉邪之意"（章学诚《文史通义》，《元次山集书后》），其奇崛冷峻的文笔，把腐败黑暗的现实捎击略尽。

总之，盛唐文人们不把文章视为一艺。他们努力以文章干预时事，促成作品的思想内容的充实和现实精神的发扬。而内容上的这种变化，也使得文章形式发生了新变，为唐代散文进一步革新和发展奠定了坚实基础。

三

盛唐时代，思想意识领域很活跃。文人们不受儒家一家之道的束缚，没有什么"道统"的观念，认识也就比较开阔，思想也相对地自由。

陈子昂自青年时起即尚气节，喜任侠，博弈自如，不随常调。后来读书治学，经史百家，罔不赅览，通达时变，喜言王霸大略。他的文章的新鲜思想和豪壮不拘的气势，与他这种开阔的思想境界有直接关系。与他同时代的人，不少也有同样的思想品格。例如他的朋友卢藏用著有《析滞论》，对拘忌天时的迷信观念给以抨击，提出"得失兴亡，并关人事；吉凶悔吝，无涉天时"，"任贤使能，则不时日而事利；法审令正，则不卜筮而事吉；养劳赏功，则不祷祀而得福"（《全唐文》卷二三八），批判唯心主义天命观相当有力。元行冲的《释疑》，则是为批驳"章句之士"的攻击而作。元行冲曾与范行恭、施敬本合注《礼记正义》五十卷,张说批评它"与先儒第乖,章句隔绝",元作《释疑》辩解。他标举所著书"注遗往说,理变新文",抨击"章句之士,坚持昔言,特嫌知新悫,欲仍旧贯"(《旧唐书》卷一〇二《元行冲传》)。这是阐扬"一家独断"的新学风的作品,也是思想新颖,逻辑严密的议论文章。文学创作必须有先进的思想观点作指导,而最忌教条的束缚。六朝时期的那种颓废空虚的贵族意识是一种教条,传统的儒学义理也是一种教条。盛唐人对这两个方面都不存迷信。这是他们思想上的一个很大的长处,对他们的创作是非常有益的。

旧史说玄宗好经术,诸儒争自名家,造成文章的盛世。这种说法不太确切。前已指出过,像萧颖士、李华、独孤及等人,表面上讲尊儒,实际上他们的思想并不那么纯粹。李华信佛教,独孤及尚黄老。而更重要的是,他们能从现实实际出发,往往有离经叛道之言。李华的《质文论》,提出古人之说非尽善,对经典之言应求简易中于人心者行之,就是一种具有怀疑精神的看法。旧史表扬他著论言龟卜,指的是《卜论》。这是一篇批判卜筮的杰作。其中首先提出"天地之大德曰生"这个命题,指出以脱骨钻骸的办法"假枯壳而决狐疑"的悖谬。接着,又引用《尚书·洪范》"尔有大疑,谋及卜筮"的说法,引申出"圣人不当有疑于人"的结论。再举出人们习知的铸刀剑、衅钟鼓、耕夫蚕妇祈祷妖祥的事实,以证明迷信神怪的无稽。这就把龟卜的虚诞无益揭露得非常透彻。最后说:

> 专任道德以贯之,则天地之理尽矣,又焉假夫蓍龟乎?又焉征夫鬼神乎?子不语是,存乎道义也。(《唐文粹》卷三五)

这篇文章,实际是用儒家的语言批判了儒家理论中的一个重要的唯心主义内容,表现出唐代新起的空言说经的学风。独孤及也善议论,崔祐甫说他"大抵以立宪诫世、褒贤遏恶为用,故论议最长"(《朝散大夫使持节常州诸军事守常州刺史赐紫金鱼袋独孤公神道碑铭》,《毗陵集》附录)。他的《吴季子札论》,是一篇立意新颖的翻案文章,以史评的形式对愚儒的节义观进行批评。季札让国,自古称贤,而独孤及却认为:

> 废先君之命非孝,附子臧之义非公,执礼全义使国篡君弑非仁,出能观变入不讨乱非智。(《唐文粹》卷三六)

他拿泰伯、武王与季札做对比,认为他们不能相提并论。最后他分析了季札矫情让国,吴之败亡实由导之。这样,就揭示了所谓"忠"与"节"的矛盾,"亲亲"与"尚贤"的矛盾。这样的文章,解释历史,演说儒学大义,纯凭己意出之,实际上包含着冲决传统观念的内容。

李白不以文名。这一方面是由于其文章成就被诗名所掩;另一方面也是因为宋代以后人们囿于"文统"的偏见,不满他仍用骈体,"狃于六朝积习","仍落子山(庾信)窠臼"(林纾《春觉斋论文》)。实际上,他生前文名甚高。他被召入朝,其任务是"草拟王言"。同时人任华说:"我闻当今有李白,大鹏赋,鸿猷文,嗤长卿,笑子云。"(《寄李白》,《全唐诗》二六一)在他自己的文章中,也曾借别人之口说"李白之文,清雄奔放,名章俊语,络绎间起,光明洞彻,句句动人"(《上安州裴长史书》,《李太白全集》卷二六)。这都反映了他的文章在当时的地位和影响。和他的诗相似,他的文章也表现出那种非圣无法的气概、救世济时的理想和傲岸不群的品格。他虽然用的是华艳的骈偶文体,因而被誉为"李白粲花之论",但表现的精神境界却是开阔而自由的。这种突破了传统意识与道德的精神境界,是他的文章艺术力量之主要所在。例如他的有名的《春夜宴从弟桃花园序》,抒写人生无常、浮生若梦的感慨,表现出对一切功名事业的怀疑和对人生情趣的执着,在对大自然和友情的赞美中,流露出对传统价值观念的否定;表面上是感伤情绪和及时行乐,内含着热爱人生的美好心灵的苦闷和追求。他的《秋于敬亭送从侄耑游庐山序》，题材是送李耑去庐山习隐的。文章中尖锐地提出了他的宏伟抱负和落拓际遇的矛盾，表白了他慕神仙、求轻举的愿望。实际上也是在狂放不羁的面貌下抒写自己对抗现实体制的情绪。他的一些书信体杂文，如《代寿山答孟少府移文》、《与韩荆州书》、《上安州裴长史书》等，发展了司马迁《报任安书》、嵇康《与山巨源绝交书》的传统，通过抒写个人遭遇来批判社会，在夸张谐谑、狂放不拘的语言之中，可以看到他那种蔑视权威、追求自由、反抗鄙俗、批判社会的精神。

　　元结"不师孔氏"，文章中更多"狂狷之言"。但这些离叛儒学经义的狂狷之言"虽若愤世太深，而忧世正复甚挚"（刘熙载《艺概》卷一《文概》）。如《订古五篇》，是有意识地"订古前世君臣父子兄弟夫妇朋友之道"的。其第一篇说：

> 吾观君臣之间，且有猜忌，而闻疑惧，其由禅让革代之道误也。故后世有劫篡废放之恶兴焉。呜呼！即有孤弱，将安托哉！即有功业，将安保哉！（《元次山集》卷五）

这就深刻揭露了统治阶级假借名义以实行篡逆的丑行，其批判矛头指向了儒经举为盛世美谈的"禅让革代"。刘知几《史通》曾对二帝三王禅让传说表示怀疑，李白后来在《远别离》中也曾借"尧幽囚、舜野死"的记载以行讽刺，元结这段"感想"表达了同样的精神。他的"七不如七篇"，抨击社会上毒、媚、诈、惑、贪、溺、忍等七种恶德，其中对这些恶德在比较中而作"颂"，突出了封建道德的虚伪和统治阶级的精神堕落。他的《五规》讽刺社会的黑暗和风气的败坏，如《心规》，写到自己在山林中以能"自主口鼻耳目"（《元次山集》卷八）为乐，反映了专制制度下钳制言论思想之严酷，要求过一种自由放任的生活。至于《时化》、《世化》、《丐论》、《化虎论》、《自述》等议论文字，几乎篇篇立意新颖，寄托邃深，思想开阔，论辩大胆。高似孙说他"辞章奇古不蹈袭"（《子略》卷四），这不仅表现于字句,更重要的是表现在思想内容上。

　　思想僵化、精神窒息是与文学的发展绝对不相容的。盛唐时代,统治阶级还有相当的自信和求治的愿望,它的改革派也还有一定的势力,朝野之间基本上能够容纳直言,文人们普遍比较关心和正视现实问题。在这种局面下,既没能形成经学章句的统治,又革正了六朝那种放诞颓靡的风气。这种思想空气,大大有利于文学的发展。在这样的局面下发展起来的散文,尽管从文体改革的角度讲还很不成熟,甚至沿袭骈体,但思想内容却境界一新,形式上也已发生很大的变化。从这个方面看,比起"古文"全盛期某些"明道"之作的空疏偏枯一面来,它们是有很大的优点的。

四

　　前已指出,从文体改革的角度讲,盛唐还是散体单行的"古文"的探索期。这种探索的成果一方面表现为用"古文"写作的实践,另一方面表现为骈文写作发生新变。这两方面都已取得一定成绩。而从散文创作的角度讲,这个时期的成就就更为重大,在散文体裁、表现方法、艺术技巧、文学语言等方面都多有创造,积累了丰富的艺术经验,为中唐散文的更大发展打下了基础。

　　从陈子昂的论事书疏到元结的政论,这个时期议论文字大为发展。议政(如陈子昂的上疏)、刺时(如元结的《时化》、《世化》等)、评史(如独孤及的《吴季子札论》等)、论学(如卢藏用的《析滞论》等)等等,题材极为广泛。它们不仅在立论明晰、逻辑严密等一般论辩技巧上继承了前代议论文字的传统,而且手法上灵活多样,篇幅则长短不拘,并善用讽刺,多施刻划,重视层次波澜、文情语调,使议论较为生动而有风采。如元结的《世化》,写"天地化为斧

踬,日月化为豺虎"等等,以奇僻的譬喻和联想,形成独特的构思和
立意,写出了人民流离死亡的惊心动魄画面。这篇作品是在"安史
之乱"以前写的,其中已流露出动乱来临的预感。

序记体作品形成于六朝,其描绘、抒情与用词造语,多受到诗
歌的影响。许多游宴序是集体写诗的说明。唐代陈子昂有《金门
饯东平序》、《薛大夫山亭宴序》等,已有朴素生动、情景交融的景物
描写。而大诗人李白的骈体序,更是情深意美、俊语络绎的充满诗
情的文章。此外如苏源明,有盛名于开元、天宝间,杜甫称其"前后
百卷文,枕借皆禁脔"(《八哀诗》,《杜少陵集》卷十二),韩愈把他与
陈子昂、李白、杜甫、元结并列而为有唐以来"以其所能鸣"(《送孟
东野序》,《昌黎先生集》卷十九)者。他的文集今已不传,《全唐诗》
中收《小洞庭洄源亭宴四郡太守诗》和《秋夜小洞庭离宴诗》两篇
序,写得鲜明生动,真挚亲切,造语矜创,不肯一语犹人。如写到饮
宴场面:

> 彻馔新尊,移方舟中。有宿鼓,有汶簧。济上嫣然能歌者
> 五、六人共载,止洄源东柳门,入小洞庭。迟夷徬徨,眇缅旷
> 漾,流商杂征,与长言者啾焉合引。潜鱼惊或跃,宿鸟飞复下,
> 真嬉游之择耳……(《唐文粹》卷九六)

文笔极其简洁峭拔,戛戛生新,用简单笔触就勾勒出一幅生动的
画面。

韩碑与杜律并称,中唐的碑传散文是一种很有艺术性的史传
文字。六朝的骈体碑传本来是"铺排郡望,藻饰官阶,殆于以人为
赋,更无质实之意"(章学诚《文史通义》外篇卷二《墓志辨例》)的。
首先改变这种文风的,是富嘉谟、吴少微、张说、李邕等人。史载
"先是,文士撰碑颂,皆以徐、庾为宗,气调渐劣。嘉谟与少微属词
皆以经典为本,时人钦慕之,文体一变,称为富吴体"(《旧唐书》卷
一九〇中《文苑中》)。张说的碑志,更是虽用骈体,但文字俊爽,运

思精密，写人叙事，已颇为质朴亲切。他的《贞节君碣》及卢思道、姚崇的神道碑，在刻划人物、摹写物态上都表现出较好的技巧。这实际是开了中唐碑传文的先路。

人们都知道柳宗元的《永州八记》在散文史上确立了山水记这个新文体，实际上元结的《茅阁记》、《右溪记》已是成熟优美的山水散文。它们不但在诗情画意、笔法语言上与柳文相似，就是其中抒发的感慨也与柳宗元相仿。而在元结以前，王维的《山中与裴迪秀才书》、李白的《秋于敬亭送从侄耑游庐山序》等，在景物描绘上都达到了很高的水平。如王维写：

> 夜登华子冈，辋水沦涟，与月上下。寒山远火，明灭林外。深巷寒犬，吠声如豹。村墟夜舂，复与疏钟相间……

李白写：

> 长山横蹙，九江却转，瀑布天落，半与银河争流，腾虹奔电，潨射万壑，此宇宙之奇诡也。

他们写的景象和表现的风格截然不同，但同样鲜明、优美、简洁而富于情意。

寓言文在文学史上一般都突出柳宗元的成绩。但李华的《鹖执狐记》、《材之大小》已都是完整的寓言文。姚崇的《冰壶诫》、《执镜诫》也是寓言体。元结更写了许多寓意深刻、生动活泼的寓言。如已佚的𥂟方国二十国事，就是寓言；今存的如《恶园》、《恶曲》等等，也都是情节生动、含意深刻的寓言。

铭赞体的文章是一种韵文，一般是歌功颂德的。张说、李白已写了些很有内容的铭赞。而独孤及的《古函谷关铭》、《仙掌铭》更是思严意密、技巧杰特的好作品。前者从函谷关的重关守险，联想到历史兴亡，抒发了时移世异的感慨，暗寓守国不在险的思想。后者写华山仙人掌，利用巨灵开山的传说为题材，以恍惚恢奇的文笔从反面着墨，力辟对于神灵的迷信，构思极为奇拔，描写极为生动。

元结也写了不少铭赞文字,内容、风格亦多种多样。

辞赋体的文章盛唐也有好作品。著名的如宋璟的《梅花赋》,赞美梅花的"出群之姿"、"贞心不改",以比喻人的品格。文章的表达颇见巧思。本来是以花拟人,但写法却以人比花,如"琼英缀雪,绛萼着霜,俨如傅粉,是谓何郎"等等。李义山《早梅》诗有句云"谢郎衣袖初翻雪,荀令薰炉更换香",宋人以为这是"比花用美丈夫事"之始(朱翌《猗觉寮杂记》卷二),实不知义山出于宋璟。他写到"万木僵仆,梅英再吐,玉立冰姿,不易厥素"(《全唐文》卷二〇七),表现了他的人生理想和审美意识。这篇作品一直被时人与后人称赏。萧颖士的《伐樱桃树赋》则是刺时之作,另是一种风格。宋璟是继承六朝咏物小赋的传统,为后来"以文为赋"的开端;萧颖士则继承讽刺短赋的精神,后来发展为柳宗元骚体文那样的讽刺文。

通过以上的很为粗疏的描述,我们可以看出盛唐散文丰富多彩的面貌,说这个时期的散文创作开韩、柳"古文"全盛的先河,绝不是夸大其辞的。

五

有充分的材料可以证明,盛唐散文在内容的现实性与政治性,思想的开阔、丰富与自由,行文体制的变革,多种多样散文体裁的创造等等方面,都取得了相当高的成就,表现出独特的长处。所以说,这个时期是唐代散文发展的一个重要的繁荣期。没有这个繁荣期,也就没有中唐"古文"发展的高峰。

从师承关系看,中唐散文与盛唐散文的传承脉络十分明显。就拿韩愈来说,据唐史记载,其推重者有独孤及、韩云卿、韩会。韩云卿是韩愈的叔父,韩会是韩愈的长兄。韩会今存《文衡》一篇,讲的也是宗经复古的文学理论。萧颖士之子名萧存与韩会友善。苏源明最推重者是元结和梁肃，梁肃又师承独孤及，而韩愈在陆质门下进士及第，协助阅卷的就是梁肃。这些，可以看出韩愈与前辈散文家的关系。柳宗元的情形也大体相似。据他替亡父柳镇写的《先友记》，柳镇与韩会、梁肃、柳冕等人结交。这都是见之于史传的人事师承关系。思想与艺术上的影响也同样的明显。而且事实证明，以韩、柳为代表的中唐"古文"的成功，多是继承和发扬盛唐散文成就的结果；而它背离了盛唐散文的优点的地方，则往往形成了它的某些局限。

中唐"古文"的一个显著特征，是"明道"观念更系统、更明确了。韩愈讲"道统"，主张明"儒道"；柳宗元思想上有调和众家倾向，但在作文理论上提倡以儒经为本，旨归不出孔子。然而实际上，"安史之乱"以后兴起的儒学复古思潮，本身就是现实矛盾的反映。当时强藩林立，政出多门，社会矛盾日益激化，统治集团分崩离析，要求有一种思想来"尊王室、正陵僭，举三纲，提五常，彰善瘅恶"（陆质《春秋集传纂例》卷一），因而就出现了振兴儒学的要求。所以，韩、柳主张的"文以明道"，也并不是使文学做儒学章句的附庸，而正反映了这种变革要求，包含着积极改造现实的社会内容。而且还不只如此。他们虽然以"明道"为号召，提倡尊经宗圣，出言颇壮，立志甚高，但具体贯彻这种"明道"的要求，却又提出"不平则鸣"（韩愈《送孟东野序》，《昌黎先生集》卷十九）、"辅时及物"（柳宗元《答吴武陵论非国语书》，《柳河东集》卷三十一）之类主张。他们在创作中所重视的还是当时面临的社会矛盾与现实问题。这样，他们创作的思想价值与生命力，就不在演说儒学的古老教条，而在于那种深刻的现实精神和丰富的社会内容。在这方面，他们正是继承了从陈子昂到元结的关心现实、面向社会的好传统。与韩、柳同时及其以后的"古文"家们，如李翱、皇甫湜、杜牧、皮日休、陆龟蒙、罗隐等等，无一不从盛唐散文汲取到有益的思想滋养。他们的创作在思想上取得一定成就,也无一不继承了盛唐散文家关怀现实、思想活跃的精神。

韩、柳"古文"在艺术上有两方面的巨大成就,一是革正文体、文风与文学语言,提倡新型的"古文";二是写作出优美的文学散文。这两个方面,也都有盛唐散文打下了坚实基础。盛唐散文家一方面致力于骈体的新变,另一方面进行写作"古文"的尝试,这就为中唐更为成熟的"古文"的出现做了准备。从散文创作看,韩、柳虽然号召文体复古,但只是"师其意不师其辞",并不是要恢复到三代秦汉那种辨理述事质朴无华的著述文体上去。他们致力于各种各样的论说、书序、史传、碑志、铭赞、辞赋、山水记、寓言文等散文体裁的创作,从现代人的观念看,这基本上是属于杂文和艺术散文两大类体裁。从前面的叙述已可以看出,在这些方面,盛唐人的努力已有相当大的成果,韩、柳对他们的师承是很明显的。

韩、柳"古文"的一个重大局限,是"文"与"道"的矛盾。尽管他们在实践上常常突破圣人一家之道的羁束,但"明道"的理论,终究造成了一定的限制。要重"道"就要轻"文",就会写出一些空疏或迂腐的教条式的作品,在艺术上就比较地轻视形象的描绘、意境的创造,例如韩愈就把具有强烈抒情色彩和描摹功能的书序一体文章写成了主要是明理论事的作品;而反之,要重"文"就会害"道",形成一种"尚奇"的倾向,造成一种新的程式和窠臼。这两种偏向,在韩、柳的某些后继者那里发展得更为严重,以至成为晚唐五代"古文"衰落的一个内在原因。而按照严格的"明道"要求,则限定作文要表现六经之志。这些局限,则正是与盛唐不重章句、思想活泼自由的传统相悖逆的。

前人讨论"古文运动",虽然也提出过"古文"起于苏绰、姚察、陈子昂等等不同说法,但一般总是把韩、柳推崇为起衰、济溺的起决定作用的功臣,又总是把文体复古与儒学复古纠缠在一起。但事实充分证明,文体改革和散文革新是个长期发展过程,它们与儒学复古思潮没有什么必然联系。散文发展受产生它的社会的制约，又有其自身的规律。盛唐作为唐代散文的繁荣期和中唐"古文"全盛的奠基期，其成就是巨大的，在历史上是有重要地位并值得重视的。

（《社会科学战线》1982 年第 4 期）

韩、柳以前的"古文"论

一

把文学创作实践上的变革，概括为较系统的理论主张，这需要一定的时间。唐代诗风的演变，从唐初的王绩、"四杰"等人即已开始，到陈子昂才明确地提出了革新诗风的理论纲领；与此相仿，唐代文体和散文创作的变革，由陈子昂开其端，又经过了几十年，到开元、天宝之际才由萧颖士、李华、独孤及、元结等人总结为理论；"安史之乱"以后，又有柳冕、梁肃等人继起，发展了这套理论，从而为韩、柳进一步把"古文运动"推向高潮做了理论上的准备。

总地说来，一定时代的文学理论，总是反映当时的创作实践的。但理论本身又有它自己的发展、演变规律，有其历史继承性。例如唐代"古文"家们提倡"古文"，他们的理论固然反映了创作实践的成果，同时也受到前代和当代的哲学思想、政治思想、文学思想等等方面的影响。从"古文运动"前期作家们的创作实践看，当时进行文体改革和散文革新的动力和内容主要是现实的积极的政治斗争与思想斗争，作家们是感应着社会矛盾来从事创作从而造成文坛的新变的；而从萧颖士到柳冕，他们在理论上强调的却主要是尊经重道的指导思想和道德教化的社会作用。在艺术形式上，这个时期的创作题材、体裁、表现方法多种多样，丰富多彩，特别是在书、序之类的抒情，叙事散文和杂文、寓言、山水记等艺术散文的创作上，取得了突出的成绩；而萧颖士、李华、独孤及、梁肃等人的理论，着重论述的却是一般的文体、文风、文学语言问题，很少涉及文学创作的特殊规律。在这一方面，只有元结超俗出众。他不师孔氏，不受儒学教条束缚，不论在理论上还是实践中，都对散文创作的特殊规律多有探讨，多所贡献。相比之下，更突现出萧颖士等人受到儒家政治观、道德观、文艺观的影响，在关于"古文"的理论建树中有不少局限，往往陷入矛盾境地。对以后"古文运动"的发展，也造成了消极影响。后来韩、柳倡导"古文"，在他们的理论中，及理论与实践之间，也存在着一些矛盾，就与承袭前一时期的观点有关。如李华讲"六经之志"，韩愈则讲"行之乎仁、义之途，游之乎《诗》、《书》之源"，柳宗元也要求"其归在不出孔子"。这种把儒家经典当作创作本源的观念，显然不符合文学反映客观现实的艺术规律，也不符合他们本人的成功的创作实践。又如自萧颖士等许多人推崇"六经"和诸子文章，对屈、宋以下的创作一概否定，看法也很片面，与多方继承文学遗产的精神相违背。这类轻视形象、鄙薄文采的观点在后来某些"古文"家身上也造成不小的影响。

　　明确了这一点，再来分析"古文运动"前期的理论主张，就会看到，当时在形成"古文运动"的指导思想，提高"古文"创作的理论水平，推动"古文"创作的发展与普及等等方面成绩是巨大的。萧颖士等人确实为"古文运动"的大发展做了理论准备。没有这种准备，就不会有后来的那种具有高度自觉性和广泛性的文学运动。但同时也可以看到，当时理论上的局限和矛盾，也给后来人带来了不少消极影响。这些消极的东西，有些在运动的进程中被克服了，有些则一直存在甚至发展下去。这当然不能归过于某几个人主观认识上有缺陷，更重要的原因在于当时的思想潮流，在于"古文运动"的根本性质。

　　以下，就综合为几个方面，对早期古文运动的理论、它的成就
与局限，略加介绍和剖析。

二

　　韩、柳以前，萧颖士等人已力辟六朝以来文章内容空洞、消极、
浮靡的流弊，提出了文章要明道、宗经的主张，力图把文章与儒道
重新结合起来。

　　自魏、晋以后，四部分，文集立，文与经、传、子、史等著述从而
分途。梁昭明太子萧统所作《文选序》，明确提出选"文"标准，把
"姬公之籍，孔父之书"，"老、庄之作，管、孟之流"，"贤人之美辞，忠
臣之抗直，谋夫之话，辩士之端"等等划到"文"的范围之外；他提出
"能文"的"篇什"应是"事出于沉思，义归乎翰藻"。这个标准，反映
了一种自觉的文学观念和对于艺术形式的追求。如前面指出的，
这是当时自觉的文学观念明晰、进步的一种表现。但是，在当时人
对"文"的特殊性的强调中，却又陷入了观念上的严重混乱，那即是
把"能文"与"立意"对立起来，以至认为经典大义、贤人美事完全不
适宜作为"篇章"的内容。这就没有准确地概括出作为文学创作的
散文的特征，即不是从认识、概括、反映现实的特殊规律上区分文
学与哲学、史学、政治学、伦理学等等的不同，而是强从表现内容上
给"文"划定界限。萧统的看法，也是当时创作实践的反映。六朝
文学就总体说，其要害就在于思想空虚、颓废，生活内容狭小。骈
体文在这方面尤其突出。

　　萧颖士等人提出文章要表现儒家圣人之道，儒家经典是创作
的大本大源，这是富有现实意义的，更是击中了六朝以来形式主义

文风的要害的。

萧颖士说自己"有识以来,寡于嗜好,经术之外,略不婴心"(《赠韦司业书》,《全唐文》卷三二三)。他认为"太极列三阶、五纬于上,圣人著'三坟'、'五典'于下。至哉文乎!天人合应、名数指归之大统也"(《为陈正卿进〈续尚书〉表》,《全唐文》卷三二二)。这是依据汉儒的"天人感应"论,认为儒道是天道的表现,而反映这种"天人"合一之道正是文章的根本意义。李华慨叹世风日下,"弊在不专经学,沦于苟免者也。师乏儒宗则道不尊,道不尊则门人不亲;友非学者则义不固,义不固则交道不重……"(《正交论》,《全唐文》卷三一七),由此推演下去,挽救世运的关键在尊儒道。归结到写作上,则强调"文章本乎作者,而哀乐系乎时。本乎作者,六经之志也;系乎时者,乐文、武而哀幽、厉也"(《赠礼部尚书清河孝公崔沔集序》,《全唐文》卷三一五)。独孤及称赞李华的创作,"公之作,本乎王道,大抵以五经为泉源,抒情性以托讽……必采其行事以正褒贬,非夫子之旨不书"(《检校尚书吏部员外郎赵郡李公中集序》,《全唐文》卷三八八),这不仅表明了他自己的尊经的文学观点,也是当时许多人的一般看法。"安史之乱"以后,儒学复古思潮兴起,梁肃、柳冕等人都强调儒道对于文章的重要。梁肃说:"夫大者天道,其次人文。在昔圣王以之经纬百度,臣下以之弼成五教。德又下衰,则怨刺形于歌咏,讽议彰乎史册。故道德仁义,非文不明;礼乐刑政,非文不立。文之兴废,视世之治乱;文之高下,视才之厚薄。"(《常州刺史独孤及集后序》,《全唐文》卷五一八)柳冕则说:"文章者本于教化,发于情性。本于教化,尧舜之道也;发于情性,圣人之言也。"(《答徐州张尚书论文武书》,《全唐文》卷五二七)这也都明确地提出了儒道对于文章内容的绝对的重要性。

考察陈子昂、元结等早期有成就的"古文"家的创作,就会看到,其文章的一个重要特色是关心现实,不重经术。这是"古文运动"兴起的一个思想条件,也是一个优点。萧颖士等人的这种尊儒重道的主张是否与之完全相矛盾呢？如果透过现象看本质，就会发现其前后有着一脉相通的关系。

第一，萧颖士等人提倡文章表现儒道，着眼点在服务于现实。他们强调的是以儒学思想来统一混乱的意识，整饬社会秩序。

第二，他们尊经，但不迷信章句教条。萧颖士本身以"皇帝王霸之术为己任"（符载《尚书比部郎中萧府君墓志铭》，《全唐文》卷六九一），又"诞傲褊忿，困踬而卒"（《旧唐书》卷一九〇《文苑下》），并不是"白发死章句"的儒生。李华有诗说："孔光尊董贤，胡广惭李固。儒风冠天下，而乃败王度……求名不考实，文弊反成蠹。"（《杂言六首》之五，《全唐诗》卷一五三）对历史上迂儒误国的这种批评，也表明了他的现实态度。独孤及"博究五经，举其大略，而不为章句学"（梁肃《朝散大夫使持节常州诸军事守常州刺史赐紫金鱼袋独孤公行状》，《全唐文》卷五二二）。柳冕则分别"君子之儒"与"小人之儒"，他说："明六经之义，合先王之道，君子之儒，教之本也。明六经之注，与六经之疏，小人之儒，教之末也。今者先章句之儒，后君子之儒，以求清识之士，不亦难乎？"（《与权侍郎书》，《全唐文》卷五二七）盛唐文学，诗歌也好，散文也好，有一种超脱一切精神羁束、无视儒学传统的气象，但从内在精神看却又多是不悖儒家的基本政治、伦理原则的。而萧颖士等人这种反对章句教条的倾向，表明他们虽然口头上服膺儒道，无限忠诚，实际上是主张会通大意、通经致用的。所以他们在创作上并不要求去疏解、演绎儒学义理，而更着重表达个人的见识与情志。李华一再讲"行修言道以文"（《杨骑曹集序》，《全唐文》卷三一五），"以文章导志"（《送薛九远游序》，《全唐文》卷三一五），他称赞诗人李白，说他"文以宣志"（《故翰林学士李君墓志铭》，《全唐文》卷三二一），而李白的思想距儒家观点是比较遥远的。独孤及说"志非言不形，言非文不彰，是三者相为用，亦犹涉川者假舟楫而后济"（《检校尚书吏部员外郎赵郡李公中集序》，《全唐文》卷三八八）；又说："足志者言，足言者文。情动于中而形于声,文之征也;綮于歌颂,畅于事业,文之著也。君子修其词,立其诚,生以比兴宏道,殁以述作垂裕,此之谓不朽。"(《唐故殿中侍御史赠考功郎中萧府君文集录序》,《全唐文》卷三八八)一般地讲来,情志总是有感于现实而发的,所以,这种为文以达情志的观点具有一定的现实意义,比单纯明道的要求开阔通达得多。这样,他们之尊经明道,重在事功道德,而不在义理章句,这是有一定现实意义的。他们本人的作品,也多是感应现实而作,并不是儒学教条的图解。

第三,他们在强调尊经时又同时注重修史,这也是注重社会、人生的表现。萧颖士本人曾有志于"依鲁史编年,著历代通典……于《左氏》取其文,《谷梁》师其简,《公羊》得其核,综三传之能事,标一字以举凡,扶孔、左而中兴,黜迁、固为放命"(《赠韦司业书》,《全唐文》卷三二三)。李华说:"化成天下,莫尚乎文,文之大司,是为国史。职在褒贬惩劝,区别昏明。"(《著作郎厅壁记》,《全唐文》卷三一六)这也是要求把"文"与"史"结合起来,把被萧统排斥的"史"的内容纳入文章之中。独孤及评李华,特别指出其记叙编录、铭鼎刻石之作。他自己写的谥议一体文章,也是优秀的史传作品。梁肃分析三代以后文章派别,认为贾谊、司马迁、刘向、班固,其文博厚,出于王风。这样重视历史,文史合一,一方面避免了空谈教义的空疏,同时也批判了脱离社会实践的浮艳华靡文风。

由此可见,萧颖士等人的尊经重道主张,一、为文章提出了一种指导思想,这种指导思想又是有一定现实意义的;二、扩大了散文的表现内容,特别是把重大的思想、政治、理论内容纳入到文章之中,大大开拓了创作范围;三、这样,就有力地批判了六朝形式主义文风。从北朝宇文泰、苏绰,到隋代李谔、王通,提出革正文体,只是一般地提倡文体复古,着眼点和出发点主要在革正文体以适应实用,而没有如此强调改革创作内容,而创作内容的充实,正是提高创作水平的关键。

但是,也应当指出,这种文学观,总的来说还没有打开儒学思想统治的框子。在文学创作中,世界观为作家认识、分析、反映现实提供了思想指针。世界观越是进步,就意味着这个思想指针越正确。但创作实践的基础,却在于现实生活;社会现实是创作的唯一源泉。创作中强调宗经、明道,而不讲社会实践,这本身就有极大的片面性;而所宗之经、所明之道又是儒经儒道,尽管它们在一定时期、在一定方面具有进步意义,但从根本上说却是一种唯心主义体系,这就会给认识、反映现实造成一定的限制。所以,这种观点又有相当大的消极面。它的影响一直及于韩、柳及其后来。

还有一点,当时的"古文家"的尊经明道主张还不那么严谨统一。他们还没有提出"明道"这个概念;而所明之道,在他们的头脑中又很混乱。例如李华信佛,他说:"五帝三王之道,皆如来六度之余也。"(《台州乾元国清寺碑》,《全唐文》卷三一八)独孤及信奉黄老之学。梁肃则是天台宗僧人元浩的门弟子,对天台止观学说的阐发有所贡献。这样,前期"古文"家又表现出"三教调合"的思想倾向。这也就大大影响了他们理论的完整和号召力。

三

萧颖士等人比较明确地提出了文体复古的观念,大力批判骈体文浮靡华艳的文风,要求建设散体单行的散文文体。这是他们在理论上的另一贡献。

与骈文相对的"古文"一语,萧颖士等人还没有使用;但那种以三代、秦、汉散体单行的文章为行文楷模的观念,却已形成了。萧颖士自称"仆平生属文,格不近俗,凡所拟议,必希古人,魏、晋以来,未尝留意",而这种"古人"的文章即所谓"圣明之笔削褒贬之

文"(《赠萧司业书》,《全唐文》卷三二三)。李华称赞元鲁山的文章
"可谓与古同辙"(《元鲁山墓碣铭》,《全唐文》卷三二〇),他论文体
邪正,也明确强调古、今之辨。柳冕则提倡不同于流行的"本于哀
艳,务于恢诞","流荡不返,使人有淫丽之心"的文章的"古人之文"
(《与徐给事论文书》,《全唐文》卷五二七)。可见,这些人已经明确
了文体复古观念。

　　为了以"古人之文"为榜样革正文体,他们对当时流行的浮艳
文风,特别是针对骈俪化进行了比较深入的批判。这种批判主要
是从文体演变的角度进行的。萧颖士指出:"文也者,非云尚形似,
牵比类,以局夫俪偶,放于奇靡,其于言也,必浅而乖矣。"(《江有归
舟三章序》,《全唐诗》卷一五四)他所反对的"尚形似"、"牵比类"、
"局夫俪偶"三点,正是骈文在形式上的特征。李华转述萧颖士对
文体发展的见解说:"君以为六经之后,有屈原、宋玉,文甚雄壮,而
不能经;厥后有贾谊,文词最正,近于理体;枚乘、司马相如,亦瑰丽
才士,然而不近风雅;扬雄用意颇深;班彪识理;张衡宏旷;曹植丰
赡;王粲超逸;嵇康标举;此外皆金相玉质,所尚或殊,不能备举。
左思诗赋,有雅颂遗风;干宝著论,近王化根源,此后复绝无闻焉。
近日陈拾遗子昂文体最正……"(《扬州功曹萧颖士文集序》,《全唐
文》卷三一五)他所肯定的作家基本到建安、正始以前,评价是比较
公允的。从中也已流露出对南朝骈文的不满。李华本人也赞同
"反魏、晋之浮诞"。独孤及则指出:"自典、谟缺,雅、颂寝,世道陵
夷,文亦下衰。故作者往往先文字,后比兴,其风流荡而不返,乃至
有饰其词而遗其意者,则润色愈工,其实愈丧。及其大坏也,俪偶
章句,使枝对叶比……文不足言,言不足志,亦犹木兰为舟,翠羽为
楫,玩之于陆而无涉川之用。痛乎! 流俗之惑人也。"(《检校尚书
吏部员外郎赵郡李公中集序》,《全唐文》卷三八八)梁肃从论定三
代之后道德下衰的认识出发,认为汉代以下的作者"理胜则文薄,
文胜则理消。理消则言愈繁,繁则乱矣;文薄则意愈巧,巧则弱矣"

（《补阙李君前集序》，《全唐文》卷五一八）。柳冕批评屈、宋以后的文章是文多用寡，流为一技："屈、宋以降，则感哀乐而亡雅正；魏、晋以还，则感声色而亡风教；宋、齐以下，则感物色而亡兴致。教化兴亡，则君子之风尽，故淫丽形似之文，皆亡国哀思之音也。"（《与滑州卢大夫论文书》，《全唐文》卷五二七）在这个时期的如贾至、颜真卿等，也都发表过相似的看法。

由此可见，在韩、柳之前，对六朝浮艳文风，特别是对骈文的批判，已经造成了相当大的声势。而且这种批判还是颇能击中要害的。萧颖士等人坚持尊经明道、兴功致用的总要求，从内容与形式的关系方面揭露骈文的空洞浮诞、无益于实际，这就抓住了问题的关键。他们在形式上，又指出骈文追求骈偶，讲求事典，使用华词丽藻等弊病。他们在分析文体演变历史时，还注意运用具体史实，剖析文体发展的脉络及其变化原因。这些，都使他们对骈文的扫荡颇为有力，对"古文"的提倡起到积极作用。

但是，在他们的文学历史发展观念中，也有重大的片面性。

一是他们把先秦、西汉的经、史、子的地位绝对化了，对文学演进的看法陷入了偏颇。实际上，魏、晋以后的文学，走过一段畸形的发展道路。正是在那个时期，文学作为特殊的意识形态的特征充分得到了发展；但同时形式主义、唯美主义也逐步严重。在骈文这种行文体制中，也表现出这矛盾的两个方面。但是，"古文运动"前期理论家们却受到儒家"信而好古"观念的严重影响，只看到文章一步步走向形似淫丽的一面，而没看到它在艺术上所取得的进步。他们甚至出于以经典为文章典范的信条，对包括屈、宋在内以后的文学不加区分地大加贬斥以至否定。例如萧颖士说过："扬、马言大而迂，屈、宋词侈而怨，沿其流者或文质交丧，雅郑相夺。"（独孤及《唐故殿中侍御史赠考功郎中萧府君文章集录序》，《全唐文》卷三八八）李华说："夫子之文章，偃、商传焉；偃、商殁而孔伋、孟轲作，盖六经之遗也。屈平、宋玉，哀而伤，靡而不返，六经之道遁矣。"(《赠礼部尚书清河孝公崔沔集序》,《全唐文》卷三一五)贾至说:"三代文章,炳然可观。泪骚人怨靡,扬、马诡丽,班、张、崔、蔡,曹、王、潘、陆,扬波扇飙,大变风雅。宋、齐、梁、隋,荡而不返。"(《工部侍郎李公集序》,《全唐文》卷三六八)独孤及也认为"屈、宋华而无根"(梁肃《常州刺史独孤及集后序》,《全唐文》卷五一八)。柳冕更把屈、宋作品叫做"亡国之音"(《谢杜相公论房、杜二相书》,《全唐文》卷五二七)。实际上,从文学发展历史看,《楚辞》是中国历史上第一部文人的自觉的文学创作,屈原则是第一位著名的文学家。自《楚辞》演化而来的汉代辞赋,虽有严重的形式主义、贵族化的倾向,但在文学发展上(例如在形象描绘上)仍取得了很大的进步,对以后诗文创作发挥积极影响。而前述观点,却把屈、宋当作他们所批判的浮艳文风的肇端,那么对屈、宋以下的六朝文学更持全盘否定态度。这种看法是片面的、绝对化的。唐代"古文"在艺术上也是吸取六朝文学散文的艺术成果发展起来的。

与这一点相联系的,他们还有把文采与所提倡的儒道绝对地对立起来的偏向,即认为"文胜则理消"。他们认为追求形式与文采必然妨碍"道"的表达,三代以后,文华趋盛,则文章中道德日衰。如柳冕的说法:"自成、康殁,颂声寝,骚人作,淫丽兴,文与教,分为二。不足者强而为文,则不知君子之道;知君子之道者,则耻为文。文而知道,二者兼难。"(《答徐州张尚书论文武书》,《全唐文》卷五二七)就典型地代表了这种看法。由此出发,则为文尚简。像萧颖士,连《史》、《汉》那样的文章都指责"其文复而杂,其体漫而疏"(《赠韦司业书》,《全唐文》卷三二三)。独孤及认为文章润色愈工而实愈丧。柳冕又说,荀、孟、贾生本无意为文,而文自随之,因而他批评有意为文是"一技"。对于文章繁简,后来顾炎武有一段话说得颇为通达:"辞主乎达,不论其繁与简也。繁简之论兴而文亡矣。《史记》之繁处必胜于《汉书》之简处;《新唐书》之简也,不简于事而简于文,其所以病也。"(《日知录》卷十九《文章繁简》)"文"的原义就指文采；形象是文学的表现手段，更离不开文采与形容。在这一点上，文学创作与以达意为主的著述截然不同。这也是文学散文区别于一般文章的主要特征之一。所以论散文，不能片面地求简，更不能否定文采。而且，文学上的形式主义的要害，并不在于追求语言与形式的华美，而在这种追求妨碍了内容的表达，脱离了内容。在有助于内容表达的前提下，讲究文采不仅不是缺点，而且是高度艺术性的表现。柳冕等人一概否定文采，是他们理论上的又一迂阔、片面之处。

他们的这两点认识上的偏颇，表明了他们对散文创作规律理解的缺陷。这种缺陷也体现在他们自己的创作中。总的看来，他们借鉴前人，特别是魏、晋、南北朝散文遗产不够，这限制了他们作品的艺术高度。梁肃、柳冕理论上的片面性较严重，其创作成就也更小。崔恭为梁肃集作序，"以肃文虽多，而无适时之用，故以皇甫士安比之"（计有功《唐诗纪事》卷二十五）。柳冕自述"小子志虽复古，力不足也，言虽近道，辞则不文，虽欲拯其将坠，末由也已"（《答荆南裴尚书论文书》，《全唐文》卷五二七）。这种情况，在唐前期某些"古文"家中，还是有一定代表性的。

四

萧颖士等人强调文章应发挥社会作用，参与积极的思想斗争和政治斗争。这是他们在理论上的又一个贡献。

唐代这些提倡文体革新的人，大多引用《易经·贲卦》上"观乎人文，以化成天下"的话。这里"人文"与"天文"相对，概指人事、人类文明。所谓"人文化成"，意谓用礼乐道德来教化人民，治理国家。这个"人文"之中也包括文章。用这样的观点论文，即提倡所谓"化成之文",也就是能发挥社会教化作用的文章。

　　传统儒家的文艺观,是重视文学的社会作用的。《诗大序》里的两句话,"上以风化下,下以风刺上",可以概括对这种作用的总体认识。但如果分析起来,前一句讲的是统治阶级对人民施行道德教化,即"经夫妇,成孝敬,厚人伦,美教化,移风俗";后一句则讲的是对统治阶级褒贬讽喻,即"明乎得失之迹,伤人伦之废,哀刑政之苛,吟咏惰性,以讽其上"。《诗大序》是论诗的,其精神也通于论文。对于统治阶级来说,这两个方面互相补充,才能发挥文学维护统治的作用。但具体到一定时代、一定作家对文学的作用和意义的了解,却可能侧重于某一方面,因而形成了很不相同的主张。在早期古文家中间,对改革文体的目的、意义显然也有两种认识。一种侧重于要求发挥文章的道德教化作用,思想上保守一些;一种则着重提倡文章要讽时刺世,政治上更为积极。前者可以梁肃、柳冕为代表,后者可以元结为代表。

　　萧颖士、李华、独孤及主张尊儒重道,目的比较明确,就是要理邦家、制祸乱、弘道德。而文章与道德一致,文章与行事一致,也就要起到同样的作用。这种道德教化的文学观,到梁肃、柳冕更明确、系统了。他们的基本出发点,是文章与政事、道德、风俗相统一。因此,一方面,从文章中可以看出世道的隆污兴替;另一方面,改革文章就会促进道德教化的兴行。梁肃说:"文章之道与政通矣。世教之污崇,人风之薄厚,与立言立事者邪正臧否皆在焉。"(《秘书监包府君集序》,《全唐文》卷五一八)柳冕的几篇论文书信中,从各方面充分发挥了这种观点,一、他说"文章本于教化,形于治乱,系于国风"(《与徐给事论文书》,《全唐文》卷五二七),这是从文章源泉着眼,视教化为其根本;二、他看到治乱与文章都依于人,因此又强调人情为二者中介,"文生于情,情生于哀乐,哀乐生于治乱。故君子感哀乐而为文章,以知治乱之本"(《与滑州卢大夫论文书》,《全唐文》卷五二七);三、在这种认识的基础上,他得出了"文章风俗,其弊一也,变之之术,在教其心"(《谢杜相公论房、杜二相书》,《全唐文》卷五二七)。他提倡写文章与化人心的一致性。

梁肃、柳冕的这种见解,有其正确的方面。他们看到了一个时代的文风与社会现状的关系,强调通过文学作品可以认识现实,改造现实;但在对文学作用的理解上,却单纯突出统治阶级的思想灌输。特别是根据他们的文、道合一的主张,君子之儒应当言而为经,行而为教,声而为律,和而为音,因而文章是教道的表现。这比起要求讽喻褒贬的观点来,在现实性上就有很大的差距了。而以儒道为标准来"发扬道德","财成典礼",思想高度也就受到很大限制。

元结的观点与以上见解有很大的不同。元结是个关心现实的作家,他发表一些创作方面的理论见解,密切结合自己的创作实际,而较少从一定理念出发做纯理论的探讨。由于他思想开阔,"不师孔氏",自称是不受"规检"的"九流百家"之外的"漫家",文学观点因而也多有新见。

元结写《补乐歌》、《二风诗》以及《元谟》等等,显然有模拟《诗》、《书》的用意,表明他在基本观念上还是遵循儒学体系的。但他的创作内容,却不主经典之言,而要求悯时伤世,导达下情,即反映现实中值得感伤怨愤的问题。他给韦陟的信中说:"结……以士君子见礼,问及词赋,许且休息。此结之幸,岂结望尚书之意。古人所以爱经术之士、重山野之客、采舆童之诵者,盖为其能明古以论今,方正而不讳,悉人之下情。结虽昧于经术,然自山野而来,能悉下情。尚书与国休戚,能无问乎?"(《与韦尚书书》,《全唐文》卷三八一)这里他通过陈述自己的知遇之感来谈文人的使命,阐述了为文重在表达下情的主张。《刘侍御月夜宴会序》是他写给友人刘灵源的,其中说:"於戏!文章道丧盖久矣。时之作者,烦杂过多,歌儿舞女,且相喜爱,系之风雅,谁道是邪?诸公尝欲变时俗之淫靡,为后生之规范。今夕岂不能道达情性,成一时之美乎?"(《全唐文》卷三八一）这又提出了"道达情性"的要求。这个"情性"是感于时的诗人的情性，与前面的"下情"是相关联的。所以，他主张文章为感时伤世而作。他的《文编序》，明确表示自己"优游于林壑，快恨于当世，是以所为之文，可戒可劝，可安可顺……多退让者，多激发者，多嗟恨者，多伤悯者。其意必欲劝之忠孝，诱以仁惠，急于公直，守其节分，如此，非救时劝俗之所须者欤?"(《全唐文》卷三八一)他这样总结自己的创作，再一次说出了文章感应现实又作用于现实的道理。

《文编序》中提到的"救时劝俗"，是他对文章作用的理解。他编《箧中集》，在序文中发挥陈子昂《与东方左史虬修竹篇序》中的观点，批判那种"拘限声病，喜尚形似"的诗风，提出了"雅正"的要求。他的《订古五篇》序中说:"订古前世君臣、父子、兄弟、夫妇、朋友之道。於戏! 上古失之，中古乱之，至于近世，有穷极凶恶者矣。或曰:欲如之何? 对曰:将如之何? 吾且闻之订之、嗟之伤之、泣而恨之而已也。"(《全唐文》卷三八三)他的《系乐府序》中又说到古之乐府"尽欢怨之声者，可以上感于上，下化于下"(《全唐诗》卷二四〇)。他的《舂陵行》、《贼退示官吏》及其两序，就是以诗文讽喻现实的实例。这都说明，他已比较明确地强调了文学的批判现实的作用。

元结在文艺观上有明显的崇古倾向。他认为后世道德伪薄，不如古代之淳厚，文学也是日趋淫靡。因此他称赞那种"宫商不能合，律吕不能生"的古朴之音。这固然有否定"浮艳"、"烦杂"的形式主义、唯美主义倾向，但崇古而不达今，没有看到时代的变化和文学的演进，则显然是片面的。

唐代的散文创作，在韩、柳以前元结是成就最为杰出的。他在理论上提倡散文的高度思想性、现实性和讽喻作用，也是同时代的其他人不可企及的。唐代的文体改革和散文革新，与儒学关系很密切，因此道德教化色彩很浓重。像元结那样关心现实，批判现实,可说是异军突起,见识杰特。因此,他无论在理论上还是实践上,对于提高"古文"的思想价值和社会意义,都作出了特殊的贡献。他的遗产是弥足珍贵的。

总之,从萧颖士到柳冕,已经比较系统地提出了一套革正文体的理论。这套理论尽管有相当大的局限或片面性,但在有关新文体的思想内容与艺术形式的一些重大问题上,已提出了明确的答案;对流行的骈文也已做了比较全面、彻底的批判。这样,他们就为"古文运动"进一步发展做好了理论上的准备。后来韩、柳在他们开辟的道路上前进,才能够取得更大的成就。

(《文学评论丛刊》第十六辑,《古典文学专号》,

社科出版社 1982 年 10 月)

唐代"古文运动"浅议

唐代"古文运动"兴起,标志着中国散文史发展到一个新阶段。唐代"古文"家们的创作实践与理论主张,影响深远,沾丐后人,直到今天仍然是我们可资借鉴的宝贵遗产。深入探讨、总结唐代"古文运动"的艺术成就与历史经验,是唐代文学研究的重要课题。

一

关于"古文"的发轫,历来有不同的说法,研究者可以由韩、柳上溯到元结、陈子昂、姚察、李谔,直到西魏的苏绰、柳庆等人。但实际上多年来我们较为深入探讨的基本是韩、柳。在论述"古文运动"的发展时虽常常提到萧颖士、李华等几位所谓"先驱"人物,然而一般总是几笔带过。可是如果能较全面地考察历史资料,就会看到,"古文运动"有一个长期发展过程。清末民初学者沈曾植就曾说过:"开元文盛,百家皆有跨晋、宋追两汉之思。经大历、贞元、元和,而唐之为唐也,六艺九流,遂成满一代之大业。燕、许宗经典重,实开梁、独孤、韩、柳之先……贞元、元和之再盛,不过成就开、天未竟之业。"(《海日楼札丛》卷七《开元文盛》)这个看法,是有历史发展观念的。既然肯定韩、柳是"古文"的集大成者,就应承认在他们之前"古文运动"已经过长期的发展,取得了重大成就。沈曾植没有提到陈子昂,这应是他的看法的一个疏忽。因为"古文"之被称为一个"运动",要有成功的创作实践,有明确的理论纲领,有一定群众基础并造成一定社会影响。从这个意义上说,陈子昂可说是开拓这个运动的道路的第一位代表人物。

推崇韩愈"文起八代之衰",似乎"古文运动"就由韩愈及其周围的几个人造成,这是宋以后人的意见。这个意见在评价韩愈中占了统治地位,与道学的兴起有关。近人陈登原早已经指出过:"以唐有古文,因而推崇韩愈,当系宋人所为,盖自陈子昂到独孤及,已有一线相承之变。"(《国史旧闻》卷三〇《唐古文》)而且从唐代当时以至宋初,人们对"古文"发展早已提出了与沈氏意见相似的看法。例如早期"古文家"之一的独孤及就曾提出过:"帝唐以文德敷祐于下,民被王风,俗稍丕变。至则天太后时,陈子昂以雅易郑,学者浸而向方。天宝中,公(李华)与兰陵萧茂挺、长乐贾幼几勃焉复起,振中古之风,以宏文德……于时文士驰骛,飙扇波委,二十年间,学者稍厌折杨、皇华而窥《咸池》之音者什五六,识者谓之文章中兴……"(《检校尚书吏部员外郎赵郡李公中集序》,《全唐文》卷三八八)接着梁肃提出"唐文三变"之说:"唐有天下几二百载,而文章三变:初则广汉陈子昂以风雅革浮侈;次则燕国张公说以宏茂广波澜;天宝已还,则李员外、萧功曹、贾常侍、独孤常州比肩而出,故其道益炽。"(《补阙李君前集序》,《全唐文》卷五一八)此后,这几乎是唐人的一般看法,陆希声等都写过相似的意见。到北宋初年欧阳修、宋祁修《新唐书》,也讲"唐文三变",不过把范围扩大了:"唐有天下三百年,文章无虑三变。高祖、太宗,大难始夷,沿江左余风,绮句绘章,揣合低昂,故王、杨为之伯。玄宗好经术,群臣稍厌雕琢,索理致,崇雅黜浮,气益雄浑,则燕、许擅其宗。是时,唐兴已百年,诸儒争自名家。大历、贞元间,美才辈出,擩哜道真,涵泳圣涯,于是韩愈倡之,柳宗元、李翱、皇甫湜等和之,排逐百家,法度森严,抵轹晋、魏,上轧汉、周,唐之文完然为一王法,此其极也。"(《新唐书》卷二〇一《文艺上》)这些看法都是比较合乎历史实际的。

从唐代散文的发展实际看,要求改革文体和文风,几乎从新王朝一建立就是一种历史潮流。在唐初,许多政治家、史学家、文学家,都一方面对六朝骈文的浮靡文风提出批评,另一方面积极主张对文体进行改革。政治家的代表,可以魏征为例。他明确要求文章起到"昭德塞违,劝善惩恶"的社会作用,批评当时文坛"竞采浮艳之词,争驰迂诞之说,骋末学之传闻,师雕虫之小技"(《群书治要序》,《全唐文》卷一四一)。在他主持编撰的《隋书·文学传序》里,对南朝文章做了尖锐的批评。魏征在唐初是起过决策作用的政治家,他的观点必然发挥相当大的影响。唐初史学大兴,当时的史学家们注重总结前朝兴亡经验,也注意到文学发展的历史经验。除上述《隋书·文学传序》外,如令狐德棻所修《周书》的《王褒庾信传论》,提出文章要"以气为主,以文传意","撝六经、百氏之英华,探屈、宋、卿、云之秘奥",批评骈体文宗庾信为"其体以淫放为本,其词以轻险为宗"的"词赋之罪人"。后来刘知几的《史通》,虽然是史学理论著作,但其中也详细论及文体和文风问题。骈体文在形式上的三个特征:对偶、藻饰、用典,他都曾尖锐而中肯地批评过,如指斥时人行文"编字不只,捶句必双,修短取均,奇偶相配","持彼往事,用为今说","虚加练饰,轻事雕彩"(《史通·载文》)等等。他在文体改革方面的复古观念已经相当明确。文人方面,可以"四杰"中的王勃、杨炯为代表。王勃在《上吏部裴侍郎启》中说:"夫文章之道,自古称难。圣人以开物成务,君子以立言见志。遗雅背训,孟子不为,劝百讽一,扬雄所耻。苟非可以甄明大义,矫正末流,俗化资以兴衰,国家由其轻重,古人未尝留心也。"(《初唐四杰文集》卷四)他对沈、谢、徐、庾取批判态度。杨炯在《王勃集序》中更对当时文风有直接批评:"尝以龙朔初载,文场变体,争构纤微,竟为雕刻,揉之金玉龙凤,乱之朱紫青黄,影带以循其功,假对以称其美,骨气都尽,刚健不闻。"(《初唐四杰文集》卷十一)王、杨在创作上,都沿习六朝余风,所用文体是骈文,可是在理论上已有如此明确的改革文体的要求。

但是在初唐,文体改革的实践还没有大的创获,这些意见还只是文体变革的舆论准备。所以,讲唐代"古文",真正当得起开创者称号的还应是陈子昂。陈子昂的奏事书疏,不但内容充实,有现实针对性,而且表现上亦解散骈体,疏朴近古。这是唐代革正文体的第一批实践成果。在理论上,他只是在革新诗风上留下了意见,没有对散文的直接看法。但他的友人卢藏用纪念他的文章足以反映他在这方面的观点,卢藏用说他"经史百家,罔不该览,尤善属文,雅有相如、子云之风骨"(《陈子昂别传》,《全唐文》卷二三八),说他"卓立千古,横制颓波,天下翕然,质文一变"(《右拾遗陈子昂文集序》,《全唐文》卷二三八)。卢藏用是赞赏孔子"文章灿然可观"以及贾谊、司马迁的杰特超群并否定齐、梁的"逶迤陵颓,流靡忘返"的,所以他所谓"质文一变",显然有尊经复古的含义。陈子昂一入东都,名声大噪,文章传诵士林,也可见在当时的影响。

到了开、天年间,文体改革已形成潮流。首先,在理论认识上更明确了。萧颖士说:"仆有识以来,寡于嗜好,经术之外,略不婴心。"(《赠韦司业书》,《全唐文》卷三二三)他把《春秋》与《尚书》分别当作记事、记言的典范。李华说:"文章本乎作者,而哀乐系乎时。本乎作者,六经之志也;系乎时者,乐文、武而哀幽、厉也。立身扬名,有国有家,化人成俗,安危存亡,于是乎观之。宣于志者曰言,饰而成之曰文。"(《赠礼部尚书清河孝公崔沔集序》,《全唐文》卷三一五)这类涉及文章内容、形式、创作方法、社会作用的看法,与中唐"古文"家们在基本观念上是一致的。独孤及、贾至等人也都发表过相似的意见。

从实践角度看,这个时期用"古文"写的各种体裁的散文,不但有了不少杰出的篇章,而且已相当普及。从今存的文章看,在论说文方面,李华的《卜论》、《质文论》、《正交论》等,逻辑严密,条理清晰,又很有现实针对性;独孤及作文更"大抵以立宪诫世、褒贤遏恶为用,故论议最长"(崔祐甫《朝散大夫使持节常州诸军事守常州刺史赐紫金鱼袋独孤公神道碑铭》,《毗陵集》附录)。其有名的《吴季子札论》,立意新颖,见解深刻,开宋人史评的先河,其言辞雄辩,更有战国策士议论之风。这种议论文字,已开韩、柳"明道"之作的端序。在碑传文字方面,早在武后朝,就有富嘉谟、吴少微,"先是,文士撰碑颂,皆以徐、庾为宗,气调渐劣;嘉谟与少微属词,皆以经典为本,时人钦慕之,文体一变,称为富吴体"(《旧唐书》卷一九〇中《文苑中》)。此后又有张说,"为文精壮,长于碑志"(《唐才子传》卷一)。他的碑状虽用骈体,但运思精密,文字清爽,写人叙事生动亲切,时称"大手笔"。到李华、独孤及的碑志传状之类作品,文风又有了进一步转变。唐代"古文"的高度思想、艺术成就,特别集中反映在杂文方面。而盛唐的杂文、小品,成绩突出。寓言文如李华的《鹡执狐记》、《材之大小》等,寓意深刻,富于情趣,表达鲜明生动。铭赞体如独孤及的《仙掌铭》和《古函谷铭》,是构思独创、气势健壮的优秀散文;特别是前一篇,从开山巨灵传说写到华山仙人掌的气象,运思巧妙,描写雄丽,从反面着笔,表现巨灵导河、攘臂劈山的恍恍灵奇,从而写出元气阴阳造物的主题。山水小品文,应当提到王维与苏源明。王维不但能诗善画,又有"为文已变当时体"(苑咸《酬王维》,《全唐诗》一二九)的名声。他的《山中与裴迪秀才书》,写辋川风光,绘情绘色,情景交融,从用语到行文,都如自然优美的散文诗。苏源明是杜甫的知交。杜甫说他"前后百卷文,枕借皆禁脔"(《八哀诗》,《杜少陵集详注》卷十六)。韩愈把他列为有唐以来与陈子昂、李白、杜甫、元结并称的能鸣者之一(《送孟东野序》,《韩昌黎全集》卷十九)。他的文章现存仅少数几篇。《全唐诗》中收录的《小洞庭洄源亭宴四郡太守诗序》和《秋夜小洞庭离宴诗序》两篇,是优秀的抒情小品,行文有意上追秦汉,戛戛独造,富于矜创,虽然学习古代有明而未融的偏向,但却可以看出改革文体的努力。这些,都反映了盛唐"古文"的发展及其水平。

到了元结出现,标志着"古文"已相当成熟。章学诚说:"人谓六朝绮靡,昌黎始回八代之衰。不知五十年前,早有河南元氏为古学于举世不为之日也。呜呼!元亦豪杰也哉!"(《元次山集书后》,《章氏遗书》卷十三)说当时古学(即"古文"之学)"举世不为"是不对的,但高度评价元结在"古文运动"中的特殊作用,则是很有见地的。现在的文学史上,一般把元结归到中唐时期。但事实上他的《文编》初编成于天宝十二载,《元子》完成于天宝末年,都在"安史之乱"以前。他与杜甫一样,跨越"安史之乱"前后,但他乱前创作已十分成熟。由于他的"不好为吏"、"不重经术"的品格,由于他长期处身在"草野",较多接触社会实际,因而在散文理论与实践上都富有特色。而从文体发展角度看,他善于写各种各样的杂文、寓言、山水记等能够敏感地反映现实问题的文学散文,对于打破"宗经"、"明道"的局限,端正"古文"发展的方向,是起了重大作用的。

所以,唐代"古文运动",从陈子昂开始,经萧、李、独孤、梁、元等人,到韩、柳,经过了百余年的形成、发展和繁荣的时期。这是一个曲折复杂的过程。在这个过程中,许多人做出过努力,许多人做出过贡献。这个过程是与唐代精神发展历史相适应的。

二

与对"古文"发展历史的理解紧密联系的,还有一个"古文"的社会基础和指导思想问题。以前不少人谈"古文"成就主要限于韩、柳,而韩、柳又是标榜"明道"的,因此就认为"古文运动"与儒学复古运动相为表里。这实际上又是一个偏见，同样是受到宋儒主张的"文统"与"道统"相一致的理论的影响。经学的发展史表明，唐人本"不重经术"（皮锡瑞《经学历史》卷七）。魏、晋时期，经学与文学分立，文学的自觉观念形成，这是文学走上独立发展道路的表现。到了唐代，经学进一步衰落，文章杂学更被重视，这又是门阀士族势力衰微的结果，也是唐代诗文繁荣的思想基础。所以，唐代文学的成就，不论是诗坛的百花齐放，还是文坛上"古文"的兴盛，其根本动力不在儒道，而恰恰是由于打破了传统经学教条的束缚。当然，所谓打破束缚，又往往是采取了标举儒道名号或改造它的某些内容的方式进行的。

　　唐王朝打破了六朝门阀贵族的世袭等级专制，建立了以李唐王朝为中心的皇族、亲贵、庶族、僧侣、商人等地主阶级各阶层的品级联合统治体制。反映这样的客观现实，作为门阀士族精神武器的传统"章句之学"衰落了。在唐代，章句之士受轻视，一种要求通经致用以至反经合道的夷旷学风兴起。所谓"文章之士"的地位大大提高，结果造成经学与文学的并立，"章句之士"与"文章之士"的并立，以至后者压倒了前者。这是唐代社会精神生活的一个特征。在科举考试中，进士科压倒明经科，就是这种现实矛盾的表现。这种倾向，在高宗、武后朝，由于武氏集团打击李唐亲贵士族，发展得更为迅速。《旧唐书》卷一八九上《儒学上》称："高宗嗣位，政教渐衰，薄于儒术，尤重文吏。"显庆初，黄门侍郎刘祥道上疏说："儒为教化之本，学者之宗。儒教不兴，风俗将替……"（《通典》卷十七《选举五》）则天朝，凤阁舍人韦嗣立上疏请崇学校，说："国家自永淳以来，二十余载，国学废散，胄子衰缺，时轻儒学之官，莫存章句之选。"（《全唐文》卷二三六）后来杨绾在《条奏贡举疏》中也回顾当年士林情况说："幼能就学，皆诵当代之诗；长而博文，不越诸家之集。递相党与，用致虚声。六经则未尝开卷，三史则皆同挂壁。况复征以孔孟之道，责其君子之儒者哉！"（《全唐文》卷三三一）从这些记述,可以看出当时的社会风气。

意识形态上轻视儒术,正是现实阶级力量对比发生变化的体现。当时是"士有不由文学而进,谈者所耻"(梁肃《侍御史摄御史中丞赠尚书户部侍郎李公墓志铭》,《全唐文》卷五二○)。武后朝到开元年间活跃在政治舞台上的名臣,从郭元振、刘幽求、张说、张九龄直到姚崇、宋璟,都以文学进身。则天朝,已有"评事不读律,博士不寻章"(张鷟《朝野佥载》卷四)的俗谚。一大批不受经学教条束缚、出身于非士族的知识分子登上政治舞台、活跃于文坛,给当时的思想界、文学界带来了一种新思潮、新作风。

与"不重经术"相联系的,就是当时的人们"务为有用之学"(赵翼《廿二史札记》卷二十《唐初三礼汉书文选之学》)。他们不再迷信古代的"章句"。崔融《为百官贺断狱甘露降表》称:"事有不合于古,不务于时,则弛而更张,矫以归正。正朔三而改,文质再而复,三礼不相袭,帝乐不相沿,夫何为乎? 亦云适时而已。"(《全唐文》卷二一八)姚崇《答捕蝗奏》说:"庸儒执文,不识通变。凡事有违经而合道者,亦有反道而适权者。"(《全唐文》卷二○六)他们反对"庸儒"死守教条,要求"适时"、"通变",这反映了一种关心现实、适应时代的思想倾向。唐代的诗文,正是在这种思想气氛中得到发展的。

第一个揭起文学"复古"旗帜的陈子昂,就不是儒生。他早年游侠求道,向学时已十八岁,"窃少好三皇五帝霸王之经,历观丘坟,旁览代史,原其政理,察其兴亡"(《谏政理书》,《陈子昂集》卷九)。他的文章成就,也确乎不在阐明经义,而以尖锐深刻的现实内容见长。张说则说过"博学吞九流之要"(《洛州张司马集序》,《张燕公集》卷十二)的话,很能概括当时文人的特点。萧颖士"特达聪明,业于上才,以诗书礼乐、皇帝王霸之术为己任"(符载《尚书比部郎中萧府君墓志铭》,《全唐文》卷六九一)。他和李华都是颇有用世之志的人物。李华后来在"安史之乱"中受伪职,被人们所诟病,但在天宝年间与杨国忠相冲突,敢于向腐朽势力作斗争。他们在文学观上,表现出鲜明的尊儒重道的意识,讲过文章应反映"六经之志"之类的意见,但他们更强调的是"激扬雅训,彰宣事实","德行政事,非学不言,言而无文,行之不远"(萧颖士《江有归舟三章序》,《全唐诗》卷一五四),"立身扬名,有国有家,化人成俗,安危存亡,于是乎观之"(李华《赠礼部尚书清河孝公崔沔集序》,《全唐文》卷三一五)等等。独孤及则说:"足志者言,足言者文,情动于中,而形于声,文之微也;粲于歌颂,畅于事业,文之著也。君子修其词,立其诚,生以比兴宏道,殁以述作垂裕,此之谓不朽。"(《唐故殿中侍御史赠考功郎中萧府君文章集录序》,《全唐文》卷三八八)这都表明,他们虽然有一定尊儒倾向,但创作指导思想所强调的还是文学的现实性和积极的社会作用方面。而且,他们的思想与创作中,又包含着明显的佛、老学说的影响。到了"不重经术"(李商隐《容州经略史元结文集后序》,《樊南文集》卷七)的元结,就更加强调文学的现实精神。他自称"昧于经术,然自山野而来,能悉下情"(《与韦尚书书》,《元次山集》卷七)。他有意以文章讽时刺世,自诩所著《文编》"多退让者,多激发者,多嗟恨者,多伤悯者"(《文编序》,《全唐文》卷三八一)。而他的创作中,更是常常闪耀出离经叛道的光彩。

　　由以上事实可以看出,从陈子昂到元结这个"古文运动"的形成、发展时期,作为其主导思想、推动其前进的,主要不是经学。在某些人身上,如萧颖士、李华,儒学观念起了一定作用,但他们吸取和发扬的是儒学中经世致用、褒贬讽喻的方面。从根本上说,是现实矛盾的激化,促成了文体上的变革,是社会斗争培养出一批"古文"家,并给新型的"古文"创作提供了内容。当时即使是标举儒学口号的人,他们也并不迷恋经学教条,而往往是发挥儒学的某些有益于世用的方面,甚至是借用圣人的语言来表达自己的看法。所以"古文"之取得成就,重要的条件之一,不在尊经明道,而在从儒学章句下的解放。

"安史之乱"后,在思想意识领域发生了一个巨大转变,就是儒学复古思潮兴起。统治阶级中的某些人,总结历史上兴盛王朝肇乱中衰的教训,认识到利用儒学来整饬纪纲、统一意志的重要。因此,文学上的尊经明道的议论更为强化了。从贾至到梁肃、柳冕,都更明确地要求用文章来宣传大一统、正陵僭、正名分之类的儒家观念,发挥其道德教化作用。但值得玩味的是,在这种理论下,创作实践上并没有取得突出的成绩。直到韩、柳异军突起,才把"古文"推向了全面繁荣。他们在时代思想潮流影响下,也是以"文以明道"高自标置的,但在实践上,他们却继续发扬了前期"古文"家们通经致用和博采百家的精神。韩、柳等人终究不是迷信圣人偶像的儒学家,而是有独创性的文学家。他们的成就,同样主要并非得力于经学,而是取自现实斗争的思想土壤。

韩愈在主观上复兴儒学的意念是坚定而诚挚的。他在文章中捧"圣人",讲"道统",自命为儒学正统的继承人和保卫者。如果具体分析他的创作内容,就会发现,他的"儒道"并不那么纯粹,甚至常常是空自标榜、自相矛盾以至是壮语欺人的。他常常直接批评圣经贤传,对明显地背离经旨的人物和言论表示赞扬。例如他说《尚书》"诘屈聱牙"、《左传》"浮夸"(《进学解》),责备"《仪礼》难读"(《读仪礼》)。在《子产不毁乡校颂》里,他称赞子产行政时,说子产"以礼相国,人未安其教",显然在怀疑"礼治"的作用;在《答进士策问》中,他称赞商鞅,说后代"羞言管商氏"是"求其名而不责其实";他又说孔、墨之间"不相用,不足为孔、墨"(《读墨子》);他还肯定法家先驱的荀子"大醇而小疵"(《读荀》);他又赞扬"问孔"、"刺孟"的异端学者王充。如此等等,都带有融合百家的思想色彩。如果分析他的具体文章的内容,就会发现更多违背孔、孟经训的地方。例如他的名篇《师说》,表面上看这是为传继儒道而张扬师道的,但其中说"圣人无常师",就否定"圣人"是全知全能的;说"闻道有先后,术业有专攻"，公然把道与术业分割开来，并列起来。他的《送孟东野序》，用"不平则鸣"来解释文学创作，这与先儒所谓"美教化、经夫妇、厚人伦"的教化文学观是不同的；作为一种人生观，更与儒家宣扬的"中庸"、"知命"的观念相对立。甚至他大讲道统的《原道》，所原之道，也并非完全符合先儒所言精义。他说"仁与义为定名，道与德为虚位"，已把"道"、"德"的概念抽空了，这就一方面承认佛、老之道也是"道"，同时又以"仁"、"义"二字局限了儒道。这样，韩愈对于儒学，正如苏轼、陈善、胡应麟等人早已指出的，他名为尊儒家一家之道，实则恕于百家，往往标显诸子之所长。另一方面，则如曾称赞他起衰济溺的苏轼指出的，他"于圣人之道，盖亦知好其名矣，而未能乐其实"（《韩愈论》，《经进东坡文集事略》卷八）；朱熹则说他"全无要学古人底意思"（《朱子语类》，《晦庵先生朱文公集》卷一三七），"只是要作好文章，令人称赞而已"（《沧州精舍谕学者》，同上卷七十四）；清人田北湖甚至直斥他"事理不辨，学理不精，发为文章，已弗能达，况根柢浅薄，有文无质哉"（《与某生论韩文书》，转引自《中国近代文论选》下册六二〇页）。他曾自豪地说，自己年轻时"非三代、两汉之书不敢观"（《答李翊书》），这三代、两汉之书就不仅仅是儒书。他又说"仆少好学问，自五经之外，百氏之书，未有闻而不求，得而不观者"（《答侯继书》）。李汉作《唐吏部侍郎昌黎先生韩愈文集序》，也说他"诸史百子，皆搜抉无隐"。这都可见其对前人师承的广泛。他自诩学古道，好古文，实则他偏爱文章的古，而不太追求道统的纯。而如果把他思想的这一方面与前面所说的自陈子昂到元结的不重"章句之学"的思想潮流联系起来看，就会发现，他继承了那种比较开阔、自由的思想传统。这正是他的思想的强有力的方面。

柳宗元与韩愈一样标榜"文以明道"，但他空言说经、综合百家的倾向更为明显。他早年师事陆质。这个《春秋》学者在研究《春秋》时，使用综合三传、以经驳传的方法，发扬一种主观臆断的怀疑学风,实际是专以己意解释圣人之意。柳宗元讲到《春秋》学时说,自古以来对三传论注疏说的有百千人,著作是"处则充栋宇,出则汗牛马",但都是"党枯竹、护朽骨"(《唐给事中皇太子侍读陆文通先生墓表》,《柳河东集》卷九),真正发扬《春秋》精神的则是陆质。他明确表示不满于马融、郑玄那样的"章句师",指那些谨守章句教条的经生为"拘儒"、"陋儒"。他在文章中曾对一些儒经上凿凿有据的观点给予大胆批评。例如他的《封建论》、《贞符》,否定"天命"、"圣人"对于历史发展的决定作用,提出了一种以"生人之意"为动力的历史发展观;他的《蜡说》、《时令论》、《断刑论》等,对于唯心主义"天命观"与"天人感应"论进行了尖锐而深刻的批判;他的《六逆论》、《天爵论》以及《永州铁炉步志》等,反对世卿世禄制度,不承认先验的人性品级。像这类作品,正由于对传统儒学观念大胆批判,才具有了战斗的思想光彩。柳宗元明确表示儒、墨、名、法都有以佐世,因此他十分重视对诸子学的研究。而他对前代思想资料的广泛继承,又以服务于现实斗争为目的——他本人就是一位改革政治家。所以,如果客观地评价柳宗元的"文以明道",就决不能认为他所要明的是儒家"圣人"之道。事实上他的"道"的价值,很大程度上正决定于对"圣人"之道的批判。

总之,唐代"古文运动"与儒学复古运动是两回事,二者有不同的社会基础,不同的纲领,不同的目的。儒学对于"古文"确实有一定影响。大致说来,从开元年间这种影响逐渐加强,到"安史之乱"后更为明显。但"古文运动"的发展不取决于它,其价值也不取决于它。从根本上说,"古文"发展、繁荣于现实斗争的土壤之中,它不是"经学"教条的附庸。经学给某些"古文"家的理论提供了帜旗,给他们的创作提供了某些思想资料。但是,决定了"古文运动"的更大思想意义的,却恰恰是从传统经学章句束缚下的解放。

三

与"古文"和儒学关系问题相联系的,还有一个"古文"与佛教的关系问题。强调"古文"传儒术,明"道统",从另一方面就认为"古文"的成功在于辟佛。这种观点,一方面把"古文"的意义缩小了,另一方面,也歪曲了"古文"与佛教关系的实际,忽视了佛教对"古文"的影响。

"古文运动"繁荣时期的领袖人物韩愈确实以反佛著称。他的后继者皇甫湜、孙樵、杜牧等,也都是反佛的。反佛给"古文运动"充实以一个重要的现实内容,成为"古文运动"的一个贡献。但考察"古文运动"的全部历史,就会发现,反佛内容只是到中唐后才进入"古文"领域的,它只是当时"古文"反映现实斗争的一个方面。从"古文运动"的社会基础和奋斗目标看,与辟佛斗争并没有必然联系。早期"古文家"并不辟佛,甚至与韩愈并称的柳宗元也不辟佛。唐代许多反佛的人并不提倡"古文"。

反佛斗争主要是世俗地主反对僧侣地主的斗争。意识形态领域中对佛教的批判,主要反映现实阶级利益的纷争。而"古文运动"则是要提供一种更有效用地反映现实的文体、文风与文学语言。这二者没有内在的关系。查一下唐代历史就会看到,自唐初,就有傅奕反佛,他几乎已提出了后来韩愈辟佛所使用的全部命题。后来高宗朝有宋行质、郝处俊,武后朝有狄仁杰、李峤、张廷珪、苏瓌,中宗朝有韦嗣立、吕元泰、成珪,睿宗朝有裴漼、宁原悌,玄宗朝有姚崇,肃宗朝有张镐,代宗朝有高郢、常衮、李叔明、彭偃,这许多人都从不同角度批判过佛教,但他们都不写"古文",更不是"古文"家。而另一方面,早期不少"古文"家并不反佛,甚至有些是佛教信徒。

陈子昂在《感遇诗》中，曾对佛教缘业之说和建筑寺院的繁费提出批评，但却又写过"吾闻西方化，清静道弥敦"的诗句。他早年曾习道教，又从晖上人游。他在朝时值武则天佞佛，他的论事书疏对现实弊端广泛抨击，唯不触及佛教，反而留下了与佛教徒交往的文章。张说是文体改革过渡期的一位重要人物，他对禅宗北宗神秀"尝问法执弟子礼"（《宋高僧传》卷八《神秀传》），尊之为"两京法主，三帝门师"，死后亲服师丧，撰《唐玉泉寺大通禅师碑铭》。他不但写过不少释氏文字，还参与过义净、菩提流志的译经工作。李华信佛教。他说："五帝三王之道，皆如来六度之余也。"（《台州乾元国清寺碑》，《全唐文》卷三一八）又说："儒墨者，般若之笙簧；词赋者，伽陀之鼓吹。"（《杭州余姚县龙泉寺故大律师碑》，《全唐文》卷三一九）他给不少名僧如被称为"开元三大士"之一的善无畏、天台八祖左溪玄朗等写过碑文，志磐《佛祖统纪》卷七把他列在天台九祖湛然门下为受业弟子。独孤及"体黄老之清静，包大雅之明哲"（梁肃《朝散大夫使持节常州诸军事守常州刺史赐紫金鱼袋独孤及行状》，《全唐文》卷五二二），同时与佛教也有密切关系，晚年为舒州刺史，赞助湛然为僧粲建塔并受请书碑，又和著名诗僧灵一结为"善友"。他宣扬佛教的文字有《金刚经报应述》、《佛顶尊胜陀罗尼幢赞》等。梁肃不仅是湛然弟子元浩的门弟子，而且是后期天台宗的重要理论家。他所写的《天台法门议》、《止观统例》等是阐扬台教止观学说的重要著作。柳宗元"统合儒释"更是很有名的。他自幼好佛，到永州后，又结交天台宗僧人重巽等人。他写过不少释教碑和宣扬佛理的诗文。就对佛教的态度问题，他与韩愈进行过长期争论。

造成这种现象，深刻表明了佛教僧侣势力的膨胀和"三教调合"思想给予文学的影响。在唐代，一些有势力的大和尚不但是寺院经济的操纵者，而且出入朝廷，干预政治，使得一些知识分子竭力攀附他们，以为进身的阶梯。特别是在"安史之乱"以前，僧侣地主与世俗地主之间争夺劳动力和剥削权益的矛盾还不像以后那么尖锐，朝廷支持佛教，造成了佛教各宗派的大活跃。当时反佛还是个别人的言论，实际影响有限。出身于地主阶级较低阶层的文人们与佛教的矛盾还不那么明显。在这种情况下，"古文"与反佛斗争是完全在两条轨道上发展的。

另外，在当时环境中，佛教思想又给予文人们很大的影响。特别是它作为一种唯心主义宗教思想体系，与中国传统统治思想的儒学有一定共通之处。它的福祸报应、乐天安命之类观念，都能在中国固有的儒学理论中找到根据。它的那些西方地狱、生死轮回、灵魂不死等等极其夸张荒诞的说教，又可作为儒学的补充。所以，有些"古文"家如李华，就明确提出了儒佛一致的理论；又有些人如柳宗元，对佛教虽有保留态度，但却肯定它的人生观和处世哲学。特别由于宗教本来就是苦难灵魂的叹息，更使有些文人身处困境时特别易于向它求取安慰。

再一方面，就是佛典翻译文学，受到广大知识分子的普遍欢迎。唐代文人大都熟悉释典，不少官僚文人参加朝廷组织的译场，参与译经。佛典文字描写的绚烂，想象的恢宏，逻辑的密致，在中国文学中都是前所未见的。而佛典翻译又提供了骈散间行、雅俗共赏的华梵（胡）结合的译经文体，提供了不少新鲜的语言形式和表现方法。这也使它们受到中国文人的重视。佛典翻译文学成了唐代"古文"用以借鉴的材料。

这样，在复杂的社会和思想条件下，造成韩愈以前的"古文运动"在反佛方面是消极的，甚至是受到佛教的严重影响的。直到韩愈，在新的时代条件下，反佛的内容才突出起来。韩愈把"古文"与辟佛卫道结合起来，这对于唐代"古文"的发展和中国思想史都是有重大意义的事。这应另作一个专题来研究，在此就不赘叙了。由此可见，唐代"古文"与佛教有着极其复杂的关系。有受影响的一面，也有与之斗争的一面。分析这个问题，是清理宗教对文学的影响、肃清其流毒的一个重要任务。

　　以上,简单讲了唐代"古文运动"研究的三个问题。看法很肤浅,提出来供讨论、批评。唐代"古文"是中国散文发展的重要阶段;而中国古典散文又是十分丰富宝贵的文学财富。这里的研究领域极其开阔,可资探讨的问题也极其众多。冲破某些传统偏见的束缚,扩大研究范围,就会从这份宝贵遗产中发掘出更多的可资借鉴的精华,把研究工作推向前进。

　　　　　　　　　　　　(《唐代文学论丛》第三辑,1983 年 5 月)

韩愈重"文"尚"奇"的"古文"论

　　韩愈写作"古文",倡导"古文运动",在理论上有高度的自觉性。他的"古文"论,总结了自三代、秦、汉以来散文长期发展的历史经验,又包含着自己创作实践的深切体会,其中不少内容反映了文学发展的客观规律。值得注意的是,虽然他以明"圣人之道"为创作的基本纲领,但并不主张以儒学代替或包括文学;他在创作上标榜"复古",却没有流于师古守旧的教条主义和模拟主义。他的创作富有生命力的一个重要原因,就在于其艺术上的独创性;而这种独创性又与他的重"文"尚"奇"的"古文"理论密切相关。本文拟就这个问题谈点粗浅意见。

一

　　韩愈"文以明道"的理论,人们已经谈得很多了。他一生以承继"道统"为己任。他声称要济儒道于已坏之后,"使其道由愈而粗传"(《与孟尚书书》,本文引用韩文,均出自通行本东雅堂韩集,不另注版本和卷次);他又以当世圣人自居,自诩"若世无孔子,不当在弟子之列"(《答吕医山人书》)。他把这个理想贯彻于"古文"创作,提出了一系列重"道"的主张。关于他所主张的"圣人之道"的内容,笔者已有另文论述(《论韩愈的儒学与文学》,《文学评论丛刊》第十三辑);关于他的"文以明道"观念对于批判流行的骈文的形式主义倾向的意义,前人亦多有阐明。但值得注意的是,韩愈的重"道",主要表现在他对"古文"的思想政治作用和它的内容与形式关系的看法上;而在创作实践上,无宁说他是重"文"的。这也就如朱熹所说,他是"未免裂道与文以为两物"(《读唐志》,《朱文公全集》卷七十);康有为也指出他"道浅无实","不过工为文耳"(张桢《康南海传》)。而这种对"文"的重视,正是他大大超出前代和同辈那些致力于革正文体的人们的地方。

从西魏末年苏绰、柳虬等提倡"古文",到韩愈登上文坛,"古文"的提倡已经过二百多年的时间。在这段时间里,苏绰、裴子野、颜之推、李谔、王通以及唐代的陈子昂、卢藏用、刘知几、萧颖士、李华、独孤及、柳冕、梁肃等等,都提出过革正文体的理论主张,并在实践上做出过努力。但是他们在不同程度上存在着两个偏向,一是有些人看不到古今文体之变,一意追模三代,务存质朴,如魏帝庙祭,苏绰仿《尚书》作《大诰》,结果是"属词有师古之美,矫枉非适时之用"(《周书》卷四十一《王褒庾信传论》);二是把"道"与"文"对立起来,不少人认为文采词华是有害于"圣人之道"的。例如李华说:"屈平、宋玉,哀而伤,靡而不返,六经之道遁矣。论及后世,力足者不能知之,知之者力或不足,则文义浸以微矣。"(《赠礼部尚书清河孝公崔沔集序》,《全唐文》卷三一五)他批判文风下衰,追根溯源,归罪到屈、宋。实际上,屈、宋的辞赋是文学发展史上有别于经史著述的个性化的文学创作的开端。另一方面,他们强调文章要发扬道德,有助教化,以"圣人之道"行"人文化成"之业。典型的是柳冕,他说:"夫文章者,本于教化,发于情性。本于教化,尧舜之道也;发于情性,圣人之言也。"(《答徐州张尚书论文武书》,《全唐文》卷五二七)这样,韩愈以前的"古文"论,存在着认为文必伤质、重文必然害道的偏颇,结果就努力把"文"统一到"道"上去。这种观念,是违背文学发展的规律的，也是造成韩、柳以前的"古文运动"成绩有限的一个原因。

韩愈对于这个问题做出巨大的突破。以前早已有人看到他在"文"、"道"关系的观点上是游移的。例如他时而说："愈之为古文，岂独取其句读不类于今者耶？思古人而不得见，学古道则欲兼通其辞；通其辞者，本志乎古道者也。"（《题〈欧阳生〉哀辞后》）但时而又说："愈之志在古道，又甚好其言辞。"（《答陈生书》）他在文章中屡屡提及文采的重要和自己在"修辞"上的努力。这些看法表面上似乎是矛盾的，实则他是针对不同情况强调创作过程的不同方面。批判"俗下文字"的空虚颓靡、采错浮媚，他提出要重"道"；看到了文学发展的实际，他又要求重"文"。他立志"修其辞以明其道"（《争臣论》），"修辞"与"明道"不偏废。从文学思想发展史的角度说，他对"文"的重视更有价值，也更富独创性。

韩愈在《进学解》中谈自己的创作体会，说是"闳其中而肆其外"。所谓"中"指文章内容，涉及思想修养的博大纯正；而"外"则指文章的形式，他认为文章应放浪恣肆，不受羁束。所以他在这篇文章中提到自己所师法的古典，除《诗》、《书》、《春秋》等儒典外，还有《庄》、《骚》、两司马和扬雄。他在批评骈文时说："诚使古之豪杰之士，若屈原、孟轲、司马迁、相如、扬雄之徒进于是选，必知其怀惭，乃不自进而已耳。"（《答崔立之书》）他又说："汉朝人莫不能为文，独司马相如、太史公、刘向、扬雄为之最。"（《答刘正夫书》）他在《送孟东野序》中提出文章产生于"不平之鸣"，开出了一个历代"善鸣"者与"能鸣"者的名单，其中除先秦诸子外，突出提到了庄周和屈原，汉代则提到了司马迁、司马相如、扬雄。韩愈钦佩、赞赏屈原，与他的先驱者李华等人态度完全相反。他在思想上辟佛、老，但他在文章上却推重被道家奉为祖师之一的庄子。吴德旋说他"能学《庄子》，则出笔甚自在"（《初月楼古文绪论》）。特别是汉代文坛，经师与文人已开始分途。隋任城王杨谌致杨遵彦书中曾做了明确区分:"经国大体,则贾生、晁错之俦;雕虫小技,殆相如、子云之辈。"(《隋书》卷四十二《李德林传》)而韩愈所重视的不是有功于政事与儒学的贾谊、公孙弘、董仲舒等人,而恰恰是司马相如和扬雄等"雕虫小技"之辈。所以曾国藩在《圣哲画象记》中批评说:"韩、柳有作,尽取扬、马之雄奇万变,而内之于薄物小篇之中,岂不诡哉!"(《曾文正公文集》卷二)这里还应当提到韩愈对司马迁的看法。他的碑传文章显然师承了司马迁,柳宗元也说:"退之所敬者,司马迁、扬雄。迁于退之固相上下。"(《答韦珩示韩愈相推以文墨事书》,《柳河东集》卷三十四)而司马迁在思想上尊黄老而尚游侠,与当时"独尊儒术"的观点是不同的。至于扬雄,人品本不足取,韩愈尊他为孟子之后有功儒道的第一人,着眼点也在文章。

韩愈对唐代文学的看法,也充分反映出他对"文"、"道"关系的特殊理解。他所推重的是陈子昂、李白、杜甫、苏源明等具有独创性的文学家,而不是经学家。就拿他引以自豪的辟佛来说,人们公认他的观点继承了傅奕,但他没有推崇傅奕的言词。陈子昂喜言王霸大略,李白求仙好道,均非儒者之流;杜甫以儒自命,但也不是墨守经传的章句之徒,他又访道,又信佛。但韩愈却自称"昔年因读李白、杜甫诗,长恨二人不相从"(《醉留东野》),以至由于企羡二人"光焰万丈"的文章而幻想"我愿生两翅,捕逐出八荒"(《调张籍》)。这显然也不是从"道统"上着眼的。

由此看来,韩愈重"道",讲"道统",不是绝对的,无限度的。他只是在一定意义上、一定范围内这样主张。在文学创作上,他并不受"道统"的限制,不主张"道统"与"文统"合一。他根本不承认服从"道统"的"文统",而尊重文学创作的特殊规律。他十分重视总结、研究这个规律。他在创作中,更大的功夫不是用在儒学上而是用在文章上。他说自己"虽愚且贱,其从事于文,实专且久"(《上襄阳于相公书》)。又说:"性本好文学,因困厄悲愁,无所告语,遂得究穷于经传史记百家之说,沈潜乎训义,反复乎句读,砻磨乎事业,而奋发乎文章。"(《上兵部李侍郎书》)对照这类话,可知他所谓"游之乎《诗》、《书》之源"等等,主要是门面语。宋代道学家们说他因文及道,是"倒学"了,是裂文与道为二物。清代程廷祚也指出:"退之以道自命,则当直接古圣贤之传,三代可四,而六经可七矣。乃志在于沈浸浓郁,含英咀华,作为文章,戛戛乎去陈言而造新语,以自标置,其所操抑末矣。"(《复家鱼门论古文书》,《青溪集》卷十)这类批评,恰恰证明了韩愈的"文以明道"与宋人"文以载道"之说的不同,他不仅不主张"道胜言文",反而十分重视"文"的特殊规律和作用。他不懈地致力于文章形式的完美和技巧的上达。因此,韩愈在思想上坚持儒学的"道统"论,而在文学上又有明晰的文学发展观念。他与前代要求革正文体的人不同,反对六朝和初唐骈文中的形式主义,却又重视文章形式的演进。从这个角度说,他对"文"、"道"二者的关系是有辩证的理解的。他强调"明道"而又能重"文",这是一种超乎同时流辈的真知卓见;用这种理论指导实践,是他的古文创作取得更大成就的重要原因之一。

二

　　韩愈对于"文"的本身,也有相互矛盾的主张。根据严格的"明道"观念,只有表现圣人之意、"六经"之志的作品才是好文章,韩愈所谓"行之乎仁义之途,游之乎《诗》、《书》之源"就是这个意思。这样就会只求"明道"的思想性而不顾及文学反映社会生活的现实性。但韩愈在具体论及文章创作时,却远远超越了这种狭隘保守的认识。

　　首先,他提出了要"慎其实"。他在《答尉迟生书》中说:

　　　　夫所谓文者,必有诸其中,是故君子慎其实。实之美恶,

> 其发也不掩。本深而末茂,形大而声宏,行峻而言厉,心醇而
> 气和。昭晰者无疑,优游者有余。体不备不可以为成人,辞不
> 足不可以为成文。

他在《答李翊书》中又说:

> ……将蕲至于古之立言者,则无望其速成,无诱于势利,
> 养其根而俟其实,加其膏而希其光。根之茂者其实遂,膏之沃
> 者其光晔。仁义之人,其言蔼如也。

韩愈要"明道",所以重视主观道德修养。他这里所谓"实",首先是指品德、思想修养,"慎其实"才能诚于中而发于外。但是,他文说"无诱于势利"、"行峻而言厉"等等,又提到"成人"的要求,这就不仅限于主观的东西,还包括重视创作者个人践行的内涵,因而他又说:"苟行事得其宜,出言适其要,虽不吾面,吾将信其富于文学也。"(《送陈秀才彤序》)

在此基础上,韩愈又进一步提出文章与"事"、"理"的关系。他在《上襄阳于相公书》中借称赞对方表明了自己的观点:

> ……文章言语,与事相侔。惮赫若雷霆,浩汗若河汉,正
> 声谐韶濩,劲气沮金石。丰而不余一言,约而不失一辞,其事
> 信,其理切。

在《送陈秀才彤序》中又说:

> 读书以为学,缵言以为文,非夸多而斗靡也。盖学所以为
> 道,文所以为理耳。

在这里,他认为文章是要表现"事"与"理"的。这种"事"与"理",当然应体现"道"的精神,但又有一定客观内容。就他本人来说,一生有"兼济天下"之志(《争臣论》)。他称赞孔、墨是"畏天命而悲人穷"的人。他在《与凤翔邢尚书书》中自述平生企向说:

愈也,布衣之士也。生七岁而读书,十三而能文,二十五
而擢第于春官,以文名于四方。前古之兴亡,未尝不经于心
也;当世之得失,未尝不留于意也……

这完全不是墨守章句、皓首穷经的迂儒的形象,颇有济世安民的王
霸之才的气概。他在《进士策问十三首》中又说:

……人之仰而生者谷帛。谷帛丰,无饥寒之患,然后可以
行之于仁义之途,措之于安平之地。

他把民生衣食放在仁义道德之上,显然是能够正视实际的。他有
这种关心现实、积极用世的热忱,决定了在创作上不取超然世外或
迷恋经义教条的态度。

还不止于此,他更提出了"不平则鸣"的宝贵见解。就是说,这
"与事相侔"的"事"是"不平"之事,所表现的"理"也包括批判这种
"不平"的道理。

在《送孟东野序》中,他发展了先儒感物动情、司马迁"发愤著
书"的观点,提出文章出自"不得已",即强调它是主客观发生矛盾
的产物。他所说的"不平之鸣",又区分为两类:

……抑不知天将和其声,而使鸣国家之盛耶? 抑将穷饿
其身,思愁其心肠,而使自鸣其不幸耶?

他所重视的,显然是后一种。他评论所谓"千古隐逸之宗"的陶渊
明和著名的隐逸之士王绩说:

吾少时读《醉乡记》,私怪隐居者无所累于世,而犹有是
言。岂诚旨于味耶? 及读阮籍陶潜诗,乃知彼虽偃蹇不欲与世
接,然犹未能平其心,或为事物是非相感发。(《送王秀才序》)

他认为陶潜、王绩的作品,出于"未能平其心",由此肯定它们的价
值,是相当深刻的。对于李、杜,韩愈强调他们遭际的困顿促成了
他们诗歌的成就(参见《调张籍》),也很有见地。他评论柳宗元,更

鲜明地指出：

> ……使子厚在台、省时，自持其身已能如司马、刺史时，亦自不斥；斥时有人力能举之，且必复用不穷。然子厚斥不久，穷不极，虽有出于人，其文学辞章必不能自力以致，必传于后如今，无疑也。虽使子厚得所愿，为将相于一时，以彼易此，孰得孰失，必有能辨之者。（《柳子厚墓志铭》）

按这种看法，文学成就与仕途宦达是相对立的。他看到了在古代专制社会里真正的文学创作与统治阶级的狭隘利益和剥削生活的矛盾，见解是相当深刻的。他的"不平之鸣"与儒道的"乐天安命"、"中庸之道"相悖，也与要求文学为统治阶段"帮忙"、"帮闲"的观点有着原则的区别。

由此，又导致他对"穷苦之言"的赞赏。王若虚曾指出："退之不善处穷，哀号之语，见于文字，世多讥之。"（《臣事实辨》，《滹南遗老集》卷二十九）他一生中宦途坎坷，生活多经困顿，"跋前踬后，动辄得咎"。基于个人的生活体验，他确实写了不少诉"穷"吁"苦"的文字。这些文章如《进学解》、《送穷文》等等，往往不仅抒发个人嗟卑叹老的穷通之感，更反映了现实苦难的一个侧面。因此，他在《荆潭唱和诗序》中能够说：

> 夫和平之音淡薄，而愁思之声要妙；欢愉之辞难工，而穷苦之言易好也。是故文章之作，恒发于羁旅草野。

这实际是说，"愁思之声"、"穷苦之言"有更大的艺术价值，在社会下层有着文学创作的更深厚的基础。

这样，由要求"慎其实"到努力于"事信"、"理切"，再到提倡"不平之鸣"、"穷苦之言"，韩愈的"古文"论中包含着这样一系列重视现实性的主张。如果说，他的宗经明道的文学观是唯心的，是把一种先验的观点作为创作的源泉，那么他的这些重视现实性的主张又是具有尊重实践、面向生活的唯物内容的。在他的"明道"理论

中,思想性与现实性处于复杂的矛盾统一关系之中。而他的重
"文",往往是强调"文"的现实性的方面。他表面上把"明道"作为
先决条件提出来,实际上常常把它架空,或做出自己特殊的理解。
正是这种矛盾,才使他创作出不少富有深刻的现实内容、具有尖锐
批判精神的作品。

三

　　韩愈对"文"的内容的理解如上所述,下面,再来分析一下他对
"文"的形式的要求。

　　自宋人推尊韩愈,韩文一般被视为"古文"正统。但在唐代,韩
文只被认为是尚"奇"的一派。李肇《唐国史补》卷下指出:"元和已
后,为文笔则学奇诡于韩愈,学苦涩于樊宗师;歌行则学流荡于张
籍;诗草则学矫激于孟郊,学浅切于白居易,学淫靡于元稹。俱名
为元和体。大抵天宝之风尚党,大历之风尚浮,贞元之风尚荡,元
和之风尚怪也。"由此可见,在当时人看来,韩文只代表了一时一派
的风格。柳宗元评韩愈,说他"文益奇"(《先君石表阴先友记》,《柳
河东集》卷十二),"怪于文"(《读韩愈所著〈毛颖传〉后题》,《柳河东
集》卷二十一)。

　　李汉在《唐吏部侍郎昌黎先生韩愈文集序》中说:"先生于文,
摧陷廓清之功,比于武事,可谓雄伟不常者矣。"(《全唐文》卷七四
四)韩愈自己也说"时有感激怨怼奇怪之辞"(《上宰相书》),并谦称
"文虽奇而不济于用"(《进学解》)。后人评论他的文章,说是"如长
江大河,浑浩流转,鱼鼋蛟龙,万怪惶惑"(苏洵《上欧阳内翰第一
书》,《嘉祐集》卷十一),"淡宕多奇","奇崛战斗鬼神处令人神眩"
(姚鼐《古文辞类纂》卷四十三、七十四),也都强调其尚"奇"的特

点。指出韩愈创作代表一时一派的创作风格,丝毫没有贬损他在艺术上的创获的价值。因为实际上,任何伟大的文学家都不可能为文学创作树立万世不变的法则,都只能在他的时代进行个人的独特创造。

认识韩愈"古文"的成就,需要考察他尚"奇"的具体内容,了解他提出这种观点的时代背景。自六朝以来,文艺思想中追求奇变与崇尚雅正之争长期存在。到了唐代,一些主张革正文体的人,批判六朝以来浮靡华艳的文风,多追求三代、秦、汉文风的质朴无华,是崇尚雅正的。他们反对艺术上的形式主义,连形式美也反掉了;他们从复古的典雅朴实求出路,因而不赞成艺术上的追求与新变。在这种情况下,韩愈提倡尚"奇",实际上是在艺术上进行新的开拓。王鏊《震泽长语》指出:"尝怪昌黎论文,于汉独取司马迁、相如、扬雄,而贾谊、仲舒、刘向不之及。盖昌黎为文主于奇。马迁之变怪,相如之闳放,扬雄之深刻,皆善于奇。董、贾、向之平正,非其好也。"(转引《全唐文纪事》卷三十六)这就指出了他的尚"奇"与对文学创作的特殊规律的认识有关。在他的文章中,也常常表现出对这一问题的深刻理解。

韩愈在阐述其尚"奇"主张的主要论文《答刘正夫书》中有这样一段话,可视为他提倡这种理论的主要依据:

> 或问为文宜何师? 必谨对曰:宜师古圣贤人。曰:古圣贤人所为书具存,辞皆不同,宜何师? 必谨对曰:师其意,不师其辞。又问曰:文宜易宜难? 必谨对曰:无难易,惟其是尔。如是而已。

这里讲写文章要师古人之意而不师古人之辞,就是看到了文章的语言、形式要随时代而变化;讲为文求"是",就是要求形式适应表达内容的要求。这样,一方面,他也就不承认为文有定法,不承认圣贤人替文章定下什么标准;另一方面,则认为创作中"用功深者,其收名也远"，必须"深探而力取之"，提出"若圣人之道不用文则已，用则必尚其能者。能者非他，能自树立，不因循者是也"。所以，韩愈尚"奇"，绝非单纯求奇抉怪，以倒置眉目、反易冠带为新异，而是出于对文学创作规律的理解。

从他自己的文章中，可看出他所谓"奇"有以下几方面含义：

首先，韩愈所谓"奇"，表现为"深"，就是避浮薄，求深刻。他在《进学解》中有两句自负语："记事者必提其要，纂言者必钩其玄。""玄"即"幽玄"。他的《雨中寄孟刑部几道联句》诗有句云："研文较幽玄，呼博骋雄快。""幽玄"，就是表意的深微。他在《重答张籍书》中说："昔者圣人之作《春秋》也，既深其文辞矣。"他在《与袁相公书》中称赞樊宗师："又善为文章，词句刻深，独追古作者为徒。"他的《欧阳生哀辞》也赞扬欧阳詹"文章切深"。这都是要求写作中注意内容深刻，不空疏浮薄；表达深切，不浅露无余蕴。以深刻超群出众，自有一种奇拔的气象。韩愈在自己的创作中对这方面做出了很大努力。即使是应酬文字、小小题目，也往往表达出较丰富的内容，表达上也深刻细密，转折顿挫，层层深入。

第二，所谓"奇"，还有"新"的含意，即忌凡俗，求新意。宋祁说："夫文章必自名一家，然后可以传不朽。若体规画圆，准方作矩，终为人之臣仆。古人讥屋下作屋，信然。陆机曰：'谢朝花于已披，启夕秀于未振。'韩愈曰：'惟陈言之务去。'此乃为文之要。"（《宋景文公笔记》卷上）尚"奇"就要避俗。韩愈在《国子助教河东薛君墓志铭》中说："君少气高，为文有气力，务出于奇，以不同俗为主。"在《故江南西道观察使赠左散骑常侍太原王公墓志铭》中说："公所为文章，无世俗气，其所树立，殆不可学。"在《韩滂墓志铭》中又说："清明逊悌以敏，读书倍文，功力兼人。为文词，一旦奇伟骤长，不类旧常。"他称流行的骈文为"俗下文字"。所谓"俗下"，就是指内容上鱼馁而肉败，表达上陈陈相因。独树异帜的文字必然表现出豪横与胆气。韩愈《东都遇春》诗说："饮啖惟所便，文章倚豪横。"他在《送无本师归范阳》诗中说:"无本于为文,身大不及胆。"他本人的创作也正表现出杰特不群、豪横不羁的特色,扫除了庸俗习气。

第三,韩愈的"奇",还表现为"变",即避板滞,求变化。新变是艺术发展的要求,也是美感的一个源泉。宋人张耒指出:"韩退之穷文之变,每不循轨辙。"(《明道杂志》)清人刘大櫆说:"文贵变……一集之中篇篇变,一篇之中段段变,一段之中句句变。神变,气变,境变,音节变,字句变,惟昌黎能之。"(《论文偶记》)韩愈所说的"不专一能",也是"变"的一种含义。他曾自负地说过:

> 凡自唐虞已来,编简所存,大之为河海,高之为山岳,明之为日月,幽之为鬼神,纤之为珠玑华实,变之为雷霆风雨,奇辞奥旨,靡不通达。(《上兵部李侍郎书》)

他称赞樊宗师:

> ……然而(词)必出于己,不袭蹈前人一言一句,又何其难也。必出入仁义,其富若生蓄,万物必具,海含地负,放恣横从,无所统纪,然而不烦于绳削而自合也。(《南阳樊绍述墓志铭》)

"变",古训"非常"(《白虎通》),又与"经"对举,有褒与贬两种含义。韩愈所说的"穷情尽变"(《送权秀才序》),是在文章内容、风格、体制、表现方法以至音节声调上求丰富多彩,避免刻板划一。他本人的各体创作,就是富新变的。如赠序一体,明刘绘评论说:"赠送序记,晋、魏以前皆无,韩、苏叙眼前事,用秦、汉风骨,笔力随人变化,然每篇达一意也。"(《答祠郎熊南沙论文书》,味芹堂《明文授读》卷二十一)又如碑志,姚鼐评论说:"大抵作金石文字,本有正体,以其无可说,乃为变体,始于昌黎《殿中少监马君志》。因变而生奇趣,文家之境,以是广矣。"(《与陈硕士》,《惜抱先生尺牍》卷六)这些看法,是有道理的,也可用以说明韩愈求"变"以出"奇"的成绩。

第四,所谓"奇",还表现在修辞上,就是忌枯淡,重辞采。在这一点上,他与前代"古文"家大多力求文字的古朴无华很不相同。他常常讲到"文学",实即指"古文"之学。他很强调"文辞"的作用。一方面,他要求"丰而不余一言,约而不失一辞",即遣词用语上的高度精练与准确;另一方面,他又力求辞藻的丰富与鲜明。瑰怪之词,时俗之好,他也并不排斥。"文丽而思深"(《与祠部陆员外书》),也是他肯定的为文一境。语言上的创新,是他尚"奇"的又一重要表现。

最后,他所谓"奇",还意味着要造成强烈的艺术效果。他的"古文"不仅要在叙事明理上说服人,还要有强烈的艺术感染力。他在《上襄阳于相公书》中,说读于頔诗文得到如临泰山、窥巨海的强烈印象。他在《贞曜先生墓志铭》中,又说孟郊诗有"刿目鈌心"、"掐擢胃肾"的艺术力量。可见他追求的是多么不同凡响的艺术效果。柳宗元评论他的《毛颖传》,说读了它"若捕龙蛇,搏虎豹,急与之角而力不敢暇"(《读韩愈所著〈毛颖传〉后题》,《柳宗元集》卷二十一)。这种强烈的艺术效果,是韩文的一个主要特色。

由此可见,韩愈的尚"奇",主要是追求新变、独创和艺术感染力,是要改变骈文那种凝固、因循、疲软的文风,同时也与单纯求古、求简、求朴、求实的文风不同,而另辟创作的新途径。

韩愈尚"奇",一方面是以内容与形式的统一为基础,不是脱离内容单纯在形式上和表达上趋奇走险;另一方面,他又强调"奇"与"正"的辩证关系。宋人谢昌国读韩文得到《进学解》中"奇而法"、"正而葩"几个字,说"文贵乎奇,过于奇则艳,故济之以法;文贵乎正,过于正则朴,故济之以葩"(见孙奕《履斋示儿编》卷八)。楼钥说韩文的奇处,"正如长江数千里,奇险时一间见,皆有触而后发"(《答綦君论文书》,《攻愧集》卷六十六)。这就说明他在形式与表现上的"奇",出于艺术上的需要,注意到美感的限度,又不违背艺术表现的一般规律。有人批评韩愈:"唯其'是',则真所谓布帛之华、菽粟之味矣。又曰必有以异于物而非常物者,然后为异而可珍爱,前后义理未免有几微抵牾之处。"(何焯《义门读书记·昌黎集》卷三)这就把"是"与"奇"对立起来了;而韩愈恰恰是正确处理了二者的辩证关系。还有人把韩愈的"奇"与单纯追求"怪怪奇奇"的形式主义等同起来,则是只看到表述字面的相似而没有深入分析内含的不同。

四

韩愈在理论上一方面提倡"文以明道",一方面又重"文"尚"奇",使他既没有做儒学的附庸,也没有走拟古的死路,从而在散文创作上开拓了广阔的天地。然而,他的理论也存在着缺点和局限。

第一,对于"道"与"文"的矛盾,他没能彻底解决好。这也是时代使然。韩愈生活的时代是经学统治时代。而经学基本上是唯心、保守的,是为统治阶级提供理论根据的思想体系。韩愈要求文章明这种"道",对创作是个很大的限制。而他个人又迷信"道统",以醇儒自居,就使这种束缚更为严重。他有时能突破儒家思想框子,或发挥它的一些积极因素,从而给文章增添了生机。但僵死的"圣人"的影子一直压在他的身上,所以他的创作的现实性没能得到更好的发挥,有些"明道"之作还是相当迂腐空疏的。

第二,如前所述,他所谓"文"指的是"古文",他所谓"文学"是"古文"之学。他的理论主要讲的是如何作文章,而对现代意义上的"文学"涉及较少。在这一点上,他的理论赶不上他的实践。他在创作实践上,写了很多在现代也堪称典范的散文名篇;但在理论上,他对散文创作的一些重要问题如形象性原则、艺术表现方法等等没有充分发挥。他所着重阐述的还是文体和文学语言问题。可以说,他对他以前的中国古代散文发展的艺术成果做了较好的总结,而对于促进向现代散文的发展上较少开拓。这不能不说是一个遗憾。

第三,韩愈尚"奇"的主张在表达上也确有矛盾和偏颇之处。

(《天津社会科学》1983 年第 5 期)

附录

司空图《诗品》研究的几个问题

一、《诗品》研究的偏向

晚唐诗人司空图的《诗品》是由二十四首描摹诗歌意境的四言诗组成的。这篇作品以风格论的形式,具体发挥了司空图在许多文章中提到的"韵味"理论。它主要总结的是田园隐逸诗派的创作经验,而且具有严重的唯心主义倾向,对后代的诗歌创作的理论与实践都产生了很大的消极影响。但如果我们能够以彻底的革命批判的态度来重新评价这篇作品,对于批判地研究古代文学中"神韵"一派的理论,对于正确地认识和总结唐诗创作的艺术经验,甚至对于批判当前的形形色色的资产阶级唯心主义文艺观点等等,还是有一定意义的。然而某些研究者却没有这样做。他们过高地强调了《诗品》的价值和贡献,甚至把现代的文艺观点强加给古人,对《诗品》采取了无批判地推崇、赞扬的态度。这就很值得商榷了。

有的人虽然抽象地指出了《诗品》具有唯心主义倾向,但却大力肯定"从诗歌艺术规律的探索说,《诗品》的贡献还是很大的"①,认为它"是盛唐诗歌醇味的经验总结,也是唐代兴象派诗歌理论的继承"②。有人把司空图总结的艺术经验看成超时代、超阶级的东西,以至试图用它来指导今天的创作,说《诗品》的含蓄的理论"对纠正目前某些只有空言壮语、缺乏深厚内容的诗有好处,对纠正那些故弄玄虚,晦涩难懂的诗也有好处"③,并把司空图所说的"豪放"与我们社会主义文学的豪放风格等同起来④。而在古典诗歌的欣赏与研究中,抽象地大谈"醇美"、"韵味"、"言外之意"的,更是不乏其人。这种无批判的盲目推崇的态度,也表现在整理古代的《诗品》研究著作的工作中。有人称赞充满了迂腐的唯心说教的《诗品臆说》,认为作者孙星五的观点"基本上是属于现实主义的。在许多基本问题上,他的看法是正确的"⑤。而就是这位孙星五,以神秘的"天地之道","太极","无极"⑥来杜撰了一套《诗品》的体系,却被整理者夸赞为"司空图的一位功臣"。这种种现象,都表现了《诗品》研究中仍然存在着严重的唯心主义观点和方法。这是值得我们警惕的。

　　过去封建文人对《诗品》称扬倍至,是根据他们的政治标准和艺术标准的。这主要因为司空图是唐末不仕二朝的忠臣和隐居山林的高士,他的诗歌理论符合"温柔敦厚"的诗教,反映了某些贵族地主文人的超脱、玄虚、唯美的艺术趣味。他们对《诗品》的研究,

①吴调公:《略谈司空图及其〈诗品〉》,《文汇报》1962年8月29日。

②吴调公:《司空图的诗歌理论与创作实践》,《新建設》1962年9月号。

③雷履平:《诗的含蓄美》(读司空图《诗品》札记),《四川文学》1961年8月号。

④雷履平:《谈豪放》(读司空图《诗品》札记之二),《四川文学》1962年3月号。

⑤孙昌熙、刘淦校点:《司空图〈诗品〉解说二种》,第67页,山东人民出版社
　1962年版。

⑥孙联奎:《诗品臆说》,同上书,第12页。

也是采取了"以不解解其所不解,而后不解者无不解"①的神秘化方法,这显然都是封建的文艺观点的反映。可是今天仍有一些人重复着古人的某些传统见解,因袭了古人的唯心主义的、形而上学的研究方法,这是很不应该的。如果把《诗品》研究中的某些现象,与当前文艺领域内的阶级斗争联系起来看,就更会感到问题的严重。

二、《诗品》文学观点的基本思想倾向

过去有人把《诗品》看作是"诗家之总汇,诗道之筌蹄"②,是一部体大思精、自成体系的完整的风格论。已经有许多人指出这种看法是不正确的。实际上,《诗品》正如苏轼所谓是司空图"自列其诗之有得于文字之表者二十四韵"③,主要描摹了他所主张的各种各样的风格意境。同时,《诗品》也没有全面地阐明唐代诗歌各个流派的风格特点,其中贯穿的只是司空图所赞同的文学观点。因此,我们不能离开阶级分析,抽象地谈《诗品》提出的艺术经验,首先必须明确它的观点的阶级内容,明确它在唐代诗歌和唐代文艺思想的发展、斗争中,代表了哪一个阶级的美学观点,起过什么样的历史作用。

《诗品》虽然着重于体貌诗歌风格意境的各种表现形式,但却明确地表现了司空图的文学思想。从中可以看出,司空图在诗歌与现实的关系的问题上,在对诗歌创作过程的理解上,是站在没落贵族地主阶级的唯心主义立场的。

---

① 杨振纲:《诗品续解自序》,转引自郭绍虞辑注:《诗品集解》,第68页,人民文学出版社1963年版。
② 郑之钟:《诗品臆说·序》,转引自《司空图〈诗品〉解说二种》,第3页。
③ 苏轼:《书黄子思诗集后》,《东坡全集》后集卷九。

　　清代神韵派领袖王士禛取"不著一字，尽得风流"为《诗品》论诗的核心，也就是司空图在其他文章中提出的"味外之旨"，或者叫做"韵外之致"①，"象外之象，景外之景"②。这是他对诗歌创作的基本要求。《诗品》的各则也贯穿了这个主张。例如其中谈到的"超以象外，得其环中"，"脱有形似，握手已违"，"乘之愈往，识之愈真"，"离形得似，庶几斯人"等等，都要求诗歌一方面"思与境偕"，创造出优美完整的意境；另一方面要在形象之中含蓄地表现出"醇美"的"韵味"，所说的形象的精神，也就是味外之旨。关于"文外重旨"（刘勰），"言外之意"（范晔），古人早已提出，并不是司空图的创造。但以此为主要标准来品诗并把它当一部理论著作的中心思想，确实是司空图为第一人。因此，我们就要探讨一下，这"味外之旨"到底包含着什么样的政治标准和艺术标准？这种文学观点的思想基础是什么？

　　有些人对于"味外之旨"的理论是很欣赏的。吴调公先生说这是总结了唐诗"不同流派"的"浑融醇厚"的艺术经验，"能充分发挥诗歌的形象特色，把灵感与想象联结起来"③；孙昌熙、刘淦二位先生认为"超以象外，得其环中"等等"是说的一种典型意境的特征，以及'虚中见实，实中求虚'的写作技巧"④；傅庚生先生分析"含蓄"一品时说，它"是象征'深文隐蔚，余味曲包'的妙境。'是有真宰，与之沉浮'，含蓄的主宰仍然在作者内蓄的思想感情"⑤；而雷履平先生认为这一则里说的是"完全捕捉住诗人情感里最本质的东西"⑥。这些看法各不相同，但却有一个原则上的一致处，即全都离

---

①《与李生论诗书》，《司空表圣文集》卷二（四部丛刊本）。
②《与极浦书》，《司空表圣文集》卷三。
③吴调公：《司空图的诗歌理论与创作实践》，《新建设》1962年9月号。
④孙昌熙、刘淦校点：《司空图〈诗品〉解说二种》，第52页。
⑤傅庚生：《文学赏鉴论丛》，第195页，东风文艺出版社1963年版。
⑥雷履平：《诗的含蓄美》（读司空图《诗品》札记），《四川文学》1961年8月号。

开思想内容来谈艺术方法，没有一个人去指出司空图说的"思想感情"的实质是什么，"典型意境"的具体内容是什么，"味外之旨"的内含指的到底又是什么。

古人认为司空图"本人品为诗品"，因此首先从作者的世界观上肯定了《诗品》的价值。而我们批判《诗品》，也必须从分析司空图的世界观作起。因为《诗品》的文学观点，不过是他的世界观在艺术理论上的表现。

司空图生活在晚唐阶级矛盾极端尖锐、政治极为黑暗的时代条件下，身经震撼李唐王朝统治基础的黄巢起义，看到了军阀的混战和唐朝势力的日趋衰弱。但他却把自己的命运与一个没落王朝的命运结合在一起了。他曾因池荷以寄意，说"只怜直上抽红蕊，似我丹心向本朝"[1]，在《乱后》一诗中，也表示了"空将忧国泪，犹拟洒丹墀"[2]的愿望。但大厦将倾非一木可支，他虽然有用世的决心，却不免陷入悲剧的命运之中，在尖锐的社会矛盾面前，消沉颓唐了。他隐居到中条山王官谷，"平生多少事，弹指一时休"[3]，在贵族地主的隐逸生活中了却了一生。司空图后期的创作态度，明显地表现出消极颓废的思想倾向。他在诗中说："浮世荣枯总不知，且忧花阵被风欺。浓家自有麒麟阁，第一功名只赏诗。"[4]诗歌在这里是被当做逃避世事、发抒自己闲情逸趣的手段的。他又说："自古诗人少显荣，逃名何用更题名。诗中有虑犹须戒，莫向诗中著不平。"[5]他写诗是回避任何现实矛盾和斗争的。他隐居中条山时，自称"耐愚居士"，"知非子"，完全遁入了颓废消沉的境界之中。他这个时期的作品，除了少数的诗表现了对没落王朝的惋惜和慨叹外，

----

[1]《偶书五首》之二，《司空表圣诗集》卷三（四部丛刊本）。

[2]《乱后三首》之一，同上书，卷二。

[3]《偶书五首》之四，同上书，卷二。

[4]《力疾山下吴村看杏花十九首》之六，同上书，卷五。

[5]《白菊三首》之二，同上书，卷五。

主要是在玩赏山水和感伤抒怀中表现自己唯心的、脱离现实的世界观和消极出世的人生态度。

司空图的《诗品》从理论上概括了他的这种唯心的、消极的文学观点。这种观点正与他的创作互相验证。联系他的生平思想和创作实践,我们更容易揭示他的理论的实质。

前面说过,《诗品》论诗的基本要求,是所谓"味外之旨","醇美"的"韵味"。但还有一个更根本的核心,那就是"道"。例如,其中论"自然",是"与道适往,著手成春",只有符合于道的发展,才能取得纯任自然的妙处;论"豪放",是"由道返气,处得以狂",豪放之气也是以道为根本的;说"委曲",是"道不自器,与之圆方",诗歌做到委曲首先必须表现出道的无所拘泥;论"实境",是"忽逢幽人,如见道心",只有体现出道心才能达到切实逼真;其他如"大道日丧,若为雄才","俱似大道,妙契同尘","少有道契,终与俗违"等等,都是说在创作中无论表现什么样的风格,都必须以体现"道"为最基本的要求。而在司空图的笔下,这"道"又是极为玄妙、神秘的。"黄唐在独,落落玄宗","薄言情悟,悠悠天钧","遇之自天,冷然希音","超超神明,返返冥无"……这可以做司空图所谓"道"的脚注。这里虽然说的玄之又玄,但也并不难解,指的不外乎是儒家的神秘唯心的天道,又杂糅着佛家超世无生的观念和道家泯是非、齐物我的自然之道。通过司空图的思想和创作的分析,是可以证实这个论断的。这种唯心的观念是没落贵族阶层的消极反动的世界观的产物。它在古代某些诗人的思想中也存在。如王维等,就是在这样的世界观指导下创作的。而司空图在《诗品》中把它当做了自己理论的核心。

司空图还常常提到"真":"大用外腓,真体内充","乘之愈往,识之愈真","真与不夺,强得易贫","真力弥满,万象在旁","惟性所宅,真取弗羁"……有人认为这是强调了内容的真实、感情的真实。这是极大的曲解。司空图在二十四则诗品中,没有一处是强

调诗歌要反映现实的。即使是"实境",也得见出"道心",而且是
"遇之自天"的,要完全得自诗人的神秘灵感的触发。在司空图看
来,最本质的真实是"道",要求诗人在思想感情上必须对"道"有深
刻体会。

怎样才能在创作中体现出"道"呢?只有"虚伫神素,脱然畦
封","惟性所宅,真取弗羁",要摆脱现实的矛盾,适性发展;还必须
"素处以默,妙机其微","绝伫灵素,少回清真",要凝神一志,做内
心的反省;又应当"饮真茹强,蓄素守中",也就是如孟子所谓"吾养
吾浩然之气"。这样,诗歌的创作就会成为某种错误的主观观念的
表现,而完全失去了现实基础。司空图在当时的现实条件下,不敢
正视社会矛盾,只有在内心的冥想、神秘的天道的追求和消极避世
的生活中,得到精神的安慰。因此,他的美学观点也就具有这种脱
离生活的、主观唯心主义的特点。

司空图没有,也不可能在《诗品》中提出唐诗各流派的共同的
艺术经验,而主要是从理论上总结了唐代田园隐逸诗派的艺术经
验。这一派诗人如王维、孟浩然为代表,通过自然山水的描绘,寄
托了自己消极没落的思想感情。他们善于描绘形象,创造出寄托
深远的境界。他们不像玄言诗人那样用诗谈玄说理,而是以完整
而又细腻、自然而又鲜明的、多种多样的艺术形象把内容表现出
来。这也就符合了司空图所说的"味外之旨"。因此司空图称赞王
维"澄澹精致,格在其中"①,"趣味澄敻"②。这也表明他所说的"味
外之旨",决不是指诗歌的深刻的现实内容或生活本质的表现。他
批评"元、白力勃而气孱,乃都市豪估耳"③,也是基于他的这种美学
观点的。《诗品》的观点的唯心主义性质,司空图的文学理论的阶
级倾向,在这里是昭然若揭的。《诗品》这样的理论就是在唐末的

①《与李生论诗书》,《司空表圣文集》卷二。
②《与王驾评诗书》,同上书,卷一。
③同上。

当时,在诗歌创作的发展和不同文学流派的斗争中,已经是起了消极、反动作用的。

但现在有些人,对于这种唯心主义观点不做认真的批判,反倒在某些方面大加推崇,甚至割裂文字,曲解原意,把糟粕当做精华来宣扬。不运用阶级分析的方法去探求一种文学观点的阶级本质,而只在艺术方面做抽象的、形而上学的发挥。这都是错误的。

三、《诗品》对诗歌艺术性的要求

《诗品》这一著作,在中国诗歌发展中之所以产生了较深远的影响,主要是因为它的理论的唯心的、神秘的内容在封建地主阶级文人中有着广泛的社会基础。但另一方面也应当看到,《诗品》中所提出的艺术主张,有某些符合艺术规律的东西。不过这些东西,却被司空图从唯心主义立场加以解释,并向唯心主义方面夸大了,并绝对化了。这就造成了严重的局限性。

例如,《诗品》中提倡诗歌深厚的韵味,实际上具有否定晚唐雕凿刻削、狂搜险觅的形式主义诗风的作用;司空图提倡创造各种风格的艺术境界,也是对当时诗歌"褊浅"、"蹇涩",缺乏形象性的批评;至于《诗品》体貌诗歌创作的某些意境,提倡诗歌表现的朴素自然,也多有看法精辟的地方。但他要求韵味而至于追求唯心主义的道,把重视形象的境界发展到神秘玄虚、超现实的地步,把要求创造多样的风格意境变成脱离现实内容的对风格形式的空泛探求等,这些都说明他所提供的某些有一定价值的艺术经验,也被唯心主义地发展了,因而有着荒谬的部分。这是因为,在他的理论中,对诗歌艺术性的要求是被他所要表现的唯心的、消极的内容决定的,他的文学理论的唯心主义性质必定也在他对艺术性的追求上表现出来。如果我们要评价和借鉴司空图在诗歌艺术方面的理论贡献,也必须严格地从根本上对其唯心主义倾向做认真的批判,绝不能生搬硬套,直接拿来当成某种成功的艺术经验。

但在近年来的《诗品》研究中,特别对司空图提出的诗歌创作的艺术方法大加称赞。例如,有人认为司空图要求表现"生活本质但又不是把生活现象简单化的典型感受"①,指出了"一种典型意境的特征"②,说司空图"不仅要求形似,也要求神似",认为这"对特别要求精练的诗歌来说,无疑是很透辟的"③。对于司空图描绘的各种风格意境,称赞的人也不少。或者肯定司空图认识到风格的多样性及其辩证关系,或者认为他所描绘的某一具体风格对指导今天的创作有价值,等等。这些看法,都是抽空了《诗品》的文学理论的具体阶级内容来谈论创作方法,都是离开阶级分析来谈"纯"艺术。这无疑是一种唯心主义的、形而上学的观点的表现。

下面,对司空图在《诗品》中提出的艺术经验和对艺术性的要求做些具体分析。

先谈"韵味"。司空图要求表现"醇美"、"韵味"、"味外之旨",是具有反对形式主义的内容的。从《诗品》各则的具体说明来看,他在诗歌创作的内容与形式的关系上,是强调内容为主的。但如果因此就引申为他要求表现什么"生活本质","真实感情",以为他的理论有现实主义成分,就大错而特错了。在中国文学史上有充分的事例证明,反对形式主义可以出于不同的思想和立场。这里还存在着唯物主义和唯心主义两种不同美学观的斗争。例如,古代诗歌中有"诗"、"骚"的"比兴"和所谓"汉魏风骨"的传统,它们的基本要求是诗歌通过取自现实生活的艺术形象反映出深刻的社会内容。在这里,艺术形象与其中表现的思想感情是有机统一的。

①雷履平:《诗的含蓄美》(读司空图《诗品》札记),《四川文学》1961年8月号。
②孙昌熙、刘淦校点:《司空图〈诗品〉解说二种》第52页。
③吴调公:《略谈司空图及其〈诗品〉》,《文汇报》1962年8月29日。

这是我国古代现实主义和积极浪漫主义诗歌的特点。但司空图的观点却与此绝然不同。他也重视内容，重视"味外之旨"的表达，但这内容却是没有现实基础的。他把它叫做"道"、"天"、"真宰"、"玄宗"等等，明确地说，这统统都是诗人头脑中的消极没落的主观观念。在生活上，他以游逸山林来逃避现实，追求精神的解脱；在创作上，他描绘自然山水的形象，以寄托其主观的情态。他的重视内容，明显地受到玄学家重本轻末一派的影响。对司空图来说，"道"就是本体，艺术形象只是现象，他要利用这个现象把本体表现出来，最后能够"不落言诠"，能够越过形象，表现出真正的"道心"来。他在《与李生论诗书》中所宣扬的妙在咸酸之外、无迹可求是这个意思；"遇之匪深，即之愈希"、"离形得似，庶几斯人"等等"不落迹象"的要求也是这个意思。因此，在司空图看来，艺术形象只是诗人主观思想感情的寄托，一种广义的比附。它并不是引导人去认识现实，而是让人们透过形象去寻求"味外之味"，"象外之象，景外之景"，进入冥想的境界，追求玄虚、神秘的精神体验。他一方面要求"具备万物"，对各种现象多有体察和把握，但同时就要求"超以象外"，不要从客观事物本身执着以求；一方面说"妙造自然"，认为符合自然的原貌才能表达出形象的精神，但却又说"生气远出"，又把人引向虚无中去了。司空图表面上也谈客观实物的形象，但却没有触及现实的本质。他就是这样处理内容与形式的关系的。

这种理论主张，正是总结了王、孟一派的创作经验的。王、孟在田园山水诗创作上，很善于描绘田园山水的形象，创造出完整生动的艺术境界，但主要却表达了消极、颓废的贵族士大夫阶层的没落心理。就王、孟诗歌的形象性来说，也确实有值得肯定的地方，他们的优秀作品在描绘形象上做到了精工自然、完整洗炼，丰缛而不华靡，含蓄而不深晦。但形象无论怎样"优美"，总是在静态的自然景物中流露出悲观厌世、逃避矛盾的消极心理。司空图的《诗品》所总结的王、孟一派诗人的艺术经验，有着某些有价值的成分，但在理论上主要却是一种基于唯心主义观念的创作方法。而他自己晚年的创作,也循着这样一个路子,陷入玄妙、超脱的形象的追求,脱离现实,脱离人民生活,走进死胡同里去了。

　　司空图强调"思与境偕",一方面重视体现出"韵味"的"思";一方面又要求描绘出自然、完美的"境"。但这"思"是没有现实基础的、唯心主义的东西,这"境"主要也只限于自然景物。这样,诗歌的思想内容不是从形象的本质中表现出来,而是外加于形象的主观意识。因此形式和内容没有被看成有机的统一整体。司空图的"道"是"遇之自天"的,是"妙契同尘"的,不能用言语道破;同时他又反对"俪采百字之偶,争价一句之奇"的形式主义诗风,在这一点上他比讲求声律、雕凿字句的形式主义倾向高明得多,所以,他只好从讲求风格意境下手。讲风格意境,既可以在其中表现对神秘玄妙的内容的要求,又不落只求形式的空套。论述一种文学观点的《诗品》,为什么以风格论的形式出现,从这里就可以得到解释了。后来《诗品》理论的继承者们,有的以禅喻诗,讲究兴趣,有的专讲神韵,也都是回避现实内容,从艺术表现上立论的。许印芳责备不善学习《诗品》的人"摹其腔调,袭其字句,未有不落空套者"①,实际上正是《诗品》本身在引导人们陷入空套。神韵一派具有唯心主义和形式主义性质,其始祖司空图是不能辞其咎的。

　　文学创作的多种多样的风格,主要是由于它所反映的现实生活的多样性,由作家对这多样的生活具有不同的理解、概括、表现方式决定的。唐代诗坛的百花齐放的局面,就是因此而形成的。由于司空图在根本观点上是唯心的,脱离现实的,他也不会正确认识产生各种风格的真正原因和它们的本质特点,只能从境界的表现上来探求。由于在各品中都贯穿了他的基本美学观点,所以他所论述的某些不同的风格内容很相似,甚至互相重复;由于在

————————

① 许印芳《诗品跋》,《诗法萃编》本。

内容方面没有现实基础，因此对风格的描绘不得不陷入空灵、玄虚。而各品内容有的是对诗歌创作的共同要求，如自然、流动；有的是指某种风格的特征，如雄浑、冲淡；有的是说某种艺术技巧，如洗炼、含蓄，各品的内容并非是铢两悉称的，《诗品》结构也是很混杂的。

因此，虽然司空图的理论本来是反对形式主义的，但在他的风格论上却具有形式主义倾向。当然在这方面《诗品》也还有许多可取之处。例如他强调艺术表现的完整自然和形象的含蓄，以及对某些风格境界的说明，都有一些值得借鉴的地方。

四、研究《诗品》的意义

如上所述，司空图的《诗品》无论在思想倾向上还是在艺术观点上，都是具有严重消极倾向的。但它在中国文学的发展上是具有一定影响的。同时其中也提出了一些艺术经验。从批判的角度来研究它，还是有必要的。

研究《诗品》，应当注意批判其唯心主义的、神秘主义的美学观点。这对于我们今天批判各种各样唯心文艺观点是有利的。司空图要求的那种超脱现实、泯灭矛盾的艺术境界，也正是今天社会上没落阶级和具有没落思想的人所追求的。在现在，赤裸裸的形式主义已没有人公开主张了，但对于"韵味"、"境界"等等的提倡，却大有人在，这些观点与《诗品》的"纯"艺术倾向也有相通之处。唯心主义观点有一些共同的论题。今天的各种反动文艺思想会重弹历史的老调。我们对《诗品》的批判应当有利于当前的斗争，应当把对历史的批判研究与现实的革命任务联系起来。

研究《诗品》，要把握住阶级分析的方法。这不只使我们能揭露《诗品》的本质,而且有助于我们研究中国文学史和文学批评史上的阶级斗争,从而对"神韵"派诗歌的实践和理论进行批判。例如,通过《诗品》的艺术理论的分析,我们就能更清楚地认识王维一派诗人的阶级倾向和思想实质,对他们的艺术成就也就不会像现在某些人估价得那么高。又例如,对"韵味"的批判,会帮助我们更好地批判古代文学思想中什么"兴趣"、"神韵"、"境界"的理论。因此,批判地研究《诗品》,对批判、研究古典文学有一定的意义。

研究《诗品》,我们可以借鉴其中总结的一些艺术经验。在从根本上对它的理论的错误倾向进行批判之后,披沙拣金,有些东西我们可以借鉴,给以改造,然后吸取。这是符合我们批判的继承遗产的总精神的。例如司空图对于形象及其深刻内含的要求,对于某些诗境的说明,以及他阐明理论的形象比附的方法,等等,都有一些值得注意的东西。

这是我们研究《诗品》应有的批判态度。

但正如前面指出的,有些人研究《诗品》,却是在无原则地努力推崇它,抬高它的价值,不去做必要的批判;或者只从艺术方面着眼,无视其基本思想倾向,以至想用《诗品》的观点改造今天的创作。这些现象,不能单单看做对《诗品》的理解上有缺点、看法不恰当。

应当注意到,资产阶级在学术领域,常常也是"求助于过去的亡灵","穿着这种古代的神圣服装,说着这种借用的语言"[1],来宣传他们的反动观点的。《诗品》中宣扬的否定现实、回避矛盾的唯心主义美学思想,与现在文艺领域内的各种反动观点有着相似之处。我们只要看看《诗品》中追求的玄妙、超脱的境界,与所谓"无差别境界"云云多么相同,就可以明了此中的消息。而《诗品》的错

---

[1]《马克思、恩格斯文选》第 1 卷,第 223 页,人民出版社 1962 年。

误美学理论又同一些有一定价值的艺术经验混杂在一起,就更容易蒙蔽群众。如果我们抽象地宣扬《诗品》的某些艺术见解,就不只是陷入了片面性,而且是在宣扬历史上的一种唯心主义美学体系。而对任何唯心主义的宣传,在今天思想意识领域的斗争中必然起反动的作用。

(原载《文史哲》1965 年第 4 期)

我写《唐代文学与佛教》

近几年,笔者就唐代文学与佛教的关系写过几篇文章,后结集为《唐代文学与佛教》一书,作为《唐代文学丛书》的一种,1985 年由陕西人民出版社出版。文章发表、特别是成书以后,谬蒙前辈和时贤奖掖,惶愧之情,难以言喻。本刊编者命我谈点研究工作中的体会,因为自己虽成绩微微,却也确实下过一番力气,有些甘苦,不论是作为经验还是作为教训,对于热心于文学研究的青年也许有些益处,所以借本刊篇幅,写出来向大家请教。

我的体会简单概括就是一句话:搞研究必须认真学习、勇于探索新问题。展开讲有三个方面,即:在确定研究方向上,要敢于突破,开拓学术研究的新领域;在研究实践过程中,要踏踏实实地学习,下一番刻苦工夫;在总结研究成果时,要在实事求是的基础上出新意。下面具体谈这三个方面。

"文化大革命"期间,当我还在东北一座小城任师范学校教员的时候,有时间读 1962 年人民出版社编辑出版的《马克思主义经典作家论历史科学》一书,有两段话给我很大启发。一段是恩格斯《自然辩证法》中谈到未来的社会制度,见原书第十二页:

> 一个新的历史时期将从这种社会生产组织开始,在这个新的历史时期中,人们自身以及他们的活动的一切方面,包括自然科学在内,将获得极大的进步,有如旭日东升,照遍天下,使已往的一切都消失在阴暗之中。

另一段出自恩格斯《致康·施米特》信,见原书第一七一页:

　　……全部历史都应该开始重新研究。首先必须详细研究各种社会形态的生存条件,然后才可试图从这些条件中找出相应的政治、司法、美学、哲学、宗教等等的观点。

当时笔者还是"牛鬼蛇神",每天劳动、检查,所幸获准读马列著作。在直到今天十几年的研究工作实践中,我越来越明确了:前人的研究业绩不可低估,应当尊重,但有许多新的研究领域需要开拓,总结、研究历史(文学史只是历史的一部分)的工作大有可为,也可以说是刚刚在开始。

　　1973年我开始研究柳宗元。在研读《柳河东集》和有关资料后,我觉得值得研究的题目有两类:一类是传统学术研究遗留下来的问题,例如柳宗元生平事迹,柳集的版本、校勘、注释等等。这些问题非常重要,它们涉及到有关柳宗元及其作品的基本情况的认识,解决它们也是进一步深入研究的基础。还有另一类问题,就是把柳宗元作为一个历史现象,放在一定的社会历史和意识形态环境中进行探讨、分析。这方面的研究课题极其广泛,而到目前为止所做的工作还很少,恩格斯关于"全部历史都应该开始重新研究"的教导具体到柳宗元身上,到今天仍是适用的。

　　这就涉及佛教问题。学术界以前在一段时期对历史上的宗教现象是基本持否定态度的。牵涉到古代作家所受佛教影响,也是或者给以简单片面的批判、否定,或者置而不论不议。但在柳宗元身上,进步的政治革新主张、非天无神的唯物主义思想与佛教的唯心观念是处于矛盾统一之中的。我学习了恩格斯《布鲁诺·鲍威尔和早期基督教》一文中对基督教的论述,认识到宗教作为意识形态,是人类在其一定发展阶段上认识世界的形式;宗教的认识有迷误,有片面,有消极作用,但作为人类认识世界的努力的一部分,也有某些合理内容。由于宗教与文学这两种意识形态有许多接近之处，二者之间有复杂的相互影响以至交融的关系。在这样的认识的基础上来探讨柳宗元与佛教的关系，就不是简单地否定了事。我试图分析佛教思想（主要是天台宗）与柳宗元的政治、思想观点相契合、相矛盾的具体内容，揭示其表现，探寻其根源。不是简单地指责柳宗元信佛，而是弄清历史的真实面貌，看佛教思想给柳宗元提供了什么思想资料，又给了他什么毒害。继柳宗元之后，笔者又研究过其他一些作家或文学现象。这样，总算在研究中寻得了一条门径。吾师邢公畹教授前不久指教说："你现在发现了问题，这样才能进行认真的研究。有些人眼睛里没有问题，认为某一学科的问题全都解决了，也就没有什么研究的了。"这对我虽仍是溢美的鼓励之词，但这个看法却于我心有戚戚焉。

近两年来，笔者应聘在日本的大学里执教，在与日本学者的交往之中，更坚定了我的上述看法。日本学者对中国文学的研究一般说来是态度严谨、功底深厚的，他们的许多课题可补我们的空白，在不少领域的成果为我们所不及。我从他们那里学习、受益不少。日本有的学者自豪地对我说："我们是中国古代学术特别是清代学术的真正的继承者。"但我在赞赏之余，也坦率地谈出了我的想法：日本学者的成绩在这里，但缺点也正在这里。日本学者在研究中国古代学术上最有成绩的部分，在资料的整理与考证、原典的校勘与注释等方面，他们确实发展了"清学"的传统。但用新的科学方法来进行开拓所作并不多。日本学者中早有人感觉到这一点，四十年前，中国文学专家、也是著名作家的武田泰淳就对泥守中国"经学"传统的学风提出过批评。笔者的朋友、京都大学的川合康三先生也曾一再谈到这一点。

在确定了研究题目之后，就得回过头来，从基础的材料工作着手，认真读书，对所研究的问题穷本溯源地进行探讨。

笔者在刚刚接触到柳宗元与佛教的关系的问题时，找了些论述唐代佛教的书和文章来学习，发现其中绝大部分是把佛教简单归结为迷信与反动而加以否定的。有的著作把佛教"三藏十二部经"统统说成是一派胡言。又如章士钊先生的《柳文指要》,则对有关佛教问题取慎重态度,不加论列。这样我只好读佛教原典。当初我在东北,手头有的唯一的一本资料书就是新编《辞海》的《宗教分册》,能借到的佛教书也是一般典籍的零星散册。我就是从这些书开始的。《辞海·宗教分册》佛教部分我一条条认真研读过。到1979年我被调到南开大学任教,佛教资料齐备了,我又较系统地研习佛典,并广泛阅读了中外有关论著。但佛典义理艰深,名相繁复,各部派、学派、宗派理论观点矛盾歧出,读起来困难重重,时时如堕五里雾中。我譬喻自己是在泥潭里跋涉。我得感谢中国社会科学院哲学研究所虞愚教授,在1982年我听他讲了《因明入正理论》、《百法明门论》等佛教原典,并得允时常请益。虞先生学识渊博,内、外学功底极深,精书艺,旧诗亦自成家。特别是治学态度严谨细密,往往讲一个二十字的"偈",博引旁征、评加考释。这使我明白了,一些辞书上对佛家名相的解释只是简单的一般的说法,作为理论概念的说明在研究中运用是不够的。例如我在开初写的几篇涉及到佛教的文字中,曾提到佛教是"唯心主义本体论"。这个提法就是欠分析的、简单化的,反映了我当时理解上的浅薄。那时我把佛学中所谓"空"理解为老子的"道"、玄学的"无"。实际上,大乘佛学是反对空诸所有的"顽空"、"恶取空"的。它所谓"空"是指一切现象都是因缘和合而成,处在生、住、灭、异的流动变化之中,因而是无自性的。并不是说在现象之外另有一个"空"的本体,更不承认"无"能生"有"。后来中国佛学中发展出精神本体的观念,那是另一个问题。这样,在我向前辈学习的过程中,认真地阅读原典,知识上就有些长进了。

　　这些年我深刻意识到自己在学业上先天不足,后天也不够努力。由于从大学读书时起就连续受批判,加上不间断的政治运动,认真读书时间很少。仅在基本资料的掌握与运用上,与一些老先生相差真是不可以道里计。而自己读书又比较粗疏,往往满足于一知半解,常作主观、片面的论断。因此,我在研究佛典时,努力下些认真细致的工夫。例如早已有人指出中国文学中的"境界"一语出自佛书。我在研习佛教历史时也知道关于"境界"的理论是佛学的核心问题之一。为了弄清这个问题,我从弄清佛教对六境、十八界的一般理论开始,探讨了佛教主要学派和宗派,特别是发展了"外境空"观念的瑜伽行派(中国的法相宗、唯识宗)对境界的认识。在这个过程中,我读了《瑜伽师地论》的《真实品》、《成唯识论》、《唯识二十论》、《唯识三十颂》、《大乘五蕴论》、《大乘广五蕴论》等著作,弄清了所谓"境由心造","万法唯识"的主要含义。再来考查中国古代文论中关于"境"的论述,我认为诗僧皎然的《诗式》在诗境理论的确立与阐发上起了关键性的作用,而他的指导思想就是瑜伽行派即唯识的"境界"说。这样写出了《论皎然〈诗式〉》一文。这篇文章立论是否牵强,能否站得住脚,我没有把握,但其中总对"境界"问题提供了一些材料,自信会对进一步的研究有益处的。

在与日本、美国以至香港学者的交流中,他们往往不满于我们某些论著的空疏。有一位日本学者对我说:"在中国评论一个作家,根据同样的几条材料,今天这么说,过些天又那么说;在我们局外人看来是不可思议的。"这种情况是确实存在的。古代作家评价上的是是非非,以往常受政治形势所左右,这姑且置而不论;产生立论草率还有一个重要原因就是材料空疏。一些文章往往是根据几个条条、再凑上几条材料就轻于持论;另一个人则可以再找另一方面的材料来否定前说。这样永远是打不完的转圈官司,而研究却在原地踏步。

实际上,只要认真读书,较全面地检阅资料,再用正确的观点、方法分析、归纳,就会得出言之有理、持之有故的结论。笔者关于唐代古文运动受佛教影响(《唐代古文运动与佛教》)、白居易的佛教信仰浅薄而不认真(《白居易的佛教信仰与生活态度》)等观点,也就是从较全面地阅读材料中得出的。与论皎然《诗式》的文章一样,这些看法可能有错误,但文章中提供的事实是确切不移的。从这里我也体会到:对于传统的"定论"应该分析。有些结论是正确的,是有事实材料可以验证的;而有些只是前人在当时条件下,根据当时掌握的材料提出的片断看法,有的甚至是偏见。在研究中对后者应敢于怀疑和突破。怀疑的根据和突破的理由都在材料之中。这也可以说是一种实事求是的要求。

拙作发表之后,承学术界的一些前辈和同道许为尚有新意。但从我自己的主观意图看,如斗胆套用孟子的一句话说,确实是吾岂好出新也哉,吾不得已也。就是说,这点新意见并不是自己立意非出新不可,而是经过研究后结论不得不然。例如笔者论述唐代"古文"从理论到实践都接受了佛教影响,标榜儒道的韩愈也对佛教有所借鉴,这并不是故意去翻前人论定"古文运动"是儒学复古运动的成案,而是历史资料提供了作出论断的根据。所以,学术上的新开拓,首先不能离开前人的创造成果,总得在充分掌握已有资料的基础上进行,也就是说只有站在前人的肩头上,自己才能站得更高;二是要实事求是,不能存故意"翻案"的念头,也不能以玩弄几个新概念、新词语代替创新。此外,在学术上还应有尊重不同意见的胸襟。笔者时刻提醒自己,个人所见往往只是表面的、片面的。例如我研究佛教对唐代文学的影响,就可能在有意无意间流于偏颇,或者只去强调文学史的这一个侧面。对同一个作家,又有人研究儒家、道教的影响,可能同样也说明了一部分真理。万不可固守门户之见,勇于自是,而轻视别人。我论皎然诗境理论,说它出于唯识,到目前仍自认是有道理的;有人认为皎然诗论与佛家无关或关系不大,同样会有合理内容。大家有了这种容许不同意见并存的态度,学术上不断创新才有可能。

以上,是我在研究工作中的点滴体会。这两年我在国外工作,较广泛地接触了许多国家的学者,我深切感到我国的古典文学研究有很好的基础,有优越的条件,有许多长处。我们不必枉自菲薄。只要我们把自己的理论水平提高一步,改进研究方法,再汲取他人的长处,就一定会不断开创研究的新局面,就会取得恩格斯所预言的"有如旭日东升,照遍天下"的那样"极大的进步"。

(原载《古典文学知识》1987 年第 4 期)

1985 年版后记

前辈学者常常总结"悔其少作"的教训,以为后学轻于持论者戒。我初次写涉及佛学的文章,是在 1965 年,其时已不年"少"了;重读那篇文章,确有惭惶之感——发现其中有些明显错误和不足。但我尚未反悔。也许是待己过于"宽以约"了罢,总觉得到目前为止,研究佛学与古典文学关系的论著还很少,自己的文章聊补不足,可能还有一点意义。现在,又斗胆把自己有关这个方面的文章结集出版,也是抱有这样的心情。说明这一点,是想郑重告诉读者:本书只是提出些问题,发表些不成熟的看法,对于资料的运用与解释、观点的确立与论证,实在没有把握。敬请有以教我者批评、指正。

我读佛典,是从研究柳宗元开始的。柳宗元是个进步思想家和革新政治家,依常识理解,这与他同时作为佛教信徒的面貌太不相应了。这就"逼"着我去读点有关佛教的书。在阅读过程中我又发现,仅在枝枝节节上就某些问题了解佛学的观点是不够的。既使是为了探讨佛教影响于某个作家的某个观念的具体问题,也得对佛学的理论体系有个大致的了解。这又"逼"使我读更多的佛藏原典,并参加了中国社会科学院哲学研究所佛学班的学习。佛典浩翰,义解玄奥,名相繁复,读下去犹如进入无边的泥潭。直到现在,我仍然在这个泥潭中跋涉。

笔者本来是研究文学的,尚无什么成果,如此"旁骛"而及于佛教,似乎是走向了"邪门外道"。有的同事劝我赶紧回到"正业"上来。但在我探讨这些问题的过程中,越发感觉到解决它们的重要。我深感目前一些文学史论著论及佛教影响多嫌肤浅,而涉及佛教本身更多空疏浅末语。这样就妨碍了文学史研究的深入。佛教的发展、佛学理论的发展很复杂;它们对文学的影响也是复杂的、多方面的。多年来我们对涉及这方面的问题采取了简单化的态度。现在如要深入探讨,还需要很多人力和时日。我希望有更多学术界的前辈为这方面的研究分出些宝贵精力;更希望有更多的同道来共同在这个领域中耕耘。拙著也代表着笔者的一个呼吁。

我十分感谢中国社会科学院哲学研究所张春波先生,他是吕澂先生的高足。我把第一篇论柳宗元与佛教关系文章投寄《哲学研究》编辑部,实冒"班门弄斧"之讥,但他把素不相识的无名后辈的习作载之该所所编集刊,给我很大鼓励。我要感谢《文学遗产》编辑部王学泰、张白山等先生,论王维和"古文运动"的两篇文章投寄给他们,他们细心审校,请佛学专家把关,支持我把研究深入下去。我要特别感谢中国社会科学院哲学研究所虞愚教授,他对我研习佛典悉心指导,校阅文稿,在佛学上不少久思不解的问题在他的指点下使我顿开茅塞。我还要感谢南开大学中文系邢公畹教授、鲁德才副教授,人民文学出版社古典文学编辑室主任杜维沫先生,他们一直关心、支持和具体指导了我的研究工作。还有许多帮助我工作的老师、同事、亲友,恕不能一一列举,在此一并表示深切的感谢。

孙昌武

新版后记

　　一九八五年陕西人民出版社出版论文集《唐代文学与佛教》，本书是增订本。增添内容包括原书出版后发表的讨论韩愈、柳宗元、"古文运动"的论文十篇和原《读藏杂识》题下五节，及附录两文。附录前一篇《司空图〈诗品〉研究的几个问题》是我在"文革"前身处逆境时写的，是参与当时"大批判"的文章，至今读起来难免心存愧赧，但仍纳入文集，意在保存个人学术生命真迹片段，或可为研究相关问题提供点滴参考资料。

孙昌武

2019 年 12 月 9 日